한국 근대문학과 파시즘

김효신(金孝信)

한국외국어대학교 이태리어과 졸업
한국외국어대학교 동대학원 졸업
이탈리아 페루지아 대학 및 제노바 대학 수학
영남대학교 일반대학원 국어국문학 박사
현재 대구가톨릭대학교 문과대학 교수
한국이탈리아어문학회 연구이사
한국비교문학회 평회원
한민족어문학회 평회원
한국어문학회 평회원

주요저서와 논문
『이탈리아 문학사』학사원, 1994, 1997
『칸초니에레』민음사, 2004
「한국 근대문화에 나타난 이탈리아 파시즘의 수용 양상 연구」 2008.02
「레오파르디 초기시에 나타난 애국 계몽성 연구」 1999
「실종시인 유진오의 시세계 소고」 1999
「李箱의 「鳥瞰圖 詩第一號」에 대한 수용미학적 소고」 2001
「파솔리니의 시 <그람쉬의 유해> 소고」 2001
「파솔리니의 시에 나타난 그리스도와 종교의 의미」 2004
「가톨리시즘과 鄭芝溶 詩」 2005
「김동석 시집『길』에 나타난 순수·이념의 이분 양상 소고」 2006
「한국 근대 좌익 비평문학과 이탈리아 파시즘」 2007
「한국 근대문화와 이탈리아 파시즘 담론」 2007
「한국 근대 문화의 춘원 이광수와 이탈리아 파시즘」 2007
「웅가렛티 단시와 삶의 진정성 소고」 2008
「이탈리아 시에 나타난 조국과 민족 담론 소고」 2008 외 다수.

한국 근대문학과 파시즘

지은이| 김효신
인쇄일| 초판1쇄 2009년 10월 07일
발행일| 초판1쇄 2009년 10월 09일
펴낸이| 정구형
총괄| 박지연
디자인| 김숙희 선승희
편집| 강정수
마케팅| 정찬용
관리| 한미애
펴낸곳| 국학자료원
    등록일 2006 11 02 제2007-12호
    서울시 강동구 성내동 447-11 현영빌딩 2층
    Tel 442-4623 Fax 442-4625
    www.kookhak.co.kr
    kookhak2001@hanmail.net

ISBN| 978-89-6137-515-3 *03800
가격| 40,000원

한국 근대문학과 파시즘

김 효 신

국학자료원

┃차례

제2부 한국 문학 그 여백을 찾아서

제4장/ 이상^{李箱}의 시 「오감도 시제일호」와 수용미학 ‖ 357

제5장/ 무간^{無幹} 유진오^{俞鎭五}의 시 ‖ 391

제6장/ 90년대 초기 북한 단편 소설의 경향 ‖ 429

- 『조선문학』(1991.2-1991.3)에 수록된 7편의 단편 소설을 중심으로 -

제3부 비교문학과 번역문학

제1장/ 김소월金素月과 레오파르디의 낭만적 염세주의 비교연구 ‖ 447

책머리에

　20여년 외국문학에 빠져있던 소장학자가 한국문학에 관심을 갖게 된 것은 해외에 나갈 경우 한국문학을 소개하려는 단순한 마음도 있었고 한국문학과의 비교문학에 더 큰 비중을 두었던 것이 사실이다. 하나씩, 하나씩 국문학에 관한 궁금증을 해소할 때 얻는 희열에 도취되어 그저 쉽게만 생각하던 국문학에의 입문은 생각보다 훨씬 어렵고 힘들었기에 나에게 또 다른 도전의식을 깨웠고 새로운 학문적 열정의 도가니로 몰아갔다.

　21세기를 맞이하기 몇 해 전 국문학에 새로운 도전을 하면서 나의 학문적 왜소함은 커져만 갔고, 학문적 갈증은 깊어만 갔다. 우직하고 묵묵하게 교수로, 학생으로의 이중적 고통과 부담을 이기고 수료를 하게 되었지만 결과물로서의 논문은 단지 막연하게 비교문학적 부담으로 다가왔다. 돌이켜 보면 하고 싶은 것이 너무 많아서 나만의 특성을 살려 논문을 써야한다는 욕심에서 오는 부담이었다. 이로 인해 논문주제를 세 번이나 바꾸는 방황의 과정을 겪을 수밖에 없었다. 그렇지만 그 방황이 나에게 또 다른 학문적 탐닉의 즐거움이기도 하였다. 그 방황이 아니었다면 국문학과의 비교문학 연구에 큰 의미를 두지도 않았을 것이고, 전혀 다른 논문의 해결 키워드인 파시즘을 생각조차 하지 못했을 것이기 때문이다. 처음에는 너무 무모한 도전일지 모른다는 생각에 석 달 가량을 도서관 자료실에 파묻혀 있었다. 자료 찾고 복사하고 정리하고 또 자료 찾고 고민하기를 수십 번 한 끝에 내가 정말 하고 싶고, 해야 할 논문이 무엇인가를 찾게 되었다. 그런데 그 테마는 찾았지만 과연 어떻게 엮어내야 할지가 막막했다. 기존의 논문들이 건드리지 않았던 부분을 다루어야 할 것이기 때문이었다.

전통적인 비교문학이 직접적인 영향 수용관계만을 중시했던 터라 일본을 통한 간접적인 영향 수용관계에 대한 학문적 뒷심이 부족하지 나 않을까 적잖게 걱정도 했다. 그러나 유럽에 비해 직접적 영향 수용관계 연구가 수월하지 않은 북미의 비교문학 연구 동향의, 개방된 비교문학에 대한 새로운 개념 선언에 힘입어 주저하지 않고 연구에 박차를 가할 수 있었다. 그럼에도 가장 어려웠던 것은 자료 정리였다. 일본에 있는 자료들, 한국에 있는 일본자료들 그리고 무엇보다도 이탈리아의 1920년대, 1930년대, 1940년대 자료들을 구하는 것이었다. 그 힘든 자료들을 가까스로 구하고 나서 부족한대로 엮어낸 초고를 들고 힘든 싸움을 시작한 지 2년을 꼬박 넘겨 2007년 12월에야『한국 근대문화에 나타난 이탈리아 파시즘의 수용 양상 연구』를 손에 쥐게 되었다.

국문학 박사논문『한국 근대문화에 나타난 이탈리아 파시즘의 수용 양상 연구』가 또한 책으로 거듭나게 된 계기를 빌어 이전에 썼던 여러 편의 논문들을 함께 올려보고 싶은 생각이 들었다. 그리하여 박사논문 이외에도 제2부 한국 문학 그 여백을 찾아서라는 제목 하에 김동석의 시, 정지용의 시, 이효석의 단편, 이상의 시, 무간 유진오의 시, 북한 단편소설 등에 관한 여섯 편의 소논문들을 약간의 수정을 거쳐 실었다. 또한 아울러 이 시기에 함께 썼던 비교문학적 소논문들 3편은 제3부 비교문학과 번역문학이라는 제목 하에 실었다. 그 하나가 김소월과 레오파르디의 낭만적 염세주의 시 비교이며, 그 둘째가 외국문학을 하는 전문가들의 번역작업에 관한 일반론이고, 그 셋째가 영화감독으로 유명한 파솔리니 시에 나타난 그리스도와 종교라는 비교문학적 소논문이다. 물론 앞서 언급한 아홉 편의 소논문들은 이미 학회지나 연구소 논문집 등에 게재되었던 것들이다.

특히, 박사논문「한국 근대문화에 나타난 이탈리아 파시즘의 수용양상 연구」는 전체적으로 보다 쉬운 용어와 표현으로 바꾸었고, 꼭 필요한 경우 이외에는 되도록 한자표기를 배제하고 우리말로 표기하였다. 단, 문헌자료 인용부분의 한자들은 자료의 원문을 그대로 보여주려는 의도로 한자표기를 바꾸지 않고 놔두었으며, 인명은 혼동을 피하기 위해 필요한 경우 한자어 병기를 하였다.

무엇보다도 필자는 이 책이 국문학과 외국문학의 소통을 위한 작은 디딤돌이 되기를 바라는 마음뿐이다. 이 책이 빛을 볼 수 있게 어려운 여건에도 불구하고 출판을 허락해주신 정찬용 사장님, 정구형 이사님, 1년여에 걸친 교정과 정리 등의 수고로운 일을 떠맡아 책을 엮어주신 편집부와 국학자료원 식구들께 고마운 마음을 전하고 싶다. 언제나 따뜻하게 격려해주시고 이끌어주시는 이동순 선생님께도 이 자리를 빌어 다시금 진심으로 감사의 마음을 전한다. 그리고 항상 사랑과 격려로 용기를 북돋워주는 가족들에게도 미안한 마음과 고마움을 전하고 싶다. 마지막으로 나의 지주이신 하느님께 깊은 감사의 기도를 올린다.

제1부
한국 근대문학과 파시즘

제1장

한국 근대문학과 파시즘 연구 시실

1. 문제 제기 및 연구 목적

파시즘은 과거의 역사 속에서 우울하게 그리고 광기의 전쟁으로 우리에게 기억되는 지난 이야기 속의 주제가 아니다. 한국의 역사 안에서 지난 일제 강점기가 타민족에 의한 파시즘 지배 체제로 각인이 되어 있고 그 체제가 끝난 후에도 파시즘은 결코 끝나지 않았다. 공산주의와 민주주의가 대치되는 상황 속에서도 파시즘은 사라지지 않았을 뿐만 아니라 오히려 양 진영을 오가며 더 교묘하게 우리 안에 살아 있었다. 6·25동란을 거치면서 분단의 비극이 찾아왔을 때에도 그리고 오늘 여전히 분단의 아픔 속에서 같은 피를 나눈 한 민족이 두 나라로 살아오고 있는 현대에 와서도 파시즘은 결코 남의 일이 아니다.

이러한 파시즘의 역사적 뿌리는 이탈리아 파시즘에 있다. 그렇다면 과연 한국의 문화와 역사적 파시즘인 이탈리아 파시즘 사이에는 어떤 영향 관계가 있을까? 얼핏 생각하기에는 아무런 관계도 없는 듯 보인다. 실상 이탈리아와 한반도 조선의 지리적 거리는 직접적인 영향관계를 이야기하기엔 너무도 멀다. 게다가 이탈리아 파시즘의 주역인 무솔리니가 한반도를 방문한 일도 없고 한반도에 관심을 갖고 무엇인가를 전하고자 애썼던 적도 없다. 파시즘 태동기의 한반도 조선은 일본제국주의에 희생이 되어 이미 국적조차 찾기 힘든 때였으며, 유럽 속의 이탈리아가 한반도에서는 생소하고 낯 설은 것이었다. 유럽하면 늘 떠올리던 나라들이 정치적으로나, 경제적으로는 영국, 프랑스였고, 철학적으로는 독일이었으며, 문학적으로는 앞의 세 나라들을 합친 정도였던 것이다. 이탈리아는 어느 분야에서건 한반도 조선의 관심을 끌기에 역부족이었다. 그러던 차에 파시즘의 종주국으로 명성을 날리기 시작한 것이 20세기 초의 현실이었다.

한반도 조선에 끼친 이탈리아 파시스트들의 직접적인 영향을 찾는 것은 사실상 불가능하고 또한 무의미하다. 실질적으로 한국의 근대 문화 속에서 이탈리아 파시즘 자료들이 직접적인 것들보다는 간접적인 영향력을 과시하면서 산재해 있었다. 더욱이 주목할 만한 것은 이탈리아의 파시즘에 관한 많은 일본책자들 - 저서나 번역책 포함 - 이 다수 출판되어 일제 군국주의 파시즘 통치의 교과서나 참고서로 본국이나 조선에서 이용되고 읽혔다는 점이다. 이런 상황이라면 한국 문화와 이탈리아 파시즘의 영향 관계를 논할 여지가 있을 것으로 고려되어, 보다 구체적인 자료 정리 작업이 가능하다고 본다.

이 시점에서 일본어로 된 이탈리아 파시즘 관련 책을 접한 조선의 지식인들이 당시 수많은 조선잡지에 기고한 파시즘 관련 글을 통해서 이탈리아 파시즘의 조선 근대에 끼친 영향관계를 논할 수 있을 것인가라는 문제를 제기하게 되었다. 과연, 이탈리아 파시즘이 일본을 매개체로 하여 일제강점기 한반도 조선에 어떻게 수용되었는가를 연구할 수 있는가? 또한 한국의 근대를 이해하는데 이탈리아 파시즘의 수용 양상 연구가 의미 있는 것인가?

한국의 근대 문화 속에서 이탈리아 문화가 늘 주변적인 존재, 아니

논외의 것으로만 인식되었었는가라는 질문과 함께, 이러한 문제를 제기하게 된 배경에는 이탈리아가 간접적으로나마 한국에 끼친 영향에 대한 연구가 과연 가능한가라는 비교문학적 호기심이 자리 잡고 있다. 그리고 한국 근대와 관련한 이탈리아 문화적 요소 중에서 이탈리아 파시즘을 선택한 것은 이 관련 연구가 부재했기 때문인 이유도 있고 더 나아가서 일반적인 파시즘 담론과의 연결선 상에서 보다 많은 논의가 있을 것을 예상했던 때문이다. 또한, 생소한 나라였던 이탈리아가 일제 강점기 한반도 조선에서 파시즘의 자장(磁場)에 힘입어 영향력 있는 나라에 속하게 되었던 것은 의미 있는 역사적 아이러니이다. 전통적으로 문화와 예술의 나라로 통칭되는 이탈리아의 그 반대적인 의미의 파시즘이라고 하니 말이다. 현대에 와서 생각해보면 의외의 일일 수밖에 없다.

그러므로 한국의 근대문화 속에 나타난 이탈리아 파시즘의 수용 양상 연구는 그러한 역사적 아이러니를 재확인하는 의미에서 흥미로운 연구가 될 수 있을 것이다. 그렇다면, 일제 강점기를 포함해서 한국 근대문화의 이탈리아 파시즘 수용 양상 연구의 목적은 무엇인가? 첫째, 일본의 파시즘 체재 하에 있던 한국의 근대문화가 어떻게 이탈리아 문화 그 중에서도 파시즘 이데올로기의 대명사격인 이탈리아 파시즘을 받아들였는가를 살펴보기 위함이며, 둘째, 그 수용된 이탈리아 파시즘이 한반도에서 어떻게 표출되었는가를 살펴보기 위함이다. 여기서 표출의 방식은 정치적·사회적 행동의 표출을 의미하기보다 당시의 문헌상에서 문화적으로 어떻게 표출되었는가를 의미한다. 셋째, 다양하게 수용되고 표출된 이탈리아 파시즘이 한국 근대문화를 대표하는 문학 그 중에서도 특히 평론 속에서는 과연 어떤 양상으로 재생산되어 나타나고 있는가를 살펴보기 위함이다. 그리하여 이탈리아 파시즘의 수용 양상 연구가 파시즘 일반 담론의 수많은 논의에 작은 새바람을 일으킬 수 있도록 하는 것이다.

2. 기존 연구사 검토

이탈리아 파시즘이 근대 한국문화에 어떻게 수용되고 있는가를 제대로 살펴본 논문이나 글은 한국에 단 한 편도 없다. 그럼에도 불구하고, 선행 연구로 검토할 만한 논문이라고 할 정도는 아니더라도 여기에서 굳이 언급한다면, 2003년『한국사회사상사연구』에 실린 박찬승의「이광수와 파시즘」을 검토할 수 있다. 이 논문에서 박찬승은 1930년대 전반 이광수의 파시즘 수용을 언급하면서 이탈리아의 파시즘이나 무솔리니의 글을 소개하고 수용했던 춘원의 모습을 부각시키고 있으며, 이에 대해서 약간의 부연설명을 하고 있다.

박찬승은 3장 1930년대 전반 이광수의 파시즘 수용을 "한국의 지식인들, 특히 식민지 조선 내의 지식인들에게 국가주의가 큰 영향을 미치기 시작한 것은 1930년대 초 이태리의 파시즘, 독일의 나치즘, 그리고 일본에서 국가주의가 본격 대두하면서부터"[1]라고 시작하고 있다. 이 3장에서 박찬승은 이광수가 1931년 5월 "이태리의 파시스트를 배우고 싶다"는 글을 쓴 적이 있음을 서술하면서, 무솔리니의 주장이 "세계의 많은 나라에서 공명을 얻고 있는 모양"이라고 썼음을 환기시키면서, 무솔리니를 지지하는 뜻을 은연중 밝혔음을 강조하고 있다. 그리고는 이미 1928년에 쓴 글「젊은 조선인의 소원」에서 이광수가 당대의 위대한 개인으로서 무솔리니, 레닌, 손문 등 세 사람을 든 바 있음도 밝히고 있다. 더욱이 "이광수가 힘을 선망하고, 강력주의를 지향하며, 전쟁을 찬미한 것은 바로 파시즘과 통하는 것"임을 강조하면서, "이광수는 그밖에도 여러 차례 무솔리니와 히틀러를 찬양하고 칭송하였다. 예를 들어 무솔리니를 문화가 높고 부유하고 자유로운 이탈리아를 건설한 '큰 단결의 지도자로서 전 민족의 숭앙을 받는 자'라고 칭송하였"[2]음도 언급하고 있다. 이 정도가 박찬승이 이탈리아 파시즘

---

1 김경일 외,『한국사회사상사연구』, 나남출판사, 2003, p.329.
2 위의 책, p.331.

이나 무솔리니를 언급하던 이광수의 글을 소개한 전부이다.

3. 연구 범위 및 연구 방법

　한국 근대 문화에 수용된 이탈리아 파시즘에 대한 연구에 앞서, Ⅱ장에서 우선 역사적 파시즘인 이탈리아 파시즘과 일본 파시즘의 영향 관계 및 비교 연구를 하였다. 일본 파시즘을 군국주의가 아닌 파시즘으로 받아들이는 일반론적인 기준에 의거하여 이탈리아 파시즘과 일본 파시즘의 공통점 등을 나열·비교하는 방식으로 전개 하였다. 이러한 비교 연구를 한 이유는 일본의 파시즘이 온전히 독자적인 파시즘인가 아니면 적어도 파시즘의 종주국인 이탈리아를 모방하면서 전개 발전한 것인가에 대한 최소한의 해답을 얻고자 하는 것이다. 보다 정치한 비교 연구가 되기에는 한계가 분명히 있으나 거칠게나마 이탈리아 파시즘이 파시즘에 영향을 주었음을 규명하고자 하였다. 이러한 규명은 궁극적으로는 일제 강점기라는 특수 상황을 겪고 있던 한반도의 문화에 드러나는 이탈리아 파시즘의 이입 양상이 일본의 이탈리아 파시즘 수용 양상과 그 괘를 같이하고 있음을 간접적으로나마 증명하는 것이 될 것이기 때문이다.

　여기서 파시즘은 일반적인 광의의 파시즘이 아니고, 좁은 의미의 파시즘, 즉 역사적 파시즘의 태동과 관련된 이탈리아 파시즘을 의미한다. 역사 과정으로서의 이탈리아 파시즘[3]은 1919년에서 1943년까지

3　이탈리아어 'fascismo'는 고대 로마시대의 권표(權標)인 'fasces'(라틴어 fascis의 복수 형태, 이탈리아어로 fascio, 복수형태는 fasci)로부터 유래한다. 'fasces(fasci)'는 '도끼를 꽂은 느릅나무나 자작나무 가지의 묶음', '나뭇가지 다발에 싸인 도끼'를 의미한다. 베니토 무솔리니는 1919년 이탈리아 파시즘 운동의 표상으로 이 상징을 채택했다. 19세기 말까지만 해도 주로 좌파에게 사용되던 이 말은 20세기 전반부 특히 1차 세계대전과 2차 세계대전 사이에 유럽에서 극단적으로 급진화된 민족주의를 뜻하게 되었다. 로버트 팩스턴에 따르면 'fascismo'는 무솔리니와 그의 지지자들이 이탈리아의 밀라노에서 1919년 3월 23일에 "사회주의와의 전쟁을 선포"한 데서 시작되었다고 한다.

베니토 무솔리니(Benito Mussolini)의 지도 아래 이탈리아를 통치한 권위주의적 정치운동을 가리킨다. 마크 네오클레우스는 자신의 저서에서 "어느 역사가가 다음과 같이 말한다. 파시즘은 <1922~23년에 이탈리아 파시스트 정당에서 출발해… 유럽 전역에 '파시스트'정당이 출현하는 1930년에 이르면 무르익게 되고… (그리고) 전쟁의 패배와 독재자 두 명의 죽음과 더불어 끝난다.> 파시즘에 대한 이런 접근 방식은 우리가 이 연구를 안심하고 1922~1945년의 시기로 한정지을 수 있도록 장려한다. 또한 파시스트적 관념이나 운동 같은 좀더 일반적인 주제보다는, 파시스트 통치의 제도와 과정의 문제에 집중하게 할 수 있을 만큼 역사적으로나 개념적으로 아주 편리하고 간단하다. 적어도 무엇이 '파시스트적' 인가를 파악하는 것과 관련된 모든 문제들은 즉시 해결되기 때문"[4]이라고 하면서 좁은 의미의 파시즘, 즉 역사적 파시즘의 태동과 관련된 이탈리아 파시즘을 일반적인 광의의 파시즘과 비교하여 아주 명쾌하게 설명해주고 있다.

그러나 미리 밝혀두어야 할 것은 역사적 파시즘의 파시즘적 공통적 특질에 관한한 광의의 파시즘과 그 경계가 모호할 때가 있다는 것이다. 그리하여 뒤에서 다루어질 실질적인 문학비평 속의 파시즘적 속성을 밝히는 자리에서는 파시즘적 공통적 성격이 강하게 드러나기도 하는데 이는 광의의 파시즘이 갖고 있는 이탈리아 파시즘적 성격임을 주지해야 할 것이다. 이에 대해서는 뒤에서 파시즘 일반 담론이라는 항목으로 다루어지는 광의의 파시즘 안에 이탈리아 파시즘적인 성격이 이미 포함되어 있음을 밝혀둔다.

Ⅲ장에서는 한국 근대 문화와 이탈리아 파시즘의 이입 양상에 대하여 살펴보고 있다. 실질적으로 이 이입 양상 연구에 관련된 자료들은 1920년대가 되어서야 등장한다. 연구방법으로는 연대기적 연구의 일환으로 시기별로 수집된 자료들을 정리하여 연대기별 이입 내용을

---

4 마크 네오클레우스, 『파시즘』, 정준영 옮김, 이후, 2002, p.15.

소개하고 이탈리아 파시즘이 어떤 양상으로 이입되고 있는지를 살펴
보고자 한다.

1920년대, 1930년대, 1940년대『동아일보』및『동아일보』폐간기의
다른 신문들의 신문기사 자료들과 각종 문화 관련 잡지들, 그리고 당
대 출판된 서적들이 자료 범위에 해당된다. 그리고 시기적으로는
1920년대부터 6·25 전쟁을 기점으로 그 이전, 즉 1949년까지만으로
한정하고자 한다. 그러므로 일제 강점기 및 제2차 세계대전 종전 후
40년대 후반에 나타나는 이탈리아 파시즘의 이입 양상을 연대기별 자
료들을 중심으로 살펴보고자 하며, 자료의 미비함에도 불구하고 시
대별로 이탈리아 파시즘의 이입 양상이 어느 정도 정리될 수 있을 것
으로 기대한다.

우선 제일 먼저 일제 강점기 및 40년대 후반이라 했지만, 실질적인
자료들이 1920년대에 이르러서야 등장하기 때문에, 1920년대, 1930년
대, 1940년대 등의 3시기로 구분하여 이탈리아 파시즘의 이입 양상을
드러내고자 노력하였다. 기본 자료에 해당되는 대상으로 1920년에서
1949년에 발간된『동아일보』및 동일 기간 중에 발간된 잡지, 즉『해외
문학』,『현대평론』,『신민』,『진생』,『해방』,『시대공론』,『동광』,『신동아』,
『비판』,『실생활』,『동광총서』,『신인문학』,『중앙』,『문장』,『호남평론』,
『재만조선인통신』,『신자유』등과 동아일보 폐간기(1940년~1945년) 중
의 자료로『만선일보』,『매일신보』,『신한민보』,『새한민보』의 이탈리
아 파시즘 관련 기사들이 해당된다. 여기서『동아일보』기사가 발간
된 기간 중에는 일간신문에 해당되는 다른 신문들을 검색에서 제외
시켰다. 그 이유는 일간지의 성격상 거의 같은 류의 기사가 실린다는
전제하에 의도적으로 제외시킨 것이며, 일간지의 특성상 그 기사분
량이 짧은 것이 태반이기 때문이다. 일간신문의 경우『동아일보』중
심으로 이입 양상을 살펴 본 데에는 그 한계가 있을 수 있으나, 본 연
구의 실질적인 이입 양상이 주로 당대의 잡지들을 중심으로 전개되

었다는 사실을 감안하면 이 한계는 이입 양상에 큰 영향을 끼치는 것
은 아니라고 볼 수 있다.

그리고 IV장에서는 먼저 한국 근대 문화 속에서 파시즘 일반 담론
이 무엇인가를 개괄해보았다. 이미 일반화 되어 있던 파시즘 담론을
이야기하는 것은 정확하게 이탈리아 파시즘 담론을 이야기하기 위한
서론이며 동시에, 일반화 담론과 이탈리아 파시즘 담론이 상이한 점
도 있고 또 공통된 점도 있음을 드러내기 위해서이다.

한국의 근대 문인들 중에서 특별히 황국민 사상 및 파시즘 논리로
논쟁의 중심이 되었던 민족주의 진영의 작가들을 대표하는 이광수와
채만식을 선택하였고, 반파시즘적인 색채가 강하면서도 이탈리아 파
시즘의 수용 양상을 드러내는 좌파계열 작가로 김동석과 이원조를
선택하였다.

첫 번째로, 이광수의 비평문학에 수용된 이탈리아 파시즘을 살펴본
다. 텍스트로는 1910년대에서 1940년대에 이르는 이광수의 평론 및 수
필, 잡문 전부를 주 대상으로 한다. 로마제국 예찬과 힘의 지배 논리가
두드러졌던 1920년대 수용 양상에 이어서, 파시스트 지도자 예찬론으
로 일관되었던 1930년대 수용 양상을 살펴보고, 끝으로 철저한 파시스
트로 복무하던 이광수의 1940년대 수용 양상을 살펴본다.

이광수에 이어서 채만식의 비평문학에 수용된 이탈리아 파시즘을
살펴본다. 텍스트로는 1930년대에서 1940년대에 이르는 채만식의 평
론, 수필, 잡문 전체를 대상으로 한다. 중립적인 태도로 일관했던 1930
년대와 이광수처럼 철저한 파시스트로 복무하던 1940년대를 중심으
로 수용 양상을 살펴본다.

이광수와 채만식이 민족주의 진영에 있었던 작가들이며 적극적 파
시즘 옹호주의로 일관했던 것과 대조적으로 반파시즘적인 태도로 일
관하던 좌파계열의 작가들 중에서 대표적으로 김동석과 이원조의 경
우를 살펴본다. 먼저 김동석의 1940년대 비평문학에 드러나는 이탈리

아 파시즘의 수용 양상을 고찰한다. 김동석의 경우 모든 평론 활동을 해방이 되고 나서야 시작했기 때문에 해방 이후에서 월북하기 전 즉, 1945년 12월에서 1949년까지의 평론들을 그 대상으로 한다. 이원조의 경우 1930년대, 1940년대 평론에서 표피적인 인용에 머물고 있지만 인용의 횟수가 김남천과 비교하여 볼 때 빈번하였다고 할 수 있다. 이러한 것도 표피적 수용 양상으로 정리될 수 있다.

제2장

근대 속에 비친 이탈리아 파시즘과 일본 파시즘

1. 파시즘에 대한 기본 인식

흔히들 파시즘을 논하는 자리에서 이탈리아, 독일, 일본 등지에 출현했던 파시즘은, 배라클러프(G. Barraclough)류의 역사적 인식[1]과 뜻을 같이 하여, 그 질이나 내용에 있어서 동일성보다 차이성이, 지속적인 것보다 단절적인 것이 두드러진다고 본다. 따라서 두으스(P. Duus)는 제1차 대전 후 중일 전쟁을 거쳐 태평양 전쟁에 이르기까지의 일본에 대해 파시즘이란 용어를 조심스럽게 피하고 군국주의란 개념만으로 설명[2]하고 있기도 하다. 또 배링톤 무어(Barrington Moore)의 논점[3]에 동의하여 굳이 비교하고자 한다면 독일 나치즘과 일본 파시즘이 비슷하고 이탈리아 파시즘은 고전적인 전형으로 별도 취급하는 경향이

---

1 Geoffrey Barraclough, *Main Trends in History*, New York, Holmes & Meier Publishers, 1979, pp.153~163 참고.

2 두으스P. Duus, 『일본근대사』, 김용덕 옮김, 지식산업사, 1983, p.240.

3 Barrington Moore Jr., *"Ch. V. Asian Fascism : Japan"*, *Social Origins of Dictatorship and Democracy*, Boston, Beacon Press, 1966 참고.

있다.

그래서 실질적으로 독일 나치즘과 일본의 파시즘을 비교하는 연구는 제법 있어도 이탈리아 파시즘과 일본 파시즘을 비교하는 자료는 찾아보기 힘들다. 그럼에도 이탈리아 파시즘과 일본 파시즘에 관심을 갖고 비교하게 된 까닭은 한국 근대 문화 속의 이탈리아 파시즘의 영향에 대해서 연구를 시작하면서부터이다. 일본의 파시즘은 온전히 독자적인 파시즘인가 아니면 적어도 파시즘의 종주국인 이탈리아를 모방하면서 전개 발전한 것인가에 대한 궁금증에서 자료를 찾던 중 미흡하나마 나름대로의 결론을 얻게 되어 본 비교작업에 착수하게 되었다.

파시즘의 역사는 제1차 세계대전의 종말과 때를 같이하여 시작된다. 1922년에 이탈리아에서는 무솔리니의 파시스트 독재가 수립되더니 1933년에는 히틀러의 나치즘 지배가 이에 호응하여, 이와 같은 기세는 가까이 헝가리, 불가리아, 그리스 등의 발칸 제국과 오스트리아, 이베리아 반도의 스페인 그리고 멀리는 아시아의 일본, 남미의 아르헨티나 등에까지 이르러, 세계적인 범위로 확대되었다.

이탈리아에서 발생한 파시즘의 여세가 동양의 일본에까지 확대되는 상황에 초점을 맞추어 이탈리아 파시즘과 일본의 파시즘을 거칠게나마 비교 정리하여 이탈리아 파시즘이 일본의 파시즘에 영향을 주었음을 규명하고자 한다. 이러한 규명은 궁극적으로는 일제 강점기라는 특수 상황을 겪고 있던 한반도의 문화에 드러나는 이탈리아 파시즘의 이입 양상이 일본의 이탈리아 파시즘 수용 양상과 그 괘를 같이 하고 있음을 간접적으로나마 증명하는 것이 될 것이기 때문이다.

배라클러프의 근대사와 현대사의 서술에 있어, 파시즘은 그 둘 사이의 과도기적 특징을 가장 단적으로 드러내주는 사건이었다. 그에게 있어서 현대사는 1890년경부터 약 반세기의 과도기를 두고 종래 유럽 중심의 근대사와 구조적으로 구별되는 세계의 역사이다. 과도기로서 파시즘의 성격을 이해하기 위해서 배라클러프에 의한 현대사와 근대사의 변별성을 참고로 살펴보면 다음과 같다.

첫째, 국가사회, 국제사회에 대한 제2의 산업혁명이라 일컬어지는 기술과학혁명의 충격이 있었다. 둘째, 유럽의 절대인구 감소에 따른 왜소화와 비유럽지역의 인구 폭발로 특징 지워지는 인구혁명의 영향이 있었다. 셋째, 유럽의 위축과 유럽의 주도권에 대한 아시아, 아프리카의 반란이 있었고, 비유럽세력인 초강대국 미국과 소련의 등장 등으로 촉진된 종래 유럽의 정치적 주도에 의한 국지적인 세력균형시대에서 국제정치시대에로의 국제관계의 변화가 초래되었다. 넷째, 정치적 대중 및 대중사회의 출현으로 종래 부르주아적인 정치, 사회제도와 이와 결부된 자본주의, 자유주의적 사회철학의 대중 민주주의적 정치, 사회제도에로의 교체가 이루어졌다. 다섯째, 공간과 인종의 한계를 초월한 보편적 혁명교리로서 마르크스-레닌주의의 도전과 이 교리를 정치 세력화하여 세계혁명의 한 유형을 제시한 구소련의 전례 등의 요소가 옛 구조를 용해하고 새로운 것을 촉매하는 역할을 했다는 것이다.[4]

배라클러프에 따르면 파시즘은 위에 나열한 역사의 구조적인 단절기에 있어서 새로운 조건에 대한 공격과 구세계를 유지하는 유일한 효율적인 방법임을 대중에게 선동하면서 등장한 것이다. 그러나 역사의 특유한 역설 때문에 그 전환 과정에서 사태를 더욱 진전시키는 요소로서의 역할을 담당하게 되었고 마침내는 구세계 질서를 파괴해 버리는 도구로서의 파시즘이 되었다.

일반적으로 파시즘 형성의 첫째 기본적인 계기는 국제적 조건에 대한 공격이다. 유럽 파시즘 형성의 기본적인 계기는 베르사유 체제[5]

---

4 이향철, 「일본파시즘의 국가개조 사상연구」, 『동양사학연구』, 동양사학회, 1987, pp.117~118.
5 제1차 세계대전을 종결시키는 강화회의 베르사유 조약 등 연합국이 패전국과 맺은 일련의 강화조약에 기초를 둔 국제질서.

이고, 극동 다시 말해서 일본에서는 베르사유 체제를 보완한 워싱톤 체제[6]라는 국제적 조건에 대한 공격에서 찾을 수 있다. 독일과 이탈리아에 있어서는 세계 정치 무대에서 유럽의 위치가 상실되어 가고 있다는 위기감으로 유럽중심부에 그 시대의 다른 열강, 즉 미국, 구소련, 영국 등과 평등한 관계로 경쟁할 수 있는 국제적 조건인 베르사유 체제에 대한 항의와 불만이 파시즘 형성의 기반이 된다. 일본의 경우에 있어서도 영미 본위의 평화와 국제질서를 백인제국주의로 파악하여 유럽의 주도권에 반발하면서 베르사유-워싱톤 체제의 근간을 이루고 있던 국제연맹으로부터의 탈퇴라는 구체적인 형태로 공동보조를 취하면서 전개된다.

둘째 기본적인 계기는 자본주의의 전반적인 위기 상황 아래 급속히 성장한 사회주의운동 등에 대한 '국제적 반혁명' 내지 '예방적 반혁명'의 특수한 테러 독재 형태인 혁명운동에 대한 공격이다. 마르크스-레닌주의는 국가나 민족의 이름으로서가 아니라 전 세계의 핍박받는 계층이나 인류의 이름으로 이야기함으로써 흔히 비판되는 그 물신주의적(物神主義的) 성격 보다 종교적이고 윤리적인 성격이 강한 보편적인 혁명교리로 인정받는 데에 위력을 발휘한다. 여기에 이러한 교리적 차원으로부터 구소련이 세계혁명의 한 유형을 제시하며 정치세력으로 등장하자 코민테른[7]을 통해 세계 각국의 기존 혁명운동을 구심적으로 그 세계혁명전략에 입각하여 각국에 공산지부를 적극적으로 조직하게 된다.

---

6 1921년 11월 12일부터 1922년 2월 6일까지 워싱턴에서 열린 국제회의 결과 해군군비제한조약, 중국에 관한 9개국조약, 태평양에 관한 4개국조약 등 7개 조약이 성립. 이로써 '워싱턴체제'가 성립되었으며, 베르사유체제와 더불어 제2차 세계대전이 일어날 때까지의 국제질서를 형성.

7 공산주의 인터내셔널(Communist International)을 지칭하는 것. 특히 이 경우 제1차 세계대전으로 와해된 제2인터내셔널과 구별되는 제3인터내셔널로서, 제1, 2차 세계대전 사이에 공산주의자들의 투쟁을 촉진시키며, 일곱 차례에 걸친 대회를 가졌으나, 스탈린에 의해 다수의 지도자들이 숙청된 후 1943년 해산되었다.

나라 밖에 최고지도부를 갖는 국제공산주의 운동의 조직화와 이에 따라 구소련의 앞잡이로 받아들여져야만 했던 공산주의자들의 대두는 자국내 혁명운동세력으로 하여금 실제 이상으로 과대평가하여 위기의식을 느끼게 하였으며, 또한 국민의 대중감각으로부터도 반발을 사는 계기가 되었다. 요컨대 파시즘의 반혁명성은 추상적 이론으로서 공산주의나 혁명 일반에 대한 적대가 아니라, 보다 구체적인 존재로서 소련 내지 코민테른이라는 단일 지도부에 의해 지도되는 국제적인 세계혁명 운동에 대한 공격이었다고 볼 수 있다.

다시 말해서 파시즘은 바로 이러한 코민테른이라는 국제주의를 반명제로 하여 국가, 민족 혹은 인종을 지상으로 내세워 대중을 선동하면서 형성된 것이다. 독일, 이탈리아, 일본 등 권력을 장악한 파시즘에 있어서는 소련과 코민테른에 대한 적대라는 반혁명성을 공통분모로 하여 이들 간의 국제적인 연대감을 실현할 수 있었다. 특히 일본의 경우는 점차 격화되어 가는 중국의 전투적인 민족주의를 소련의 조종에 의한 코민테른의 영향 아래에 있는 것으로 파악하여 공격하는 반혁명성을 보이기도 하였다.[8]

그런데 여기에 한 가지 덧붙여 살펴볼 것이 있다면, 베르사유-워싱톤 체제에 대한 공격이나 소련·코민테른의 혁명적 국제주의를 공격하는 반혁명성 등은 파시즘 형성의 주요 기저인 것은 분명한데 파시즘을 단지 이러한 점에 국한시켜 파악할 때 당시 자본주의 제국의 보수적 지배층 가운데 널리 존재하고 있었던 반베르사유-워싱톤 체제적이고 반소련·반코민테른적인 보수반동의 일반 형태와 변별성이 떨어진다는 것이다.

변별성이 주어지는 결정적인 요인은 그것이 대중사회를 기반으로 하는 대중운동이라는 점에 있음을 분명히 해둘 필요가 있다. 파시즘은 제국주의 전쟁과 자본주의 경제의 파탄으로 기존의 안정적인 생

활 조건을 박탈당한 중소시민층, 소농층, 지식인, 개량주의자에게 배신당한 일부 프롤레타리아, 퇴역군인들이 모여 성립된 것으로 주어진 역사적 조건에 따라 나라마다 다른 양상을 보이지만, 그 본질은 테러리즘과 의사혁명적인 슬로건의 결합으로 이루어져 있으며 이러한 슬로건을 광범위한 대중의 욕구와 기분에 호소함으로써 대중운동으로 전개되었다는 것이다.[9]

마루야마 마사오(丸山眞男)에 의하면 파시즘에는 국가기구로서의 파시즘과 운동으로서의 파시즘이 있다고 한다. 이 중에서 국가 기구로서의 파시즘을 파시스트 체제, 즉 민주주의 체제나 공산주의 체제와 같은 체제로서의 파시즘으로 이해한다면 무어의 입장은 체제로서의 파시즘에 가깝다고 볼 수 있다. 무어는 근대화론에 입각하여 전통사회에서 근대사회로 이행되어 나가는 도중에 영국, 미국, 프랑스처럼 자본주의적 민주주의를 추진해 나갈 부르주아 계층도 미약하고 러시아나 중국처럼 공산주의 체제로 이행되는 농민혁명도 없었던 사회, 즉 독일이나 일본에서 근대화를 위해 택할 수밖에 없었던 하나의 길, 혹은 유형으로서의 파시즘을 들고 있다. 즉 파시즘을 일정한 사회의 역사적 단계에 있어서 선택된 사회 체제로 파악하고 있는 것이다. 반면 마루야마는 파시즘을 하나의 새로운 사회 체제가 아니라 공산주의를 포함한 모든 진보적이고 전투적인 혁명적 상황과 이데올로기에 대응하여 나타나는 반혁명운동이라고 보고 있다.

> 파시즘에는 적극적인 목표와 일관된 정책이 없다. 유일한 목적은 오직 반혁명(反革命)뿐이다. 반공이라든가 반유태인 등 여러 가지 부정(否定)의 형태로밖에 자신의 주장을 표현할 수 없는 이유도 여기에 있다. (…) 이러한 반대세력의 출현은 혁명적 상황에서 비롯된 결과이지 원인은 아니므로 (…) 파시즘은 영원히 미완성인 채로 남아 있게 될 것

---

9 위의 논문, p.121.

이며 때문에 이것은 반혁명의 총체적인 조직화를 지향하는 끝없는 운동으로만 존재한다.[10]

요컨대 무어가 파시즘을 일정한 조건을 가진 사회가 근대화를 위해 겪어야 했던 역사적 형태라고 보고 있는 반면, 마루야마는 파시즘이 반혁명을 위해 앞으로도 나타날 수 있는 하나의 운동이라고 파악하고 있다.[11] 무어에 따르면, 보수적 근대화 과정에서는 국가가 자본의 축적 과정에서 중심적인 위치를 차지하게 되고, 그것을 위해 관료제와 강력한 군사기구 및 교육제도 등이 확립되지만, 이러한 보수적 근대화는 필연적으로 사회구조를 변화시키지 않고 추진되는 근대화가 되어 국왕에 대한 충성과 복종, 지배계급으로서의 토지귀족의 우월성과 신분의식 등의 반동적 요소들을 온존시키게 되는데 이러한 요소들이 결국은 보수적 근대화를 민주주의의 실패, 다시 말해서 파시즘의 길로 나아가게 하는 원인이 된다는 것이다. 또한 무어는 이 과정에서 파시즘이 보수적 근대화에 내재하는 모순, 즉 농업의 희생 하에 이루어지는 자본주의화에 따른 농민의 저항을 무마하기 위해 민족주의와 군국주의를 고양하게 된다고 보았던 것이다.

이와는 달리 마루야마는 파시즘의 대두 원인이나 성격을 근대화라는 역사적 현상과 특별히 연결시키지 않고 혁명적 상황에 대한 반동이라는 보편적 현상으로 파악하고 있다. 파시즘이 노골적인 형태로 출현하는 것은 그 나라 또는 그 나라의 세력 범위 내에서 혁명적인 상황이 첨예화되었고 혁명세력과 반혁명세력의 대립이 기존 지배체제의 안정성을 위협할 정도로 치열하게 나타날 때라고 마루야마는 주장하고 있다. 마루야마에 의하면, 절박한 혁명의 가능성이 없는 경우

---

10 丸山眞男, 「ファシズムの 諸問題」, 『現代政治の 思想と 行動』, 東京, 未來社, 1964, pp.268~269.

11 무어는 미국을 "최후의 자본주의적 민주주의혁명에 성공한 나라"라고 보고 있는 반면, 마루야마는 미국에서의 파시즘 대두 가능성을 우려하였다. B. Moore, 앞의 책, 丸山眞男, 위의 책.

라도 지배집단과 그 추종세력인 소시민들이 상황을 과대평가하거나 인접국의 혁명이 자국으로 전파될 위험성이 크다고 느끼는 경우에도 파시즘은 역시 급속한 속도로 발전할 수 있다는 것이다. 이러한 상황에서 발생한 파시즘은 위로부터의 파시즘과 아래로부터의 파시즘으로 구별될 수 있다고 보고 있다.

그런데 마루야마는 엄밀한 의미에서는 아래로부터의 파시즘이란 존재할 수 없는 것이며 혁명적인 것으로의 위장에 불과하다고 덧붙이고 있다. 파시즘은 아래로부터의 전복이 이루어질 수 있는 사회혁명이라고 볼 수 없기 때문이다. 아래로부터의 파시즘은 민간의 대중조직으로서 파시스트 정당이 주체가 되어 권력을 장악하는 과정을 밟는 경우로 독일, 이탈리아, 스페인 등이 그 유형이며, 위로부터의 파시즘은 기존 지배기구의 내부로부터 파시즘화가 진행되는 경우로 일본 및 미국의 파시즘화 경향이 그 대표적인 유형이라는 것이다.

이들이 구별되는 가장 중요한 요인은 그 나라의 민주주의의 경험과 혁명세력의 조직화 정도이다. 즉 민주주의의 경험이 있고 혁명세력의 조직화가 급속도로 진전될수록 반혁명세력도 대중의 조직화에 박차를 가하게 되어 아래로부터의 파시즘이 용이하게 되며 반대로 민주주의의 경험도 없고 혁명세력의 조직화가 약한 상태에서 반혁명의 필요성을 강조하고자 할 때, 다시 말해서 전쟁 위기 의식 등을 부각시키고자 할 때, 군부를 주축으로 하는 국가총동원체제와 같은 위로부터의 파시즘이 나타나 대중조직을 대체하게 된다는 것이다.[12]

2. 이탈리아 파시즘과 일본 파시즘의 비교

흔히들 파시즘의 대명사로 이탈리아 무솔리니의 파시즘과 독일 히틀러의 나치즘을 든다. 여기에 일본의 파시즘을 천황제 파시즘으로

---

12 안철현, 「일본파시즘을 보는 시각」, 『부산산업대학교 논문집』 제9집, 1988, pp.265~267 참고.

추가하거나 아니면 서구의 파시즘과 별도로 일본의 군국주의로 보는 경우도 있다. 그러나, 본 논문에서는 논의의 정리를 위하여 군국주의로만 보았던 학자들의 견해[13]는 배제시키기로 한다. 또한 파시즘의 범위를 위의 세 나라에만 한정지어 살펴보되, 특별히 이탈리아와 일본에 초점을 맞추어 논의를 전개할 것이다.

1) 파시즘의 대두

1914년 사라예보 사건으로 발발한 제1차 세계대전은 1918년에 독일의 항복으로 종식될 당시까지 세계의 모든 것을 바꾸어 놓았다 해도 과언이 아닐 것이다. 제1차 대전으로 말미암아 전후 유럽에는 이탈리아의 파시즘을 비롯하여 일련의 전체주의 정치사상과 운동이 등장하였다. 그리고 그 중 몇몇 국가에서는 그 전체주의적 정치사상을 표방하는 정치 세력이 정권을 장악하여 제1차 대전 전의 유럽과는 다른 새로운 정권들이 유럽을 지배하는 상황이 되었다.[14]

이 시기에 등장한 권위주의적인 정권들을 일반적으로 지칭하여 '파시스트 정권'이라는 용어를 사용하고 있다. '파시스트(Fascist)'라는 단어는 '파쇼주의자' '파시즘주의자' 다시 말해서 '파시즘을 신봉하고 주장하는 사람'이다. 고대 로마의 집정관들의 권위의 상징인 '파쇼(Fascio)'라는 용어는 이탈리아어로 '결속무리', '연대'를 의미하며 이탈리아의 정치계에서는 이미 1891년에 '시칠리아 연대(Fasci siciliani)'에서부터 등장하고 있고, 당시 '파쇼'라는 명칭을 사용하던 각종 사회단체들은 그나마 사회주의 계열의 단체들이 주를 이루었다.

---

13 대표적으로 본문 머리말에서 언급한 바 있는 두으스는 일본의 군국주의가 서구의 파시즘과는 다르다고 본다. 즉, 군국주의 시기의 일본은 히틀러의 독일이나 무솔리니의 이탈리아와는 사회적, 정치적 조건이 달랐기 때문에 그 정치 질서 또한 서구의 파시스트 일당독재체제와는 달랐다는 것이다. 두으스, 앞의 책, p.240.

14 제1차 세계대전 종식 직후인 1920년에는 28개의 유럽 국가 중에서 4개국을 제외한 26개국에서 의회 민주주의 체제가 유지되고 있었던 것이 1938년에 이르면 28개국 가운데 13개국이 독재국가로 변화되었다.

그러다가 정작 전체주의적이고 군국주의적인 의미를 띠기 시작한 것은 1919년 무솔리니가 '이탈리아 전투 연대(Fasci Italiani di Combattimento)'라는 자신들의 단체에 대해 '파쇼'라는 용어를 사용한 때부터[15]이다. 이것은 기존의 '정당(Partito)'과 성격을 달리하고 있음을 강조하기 위한 무솔리니의 의도가 포함된 것이었다.[16] 이런 의도로 사용된 '파쇼'가 하나의 거국적인 주의로 자리 잡게 된 데에는 공산주의를 공공의 적으로 간주하는 애국주의적 상황이 자리 잡고 있었다.

이미 앞 장에서 이야기한 바 있는 베르사유체제에 대한 불만이 가브리엘레 단눈치오(Gabriele D'Annunzio)라는 민족주의자의 피우메(Fiume) 점령사건[17]을 계기로 이탈리아 전역이 애국 이데올로기에 휩싸이게 되었다. 이러한 국가 이데올로기를 고취시킨 것은 단눈치오와 같은 민족주의 계열의 우익 인사들이었지만, 애국적인 사건을 재정적으로 지원했던 것은 당시의 정치가들과 산업자본가들이었다. 이 사건을 통해서 무솔리니는 자신의 파시스트 단체 강령의 사회주의적 잔재를 청산하고 온전히 우익 보수의 지원을 구하고자 했다. 결국 1920년 강령의 개정을 통해 국가주의를 최우선시하는 우익 정당으로 거듭나게 되었고, 사회주의 계열의 정당과 노동조합 등이 국가의 위협적인 세력, 공격대상으로 인식되어 자본가들과 우익 세력이 결집할 수 있는 여건이 마련되었다.

파시즘의 급부상으로 이탈리아 사회는 열병을 앓아야만 했다. 그

---

15 1919년 선거에서 전투연대는 단 한 명의 당선자도 내지 못했고, 무솔리니도 자신의 고향에서 낙선하는 사태가 벌어졌다. 이후 무솔리니는 다소 사회주의적 성향의 단체를 우익단체로 탈바꿈시켰고, 이 때부터 본격적인 전체주의와 군국주의적 성격을 띠기 시작했다. 김종법, 「공장평의회운동과 파시즘의 출현」, 『노동사회』 제74호, 한국노동사회연구소, 2003, p.144.

16 J. Pollard, *The Fascist Experience in Italy*, London, Routledge, 1998, pp.22~23 참고.

17 제1차 세계대전 때 이탈리아는 당시 유고슬라비아의 피우메(현재 크로아티아의 리예카Rijeka)를 포함한 달마치아의 영유를 약속받고 연합군 측에 참전하였으나, 베르사유조약에서는 그 약속이 실현되지 않았다. 이 결과에 불만을 품고 시인이자 소설가, 극작가, 정치가인 단눈치오는 1919년 12월12일 직접 의용대를 이끌고 피우메를 점령 16개월 간 자신의 개인 영지로 통치했다. 이때 그의 의용대원들이 입고 있던 검은색 제복은 훗날 파시스트의 상징물이 되었다.

것은 극우의 파시스트 세력이 극좌의 공산주의, 사회주의 세력을 몰아내기 위해 전국을 벌집 쑤셔놓은 것처럼 방화와 파괴, 폭력에 시달리게 했던 것이다.[18] 파시스트에 의한 권력 장악은 기정사실화 되었고, 결국 1922년 10월 28일 나폴리에서 개최된 파시스트 전당대회에서 일단의 젊은 파시스트들이 군주에 의한 국가수립이라는 구호를 외치면서 로마로 진군하여 로마의 관공서를 무력충돌 없이 점령하는 사태가 벌어졌다. 만약 일이 잘못 되면 스위스로 도망 갈 만반의 채비를 갖추고 밀라노에 있던 무솔리니는 왕으로부터 새 내각 구성의 임무를 받고 10월 30일 로마로 내려와 무혈입성함으로써 39세의 약관의 나이에 수상에 올랐다. 이로써 파시스트에 의한 합법적 지배가 시작되었고 무솔리니를 수반으로 한 파시즘 정부에 의한 독재국가가 수립되었다.

권력에 오른 무솔리니는 국가의 번영과 안정을 위한 회유 정책과 입장을 견지하고 보수 세력과 자본가들, 그리고 가톨릭 교회세력에 우호적인 태도를 보였다. 또한 파시즘 철학과 사상적 기반은 조반니 젠틸레(Giovanni Gentile)가 주도하였고, 베네데토 크로체(Benedetto Croce)를 비롯한 자유주의자들과 단눈치오와 같은 민족주의 계열의 보수적 우익 인사들, 그리고 마리네티(F. T. Marinetti)를 선봉으로 한 미래파들은 모두 명실상부한 지배권력 집단으로 부상하였다.

사실 '파시즘주의자', '파시스트'라는 용어는 이탈리아에서 처음 사용되었지만 이탈리아 파시즘만의 용어는 아닌 것이다. 그럼에도 "파시즘은 적어도 시작 단계에서는 이탈리아어로 등장"[19]하였고 그 이론이며 실천 강령 따위들도 이탈리아에서 시작하였음에 주목할 필요가 있다. 역사적 파시즘으로서의 이탈리아 파시즘이기에 주목하는 이유

---

18 사회당은 1920년 20만 명이던 당원수가 1922년 10월에는 2만 5천명이 안 될 정도로 급격하게 약화되었다. 파시스트 단체는 2년간의 활동 기간 중에 1500여명의 사상자를 내었다.

19 Roberto Vivarelli, *Interpretations of the origins of Fascism*, Journal of Modern History 63, March, 1991, p.29.

도 있겠지만 그것보다는 그 후발주자들인 독일과 일본의 파시즘에 실질적인 영향을 주었기 때문이기도 하다.

독일, 일본의 파시즘에서 독재가 수립될 때 지향했던 하나의 정치적 모델은 바로 이탈리아의 파시즘 체제였다. 그리고 처음에는 '운동'으로, 1925년 1월 3일 이후에는 '체제'로 독자적인 독재유형을 만들어 낸 인물은 이탈리아의 베니토 무솔리니였다. 그가 권력을 장악할 수 있었던 것은 민족주의적이고 보수주의적인 성향의 권력엘리트들을 자기편으로 삼아 여기에 정치적 토대를 두고 일종의 중재독재를 행사하는 방식을 이해했다는 바로 그 점 때문이었다. 그러므로 파시즘 독재의 특수한 성격은 이른바 단순한 일당독재 국가나 군주국이 아니었다는데 있다. 그 특성은 오히려 무솔리니가 형식상으로는 국왕이 보장해준 군대의 무력과 파시스트국민당 모두에 대한 경찰국가적 억압의 토대 위에 수립된 '파시즘의 지도자, 즉 두체(Duce)'라는 개인적인 총통 지위에 기초하고 있었다.[20]

이탈리아 파시즘과 독일 나치즘은, 그리고 넓은 의미에서는 일본의 파시즘 체제도 역시, 1919년에서 1945년까지 다른 국가들 속에서는 찾아볼 수 없을 정도로, 정치적으로 이데올로기적으로 긴밀한 체계적 상호 연관 속에 서 있었다. 히틀러에게 있어 무솔리니는 1933년까지는 정치 전략을 수립하는데 하나의 모범이었다. 그리고 히틀러는 파시스트 체제의 약점에 대한 온갖 실망감에도 불구하고 최후의 순간까지 무솔리니를 자신의 가장 중요한 정치적 대변자이자 유일한 정치적 친구로 간주하였다.[21]

파시즘에는 합리성에 입각한 통일된 논리와 이념이 결여되어 있다고들 한다. 1920년 파시스트 당 대회 연설에서 파시스트에게는 주의정강(主義政綱)이 없음을 무솔리니는 이미 표명한 바 있고, 1922년 정

---

20 Wolfgang Shieder, 최호근 역, 「20세기의 전시체제」, 『사총』 제55집, 역사학연구회, 2002, p.332.
21 위의 논문, p.330.

권 장악 당시에도 "우리의 정강은 간단하다. 우리의 목적은 이탈리아의 지배에 있다. 사람들은 우리에게 정강을 요구하나 그런 것은 이미 너무나 많지 않은가, 이탈리아를 구제하는 것은 오직 정강이 아니라 사람과 의지의 힘인 것이다. 즉 실행이 있을 뿐 이론은 없다."라고 외쳤다. 정권의 획득과 그 유지가 궁극적인 목적이기 때문에 실천도상에서 필요에 따라 당면한 목표를 내걸 뿐이고, 거기에 일관된 통일성이나 체계는 없는 것이다. 파시즘은 실행주의나 행동주의에 불과하다고 볼 수 있는 것이 바로 이런 이유 때문이다.

이탈리아의 파시즘과 나치즘은 세기 전환기의 지적, 문화적 격변의 와중에서 탄생한 것이다. 흔히 "실증주의에 대한 반란"으로 표현되는 그와 같은 격변은 무엇보다도 계몽주의와 프랑스 혁명의 성과를 거부하는 데 있었다. 그리고 이러한 거부는 19세기를 주도한 합리주의와 자유주의, 마르크스주의에 대한 반발과 수정으로 나타났다. 니체(F.Nietzsche : 1844~1900), 베르그송(H.Bergson : 1859~1941), 르 봉(G.Le Bon : 1841~1931), 소렐(G.Sorel : 1847~1922) 을 위시하여 엘리트주의 사회학, 사회적 다원주의 등으로 대표되는 "실증주의에 대한 반란"은 19세기의 주도적인 사상과 실천이 근본적으로는 물질주의[22]이며 이러한 물질주의야말로 유럽 문명의 쇠퇴를 조장하였다고 주장하였다. "실증주의에 대한 반란"이 합리주의에 대한 근본적인 거부로 표현되었다고 할 때 그것은 자연스럽게 인간의 속성 가운데 이성보다는 감정, 의지, 본능, 직관의 힘을 중시하는 방향으로 나아갔다.

니체의 권력에의 의지나, 베르그송의 직관의 힘과 행동주의, 그리고 소렐의 신화 이론은 모두 이성과 합리주의에 대한 총체적 비판의 산물이다. 이탈리아의 파시즘과 독일의 나치즘은 이러한 이성과 지성에 대한 믿음을 의지와 정신, 신화의 힘으로 대체하려는 당시의 지적, 문화적 흐름을 공유하고 있다. 이들에게 있어 이념과 이론에 대한

---

22 합리주의와 물질주의의 기계론적 표현을 실증주의로 간주함.

강조는 부르주아적 퇴폐의 다른 표현이자 평범함과 따분함을 조장하는 것에 지나지 않는다. 무솔리니가 "파시스트는 평온한 삶을 혐오한다"[23]고 하였을 때 바로 이러한 분위기를 요약적으로 표현하고 있는 것이다. 또한 인간이란 본질적으로 합리적 존재가 아니며, 이론이 대중을 동원하는 데 실패하는 이유도 바로 여기에 있다는 것이다.

인간들에게는 사상이 아니라 행동이야말로 개인과 사회를 변혁할 근본적인 추동력으로 간주되었다. 합리주의는 사상과 행동을 분리시키고 전자에 집착함으로써 행동의 활력과 에너지를 약화시키는 주범이었다. 또한 이들은 추상적 원리와 보편적 인간관으로는 인간의 집단성 다시 말해서 인종이나 민족 등의 비밀을 이해할 수 없을 뿐 아니라 환경과 역사와 집단성의 산물로 획득된 인간 영혼의 힘을 파괴한다고 믿었다. 이탈리아 파시즘과 나치즘의 민족주의가 신비적인 성격을 띠고 있는 것은 따라서 놀라운 일이 아니다.[24]

파시즘의 용어 역시 최초의 탄생에서부터 현재에 이르기까지 매우 다양하게, 매우 모호하게 사용되어 왔다. 파시즘을 '이탈리아 자유주의의 도덕적 쇠퇴' 현상으로 본 크로체에서부터 '성장하는 중산층의 운동'으로 본 이탈리아 역사가 렌초 데 펠리체(Renzo de Felice : 1929~1996)에 이르기까지 파시즘의 개념에 대한 많은 학자들의 연구는 파시즘에 대한 이해를 더욱 어렵게 만들었다. 심리분석적인 이론을 이용한 에리히 프롬(Erich Fromm : 1900~1980)같은 이들은 파시즘을 정신병리학적인 '혼란' 상태로 보았고, 1920년대 1930년대 마르크스주의자들은 파시즘을 자본주의의 대리인으로 간주하여 전후 냉전 시기를 거치면서 파시즘을 전체주의라는 큰 틀 안에서 설명하려는 시도를 하였다.

그리고 이와 아울러 몇몇 경제사가들은 파시즘이 이탈리아의 근대

---

23 Benito Mussolini · Giovanni Gentile, <*The Doctrine of Fascism*>, *Italian Fascisms From Pareto to Gentile*, London, Jonathan Cape, 1973, p.40.

24 김용우, 「파시즘과 전쟁 - 계급투쟁에서 민족투쟁으로」, 『이대사원』 제32집, 이화여자대학교 사학회, 1999, p.104~105.

화에 중요한 역할을 하였다고 보고 있으며 60년대 이후 등장한 소위 수정주의사가들은 파시즘을 전통적이고 자유주의적인 정치 계층에 대해 도전하는 '성장하는 중산층의 운동'이라고 주장하여 파시즘의 혁명성을 강조했다. 그리고 홉스봄(E. Hobsbawm)은 파시즘에 대해 그 것이 민족주의를 중심으로 보수적인 가치관과 대중민주주의의 기술, 그리고 비합리주의적 야만성의 혁신적인 이데올로기를 결합시킨 것[25]이라 보고 있다.

이러한 이유로 인해서 파시즘의 본질 역시 대단히 애매하고 파시 즘이 일어나고 융성했던 각국의 특수조건이 농후하게 가미되어 나갔 기 때문에 그에 대한 진지한 파악 역시 더욱 용이하지 않은 것이다. 그 러나 통일된 체제나 논리가 없다고 해서 공통된 일반 경향이나 포괄 적인 성격마저도 없다는 것은 아니다. 이제 파시즘의 대표적인 공통 된 특성들을 나열하면서 이탈리아 파시즘과 일본 파시즘의 공통점을 끌어내고 일본 파시즘이 이탈리아의 파시즘에 영향을 입었음을 살펴 보고자 한다.

2) 파시즘의 대표적 특성

(1) 국가지상주의

우선 파시즘의 대표적 여러 특성 중에서 가장 먼저 언급할 것은 파 시즘은 국가지상주의 내지 민족지상주의를 근본 이념으로 한다는 사 실이다. 이것이 근본 이념이라고 해서 무솔리니의 파시즘과 히틀러 의 나치즘의 주장이 같다고 할 수는 없다. 무솔리니가 국가 지상주의 를 내세우는 데 반하여 히틀러는 민족지상주의를 내세우기 때문이 다. 흔히 이탈리아 파시즘의 국가주의와 나치즘의 인종주의는 둘 사 이의 차이점을 입증하는 주요 근거 가운데 하나로 여겨져 왔다. 그러

---

25 에릭 홉스봄, 『극단의 시대 : 20세기 역사, 상』, 이용우 옮김, 까치, 1997, p.170.

나 전자의 국가주의적 경향과 후자의 생물학적 결정론은 극단적 민
족주의의 서로 다른 표현이다. 이탈리아의 파시즘이 국가에 높은 가
치를 부여한 까닭이 민족 형성의 주체로서의 역할 때문이라면 나치
즘의 인종주의는 민족 보존을 위한 핵심 논리였다.

역사적 환경의 차이로 말미암아 극단적 민족주의라는 동일한 이데
올로기는 이탈리아에서 국가주의의 면모를 띠었다면 독일에서는 강
력한 인종주의로 구체화되었던 것이다. "국가 이외에는 아무것도 없
고, 국가에 적대하는 것은 아무것도 없다. 모든 것을 국가에"라고 말
한 무솔리니는 다시 "파시즘은 인민주권설을 부인하고 국가주권설을
선언한다"라고 언명하였다. 이탈리아 파시스트 노동헌장 제1조에는
"이탈리아 국민은 목적, 생명, 또 그 활동방법에 있어서 국민을 구성
하는 각 개인이나 집단의 목적, 생명, 활동방법을 우월하는 유기체"라
고 규정되어 있다. 이러한 국가지상주의 내지 민족지상주의는 파시
즘에 있어서 가장 중요한 공통점이라 할 수 있다.

사회와 개인의 관계를 어떻게 파악하느냐의 기본 문제에 있어서
먼저 개인이 있고서야 사회가 있다는 민주주의적 사고방식과는 정반
대되는 파시즘적 공통성의 울타리 안에서는 사회를 떠난 개인이란
현실적으로 존재할 수 없는 추상적 공론에 불과하다. 무솔리니는 "낡
은 관념에 의하면 국가를 낳는 것은 국민이라고 했지만 그것은 잘못
이고 오히려 국민은 국가로부터 창조되는 것"[26]이라고 말하면서 국가
의 중요성과 국가를 위해서라면 개인, 즉 국민이 수단이 될 수 있음을
강조하고 있다. 모든 개인과 주체는 국가의 도구로, 국가를 떠나서는
존재 가치조차 없다는 것이다.

파시스트에게 있어 모든 것은 국가 속에 있으며 국가를 벗어나서는
(…) 어떠한 인간적이고 정신적인 것도 존재하지 않는다. 이러한 의미

---

26 Benito Mussolini · Giovanni Gentile, 앞의 책, p.43.

에서 파시즘은 전체주의적이다. 모든 가치의 종합이자 통일인 파시스트 국가는 인민의 삶 전체를 해석하고 발전시키며 활력을 불어 넣는다.[27]

이러한 상황이라면 국가의 간섭으로부터 개인의 자유를 어떻게 수호하느냐 하는 인민의 기본권 같은 것은 문제조차 될 수 없는 것이고 국가나 민족의 이름으로써 간섭할 수 없는 개인의 자유영역 따위는 상상할 수조차 없는 것이다. 여기에는 젠틸레의 '정치의 신성화'라는 '정치종교'적 개념이 적용될 수 있다. '정치의 신성화' 다시 말해서 국가, 민족, 계급, 인종 등 여러 형태로 상상된 정치공동체의 신격화 및 역사, 혁명, 자유 등 정치적 이념의 절대화, 그리고 신화와 상징 및 정치적 숭배와 의례를 통해 대중을 체제 내로 통합시켰고, 스스로를 적법화 했다는 사실이다.

무솔리니와 젠틸레의 사상에 의하면, 정신적이며 도덕적 실체로서의 파시스트 국가는 시민적 덕성을 개인들에게 심어주고 그 의무를 일깨워주며 단결시키는 교육자이다. 또한 파시스트 국가는 각 개인의 이해관계를 조화시키며 과학, 예술, 법 등의 분야에서 이룩된 사상적 업적을 전수하고 인간을 아무것도 없는 초보적 삶의 단계에서 인간 능력의 최고의 표현인 제국으로 이끄는 안내자이다. 이러한 정신적, 도덕적, 보편적 국가는 동시에 전체주의적이다.[28]

또한 젠틸레의 '정치의 신성화'라는 '정치종교'적 개념은 심지어 나치의 유태인 대학살에 이르기까지 전체주의 체제가 자행한 폭력과 테러의 근저에 놓인 종교적 모티브와 이것의 대중적 호소력을 강조하기 위해 사용되기도 했음에 주목할 수 있다.[29] 나치 이데올로기에서

---

27 위의 책, p.42.

28 위의 책, pp.53~54 참고.

29 나인호·박진우, 「독재와 정치종교 : 독일 나치즘과 일본 파시즘의 상징의 정치」, 『대구사학』 제79권, 대구사학회, 2005, p.255~256 참고.

가장 명확하게 나타나는 인종주의와 반유태주의는 독일의 이상적 민족 공동체를 회복하고 수호하며 발전시킬 수 있는 기반으로 파악되었고, 극단적 배타성의 산물이었다. 이탈리아의 파시즘과 독일의 나치즘은 모두 극단적 민족주의를 핵심 이데올로기로 삼고 있다는 점에서 차이점 보다는 공통점이 두드러진다. 그럼에도 불구하고 문화적, 전통적, 제도적 차이에 따라 극단적 민족주의는 상이한 모습을 띠고 있었던 것이 사실이다. 독일의 나치즘은 과격한 생물학적 인종주의를 표출하였으며, 이것이 이탈리아의 경우에서는 찾아볼 수 없는 체계적인 유태인 박멸 정책으로 구체화되었던 것이 사실이다.

극단적 민족주의인 국가지상주의 내지 민족지상주의는 일본 파시즘에도 그대로 드러난다. 일본의 정치가 키타 이키(北一輝 : 1883-1937)가 대표한 일파는 '인간으로 태어난 신(神)인 폐하'를 절대시하면서 쿠데타를 성공시켜 천황과 민중을 일체화함으로써 특권계급에 대항하겠다는 주장을 내세우고 있었다. 이들은 전통적 가치관을 바탕으로 천황 중심의 강력한 국민 통합을 주장하였던 것만큼 반서양적 반입헌민주적인 배외적 국가지상주의였다. 이러한 국가지상주의 특성은 이탈리아의 국가지상주의와 비교될 수 있는 것으로 물론 세부적으로는 다를 수 있으나 이탈리아의 국가지상주의에 영향을 받아서 주장되었음을 미루어 알 수 있다. 이러한 사실은 1920년대와 1930년대 초·중반에 일본에서 출판된 이탈리아 파시즘 관련 단행본 책자들[30] - 1920년대 자료

---

30 이 책자들의 목록을 살펴보는 것만으로도 증명에 무리가 없을 것이라고 판단되어 여기에 그 서명 및 연대를 간단하게나마 나열해보면 다음과 같다. 『ムッソリニ傳記』(中西勝太郎, 京都, 1924), 『ムッソリニとファシスト運動』(良書普及會, 東京, 1925), 『ファッショ運動とムッソリーニ』(文明協會, 東京, 1927), 『伊太利におけるファシズム』(弘文堂書房, 東京, 1927), 『(伊太利における)ファシズム運動』(白揚社, 東京, 1927), 『怪傑ムッソリーニ』(新興社, 東京, 1928), 『ファシズム伊太利とムッソリーニ』(自由評論社, 東京, 1928), 『ファシズムに對する鬪爭』(叢文閣, 東京, 1928), 『ムッソリーニとその思想』(實業之日本社, 東京, 1928), 『我輩はムッソリーニである』(忠誠堂, 東京, 1928), 『ムッソリーニとそのファシズム』(實業之日本社, 東京, 1928), 『伊太利ファシストの勞動憲章』(日東社, 大阪, 1928), 『ムッソリーニ自敍傳』(金星堂, 東京, 1929), 『ムッ

15권, 1930년대 자료 25권 정도 - 을 통해서 살펴볼 수 있는 바이다.

위의 자료들은 단행본들 중에서 이탈리아 파시즘에 관련된 서적들만을 선별한 것이다. 1924년 무솔리니 전기로부터 시작하여 파시스트 운동과 무솔리니에 대한 책자들이 초창기에 출판되다가 점차 파시즘에 대한 구체적인 사상, 정책, 교육 등으로 확장되는 데 특히 눈에 띄는 것은 1933년 출판된『파시즘의 국가사상(ファシズムの國家思想)』이다. 그리고 1938년, 1939년 연이어 출판되고 1940년대에도 계속해서 출판되는『파시스트 국가관(ファシストの國家觀)』책자들이다. 또한 1929년에 출판된『파시즘론(ファシズム論)』에도 이미 국가사상과 국가관이 소개되고 있다.

이러한 자료들로만 봐도 이탈리아 파시즘의 국가지상주의적 특성이 일본 파시즘에 그대로 영향을 끼쳤다는 사실을 알 수 있게 한다. 위의 자료에는 당시 신문에 나온 기사들과 잡지에 실린 평론 및 글들은 포함시키지 않은 것이니 당시 일본의 이탈리아 파시즘 수용은 이미 위에서 독일이나 일본이 이탈리아의 파시즘을 모범으로 삼았음을 밝힌

ソリニの獅子吼』(大日本雄辯會講談社, 東京, 1929),『ファシズム論』(希望閣, 東京, 1929),『ムッソリィニ恐怖政治と牢獄脱走記』(赤爐閣書房, 東京, 1930),『ムッソリーニ政治の功罪』(タイムス出版社, 東京, 1931)『ファシストの國民基礎教育』(タイムス出版社, 東京, 1931),『ムッソリニ』(春陽堂, 東京, 1931),『有效期間十日間 : 他三篇 -Mussolini』(改造社, 東京, 1931),『ファッショ治下の伊太利』(平凡社, 東京, 1931),『ファシズムとは何か : ファシズム內外文獻』(勞農書房, 大阪, 1932),『ファシズムと社會ファシズム』(希望閣, 東京, 1932),『ファッショ政體に於ける勞動政策』(春秋社, 東京, 1932),『ファシスト政府の經濟政策』(東亞經濟調査局, 東京, 1932),『ファシストの經濟政策並統制經濟資料』(調査資料協會, 東京, 1932),『自己を語る-Mussolini』(中央公論社, 東京, 1933),『ファシズムの國家思想』(中央報德會, 東京, 1933),『伊太利社會經濟史』(章華社, 東京, 1933),『最近の伊太利政治 : ムッソリーニの國策』(言海書房, 東京, 1935),『ファシスト革命』(日本評論社, 東京, 1935),『ファシズム論』(三笠書房, 東京, 1935),『ムッソリニ伝』(大日本雄弁會講談社, 東京, 1936),『ファシズムの諸問題』(叢文閣, 東京, 1936),『全體主義の原理』(白揚社, 東京, 1938),『ファシストの國家觀』(外務省調査部, 東京, 1938),『ナチス及ファシストの國家觀』(日本國際協會, 東京, 1939),『ファシスト伊太利の價格統制』(企劃院, 東京, 1939),『ファシスト伊太利の政治組織とその運用並に反對派勢力』(外務省調査部第二課, 東京, 1939),『伊太利は奮起した』(實業之日本社, 東京, 1939).

바 있지만 그에 대한 충분한 증명이 될 수 있으리라 본다.

이 단행본 책자들 중에서 가장 먼저 일본에 이탈리아 파시즘에 대한 체계적인 자료로 인정이 되는 번역물로는 특히 줄리오 아퀼라(Giulio Aquila)의 『이탈리아의 파시즘(Il fascismo in italia)』이다. 1927년 같은 해 거의 때를 같이 하여 두 곳에서 동시에 출판된 『이탈리아에 있어서의 파시즘(伊太利における ファシズム)』 그리고 『이탈리아에 있어서의 파시즘 운동(伊太利に於ける ファシズム運動)』이 바로 그 장본인들이다. 이 일본어 번역본들의 내용을 목차 순서로 살펴보면 다음과 같다. <파시즘의 역사적 의의>, <이탈리아 파시즘의 발전 경로>, <파시즘의 정권에로 나아가다>, <파시스트 국가>, <이탈리아에 있어서의 파시즘의 파탄>, <파시즘에의 투쟁으로!>, <이탈리아로부터 배우자(イタリから 學べ)!> 등이다.[31] 이 내용들 중 마지막에 나오는 <이탈리아로부터 배우자!>라는 항목으로만 봐도 이탈리아 파시즘 소개 책자의 역할을 미루어 짐작할 수 있으며 시기적으로도 1927년에 번역 출판되어 널리 소개되면서 1920년대 후반 일본 파시즘의 국가지상주의적 특성을 강화해주는 계기가 되었다고 볼 수 있다.

이러한 이탈리아 파시즘 소개 책자가 일본의 천황제 파시즘에 대한 국민 계층의 호응을 불러일으키고 확산시켜, 보다 강력한 천황 중심의 국민 통합을 실현시키는데 일조했음은 부인할 수 없을 것이다. 이에 대한 직접적인 근거는 『키도일기(木戸日記)』[32]에서 언급된 내용, 즉 "이탈리아 파시즘과 같은 정치를 실현하기 위해서 오오카와 일파와 손잡는 것이라면"[33] 하는 글을 통해서 이다. 이 글의 내용으로 보건

---

31 졸고, 「이탈리아파시즘의 이입양상 - 일제강점기를 중심으로」, 『이탈리아어문학』 제9집, 한국이탈리아어문학회, 2006년 12월, pp.53~54.

32 일본의 초기 폭동 계획인 3월사건(1931)의 동기 및 목적 등의 내용으로 키도(木戸)가 아리마 요리야스로부터 들은 것이다. 아리마는, 사건의 당사자 오오카와 슈메이로부터, 다이코오샤의 시미즈 교오노스케를 통해서 참가를 종용받았으므로, 당시의 사정을 모두 알고 있었다. 마루야마 마사오, 『현대정치의 사상과 행동』, 김석근 옮김, 서울, 한길사, 1997, p.308,

33 위의 책, 같은 쪽, 재인용.

대 이탈리아의 파시즘을 모방하려는 일본 파시즘의 모습이 분명하게 드러나 있다.

이탈리아의 파시즘을 소개하는 번역서들이 전격적으로 출판되었던 1927년은 일본에게 경제적으로 우울한 의미를 주는 해였다. 제1차 세계대전 기간 중 구미국가들이 아시아시장에서 물러간 틈을 이용해 일본이 아시아 시장을 장악하고 군수물자 판매 등으로 전례 없는 호황을 누려 공업시설도 급속도로 확장 되는가 했는데, 1차대전 후 서양 세력의 아시아 재진출로 일본의 몫이 상대적으로 축소되었고, 무모한 시설 확충으로 인해 만성적 공황에 빠지게 된 해이다. 더욱이 1923년의 관동대지진 이후 복구에 따른 여파에 허덕이던 일본의 경제는 이미 1927년부터 금융공황이 시작되고 있었던 것이다.

1929년 세계 경제공황이 발생하자 위기를 맞은 일본은 마침내 1931년 만주사변을 일으키고 세계 각국으로부터 비난을 사게 되었고, 대외적인 위기를 극단적인 행동을 통하여 해결하려 한 것이 국제적인 고립을 자초하고 말았다. 이러한 상황에서 국력을 집중한다는 명목 하의 사상 탄압과 위기를 타개한다는 해외침략이 군부에 의하여 주도되어 갔던 것이다. 1920년대부터 민간에서 처음 나타나기 시작한 국수주의사상은 구미국가들의 일본에 대한 견제, 국제사회주의 세력의 확대, 식민지 즉 한반도에서의 민족해방운동, 일본 내의 사회경제적 불안 등으로 인하여 그 영향력이 점차 확대되어 보수적 성향의 일본군에 침투하였으니 이는 군국주의의 이념의 기틀을 마련하여 준 셈이었다.

이러한 상황에서 천황 중심의 강력한 국민통합을 주장하던 일본 파시즘의 국가지상주의는 기반이 약한 정당정치, 자유주의적 진보파 지식인들, 그리고 위기를 해결하지 못하는 경제체제를 위협하고 공격하게 되었다. 일본의 보수적 국수주의사상은 공황으로부터 탈출을 원하는 여러 국민 계층의 요구를 대변하는 것이 되어, 특히 중·하층의 호응을 받을 수 있었다. 일본에서는 특히 농촌갱생운동이나 재향군인회의 활동이 여기에 큰 역할을 하였다.

이는 이탈리아의 파시즘과 유사하게 아래로부터의 지지를 받은 일본 파시즘의 모습[34]이라고 할 수 있다. 이탈리아에서도 파시즘이 가장 크게 의지했던 지지층은 중산계급과 농민이었으며, 복원된 군인의 태반이 여기에 속해 있었다. 농민층에 대해서는 곡물류에 대한 보호관세의 창설, 간척, 관개, 식목 등을 포함한 <토지개량책>, 소맥증산장려운동 등의 조처가 강구되는 한편 무솔리니 자신이 농작물의 추수에 참가한 극적인 장면도 연출되었다. 농민층은 그때까지 전혀 소홀히 할 수 없었던 존재였던 만큼 이러한 대책이 농민에 대한 관심을 불러일으키는 데 커다란 역할을 했을 것임은 의심의 여지가 없다.

이러한 상황을 잘 나타내주고 있는 이탈리아 파시즘 문학의 전형으로는 1930년 이탈리아에서 출판되어 문학상까지 받은, 미래주의 작가 마리오 카를리(Mario Carli) 원작의 장편소설 『무솔리니의 이태리인(L'Italiano di Mussolini)』이다. 일본에서는 1943년에 같은 제목 『무솔리니의 이태리인(ムッソリーニの伊太利人)』(금일의문제사, 동경, 1943.5)으로 번역 출판된다. 무솔리니가 "이탈리아의 자원을 한껏 개발한다면, 다시 말해서 이탈리아가 파시스트 정권 아래 있는 한, 비록 인구가 천만이 늘어난다 한들 집과 식량은 충분히 확보될 것"[35] 이라고 말하면서 확신에 찬 태도를 보였을 때 민중이 울부짖은 환호성은 본심에서 우러나온 것이 사실이었다. 인구장려정책을 폈던 파시즘은 당연히 그들의 의식주도 확보할 수 있었던 것이다. 이러한 일련의 <토지개량책>, 소맥증산장려운동은 일본의 농촌갱생운동과 그 맥을 같이 하고

---

34 이에 대해서 마루야마 마사오는 독일, 이탈리아, 스페인 등은 '아래로부터' 유형의 파시즘이고, 반면에 일본은 '위로부터' 유형의 파시즘이라고 구분하면서 "일본 파시즘의 이른바 정통적인 이데올로기는 자신을 나치스나 이탈리아 파시즘과 극렬 구별했으며" 그러면서도 이와 모순되게 일본 "군부는 이에 공명하여 이탈리아의 파시즘과 같은 정치를 실현하기 위해서" 라는 말을 하고 있다. 위의 책, pp.307~308 참고.

35 위의 책, p.71 재인용.

있으며, 오히려 일본의 농촌갱생운동이 이탈리아 파시즘을 소개하던 책자들에 영향을 입어서 더욱 발전하게 된 것이 아닌가 할 정도이다.

그런데, 마루야마 마사오는 일본 파시즘의 이데올로기의 특질 중 하나로 농본주의적 사상이 대단한 우위를 차지하고 있음을 명시하고 있다.[36] 서구의 파시즘의 공통된 경향인 "강력한 권력의 집중과 국가 통제의 강화를 향한 지향이, 일본의 경우에는 농본이데올로기에 의해 굴절되었"[37]음을 강조하고 이는 "절실한 사회적 기반"과 관련이 있음을 언급하고 있다. 이미 메이지 유신시기부터 이어진 일관된 전통이 이러한 농본주의적 경향임을 지적하면서 1929년에 시작된 세계공황이 일본에서는 특히 농업공황으로서 최대의 맹위를 떨쳤던 사실은 다름 아닌 "일본 자본주의를 덮친 공황이 구조적으로 가장 약한 농업부문의 최대의 중압이 되어 나타난 것은 당연한 일"임을 명백히 하고 있다. 그러면서 동시에 일본 농본 이데올로기의 모순점을 다음과 같이 간파하고 있다.

> 그런데 일본의 파시즘에서 그처럼 농본이데올로기가 매우 우세했다는 것 — 이것은 다른 한편에서 파시즘의 현실적인 측면으로서의 군수생산력의 확충, 군수공업을 중심으로 하는 국민경제의 재편성이라는 현실의 요청과 분명히 서로 모순됩니다. 그래서 파시즘이 관념의 세계로부터 현실의 지반으로 내려감에 따라서 농본이데올로기는 환상(illusion)으로 변해가는 것입니다. 그것이 우익세력, 특히 군부의 이데올로기의 비극적인 운명입니다.[38]

일본 파시즘이 서구의 파시즘과 다른 점 중에서 마루야마 마사오는 농본주의적 특성을 그 중의 하나로 꼽고 있는데, 이에 대해서는 이

---

36 위의 책, pp.80~95 참고.
37 위의 책, p.87.
38 위의 책, p.89.

탈리아 파시즘의 초창기 대표적인 특성이 농본주의적 파시즘임을 간과한 것으로 본다. 이미 1921년에 농업국가였던 이탈리아로서는 농업문제를 해결하기 위해서 파시스트 농본주의적 강령을 발표하기도 하였다.[39] 또한 초창기 파시즘을 '농본주의적 파시즘(Fascismo Agrario)'[40]이라고 부르고 있기도 하다.

1929년 세계공황 이후 일본에서 국력을 집중한다는 국가지상주의 명목하의 사상 탄압과 내부의 정치, 경제위기를 타개한다는 해외 침략이 군부에 의하여 주도되어 가면서 점차 유럽, 특히 이탈리아의 파시즘 체제의 외형적인 특징들을 두루 갖추게 되었음에 주목할 필요가 있다. 이탈리아에서 무솔리니 역시 국가주의를 고양시킴으로써 공황을 극복해야겠다고 생각하였고 1930년대의 세계공황에도 영토확장정책의 야망을 노골화하기 시작하였던 것이다.

무솔리니는 부유한 나라들로부터 매일 매일의 빵을 착취당하고 있는 프롤레타리아 국가가 존재한다는 슬로건을 내걸고 세계의 부는 보다 공평하게 배분되어야 할 것임을 주장했다. 식민제국을 건설함으로써 이탈리아가 외국의 공급을 바라고 있는 원자재류를 자국 내에서 조달할 수 있도록 하고 동시에 국내의 과잉인구의 배출구를 모색하자는 것이 무솔리니의 생각이었다.

에티오피아 침공으로 이탈리아는 국제연맹으로부터 제재를 당하는 궁지에 몰렸지만, 그것이 이탈리아 국민들로 하여금 무솔리니의 휘하로 집결하게 하는 효과를 가져왔던 것이다.[41] 무솔리니에 대한 신

---

39 강령 중에 그 첫 번째가 "농토를 농사짓는 사람에게(La terra a chi lavora)"이다. Renzo De Felice, *Mussolini il fascista : La conquista del potere*, Torino, Einaudi, 1995, pp. 736~739 참고.

40 위의 책, 제 1장에서 농본주의적 파시즘에 대해 설명하고 있다. pp. 3~99 참고.

41 대내적 동원과 대외적 침략간의 연관관계를 명백하게 드러내주는 사실은 초기의 제국주의적 성과가 드러난 후 독일, 일본, 이탈리아 국민들이 독재체제에 대해 최대의 지지를 보여주었다는 점이다. 이런 현상은 일본에서는 만주사변 이후인 1932년에, 이탈리아에서는 아비시니아 전쟁 후인 1936년에, 그리고 독일에서는 대(對) 폴란드 전쟁 이후인 1939년에 나타났다. 특히 정복 지향적 대중동원은 신속한 군사적 승리가 이루어질 때에만 가능했고 패전 속에서는 이룩될 수 없었다. Wolfgang Shieder, 앞의 논문, pp.346~347.

앙이 절정에 이른 것은 이 무렵의 일로, "내 입에서 나오는 말은 언제나 옳다"고 단언할 만큼 두려울 것이 없는 두체(Duce) 무솔리니가 군모를 쓴 씩씩한 모습의 초상화로 이탈리아 전국 곳곳의 벽이란 벽에 모조리 나붙을 정도였다. 일본이 천황 중심의 강력한 국민통합을 이루고자 했던 것과 마찬가지로 무솔리니 역시 자신인 두체를 중심으로 국론을 통일, 통합하기에 무엇보다도 힘을 쏟았다.

(2) 인간의 평등원리 부정

국가지상주의에 뒤이어 파시즘의 대표적 특성으로 파시즘은 인간의 평등원리를 부정한다는 점을 언급할 수 있다. 자유에 관한 인간의 자연권을 부인하며 인간 그자체로서의 평등권을 인정하지 않는 것이다. "파시즘은 수가 단지 수에 불과하다는 이유에 의하여 그것이 인류사회를 지도할 수 있다는 것을 부정한다. 인간 본래의 불평등이 크다는 사실을 인정한다. 인간은 보통선거와 같은 외부적, 기계적 사실에 의하여 평등화될 수는 없는 것"이라고 말한 무솔리니의 말은 파시즘의 이 특성에 대한 전형적인 주장이고 발언이다.

파시즘은 수에 의한 지배원리 대신 지도자 원리에 입각한다. 파시즘은 국민 대중이 사회적 이익의 옹호자로서 부적당하다는 점을 강조하면서 이러한 임무달성에 가장 적합한 것은 영웅의 직감과 그 전통적, 유전적 성격이라고 말한다.[42] 그리고, 이러한 영웅적 지도자만이 국가 통솔의 임무를 위임받을 수 있음을 강조하고 있다. 이것은 파시즘의 반민주적인 사고방식의 귀결인 동시에 독재주의, 절대 복종주의, 폭력주의 등의 파시즘적 속성이 이러한 지도자 원리에서 나오고 있음을 뒷받침하고 있는 것이다.

"무솔리니는 항상 옳다"라는 슬로건이나 "지도자의 의지, 법률이다"라는 슬로건을 통해서 지도자가 절대복종의 대상임을 강조하고

---

42 에릭 홉스봄, 앞의 책, p.145.

절대복종이 "최고의 규율인 동시에 최고의 도덕"이라고 규정하면서 국민들에게 의무와 명예의 굴레를 동시에 씌운다. 그러므로 지도자에게 절대복종을 이행하지 않는 자들에게는 무자비한 탄압, 즉 폭력주의가 뒤따르는 것이다. 파시스트에게 '폭력은 용기의 표증이고, 예찬의 대상'[43]인 것이다. 무솔리니는 정부에 불만을 품는 일이 국가의 단결을 위태롭게 할 정도로 큰 흐름이 되려고 할 때에 "다만 힘에 의해서만, 힘의 집결에 의해서만, 그리고 필요에 따라서는 이 힘을 용서 없이 행사함으로써만 방지할 수 있는 것"이라고 역설하면서 "힘은 '동의의 발견'을 유도할 수 있을 뿐만 아니라 만일 그렇지 않고 동의가 결여되었을 때에도 힘은 의연히 힘으로서 존재"함을 부각시켰고, 또한 "파시스트 당원들이여! 혁명은 곤봉에 의하여 성취되었다는 사실을 잊어서는 안 된다"는 말로써 폭력의 정당성을 강조한 바 있다. 이러한 폭력의 정당성에 대한 무솔리니의 섬뜩한 말은 다음의 글에서도 잘 나타나고 있다.

> 누구나가 제 머리로 사고할 수 있다는 따위의 어리석은 공상은 당장에 청산하지 않으면 안 된다. 이탈리아에는 단 하나의 파시즘이라는 머리밖에는 없으며, 통령(Duce)이라는 뇌밖에는 없다. 이단자의 머리는 가차 없이 하나도 남기지 않고 까부셔야만 한다.[44]

파시스트당의 수령인 무솔리니는 자신의 개인적 사상과 독재적 정치이론을 중심으로 당을 선도하였기 때문에, 그 이론이 어떠한 주의나 이념적 체계를 기초로 한 이데올로기라기보다는 행동적 실천을 앞세운 것이었다. 파시스트당은 이론이나 사상보다 실천적 행동을 생명으로 하여 행동 다음에 그것을 합리화하였다. 결국 파시즘은 실천적 행동을 제일주의로 하여 비합법적 수단을 용인함으로써 국가적

---

43 위의 책, p.146.
44 위의 책, p.147, 재인용.

초비상시에 정부의 기능을 회복시키기 위한 외과적 수단으로 사용되었다. 그리하여 국가의 권위 확보와 국력 배양이라는 목적에 부합만 되면 그것이 무엇이든 수단과 방법을 가리지 않고 실천하였다.[45]

최소한 이탈리아 파시즘과 독일 나치즘, 그리고 일본의 파시즘도, 우리가 1919년에서 1945년까지 다른 국가들 속에서는 찾아볼 수 없을 정도로, 정치적으로 이데올로기적으로 긴밀한 체계적 상호연관 속에서 있었다. 히틀러에게 있어 무솔리니는 1933년까지는 정치전략을 수립하는데 하나의 모범이었다.[46] 특히, 일본에서는 파시즘 운동이 전폭적으로 확산되는 기점이라고 할 수 있는 만주사변 이전의 파시즘 운동을 보면, 이탈리아의 파시즘 형성 초기의 폭력적 행태가 잘 드러나고 있다. 이는 무솔리니가 어떠한 주의나 이념적 체계와 상관없이 행동적 실천을 앞세운 것과 유사한 것으로 볼 수 있다.

일본의 폭력적인 급진적 파시즘 운동 양상은 혈맹단에서 1936년 2·26 군부 쿠데타에 이르는 기간에 잘 나타나고 있는데, 예를 들어 혈맹단의 중심인물인 이노우에 닛쇼오(井上日召)는 "나에게는 체계적으로 정리된 사상은 없다고 보는 것이 좋을 것이라 생각"하고 있으며, "나는 이치를 초월해 있으며 오로지 직감에 따라 움직이고 있"[47]음을 밝힘으로써 폭력이나 파괴 후의 건설에 대한 이론을 갖는 것을 의식적으로 거부했다. 이 시기의 일본의 파시즘운동의 형태는 다분히 이탈리아, 독일의 파시즘 형태와 유사하게 진행되어 가는 '아래로부터의 파시즘' 성격을 지니고 있었다. 그러나 물론 이탈리아의 파시스트나 독일의 나치스가 각기 그 국가의 군부의 지원은 받았지만 국가기구의 '바깥으로부터', 주로 민간적인 힘의 동원에 의해서 국가기구를 점거했던 것과 대조적으로 일본에서는 민간의 우익세력이 그 자체로

---

45 조휘각,『현대 민주정치의 이해』, 인간사랑, 2000, pp.241~242.
46 Wolfgang Shieder, 앞의 논문, p.330 참고.
47 마루야마 마사오, 앞의 책, p.98.

힘의 신장을 본 것이 아니라, 오히려 군부 내지 관료세력과 연결되면서 비로소 일본 정치의 유력한 인자가 될 수 있었다.

이탈리아나 독일에서 영웅적인 지도자의 직감의 대명사로 무솔리니나 히틀러가 있었다면, 물론 일본에서는 천황이 있을 것이다. 그러나 실질적으로 일본에서 파시즘 운동이 급진적 형태를 띠던 만주사변 전·후 시기를 보면 "일본 파시즘 운동에 얽혀 있는 하나의 영웅주의, 즉 '지사' 의식"[48]이 있음에 주목할 수 있다. 예를 들어 타찌바나 코오사부로오(橘孝三郎)는 『일본애국혁신본의(日本愛國革新本義)』에서 "국민사회적 혁신은 단지 구국제민(救國濟民)의 대도(大道)를 하늘의 뜻에 따라 걸어갈 수 있는 지사 그룹에 의해서만 개척될 수 있다는 중대한 일입니다……. 그러한 중대한 일을 오로지 목숨으로써 개척하고야 마는 그런 지사는, 말할 것도 없이 어느 경우에나 그 숫자가 많을 수가 없는 것"[49]임을 강조하고 있다. 기본적으로 모든 파시즘 운동이나 체제 속에서는 영웅적인 지도자 논리에 의해서 인간의 평등의식은 완전히 배제된 것으로 간주되고 있다.

(3) 공산주의 부정

파시즘은 추상적 이론으로서 공산주의나 혁명 일반에 대한 적대라기보다 보다 구체적인 존재인 소련 내지 코민테른(볼셰비즘)에 대한 반동적 공격이 기본적인 계기로 작동했음을 이미 앞 장에서 언급한 바 있다. 이것과 관련하여 파시즘은 공산주의를 부정한다는 사실을 다시금 강조할 수 있다. 이탈리아의 파시즘 사상은 '부정의 사상'이라고도 할 수 있다. 자유주의, 민주주의, 마르크스주의에 대해서는 철저하게 도전적이며 호전적인 입장을 취할 정도로 전면 부정하였다.

요컨대, 파시즘은 기존의 정치체제를 부정하는 반동적인 사상이

---

48 위의 책, p.97.
49 위의 책, 같은 쪽.

다. 파시즘은 그 조직과 투쟁과 지배방식에 있어서 공산독재의 방식으로부터 많은 것을 배우고 또한 모방했으나 이념상으로는 엄연한 적대물이다. 왜냐하면 공산주의는 그 현실적인 지배 형태는 어떠하든 간에 그것이 표방하는 궁극적인 이상에 있어서는 개인의 진정한 자유와 인간가치의 완성이라는 민주적인 이념을 부정하는 것이 아니기 때문이다. 마르크스주의에 대한 파시즘의 부정적인 견해를 무솔리니는 다음과 같이 표명하고 있다.

> 파시즘은 소위 과학적 사회주의, 즉 마르크스주의를 기초로 하여 수립된 제 이론, 즉 인류문화의 역사는 사회적 집단의 이익충돌과 생산의 방법과 수단의 변화에 의하여 설명될 수 있다는 사적 유물론을 부정한다.[50]

그런데 정작 마르크스주의에 대한 파시즘에 부정적인 견해를 표명하고 있는 무솔리니 자신은 파시스트이기 이전에 사회주의자로부터 출발했던 사람이다. 이미 무솔리니 자신도 모순투성이인 사람이라고 볼 수 있다. 그는 탈주병, 선동가, 혁명적 사회주의자로서의 과거를 갖고 있었고 그것 때문에 투옥과 국외 추방 등의 불운을 겪기도 했으며 일찍부터 레닌에 공명하는 인물이었던 것으로 전해지고 있다. 교사로서 일하기도 했고, 나중에는 신문기자로 활동했다. 기자로 알려져 있던 무렵의 무솔리니는 부르주아 계급과는 일체의 협력을 거부하고 타협을 모르는 사회주의자였다. 그런 무솔리니가 1915년에 돌연 중부유럽 열강을 적국으로 한 참전을 지지하기 시작함으로써 이때 처음으로 전향의 자세를 보였던 것이다.

무솔리니는 이리하여 국가주의자로 변신했지만 실상 사회주의자에서 국가주의자로 변신한 이유, 동기라고는 세상에 자기의 이름을

---

50 길현모, 「파시즘의 과거와 현재」, 『현대문명과 과학의 발전』, 중앙교연, 2002, p.147, 재인용.

떨쳐보겠다는 지극히 개인적인 생각밖에는 없었던 것이다. 무솔리니가 1922년에 전향을 결행한 것은 자신의 기회주의와 당시의 상황 판단에 따른 것이었다고 추측된다. 이때 무솔리니가 우익으로 선회한 것은 "세계가 질서와 규율과 노동을 요구하고 있기 때문"이라는 그 자신의 설명이었다. 당시 무솔리니는 "전쟁에 의해 이 세계에는 민주주의가 필요 없게 되었다. 민주주의적 평등주의는 마지막 숨을 거두려 하고 있고 그 대신 새로운 형의 귀족주의가 탄생하고 있다. 이러한 반동에 대해서는 꼭 혁명이 일어나야 한다… 사회주의는 파괴만을 거듭하고 있지만 자본주의는 앞으로 점점 강력해지고 시대에 적합한 것이 될 것이다"라고 말하고 있다.[51]

이탈리아 파시즘 역시 공산주의사상 탄압에 힘썼으며 그 대표적인 예가 1926년 파시즘과 투쟁하다 체포돼 20년형을 언도 받았던 이탈리아 마르크스주의 이론가 안토니오 그람쉬(Antonio Gramsci : 1891~1937)에 대한 무솔리니의 탄압과 박해이다. 그 당시 그람쉬를 감옥에 가둔 검사는 "우리는 20년간 저 두뇌가 활동하지 못하게 해야 합니다."라고 무솔리니의 의도를 설파하고 있지만 실질적으로 그람쉬의 두뇌 활동을 중지시키지 못했을 뿐더러 오히려 1926년부터 세상을 떠나기 직전인 1935년까지 감옥에 갇힌 상태에서 그람쉬는 3000장에 이르는 방대한 노트(옥중수고)를 비롯해 문학적 가치가 뛰어난 서간문들까지 다수 집필했던 것이다. 그람쉬는 감옥에 갇히기 훨씬 전인 1924년 3월 무솔리니에 대해서 다음과 같이 서술한 적이 있다. 사회주의자로, 기자로 활동하던 무솔리니의 젊은 시절의 모습을 기억하고 있는 그람쉬였다.

이탈리아에는 파시즘 체제가 존재한다. 파시즘의 두령(Duce)은 베니토 무솔리니이다. 공식적 이데올로기에 따라 이 두령은 신격화되고 철

51 앙리 미셸, 『파시즘』, 정성진 옮김, 탐구당, 1984, p.60.

옹성의 인물이라고 불리며, 신성로마제국의 부활을 조직하고 영감을 불어넣는 사람이라고 알려져 있다. 신문에는 매일 각 지부에서 이 두 령한테 보내는 수십, 수백 통의 찬사가 실리고 있다. 사진도 몇 장 있다. 일찍이 사회당 집회에서 볼 수 있던 그 얼굴이 한층 험한 표정으로 바뀌어 있다. 우리는 그 얼굴을 안다. 기계적인 공포감으로 예전에는 부르주아지를 섬뜩하게 했을 것이고, 지금은 프롤레타리아트를 섬뜩하게 한다. 우리는 사람을 협박하듯이 단단히 거머쥔 저 주먹을 본 적이 있다. 그런 일정한 동작과 기계적 처리가 우리에겐 낯설지 않다.[52]

공산주의를 부정하는 파시즘의 특성은 일본의 파시즘의 경우도 예외는 아니었다. 제1차 세계대전 후 전 세계적으로 만연된 민주주의에 대한 주장이 러시아혁명의 영향으로 급진화 하고 동시에 전후의 경제계의 변동을 계기로 하여 노동쟁의, 소작쟁의가 갑자기 고양됨에 따라 이른바 <적화(赤化)>에 대항하는 반혁명운동으로서의 파시즘이 대두되었다고 한다.[53]

제1차 세계대전 말기부터 일본에는 온갖 사상이 꽃피었다. 민주주의는 물론이고, 명치 말년의 대역(大逆)사건(1910)이래 철저하게 탄압되었던 사회주의 사상, 마르크스주의, 무정부주의 등이 공존했다. 그러나 "자본주의의 폐해로부터 국가 전체의 해방을 추구하는 혁신적 일본주의자"[54]들에게 이러한 외래사상은 대단히 위험하고 국론 분열 요인이었다. 제1차 세계대전 후 일본에 가장 강력하게 대두된 민주주의 사상은 일본지식층에도 커다란 영향을 주었으며, 천황의 권위에

---

52 쥬세뻬 피오리, 『안또니오 그람쉬』, 김종법 옮김, 이매진, 2004, p.429.

53 1919년 이후 유손사(猶存社), 코오치사(行地社) 등을 비롯한 수많은 우익반동단체가 반적화, 일본개조, 아시아해방 등을 주장하며 좌익운동에 직접 대항하여 노농당(勞農黨), 일본노조전국평의회 등의 대중정당조직과의 투쟁을 전개하였다. 그리고 이렇게 축적된 급진파시즘의 내적 에너지는 만주사변, 상해사변, 국제연맹탈퇴 등의 국제적 위기와 연결되어 집중적으로 폭발하는데 군부청년장교와의 결합하에 나타나는 우익테러리즘이 바로 그것이다. 안철현, 앞의 논문, p.268.

54 한상일, 『일본군국주의의 형성과정』, 한길사, 1982, p.94.

도전하였고 군부를 비판하기까지 했다.[55]

그러나 1910년대 및 1920년대에 일본을 술렁이게 했던 민주주의 사상 및 비교적 개방적인 지적 흐름과 자유주의 사상 등은 1920년대부터 나타난 경제적, 사회적 불안 및 1923년 관동대지진, 1927년 금융공황 등의 일련의 현상이 나타나면서 퇴색되었다. 특히 1920년대 말기 동북지방과 북해도에 밀어닥친 심한 기근은 농촌경제를 피폐시켰고, 농촌사회와 농촌 배경을 가진 군부의 불만을 가중시켰다. 민간 우익 단체가 농촌 출신의 청년장교들과 연결되면서 국가개조의 사상은 점차 구체적으로 나타나게 되었다.

여기에 앞서 소개된 바 있는 이탈리아 파시즘 관련 책자들에 소개된 파시스트당의 국가개조 정책이나 사상, 일련의 경제사회정책, 국가 사회 부문별 정책 및 그 폐단, 그리고 국가산업 확대 조치에 따른 국민대중들과의 유대관계 강화 등에 대한 무솔리니의 비책들이 작용하게 된다. 특히, 공산주의자들을 견지하기 위한 이탈리아 파시스트당의 태도 및 정책 등이 일본 파시즘에 하나의 모델로 작용하게 되는 것이다.

러시아혁명과 코민테른, 그리고 유럽의 사회민주주의 사조 또한 제1차 세계대전 이후에 일본에 들어왔다. 이러한 지적 풍토 속에서 마르크스주의는 노동조합과 지식인 사이에 널리 전파되었고 사회주의 운동이 조직화되었다. 조직 면에서나 지적인 면에서 다같이 마르크

---

55 미노베 다츠요시(美濃部達吉 : 1873~1948)의 헌법 해석이 그 대표적인 경우라 하겠다. 미노베는 천황은 국가의 행정기능을 수행하는 궁극적인 권리를 가진 국가의 최고 기관에 지나지 않는다고 인식했다. 미노베의 해석은 1910년대 및 1920년대의 정당내각을 형성하려는 운동의 발판이 되었다고 해도 과언이 아니다. 미노베 자신은 인민의 의사를 구현하는 의회에 대한 정부만이 입헌적일 수 있다는 것을 수차 강조하였다. 민본주의자 였고 대정데모크라시의 기수인 요시노 사쿠조(吉野作造 : 1878~1933)의 사상도 근본적으로 미노베와 같은 입장에서 보다 발전된 개혁안이라 할 수 있다. 요시노도 천황의 주권을 인정했으나 천황을 우상화하여 국민의 맹목적인 복종을 요구하는 것을 비난하였다. 그는 또한 일본정부를 진정한 의회제 민주주의로 발전시키기 위해서는 보통선거, 귀족원의 개혁, 그리고 군부가 완전히 내각에 종속되어야 한다는 것을 강조하였다. 위의 책, pp.94~95.

스주의 전파의 요람이 된 것은 노동자의 단체보다는 오히려 대학이었다.[56] 대학에서와 마찬가지로 노동조합과 새로 결성된 사회주의 정당 안에서도 마르크스주의는 급속도로 전파되어 나갔고 1924년부터 마르크스·레닌의 사상이 좌익운동의 중심이 되었으나 국가주의자와 군부는 물론 정부도 공산주의자들을 위험시하여 탄압하고 배격하면서 혁신적 일본주의, 국가개혁의 사상, 일본 파시즘이 서서히 주류를 이루게 되었다.

(4) 전쟁 예찬

이미 앞 장에서 파시즘이 이론이나 사상이 아닌 행동 지향적인 특성을 가지고 있으며, 또 신비적인 성격을 띠고 있음도 언급한 바 있다. 극단적 민족주의 성향의 무솔리니에게 민족의 영광을 실현시키는 것은 최우선적인 과제였음을 다음의 글을 통해서 확인 할 수 있다.

> (…) 우리의 신화는 민족이다. 민족의 위대함이야말로 우리의 신화이다! 그리고 이 신화와 이 위대함에 비하면 (…) 다른 모든 것은 부수적인 것일 뿐이다.[57]

무솔리니는 민족이 신화임을 강조하고, 또 이러한 민족을 창출하는 주체로 파악된 국가가 "정신적인 힘"이며 "영혼 중의 영혼"임을 줄곧 강조하였다. 이러한 신비적인 힘은 그 활력을 행동 속에서 표출하며 그와 같은 행동은 그 자체로서 가치를 지닌다. 이론에 대한 거부는

---

56 53개 대학에서 6백 명 이상의 회원이 참여하여 1924년 결성된 <학생사회과학연맹>은 학생들 사이에 프롤레타리아 의식을 이식하고, 학생으로서 가능한 범주 내에서 각성된 학생을 조직하여 프롤레타리아 운동에 공헌하게 한다는 것을 목적으로 하였다. 학생과 지식인 사회의 지적 풍토에 중대한 영향을 미친 이 단체는 1928년 일본공산당의 영향 하에 들어가게 되었다. 위의 책, p.96.

57 Benito Mussolini, <*Fascism's Myth : the Nation*>, *Fascism*, Oxford, Oxford University Press, 1995, p.44.

실천 즉 행동을 목적 그 자체로 삼도록 하기 때문이다. 바로 여기에서 이탈리아 파시즘, 나치즘의 투쟁적, 폭력적 성격이 도출된다. 이 둘 모두 전쟁이야말로 문명이 이룩한 최상의 업적이라는 사실을 강조하는 이유도 바로 여기에 있다. 무솔리니에 따르면 "전쟁만이 인간의 모든 에너지를 최고의 긴장 상태로 끌어올리며 전쟁을 받아들일 용기가 있는 자들에게 고귀함을 부여한다."는 것이다. 전쟁 이외에 어떠한 것도 인간을 삶과 죽음의 귀로에 서도록 하지 않기 때문이다.

그러므로 평화를 선호하는 모든 논리는 파시즘과는 거리가 멀다. 또한 파시즘은 이러한 반평화주의 정신을 개인의 삶 속에 각인시킨다.[58] 이러한 방식으로 이탈리아 파시즘과 나치즘은 전쟁 그 자체를 목표로 삼는다. 전쟁을 위한 전쟁을 찬양한다는 점에서 파시즘은 전쟁의 또 다른 이름이라고 할 수 있다. 파시즘은 국가지상주의의 기치 아래, 인간평등을 부정하면서 동시에 전쟁을 찬미한다. 그리고 이는 곧 평화와 국제질서를 부정함을 의미한다. 강자의 약자 지배를 자연원리로 인정하는 파시즘에는 국제주의에 대한 어떠한 타협적 원칙도 있을 수 없다.

일본의 천황제 파시즘의 경우, 군부의 대두와 동시에 초국가주의자들의 혁신운동도 등장했다. 이들은 군부와 연계하여 원로·중신과 정당지도자, 재벌을 배제하고 천황을 중심으로 한 '일군만민(一君萬民)' 정치체제의 수립을 기도했다. 그들은 천황에 대한 충성을 절대적 가치로 삼았으며 '일본정신'의 우월성과 '국체'의 절대성을 찬양하고 '쇼와유신'을 외치면서 정치가와 재벌에 대한 테러를 서슴지 않았다. 이러한 테러 역시 이탈리아 파시즘의 테러와 비교될 수 있는 것이다. 이탈리아의 경우 파시즘 체제 초기에 수많은 정치테러와 폭력이 난무했음을 자료를 통해서 살펴볼 수 있다.

그 중에서 특히, 그람쉬는 1920년 한 해 동안 2,500명의 이탈리아인

---

58 Benito Mussolini · Giovanni Gentile, 앞의 글, p.47.

들이 파시스트들과 경찰에 의해서 살해되었고, 또한 4만 명 이상의 정치인, 기업인, 민간인들이 폭행당했다고 기록하고 있다.[59] 그 이후 파시즘 정착 이전의 테러와 폭행의 대표적인 것으로는 『파시스트 지배 일 년(Un Anno di Dominazione Fascista)』[60]을 쓴 사회주의자 자코모 마테오티(Giacomo Matteotti)가 각종 정치 집회와 신문기고, 출판물 등을 통해 파시스트들의 위험성을 고발하고 선거의 무효를 주장하다가 1924년 6월 10일 로마에서 납치되었고 그의 시체가 두 달 후 로마 외곽의 숲 속에서 발견되었던 정치테러 사건[61]이다.

이탈리아의 무솔리니의 위치에 설만한 영웅이 없었던 빈 자리에 일본 군부는 천황에 대한 절대 복종과 절대 충성으로 천황을 신격화하여 올려놓고 천황에 직속하는 군의 절대화와 국정을 장악하기 위한 정당한 논리를 펼쳤다.[62] 파시즘 기에는 일본 문부성이 간행한 『국체의 본의(國體の本義)』(1937)에 의해 국제사상의 교의가 최종적으로 집대성되었다. 이에 의하면 만세일계의 '신칙(神勅)'을 받들어 천황이 일본국을 영원히 통치하는 영원불멸의 국체를 강조하고, 가족국가인 일본에서는 신민이 천황을 섬기는 것은 의무와 힘에 대한 복종이 아니라 자연스러운 심정의 발로이며 충(忠)은 천황에 절대 순종하는 길이라고 설파하고 있다.[63] 국체 관념은 또한 일본국가와 민족의 우월

---

59 Antonio Gramsci, *Sul Fascismo*, Roma, Editori Riuniti, 1978, pp.114~117.

60 1922년 10월의 로마진군 이후, 즉 무솔리니가 수상이 된 직후인 1922년 11월에서 1923년 11월까지의 13개월에 대한 기록, 파시스트당이 공식적인 정치세력으로서 최초로 정부를 장악한 첫해의 기록.

61 이 일을 계기로 파시스트 정권은 최대의 위기를 맞았고, 이를 두고 '마테오티 위기(Matteotti Crisi)'라고 불렸다. 그러나 주요한 반대파 의원들이 의회를 떠나 장외 투쟁을 벌이는 실수를 기회로 무솔리니는 의회와 협조하여 일을 진행하려던 종전의 모든 계획을 철회하고 비파시스트 장관들의 축출, 비밀 경찰의 창설, 언론과 반대파들에 대한 탄압 등으로 파시즘 국가 체제 건설에 박차를 가하게 되었다.

62 cf. 물론 이에 대해서 예를 들어 두으스 같은 학자는 일본 국민들의 天皇에 대한 충성심은 카리스마적 대중독재자 즉 강력한 파시스트 지도자가 출현하기 힘들게 만들었다고 주장하면서 일본의 파시즘이 유럽의 파시즘과 다름을 강조하고 있기는 하다. 두으스, 앞의 책, p.240.

63 文部省教學局, 「國體の本義」, 橋川文三編, 『昭和思想集』 2, 筑摩書房, 1978, p.71.

성과 특수성을 표현하는데 사용되었다. 서구열강에 의해 유발된 대
외적 위기를 계기로 18세기말부터 일본민족주의자들에 의해 그 기초
가 형성되기 시작한 국체관념은 앞서 언급한 것처럼 만세일계의 천
황이 일본을 통치한다는 것을 근거로 일본의 전통적 특수성과 우월
성을 강조하면서 천황이데올로기의 신화적 역사관을 표현했다.[64]

　　1931년 만주침략 이후 전쟁의 확대로 군통수권이 정치영역에 커다
란 비중을 차지하면서 천황 신격화가 급속히 진전되었다. 군부가 본
격적으로 천황을 신격화하기 위해 일으킨 상징적인 사건은 1935년
‘천황기관설’[65]을 배격한 ‘국체명징운동’[66]이었다. 그런데 시기가 우
연의 일치일지는 몰라도 이탈리아가 에티오피아를 침공하고 무솔리
니가 공식적 이데올로기에 따라 신격화되어 철옹성의 인물이라고 불
리던 때, 신성로마제국의 부활을 조직하고 영감을 불어넣는 사람으
로 확고부동한 위치를 자랑하던 때와 시기적으로 일치한다는 것이
다. 이러한 무솔리니의 신격화에 간접적인 영향을 입었음을 추론해
볼 수 있다. 군부에서 천황 신격화는 천황에 직속하는 군의 절대화와
국정을 장악하기 위한 논리였던 것이다. 이는 마치 바쿠 말기 내우외
환에 의한 체제 붕괴의 위기 상황에서 천황의 절대적 신권성이 강조
되었던 것과 흡사하다. 천황 신격화는 결국 군부를 비롯한 전쟁 추진
세력에 의해 국가 이성을 초월한 전쟁을 수행함으로써 전 국민을 전
쟁의 도가니 속으로 몰아갔다.[67]

　　메이지 유신 이후 천황신격화 정책의 근간을 이루게 된 배타적이
고 국수주의적인 사상은 ‘신국’ 일본에 의한 세계 지배의 사명을 강조

---

64 나진오・박진우, 앞의 글, p.264.

65 국가의 통치권은 법인(法人)인 국가에 속하며 천황은 국가통치의 권능을 갖는 최고의 국가기관
　　이라는 헌법해석상의 학설.

66 천황중심의 국가체제를 확립하기위한 일련의 운동, ‘국체명징(國體明徵)’은 다른 ‘것’을 압도
　　하기 위한 정치적 수단의 하나. 황국신민서사(皇國臣民誓詞)의 3대 강령-국체명징, 내선일체,
　　인고단련-중의 하나.

67 박진우, 「근대 천황제와 일본 군국주의」, 『역사비평』 제50호, 역사문제연구소, 2000, pp.90~93.

하면서, 일본의 이웃 아시아 국가들에 대한 차별과 멸시를 조장하고 대외적인 침략전쟁을 정당화하는데 중요한 이데올로기로 작용했다. 그러나 세계지배의 사명이라는 관념이 노골적으로 강조된 것은 파시즘 기에 들어오면서부터였다. 당시 일본은 현상타파와 세계 신질서 건설의 정신적 지주를 『고사기(古史記)』와 『일본서기(日本書紀)』의 신화에서 구하려는 경향이 강했다.[68]또한 세계 지배의 사명이라는 관념은 세계평화라는 명분으로 탈바꿈하여 '대동아공영권'의 논리로 발전하기도 하였다. 나아가 이 관념은 "전쟁은 결코 남을 파괴하고 압도하여 정복하기 위한 것이 아니라 도리에 따라 창조의 움직임을 이루는 대화(大和), 즉 평화를 가져오기 위한 것이어야 한다"는 논리로까지 발전하여, 침략전쟁을 '성전(聖戰)'으로 미화하기 위한 도구로 쓰이기도 했다.

일본 파시즘의 경우에는 이탈리아 파시즘의 경우처럼 강력한 파시즘 정당이 존재한 예는 없었다. 파시즘을 표방한 많은 당파들이 있었지만, 이들 당파들은 서로 반목을 일삼는 형편이었고 또 일부는 파시즘이 유럽의 산물이라는 이유로 배격하는 풍조까지 강하게 생겼던 실정이었다. 그리고 천황은 이론상으로는 만능이었지만 실제로는 무력하기 짝이 없었고 정당은 한결같이 그 세력이 미약했다. 일본의 파시즘을 표방한 집단의 구성원은 서민 출신의 장교들과 무사계급에 속한 자들이었다. 그러나 일본의 파시즘은 강력한 대중운동으로 발전하지도 않았고 사회의 변혁을 도모하지도 않았다. 일본의 파시스트들은 기존의 사회구조를 그대로 유지해 나가면서 권력의 독점만을 획책했다. 당시의 일본 파시스트들을 규합하고 있던 것은 일본문명

---

68 1940년 일본은 기원전 660년 1대 일본개국천황인 진무천황이 즉위했다는 신화에 의거하여 기원 2600년 제전을 대대적으로 거행했으며, 이를 계기로 등장하는 '팔굉일우(八紘一宇)'의 슬로건은 세계 지배의 사명을 한마디로 응축한 것이었다. 팔굉이란 원래 중국에서 전 세계를 나타내는 의미로 사용된 것으로 '팔굉일우'란 전 세계를 신성한 천황의 지배 하에 둔다는 의도를 표현한 것이었다. 『소화사상집』 2, pp.172~173 참고.

이 세계에서 뛰어난 것이라는 신념을 제외하고는 아무것도 없었다.

세계에서 뛰어난 존재여야 한다는 신념은 이탈리아 독일 일본 등의 파시즘 추종 국가들의 공통점이라고 할 수 있다. 이탈리아의 무솔리니에게 로마제국의 영광을 되찾으려는 로마제국의 후예로서의 자긍심과 신념이 있었다고 한다면, 독일의 히틀러에게는 뛰어난 종족으로서의 아리아인의 영광을 위한 신념이 함께 했었음을 비교할 수 있다. 고대 로마의 영광이 재현되기를 바랐던 무솔리니는 늘상 "시이저는 위대하다"는 말을 입에 담았고, 1920년에는 "로마여, 그대의 매력 있는 말은 2천 년의 기나긴 세월동안 역사를 온통 뒤덮었다"[69]고 외치기까지 하였다.

만주사변 당시 맹활약을 했던 일본의 육군중장 이시하라 칸지(石原莞爾 : 1889~1949)는 이러한 신념에 대해서 "일본의 국체(國體)로서 세계의 모든 문명을 종합하고 그들에게 동경해 마지 않는 절대평화를 제공하는 것은 하늘이 내린 대일본의 과업"[70]이라고 말하고 있다. 당시의 일본 파시스트들은 모두 다 일본 자국 내에서 점증하는 위기를 해소하는 방법으로 대외적인 영토 확장 이외에 달리 방법이 없음을 굳게 믿고 있던 터였다. 이 경우에도 일본은 단순히 자국을 방위할 권리를 갖고 있을 뿐만 아니라 "불의의 세력에 의해 억압을 당하고 있는 다른 국가 또는 민족을 위해 전쟁을 개시할 권리를 보유하고 불법적으로 큰 영토를 독점함으로써 천도(天道)를 무시하는 자에 대해서도 전쟁을 개시할 수 있는 권리를 보유 한다"[71]라고 일본 정치가 키타 이키는 서술하고 있다. 이러한 주장에 의해 일본의 파시즘은 이탈리아나 독일의 파시즘과 사상적으로 일맥상통하고 있음을 알 수 있다. 모두 다 극단적 민족 신화에 사로잡혀 과대망상적인 민족주의적 우월

---

69 앙리 미쉘, 앞의 책, p.59, 재인용.
70 위의 책, p.213, 재인용.
71 위의 책, 같은 쪽, 재인용.

감에 도취되어 전쟁이라는 광기의 잔치를 벌인 무모한 꿈의 주인공
들이었다.

3. 이탈리아 파시즘과 일본 파시즘의 비교 의의

이탈리아 파시즘의 영향력이 있었던 당시, 즉 무솔리니의 통치하
에 '강력한 이탈리아'로 있던 1922년에서 1939년까지[72] 한반도는 일제
강점기라는 특수 상황 아래에 있었다. 독일의 나치즘과 세계 각처의
파시즘체제에 영향을 준 이탈리아 파시즘이 극동 특히, 일본에서
1920년대 후반부터 적극적으로 연구되고 모방되기 시작하였다는 사
실에 주목하고 이와 관련한 비교연구를 시작하게 되었다. 이탈리아
파시즘 관련 책자들이 번역되어 쏟아져 나왔고, 일본 정치가들도 이
탈리아의 정치를 모방하고자 하였다. 이탈리아 파시즘과 일본 파시
즘 - 독일의 나치즘 포함 - 의 네 가지 큰 공통점, 즉 국가지상주의, 인
간의 평등 원리 부정, 공산주의 부정, 전쟁 예찬 등을 제시하고 이탈리
아의 파시즘이 일본의 천황제 파시즘에 영향을 주었음을 거칠게나마
비교 정리하여 보았다. 이러한 비교 연구를 한 이유는 일본의 파시즘
이 온전히 독자적인 파시즘인가 아니면 적어도 파시즘의 종주국인
이탈리아를 모방하면서 전개 발전한 것인가에 대한 최소한의 해답을
얻고자 하는 것이다. 보다 정치한 비교 연구가 되기에는 한계가 분명
히 있으나 거칠게나마 이탈리아 파시즘이 일본의 파시즘에 영향을
주었음을 규명하고자 하였다. 이러한 규명은 궁극적으로는 일제 강
점기라는 특수 상황을 겪고 있던 한반도의 문화에 드러나는 이탈리
아 파시즘의 이입 양상이 일본의 이탈리아 파시즘 수용 양상과 그 괘
를 같이하고 있음을 간접적으로나마 증명하는 것이 될 것이기 때문

---

72 '로마진군' 이후 무솔리니가 수상으로 취임한 1922년에서 독일이 나치즘이라는 이름으로 유럽의
　폴란드를 침공하면서 이탈리아 파시즘의 우위를 점하기 시작한 시점인 1939년으로 잡은 것이다.

이다.

당시 일제 강점기하에 있던 한국의 문화가 이탈리아 파시즘을 받아들일 수 있는 유일한 통로는 일본이었다. 일본이라는 프리즘을 통해야만 들어올 수 있었던 상황에서 한반도에 이탈리아 파시즘이 어떻게 수용되었는가를 살펴보기 위해서는 일본이 어떤 프리즘을 작동시켜 한반도에 투과되도록 했는지를 알아야 한다. 일본이 걸러서 받아들이지 않고자 했던 것은 프리즘을 통과하지 않은 채 걸러졌기 때문에 한반도의 문화 수용양상에 나타나지 않았을 것이고 통과한 것들은 그대로 드러날 수밖에 없기 때문이다. 이탈리아 파시즘이 일본을 통해서 한국에 이입이 되었고 그 이후 한국의 문화담론에서 수용되는 양상을 보여주었다는 사실을 연구하기 위한 하나의 작은 디딤돌로서의 역할에 본 비교의 의의가 있다고 볼 수 있을 것이다.

제3장

한국 근대문화의 이탈리아 파시즘 이입 양상

1. 1920년대 단문기사형 이입 (1921~1929)

서양문학 이입에 있어서 1920년대가 르네상스적 현상을 드러내는 시기이지만, 1920년대 초반에는 이탈리아 파시즘에 관한 자료들이 일간지에 국한되어 나타나고 있다. 제1차 세계대전의 승전국의 일원으로 세간의 관심을 끌었던 탓인지 이탈리아 비행기 조종사들에 대한 기사들과 정치적 행보에 대한 기사들이 20년대의 이탈리아에 대한 주요 기사들이다. 평균 1주일에 두세 번 꼴로, 1922년 같은 경우는 거의 매일같이 그것도 여러 편의 기사가 실렸던 것으로 보아 당시 이탈리아에 대한 일제 강점기 한반도의 관심이 결코 적지 않았음을 실감할 수 있었다.[1] 그런데 이 중 1922년 이후의 대부분의 자료들(대략 400건)이 파시스트 정당이나 무솔리니에 대한 소식을 전하는 것으로 일관되어 있어, 파시즘이나 무솔리니 또는 파시즘 정국의 불안한 정치적

---

1 보다 구체적으로 이에 대한 보충 설명을 하자면,『동아일보』DB 자료들 중 1920년대 자료는 대략 이탈리아에 대한 자료만 보면 645건의 자료들이 검색된다.

형상 등을 다루고 있다. 전체 기사건수 645건의 약 2/3 가 이탈리아의 파시즘 체제와 그 수장인 베니토 무솔리니에 대한 것이다. 이 중 몇 편을 아래에 간추려 본다.

①羅馬總罷業宣言 - 共産黨,『파스씨스트』團의 衝突
『파스씨스트』團이 勞動組合事務所를 破壞함에 憤激한 羅馬共産主義者는 羅馬의 總同盟罷業을 宣言하고 又『파스씨스트』團俱樂部를 發火코자하엿더라 又共産主義者及『파스씨스트』團이 共히 示威運動을 爲하엿는대 遂히 兩者가 衝突하야 死者一名及多數의 負傷者를 出한 後 結局『파스씨스트』團의 勝利에 歸하야 共産主義者는 驅逐되엿더라 (…)[2]

②伊兩派交戰激烈 - 共産派와 愛國團
「다스가니」에 在한「파스틱스트」派는 共産派와 交戰할 時에 十四名이 殺害되고 百名이 負傷되엿더라 勇敢한「파스틱스트」派는「다스가니」의 若干都市에 在한 共産派를 破하엿고「플로렌스」로부터 來한「파스틱스트」四百名은 (…)[3]

③羅馬에 重大騷擾 -『푸아스시트』黨及共産黨間에
『푸아스시트』黨及共産黨은 容赦업시 市街戰을 行하며 特히 共産黨은 建築物을 利用하야 防塞을 築하려하야 軍隊가 出動하야 二名의 死者와 四十名의 負傷者를 出하얏스며 暴徒二百餘名을 逮捕하얏는대 政府는 權力으로 秩序를 維持하려하얏스나 一般的으로 同盟罷業을 宣言하야 聖晩餐會議에 對하야 羅馬訪問中의 信徒 二千名은 (…)[4]

---

2 1921년 4월 15일자『동아일보』2면 1단, 신문기사의 원문을 그대로 싣는 것을 원칙으로 하였지만 띄어쓰기는 알아보기 쉽게 바꾸었다. 앞으로 나오는 나머지 기사들도 마찬가지이다.
3 1921년 4월 25일자『동아일보』2면 1단.
4 1922년 5월 30일자『동아일보』2면 1단.

④ 反『파스티스티』派盟罷 - 第一日은 平穩裡에 經過

反『파스티스티』派勞動同盟會의 總同盟罷業 第一日은 平穩裡에 經過하얏는대 (…)

『파』派와 共産黨의 衝突 =『제노아』에서 共産黨員과『파스티스티』派間에 騷動이 勃起하야 共産黨員側에 二十五名의 負傷者가 有하얏스며 (…)[5]

⑤ 伊國新內閣閣員 -『무쏘린』氏가 首相兼內相 (…)//『무쏘린』氏羅馬入市(…) // 群衆의 新首相歡迎 (…)// 外交方針聲明(…)//『파』黨의 百萬武裝軍 - 何時에던지羅馬入市期待 - 現今狀態로는 伊太伊內地에는 秩序가 維持된듯하며 訓練잇는 武裝한 黨員 百萬을 有하야何時에라도 羅馬에 入하려고 期待하는바 共産黨의 諸新聞은 殆히『파』黨에게 抑壓되얏다더라 //『파』黨軍隊羅馬入市 (…) [6]

⑥ 伊太利情神을 恢復 - 新首相『무쏠린니』氏의 聲明(…)//聯合國의 一致團結을 熱望 (…)[7]

⑦『好戰主義壓迫策은 各國의 健實한 結束』- 伊首相『무쏠리니』氏의 絶叫 (…)[8]

⑧『隨時蹶起토록 戰鬪準備心要 - 三國軍會議 黃昏의 求景거리』- 뭇솔리니氏의 怪氣焰(…)[9]

⑨ 뭇소리니首相 = 獨身者稅制定 - 녀자는 안물고 남자만 물어, 無子稅도 立案中 (…)[10]

---

5 1922년 8월 5일자『동아일보』2면 1단.

6 1922년 11월 2일자『동아일보』2면 1단.

7 1922년 11월 4일자『동아일보』2면 1단.

8 1922년 11월 27일자『동아일보』2면 1단.

9 1927년 7월 19일자『동아일보』1면 8단.

⑩ 뭇솔리니 內閣 人口增加 獎勵 (…)[11]

⑪『뭇소리니』優美舘에 上映 - 五日밤부터 -『몸에부친검은속옷은
죽을각오로한검은복장이다 우리들에게는 실행이잇고 의론이업스며
의무가잇고 권리가업다고불으지저서『리태리』를 지켜오는『뭇소리니』
는 반동정치가로 세계에 명성이 자자한것은누구든지아는 바이다『뭇
소리니』의 일대긔라할만한 력사영화『뭇소리니』를 시내우미관에서
오일밤부터 상영하게되엇더라 (사진은뭇소리니의일장면)』[12]

⑫『팻쇼』운동의어머니『마리아·로스치』녀사
세계의 사상(…)대표로 두가지 종류가 이스니 하나는 로서아의 공산
주의이오 하나는 이태리의 국수주의이다 전자는 무산자의 손으로 정
부를 세워서 다가티 잘살자는 운동이오 후자는 인민을, 국가를 위하야
서만 잇도록 맨들자는 반동사상입니다 이것을『팻쇼』운동이라 합니
다『팻쇼』운동가운데에는 부녀들도 만히 참가하야 운동에 주요인물
도 만히잇다합니다 이『마리아·로스치』백작부인은 전이태리『팻쇼』
운동의 어머니라는 별명을 가진이로『팻시스트』녀자청년당을 통솔하
야 독재수상『뭇소리니』의 뎨일 깁흔 인상을 가지고 잇다합니다 (…)[13]

① 에서 1919년 이탈리아 파시즘이란 용어가 이탈리아에서 채택된
이래로 한국에서는 1921년에나 '파스씨스트'라는 잘못된 용어로 소개
되기 시작했다. 이는 이탈리아어로 파시스티(fascisti)를 일본어로 옮기
는 중에 발생된 언어적 오류가 그대로 남아있는 형태로 파시즘 추종
자들, 파시스트 정당의 일원이나 군인들이 기사화된 예이다. 이러한
예들은 1920년대 신문 기사에서 수없이 찾아볼 수 있는 것이다. 특히,

---

10 1927년 10월 29일자『동아일보』2면 6단.
11 1928년 1월 2일자『동아일보』1면 2단.
12 1928년 3월 6일자『동아일보』3면 7단.
13 1929년 3월 3일자『동아일보』3면 7단.

주목할 수 있는 것은 동아일보 기사 ② 「이양파교전격렬(伊兩派交戰激烈) - 공산파와 애국단」에서 파시스트당을 '애국단'이라고 명명하고 있다는 사실이다. 애국심에 불타는 열혈당원들을 연상시키는 이 용어는 일본어로 번역이 되었을 때 일본 자체적으로도 번역의 의도가 삽입되었을 것으로 충분히 추측해볼 수 있다. 여기서는 파시스트를 '파스틱스트'로 명명하고 있다. 파시스트는 폭력을 합법적인 정치적 무기로 생각했다. 그리하여 파시스트의 철천지 원수인 사회주의자들과 공산주의자들은 이제 매일처럼 도시와 마을의 거리에서 수없이 피를 흘리게 되었다. 경찰은 대부분 좌익분자들에 대한 폭력 행사를 용납할 수 있는 일로 생각했기 때문에 그 학살 행위를 방관할 뿐 거의 개입하지 않았다. 그 내용이 기사 ③ 에서 잘 나타나고 있다. 이 기사에서는 더욱더 잘못된 '푸아스시트'라는 표현으로 씌어지고 있다. ③ 에서는 이탈리아 로마에서 발생한 파시스트당과 공산당 사이의 충돌을 시가전을 행하는 것으로 묘사하고 있다. ④ 에서는 파시스트를 '파스티스티'라고 쓰고 있고 반파시스트 운동에 대한 기사가 실려 있다.

　⑤ 에서는 무솔리니를 '무쏘린'으로 표기하고 무솔리니가 '로마진군'으로 수상겸 내상이 된 사실을 보도하고 있다. ⑥ 에서는 무솔리니를 '무쏠린니'로 표기하고 신임수상 무솔리니의 성명서를 내놓은 것을 보도하면서, '이태리정신'을 회복시키고자 노력할 것이며 '연합국의 일치단결을 열망'한다는 내용이 들어가 있다. ⑦ 에서는 비로소 무솔리니를 '무쏠리니'로 정확하게 표현하고 있으며 호전주의 압박책은 각국의 건실한 결속임을 무솔리니가 외쳤다는 내용이 보도되고 있다. ⑧ 에서는 무솔리니를 '뭇솔리니'로 표기하고 있고, 전투준비가 항시 되어있어야 할 필요가 있다고 무솔리니가 괴기염을 토한 사실에 관한 기사이다.

　⑨ 에서도 무솔리니 수상 기사를 다루고 있는데, '뭇소리니'라고 표기하고 있고 '독신자세 제정'을 하였다는 흥미 있는 내용인데, 더욱

재미있는 것은 '녀자는 안물고 남자만 물어'라는 내용이다. '무자세(無子稅)'도 입안중이라는 사실도 흥미를 유발시키는 다분히 파시스트적 기사 내용이다. 자식을 많이 나아야 전쟁하는 데 유리하기 때문일 것이다. 무솔리니는 출산율을 높이기 위해 '요람의 전투'를 시작하였던 것이다. ⑩ 역시 이에 관련된 기사이다. 무솔리니 내각이 인구증가를 장려한다는 내용이다.

⑪ 은 여기에 소개된 다른 기사들과 같은 부류에 넣었으면서도 특이한 점으로 따로 분류할 수도 있는 1928년 3월 6일자 『동아일보』 기사이다. '누구든지 아는' 무솔리니의 일대기를 영화화한 역사영화 『뭇소리니』가 바로 그 전날 5일 밤부터 경성 시내의 우미관에서 상영되었음을 알리고 있다. 이탈리아 파시스트들의 검은 속옷이 죽을 각오를 한 검은 복장이라고 하면서, '실행이' 있고 '의론'이 없으며, '의무'가 있고 '권리'가 없음을 부르짖으면서 이탈리아를 지켜오는 무솔리니를 '세계에 명성이 자자한' '반동정치'가로 소개하고 있다. 이 영화 장면 중의 하나인 무솔리니의 사진과 함께 실린 이 기사를 통해서 이탈리아의 파시즘의 수장이 일제 강점기의 한반도에서 세계의 영웅인양 소개되고 있음을 알 수 있다. 이 영화에 대한 자료를 찾아보지는 못했지만 당시의 이탈리아 파시즘이 한반도에 얼마나 대중적으로 이입이 되어있었는지를 증명하는 기사일 것이다.

파시스트와 무솔리니 기사들에 이어서 ⑫ 파쇼 운동의 어머니라고 불리는 마리아 로스치 여사에 대한 기사이다. 파쇼를 '팻쇼'라고 표기하고 있다. 파쇼 운동에 대한 설명과 마리아 로스치 백작부인이 '팻시스트 녀자 청년당'을 통솔하여 무솔리니 수상의 총애를 받고 있음을 알리는 내용이다. 당시 세계 사상의 대표적 두 종류가 있다고 하면서 '로서아의 공산주의'와 '이태리의 국수주의'를 들고 있다.

'파시스트'에 대한 언급이 1921년에 처음 등장한다면, '이탈리아 파시즘'에 대한 언급은 1922년부터 등장한다. 특히 이탈리아의 '파시스

트 정치'에 대한 언급은 글자 그대로 「이국의 파씨스트 정치」라는 1면
1단의 기사로 1928년 12월 13일자 『동아일보』에 처음 등장하고 있다.

  1920년대에는 『동아일보』 등의 일간지 자료 이외에서는 자료를 거
의 찾지 못했다. 그나마 찾은 것이 1927년 7월 4일자 『해외문학』 2호(7
월호)에 실려 있는 「이태리소식두낫」과 같은 날짜에 간행된 『현대평
론』 2호(7월호)에 실려 있는 「이국 파씨스토 세력」이다.

> 一九二七년도의 『노-벨賞』을 밧는, 伊太利劇作家 『피란데르로』의
> 功績은, 世人이아는바이지만, 最近에는, 三大國立劇場을 計劃하엿고
> 녀름에는, 『로-마』 『미라노』 『트리노』의 三都以外의 地方巡演과, 外國
> 에의 伊太利劇宣傳을 實現하려는데,(…) 팟씨쓰트 見地에서, 藝術를
> 政策에 使用하려는, 伊太利文部美術大臣은 宣言하엿다.
>
> 『大抵藝術家는, 이제 우리 伊太利國民이 完成식히려는 新帝國主義
> 에 參加할 準備가 잇서야한다. 各人은 自己의 流波 擴張하고, 새로운
> 共働에 依하야, 더욱 完全를 期할지어다. 그리고 銘心할 것은 伊太利
> 主義의 精神을 發揚하려는 決心이 잇서야한다는 것이다. 外國作品의
> 模倣은 祖國冒瀆의 罪로서, 處罰바들 것이다』
>
> 그러나, 한마듸할 것은, 그이들은 발서, 이째까지, 外國文學에서배
> 흘 것을, 거진배왓고, 그긔서새로히 構成된, 새로운 伊太利文字을, 對
> 等의 見地에 觀察하고잇다는 것이다.
>
> 그리고, 事實인즉은, 右宣言이가장미워할 勞農露西亞의 연구가, 심
> 할뿐더러, 露西亞文學에서 材料를 吸取하야, 溺情的, 無政府的, 規律
> 에 服從함을 즐기지안는 民族性을, 批判하고 參考한다.[14]
>
> 파씨스토 『黑襯軍』 勢는 三百八十萬에 達하엿다니 伊國人口 四千
> 二百餘萬(一九二六年)에 比하면 全人口의 九分以上이요 그주 時官軍
> 二十二萬人(一九二六年)의 十七倍以上이나 된다. 그 黑襯制服費만 壹
> 千萬 『리여』에 達한다니 이것으로는 그 失職者七萬八千餘名의 一個
> 月以上의 生活을 堪當할만하겟다.[15]

---

14 「伊太利消息두낫」, 『해외문학』 제2호, 해외문학사, 1927.7, p.24.

「이태리소식 두낫」에서는 예술가들이 국가에 봉사하고 신제국주의건설에 참여해야 함을 역설하고 있으며, "이태리주의의 정신을 발양하려는 결심"이 있어야함을 강조하고 있다. "외국작품의 모방은 조국모독의 죄로서, 처벌"받을 것이라는 경고성 발언까지도 서슴지 않는 이탈리아 파시즘 추종자의 일원인 이태리문부미술대신의 선언은 앞서 서술된 바 있는 예술을 파시즘 정책의 일환으로 사용한다는 것을 분명히 명시하고 있다. 「이국 파씨스토 세력」에서는 이탈리아 파시즘의 군대인 '흑친군', 즉 검은 셔츠 부대의 규모에 대해서 언급하고 있다.

그런데 참고로 위의 두 글들이 실렸던 같은 해 1927년에는 일본에서 이탈리아 파시즘에 대한 방대한 책이 두 권 일본어로 번역되었음에 주목할 수 있다. 『이탈리아에 있어서의 파시즘(伊太利におけるファシズム) - 아키라(アキラ) 저, 구로카와 겐조(黑川健三) 역』그리고 『이탈리아에 있어서의 파시즘 운동 및 부록(伊太利に於けるファシズム運動 : 及附錄) - 아키라(アキラ) 저, 히로시마 사다요시(廣島定吉) 역』이다. 저자가 똑같이 아키라(アキラ)로 되어 있는데 원저자의 이름은 줄리오 아퀼라(Giulio Aquila)이고, 그의 저서를 독일어로 옮긴 『이탈리아의 파시즘(Der Faschismus in Italien)』(1923)을 일본어로 구로카와 겐조(黑川健三)와 히로시마 사다요시(廣島定吉)가 재차 옮긴 번역본들이다. 저자 아키라는 이 책에서 파시즘의 역사·사회적 의의를 규명하고, 그 내부에 존재하는 모순을 폭로함과 동시에, 이탈리아의 사회민주당의 파탄된 정책이 어떻게 의미 없는 희생을 프롤레타리아에게 강요하는가를 보여주고 있다.

1920년대에 이탈리아 파시즘에 대해서 이렇듯 자세하게 다룬 책자들은 없었기에, 이 두 권의 번역서들은 당시 많은 지식인들의 지적 욕구를 채워주는데 이용되었으리라고 본다. 아마도 1927년에 『이탈

---

15 「伊國파씨스토勢力」, 『현대평론』 제2호, 현대평론사, 1927.7, p.167.

리아에 있어서의 파시즘』 그리고 『이탈리아에 있어서의 파시즘 운동 및 부록』이 출간된 점을 감안할 때, 한국의 지식인들이 일본어로 번역된 책을 직·간접적으로 접하기까지 2년 정도의 세월이 소요된 것으로 추정해볼 수 있다. 추정에 대한 근거로는 1930년에 이르기까지 일간 신문 이외에서는 별다른 파시즘 논평이나 관련 글이 없었던 것을 들 수 있다. 이 파시즘 관련 번역서들이 한국에 소개되기 전까지는 일간 신문에만 이탈리아 파시즘이나 무솔리니 관련 기사들이 있었고, 일반 문화관련 잡지들에는 이탈리아 파시즘에 관련된 글이 없었던 것도 참고할 만한 자료의 미비함에서 연유되었으리라 본다.

2. 1930년대 이입 양상

1) 만주사변 이전의 이입(1930~1931. 9)

1930년대 이탈리아 관련 『동아일보』 자료는 3,911건인데 이 중 파시즘과 파시스트당, 무솔리니에 관한 자료가 거의 대부분을 차지하고 있다. 1930년대의 『동아일보』 기사들 중 3,000건 정도가 파시즘과 파시스트당, 무솔리니에 관한 자료이며 이는 1920년대의 『동아일보』 기사들 중 400건 정도가 파시즘과 무솔리니에 관한 기사였던 것과 큰 대조를 이룬다. 1920년대 미비했던 이탈리아 파시즘 담론이 점차 확대되었음을 알게 해주는 단적인 자료가 될 것이다. 그런데 1931년 9월 18일에 일어난 만주사변[16]을 중심으로 그 이전과 그 이후의 자료의 수에 있어서 크게 차이가 난다는 점에 주목할 수 있다. 1930년대 초부터 만주사변 이전에는 30건 이내 이던 파시즘 관련 기사들이 그 이후 폭발적으로 증가하였다. 여기서는 우선 만주사변 이전의 기사들 중 대표적으로 특이한 기사 「이태리

---

16 류탸오거우사건(柳條溝事件)으로 비롯된 일본 관동군(關東軍)의 만주 (지금의 중국 둥베이 지방)에 대한 침략전쟁. 일본이 군사적으로 제패하고 이 지역을 '만주국'이라 하여 그들의 식민지로 만든 것이니, 당연히 '전쟁'이라고 해야 옳을 것을 일본은 이를 사변이라 하였고 선전포고도 하지 않았다. 그리고는 만주를 일본 침략전쟁의 병참기지로 만들었다.

수상 격렬한 연설」을 소개한다.

> 伊太利首相 激烈한 演說
>
> 伊太利首相『뭇솔리니』氏는 二十七日『파시스토』黨의 羅馬進入 九週年記念日에 當하야 如左한 激烈한 演說을하얏다.
>
> 我伊太利의 敵은 (…) 戰爭準備를 急히하고잇다. 그러나 二十年後의 一九五〇까지에는 現在의 歐洲諸國은 (…) 今日의 努力을 喪失하고 唯一의 어리고 潑剌한 國家는 伊太利쑨으로 될것이다. 只今世界의『파시즘』에 對한 戰爭은 이미 行하고잇다. 모든 것이 排他『파시스토』宣傳을 爲하야 利用될 것이다. (…) 歐洲에서 其僞善者의 假面을 破하라. 라는 意味이다. 今後伊太利가 平和的交涉을 增 (…) 할수잇는 것은 東洋뿐이다.[17]

기사「이태리수상 격렬한 연설」은 당대 이탈리아 파시즘의 수장 무솔리니의 명연설 중의 하나를 기사화한 것이다. 웅변, 수사학하면 유명한 곳이 그리스이고 그 맥을 그대로 이어받은 것이 로마제국이라면, 로마제국의 그 흐름을 중세를 거치고 르네상스를 거쳐 이어받은 나라가 현대의 이탈리아이다. 당시 무솔리니는 연설 잘하기로 소문난 당대의 문인이자 정치가였던 가브리엘레 단눈치오(Gabriele D'Annunzio:1863~1938)와 더불어 쌍벽을 이루던 명 연설가였다. 무솔리니의 연설 중 "이십년후의 1950까지에는 현재의 구주제국은 (…) 금일의 노력을 상실하고 유일의 어리고 발랄한 국가는 이태리쑨으로 될것"이라는 호언장담이 눈에 띈다. 1930년이라는 사실을 감안하면 이런 호언장담을 하고도 남을 것이다. 무솔리니의 영웅적인 면모가 강조되는 위의 기사를 통해서 1930년 당시의 이탈리아 파시즘에 대한 우호적인 담론을 읽을 수 있다. 이는 "파시즘기에 '문화혁신'을 부르짖으며 브나로드운동, 고적보존운동을 전개하였던 동아일보 계열의 민족

---

17 1930년 10월 30일자『동아일보』1면 6단.

문화론"[18]과 결코 무관하지 않다. 위의 기사가 이끌어내는 담론은 서구문화를 소개하는 근대성의 일환으로 또 파시즘적 이데올로기 지배의 강화 수단으로 작용하는 것이다.

1920년대와 달리 1930년대는 앞서도 말한 바와 같이, 1927년의 일본어 번역책들이 출판된 이래로 이탈리아 파시즘 관련 글들이 일반 문화 관련 잡지나, 문학잡지에서 제법 비중 있게 다루어져 있기에, 사건 위주 보고 형식의 일간신문 기사가 아닌 잡지 글들을 주로 인용하면서 이탈리아 파시즘 이입의 모습들을 살펴보고자 한다.

1930년 12월 『해방』에서는 직접적인 이입의 모습은 볼 수 없지만, 단편소설의 제목으로 「D사의 뭇소리니」가 있다. 이 단편소설의 내용 중에 "배를 쑥내여밀고 몸을 비스듬이 뒤로 제친데다 한다리를 한 쪽 무릅우에 걸트리고 두손은 검은 「스틕」으로버틸픔이 대D사의 「뭇소리니」의 풍격(風格)이 여실하다."[19]라는 글귀에 '뭇소리니'가 한 번 나온다. 이미 1920년대에 무솔리니 관련 영화까지 상영되었던 터라, 그의 모습이나 이미지가 많이 수용되어 있는 상황으로 간주된다.

1930년대에는 무솔리니에 이어서 파시즘 및 파시스트당, 파쇼정당 등을 운운하면서 이탈리아 파시즘에 대한 담론을 형성했던 글들이 있었다. 이러한 평론들에서 읽혀지는 파시즘 담론은 근대화라는 거대담론의 일부분을 차지하는 것으로 이해되어질 수 있다. 그 중 제일 먼저 1931년 6월에 출판된 잡지 『신민』에 실려 있는 「흑샤스 이태리의 <프아시즘>의 맹위」는 파시즘 및 파시스트당, 파쇼정당에 관한 글이 상세하게 정리되어 있고 또한 무솔리니에 관한 예찬조의 글 역시 포함되어 있다. 이글은 <세계청소년운동개관이라는 기획 글의 일부분이다.

---

18 이지원, 「파시즘기 민족주의자의 민족문화론 - 민족문화운동과 관련하여 -」, 『일제하 지식인의 파시즘체제 인식과 대응』(방기중 편), 혜안, 2005, pp.429~430.
19 「D사(社)의 뭇소리니」, 『解放』 제2권5호, 解放社, 1930.12, p.42.

一九二一年四月二十七日 겨오 五十有三名한伊太利의「프아시즘」
一名「파스쇼」運動이다。「파스쇼」라는말은 卽團結을 意味한것이니
말하면모다한덩어리가되야서 일하자는 것이다。

　그主義綱領은 僑禮를버리고 絕對的으로 일하자는 것뿐이다。正裝
은 上衣도아모것도업고 다만검은「샤스」와綠色短袴에 脚絆을친다。
所謂「黑샤스」黨이란일홈은 여기에서비롯된 것이다。(…)

　特히主意할것은「파스쇼」의徽章이다 樫木[20]의丸棒을十本쯤結合하
고 그가운데한개는조곰더길게 棒端이나왓는데 그우에낫(鉞)이매여잇
다。(…)「파스쇼」運動은 어데까지靑年運動이다。伊太利語의 靑年의
쯧은 年齡에 의하는 것이아니오 그사람의氣稟如何熱如何에의한 卽氣
力의魂의젊음을말하는것이니 쌀아서伊太利에서는靑年이란말을사람
에게대한敬語로쓰고잇다。

　이것은우리 朝鮮과는아조 正反對이다。朝鮮에서는「젊지안타」卽늙
엇다는것을 尊敬語인줄알아왓다。젊은이는아즉사람이되지못한 未成
品으로 누구에게나下待를밧는다。 그러나 伊太利에서는 그나히야 六
十이되거나 七十이되거나 元氣橫溢한사람이면 靑年이라하야 尊敬한
다。 七十餘歲의 文豪「다눈쵸」가 伊太利航空隊長이되야 碧空을나라
다니며機關銃을發射하고하엿다。그自身도自己를가르처靑年이라하
엿스나 伊太利國民들도쏘한그를靑年이라고부름에 躊躇치안은 것이
다。(…)

　무쏘소리니-가 各處에서『今日의伊太利를救할자는伊太利靑年의힘
이다』하고부르지지는바와가티 實로伊太利는訓練된 靑年의힘에依하
야움직이고잇다。一九二二年十月二十日은 무쏘소리니-가비로소 內
閣組織을 爲하야 미라노에서 特別列車로 羅馬에 進入하던날이다。
(…) 이 唯一의 希望, 이唯一의情熱만이우리들을움직이게한다。우리
國家의救濟와偉大이것이야말로곳「파스쇼」의企待하는바唯一한希望
이다。後略。우리는그들의思想如何는暫間別問題로하고 그意志의壯

---

20 견목(樫木) : 떡갈나무.

함에는感服치안을수업다。[21]

1927년에 일본에서 출간되어 한반도에까지 직, 간접적으로 소개되어 지식인들에게 읽혔던 두 권의 파시즘 소개서『이탈리아에 있어서의 파시즘』그리고『이탈리아에 있어서의 파시즘 운동 및 부록』의 존재가 확인되기 시작한 글이 바로「흑샤스 이태리의 <프아시즘>의 맹위」이다. 물론 직접 일본어 번역서를 참고하면서 글을 썼을 수도 있고, 아니면 일본어로 이미 요약된 글을 보고 그대로 번역했을 수도 있다. 어떤 경우건 위의 두 권의 번역서가 있었기에 가능한 것이므로 이같은 추정을 해보는 것이다. 특히, 위의 글을 비교적 상세하게 옮긴 이유는 이 글 이전의 파시즘에 대한 소개나 글이 모두 대단히 엉성하고 신빙성이 적은 소설 같은 글인 반면에 윗글은 내용이 적확하고, 상세하며 조목조목 아주 잘 설명되어 있는 최초의 파시즘 관련 글이기 때문이다.

「흑샤스 이태리의 <프아시즘>의 맹위」에서 파시즘을 '프아시즘'이라고 읽으면서 일명 '파ㅅ쇼 운동' 임을 밝히고 있다. '파ㅅ쇼'라는 말이 "단결을 의미"하는 것이니 "모다 한 덩어리가 되야서 일하자는 것"이라고 부연설명까지 하고 있다. '흑 샤스 당'이 된 이유를 설명하면서 '파ㅅ쇼' 휘장에 대한 설명도 자세히 이어진다. 특히, 당시 파시즘의 이미지가 젊음, 활기 및 원기왕성 등과 동의어였음을 짐작하게 해주는 글이기도 하다. 이어서 무솔리니가 이탈리아 각처에서 행했던 연설의 골자인 "금일의 이태리를 구할 자는 이태리 청년의 힘이다"라는 문장이 직접 인용 소개되고 1922년 10월 20일 로마진군에 대한 설명도 뒤따른다. 그런데 여기서 주목할 글귀가 있는데「흑샤스 이태리의 <프아시즘>의 맹위」의 뒷부분에서 "이 유일의 희망, 이 유일의 정열만이 우리들을 움직이게 한다. 우리 국가의 구제와 위대 이것

---

21 金自平, 「黑샤스伊太利의 「프아시즘」의 猛威 」, 『新民』 제67호, 新民社, 1931.6, p.46.

이야말로 곧 '파스쇼'의 기대하는바 유일한 희망이다"라고 강조한 부분이다. 이는 당시 일제가 의도적으로 이러한 글귀를 삽입함으로써 이탈리아 파시즘을 적극 수용하고 이 영향이 국민에게 직접 다가가도록 지시했던 것이라고 보인다.

이를 뒷받침해주는 보다 더 구체적인 자료가 바로 뒤이어 소개될 「이태리 파시즘의 파탄과 무산계급운동에 밋치는 교훈」이다. 1931년 9월 『시대공론』에 실린 이 글에서는 저자의 이름이 아예 '아기라'라고 명시되어 있으며, 이는 이탈리아인 아퀼라의 일본식 발음 '아끼라'를 그대로 옮겨놓은 것이다.

> (…) 他國의 쌜죠아지가 伊太利에잇는 咻씨슴의破綻으로부터 敎訓을어더서 自國에서 咻씨슴을 斷念하리라고 밋는 것은 어리석은 일이다 그들은 大部分 안이 確實히 伊太利의 經驗에 依해서 咻씨슴을 自國에實驗해서當座의조고만缺點을 矯正하려고하겟지만 咻씨슴 그물건을 斷念하려고하지안을것이다。 웨그러냐하면 그들은 經濟上及政治上의 切迫된 情勢에 促進되여서 그것을 斷念할수업는까닭이다。 (…)[22]

「이태리 파씨즘의 파탄과 무산계급운동에 미치는 교훈」 역시 앞에서 지적한 바 있는 아퀼라의 파시즘 관련 책이 일본어로 완역된 것에 힘입어 나온 평론이라고 할 수 있다. 특히, 이 글은 위에서 언급한 아퀼라 책의 제4장 <이태리 파시즘의 파산(伊太利ファシズムの破産)>을 참고한 평론이며 그 자신 아퀼라가 쓴 것을 일본어판에서 그대로 옮긴 것이다. 위의 글에서 어떠한 경우에도 이탈리아가 파시즘을 단념할 수 없음을 밝히고 있는데 이는 곧 앞서 소개되었던 글에 있어서의 "유일의 희망"이자, "유일의 정열"이기 때문임을 알 수 있다. 이탈리아 파시즘을 단념할 수 없다는 사실을 강조하는 기사들이 이렇게 실

---

22 아기라, 「伊太利咻씨슴의破綻과 無産階級運動에밋치는敎訓」, 『時代公論』 제1권1호, 時代公論社, 1931.9, pp.37~44.

리는 가운데 이탈리아 파시즘이 홍수처럼 소개되고 그 영향력은 본
국 일본뿐만 아니라 조선 한반도 내 식민통치의 정치, 경제, 사회 전반
에 걸쳐 미치고 있음을 간접적으로나마 살펴볼 수 있다.

여기까지가 만주사변 이전의 글들이다. 분량 면에 있어서 단문기
사형 이입이 30건 정도로 빈약하다 할 수 있다. 그런데 만주사변 이전
의 글들을 정리하면서 단문기사형 이입건이 1930년에 비해 1931년이
3배 이상 많았음에 주목할 수 있다. 파시즘에 관한 기본적인 자료들이
최초로 조목조목 설명된 글「흑샤스 이태리의 <프아시즘>의 맹위」
가 1931년 6월에 소개되었다는 점도 간과할 수 없는 것이다. 1931년 6
월의 시점은 1931년 9월 만주사변이 일어난 시점에 근접해 있다. 더군
다나 1931년 9월에 또 다른 류의「이태리 ᅇᅡ씨슴의 파탄과 무산계급운
동에 밋치는 교훈」이 소개되었다는 점이다. 이로 미루어볼 때 만주사
변이 있었던 1931년이 이탈리아 파시즘에 대한 본격적인 소개가 한반
도에서 이루어진 해로 봄이 타당할 것이다. 이탈리아 파시즘 관련 서
적들이나 이론, 사상 등을 서둘러 소개하려는 의도가 만주사변과 관
련이 있다고 본다 해도 지나친 해석은 아닐 것이다.

2) 전반기 만주사변 이후의 이입 (1931. 10~1935)

(1) 무솔리니 예찬론

1930년대 전반기 만주사변 이후에 대륙 침략의 야욕을 드러내기 시
작한 일본의 정치적 의도가 읽혀지는 이입된 무솔리니 자료들을 보
면 이미 앞에서 인용한 무솔리니의 연설 분위기 그대로 많은 담론들
이 무솔리니를 영웅시하면서 예찬하고 있다.

1931년 11월『신동아』에는「국제장리의 거물들 - 함부로본 그들의
편영」에서 무솔리니를 다루고 있음에 주목할 수 있다. 여기에 그 원문
을 그대로 옮겨본다.

호랭이는 색기째부터 사납다고 하지마는 사람도 크게 될 사람은 어
렷슬째부터 普通아히들과달럿든 것이다 어렷슬째 性質이 亂暴하고
싸흠잘하든 아히가 那終크게되는일이 적지안타 레닌이 그러하얏고
맥도날드가 그러하얏스며 이뭇솔리니가 쏘한그러하얏다 그래서 洞內
에서 는 미움을바닷섯다 그러나 어머니德에 艱辛히 師範學校를 마치
고 십구세째에 소학교교원이 되얏다 그러나 그러한生活이 언제 까지
나 繼續될理는업섯다 彼는얼마안되어 敎員生活을 집어치고 勃勃한大
望을 그리면서 얼마안되는돈을가지고 瑞西를向하야 漂然히써낫다.
    彼가 伊太利國境에 當到하얏슬적이다 偶然히도 一片의 新聞紙가
突然彼의父親이 捕縛된 것을傳하얏다 元來彼의 父는 대장쟁이엇스나
깁히바쿠닌의思想에 心醉하야 地方社會主義者의 受領格이엇든것이
다 鐵腸을가진뭇솔리니도 父의捕縛을알고 한창途中에서 躊躇치안흘
수업섯스나 한번決心하야 써나온以上 드듸어 그대로瑞西를向하얏다
이瑞西行이야말로 彼의 今日의 土臺를 닥근것으로 瑞西에서는 各國
亡命客과알게되고 勞動運動에 投身하게되얏다[23]

　무솔리니가 어렸을 때부터 보통 아이들과 달랐다고 시작하는 위의
글은 당시 유명한 레닌이나 맥도날드 등을 예로 들면서 이들 모두가
어렸을 때부터 성질이 난폭하고 싸움을 잘했다고 말하고 있다. 이와
관련하여, 1923년에 무솔리니가 그리스의 코르푸 섬을 점령하도록 명
령을 내린 뒤, 한 신문은 무솔리니를 '못된 골목대장'으로 묘사한 풍
자만화를 실었던 적이 있었다. 실제로 무솔리니는 어린 시절에 약한
아이를 못살게 구는 악동이어서, 동급생들을 여러 번 폭행하여 첫 번
째 기숙학교에서 쫓겨나고 말았던 일화가 있다.[24] 역사가 로오라 페르
미(Laura Fermi)는 자신이 쓴 무솔리니전기에서 "베니토는 보통 어린아
이와 다른 점이 있었다. 고집이 세고 우울하며 말이 없고 난폭하였으

---

23 「국제장리(國際場裡)의 거물(巨物)들 - 함부로본 그들의 편영(片影)」, 『新東亞』 제1권 11호,
　新東亞社, 1931.11, pp.22~23.
24 래리 하트니언, 『베니토 무솔리니 : 인물로 읽는 세계사 3』, 김한경 옮김, 대현출판사, 1993, p.29.

나 집념은 강했다. 글을 일찍 깨우쳤으나 주먹을 휘두르는 걸 더 좋아했다. 베니토는 잔인하게 행동하려는 경향이 짙었으며 이것을 스스로 자랑으로 생각했다"[25]고 서술하고 있다. 위의 글에서는 '소학교교원'으로 일했던 청년시절부터 스위스로 향하여 떠났던 방랑시절에 대한 간단한 설명이 이어진다. 스위스행이야말로 "금일의 토대를 닥근 것"으로 평가하고 있고, 스위스에서는 "각국 망명객과 알게 되고 노동운동에 투신하게 되"었다고 마무리하고 있다.

1932년 3월 『신동아』에는 흥미로운 기사가 한 건 실려 있다. 전체기사명은 「사진관상 : 골상으로 본 내외인물」로 여러 인물들 중 무솔리니를 제일 먼저 다루고 있다. 골상을 다룬 인물들로는 무솔리니 외에 간디, 김좌진, 윤치오, 최린 등이 있다. 무솔리니의 사진과 함께 그의 관상이 조목조목 상세하게 나열되어 있는데, 여기서는 얼굴 윤곽 등에 관련된 내용은 생략하고 전체적인 논평만을 옮겨본다.

> (…) 骨相으로 評論하면 宰相 (…)의 權을 가질 人物이다. 心志와 才智와 人物이 다 上格이다. (…) 可히 萬人의우 首領의 地位에잇슬 相이다. 五十二歲以後붙어서는 그 權勢가 반드시 縮小될것이다. (…) 行政之權을 쥐고 자기의 意志대로 할수잇을것이다. 萬一 그러치 않으면 失時하게 되는것이다.[26]

무솔리니를 골상으로 평했을 때 '재상'의 "권을 가진 인물"로 단언하고 있다. 더욱이, "심지와 재지와 인물이 다 상격이"라고 올려주고 있다. "가히 만인의 우 수령의 지위에 잇슬 상"이라고 격찬하기까지 한다. 그런데 흥미로운 것은 그 뒷부분이다. "오십 이세 이후부터는 그 권세가 반드시 축소될 것"이라는 내용이다. 당시 무솔리니가 50세 이었으니 52세라 하면 그 2년 뒤부터인데, 실질적으로는 무솔리니의

---

25 로오라 페르미, 『뭇솔리니 : 세계대통령·수상 대회고록 2』, 대한서적공사, 1985, p.24.
26 張百忍, 「寫眞觀相 : 骨相으로 본 內外人物」, 『新東亞』 제2권3호, 新東亞社, 1932.3, pp.6~11.

영향력이며 세력이 가장 최고조에 올랐을 때라고 본다면 일리가 있는 말이다. 최고조 다음은 내리막길이라는 뜻이기 때문이다. 어찌 되었든 이 관상에서 한 말이 아주 틀렸다고는 할 수 없다. 1933년 히틀러가 독일의 수상이 된 다음 나치즘이 명성을 내기 시작했던 시점과 비교해 본다면 '축소'라는 말이 일리가 있는 것으로 생각된다.

같은 1932년 3월『신동아』에는 무솔리니 관상 이외에 무솔리니의 정치적 이력을 다루고 있는 기사도 실려 있다. 정확한 원어 이름과 출생 연대(Benito Mussolini, 1883)까지 소개되고 있는 이 기사는 일종의 인물사전 같은 기사라고 하겠다.

> 現在 伊太利의 首相 內 外 陸 海 航空等 六長官을 兼任한 政治家요 모던, 팟쇼의 總都家. (…) 社會黨과 絶緣한 그는 直時 미라노에서 月刊新聞「伊太利國民」을 發刊하야 國家主義을 古調하얏고 伊太利가 參戰함애 그는 一兵率로써 義勇出戰하야 카르소-戰에 負傷歸還하기까지 勇敢하게 싸웟스며 더욱히 兵士들에게 愛國心을 鼓吹하기에 寢食까지 이젓다고한다.
>
> 戰後에는「伊太利國民」紙上에 論陳을치고 政府의 無能과 共産主義에 對하야 痛烈한 政駁을 시작하얏고 一方 볼쉐비키 革命運動에 對抗함에도 亦是 暴力의 必要함을 늦기고 熱心으로 팟쇼의 充實을圖謀하다가 一九一九年三月二十三日에 미라노에서 첫소리를 울니엇다. (…) 一九二二年에는 팟쇼軍을 잇끌고 필경 로-마에 進軍하야 팟쇼內閣을 組織하고 議會에서 獨裁權을어더 在來의 各省의改廢 中央集權制의 確立 國費의 輕減等을 斷行하는同時에 팟쇼 憲法을 改正하고 或은 選擧法을 改正하야 팟쇼派의 勢力을 擴大식히고있다. 勿論 治安法으로써 赤色運動을壓迫. 著書는殆無.[27]

"현재 이태리의 수상 내외육해 항공 등 육장관을 겸임한 정치가요

---

27 「東西古今 思想家列傳 - 五」,『新東亞』제2권3호, 新東亞社, 1932.3, pp.109~110.

모던, 팟쇼의 총도가”로 무솔리니에 대한 소개를 시작하고 있는 위의 기사는 무솔리니가 “월간신문「이태리 국민」을 발간하야 국가주의를 고조”하였음을 강조하고 있다. 이 새로운 신문은 독일 및 오스트리아·헝가리 제국과 맞서서 동맹을 맺은 영국과 프랑스를 비롯한 여러 나라의 재정 지원을 받았으며, 이탈리아의 기업가들과 무기 생산업자들로부터는 더 많은 자금을 지원받고 있었다. 무솔리니는 이 신문의 창간호 사설에서 “나의 슬로건은 무시무시하고도 매력적인 단어, 즉 ‘전쟁’이다!”라고 공언했다.[28] 무솔리니가 무력 개입을 옹호한 것이 이탈리아의 여론에 어느 정도 영향을 미친 것은 분명했다. 그 스스로 전쟁에 참전했고 “애국심을 고취”하였다고 위의 기사는 전하고 있다. 무솔리니가 사상가열전의 일원으로 소개되고 있는 이 글을 통해서 공산주의와 대치되는 이탈리아의 파시즘을 은연중에 강조하며, 당시 한반도에 지식인들 사이에서 일어나고 있던 사회주의 비평에 대한 경계가 묻어나고 있음에 주목할 수 있다.

1932년 8월『신동아』의 파시즘에 대한 철학적 접근을 시도한 글 「강력의철학 = 현세의 정치사상을 지배하려는 = ◇니체와 파씨즘◇」에서도 무솔리니에 대한 일부분을 찾을 수 있었다.

> 그는 二十世紀에 許多한 戰爭과 革命이 이러날 것을 예언하엿다. 그리고 그것은 人類를 爲하야 도로혀 조흔일이라고 말하얏다. 人類는 許多한 戰爭과 革命을 經過하야써 새로운 超人間的 支配階級을 걸러내이게 된다고 믿엇다.
>
> 그래서 그는 웨첫다
> 「위험하게 살어라」하고!
>
> 그러나 이 「위험하게 살라」는 모토는 一般凡人 全體에게 주는 金言이 아니라 오직 將來의 支配階級이 될 다시말하면 超人間이될 强者(그것이 個人이거나 또는 民族이거나)들에게만 보내는 福音이라고 그는

28 래리 하트니언, 앞의 책, p.61.

壯言하엿다。(…)[29]

위의 글에서 무솔리니가 "이십 세기에 허다한 전쟁과 혁명이 이러 날 것을 예언"하였다고 하면서 무솔리니가 부르짖었던 "위험하게 살어라"라는 모토가 "오직 장래의 지배계급이 될, 다시 말하면 초인간이 될 강자(그것이 개인이거나 또는 민족이거나)들에게만 보내는 복음이라고 강조한다. 무솔리니의 입지가 어떠했는지를 가히 짐작하고도 남는 글이다.

1932년 9월 『신동아』에는 <이국민족성>에 대한 글이 있는데 그 중 정치에 관한 부분에서 "이태리인은 정치에 장함으로 세인에게 정치적 국민이라는 칭찬을 밧습니다 역사상에 나타난 정치적 위인도 매우 많습니다. (…) 현재의 뭇소리니 가튼이들은 다아 세게에서 드물게 보는 대정치가들이외다. (…)"[30]라고 하면서 무솔리니를 대정치가에 포함시키고 있다.

1933년 2월 『신동아』에는 <무솔리니 - 이십세기가가진 일대괴걸>에서 이러한 무솔리니의 소년, 청년시대에 초점을 맞추어 세 쪽에 걸쳐서 설명해주고 있다. 여기에 그 일부만을 옮겨본다.

> (…) 어려서부터 남한테 絕對로 지지아느려는 氣質이잇서서 아모리 두들겨 맛는 경우 일지라도 決코 굴하지 아낫다. (…) 그가 二十七歲 나든해 벌서 그의 社會主義에는 파시즘氣分이 농후하기시작하엿다. 그래서 一九一〇年 미라노 大會에잇서서 뭇소리니는 伊太利社會主義와 正面衝突을 하기에이르럿고 딸하서 그의 直接行動主義가 高調되엿다. 미라노大會에서 그는 演壇에 오르자 곳 議會制度否認의 一大 演說을 試하엿다. 그는 雄辯이엇다.

29 一舟生, 「强力의 哲學 = 現世의 政治思想을 支配하려는 = ◇니체와 파씨즘◇」, 『新東亞』 제2권8호, 新東亞社, 1932.8, p.5.
30 韓東朝, 「東西各國의 民族性」, 『新東亞』 제2권9호, 新東亞社, 1932.9, p.24.

「(…) 新社會를 낫는 힘은 社會主義의힘에 잇는것이다。團結의힘에 잇는것이다。意氣의 힘 그리고 힘의行動에잇는것이다。直接行動以外에 創造的原動力은 다시없다!」하고 絶叫하엿다 이것은 確實히 파시즘의 알이엇든것이다。(…)31

무솔리니의 어린 시절 이야기로 시작하여, 그의 웅변 실력을 거론하면서 "신사회를 낫는 힘"이 "단결의 힘", "의기의 힘 그리고 힘의 행동"에 있으며, "직접행동이외에 창조적원동력은 다시없다!"고 했던 무솔리니의 연설을 직접 인용하고 있다. 무솔리니가 파시즘을 태동시키기까지의 초기 활동을 설명해주고 있다.

1933년 10월 『신동아』에는 「철혈재상 뭇솔리니」라는 기사가 실려 있고, 무솔리니에 대해서 다음과 같이 서술하고 있다. 당시 한반도에서의 무솔리니의 존재가 어떠했는가를 단적으로 가늠해볼 수 있는 자료이다.

뭇솔리니—그는 틀림없이 世界의 巨物이다。그의 存在는 너무나 거룩하고 그의 聲譽는 너무나 높다。方今의 世界政局을 風靡하는 팟씨즘은 진실로 世界的魂膽이 그의게서 비로소 表現된것이라하겟다。그는레—닌과 같이 二十世紀政治史의 中軸을 휘여돌린사람이다。

이러한 偉大한 人物도 그의 半生涯에는 崎嶇한側面이 許多하다。(…) 이러한 複雜한 環境에서 二十世紀의 第一人이 出現할줄이야 뉘아르리! (…) 그는 씨—자 타시타스 봐—질 等 古代羅馬의 古典을 耽讀햇다。『씨—자와같이 國家를 建設하고 씨—자와같이 죽음을 맞이자! 이것이 뭇솔리니가 宗敎學校에서 習得한 全部엿다。 (…)32

「철혈재상 뭇솔리니」에서 "세계의 거물"로 등장하는 무솔리니에

---

31 「偉人들의 靑年時代」, 『新東亞』 제3권2호, 新東亞社, 1933.2, pp.28~30.
32 「鐵血宰相 뭇솔리니」, ≪세계를흔드는사람들의片影≫, 『新東亞』 제3권10호, 新東亞社, 1933.10, pp.51~53.

대한 설명이 흥미롭다. 여기서는 아예 "그의 존재는 너무나 거룩하고 그의 성예는 너무나 높다"라고 할 정도이며, "방금의 세계정국을 풍미하는 팟씨즘은 진실로 세계적혼담이 그의게서 비로소 표현된것"이라고 덧붙이면서, "레―닌과 같이 이십 세기 정치사의 중축을 휘여 돌린 사람"으로 묘사하고 있다.

1933년 『동광』을 통해서 파시즘을 찬양하는 글들을 집중적으로 기획, 발표한 이광수 역시 무솔리니를 가리켜 "큰 단결의 지도자로 전민족의 숭앙을 받는 자"[33]라고 칭송했다.

1934년 9월 『신동아』에는 「비상시세계의백인물」이라는 특별부록이 들어있다. 여기에서도 예외 없이 <무쏠리니> - 목차에서는 뭇솔리니로 표기되어 있음 - 가 당대 정치 외교부문에 11번째 인물로 나오고 있다. 그 설명 중에서 일부를 발췌해서 실어본다.

> (…) 파시즘의開祖요 獨裁政治의 先頭인그라 治世十二年에 그의 政權은 더욱더 鞏固해저서 오늘에는 單身으로 오토빠이를 타고 伊太利 어데던지 도라단녀도 身邊에 危險이 없을만치 되여 있고 그의 獨裁專制는 더한층 徹底해 가고있다。陸海空三省을 합병하여 스사로 國防相을 兼任하여 三軍을 統率하려는일이라든지 下院廢止 職業代表制創設等 內外에 쎈세이슌을 쉬지 않고 일으키고 있다。 나이는 五十三歲 滿身精力뎅이 인 그로서는 活動舞臺가 아직도튼튼![34]

무솔리니를 "파시즘의 개조", "독재정치의 선두"로 묘사하면서 "치세십이년에 그의 정권은 더욱더 공고해저서 오늘에는 단신으로 오토빠이를 타고 이태리" 어디를 돌아다녀도 "신변에 위험이 없을만치 되여 있고 그의 독재전제는 더한층 철저"하다고 하면서 "오십삼세 만신정력뎅이 인 그로서는 활동무대가 아직도 튼튼!"함을 강조한다.

---

33 李光洙, 「간디와 무쏠리니」, 『東光』, 東光社, 1933, p.29.
34 「非常時世界의 百人物」, 『新東亞』 제4권9호, 新東亞社, 1934.9, p.198.

1934년 11월『신동아』에는 <현대위걸 특집(現代偉傑 特輯)>에서
「정권획득의까지의무쏠리니」라는 글이 무솔리니의 사진 등과 더불
어 게재되어 있다. 6쪽에 걸쳐서 자세하게 실려 있는 무솔리니 일대기
는 앞서 있던 어떤 글보다도 상세하다. 월간지『신동아』가 주로 이탈
리아 파시즘이나 무솔리니 예찬, 선전 쪽으로 글을 게재하는 경향이
있었던 것을 보여주는 아주 좋은 예가 되는 평론이다. 이 글 중 일부분
만을 다음에 옮겨본다.

> 一九二四年 겨울날의 일이다。伊太利의 어느都市의 大新聞社에서
> 무쏠리니 首相의 性格에 對한 評論을 募集한일이 있다。그때 이事實
> 을 들은 무쏠리니는 新聞社에 抗議를하야 그 發表中止를 懇請하였으
> 니 所謂 그 理由라는 것이
> 『나는 내自身이 如何한性格을 갖이고있는가 確信치못할만큼되어
> 있으니 하물며 他人으로서야 어름반푼의치도 없는일이다』라는것이
> 다。果然 올흔말이다。더구나 筆者로 말하면, 무쏠리니의 相面은 그
> 만두고라도『라듸오』를 通한 氏의 音聲도들어보지못한 關係이니 그
> 를 正確하게 紹介한다는 것은 難中難事일것이다。다만 나는 紙上을
> 通해서만 그 面識을 알었고 그의 政治思想的動向을 理解하고 있을뿐
> 이다。그리고 나로서 또한가지 特殊한 事情은 所謂 現代의 世界的偉
> 人中에서 特히 무氏를擇하게된 것은 나의 崇拜하는 人物이라는데 있
> 는것이아니고 다만 政治的主眼에서 볼때의 그의 行動에 對해서 關心
> 을 게을리지안는다는데 있다는 것이다。(…)
> 그러므로 이 立場에서 規定되는 무쏠리니의 地位는 그의 一投足 一
> 擧手가 現代社會進展의 가장 尖端을 表現하는것이다。왜그러냐하면
> 只今 世界政治의 動向에 있어서 그 根幹이 되는 獨裁政治의 主人公인
> 까닭이다。卽 歐洲大戰以後로 兩大獨裁主義 露西亞에 있어서 레―닌
> 伊太利에있어서 무쏠리니의 對立된 政治思想이 只今까지 代表的潮流
> 가되어있는것이다。이만큼 무쏠리니의 地位라는것은 重要性을 가지
> 고 있는것이다。(…)[35]

위의 평전은 당대 파시즘 및 무솔리니에 대한 대표적 담론의 예가 될 수 있는 글이다. 1924년 겨울날의 일화를 통해서 무솔리니가 어떠한 입지에 서 있는 인물인가를 더욱더 두드러지게 강조했다. 이 평전은 무솔리니의 "행동에 대해서 관심을 게을리지안는" "입장에서 규정되는 무쏠리니의 지위는 그의 일투족 일거수가 현대사회진전의 가장 첨단을 표현하는것"임을 역설하고, "세계정치의 동향에 있어서 그 근간이 되는 독재정치의 주인공"인 무솔리니의 "지위라는것은 중요성을 가지고 있는것"임을 새삼 강조하고 있다. 여기서 주목할 것은 "구주대전 이후로 양대 독재주의 로서아에 있어서 레―닌 이태리에 있어서 무쏠리니의 대립된 정치사상이 지금까지 대표적 조류가 되어 있"다고 설명한 부분이다. 여기서도 공산주의와 대립되는 파시즘의 모습이 부각되고 있다. 이러한 대세적 흐름 속에서 파시즘의 장본인, 주인공으로 각광을 받던 무솔리니 담론은 1930년대 전반기에 영웅적 마스코트처럼 어느 잡지에나 사진과 더불어 실리는 것이 유행이 아니었나 싶을 정도였다.

(2) 파시즘 이론·정치 담론

아래 글은 만주사변 이후 파시즘치하의 이탈리아를 자세하게 보여주는 기사다.

> 이태리팟쇼단체 소년소녀들 - 총수가 二百二十一만여명 - 일요마다 시가행진
>
> 이태리 각도시에서는 일요일만되면 몃천명의 소년소녀가 륙군장교의 지휘를말하 팟쇼의 제복인 황토색의 바지와 검은저고리를 입고 수술이 달린 모자를 쓰고 원기잇게 시가를 행진한다고합니다.
>
> 이소년소녀들이 팟쇼단체는 一九二六년봄에 조직한 것으로 八세로

---

35 李根榮, 「政權獲得의까지의무쏠리니」, 『新東亞』 제4권11호, 新東亞社, 1934.11, pp.26~27.

부터 十八세까지의 소년소녀가 참가합니다. 그들은 十八세가지나면
군대에 드러갑니다. (…)
　이단체에 가입하고잇는아이들에게는 다음가튼특전이잇습니다. (…)
一九二九년부터는 이단체 전부가 건강보험에 드럿습니다. 건강을해
하얏다든지 불구자가 되는 경우에는 한사람에게 三천원을엇게됩니
다. 그리고 본인이 사망하면 국가에서 량친에게 一천원씩주기로 되어
잇습니다. (…)[36]

일간신문의 기사 분량이 전반적으로 늘어나고 자세해진 경향이 있
는 가운데, 이탈리아 기사들 중 특히 위의 「이태리팟쇼단체 소년소녀
들」은 팟쇼 소년 사진과 더불어 실려 있는 기사다. 아주 상세하게 소
년소녀들의 파시스트 활동을 알려주고 있어 눈길을 끈다.

"팟쇼의 제복인 황토색의 바지와 검은저고리를 입고 수술이 달린
모자를 쓰고 원기잇게 시가를 행진"하는 팟쇼단체 소년소녀들은 국
가의 보호 아래 충실한 파시스트 예비당원으로 그리고 국가에 충성
하는 군인으로 성장한다. "일구이구년부터는 이단체 전부가 건강보
험에 드럿습니다. 건강을해하얏다든지 불구자가 되는 경우에는 한사
람에게 삼천원을엇게됩니다. 그리고 본인이 사망하면 국가에서 량친
에게 일천원씩주기로"되어 있다는 기사 글이 더욱 그 국가적 보호의
배경을 잘 알 수 있게 해주는 대목이다.

파시즘 체재가 이렇듯 보호의 개념으로 각인되게 하는 의도가 저
변에 깔려 있음을 알 수 있다. 일간신문을 통한 파시즘 이입이 전반기
후반기를 통털어 3,000건이라는 숫자도 숫자려니와 기사 「이태리팟
쇼단체 소년소녀들」처럼 일반 민중에게 친밀하게 와 닿을 수 있는 기
사들이 많이 있다는 사실도 주목할 만하다.

만주사변 이후 1931년 12월, 파시즘이 이탈리아에만 국한된 정치운
동이 아니며 독일뿐 아니라 범유럽적으로 확산되어 있음을 알리는

---

36 1932년 2월 26일자 『동아일보』 4면5단.

「영국의 신파시쓰트당」이 『비판』에 실린다.

> (…) 三, 伊, 英 파시스트黨의 比較
>
> (…) 첫재로 伊太利에는 파시스트의 獨裁的代表者가 잇는데 英國에는 그것이없다. 둘재로는 伊太利에 파시스트의 一黨뿐인데 영국에는 파시스트할 一黨以外에 (…) 다시말하면 伊太利의 파시스트는 「뭇쏘린이」라는 領首가 有하야 이 한사람의 有無는 파시스트全黨에 絶大한 關係와 影響을 意味하게되고 파시스트黨은 곳 「뭇쏘린」의 黨이라고 할수잇지만 英國의 파시스트는 오즉 「맥도날드」라는 內閣首相이 有할쑨이오 이 한사람의 有無는 파시스트 全体에 何等 重大한 關係와 影響을 意味하게 되지못하고 「맥도날드」는 곳 파시스트의 一分子에 不過한다. (…) 伊太利의 파시스트는 國民을 左右하고 英國의 파시스트는 國民에게 左右된다고 할수도잇는것이다.[37]

1932년 3월 『동광』에 실린 「영웅주의와 파시즘」에도 이탈리아의 파시즘에 대한 언급과 더불어 시인이자 소설가이며 극작가, 웅변가의 화려한 이력과 더불어 정치가요 풍운아였던 단눈치오가 등장한다.

> (…) 朝鮮과 지리 및 기후가 상이한 이태리의 따눈치오는 文士요 飛行士요 勇士다. 저는 파시즘의 先驅者요 파시스트의 猛將이다. 따라서 李氏의 英雄主義-指導者主義가 아니고 文士的憧憬이 아니요 勇士的 渴望이요 實踐이라하면 朝鮮의 李氏와 伊太利의 따눈치오와는 무엇으로든지 좋은 對照가 될것이다. (…) 伊太利에뭇소리니가잇엇고 (…) 파시즘의 歷史的 運命은 伊太利에서부터 動搖하고 잇다. 封建社會와 資本社會와의 中間期에 잇어서 절대주의의 운명은 길지 못하얏다. (…)[38]

---

37 尹聖完, 「英國의 新파시쓰트黨」, 『批判』 제1권8호, 批判社, 1931.12, pp.72~76.
38 金明植, 「영웅주의와 파시즘」, 『東光』 제4권3호, 東光社, 1932.3, pp.62~64.

특히 위의 글에서는 조선의 이광수와 이탈리아의 단눈치오를 대조하는 부분도 찾아볼 수 있어, 문인과 정치의 파시즘담론으로 확장되어 있음을 알 수 있다. 문화 관련 내용이 포함되는 점은 앞서 소개된 다른 평론들과 구별되는 점이다.[39]

파시즘 체재하의 이탈리아의 정치적, 경제적, 문화적 발전 상황을 제법 상세하고 정확하게 설명해주고 있으며, 앞선 1927년의 일어번역서 『이탈리아에 있어서의 파시즘』그리고『이탈리아에 있어서의 파시즘 운동 및 부록』등이 주로 이탈리아 파시즘 체재하의 정치적 상황, 전쟁, 투쟁을 설명하고 강조하고 있는데 비해,『파쇼 통치하의 이탈리아』는 안정기로 들어가는 이탈리아를 보다 전체적인 조망으로 다루고 있으며 앞선 책과 비교할 때 특히 문화정책과 공공사업, 복지 관련 정책이 드러나고 있다. 이 책이 동경에서 한국으로 도착했을 시간을 감안해도 1932년에는 이와 관련된 우리말 자료들이 나왔으리라고 예상할 수 있다. 이글의 영향인지는 모르나, 정치일색으로 나열되던 파시즘이 1932년에 들어서면서 문학과 문화와 관련되어 언급되기 시작한다.

1932년 4월 문학과 파시즘의 만남이 드디어 모습을 드러냈다. 그것은『동광』4권 4호에 실려 있는「이태리주의의 고창 - 이국미래파, 파시스트 마리네티」이다.

> 今日 우리 伊太利에 파시즘의 勢力이 宏大하지마는 아직도 세노필리즘(拜外主義)이 一部分에 잇는 것은 유감이다。拜外主義의 종이 되어 反 伊太利的 行動을 敢行하는 者는 墮落한 靑年들 中에 많다。그들은 이 不景氣로 거지가 다된 外國女人을 崇拜한다。그들은 外國女子

---

39 추측컨대, 문화관련 내용을 일본어판으로 소개했던 책자가 반드시 있을 것이라는 점이다. 여기서 참고로 1931년 12월 말에 일본 동경에서 출판된『파쇼 통치하의 이탈리아(ファッショ治下の伊太利)』를 잠시 살펴볼 필요가 있다. 이 책의 출판 날짜로 보아도 충분히 1932년 3월『東光』에 실린「영웅주의와 파시즘」에 영향을 줄 수 있었을 것으로 보인다. 이 책은 '이탈리아 만세!(VIVA L'ITALIA!)'라는 구호를 책 전면에 마치 부제목처럼 보여주고 있다.

와 戀愛하며 甚至於 結婚까지한다。(…)

둘재로 反伊太利思想과 外國崇拜熱을 가진者는 所謂 世界的 藝術家라고 하는 歌手, 音樂家, 指導者들이다。그들은 自慢하여 創造的 藝術에 잇어서 技術家라는 것은 有利한 使用人이요 不可缺의 것이 아닌 것을 잇고 잇다。가령 저 有名한 컨덕터「토스카니니」로 볼지라도(…)

外國에서 伊太利音樂이 別로 包含되지아니한 音樂會에 出席하는 者들도 外國崇拜와 反伊太利의 罪를 짓는 者다。愛國心을 조금이라도 가젓다하면 伊太利人은 마땅히 伊太利未來派의 音樂이 적어도 푸로그람의 半은 차지할 것을 要求할것이다。베토벤이니 바하니 브람스니하는 이름은 너무 過食의 弊가 잇다。

伊太利와 外國의 産業의 決定的 鬪爭을 廻避하는 工業家들, 純全히 伊太利製가 아닌 産品과 機具를 가지고 國際産業競爭에 參加하기를 부끄러워아니하는 産業家도 反伊太利, 外國崇拜의 罪人이다。

伊太利文學을 外國語를 가지고 批評하는 文士들도 反伊太利, 外國崇拜의 罪人이다。伊太利文學은 勿論 그 內容이 豊富한 것이다마는 이者들은 外國語를 가지고 이를 論評함으로써 劣等의 文化中에서 自己만 뛰어난 天才를 가진것처럼 假植하는 者다。

畵家, 建築家, 彫刻家들 中에 佛蘭西나 西班牙나 維雅納의 新派를 祖述하는 者들도 反伊太利, 外國崇拜의 罪人이다。

비록 羅馬式인사를 하드라도 百貨店에 가서는 外國物件만 찾고 伊太利物件은 의심하고 경멸하는 男女들은 다 反伊太利, 外國崇拜의 罪人이다。

伊太利의 映畵와 演劇을 보고 非謗하는 觀客들도 反伊太利, 外國崇拜의 罪人이다。그들은 外國의 劣等의 필림을 伊太利에 들어오게하는 共犯者들이다……

伊太利라는 이름은 天才라는 이름보다 더 貴하다。智慧보다도 더 貴하다。文化나 統計보다도 더 貴하다。伊太利라는 이름은 眞理보다도 더 무거워야한다。(伯林, 케르슈니트紙)[40]

---

40 「伊太利主義의高唱 - 伊國未來派, 파시스트 마리네티」, 『東光』 제4권4호, 東光社, 1932.4.1, pp.43~44.

미래주의 선언문을 작성하고 선언한 바 있는 필립보 톰마소 마리
네티(Filippo Tommaso Marinetti)의 글이 우리말로 번역되기까지 물론 일
본의 중재 역할이 있었을 것으로 추정되나 직접 자료를 아직 찾지는
못했다. 그러나 번역자가 명기되어 있지 않고 더욱이 우리말로 정리
한 사람 이름조차 명기되어 있지 않아 그 가능성이 더욱 높다. 파시즘
에 있어서의 모든 구성원의 존재가 어떠해야 하는가를 조목조목 늘
어놓은 자료를 미래주의자 마리네티가 썼다는 사실에 적지 않게 놀
라움을 금할 수 없다. 마리네티가 이끄는 '미래주의자들'이 이탈리아
파시즘 체제하에서 문화적 이슈를 갖고 결성된 모임 중에서 가장 중
요한 집단이었는데, 이들은 과학 기술과 행동과 반란, 그리고 권력을
숭배하는 전위 예술가들이었다. 이탈리아 파시즘이 갖고 있는 대중
에 대한 시각, 예술에 대한 시각을 그대로 드러내는 자료이다.

“이태리에 파시즘의 세력이 굉대하지마는 아직도 세노필리즘(배외
주의)이 일부분에 잇는 것은 유감”이라는 식으로 시작하는 「이태리주
의의 고창」은 당시 젊은이들이 “배외주의의 종이 되어 반이태리적 행
동을 감행하는” 것에 대한 경각심을 갖게 하는 글이다. 많은 “타락한
청년들”이 “불경기로 거지가 다된 외국여인을 숭배”하며, “외국여자
와 연애하며 심지어 결혼까지” 나아간다고 고발하고 있다. 타락한 청
년에 이어, 이번에는 “반이태리사상과 외국숭배열을 가진 자”로 “소
위 세계적 예술가라고 하는 가수, 음악가, 지도자들”을 거론하며 “자
만하여 창조적 예술에 잇어서 기술가라는 것은 유리한 사용인이요
불가결의 것이 아닌 것을 잊고” 있다고 비난을 하고 있다. 그러면서
유명한 지휘자 토스카니니를 예로 들어 질타하고 있다.

심지어는 “외국에서 이태리음악이 별로 포함되지 아니한 음악회에
출석하는 자들” 역시 “외국숭배와 반이태리의 죄를 짓는 자”라고 단
정 지으면서 마리네티는 비난의 화살을 멈추지 않는다. 그러고는 이
내 “애국심을 조금이라도 가젓다하면 이태리인은 마땅히 이태리 미

래파의 음악이 적어도 푸로그람의 반은 차지할 것을 요구할것"을 주
장한다. 하물며, "이태리문학을 외국어를 가지고 비평하는 문사들"과
"이태리의 영화와 연극을 보고 비방하는 관객들"마저도 "반이태리,
외국숭배의 죄인"이라고 하고 있다. 마리네티, 아니 파시즘의 주장은
조국이라는 이름만이 어떤 것보다 귀하고 중하다는 사실을 거듭 강
조하고 있을 뿐이다.

1932년 5월『신동아』에는 ≪세계오대운동전망≫ 중 그 첫 번째로 실
린「세계를 지배하려는 파씨즘운동의 전망」이 있다. 이 글의 앞부분
을 다음에 옮겨본다.

> (…) 파씨즘이란 것은 歷史的必然性을 가지고 當然히 이러날수밖에
> 없는 現世下에서 이러난 世界的一現象이라는 事實이다 파씨즘이란말
> 의 由來는 伊太利에 잇다 곳 파씨즘의 始初는 伊太利에서 나가지고 또
> 伊太利에서 그 成熟을 보게된 것이 事實이다。 그러나 파씨즘은 決코
> 伊太利에만 局限된 것이 아니다。 (…) 그러나 伊太利보다 뒤떠러져 파
> 씨즘이 이러나는 나라이라고 반듯이 伊太利것을 直輸入한것이라고
> 보면 잘못이다。 파씨즘은 輸入輸出品이 아니라 各其國家가 國內及對
> 外關係로부터 생기는 特殊한 社會情勢의 必要에應하야 發達되는 社
> 會運動또는 國民運動이다。 (…) 그런데以上主義를 實施하려는 그 指
> 導原理는 무엇이냐하면 徹頭徹尾 行動主義이다。 여기파씨즘의 偉大
> 한 特徵이 存在한것이다。 파씨즘의 哲學은 푸랙그매티즘의 哲學 行
> 動의哲學이다 파씨즘의指導原理는 곳 經驗과 實踐과 行動과 戰鬪로
> 짜노흔것이다「爲先鬪爭이다」「鬪爭으로부터서 우리는 무슨일을 해
> 야할지를 알수가잇게되는것이다」。 이것이파씨즘의 第一信條이다。[41]

「세계를 지배하려는 파씨즘 운동의 전망」에서 이탈리아 파시즘에

---

41 「世界를 支配하려는 파씨즘運動의展望」, ≪世界五大運動展望≫, 『新東亞』, 新東亞社,
　　1932.5, pp.4~7.

대한 이해도는 적확하다. 이 글을 통해서 이탈리아 파시즘, 독일의 나치즘, 일본의 군국주의에 대한 정보들이 이미 대중들의 식견 속에 자리 잡고 있음을 감지할 수 있었고, '여기 파씨즘의 위대한 특징이 존재'한다는 식의 예찬론과 더불어 당대의 시류임을 강조하는 일본 파시즘을 옹호하는 당대의 파시즘 담론을 엿볼 수 있다.

이광수가 『동광』을 통해서 파시즘을 찬양하는 글들을 집중적으로 기획 발표했던 것과 함께, 근대성과 민족문화담론을 이끌던 동아일보 계열의 『신동아』 역시 파시즘 예찬론을 거의 달마다 기획 발표했는데 「세계를 지배하려는 파씨즘 운동의 전망」 역시 그런 예찬론의 대표적인 글이라고 할 수 있다.

이어서 1932년 6월 『실생활』에 파시즘에 대한 용어 설명 기사가 나온다. 그대로 옮겨보면 다음과 같다.

> △파시즘(Fascism) 세계대전후에 伊太利에이러난 國粹的反動團體 「파시티」(Fascisti)의 主義政策, 현재에는 國粹的規模로나타나서 온갖 革命운동에대하야 맹열한 追害와 彈壓을행하며 小섁르죠와계급을 그 社會的地盤으로삼는 大金融資本의 獨裁政治이다.[42]

파시즘에 대한 용어 정의를 비교해 봐도, 『신동아』의 「세계를 지배하려는 파씨즘운동의전망」에서 설명된 용어와 확연히 기본적인 태도가 다름을 알 수 있다. 비록, 세 줄 정도의 짧은 용어 설명이지만, 근대성을 암시하는 예찬조의 글과 저항성을 내포하는 비난조의 글의 차이를 감지하게 한다. 위의 글에서 파시스트를 '파시티'라는 잘못된 표현으로 나타내고 있는 점이 눈에 띈다.

1932년 6월에는 일본 동경의 신조사(新潮社)에서 『세계현상대관 Ⅳ - 이태리·서반아편』이 출판되어 당시에 이탈리아 역사, 정치, 경제, 문

---

42 「現代語辭典 : 파시즘 외 4개 용어」, 『實生活』 제3권6호, 獎産社, 1932.6, p.27.

화 특히 문학 등을 간략하지만 일목요연하게 살펴볼 수 있었다는 점을 참고로 해 둘 필요가 있다. 이 책에는 무솔리니의 사진은 물론 파시즘과 관련된 노동정책, 소년파시스트 운동 등도 비교적 알기 쉽게 설명되어 있다. 그리고 곧이어 1932년 7월에는 『파쇼 정치체재에 있어서의 노동정책(ファッショ政體に於ける勞動政策) - 시모쿠라이 하루요시(下位春吉) 저』이 일본 동경 춘추사(春秋社)에서 간행되었고, 바로 다음 달 1932년 8월에는 『파시즘론(ファシズム論) - 이마나카 츠쿠마로(今中次麿), 구시마카와 사부로(具島兼三郞) 저』이 삼립서방(三笠書房)에서 출판되었다는 점도 참고해 둘 필요가 있다.

1932년 8월 『신동아』에는 파시즘에 대한 철학적 접근을 시도한 글 「강력의철학 = 현세의 정치사상을 지배하려는 = ◇니체와 파씨즘◇」이 있어 주목을 끈다. 독일 파시즘에 대한 자료이기도 하지만, 비단 독일에만 국한된 자료가 아님을 다음에서 확인할 수 있다.

> (…) 十九世紀에 全歐洲에는 民主主義思想이 大大的으로 宣傳되고 또 普及되여 퍼저나가고 잇섯다。 그런데 홀로 니체는 이民主主義 思想을 奴隷思想이라고 (…) 곳民主主義의 發展은 將次올 小數强力者의 勝利와 支配를 準備하는 一過程이라고 그는 예언까지 한것이엇다。
> (…)
> 「위험하게 살어라!」이한마대와 「파씨즘은 피에 저즌 思想과 行動이다!」라고웨치는 力의政治와 鬪爭行動으로 그모토를 삼는 現파씨스드의 思想을 對照해 볼때 果然 우리는 어떠한 感想을 갖게 되는가?
> 이제 때는 現時에 잇서서의 力의行動을 哲學으로 삼는 파씨즘의 內幕을 들여다볼 起運에 이르른듯하다。
> 파씨즘의共通的特徵
> (…) 첫재는 統一이오 둘재는 國家至上이오 셋재는 生物學的으로 人類는 平等이 아님을 認定하는 同時에 가장適任인 者로써 支配級에 處하게 할것이라는 哲學이다。 (…) 뭇솔리니의 讚賞을 바든 록코氏 (…)

> 「超人間」과「獨裁」! 파씨즘은 (…) 純全히 祖國至上 主義이다。 祖國 -
> 力의政治 - 獨裁 - 鬪爭의行動綱領 - 强力의讚美 - 超人間이支配 - 그어
> 느것이 뭇솔리니이고 그어느것이 니체인고? (…)[43]

무솔리니가 부르짖었던 "위험하게 살어라!"와 "파씨즘은 피에 저
즌 사상과 행동이다!"는 당시 파시즘의 대표적인 모토이다. 파시즘의
"력의정치와 투쟁행동"으로 "그 모토를 삼는 현파씨스드의 사상"은
일본뿐 아니라 일제강점기 치하의 한반도에도 그 영향력은 지대했
다. 파시즘의 공통적 특징을 나열하는 데서도 알 수 있지만, 파시즘은
"국가지상" "조국지상주의"이며 "힘의 정치"이자 "독재"이며, "강력
의 찬미"이자 "초인간이 지배"하는 것을 특징으로 함을 잘 보여주고
있다.

8월호에 게재된「강력의 철학 = 현세의 정치사상을 지배하려는 =
◇니체와 파씨즘◇」은 5월호에 게재된「세계를 지배하려는 파씨즘 운
동의 전망」과 그 궤적을 달리하지 않는다. 이 글에서도 파시즘을 옹호
하는 당대의 파시즘 담론을 엿볼 수 있다. 근대성과 민족문화담론을
이끌던 동아일보 계열의『신동아』다운 글의 면모를 또 다시 확인할
수 있는 평론이다.

3) 중일 전쟁 이전의 이입 (1936~1937.7)

전반기의 무솔리니 예찬론이라는 대세적 흐름 속에서 파시즘의 장
본인, 주인공으로 각광을 받던 무솔리니는 1935년 들어서면서 예찬론
과는 다른 모습으로 한반도에 이입되는 현상을 보인다. 에티오피아
와의 미묘한 관계로 인하여 국제정세가 위축되고 긴장감을 드러내면
서 이탈리아 파시즘 및 무솔리니에 대한 우려와 비난의 목소리들이
높아만 간다. 이 와중에도 여전히 무솔리니의 예찬을 계속 유지하는

---

43 一舟生, 앞의 글, pp.2~6.

평론은 주로 다분히 친일적인 잡지『신동아』를 통해서 이루어진다. 만주사변으로 병참기지화된 만주국을 발판으로 세 확장에 나선 일본은 국제연맹의 일본군 철수 권고를 거부하고 1933년 3월 국제연맹을 탈퇴하였다. 이를 계기로 일본 정국은 정당내각에 종지부를 찍고 파시즘 체제로 전환하였으며 이러한 침략 행위는 1937년 중일 전쟁으로 확대되는 상황에 있었다. 만주사변에 노골적인 전쟁이라는 정의를 의도적으로 붙이기를 거부했던 일본이 노골적인 전쟁을 일으키게 되기까지 이탈리아 파시즘이 어떠한 양상을 띠고 이입이 되는지 살펴보고자 한다.

(1) 무솔리니 비난론

1935년 9월『신동아』에는 파시즘에 관한 평론「팟쇼 독재의 국가이론」이 실려 있다. 이 평론은 "일, 자유주의는 어데로가나, 이, 다수주의에서 전체주의에, 삼, 이태리팟쇼 독재의 특질, (가) 정부장관의 독재제(獨裁制) 와 민족 파씨스타당 (나) 조합국가제도- (다) 파씨슘통제경제 사, 파씨슘 독재국가의 본질" 순으로 되어 있다. 그 일부를 발췌하여 다음에 옮겨본다.

> (…) 資本家이건 勞動者이건 國民全體의 利益이라는 眼目에서 階級的利己主義를彈壓하야 資本家階級의利益보담 또는 勞動者階級에利益보담 國民全體의 利益을重要視하는데서 팟쇼의本質이 說明되는터이다.
> 一九二二年十月二十八日 뭇소리니의統率下에 일어난 팟씨스트의 羅馬進軍은 二日後에 그들의 手中에 政權을 掌握하게되고 一九二五·六年에 파씨슘獨裁를 確立하였었다. (…) 무쏠리니의 精神을 反映한 勞動憲章은 무엇을 內容으로하였나. 第一條에는 國民至上主義를 宣言하였으니 (…)이 宣言은 어떠한 個人보담도 어떠한 團體보담도 伊太利國民이 優越한 것을 말한 것으로 從來로 個人을 國家보담 貴重하

다고말하는 民主主義나 一階級을 國民全體보담 重하게보는 막쓰主義
에 反對하는것이다。(…)
　最近 伊太利에도 不景氣의 바람이불어 失業者가 續出하게되었다。
무쏠리니는 從來의 方針을 變更하여서 資本家의 利己主義彈壓을 始
作하였다。即資本家에게　必要以上의　勞動者를　使用시키려는것이
다。(…) 이와같이 資本家의 利己心을 抑壓하기前에 同一한 方法은 勞
動者의 利己心에도 使用되였었다。(…)
　이러한 意味에서 파씨슴의獨裁國家는 獨占化된 資本主義에 相應하
기 爲하야 獨裁化된 自由主義라할것이다。그리고 보담發展된 民主主
義요 보담發展된 資本主義獨裁이다。
　파씨슴은 時代의 必要가 産出시킨 獨裁主義요 單純한 技巧가아니
다 그러므로 그 勢力을 輕視하는 것은 크게 잘못이라 할것이다。[44]

월간지『신동아』가 주로 이탈리아 파시즘이나 무솔리니 예찬, 선전
쪽으로 글을 게재하는 경향이 있었던 것을 아주 잘 보여주고 있는 평
론이다. 특히, 민주주의, 자유주의, 그리고 자본주의, 공산주의와 비교
해가면서 논리 정연하게 이탈리아 및 독일, 영국 등지에서 일어나던
파시즘 옹호의 평론이 가능했던 것도 기실은 이탈리아에서 출판된
책, 프란체스코 니티(Francesco Nitti)의『볼쉐비즘, 파시즘 그리고 민주
주의(Bolschevismus, Fascismus und Demokratie)』(1926)의 독일어판을 같은 제
목으로 번역한 일본어판『볼쉐비즘, 파시즘 그리고 민주주의(ボル
シェビズムとフアッシズムと民主主義)』가 1933년 9월에 일본평론사에
서 출판된 덕분이다. 위의 평론은 이탈리아 정치학자 프란체스코 니
티의 정치사상이 그대로 거름장치 없이 옮겨진 상태라고 할 수 있다.
이러한 글을 그대로 게재하곤 하던 잡지가 바로 당시의 월간지『신동
아』이다. 반면에『조광』이나『비판』등은 나름대로의 거름장치로 평
론을 쓴다고 할 수 있다.

---

44 金正實,「팟쇼獨裁의 國家理論」, 위의 책, pp.62~68.

일간신문들이 연일 이탈리아의 에티오피아 공격에 날카로운 비난의 글을 올리는 와중에1936년 1월『신인문학』에 실린「세계현대작가와 작품」에서는 무솔리니에 관한 언급을 찾아볼 수 있었다. 여기서 무솔리니의 문학적인 측면, 감성적인 측면을 엿볼 수 있다.

> (…) 따눈치오의 伊太利에 있어서의 權威(或은 位置)는 마치 露西亞에 있어서의 꼴키―의 그것과 같아야, 當局의 政策에 文學的支持를 주고있기 때문에 爵位를 받은것은 勿論이거니와 하여튼 뭇소리니는 히틀러와같이 文學을 잠꼬대에 지나지못한다고 罵倒하고 그 不必要를 부르짖지않는것만큼 文學에 대하야 寬大하다고 볼수있다. 아니 未來派의 運動에는 經濟的補助를 주고, 제自身도 小說을 쓰고 얼마전에는 國民版 의 自己의全集을 刊行시키고있는 형편이다。 (…)[45]

'따눈치오'로 표기된 단눈치오는 "당국의 정책에 문학적 지지를 주고 있기 때문에 작위를 받"았던 문인이었다. 파시즘에 말 그대로 철저히 복무한 것도 아니라면 아니랄 수 있었다. 그런데도, 무솔리니는 명연설의 문인 단눈치오를 늘 칭송하고 가까이서 대하고자 했다. 무솔리니 정치이력 초기 잠시 무솔리니의 정치적 라이벌이었던 단눈치오였지만, 스스로 모든 것을 무솔리니에게 일임하고 맡기는 태도로 충성을 보였던 단눈치오였기에 파시즘 체제하에서 언제나 영웅 대접을 받을 수 있었다.

"문학을 잠꼬대에 지나지 못한다고 매도하고 그 불필요를 부르짖"었던 독일 나치즘의 아돌프 히틀러와는 달리 이탈리아 파시즘의 베니토 무솔리니는 "문학에 대하야 관대"하다고 강조하면서, 더욱이 "미래파의 운동에는 경제적 보조를 주고, 제 자신도 소설을 쓰고 얼마전에는 국민판의 자기의 전집을 간행시키"기까지 하였음을 덧붙이고 있다.

---

45 李元敏,「世界現代作家와 作品」,『新人文學』제3권1호, 靑鳥社, 1936.1, p.117.

(2) 에티오피아 전쟁 담론

1930년대 전반기에는 주로 무솔리니와 파시즘 담론, 파시즘이론·정치담론의 두 가지 흐름이 있었다고 본다면, 1930년대 후반기에는 에티오피아 침공 기사 일색이다. 1930년대 전반기의 대세적 흐름 속에서 파시즘의 장본인, 주인공으로 각광을 받던 무솔리니는 1935년에 들어서면서 에티오피아와의 미묘한 관계로 인한 국제정세 위축과 긴장 조성으로 국제무대에서 고립되기도 하였다. 국제적으로 이탈리아 파시즘 체재와 무솔리니에 대한 우려와 비난의 목소리들이 높아만 가던 실정이었다. 일제 강점기의 한반도에도 이와 크게 다르지 않지만 일제의 파시즘 군국주의의 이데올로기를 확산시키는 일환으로 동조와 예찬의 분위기도 무시하지 못 할 정도였다.

1935년 4월 『신인문학』에는 「세계 육군의 현세」라는 글 속에서 <신흥 이태리 육군의 의기(意氣)>라는 소제목 글을 발견할 수 있었다.

> 伊太利는 옛날 로마 大帝國을 建設하고 全歐洲에 號令한 빛나는 歷史를 가지고 있다. (…) 伊太利陸軍의 兵力은 約三十萬으로 平時에는 本國에 三十萬「나포리」와 其他植民地에 約五萬이 있다고한다. (…) 그리고 이外에 伊太利에는 獨特한 護國義勇兵이라는 軍隊가 있다. (…) 四千萬人口를 가진 伊太利로서는 實로 尨大한 軍備가 아닌가?
> 　이러한 大軍備를 가진 뭇소리니 首相은 伊太利의 大民族主義를 實現하고 옛날의 大로마 帝國을 二十世紀 今日에 再現하랴는 野心이 있는까닭이다. 그는 一面 大陸軍建設에도 全力을다하여 「發動機의爆音으로써 모든音響을 죽이고 機翼으로써 天下를 덮으라」하고 말하는 것이다. (…)46

에티오피아를 침공하고자 하는 무솔리니의 야심을 "이태리의 대민족주의를 실현하고 옛날의 대로마 제국을 이십세기 금일에 재현하랴

---

46 柳寅昌, 「世界陸軍의現勢」, 『新人文學』, 제2권4호, 靑鳥社, 1935.4, p.57.

는 야심"으로 해석하는 글이다.

1935년 4월에 나온 『중앙』에는 「반세기간의 분쟁사 : 이「에」관계의 과거와 장래 - 이태리의 대 아프리카 침략책 적극화」라는 글이 실려 있다. 1935년 들어 불거지던 이탈리아-에티오피아 관계는 국제적인 초미의 관심사였다.

> (…) 에國의 運命은 오직 뭇소리니의 植民政策的策略如何에잇다 좀 더 延長될수도잇고 또는 가장 急激히 破滅될수도잇는것이니 帝國主義時代의 武力아야말로 모든 問題의 最後的解決的인 同時에 善惡의 標準까지도 飜覆시킬수잇는 것이다 에듸오피아는 이제 英伊佛의 侵略的勢力下에서 約半世紀동안을두고 繼續的으로 싸와온 것이다 (…)[47]

월간지 『신인문학』에는 1935년 7월 「이태리와 에치오피아의 역사적 관계」, 8월 「이에전쟁은 세계대전으로 파급될까?」라는 에티오피아 관련 평론이 연속해서 실려 있다.

> 伊太利는 무서운武備를가지고 聯盟의難苦도 一蹴한후 에치오피아를 併呑하랴는氣勢를 가지고 있다. 伊太利가 웨 이처럼 에치오피아에 對하여 野心을 가지고있는가?
> 이것은 伊太利가 物質獲得의 地로써 또는 通商發展의 목적지로써 아푸리카特이 北아푸리카를 重視치아니할수가없는 同時에 에쵸피아는 地理的으로나 歷史的으로나 伊太利가 前부터 많은 關心을 가졌든 까닭이다。 (…)[48]

> 一, 伊에戰爭은 局限的
> 伊에戰爭은 世界大戰으로 擴大될가? 이것은 누구나 한번式 생각해

---

47 陳友鉉, 「半世紀間의 紛爭史 : 伊「에」關係의過去와將來 - 伊太利의對亞弗利加侵略策積極化」, 『中央』 제3권4호, 朝鮮中央日報社, 1935.4, p.187.
48 柳寅昌, 「伊太利와에치오피아의 歷史的關係」, 『新人文學』 제2권7호, 靑鳥社, 1935.7, p.24.

볼것이다。 그러나 神이 아닌 以上에 이것을 正確히 알사람은 하나도 없다。 원래 戰爭이란 非合理的이기 때문에 그 擴大如何를 推定한다 는 것은 매우어려운일이다。 그러나 合理的立場에서 今日의 歐洲情勢 를 살펴본다면 擴大되지않으리라는 것이 一般識者의 推定이다。 伊에 戰爭이 歐洲大戰이되고 또는 世界大戰이 되리라는 것은 너무도 무討 에 屬하는것이라한다。 伊에 戰爭이 歐洲大戰을 誘發하는 間接의 原 因은 될지언정 이것이 直接原因이되여 不遠間에 歐洲大戰이 일어나 리라고는 推測할수없다。 (…)[49]

이미 앞서 1935년 4월 『중앙』에 실렸던 「반세기간의 분쟁사 : 이 「에」관계의 과거와 장래 - 이태리의 대 아프리카 침략책 적극화」라는 글에 이미 소개된 바 있던 내용이지만, 기승전결이 명확하고 이해하 기 쉽게 이탈리아의 에티오피아 침공에 대한 역사적, 지리적 원인과 주변 열강들과의 이해관계, 그리고 세계대전으로 확대가능성이 어느 정도인지를 조심스럽게 예견하고 있는 평론이다.

같은 주제를 다룬 또 다른 평론 「이에분쟁의 경위」가 1935년 9월 『신동아』에 게재된다.

(…) 우리가 單純히생각하면 伊에紛爭은 東阿一隅의 한 地方的問題 같고 또좀 因緣이멀다하면 歐洲一角의 伊太利가 東阿의 黑人國을 威 脅함이 何等利害의 關係가 없것마는 여러 가지로 興味를 끄는 點은 (一) 見蚊拔劍格으로 强國伊太利가 굉장히덤비는 것 (二) 接壤的關係 를 가지고있는 英佛의 動靜 (三) 經濟的關係가 緊切한 日本의 態度 (四) 三千餘年의 歷史를 갖고있다는 黑人唯一의 帝國인 『에치오피아』의꾸 준한對抗 (五)最近各國民의 熱烈한 聲援等等이다.

萬一戰爭의 結果, 伊太利가 이길는지 『에치오피아』가 戰勝할는지 는 實相알기도어렵고 알았맷자 우리에게 아모利害關係가없는 點으로

---

49 流星散人, 「伊에戰爭은 世界大戰으로波及될까?」, 『新人文學』 제2권8호, 靑鳥社, 1935.8, p.33.

보아 그리애쓸必要도없으나 어째이싸움이 벌어지게 되었는가하는 궁
금症은 마치 우리가 길가로가다가 벌어진 주먹따짐의 싸움을 볼때에
몹시도 그 是非發端이 알고싶은것과같이 이 伊에紛爭의 遠因近因이
누구나할것없이 퍽도알고싶게된 事實이다。[50]

이탈리아와 에티오피아의 분쟁에 대해서 소상히 서술하고 있는 위
평론은 위의 글이 포함된 머리말 이외에 "이, 에국의 건국사, 이[51], 에
국의 강토고(疆土考), 삼, 에국 중심의 영불이이해, 사, 쓰아나호와 영
이밀약, 오, 히틀러와 불이협정, 육, 에국과 일본과의 관계, 칠, 세계의
성원(聲援)과 에국 장래" 등으로 정리하여 일목요연하게 내용을 파악
할 수 있게 되어 있다. 위의 머리말에서도 알 수 있듯이 당시 이탈리아
의 무솔리니가 전 세계에 준 파장은 비록 아무 상관없는 지구 반대편
한반도에서도 "누구나 할 것 없이 퍽도 알고 싶게 된 사실"로 미루어
보아 얼마나 컸는가를 짐작할 수 있다. 그리고 비록 "우리에게 아모
이해관계가 없는 점으로 보아 그리 애쓸 필요도 없다"고 하고 있지만,
실질적으로 이탈리아의 약소국 침공은 당시 일본의 침공을 받고 고
통에 허덕이던 한반도의 한민족으로서는 결코 남의 집 불 보듯 할 수
없는 일이었다고 평가된다. 여기서는 이탈리아의 파시즘으로 인한
분쟁사, 전쟁사가 아무 이해관계 없이 한반도에 이입이 되었던 것이
아니며 - 일본의 경제적 이권문제 개입되어 있음 - 에티오피아의 대항
을 지켜보면서, 약소국의 설움을 간접적으로나마 위로받고 용기를
얻으려는 심사가 다분히 저변에 깔려있다고 볼 수 있다.

당시 이탈리아와 에티오피아 전쟁은 각종 우려와 비난이 쏟아졌던
가장 큰 관심거리 중의 하나였던 것이 분명하다. 1935년 10월에는 바
로 이러한 우려와 비난이 한데 어우러진 평론들이 여러 편 등장한다.

---

50 張龍瑞, 「伊에紛爭의經緯」, 『新東亞』 제5권9호, 新東亞社, 1935.9, p.70.
51 본문에 머리ㅅ말을 一로하고, 연이어 두 항목을 二라고 하여서 오류로 파악되나 본문에 있는
　　그대로 옮김.

『조광』의 「이태리의 궁상과 팟시스트 정부의 위기」라는 글뿐만 아니라,『비판』의 이태리 관련 글 4편, 즉,「에치오피아를 싸고도는 이,영, 불 삼제국주의」,「흑인제국 에치오피아는 어듸로가나?」,「팟쇼 이태리의 장래 - 이,에 문제를 주로 하야」,「이에 충돌과 영이의 쟁패」등도 실려 있음에 주목할 필요가 있다. 여기서는「이태리의 궁상과 팟시스트 정부의 위기」의 일부분만을 옮겨본다.

> 三五年 上半期中에는 나치스獨逸이 잘 人民投票니 再軍備宣言이니 하야 온世上을 相當히 騷亂케하더니 下半期에들어 最近數三個月동안 은 에디오피아問題를 中心으로 팟시스트 伊太利가 斷然 世界平和攪 亂의 참푠的地位를 占하게되였다. 勿論 今回의 伊에 紛爭은 昨年十 二月에디오피아 國境地帶인 왈왈地方에서의 伊에 兩軍의 衝突에 發 端하였으나 右兩國間의 葛藤始初를 좀더 追及한다면 멀이 十九世紀 卽 一八八五年 伊太利가 紅海沿岸의「맛사와」를 占領하던그때에 逆 及하게된다. 그러나 伊에紛爭이 世界人의 視線을 集中하게되고 더욱 히 國際政治問題中 가장 重要問題로 共認되게된 것은 最近數三個月 以來의 일이라할것이다. (…)[52]

이렇게 시작되는「이태리의 궁상과 팟시스트 정부의 위기」는 "일, 팟시스트 정체와 그 야망, 이, 이태리의 경제적 궁상, 삼, 팟시스트의 정치적 위기, 사, 이에 분쟁과 열국의 동향, 오, 분쟁의 표면적(직접)원 인, 육, 이에 분쟁의 사적유래" 등에 걸쳐서 장황하게 이어진다.

『비판』에 실린「에치오피아를싸고도는 이, 영, 불 삼제국주의」, 「흑인제국에치오피아는 어듸로가나?」,「팟쇼 이태리의 장래 - 이,에 문제를 주로 하야」,「이에 충돌과 영이의 쟁패」등에서는 목차나 약간 의 내용을 발췌해본다.

---

52 韓普容,「伊太利의窮狀과 팟시스트 政府의 危機」,『朝光』 제1권1호, 朝鮮日報社, 1935.10, p.210.

「에치오피아를 싸고도는 이,영,불 삼제국주의」는 12쪽(pp.2~13)에 달하는 평론으로 "일, 서언 이, 에치오피아는 어떠한 나라인가? 삼, 무식·용장(勇壯)·노예제도 사, 왈왈사건 오, 뿌리깊은 이에 분쟁의 화근 육, 영불이 삼제국주의의 암약(暗躍) 칠, 1906년 영불이 삼국협정, 팔, 영이밀약과 실패 구, 이국의 대(對)에 야심의연불식 십, 이에 분쟁과 영불의 태도 십일, 이에 분쟁과 연맹" 등 상세하게 식민지를 두고 쟁탈하는 열강들의 모습과 특히 이탈리아의 강경한 태도에 대해서 논평하고 있다. 우선 「흑인제국 에치오피아는 어듸로 가나?」의 일부분을 발췌해본다.

> (…) 그것은 一隔에붙은 黑人帝國 에치오피아는 今日에 世人注視의 焦點이되여있다。 그것은 單只 一小國인 에치오피아가 파시스트 뭇소리니의 壓迫에 어느 程度까지 抗爭할것인가에, 있는것이아니라 世界 平和維持機關인 國際聯盟은 英國代表의 演說과같이 聯盟이 世界審制 下에서 伊에紛爭의 解決에 失敗한다면 聯盟의 權威는 無慘히 損傷하게될것이다。 (…중략…) 에치오피아는 卽時 이 紛爭을 國際聯盟에 提訴하였다。 國聯은 이 問題의 裁定에 極히 愼置한態度를 가질必要를 痛感하였다。 왜냐하면 植民地擊錚을爲한 伊太利가 國際聯盟의 審理를 받는다는 것은 現世의 英雄 뭇소리니氏의 自尊心이 許諾치않을것이니 伊太利는 必然코 聯盟을 脫退하게될것이므로써이다。 (…)[53]

1935년 10월 『비판』에는 「팟쇼 이태리의 장래 - 이, 에 문제를 주로하야」라는 제하의 이탈리아와 에티오피아 대치상황 관련 글이 실려 있다. 다음은 그 일부분이다.

> (…) 팟쇼統制下에 있는 伊太利로서는 이미가지고있는바 領土만으로서는 그 以上의 資本主義的强化는 地極히 어려운 일이다。 百尺竿

---

53 安東現, 「黑人帝國에치오피아는 어듸로가나?」, 『批判』 제3권5호, 批判社, 1935.10, pp.14~19.

頭에 一步를 나아가서 殖民地獲得에 依하야서만 强化를 꾀할 수밖에 다른길은 없는것이다. 伊太利의 求하는바 殖民地는 에치오피아를 除하고 또다른곳에있느냐하면 없는것이다. 東西의 列强이 가진바 殖民地란 第二次世界大戰이 이러나서 殖民地再分割이된다면은 모르거니와 그렇지않은 以上 伊太利에 있어서는 에國 以外에는 好個의殖民地는 없는것이다.

(…) 이러한 모든 不利한 條件이많아서 伊, 에 交戰必至한다 할지라도 伊國勝算은 世人의 準則에反하야 至極이 적을 것이다. 勝算은적은 伊太利라할지라도 平和的으로 伊太利의 에치오피아에 對한 野慾을 채우지못하는때에는 交戰할 可能性이있는 伊에이라 戰機가 익어서 마침내 (…) 그럼으로 伊에의交戰은 可能하지마는 英, 伊의 交戰은 되지않을것이며 따라서 第二次世界大戰도 이러나지않을 것이다 (…) 明日을 앞두고 모든 準備에 急急하는 前夜的 國際情勢는 轉轉하야 多事할지라도 明日의 世界로 前進하는 暫現的現狀에 不過한것이다. 가능성이 있는 伊에의 交戰은 黑色伊太利의 褪色如何를 決定지우는 契機가되는것이며 伊에의 交戰이 된다면 이것은 팟쇼 伊太利의 致命傷을 주는 弔鐘의소리가 아니라고 누가 保障할것이냐.[54]

위의 글은 무력침공에 관련하여 이탈리아정부의 경제 사회 상황 및 군사력을 총 점검하고 그 미래를 진단하고 있다. 곧이어 이탈리아 에티오피아 침공과 이에 대해 이해관계가 첨예하게 대립하던 영국과 이탈리아의 거북한 속내를 들추어냈던 「이에 충돌과 영이의 쟁패」일 부분만을 아래에 옮겨본다.

(…) 平素부터 殖民地가적어 恨이든 伊太利는 우선 佛國의등을어루만저 어슴푸레한黙契를 맺어주고 所謂「왈왈」事件을 口實로 今春以來 一擧「에티오피아」併吞을꾀하게되였으니 한여름동안「뭇소리니」의 意氣는 沙漠에 나려쪼이는 불빛과도 가티 당장에 東阿山地를 짓밟

---

54 趙吉榮, 「팟쇼 伊太利의 將來 - 伊, 에 問題를 主로 하야」, 위의 책, pp.20~25.

어버릴듯싶헛든것이다. (…)[55]

1935년 11월에는『신동아』에「이에 전쟁폭발 - 구주정국에 미치는 파문급장래」와「이태리대(對)에태도의연불변오국위원회의 <화·협안>도거절」이 함께 실려 있다.

伊에間에는 畢竟 戰火가 相交되었다. 昨日外電에 依하면 十月三日 무曉에 伊太利航空軍五十餘機는 北에치오피아에 있는「오가덴」을 進擊目標로 南北挾擊의 空襲戰을 開幕하였다한다.
　實은 伊에紛爭問題가 約十四個月동안이나 每日떠들고 곧 歐洲戰爭이 爆發할것같이 一般讀者에게 認識되었으리라고 想像된다. 그러니만치 伊에紛爭에 關한 詳細한 經緯說明과 그에 對한 常識이 많으리라고 믿는同時에 今番의 伊에開戰에 關한 特報도 그다지 새로운 尖銳感을 느끼지않을는지도 모른다. [56](…)
　九月九日 國際聯盟 理事會가 열리게된 以來 伊太利의 對에 態度는 依然强硬하야 伊에 國代表와 同席도 않겠다고 자리를 박차고 나가게 되는 程度이므로 聯盟側에서는 하는수없시 英,佛,波,和,西 五國委員會를 조직하야 所謂 和協案이라는 것을 作成 (…) 要컨대 五國委員會의 和協案이라는 것은 에치오피아를 共同管理하자는 一種의 國際管理案이다. 말하자면 에치오피아를 伊太利가 單獨으로 倂呑하는 代身에 英佛伊等 諸國이 같이 利益을 보자는것이다. (…) 伊에紛爭의 平和的 解決은 當分間 無望인것같다. [57]

1935년 12월에도 연속으로『비판』의 ≪이에 전쟁대관≫ 특집으로「쾌재라! 선전하는 에치오피아」,「이에 전쟁의 벽상관(壁上觀)」,「야화

---

55 李水石,「伊에衝突과英伊의爭覇」, 위의 책, pp.26~28.
56 백남교,「伊에戰爭爆發 - 歐洲政局에미치는波紋及將來」,『新東亞』제5권11호, 新東亞社, 1935.11, p.110.
57「伊太利對에態度依然不變(五國委員會의『和·協案』도拒絶」, 위의 책, pp.143~144.

같은 이태리의 반팟쇼운동」, 「이에전쟁일기」등의 4편의 글이 실린다. 이탈리아와 에티오피아 전쟁이 어느 정도나 일제 강점기의 한국에 영향을 주었던가를 여실히 알게 해주는 평론들이다. 첫 번째 평론에서 이탈리아 파시즘과 관련된 일부분을 옮겨본다.

> (…) 제아모리 强國이요 文明人이라고 뽐내는 伊太利일망정 에치오피아 人에게 있어서는 한개의 「허수아비」로 取扱을받는다。에國人은 伊人을 「마카로니!」라고한다 譯하면 「內容없는人間」이라는말이다。
> 「바다에서 陸地에로 뛰여오른 미친고기무엇이 慾心나서 육지에왔느냐
> 살찐生鮮을 독수리가 좋아하니 길고긴時間에 기다리고 기다렸다
> 이번이라는 이번은 한머리도 놋치지를 않으겠다」
> 이詩歌는 有名한 에國詩人 라스푸아·가부라·스닷세가 지은것이니 伊太利國人을 살찐 生鮮에 比하고에치오피아 人은 독수리에 比한 것이다。
> 三十九年前 아도와에서 伊軍을 全部屠殺하야 一勝한뒤 다시일어나지 못하도록 伊軍을 全滅식힌 에치오피아라 이詩歌에 依하야얼마나 自尊心이 强烈한 그들인가를 넉넉이 알수가있지 아니하냐。
> 이리하야 에치오피아全國은 愛國熱에 불타며 또한 對伊의 感情을 부채질하며 또한그行動으로 옮기고있다。 (…)[58]

≪이에 전쟁대관≫ 특집의 그 첫 평론인 「쾌재라! 선전하는 에치오피아」에서는 당시 한반도에 퍼져있던 이탈리아 파시즘에 대한 반감과 에티오피아라는 약소국에 대한 열렬한 동조와 응원의 감정을 그대로 읽어낼 수 있다. 특히 이탈리아 파시즘에 대한 반감은 일제통치에 대한 반감 및 저항으로 그대로 수용되어 에티오피아의 유명한 시인의 시가를 인용하여 생선을 좋아하는 일본을 그대로 빗대어 설욕

---

58 鄭學善, 「快哉라!善戰하는에치오피아」, 『批判』 제3권6호, 批判社, 1935.12, pp.24~27.

하는 모습으로 각인된다고 볼 수 있다. 결국 이 평론의 제목은 '에치오피아' 대신 대한민국을 그대로 대입한다면 좋았을 바람을 솔직하게 보여주는 글이라고도 평할 수 있다.

이탈리아 파시즘에 대한 반감은 「야화같은 이태리의 반팟쇼운동」에 그대로 실려 있다. 그 내용의 일부를 옮겨보면 다음과 같다.

一 (…) 反팟쇼運動이 事實노 野火의 勢로 이러남에야 어찌하랴. 伊太利의反팟쇼運動을 나눈다면 伊太利共産黨을 筆頭로하야 社會黨, 쁠죠아的民主主義派, 그리고 半팟쇼의 意味에서 反뭇솔린이라고 말할수있다면 王室派, 파지강派, 反무的발죠아지 黨內左翼反對派等等을 들 수 있다.

一九二四年 맛데오치 事件도 팟쇼 伊太利의 危機의 到來를 國際的으로 衝動을준 大危幾이었섰다 元來로 팟시즘이라는 것은 金融資本家의 先鋒으로서 金融資本政策으로 强行코저하는것으로서 그의 實踐에있어서는 모순과등差의 투성이가 생기는것이다. 歷史的으로 先見의 慧眼을가진 모든部隊와 對立이되고 그것이 尖銳化하야 지는것이다。(…)

二 (…)「伊太利」는 沈黙하고 있다 萬一이것을 言語로 表現한다면 「反뭇소린的이다」라고말하였다. (…)全伊太利國民가운데 에國遠征讚美者는 한사람도 發見하지 못하였다 나는 이에 對하야 적지않게 놀내기를 마지아니하였다. (…) 各地의 脫走兵의 總數는 자서히는 알수가없으나 五六千名에 達한다고한다 뭇소린은 脫走壯丁의 家族을 모조리잡아다가 兵役의 代理를 命하며 또는 重한 罰金을 課한다고 하니 一人의잘못으로 罪가 九族에 及하는 封建的蠻風을 그대로 襲用하는 伊太利의 팟쇼, 그는世界에對하야 面目이있을가. (…)

三 法王 삐오十一世의 反뭇소린運動은 그것이 積極的反무運動가운데 하나가 될것이니 八月末 世界看護大會에서 反뭇소린的 大演說을 하였다 이大演說은 카도릭勢力이 强大한 伊太利에 있어서는 우리의 想像不及의 大충擊을 伊首相의게 주었섰다 (…)[59]

마르크시즘에 동조하는 경향적 잡지인 만큼 파시즘에 대해서 더욱더 거센 비판 글을 게재했던 『비판』은 이탈리아에서 일어났던 반파시즘 운동에 대해서 독보적인 비판 글을 실었다. 월간지 『신동아』가 주로 이탈리아 파시즘이나 무솔리니 예찬 쪽으로 글을 게재하는 경향이 있었던 것과 대조적이라 할 수 있다. 당시 파시즘에 대해서도 한반도에 있었던 두 수용 양상, 즉 파시즘에 대해서 우호적이고 친화적 경향을 보이는 수용과 파쇼 타도 분위기의 거부적 수용 양상이 나타나고 있었다.

1936년 1월, 2월 합본호 『비판』에는 ≪팟시즘 총검토≫라는 특집을 다루고 있다. 이 특집 평론들 중에서 「팟시즘 운동의 본질」, 「조선형적 팟시즘 검토」, 「팟쇼 독일의 위기」, 「팟쇼 이태리의 전표(戰慓)」, 「영국 팟시즘의 동향」 등이 파시즘에 관한한 주목을 끈다. 그런데 안타깝게도 이 자료들을 구할 수 없었고, 단지 이 자료를 갖게 된 것은 1월, 2월 합본호 『비판』의 목차부분만을 입수할 수 있었기 때문이다. ≪팟시즘 총검토≫ 특집 부분은 누락되었지만 이 합본호의 뒷부분이 있어서 「이에 분쟁과 화협시안검토 : 주로 양국의 태도에 관하야」, 「고민하는 팟쇼 이태리」 등의 2편의 평론을 찾을 수 있었다.

> 伊에 戰爭의계기로하야 發動된 國際聯盟의伊太利에對한制裁案은 그의 當然한 結果로서 聯盟各國政府가 表面上全혀 斷交狀態에있을뿐 아니라 和裁强化를 爲한 聯盟의 石油禁輸問題를 中心으로 더욱 惡化될 形勢이였으나 그 裏面에 있어서는 依然히 英佛伊三國間에 和協工作이 進行되여 特히 英國總選擧後兩國政府間에 새로운 交涉이 開始되게된 것이다 (…) 以上에 있어서 伊에 兩國의 態度가 全然 그 利害關係를 相異한 性格을 表現하고있는것은엿볼수가있다
> 兩政府가 彼此에 그 利害關係를 絶對保障하려는 限에 있어서 英佛兩國의 和協試案은 아무런 紛爭解決의 工作을 招致하지못할것으로서

---

59 鄭泰煥, 「野火같은 伊太利의 反팟쇼運動」, 위의 책, pp.33~37.

吾人은決코 그前途를樂觀할수가없는바이다.[60]

(一)伊太利帝國主義의 性格은 에치오피아 侵略에 있어서가장率直하게 世人의面前에如實히 表情되였다 近代資本主義列强의 하나인 伊太利는 그들의 精銳를 자랑하는 近代的武器로 몇 世紀나 物質文明에 있어서 그들보다 뒤떠러저있다는 東阿의 唯一한 獨立國에치오피아를 侵略할 때 맨발로단이는 武裝치않은 人民에게 對한 公公然한 射擊과 甚至於그들의 國際正義의 唯一한 殘骸라는 赤十字社의病院까지를 아모런躊躇도없이攻擊하야 罪없는人民을殺戮할때 우리는 지금새삼스리요만것을 가지고 그들의 中世紀的殘忍과 蠻行을 云云하는 어리석음을 避하거니와벌서 對에 武力行使 그始初부터가 正義의『正』부터도 개천에집어던지고나온 그들인 것은 더말할것도없거니와 이러한 公然의殺戮도 그들의口呼에依하면 하나에서부터 열까지 正義아님이 없고當然안임이없다 (…)

(二)伊에戰爭은 表面上한개의 植民地戰爭이다 그러나 伊太利의 軍事經濟的見地로보아서는 그 規模의 큼에있어서 그리고 이로말미아문 對伊經濟制裁의 徹底的임을 생각할 때 그것은 파시스트伊太利로하야금 決코大戰에지지않게하였다. 이러한 觀點으로 今日의 伊太利의 經濟的狀態를 究明함은興味 있는일이라고 하지않을수없다 (…)[61]

위 두 평론은 에티오피아를 침공한 이탈리아가 겪을 경제적 타격과 그 난국을 어떻게 해결할 것인가라는 문제의식을 갖고 논의를 전개시키고 있다. 특히 두 번째 이인대의 평론은『비판』의 반파시즘적 성격을 노골적으로 드러내고 있고, 파시즘의 만행을 낱낱이 들추어내는 태도를 보이고 있는 점에 주목해서 살펴볼 필요가 있다. 그런데 아이로니컬하게도 이 평론이 들추어내던 파시즘의 만행 및 추태는 마르크시즘 역시 그대로 갖고 있는 것으로, 모든 "파시즘"적 권력이라면 국가적

<hr>

60 趙吉榮,「伊에紛爭과和協試案檢討 : 主로兩國의態度에關하야」,『批判』제4권4호, 批判社, 1936.1월, 2월, pp.61~63.
61 李仁大,「苦憫하는팟쇼伊太利」, 위의 책, pp.81~84.

이 되었든, 개인적이 되었든 인류 역사상에 자행되던 우리들 인류의 만행일 수 있다. 즉, 모든 권력이라는 이름하에 자행되어온 인류의 악행은 비단 파시즘의 악행일 수만은 없다. 어찌되었든 파시즘의 잔학상이 에티오피아 전쟁을 계기로 세상에 그대로 돌출되었던 것을 위의 두 번째 평론은 날카롭게 지적하고 있다.

1936년 4월 『신인문학』에는 히틀러와 무솔리니와의 대화가 실려 있다. 앞 시작 부분과 중간의 일부분만을 다음에 옮겨본다.

히。『世界의 平和는 어떻게될가요?』

무。『平和란 一種의일음 좋은 看板이아닙니까?』

히。『歐洲의危機는 次次 가까워 오는데요』

무。『암 한번 戰爭이 터저야 하지요』(…)

히。『어떻게 생각하면 戰爭은 人類의 野戀 行動이라는 所謂 評論者들의 말도 그럴듯합디 다 만은……』

무。『그러나 사람이 亦是 動物인以上 할수있나요 正義니 平和니 博愛니 하지만 모다 塗 金看板이 안입니까?』

히。『그렇지오 人類가 있는 以上 그기 싸움과 强奮과 殺伐이 없지 안치오。要컨대 世上은 强者의 世上입니다。』

무。『强者는 모든 不義와 惡行을 正義로 캄푸라지 할 수 있지 안습니까?』(…)

무。『事實 伊國이 에쵸피아를 征服한 것은 野欲도 아무것두 없읍니다。다못 살기 爲함이지오。要컨대 伊國은 좀 體面을 차리다가 英佛에게 속은셈입니다。英佛은 亞佛利加에 廣大한 領地를 가지고 自國의 利益을 圖謀하지만은 伊太利는 아직까지 植民地로는 零이 안이었읍니까?』

히。『하긴 그래요 英佛은 실컷 自己의 배를 채우고 亞佛利加를 爲始하여 世界各地에 擴大한 植民地를두고 온갖 野欲을 채우면서 侵略이니 무엇이니 하고 얼굴 두꺼운소리를 하지오』

무。『世上은 배속 便 할대로 모다 말을 하니까요。사람처름 凶惡한

動物이 어데있습니까?』(…)

　히。『列國이 아무 소리를 하거나 聽而不聞하고 所信대로 邁進하십시오。國際聯盟이란 一種의 허수아비니까 조곰도 介意할것이 안입니다。時間이 지나면 그들도 伊國의 에쵸피아병합 承認할터이지오』

　무。『암 數字外예는 아무것두 없읍니다。에國問題에 對하여는 英佛과 其他世界를 相對로하여 戰爭도 謝讓치 않었읍니다。필경은 그날이 오겠지오』

　히。『그런데 貴下는 歐洲의 現下情勢를 어떻게 봅니까?』

　무。『아무래두 歐洲에는 不遠間 한번戰爭이 터질걸요』

　히。『암 同感입니다。우리도 그러한 豫想下에 着着準備를 하고 있지오』

　무。『獨伊兩國의 强力的 武力背景만 있으면 或은 歐洲의 安全辦이 될는지 몰으지오』(…)[62]

　히틀러와 무솔리니의 대화를 통해서 에티오피아에 대한 무솔리니의 생각과 앞으로 터질지 모르는 구주전쟁, 즉 제2차 세계대전에 대한 직접적인 표현을 읽을 수 있다. 그리고 기존의 열강들과의 경쟁에서 이탈리아와 독일 같은 신흥국가들이 자신들의 존재를 알리는 방법으로 무력과 전쟁을 택할 수밖에 없음도 읽을 수 있다.

　1936년 7월에는 『비판』에 「이에 전쟁일지」가 실려 있어, 이탈리아·에티오피아 전쟁의 시기별 중요 사건 일지를 소개하고 있다. 같은 시기 『중앙』에는 무려 12쪽에 달하는 평론 「이태리의 영토적 고민과 영,이를 중심한 지중해의 암운」이 게재되어 있다. 일부분을 옮겨본다.

　「强者가 弱者의 領分을 略奪하고 또는 그住民을 自己의 保護下에 두는 것이 무스罪惡이되랴? 거기에 오직 問題있다고하면 그것은 卽 單純한 弱肉强食만의 事實이아니라 그弱한者의 고기를 强한者가 一齊

<hr>

62 지웨빙, 「히總統과 무首相과의 對話放送記」, 『新人文學』 제3권4호, 靑鳥社, 1936.4, pp.32~35.

히쪼으려는데있는 것이다」이것이 卽 帝國主義及至資本主義의 發展
途上에있어서의各國間에 共通된 觀念이었던것이다。 이리하야 當時
의 各國家間의 道德의 標準이란 純全히 自國의 利害關係를 主로함에
지나지못하얏던것이다。 (…) 伊太利가 「에디오피아」를 占領한 것은
純全히 自國의 領土的煩悶을 解消하려함에있었고 (…) 昨今의 歐洲情
勢는 伊에 問題－이어서는 英伊問題를 中心으로 極히 微妙한 關係에
있고 歐洲大戰以後地中海上에는 거듭 暗雲이 (…)63

거듭 반복되는 이탈리아의 에티오피아 침공에 대한 평론이다. 영
국과의 식민지정책에 있어서 이탈리아가 갈등하는 부분이 위의 평론
에서도 나타나고 있지만 이에 대해서 1936년 10월『비판』에는「영국
의 평화정책과 구주의 번민」이라는 글과「동란와중(動亂渦中)의 서반
아와 구주의 동향」이라는 평론이 게재되어 있다. 당시 유럽에서의 파
시즘열풍과 그 주변 국가들 간의 권력 균형 등이 논의되고, 스페인 파
시즘운동의 실패에 대해서도 간략하게 정리해주고 있다. 내란 후 스
페인의 향후 정책 방향 등을 논의하는 와중에 은근히 사회당과 공산
당을 강조하는 평론이다. 이와 같은 논조는 1937년 1월『호남평론』에
실린「구라파 현상 해부 : 소련·이태리·독일의 현상」이라는 평론에
그대로 이어진다.

　(…) 2. 伊太利의파씨즘
　어느外國新聞漫畵에 이렇언것이있엇다 다 부러저가는 뭇소리니 椅
子에 에치오피아 征服이라는 괴임막댁이 때문에 依持해잇다는 構圖
이다.
　事實 에치오피아遠征이야말로 뭇소리니의 國內的危機를 救하여준
偉大한功名이다 遠征前에 伊太利國內의 反뭇소리니熱은 엇더한 爆發

---

63 柳完熙,「伊太利의 領土的 苦悶과 英,伊를 中心한 地中海의 暗雲」,『中央』제4권7호, 조
　선중앙일보사, 1936.7, pp.33~44.

点에까지 이르럿섯다 그러나 에치오피아 征服後 그問題는 多少解消
된것같다. (…)

　　然이나 伊獨等팟쇼國家의커다란 제스쥬어는 그實 도리혀 歐羅巴에
있는 反파씨스트人民戰線의組織 影響이 넓고强하게 펴나가고있다는
證據라고도할수있다. (…)

　　거기다 파씨스트國家라는것은 結果는 對立할宿命을갖고잇다 이點
은 같은 獨裁라고하드라도 社會主義의 그便이 未來를갖은所以이다
社會主義가 밟고 이러스는原則은 國際主義이며파씨즘은 國家主義이
다 일반으로 資本主義相互間의矛盾이 戰爭以外의 길은 取할수없다할
것같으면 資本主義의特質을 가장 尖銳이갖은 파씨스트國家間의 그것
은 一層 戰爭에 向하야 宿命을 질머지고있다고 않이할수없다. (…)[64]

위의 글은 주로 반파시즘적 글쓰기의 대표적인 예라고 할 수 있을
것이다. 무솔리니가 에티오피아 침공으로 말미암아 대외적으로 완전
히 고립에 빠졌으며, 이탈리아 독일 등의 파시스트 국가들의 ‘커다란
제스쥬어’는 오히려 “반파씨스트 인민전선의 조직 영향이 넓고 강하
게 펴나가고 있다는 증거”임을 강조하고 있다.

또한 “파씨스트 국가”는 결과적으로 “대립할 숙명을 갖고” 있음을
밝히는 부분과 “독재라고 하드라도 사회주의의 그편이 미래를 갖은
소이”이며 “사회주의가 밟고 이러스는 원칙은 국제주의”라고 강조하
는 부분에서 나타나듯이 다분히 사회주의를 강조하고 파시즘을 격하
시키려는 태도가 분명하다. 이와 같은 이입 양상은 1930년대 후반 들
어 그 경향이 뚜렷하게 드러난다. 파시즘의 두 주역, 이탈리아와 독일
이 문제를 일으키면서 그 동안 기회만을 보고 있던 공산주의 옹호 세
력들이 일본이나 한반도에서도 활발한 활동을 했던 이유에서이다.
평론 분야에서도 예외는 아니었다.

---

64 金哲鎭, 「歐羅巴現象解剖 : 蘇聯·伊太利·獨逸의 現象」, 『湖南評論』 제3권1호, 湖南
　評論社, 1937.1, pp.1~5.

이상이 중일 전쟁 이전의 에티오피아 침공에 관련한 자료들이다. 1935년에서 1937년 7월 중일 전쟁 발발 이전으로 약 2년 반에 걸친 짧은 기간임에도 불구하고 이렇게 자료들이 많이 이입 소개되었다는 사실은 중일 전쟁과 이탈리아 파시즘 이입이 결코 무관하지 않음을 방증하는 것이다.

4) 중일 전쟁 이후 제2차 세계대전 이전의 이입 (1937.8~1939.9)

1937년 12월에 발행된 『재만조선인통신』에 실린 「신흥 이태리의 방공실력」은 이탈리아가 공산당과 어떻게 싸워서 파시즘 세상을 일구었나를 설명해주는 평론이다.

最近世界의情勢는 國家主義의國民戰線과 共産主義의人民戰線의 對立關係가深刻化하여저서 歐洲에서는獨逸과伊太利가 東洋에서는 日本이各其人民戰線의 拔扈進展을 壓迫阻止하고잇습니다 그러나 人民戰線의 背後에잇는 共産黨이라는 것은 원악 不知火的存在이며 또한 相當한 潛行力을가지고잇는것이기 때문에 그勢力을簡單하게輕視할수없는것입니다 그래서 이것을 殲滅하려고함에는 반듯이 反共主義的勢力을 結成하지안으면 안될것입니다 이러한 見地에서 帝國政府는 昨年十一月二十五, 歐洲의反共的一大勢力인 獨逸과 「日獨協定」을 締結하야 世界平和를 攪亂하고 人類의 幸福을 破壞하는 共産主義를 殲滅하려고 한것입니다 이리하야 世界는 이 두갈레勢力의抗爭이表面化하게되엿스니 卽歐洲에서는 西班牙를中心으로獨伊가 反共의 火蓋를 열엇스며 東洋에서는日本이 支那事變을通하야 共産黨에對한猛烈한 攻擊을開始하게된것입니다. (…) 當時 一百五十名의 파시스트黨員이 全伊, 卽, 第二蘇聯이라고도할만침되엿든 伊太利의 共産黨과싸우는 일은 決코 容易한일은아니엿든것입니다 그러나 뭇소리니는 國民主義를 信條로하야 一方機關紙를 通하야 一方隊員의 活動으로써 共産主義에 附和되고잇는 大衆을 獲得하기 始作한것입니다. (…) 「我等의祖

國을직히라」고 絶叫하면서 포로니야에 突込하야 赤色旗에 對한 最初
의 衝突를 開始하얏든것입니다 이 愛國의 至情, 이 熱熱한 絶叫는 그
들의 一村又一村을 進取하야 마침내 全國에퍼지여 그 詳密을 極하든
赤色細胞도粉碎되야 畢竟祖國을 赤化의勢力에서 救出하게된것입니
다 이 壯快한 파시스트의 이힘은 어디서난것이겠습니가 이것은 勿論
武器의힘도아니며 또한 어떤 權力도아닌것입니다 이거야말로불붓는
祖國愛에서나온것이라고할것입니다. (…)

　이러한自信잇는 國家의實力을築上한뭇소리니는 일즉「羅馬가 復
活되지안으면 國外에 不出한다」고한鐵則을깨치고얼골을들어 伯林에
나타나 힛틀러와의 歷史的會見을 하게된것입니다 이것은羅馬復興을
裏書하는것이라고볼것입니다.

　이제伊太利의軍隊에 對하야말한다면 歐洲大戰時에比할수없으리만
치훌융한大軍이되엿습니다. (…)

　이伊太利가 反共戰線에서게된 것은 非常히痛快한일임니다 (…) 反
共運動에는 반드시 反共의 運動을 我等의情神으로하지안으면안될것
입니다 더욱民族協和, 王道樂土의滿洲國에 居하는我等은 이平和의
破壞者共産黨을 殲滅하는데는 滿洲國의建國情神을把持하고 이우리
의 反共運動이 世界反共運動의 指導的이되지안으면안될것을斷言하
는바이올시다. [65]

　이 평론은 앞서『호남평론』에 실린「구라파 현상해부 : 소련·이태
리·독일의 현상」과는 사뭇 다른 어조이며 내용이다. 같은 1937년이
지만 파시즘과 마르크시즘에 대한 당시 우리 사회의 상반된 시각을
그대로 보여주고 있다.『재만조선인통신』에 실린「신흥 이태리의 방
공실력」은 월간지『신동아』의 예찬조와 다르지 않다. 아니 오히려 그
보다 더 찬양조라고 해도 무방하다. 반공세력의 전형으로 이탈리아
파시즘을 예찬하고 있는 것은 일본파시즘에 대한 간접적인 지지와

---

65 徐範錫,「新興伊太利의防共實力」,『在滿朝鮮人通信』제41호, 興亞協會, 1937.12, pp.17~25.

예찬으로 받아들여진다.

1938년 6월 『비판』에는 세계의 작은 소식들이 실려 있는데, 이 중 하나가 「이태리 여성의 신유행」이라는 기사이다. 파시즘 패션의 유행을 알려주는 기사라고 할 수 있다. 물론 다음의 기사 내용을 보더라도 전쟁 일색의 다른 기사나 평론들과는 다르지만, '절대 파시즘'의 맹목적 추적, 젊은 여성들의 편향된 가치관 등을 읽을 수 있다. 전체주의 체재 속에서 무엇인들 온전할 수 있겠는가? 전쟁으로 치닫는 사회 분위기 속에서 젊은 여성들의 마음을 사로잡고 있는 '절대권력'을 향한 집착을 읽을 수 있다. 무솔리니는 명연설가요, 웅변가다. 그 연설에 매료된 여성들이 많다고 하던데 그런 이유 때문은 아닐까? 단편기사 「이태리 여성의 신유행」을 소개하면 다음과 같다.

> 伊太利國民間에잇서 뭇소리늬首相의 人氣는 날노더해가는데 요사
> 이 절믄 女性들사이에는 뭇소리늬 首相筆跡으로된 同首相의 頭文字
> 을彫한襟飾이 大流行이다 로—마의 各裝身具店에는 이襟飾만을爲하
> 야 特別한陳列柵을두엇다고한다。 [66]

1938년 6월 『비판』에는 「구주의 위기와 영이협정」이 실려 있으며 유럽의 제2차 세계대전이 발발할 수도 있을 위기 상황에 대해서 서술하고 있다.

> 「歐洲에는 到處에 火藥庫가 굴러다닌다」
> 「사라에보는 아무곧에나 잇다」고 歐洲의 쩌-내리스트는 流行語가
> 티 짓거린다。 사라에보란 누구나알다시피 일지기 世界大戰의 直接原
> 因이된 中歐의 一市邑이다。 그러나 오늘에 잇서서는 사라에보보다
> 더 危險性이 濃厚한 地理的環境이 歐洲에는 얼마든지 實在하고잇
> 다。 地理的問題도 結局 그 中 의 하나이다 그럼으로 墺地利問題가 無

---

66 위의 책, p.71.

事히(?)結末지웟다하야 歐洲의危機가 消解된것으로알면 너무도 무計
이다 다시今번 英伊協定成立을보고 安堵의숨을 내쉬게된다면 그것은
더욱 큰錯誤일것이다。 (…)[67]

제2차 세계대전이 발발한 해인 1939년에는 파시즘에 관한 신문기
사 이외의 자료들은 찾을 수가 없다. 같은 해 (9월이 되기 전에) 일본에
서는 이탈리아 파시즘 관련 책자들이 두 권 나왔는데, 『파시스트이탈
리아의 정치조직과 그 운용 및 반대파세력(フアシスト伊太利の政治組
織とその運用並に反對派勢力) - 외무성조사부 저』, 『이탈리아가 분기했
다(伊太利は奮起した) - 미시마 토오요오(三島通陽) 저』이다.

이 중에서 첫 번째 책자는 신흥 이탈리아의 실제 정치를 움직이고
있는 파시스트당의 실적을 연구하는 일에 주안점을 두고, 여기에 연
관된 각종 기관, 조직, 기능, 시설, 조합 등을 중심으로 하여 그 주요 사
항들을 파악하고 있다. 이 책은 특히, 기존의 추상적인 각종 번역 연구
서와는 성격을 달리하고자 정확한 새로운 근거 자료들을 활용한다고
서문에서 밝히고 있다.

두 번째 책자는 대표적으로 이태리 청소년단, 제이세 재훈련장, 이
태리 항공 희생자 유아학교(遺兒學校), 노동의 후(勞動の後), 파시스트
대학생집단(ファッシスト大學生集團) 등의 이탈리아 파시즘의 주요 사
안 등을 조목별로 정리하고 있다. 정치 경제 관련 사항들도 다루고 있
지만, 대표적인 주요 사안들이 주로 청소년이나 학교 교육 등에 관한
것이어서 파시즘 사회 전반부를 다루기보다 안정된 파시즘 체재를
어떻게 유지하고 재교육하느냐에 중점을 두고 서술하고 있는 책자이
다.

---

67 南尙範, 「歐洲의危機와英伊協定」, 『批判』, 批判社, 1938.6, pp.10~13.

3. 제2차 세계대전 이후 1940년대의 이입 (1939.10~1949)

1) 전쟁 담론

1940년대 이탈리아 관련 동아일보 자료는 308건이다. 그중 이탈리아 파시즘 관련 자료들은 122건 정도 된다. 이중 실질적으로 파시즘 체재에 관련된 자료들은 모두 제2차 세계대전 관련 자료들이다. 1930년대에 비해 더 많아야 할 자료들이 이토록 빈약한 것은 1940년 후반에서 1945년까지 강제 폐간이 되었기 때문이다. 그런데 사실상 제2차 세계대전 종전과 더불어 이탈리아 파시즘 체재가 종식되었기에 일간지 중에서는 별다른 자료들을 찾을 수 없는 실정이다. 그나마 동아일보에서 찾을 수 있다면 1940년 6월 2일자 사설 「이태리의 참전기운」과 1940년 7월 18일자 기사 「신전체주의 이태리의관측」을 예로 들 수 있는 정도이다. 두 건 다 이탈리아의 참전 시기에 관련된 글들이다. 이미 위의 사설과 기사에서도 이탈리아 파시즘이나 파쇼 체재 운운은 제목 '신전체주의' 이외에서는 찾아볼 수 없다.

100건에 달하는 전쟁기사들은 파시즘이 일으킨 파멸의 소용돌이, 전쟁의 공포와 광기를 전 세계에 남겨놓았음을 기억하게 한다. 더욱이 강제 폐간으로 인한 신문의 공백은 더욱더 파시즘의 악행을 기억하게 하는 것이다. 1940년대 이탈리아 파시즘과 무솔리니의 이미지는 최대치로 확대되어 있으면서도 실상 그 수용 양상을 측정하게 하는 자료들은 고갈상태에 있다. 그럼에도 불구하고 『동아일보』 강제 폐간기 동안 『동아일보』 이외의 자료들을 일부 찾을 수 있었다.

1940년 5월 1일자 『만선일보』에는 「이태리신동원준비 - 대유고의 시위로 중대시」라는 기사가 실려 있고, 1940년 5월 8일자 『매일신보』에는 「이태리의 대전(對戰)태도를 영(英), 16일까지 회답요청」 기사가 무솔리니 사진과 함께 실려 있다. 1943년 『신한민보』 6월 17일자 「이태리 섬을 또 하나 점령」, 1943년 7월 27일자 『매일신보』에는 「이태리 무수상 괴관

(掛冠) - 국왕폐하사표어수리」, 1943년『신한민보』7월 29일자「무솔리니 돌연 사퇴 이태리와 독일은 절교?」, 1943년『신한민보』8월 5일자「이티리정변은 일본에 영향업다」, 「무솔리니는감옥에서 육십세 싱일을마져」, 「이티리황제는이국 경닉에」, 「이티리의 졔의는 비척을 당히」등의 일련의 기사들이 실려있다. 1943년 8월 11일『매일신보』에는「이태리정변진상」, 8월 12일『매일신보』에는「최후까지 항전계속 - 이태리정부견해표명」기사가 실려 있다.

1943년 9월 9일자『신한민보』에는「이티리 무조건 항복」이라는 기사가 실려 있어 이탈리아 파시즘의 종식을 선언하고 있다. 1943년 9월 10일자『매일신보』에는「이태리금차항복(今次降伏)은 성전(聖戰)에 호무영향(毫無影響) - 제국정부중외(帝國政府中外)에 성명」, 「삼국조약서이말살(伊抹殺)」, 「북이(北伊)에 파 당 신정권 - 수반에 뭇소리니 통사 - 파시스트국민정부성명」, 「모략에 속은 이항복」등의 일련의 이탈리아 파시즘의 종식 관련 기사들이 실려 있는데 이 가운데 유독 눈에 띄는 기사는「이태리금차항복은 성전에 호무영향」이다. 천황파시즘의 성전이 강조된 기사이다.

1943년 9월 11일자『매일신보』에는 사설「이태리의 구축이탈」을 비롯하여「이태리항복의 진변(陳辯) - 아정부단호반박(我政府斷乎反駁) - 동경과 라마 양처에서」, 「국민정신의 빈곤이 이태리의 비극유치」, 「무 통사 국왕 회견중 위전(僞電)처서 음모수행」, 「삼국조약상배신 실질적의 적대행위」등의 큰 기사들이 줄을 이었고 이밖에도 4건의 작은 기사들이 실려 있다.

1943년 9월 23일자『신한민보』에는「무솔리니는 이티리로부터 도망?」이 실려 있고, 같은 해 10월 21일자『신한민보』에는「이티리는 련합국에 가담하야 독일에 션젼」, 「무솔리니는 병으로 인하야 아주 하야 할듯」이라는 무솔리니 하야 기사가 실려 있다. 같은 해 12월 30일자『신한민보』「북아푸리가 시실리 이티리등 각 젼선에 참젼」, 1944년

『신한민보』8월 3일자 「이틔리의 현상」 등 여러 편의 이탈리아관련 기사들이 실려 있다.

　이처럼 최대치로 확대된 파시즘의 이미지를 볼 수 있는 것의 하나로 1940년 9월 『문장』지에 실린 「일독이동맹의 의의」라는 육군성정보부 육군소좌 스즈키 구라미(鈴木庫三)의 글을 살펴볼 수 있다. 제2차 세계대전의 발발에 대한 극단적인 예찬조의 글이다. 그 일익을 담당한 이탈리아 파시즘에 대한 언급이 있고 세계의 신질서 건설을 운운하며 세계유신의 성업이라는 광기어린 극단으로 치닫는다.

> 　東亞에 있어서 日本을 偏軸으로하야 世界의 大轉換이 始作된 것이다. 이에 呼應하야 西에서는 獨逸, 伊太利의 뵈르사이유 舊體制의 拘束에서 脫退하려는 新運動이 전개되었다. 卽 그것은 伊에 戰爭의 勃發이요, 獨逸의 再軍備宣言으로서, 兩國은 가치 世界의 舊秩序를 打破하고, 新秩序를 建設하려는 出發이었다. (…) 그렇지만 此等의 反對論者는, 새로운 世界認識을 가진 大多數의 國民의 與論에는 드디어 이길 수가 없었다. 卽 支那事變第四年九月二十七日 日獨伊三國同盟이 되어 여기에 歷史的調印이 이루어진것이다. (…) 一層 積極的으로 世界維新의 聖業에 邁進하게 된것이다. (…)[68]

　참고로 1943년 5월에 이미 앞에서 소개한 바 있는 『뭇솔리니의 이태리인(ムッソリーニの伊太利人)』이 일본 동경에서 출간되었다. 미래주의 시인이자 작가인 마리오 카를리 원작의 동명소설 을 번역한 책이다. 원작은 1930년 이탈리아에서 출판되어 파시즘 문학의 전형으로 문학상을 수상하기도 했다. 이 책의 주인공은 파쇼 운동의 투사로, 실천운동가이며 보수주의자로서 투쟁하는 인물이다. 자유주의자를 배격하고, 목숨을 걸어 소맥증산운동에 돌진하고 가장 큰 고민거리인 석유자원개발을 목표로 삼아 국가를 위해 몸을 던져 전진하는 전형적인

---

68 鈴木庫三, 「日獨伊同盟의 意義」, 『文章』, 문장사, 1940.9, pp.122~123.

파시스트이다. 이 소설에 대해서 언급한 우리말 자료는 아직 찾지 못했지만 한국에 소개된 일본어판 책자들을 직접 읽고 수용했으리라 보여 진다. 국내 도서관에서 일본어판 책들이 다수 발견되는 점으로 보아 추정할 수 있다. [69]

2) 파시즘의 잔상

1946년 1월『대조(大潮)』의 창간호에「전장(戰藏)에서 갱생하는 구주」라는 평론이 실려 제2차 세계대전 종식 이전에서 시작하여 종식 그 이후까지 정리하고 있다. 이글에서는 "반팟쇼세력이 뭇쏘리니정권에 대하야 돌연히 반역을 감행"하는 이야기로 파쇼에 대한 언급은 이 정도이다.

1946년 5월 12일자『중외신보』에는「이태리문제애 소련양보?」,「이왕위계승반대」등의 이탈리아 관련 기사 2건이 있을 뿐이다. 1946년 6월 14일자『대중일보』에는「이태리공화제 수상 카씨 취임」이라는 기사가 실려 있는데, '가스페리' 내각 구성에 대한 기사내용에서 가스페리를 '가스테리'로 잘못 표기하고 있고, 기사 제목에서는 '가'를 '카'로 잘못 표기하고 있다. 이 기사는 이탈리아가 파시즘의 극우정치를 종식시키고 공동연정을 시작했음을 알리는 기사이며, 동시에 이탈리아 파시즘이 역사적 파시즘으로 남음을 알리는 기사이기도 하다. 1946년 7월 4일자『대중일보』에는「이태리식민지문제로 영소간에 의견이 대립」기사가 있어 이탈리아가 언급될 뿐이다.

1946년 7월『문학』의 창간호에 권환의 시「고궁에보내는글 - 미소공동위원회에 -」에서 이탈리아 파시즘의 잔해를 일부 읽을 수 있었다.

---

69 cf) 1940년대 한국에 소개된 일본어판 이탈리아 관련책자들 일부를 소개하면 다음과 같다 :『イタリアの印象 : 隨筆集』(1942),『イタリア研究』(1942),『イタリア繪畫史』(1943),『(近世日本に活動せる)伊太利人』(1943),『伊太利史』(1942) 등등.

(…) 팟쇼의 억센 가시나무를 / 軍國主義의 모진 毒草를 / (…) 四十年 동안 帝國主義발밑에 짓밟혀 / (…) 民主主義의 잎을 / 民主主義의 꽃을 갈거먹는 벌레 / 民主主義의 뿌리를 피먹는 벌레 / 팟쇼, 獨裁, 支配慾의 化身인 벌레 / 힛틀러 뭇소리늬 化身인 벌레 / 모조리 밟아버리라 쫓아버리라 / 朝鮮花園의 모든 검고푸른 害蟲을 // 그래서 봉실봉실 피리라 / 아름답게 피리라 / 朝鮮의 꽃 / 民主主義의 꽃 // 70

1947년 7월 『대조』에는 「민주주의의 사적고찰」 평론이 실려 있고, 여기서 "이태리의 파씨스트"라는 말이 언급되었을 뿐이다. 1947년 11월 11일 『대중일보』에는 「이태리UN 참가 분란에서 반대」라는 기사가 있을 뿐이다. 핀란드(분란)가 이탈리아 유엔 참가를 반대하고 있다는 내용이다.

1947년 12월 『신자유』 창간호에는 「뭇소리니잔당의 암약」이라는 글이 있다. 무솔리니 추종세력들의 지하세력 확장을 비난하는 평론이다. 그 일부를 다음에 옮겨본다.

現在 政府與黨인 伊太利 基督民主黨이 伊太利에서 民主主義的改革에 對하야 取하고있는 사보타-쥬는 이나라의 파시스트分子들의 活動을 鼓舞하고있읍니다 (…)파시스트들과 新파씨스트들은 伊太利共和國의 民主主義的 制度에 反對하여 鬪爭하면서 暴力行爲가지 주저하지않읍니다 날마다 파씨스트들의 새로운 出擊이 報道됩니다

뭇소리니 徒黨들은 首의 死刑二週年을 追悼式과 供養祭로 맞았으며 파씨스트 戰歌를부르고 挑戰的인 스로간을 내걸고 삐라를 撒布하였읍니다 (…)五一節에 파씨스트들은 새로운 罪行을 犯하였읍니다(…) 過去에있어서 뭇소리니權力에게 길을열어주었고 (…)이것들은 바로 伊太利經濟生活에서 그地位를 그대로 保存하고있는 金融 産業의 獨占者들입니다 伊太利에서는 大産業企業들의 國有化도 大土地所有들

---

70 權煥, 「古宮에보내는글 - 美蘇共同委員會에 -」, 『文學』 창간호, 1946.7, pp.93~96.

의 沒收도 實施되지않었읍니다 (…) 地下파씨스트團體들과 합법적으로 현존하는 新파씨스트組織들에게 애낌없는 豊富한 援助를供給할수 있는 온갖 機會와 能力을차지하고있습니다 (…) [71]

1949년 7월 『새한민보』에 실린 기사 「오늘의 세계문제 : 이태리식민지는어데로 - 독립이냐 신탁통치냐」라는 기사가 있어서 이탈리아 파시즘의 잔해를 읽어볼 수 있다. 또한 1949년 9월 『새한민보』에 실린 기사 「오늘의 세계문제 : 이태리의 현상 - 실업자와 주택난」에서는 전후 이탈리아의 경제적 어려움을 읽어볼 수 있다. 그러나 이 두 기사에서도 이탈리아 파시즘의 직접적인 언급이나 간접적인 비유조차 찾아볼 수 없다. 그리고 사실상 『새한민보』에 실린 기사들은 이탈리아 파시즘 관련 기사라고 할 수도 없다. 관련이 있다고 한다면 이탈리아 파시즘이 남겨놓은 상처일 것이다. 한국도 그러한 상처를 아주 직접적으로 깊게 받은 나라이기에 1930년대에 시대적 영웅이던 무솔리니나 한 시대의 모범인양 떠받들어지고 언론에서 떠들어대던 파시즘 체재의 말로를 그대로 수용할 수 있었던 것이다. 그래서 이러한 파시즘 말로의 비극을 그대로 이입하고 수용했다고 본다면 이 또한 이탈리아 파시즘 수용 양상의 한 단면으로 받아들여질 수 있을 것이다. 다음에 『새한민보』에 실린 기사 두 건의 일부분을 옮겨본다.

一九四七年 二月 巴里平和條約에서 伊太利가 北阿弗利加에 있는 "리비아" "에리트리아" "伊領쏘마리랜드"에對한 領有權을 喪失하게된 後 이 伊太利領植民地處分問題는 現在까지 그 解決點에 到達치못하고있다。 前記巴里條約 第二十三條에는 美蘇英佛四大國이 一九四八年九月十五日까지 이 問題를 解決하지 못할 境遇에는 이를 UN總會에서 決定하기로 되어있다。 (…) "리비아"는 自治能力이 相當한程度에 到達되어 있으므로 早速하게 獨立을 賦與하여야할것이다。 그러나 地

71 꼬와-린, 「뭇소리니殘黨의 暗躍」, 『新自由』 창간호, 文憲社, 1947.12, p.37.

中海와 近東地方의 政略的重要性이라는 見地에 있어서는 當分間 "리비아"를 信託統治下에 두어야 할것이다. (…) [72]

(…) 政治的으로 經濟的으로 伊太利가 直面하고 있는 問題는 많지만 그中에도 가장 큰 것은 失業과 移民의 問題다. 失業者의 數는 最近의 統計로는 二百餘萬이다. 이 原因으로서는 먼저 人口過剩, 다음으로 原料不足이지만 또 昨年來의 『돈군색』으로 一部 不急産業의 窮塞한 不振狀態를 가저와 失業의 커다란 原因으로 되어 있음은 어데나 매한가지다. (…)

戰爭直後는 靑少年의 犯罪도 많고 더욱 大都市에선 伊太利사람의 風紀는 相當히 紊亂했었는데 오늘에는 엔간히 平靜에 돌아가고 있다. 退役한 伊太利兵士로서 閣賣商人으로 뛰어든 者도 많았으나, 伊太利政府는 大體로 閣取引에 對해 强硬한 措置를 하지 않고 漸進的으로 閣商이 없게스리 하는 措置를 取했다. (…) 그러나 大都會에선 밤의 女人들도 제법흥성거리고있다. (…) [73]

해방 이후에 나타난 이탈리아 파시즘의 이입 양상은 사실상 타다 남은 재에서 나오는 정도의 언급이나 글들이 있을 뿐이다. 그럼에도 불구하고 문학비평이나 평론 등에서 이탈리아 파시즘이나 파시즘의 수장 무솔리니에 대한 언급들이 이따금씩 불거져 나와서 아직 그 열이 완전히 식지 않았음을 알 수 있다. 대표적으로 채만식이나 김동석의 비평글들을 들 수 있는 데 이에 대해서는 뒤에서 구체적으로 살펴보기로 한다.

---

72 李龍鎬, 「오늘의 世界問題 : 伊太利植民地는어데로 - 獨立이냐信託統治냐」, 『새한민보』, 제3권15호, 새한민보사, 1949.7, pp.19~21.
73 「오늘의 世界問題 : 伊太利의 現狀 - 失業者와住宅難」, 『새한민보』, 제3권18호, 새한민보사, 1949.9, p.23.

제4장

일제 강점기 문학의 이탈리아 파시즘 수용 양상

1. 한국 근대 속의 파시즘 일반 담론

일반적으로 파시즘 담론은 근대성의 속성으로 한국 근대문화 속에 넓게 자리 잡고 있다. 파시즘은 한국의 근현대사 속에서 하나의 영향력 있는 정치적 이데올로기로서만이 아니라, 근대의 삶과 문화 전반에 걸친 하나의 양식으로서 존재해왔다. 정치적 이데올로기로서의 파시즘이 드러내는 특징들은 국가지상주의, 반자유주의, 반개인주의, 인종주의, 국수적 민족주의, 배외주의, 동양주의 등으로 요약될 수 있다.

파시즘을 특정한 역사적 단계에서의 특정한 역사적 실체로 파악할 경우, 파시즘은 하나의 정치적 체제로서 이해된다. 따라서 그 특정한 형태, 즉 이탈리아 파시즘, 독일의 나치즘, 일본의 천황 파시즘, 기타 세계 각지의 파시즘 체제가 연구의 대상으로 떠오르고, 각 나라의 특수한 역사적 상황이 분석의 대상이 된다. 원래 파시즘은 일반적으로 다른 '사회집단'과 마찬가지로 '정치적 이상'을 응집하고 대표하는

‘정당’으로 여겨졌다. 이러한 상황으로 본다면, 이탈리아 파시스트당이 폭력을 이용하거나 ‘정치적 책략’을 통하여 파시즘을 도입한 것이 된다.

그러나 파시즘을 특정한 역사적 체제 또는 일시적인 현상으로서가 아니라, 인간 보편의 심리적인 문제 또는 근대 사회의 한 속성으로 파악할 때에 논의는 매우 다양한 방식으로 펼쳐질 수 있다. 빌헬름 라이히는 의사로서의 경험을 통해 ‘파시즘’이 특정 인종이나 국가, 특정 정당에 국한되는 것이 아니며, 오히려 일반적이고 국제적인 평범한 인간의 성격 구조가 조직화되어 정치적으로 표현된 것이라고 말하면서, “파시즘은 권위적인 기계문명과 이 문명의 기계론적이고 신비주의적인 인생관의 억압을 받은 인간이 지니는 기본적인 감정적 태도이다. 우리 시대 인간들의 기계론적이고 신비주의적인 성격이 파시스트당을 만든 것이지 그 반대는 아니다”라고 강조하고 있다.

파시즘은 보통 알려진 것과 같은 순수한 반동적 운동이 아니라 반역적 정서와 반동적 사회사상의 결합이다. 이에 대표적인 인종이론이 흔히들 파시즘의 산물이라고 생각하는데 오히려 그와는 반대로 파시즘이 “인종적 증오의 산물이며, 그 인종 증오가 정치적으로 조직되어 표현된 것”으로 여기에서 이탈리아 파시즘, 독일 나치즘, 일본 파시즘 등이 존재할 수 있다. 라이히는 파시즘이 “히틀러나 무솔리니의 행동이 아니라, 대중의 비합리적인 성격 구조의 표현”이며 인종이론 역시 극단적인 “생물학적 신비주의”임을 강조하고 있다.[1] 신비주의가 파시즘의 핵심적 본질임은 라이히의 주장만은 아니다.

그리핀(R. Griffin)의 주장에 의하면, 파시스트 이데올로기의 핵심은 정치적 신화로서, 이 신화의 조작을 통한 파시스트 이데올로기의 신비주의적 속성은 모든 이데올로기 불합리성의 원천이 된다.[2] 여기서

---

1 빌헬름 라이히, 『파시즘의 대중심리』, 황선길 옮김, 그린비, 2006, pp.10~22.
2 Roger Griffin, The Nature of Fascism, Routledge, 1991, p.27.

신비주의는 다시 말해서 파시즘이라고 볼 수 있다. 라이히에 의하면 파시즘은 수천 년 동안 이어진 억압으로부터 폭발한 하나의 병리적 현상이라고 한다. 또한 "피와 땅에 대한 거의 신경증적인 집착"은 모든 파시즘 국가의 문화 속에서 찾아볼 수 있는 특징이라고 하고 있다. 고국을 아버지로, 고향을 어머니로 환원시켜 "가족적 친밀감"으로 연결시키고 신화적으로 이상화시키는 것 역시 파시즘 문화에서 공통적으로 나타나는 것이다. 파시즘은 모성을 신화화하고, 민족의 영원한 순결성과 위대함을 거기에 연결시킨다.

그런데 이와는 모순이 될 수도 있는 병적인 남성주의, 다시 말해서 강인한 남성성의 구현이라는 명분 아래 남성의 공격성과 잔인성을 제도적으로 강화하는 것, 상대적으로 여성을 대상화하고 착취하는 남성주의가 파시즘 문화 속에 팽배해 있었다는 점이다. 이러한 병적 남성주의에의 과도한 집착과 더불어 '모성 신화화'에 모순이 되는 것은 여성혐오증 등의 비합리적 감정과 충동에 과다 노출되었던 병리적 현상들이다.

파시즘은 많은 경우 대중의 전원주의와 자연주의에 호소한다. 파시즘 문학이나 예술은 '흙'과 '농촌예찬' 등을 흔히 드러낸다. 그것은 파시즘의 '농본주의'적 이데올로기의 특성을 그대로 표출해내는 것이다. 이러한 특성을 볼 때 파시즘은 얼핏 외양상으로는 반도시주의와 반산업주의를 지향하는 것으로 보인다. 실제로 파시즘은 근대화 지상주의에 연결되어 있어, 오히려 농본주의적 이데올로기를 강조하면서도 근대화를 추구하고 있는 모순된 점을 그대로 드러낸다. 근대화 지상주의에 사로잡혀 있지만, 철저하게 근대의 '퇴폐성'을 공격하고 이 퇴폐적인 근대를 극복하고 '새로운' 도덕과 윤리로 '새로운' 근대를 건설하고자 하는 '재생의 신화'를 그 이데올로기로 한다. 이러한 스스로 모순되는 점을 드러내는 파시즘의 이중적 속성에 관한 담론은 한국 근대문화 속에서 끊임없이 재생되고 문학 작품들 속에서 재창조되는 것이다.

파시즘 담론 중에서 특히 성적 담론은 파시즘 사회가 보여주는 폭력적 충동 또는 가학적 공격성 등에 대한 정신분석학적 연구와 관계가 깊다. 파시즘에 관한 정신분석학적 연구들은 파시즘을 주로 성도착이나 폭력적 리비도의 분출과 연관된 현상으로 해석하였다. 그 결과 학문적인 연구, 문화 영역에서 파시즘을 성적인 것과 연관시키는 관념들과 그러한 관념에 기초한 작품들이 생산되었다고 할 수 있다.

민주사회에 대한 적개심으로 가득 찬 파시즘은 곧 리비도적인 폭력적 욕망의 저장고여서, 소위 직접적으로 파시즘에 동조하지 않은 작가들, 파시즘에 반대하거나 아니면 전혀 무심한 작가들 군에서 지극히 파시즘적 속성, 즉 관능적인 파시즘의 이미지들이 드러난다는 역설적인 면이 파시즘의 성적 담론을 형성한다. 이러한 관능적 특성에는 파시즘의 남성주의도 한 몫을 하며 파시즘의 남성주의 예찬 담론도 이런 의미에서 볼 때 파시즘의 성적 담론과 별개의 담론이 아님을 알 수 있다. 이러한 파시즘의 성적 담론, 남성주의 담론 등도 1930년대 모더니즘 문화와 밀접한 관련을 갖고 있으며, 1930년대 한국문학 속에서 수없이 재생되고 재창조되는 것이다.

파시즘은 '생의 본능'이나 활력을 강조하며, 강인한 육체와 남성적 힘을 숭배하는 남성주의 담론과 더불어 영웅주의적 경향을 강하게 드러내기도 하면서, 비합리적 충동과 감정의 폭발적 분출을 예찬하기도 한다. 이는 "지도자의 숭배라는 명목으로 모욕과 수모를 강요당하는 대중"[3]의 욕망에 호소하는 파시즘을 나타낸다. 벤야민의 설명에 따르면, 기술복제 시대의 대량복제 기술은 대중을 복제하고, 대중은 촬영기술의 발전에 힘입어 자신들의 모습이 영화나 사진 속에 있음을 확인하고 그 모습에 도취된다.

거대한 기념비, 위압적인 건물, 대규모 군중집회, 축제와 스포츠 행

---

3 발터 벤야민, 반성완 편역, 『발터 벤야민의 문예이론』, 민음사, 1983, p.229.

사, 결국에는 전쟁 등과 같은 장관을 연출하여 집단적 카타르시스 또
는 숭고의 감정을 고취함으로써 지도자와 체제에 대한 복종과 존경
으로 이어지게 하는 것이다. 이를 '숭고의 미학'이라 하고 '정치의 심
미화'라 하는 것이다. 이러한 경향은 일반적으로 대중 동원 및 지도자
숭배와 연결된다. 특히, 지도자 숭배와 관련된 영웅 담론이 한국 근대
문화 속에서 가장 빈번하게 다루어지던 이탈리아 파시즘 관련 담론
이라고 볼 수 있다. 여기서 극단의 수단인 전쟁조차 그 한 수단에 불과
한 것으로 간주된다. 파시즘이 종국에 강조하게 되는 '전쟁필연론'은
정치의 심미화의 극치에 해당된다. 지도자 숭배의 특징은 유럽의 파
시즘, 특히 이탈리아 파시즘과 독일의 나치즘에서 두드러졌던 것으
로, '가족주의적 경향'이 더 컸던 일본의 파시즘의 경우에는 황국신민
화정책과 관련된 신민화 담론, 천황 숭배의 담론과도 연결되는 것이
다.

2. 춘원 이광수^{李光洙}의 비평문학에 수용된 이탈리아 파시즘

무솔리니 파쇼의 시작인 1919년부터 독일이 폴란드 침공을 강행하
여 제2차 세계대전이 발발한 1939년 9월 이전까지는 이탈리아 파시즘
의 영향력을 논할 만하다. 이 시기를 중심으로 일제 강점기하의 특수
상황 속에 있던 한반도에 이탈리아 파시즘이 끼친 영향력을 논한다
고 한다면 그 의미는 더욱 클 것이다. 더욱이 일본의 파시즘 역시 이탈
리아 파시즘으로부터 영향을 받았으며 그 이탈리아 파시즘을 수용한
일본 파시즘이 우리 한반도의 문화, 특히 문학에 어떻게 수용되어 있
나를 살펴보는 것 역시 의미있는 일이 될 것이다.

이탈리아 파시즘이 일본을 통해서 한국에 이입 소개되어 수용되기
까지 시간적인 공백이 있고 직접적인 영향관계를 밝히기 힘든 점도
있어서 수용 양상의 시기를 이입 시기와는 달리 따로 구분하지 않기

로 한다. 오히려 시기적인 구분보다는 이탈리아 파시즘 수용을 한 작가별 작업이 보다 더 용이하고 의미 있는 일이라 생각되어 주요 작가를 선별하여 그 수용 양상을 살펴보고자 한다. 한국의 근대 문인들 중에서 이광수와 채만식은 황국민 사상 및 파시즘 논리로 논쟁의 중심이 되었던 민족주의 진영 작가군의 대표로 선택하였고, 김동석과 이원조의 경우는 반파시즘적인 색채가 강하면서도 이탈리아 파시즘의 수용 양상을 드러내는 좌파계열 작가군의 대표로 선택하였다.

최근 들어 이광수와 파시즘의 문제는 이광수와 친일논리 만큼이나 학회 논문이나 토론의 자리에서 그리 낯설지 않게 등장하게 된 테마이다. 그리고 이 두 주제는 두 개의 주제가 아니라 사실은 하나의 주제이기도 하다. 일제의 파시즘에 동조하고 그에 적극적으로 부응하였던 춘원이니 만큼 파시즘의 논리는 곧 친일의 논리로 연결된다. 그런데 이 관련 논문들 중에서 유독 박찬승의 「이광수와 파시즘」(2003년)만이 1930년대 전반 이광수의 파시즘 수용을 언급하면서 이탈리아의 파시즘이나 무솔리니의 글을 소개하고 수용했던 춘원의 모습을 나열하고 이에 대해서 약간의 부연 설명을 하고 있다.

이미 한국 근대문화나 근대문학을 논하는 자리에서 파시즘이란 용어는 확고부동한 비평적 자리를 차지하고 있는 바다. 그리고 현실적으로 일제 강점기의 일본 파시즘이 모든 비교의 잣대 역할을 하고 있는 것도 사실이다. 특히, 김현주의 <이광수 연구>와 윤대석의 <식민지 국민문학론> 등이 그 대표적인 예이다. 이러한 우리네 연구의 현실 속에서 본 논문은 춘원 이광수의 파시즘, 그 중에서도 역사적인 파시즘의 원형인 이탈리아 파시즘의 수용 양상을 추적해보고 증명해보고자 한다.

한정된 자료와 부족한 이해의 한계 속에서도 이제껏 포괄적 파시즘의 너울만을 쓰고 있던 한국 근대문학, 근대문화 속의 파시즘 연구에 파시즘의 원형적 틀이 되는 이탈리아 파시즘의 수용 양상을 1920

년대, 1930년대, 1940년대 별로 살펴보고자 한다. 이는 만주사변이나 중일 전쟁, 그리고 태평양 전쟁 등의 역사적 사건들을 중심으로 나누지 않고 10년 단위로 나눈 것은 이광수의 비평이 역사적 사건을 중심으로 굴곡을 그리고 있지 않으며, 오히려 1920년대와 1930년대가 다르고 또 1940년대가 다른 양상을 보이고 있다는 점에 착안한 것이다. 본격적인 시대별 수용 양상을 이광수의 작품들, 그 중에서 간접적으로 수용 양상이 드러나는 소설 등 보다는 수용 양상이 직접적으로 드러나는 평론을 중심으로 살펴보고자 한다.

1) 로마제국 예찬과 힘의 지배 논리 - 1920년대

이탈리아 파시즘이 전체주의적·군국주의적 의미를 띄기 시작한 것은 제1차 세계대전 종식 후 그 다음해인 1919년 무솔리니가 '이탈리아 전투 연대'라는 자신들의 단체에 '파쇼(Fascio)'라는 용어를 사용한 때부터이며, 1922년에 공식적인 파시즘 정부 수립이 있었기에 이광수의 1919년 이전의 글에서 이탈리아 파시즘의 수용 양상을 기대하는 것은 어불성설이다. 그럼에도 불구하고 1917년 12월 『학지광』에 발표된 「우리의 사상」을 살펴보면 직접적인 이탈리아 파시즘에 대한 언급은 없어도 이탈리아 파시즘이 지향하는 로마제국에 대한 열망이나 향수를 이광수 역시 여기저기서 드러내고 있음을 알 수 있다.

예를 들어 "만일 저 로마 제국과 같이 정치적으로나 문화적으로나 같이 우월한 지위를 점할수 있다 하면 게서 더 좋은 일이 없건마는, 그렇지 못하고 만일 이자(二者)를 불가부득 겸할 경우에는 나는 차라리 문화를 취하려 합니다"[4] 라든가, "「동서문화의 융합」으로 일본의 사상을 삼는다고 합니다. 소위 이십세기 금일의 찬란한 문화는 희랍에 원(源)을 발하여 로마에서 대성하였다가 문예부흥에 부활하여"[5]에서

4　이광수, 「우리의 思想」, 『李光洙全集』 10, 三中堂, 1972, p.244.
5　위의 책, p.245.

는 또 다시 로마문화와 문예부흥에 대해서 말하고 있다. 그리고 이어서 갈릴레이를 언급하고, 단테와 라파엘, 그리고 다빈치 등의 이탈리아 사람들의 이름이 나올 뿐이다.

「우리의 사상」이라는 글에서 특이한 점이라면, 로마제국이니 로마인에 대한 언급이 있고, 위에서 나열했던 과학자, 문인, 예술가 등을 이야기하면서도 이탈리아, 이태리라는 국가에 대한 이야기는 전혀 없다는 점이다. 이 글에서 언급된 유럽의 근대국가 명칭이라면 영국, 불란서, 독일, 프로시아, 아라사가 전부다. 또한 제1차 세계대전에 대한 언급이 있고, 국가주의라는 용어가 등장한다.

> (…) 더구나 이번 歐洲大戰亂은 現代文明의 어떤 缺陷을 暴露한 것인則, 이 戰亂이 끝남을 따라 現代文明에는 大混亂, 大改革이 생길 것이외다. 假令 國家主義의 可否라든지, 經濟組織의 不完全이라든지, 精神文明에 對한 物質文明의 偏重이라든지, 女權問題라든지, 國際法 國際道德 問題라든지, 이러한 것은 가장 分明하게 일어날 大問題외다. (…) 쇼펜하우에르, 베르그송 以來로 東洋思想을 西洋文明에 加入하려는 傾向이 顯著하게 되었습니다. (…) [6]

철학도 관념철학이 아닌 행동철학 부류의 철학자들의 이름이 거론되는 등 다분히 전체주의적, 국가주의적 분위기 예감을 하고 있던 이광수의 정치적 관심을 읽을 수 있다. 「우리의 사상」에서 비록 이탈리아 국가에 대한 직접적인 언급은 없지만, 무솔리니의 파시즘이 로마제국의 부활이라는 비전과 함께 등장하기 전에, 이광수는 이미 로마제국에 대한 열망을 드러내고 있었다는 점에 주목할 필요가 있다.

니체가 일찍이 식민지 쟁탈전에 나선 부패한 유럽 제국들을 정복하고, 또 기독교적 연민을 청산할 수 있는 새로운 제국에 대한 열망을 지나간 유럽의 역사 속의 로마제국을 통해 드러냈듯이, 이광수도 문

---

6 위의 책, p.247.

화적 후진성과 식민지 주권상실의 아프고 참담한 상황을 벗어나 자신을 일체화시킬 수 있는 최상의 정치 체제의 전형으로 로마제국을 언급하고 있기 때문이다. 이광수는 같은 로마인 로마시대를 이야기해도 로마공화국 시대에는 관심이 없다. 거대한 '하나의 세계'를 이룩한 로마제국에 대한 관심이 지대했다. 소수의 노예를 제외하고 모든 시민이 같은 권리와 평등을 나누는 공화국을 이룰 수 있었던 규모가 작은 로마공화국보다는 주변 나라 정복과 부를 누리는 강력한 절대권력의 거대 로마제국을 춘원은 정치체제의 전형으로 보았던 것이다.

힘의 철학과 지배의 논리가 팽배해 있던 시대적 조류에 순응하여 "팽창과 지배로 발현되는 힘의 상징", "문명의 주체일 뿐만 아니라, 문명을 통한 실질적인 지배를 관철시킬 수 있는 힘을 가질 수 있는"[7] 최상의 정치체제로 로마제국을 보았다. 무솔리니의 로마제국에 대한 열망이나 이광수의 로마제국에 대한 지대한 관심은 이탈리아 파시즘에 대한 하나의 연결 끈이 될 수 있다고 본다.

또, 1910년대 글 중에서 1916년 9월 27일에서 11월 9일까지 『매일신보』에 연재되었던 「동경잡신(東京雜信)」에서도 "천하의 도로는 다 라마로 통하였다. 자긍하면 라마인의 속언에 「건강한 정신은 건강한 신체에 구하라」"하면서 모든 길이 로마로 통한다는 말과 로마의 속담을 소개하고 있다. 1917년 4월 『학지광』에 발표된 「천재야! 천재야!」에서도 유일하게 이탈리아 르네상스 시대의 천재화가 라파엘로의 이름만이 나오고 있으며, 당시 조선에서 경제적 천재, 종교적 천재, 과학적 천재, 교육적 천재, 문학적 천재, 예술적 천재, 철학적 천재, 공업적 천재, 상업적 천재, 정치적 천재 등의 열 명의 천재가 배출되기만을 간절히 바란다는 이광수의 천재 배출 당위론을 읽을 수 있다.

이제 1910년대 글에 대한 검토는 이 정도로 하고, 본격적으로 1920

---

7 곽준혁, 「춘원 이광수와 민족주의」, 『정치사상연구』 제2권. 한국정치사상학회, 2005년, p.93.

년대의 춘원의 글 중에서 이탈리아 파시즘의 수용 양상을 찾아보고
자 한다.

1921년 8월『개벽』에 발표된「팔자설을 기초로 한 조선인의 인생관」
에는 직접적인 이탈리아 파시즘에 대한 언급은 없지만 르 봉의 저서
및 사상을 운운하고 또 르 봉 사상에서 비롯된 로마제국에 대한 언급
이 들어있다.

> (…) 르봉 博士는 그의 著＜民族心理學＞에 一國民의 歷史는 반드시
> 그 種族의 心理組織에 胚胎하는 것이라 하여 그 國民의 心理的 特徵(解
> 剖的 特徵에 對하여)만 알면 足히 그 國民의 生活의 過去와 現在와 未
> 來를 判定할 수 있으리라 하며, 一國民의 文明을 組織한 各要素는 全혀
> 그 國民의 精神의 發現이라 하였습니다. (…) 라틴族은 服從을 좋아하
> 고, 平等을 좋아하므로 專制主義 國家를 좋아하고 앵글로색슨族은 自
> 主와 自由를 좋아하므로 國家의 權力을 最小限度에 縮小한 自治制度
> 를 좋아한다 하여, 前者의 例로 博士의 故國인 法國과 西班牙를 들고,
> 後者의 例로 英國과 美國의 例를 들었고, 또 라틴族의 迷信的, 理想的
> 임과 앵글로색슨族의 科學的, 實際的인 特徵을 指摘하여 前者의 後者
> 에 比하여 産業이나 植民地의 繁昌치 못함을 이 原因에 돌렸습니다.
> 또 博士는 初代의 로마와 末年의 로마의 國民의 根本 思想의 변천이
> 로마의 盛衰와 興亡의 原因이 된 것을 指摘하여 로마 國民으로 하여금
> 世界의 主人公이 되게 하던 奮鬪의 精神이 頹廢하여 姑息·逸樂의 精
> 神과 자리를 바꾸게 됨에 大로마帝國은 壞滅하였다고 痛嘆하였습니
> 다.
> (…) 英國의 헉슬리, 德(獨)國의 헤겔 같은 이는 그 同胞에게 科學的
> 精神을 注入하기로 有名한 學者들이외다. (…) 르봉 博士의 말과 같이
> 現代 諸民族 中에 가장 生活에 適者될 素質을 가진 者는 英美人이외
> 다. 그네의 人生哲學을 功利主義(Utilitarianism), 그것을 더 哲學化한 實
> 用主義(Pragmatism)를 실어 들이는 것이 가장 緊要한 일인가 합니다.
> (…) 이 小論이 民族의 前途를 憂慮하는 思想家, 教育家 諸君에게 微

　이탈리아 민족에 대한 언급은 전혀 없으나 이탈리아 민족도 라틴족에 속하므로 전제주의 국가를 좋아하는 범위로 포함시킬 수 있다고 본다. 그런데 이광수의 글의 한 특징이라면 무솔리니의 파시즘 독재가 세상에 공표되기 전에는 이탈리아, 이태리에 대해서 그 존재를 전혀 찾아볼 수 없다는 점이다. 앞서 나왔던 이탈리아 르네상스의 천재들을 언급해도 이탈리아, 이태리라는 나라 이름은 전혀 언급이 되지 않는다는 점이다. 이광수에게 있어서의 당시 유럽은 위의 글에 나온 대로 프랑스, 스페인, 영국, 독일 정도에서 멈춘다고 할 수 있다. 아마도 이러한 생각의 한계는 비단 이광수에게서만 나타난다고 볼 수는 없을 것이다. 보편적인 당시 조선의 지식인들의 한계였다고 볼 수 있다.

　위의 글에서 계속 인용되고 있는 르 봉은 군중의 심리적 특성을 예리하고 냉소적으로 관찰한 사회이론가로 현대 사회는 군중 속에서 개인의 의식적인 성격은 묻혀버리고 집합적인 군중 심리가 지배하게 된다고 보았다. 민주주의를 공격하는 파시스트들에게 중요한 이론적 뒷받침이 되고 힘이 되었던 이들이 바로 르 봉과 같은 사회이론가들이었다. 르 봉과 같은 사회이론가들은 상대적으로 역사가 짧은 민주주의 정부의 작동 능력에 대해서 끊임없이 의구심을 갖고 있었다. 이광수가 르 봉의 이론과 사상을 인용하고 설명하고 있듯이 무솔리니도 종종 르 봉의 저서인 『군중의 심리(La Psychologie des Foules)』(1895)를 언급했다.[9]

　르 봉은 당시 쉽게 조종되던 군중 사이에서 열정이 일어나서 퍼져가는 모습을 냉소적인 시각으로 관찰했다. 로마제국에 대한 르봉의 견해

8　이광수, 「八字說을 基礎로 한 朝鮮人의 人生觀」, 『李光洙全集』 10, pp.114~115.

9　로버트 O. 팩스턴, 『파시즘 : 열정과 광기의 정치혁명』 손명희·최희영 옮김, 교양인, 2005, p.94 참고,

를 옮겨놓고 있는 이광수의 글을 통해서 직접적인 파시즘에 대한 것은 없지만, 당시 파시즘적인 대중심리, 군중심리가 르 봉과 같은 사회이론가들의 영향으로 일제 강점기 하의 한반도 조선에도 밀려들어와 있음을 확인할 수 있었고, 직접적인 비교는 되지 못했다 해도, 또 직접적인 수용 양상은 아니라 해도 그것이 유럽의 이탈리아와 동양의 한반도에서 공교롭게도 자타가 공인하는 다분히 정치적인 언론인, 동아일보 편집국장, 조선일보 편집국장을 지낸 문인인 이광수의 글과 이탈리아에서도 사회부 기자로부터 출발하여 <아반티(Avanti)> 편집장을 지내기도 했던 무솔리니의 연설문, 파시즘 이론 글에서 르 봉의 사상적 영향력을 드러내고 있음에 주목할 수 있는 것이다.

무솔리니는 진지한 독서가였다. 젊은 교사이자 사회주의 조직가였던 그는 실질적으로 마르크스보다는 오히려 니체와 르 봉, 소렐의 저서들을 더 많이 읽고 심취해있었다. 1914년 훨씬 더 전부터 새로 유행한 반자유주의적 가치, 더욱 공격적인 민족주의와 인종주의, 그리고 본능과 폭력에 대한 새로운 미적 태도에서 파시즘이 싹을 틔우는 데 필요한 지적, 문화적 토양이 생겨나기 시작했다. 이러한 르 봉사상의 확대선상에서 있었던 정치가들 중 무솔리니가 그 한 사람이요, 또 히틀러가 다른 한 사람이었다.

르 봉의 사상은 유럽의 정치, 다시 말해서 군부 독재 정치에 광범위하게 수용되었다. 르 봉의 사상은 역사적 파시즘의 주인공인 베니토 무솔리니의 "전체주의적 민족주의 사상에 합리적인 교리를 제공"[10]하기도 했으며, "파시즘의 이데올로기 및 실천 속으로 넘어갔고, 파시스트들은 권력을 장악하기 위해서 그의 사상을 체계적으로 응용했던 것"[11]이다. 파시스트들은 "현대는 군중의 시대"라는 르 봉의 사상을 수용하여 "선동의 정치학"을 수립하였다. "파시스트들은 지도자의 카

---

10 김현주, 「이광수의 문화적 파시즘」, 『문학 속의 파시즘』, 삼인, 2001, p.105.

11 위의 글, p.106.

리스마를 조작하여 대중의 복종의 욕망을 만족시키고, 전염과 암시의 방법을 통해 대중의 이데올로기와 행동을 통일하고, 스펙타클을 연출하여 대중에게 감동을 선사하는 정치학을 완성했던 것"[12]이며, 이러한 정치학에 입각하여 수립된 춘원의 대중 정치적 전략이 바로 저 유명한 「민족개조론」이라고 한다. 그런데 「민족개조론」의 완성일(1921년 11월 22일)[13]과 거의 비슷한 시기에 씌어졌지만 발표는 이보다 5개월 빨랐던 글 「힘의 재인식」을 잠시 먼저 살펴보기로 하자.

> (…) 亞細亞大陸의 하늘에는 바야흐로 戰雲이 꿈틀거린다. (…) 이것이 민족의 힘의 發現이다. 민족의 힘과 힘이 마주치는 소리다.
> 戰爭처럼 힘의 形態를 端的으로 나타내는 것은 없을 것이다. (…)
> 戰爭은 一民族의 健全한 體力을 要하고, 腦力을 要하고, 精神力을 要한다.(…) 이것이 몸의 힘이요, 作戰과 科學과 機械와 이것이 골의 힘이요, 愛國과 團結과 服從과 勇氣 ― 이것이 군사의 精神의 힘이다. 二民族의 戰爭은 結局 二民族의 이 힘의 總合의 比較다.
> 그런데 우리에게 正히 없는 것이 이 힘이다. 몸의 힘, 골의 힘, 精神의 힘 (…) 姓名없는 백성이다.(…)[14]

「힘의 재인식」은 상당히 짧은 평론으로 1921년 12월 『동광』에 게재되었다. 이 글에 나타나 있는 전쟁 예찬과 힘의 논리에 대한 인식이 민족주의와 파시즘적인 특성을 잘 나타내 주고 있으며 이는 「민족개조론」과 그 괘를 같이 하고 있음도 알 수 있다.

춘원의 작품들 중에서 가장 빈번히 비평의 대상이 되어왔던 「민족개조론」(1922년 5월 『개벽』)은 실질적으로 직접적인 이탈리아 파시즘의 수용 양상은 아니지만 앞서 이야기 했던 르 봉 사상과의 연계 속에

---

12 위의 글. p.106.
13 김용달, 「春園의 <민족개조론>의 비판적 고찰」, 『도산사상연구』 제4집, 도산사상연구회, 1997, p.297.
14 이광수, 「힘의 再認識」, 『李光洙全集』 10, pp.278~279.

서 간접적인 수용 양상이라 할 수 있다. 물론 실질적으로는 춘원이 이탈리아 파시즘을 염두에 두었다든지, 무솔리니의 글을 접했다고는 볼 수 없을 것이다. 오히려 이에 대해서는 "춘원이 일제 식민통치 당국과의 협의 아래 조선의 민족운동을 문화운동으로 전환시키기 위해 작성·발표한 것임이 확실"[15]하다고 그 증거 정황까지 설명해주는 논문이 있을 정도로 춘원과 식민통치 당국인 일본과 직접적인 접촉이 있었음을 추론해볼 수 있다.

「민족개조론」의 내용에 대해 협의 보완하면서 그 파급 효과를 극대화시키기 위해서 미리 써놨던 원고 발표 시점을 암중모색하던 중 "1921년 7월 미국에 의해 제창되어 같은 해 11월부터 다음해 2월까지 태평양회의(워싱턴 군축회의)가 열림에 따라 국내외 민족운동가들은 독립을 이룰 수 있는 다시 한 번의 기회로 이 회의에 관심을 집중하고 있었기 때문에 바로 발표하지 않고 이 회의가 끝난 직후 발표한 것"[16]이며, 이러한 방법을 쓴 것은 "이 회의에서 조선 문제가 다루어지지 않을 것을 미리 알고 있던 식민통치 당국이 회의 결과로 인해 재차 실망과 좌절감에 빠지게 될 민족운동가들을 「민족개조론」의 발표를 통해 타협적 문화 운동에로 몰고 가기 위한 고도의 술책"[17]이라고 하였다. 직접적으로는 일본이라는 식민통치 당국의 강령과 문화정책을 비호하고 주장하는 글이더라도 「민족개조론」 곳곳에서 르 봉 사상내지는 유럽에 대한 춘원의 생각 등이 묻어 나오고 있으며, 직접적으로 드러내지는 않더라도 이미 내면적으로 수용되어 자신의 글처럼 나오는 다분히 파시즘의 대중정치학적인 부분들이 발견되고 있다.

> 예컨대, 앵글로색슨族의 自由를 좋아하고 實際的이요, 進取的이요,
> 社會的인 國民性, 獨逸人의 理智的이요, 思索的이요, 組織的인 國民

15 김용달, 앞의 논문, p.297.
16 위의 논문.
17 위의 논문, pp.297~298.

性, 라틴族의 平等을 좋아하고 感情的인 民族性, 中國人의 利己的이
요, 個人主義的 民族性, 이 中에서 앵글로색슨族을 뽑아봅시다. 그네
의 個人生活, 社會生活, 國家生活을 보시오. 어느 點 어느 劃의 自由,
實際, 進取, 共動 같은 그네의 根本的 民族性의 表現이 아닌가. (…) 英
國人은 自由를 바라는 同時에 實際를 좋아하므로 佛國人과 같은 空想
的 革命을 일으키어 實際에 쓰지 못할 空想的 憲法을 세우려 아니하고
또 感情的으로 急激하게 變하려고 아니하고 極히 實際的으로 人民의
自由를 擴張한 것이외다. (…) 英人은 國家로 하여금 自己 個人의 自由
를 干涉케 아니할이만큼 徹底한 個人自由主義者외다. 그렇지마는 그
네는 國家生活, 社會生活, 卽 團體生活의 必要를 알아 奉仕의 情神이
旺盛하므로 그네는 能히 團體를 爲하여(國家만이 아니요, 무릇 무슨
團體든지 自己가 屬한 團體를 爲하여) 自己의 自由를 犧牲합니다. 그
犧牲함이 또 自由의 意思에서 發한 것이기 때문에 自由외다. 이번 歐
洲大戰에도 그네는 自願兵으로 싸웠습니다. (…) 文學과 藝術도 그러
합니다. 英文學에는 南歐文學의 艶麗, 芳醇도, 北歐文學의 深刻, 神秘
도 없고 그네의 실생활과 같이 平淡하고 自然합니다. 그러나 英文學은
文學中에는 밥과 같읍니다. 南歐文學을 葡萄酒에 비기고 北歐文學은
윗카(燒酒)에 비기면.

　英人의 商業이나 植民地政策도 또한 그러합니다. 그中에도 植民地
政策을 보면 그 住人의 宗敎, 慣習, 其他의 生活方式을 尊重하여 그 自
由로운 發達에 맡깁니다. 이것이 또한 그네의 自由의 精神의 發露외
다. 그네는 다른 民族의 民族性의 自由를 알아주고 구태여 이것을 自
己네의 標準을 따라 變革하는 것이 不可能한 줄을 아는 聰明을 가지기
도 하였겠지마는 自己의 自由를 甚히 사랑하는 그네는 차마 남의 自由
를 죽이지 못함인 듯합니다.

　또 그네의 植民地를 다스리는 制度를 보건대 自己네의 本國을 標準
하여 徹頭徹尾로 英國의 屬領이라는 標가 나기를 반드시 힘쓰지 않는
모양이요, 다만 實際로 自己의 植民地인 利益을 取하면 그만이라 하는
듯 합니다. (…) 그러면서도 아주 理想的으로 徹底的이요, 組織的으로

母國化하려고 애쓰는 佛國보다 훨씬 有效하게 그 植民地를 母國化하
는 功效를 얻습니다. 그네의 植民地는 繁昌하고 그네의 支配를 받는
異民族은 比較的 많은 自由를 享樂하고 그러면서도 그네의 母國은 이
植民地에서 얻을 利益을 넉넉히 享受합니다. (…)

　이렇게 英人의 모든 生活과 그 生活의 成敗는 그 民族의 根本性格
또는 根本精神에 基因한 것이외다.

　民族心理學의 泰斗 佛國의 碩學 르봉 博士는 그의 名著 <民族心理
學>에,

　<言語, 制度, 思想, 信仰, 美術, 文學等 무릇 一國의 文明을 組織하는
各種 要素는 이를 지어낸 民族性의 外的 表現이라.>(民族心理學 第二
章 第一節)고 斷言하였으니, 이는 내가 以上에 屢屢히 설명한 바를 가
장 간명하게 결론한 것이라고 볼 수 있습니다. (…) [18]

위의 글에서 이광수는 당시 식민지 열강의 대표적인 나라, 영국을
예로 들면서 이상적인 식민지정책을 드러내고 있다. 여기서는 르 봉
의 저서의 영향으로 라틴족이 프랑스를 대표하는 것이겠지만, 이탈
리아도 라틴족이기에 여기에 포함될 수 있다고 보면, 이성적인 영국
인과 감정적인 라틴족을 비교하고 예술 문학조차도 영국과 남구는
서로 다르다는 점을 부각시키고 있다. 영국의 문학을 밥으로 비유하
고 남구의 문학을 포도주로 비교한 점은 춘원의 영국에 대한 생각을
단적으로 드러내는 것이다. 이는 실생활에 없어서는 안 되는 밥과 같
은 존재와 있어도 되고 없어도 되는 낭만성의 대표적인 비유 포도주
이기 때문이다.

　더 나아가서 당시 영국의 식민지정책을 추종하던 일본 식민통치
당국의 의도와 정책을 간접적으로 칭송하는 것이고, 더 나아가서 식
민지주의를 예찬하는 것으로도 볼 수 있다. 특히 국가 등의 단체를 위
하여 기꺼이 희생하는 점 등을 강조하거나 구주대전에 자원병으로

---

18 이광수, 「民族改造論」, 『李光洙全集』 10, pp.124~125.

싸웠다는 사실에 대한 언급 등은 국가주의적 분위기, 다시 말해서 파시즘적 정치 색채를 드러내는 부분이다. 위의 인용 글에서 조차도 12번 반복된 자유라는 단어는 우리가 아는 진정한 자유와는 거리가 있다.

이미 식민지 쟁탈전에 나섰던 열강들 중 하나인 영국의 가장 성공한 식민지정책을 그들의 자유와 실제성, 이성적 합리주의와 연결시키고 있다. 이는 해방 후 춘원 자신이 「나의 고백」을 통해서 "영국의 약속을 믿고 돈과 피를 내어서 영국을 위하여 싸운 인도에도 약속한 자유는 오지 않았다. 그래서 약속했던 것을 내라고 일어난 인도의 민중은 무력으로 탄압되고 그 지도자 간디는 투옥되었던 것"[19]을 다시 말하게 될 것을 전혀 예상하지 못했던 영국예찬론이다. 그런데 바로 이러한 춘원의 영국예찬론의 근거로 르 봉 사상에 대한 예증을 들고 있음에 주목할 필요가 있다. 이미 춘원은 「민족개조론」을 발표하기 한 달 전, 1922년 4월 『개벽』지에 르 봉의 『민족심리학』제1절을 「국민생활에 대한 사상의 세력」이라는 제목으로 번역[20]하여 게재하고 있다. 이 글에서 르 봉은 다음과 같이 사상의 힘과 민중에 대해서 말하고 있다.

> 一國民의 文明을 指導하는 이러한 各가지 思想中에 어떤 思潮, 假令 藝術이나 哲學에 관한 思想은 高級國民 腦裏에 留存하고 其他의 思想, 특히 政治的·宗教的 觀念에 關한 思想은 民衆의 心底에 沈澱합니다. 沈澱하면 벌써 原形을 損하지마는 한번 이 地境에 이르면 理論의 힘이 없는 素朴한 民心에 廣大無邊한 影響을 미치는 것이외다. (…) 어느 思想이 한 번 그 國民을 征服하는 날이면 그 國民中에는 그 思想을 擁護하기 爲하여 목숨조차 아끼지 않는 者가 여러 十萬이나 뛰어나오는 것

---

19 이광수, 「나의 告白」, 『李光洙全集』 7, p.262.
20 정확하게 말하면, 「國民生活에 對한 思想의 勢力」은 Le Bon , 『民族心理及群衆心理』(文明書院, 東京, 1909년)의 제4장 제1절에 해당되는 부분을 번역함.

은 흔히 보는 일이니, 이때에 비로소 혁명의 大事變이 일어나 歷史를
攪亂하는 것이라, 이는 實로 오직 民衆만 遂行할 수 있는 일이외다. 世
界를 支配하는 宗敎가 成立되는 것은 文士나, 美術家나, 哲學者의 손
으로 되는 것이 아니요, (…) 어떤 思想의 支配를 받아 이를 傳播하기에
는 水火를 가리지 않는 無識한 民衆의 손으로 된 것이외다. (…) [21]

이글을 통해서 르 봉이 말하는 대중이라는 존재, 이광수의 번역에
의한 '민중'이라는 존재가 어떠한가를 아주 잘 이해할 수 있다. 대중
은 어떤 사상이건 간에 한 번 침전하게 되면, 다시 말해서 일단 어떤
사상에 빠지게 되면 그 사상을 위하여 목숨조차 아끼지 않는 존재, 물
불을 가리지 않는 무식한 존재, 아니 무서운 존재가 될 수 있음을 알
수 있다. 위의 글을 번역한 이광수는 르 봉에 대한 저서 전반에 대한
개념을 이해하고 있었으며, 이는 앞서 이야기한 바 있듯이 무솔리니
역시 르 봉의 저서를 즐겨 읽던 것과 비교할 수 있다. 무솔리니 역시
르봉의 연구에서 가장 중요한 점인 '대중'이 '개인'과는 상이한 존재
라는 사실을 발견했음에 주목하였고, 이를 대중연설이나 통치 시에
아주 적절히 활용하였다.

물론 르 봉을 가장 체계적으로 따른 자는 바로 히틀러이다. 르 봉
(1841-1931)은 프랑스의 사회심리학자이지, 결코 파시스트도 그 추종
자도 아니었다. 파시즘 운동에 투신하거나 가담하지도 않았던 그의
사상은 파시즘의 이데올로기 및 실천 강령 속의 키워드로 자리 잡았
고, 르 봉의 의사와는 상관없이 파시스트 특히 제일 먼저 그리고 가장
대표적으로 베니토 무솔리니의 권력을 장악하기 위한 사상 체계 및
응용 방법에 적용되었다.

무솔리니는 "현대는 군중의 시대"라는 르 봉의 사상을 수용하였고,
그의 사회심리학적 키워드 군중의 심리에 대한 정보를 제공받았던

---

21 이광수 옮김, 「國民生活에 對한 思想의 勢力 - 르봉 博士著 <民族心理學>의 一節」, 『李
光洙全集』 10, p.179.

것이다. 그것은 '개인'으로 있을 때는 이성적이고 주체적일 수 있는 존재인 인간이 일단 '대중' 즉 '군중이라는 집단'을 이루게 되면 완전히 다른 존재, 즉 비이성적이고 비주체적인 존재, '정서적 전염'과 '암시'에 의해서 감정을 억제하지 못하는 존재, 충동적이고 변덕스러운 존재가 되면서 동시에 강력한 지도자를 갈망하고, 그 지도자의 명령에 복종하려는 강력한 욕구를 갖게 된다는 사실이었다.

바로 이 점을 간파하였던 대표적인 파시스트가 무솔리니, 히틀러였고, 여기에 빠질 수 없는 파시스트가 당시 일본이었다. 이러한 일제 식민통치 당국과의 교감 아래 작성되었음이 입증된[22] 춘원의 「민족개조론」이 수도 없이 르 봉의 사상을 인용하고 설명하는 것은 당시 역사적 파시즘인 이탈리아파시즘이 적용하고 응용하던 사상을 그대로 드러내고 있음을 보여주는 것이다. [23]

---

[22] 김용달, 앞의 논문, p.303.

[23] 수양동우회와 관련지어 춘원의 「민족개조론」이 도산의 사상과 연결되는 것으로 보는 견해가 있다. 대표적으로 안병욱을 들 수 있다. 안병욱은 춘원의 「민족개조론」을 "춘원 일생 일대의 역작일 뿐만 아니라 과거 백년 동안에 씌어진 우리 나라의 논문 중에서 그 내용의 독특성과 그 사상의 깊이와 그 영향의 크기로 보아서 가장 뛰어난 글"로 평가하면서 "후세 사람들에게 널리 읽혀져서 민족의 사상적 지표가 되어야 할 글"임을 강조하고 있다. 또한 "춘원은 민족성이 개조되는 경로를 소상하게 밝히면서 바람직한 민족개조주의의 내용이 무엇인가도 구체적으로 지적하고 있다. 요컨대, 낡은 성격의 낡은 사람을 새 성격의 새 사람으로 만들자는 것"임을 언급하면서, 춘원이 "일부 독자들의 오해와 반발"로 인해서 필화사건을 겪게 되었음을 변론하고 있다. "이 글을 발표한 개벽사와 춘원댁을 청년들이 습격하는 소동이 벌어졌다. 한국 민족성을 열등시한다는 것이요, 또 민족개조운동은 항일 독립투쟁에 찬물을 끼얹는 것이라고 곡해한 데서 필화사건의 소동이 벌어진 것이다. 춘원은 민족개조운동의 사상을 행동으로 실천하기 위해서 수양동맹회(흥사단의 자매기관)를 조직하였고 일제 말에는 이 때문에 칠 년 징역을 선고까지 받게 되었다." 안병욱, 『춘원의명작 민족개조론』 작품해설, p. 320.
이에 반해서 도산의 사상과의 연관성을 배제한 대표적인 견해는 김용달을 들 수 있다. 김용달은 「春園의 <민족개조론>의 비판적 고찰」의 말미에서 다음과 같이 말하고 있다. "춘원의 「민족개조론」에 나타난 민족개조사상을 도산의 사상으로 보는 견해가 있는데, 이는 춘원 자신이 서문에서 그것이 마치 도산의 사상인 것처럼 암시하고, 또 도산과 춘원의 특수한 관계와 더불어 도산의 전기 및 사상을 다룬 초기의 저작들이 마치 춘원의 민족개조사상을 도산의 것으로 기술한 데에서 오는 오류로 보인다. 도산의 개조사상과 춘원의 민족개조사상은 근본적으로 다른 것이다. 도산은 사회개조나 생활개조가 없는 민족성 개조를 말한 적도 없거니와 그의 개조사상은 독립운동 실천을 바탕으로 그것을 위한 독립운동 주체의 인격개조・정신개조에 주안점이 있었다. 그리고 도산은 독립운동이라는 당시의 민족적 과제를 한때도 방기한 적이

世界史潮의 影響을 입어 近來 朝鮮思想界의 民族이나 社會에 對한 思想分類의 範疇가 흔히 民主主義 對 帝國主義, 資本主義 對 勞農主義의 二雙에 分한 듯합니다. 그래서 各個人의 思想傾向을 論할 때에도 이 것을 標準으로 하는 모양이외다. 그러나 내가 말하는 民族改造主義는 이 範疇中에 어느 것에 屬한 것도 아니요, 또 어느 것을 特히 排斥하는 것도 아니외다. 이 改造主義者中에는 帝國主義者, 資本主義者도 있을 수 있는 同時에 民主主義者, 勞農主義者도 있을 수 있는 것이외다. 이런 것은 政治組織에 關한 것이니, 改造主義에는 아무 相關이 없는 것이외다. 改造主義者의 唯一한 主張은 朝鮮人이 帝國主義者가 되든지, 民主主義者가 되든지, 또는 資本主義者가 되든지, 勞農主義者가 되든지를 勿問하고, 오직 그 무슨 「……者」 될 사람의 人生을 改造해야 한다함이외다. 다시 말하면 現在 朝鮮의 性格을 改造한 뒤에야 健全한 帝國主義者도 될 수 있고, (…) 이 改造가 없이는 아무 改造主義者도 될 수 없이 오직 劣敗者가 될 뿐이라 함이외다. 信用할 만한 德行, 職務를 堪當할 만한 學識이나 技能, 自己의 衣食住를 얻을 만한 職業의 能力, 이런 것이 없이야 무엇이 되겠습니까. 그러므로 이 改造主義는 사람의 바탕을 改造하여 그 主義가 무엇이며 職業이 무엇이든지 能히 文明한 一個人으로 文明한 社會의 一員으로 獨立한 生活을 經營하고, 社會的 職務를 負擔할 만한 誠意와 實力을 가진 사람을 만들자 함이외다.

또 이 改造主義는 主義自身이 어떤 宗敎도 아니요, 또 旣成의 어떤 宗敎에 特別히 加擔하는 者도 아니외다. 同時에 어떤 宗敎를 排斥하는 者도 아니외다. (…)

다음에 이 改造主義는 政治에 對하여 아무 干涉이 없읍니다. 이 主義者中에는 政治家도 나리다. 改造主義로는 同志인 者로도 政治的 意見으로는 몇 가지로든지 다를 수가 있읍니다. 더구나 改造主義의 團體 自身은 永遠히 政治에 參與할 것이 아니외다. 그는 永遠히 오직 改造主義의 團體로 民衆敎育事業을 爲하여서만 힘쓸 것이외다. (…) 改造

없음을 상기할 때, 그 내용에서 약간의 유사성이 있다고 해서 독립운동을 포기하고 귀국하여 식민통치 당국자의 구미에 맞게 각색한 춘원의 「민족개조론」을 어떻게 도산의 사상으로 볼 수 있겠는가가 의문이다." 김용달, 위의 논문, p. 310.

主義者가 생각하기에 現代의 朝鮮民族性을 그냥 두면 個人으로나 民族으로나 劣敗者가 될 수 밖에 없으니 이를 救援하는 것은 오직 그 反對方向을 가리키는 改造가 있을 뿐이라 합니다. (…) 24

위의 부분은 세계 사조를 열거하면서 민족개조주의의 범주를 설정하고, 어떤 주의에도 속하지 않았음을 역설하면서 시작되고 있다. 또한 정치와는 무관하며, 오로지 문명, 문화에만 속하는 사업임을 강조하고 있다. 민족개조운동에서 정치성의 배제를 누차 강조하고 있는데 이는 문화운동을 강조하면서 정치운동의 약화내지는 포기를 주장하는 속뜻이 들어 있다. 식민지 통치하의 조선을 생각한다면 민족운동은 곧 독립운동, 민족해방운동 등의 당연히 정치적 색채가 들어갈 수밖에 없는 상황임을 누구보다도 잘 알 사람이 「민족개조론」에서 비정치적인 운동, 문화운동임을 누차 강조함은 무엇을 뜻하는가?

이는 의도적으로 민족적 선결과제인 민족해방운동, 독립운동을 민중들로부터 차단시키려는 일제 식민통치 당국의 의도가 깔려있는 것이라고 볼 수 있다.25 이 뿐만이 아니라 「민족개조론」에서 조선 민족의 쇠퇴의 원인, 일제의 식민지로 전락한 원인을 르 봉의 민족심리학을 내세워 민족성의 결함에서 찾고 있는 점도 일제의 조선 지배를 당연시하고 합리화하는 식민주의적 사고26라고 볼 수 있다. 이러한 자발적 예속화에 도덕적 정당성을 스스로 부여하고 있는 그 근거에는 르봉의 사상을 토대로 대중선도 정치를 일삼았던 파시즘이 자리 잡고 있는 것이다. 르봉은 대중, 군중에게 강력한 지도자의 명령에 복종하려는 내면적 강력한 욕구가 있음을 강조한 바 있다.

1919년 무솔리니가 고대 로마 집정관들의 권위의 상징인 '파쇼'라는 용어를 전체주의적이고 군국주의적 의미로 사용했으며, 1920년 파

---

24 이광수, 「民族改造論」, 『李光洙全集』 10, pp.136~137.
25 김용달, 앞의 논문, pp.295~297.
26 위의 논문, p.302.

시스트 단체 강령의 개정을 통해 사회주의적 잔재를 청산하고 온전히 국가주의를 최우선시하는 우익 정당으로 거듭나게 되었던 점, 그리고 1922년 10월 말에 '로마 진군'을 통해서 무솔리니가 합법적인 파시즘 정부의 수반이 되는 일련의 사건들의 영향이 직접적으로 드러나는 부분은 없지만, "무솔리니의 파시즘이 등장하기 이전부터 이광수는 힘과 문명의 총화로서 로마제국을 자기 자신과 일체화시킬 수 있는 최상의 정치체제로 간주하고 있었다. 뿐만 아니라 중일 전쟁 이후 대동아공영권을 앞세운 일본제국을 새로운 문명의 주체이자 문명을 선도하는 현재화된 로마제국으로 판단했으며, 그 결과 식민지적 협력이 아니라 개별 문화 포기를 통한 적극적인 신민화로 문명의 주체이자 문명의 선도 집단인 일본 제국주의에 적극적으로 귀속되기를 소망"[27]했다는 것이다. 오로지 지도자의 명령, 지배의 논리에 의해서 모든 것을 바치고자 하는 춘원의 황국적 애국심은 이미 「민족개조론」의 우리 역사 비하 또는 역사 멸시에서 그 충분한 근거가 있다. 이와 같은 사실은 앞서 있던 로마제국 예찬의 연장선상에서 춘원의 민족주의가 기실 껍데기에 불과한 자신이 말하는 '공론(空論)'임을 증명하는 것이다.

> 뜻이 좋고 아무 일도 아니하는 것은 空想이라 하고, 말만 좋고 아무 일도 아니 하는 것을 空論이라 하나니, 空想과 空論은 懶惰한 者의 特徵입니다. 그런데 空想과 空論은 朝鮮名士의 特徵이외다.
>
> 이를 民族的으로 보더라도 朝鮮民族은 적어도 過去 五百年間은 空想과 空論의 民族이었읍니다. 그 證據는 五百年 民族生活에 아무 것도 남겨 놓은 것이 없음을 보아 알 것입니다. 科學을 남겼나, 富를 남겼나, 哲學, 文學, 藝術을 남겼나, 무슨 자랑될만한 建築을 남겼나, 또 領土를 남겼나, 그네의 生活의 結果에는 남은 것이 하나도 없고, 오직 松虫이 모양으로 山의 森林을 말짱 벗겨 먹고, 河川의 물을 말끔 들이마시고

27 곽준혁, 앞의 논문, p.96.

(…) 28

조선 역사의 오백년을 완전히 부인하고 아무것도 없음을 증명하는 이광수의 이러한 논리는 스스로가 아무것도 아님을 드러내는 것과 다를 바 없다. 지배를 받을 수밖에 없는 불쌍한 민족이라는 사실과 자학적인 지성인의 단죄적인 측면이 보인다. 여기에 이미 앞선 인용문에서 언급된 개조주의자인 춘원 자신이 주권회복은 포기한 채 비정치적 민중교육사업에만 매진하겠다는 사실을 드러내 보이는 점에서 '정치적 허무주의'를 읽을 수 있다. 그의 의지는 '구원'이라는 단어 안에 압축되어 있다. 스스로 무지몽매한 민중을 위해 구원자로 나서노라고 주창하는 선각자적 태도에서 춘원의 다분히 정치적인 제스처가 보인다.

힘의 철학이 동일한 원칙으로 제국주의의 지배를 승인하게 되는 내재적 한계를 극복하지 못한 상태에서 등장한 '정치적 니힐리즘'에 빠져있던 춘원은 개조주의가 어떤 주의에도 속하지 않으며, 어떤 것도 배척하지 않는다고 하였다. 이는 사실 앞뒤가 맞지 않는 모순이다. 이광수 자신은 제국주의적 지배 논리를 받아들이고 스스로 어느 것도 해결 할 수 없음을 내적으로 인정하고 있다. 일제의 조선 지배를 당연시하는 그의 태도가 그것이다. 그리고 외부적으로도 일제 식민 통치 당국과의 교감, 아니 외압이 있는 상태에서 스스로 어떤 주의에도 속하지 않는다 하는 것은 누구도 부인할 수 없는 자가당착이다.

「민족개조론」에서 파시즘적인 국민의 생활태도 및 국가주의 사상이 두드러지게 드러나는 부분이 있어 흥미롭다.

이렇게 職業을 사랑하고 그것을 爲하여 勤勉하므로 酒色에 빠지거나 雜談, 博奕을 즐길 새는 없지마는 그에게는 芳醇한 家庭의 樂과 文

28 이광수, 「民族改造論」, 『李光洙全集』 10, p.140.

學, 藝術 或은 純潔한 交友의 樂과 同志의 會集의 樂을 가집니다. 그리고 그는 一定한 運動으로 健康과 勇氣와 快樂을 얻습니다.

그는 國家에 對하여서는 모든 義務를 忠實히 다하는 國民이요, 그의 參加한 모든 團體에 對하여는 忠實한 會員이외다. 그러므로 그는 或은 體面에 끌려, 或은 群衆心理에 끌려, 容易히 무슨 許諾을 아니 하지마는 한번 許諾한 以上 그는 決코 變함이 없습니다.

그는 偉人이 아닐는지는 모르되, 무슨 일을 하는 사람이요, 聖人이 아닐는지는 모르되, 누구나 믿을 만한 사람이외다. 그는 完成될 凡人이니, 이 完成될 凡人이야 말로 우리가 求하는 바이외다. [29]

이광수는 "직업을 사랑하고" "근면하므로 주색에 빠지거나 잡담, 박혁을 즐길 새는 없지마는" '완성될 범인'인 그는 "방순한 가정의 낙과 문학, 예술 혹은 순결한 교우의 낙과 동지의 회집(會集)의 낙"을 가진다고 강조하면서, "일정한 운동으로 건강과 용기와 쾌락"을 얻고 있다고 말한다. 또한 국가에 대해 "모든 의무를 충실히 다하는 국민"이고 "모든 단체"에 대해서는 "충실한 회원"임을 역설하고 있다. 강력한 근대 국가 확립의 효과적인 방법론의 일환으로 등장한 것이 파시즘이라는 사실을 염두에 둔다면 이광수의 위의 글도 근대 국가의 올바른 국민상을 제시한 것으로 볼 수 있다. 이광수가 강조하는 '완성될 범인'은 이성적 판단을 하는 사유의 개개인의 의미는 아니다. 또한 현대적 '공중'의 한 사람도 아니며, 그람쉬가 주장했던 시민 사회의 구성원인 시민 주체는 더더욱 아니다. "서양인은 성하고 우리는 쇠하는 것도 서양인은 생활의 방법이 옳았고 우리는 생활의 방법이 잘못되었다고 볼 수 있는 것"[30]이라고 주장하는 춘원의 말을 통해서 '완성될 범인'이 어떤 존재인지 가늠해 볼 수 있다.

---

29 위의 책, p.142.
30 위의 책, p.143.

最終에 同盟이 必要한 것은 그 主義를 宣傳하고 그 目的을 實現하기 爲한 事業을 經營하기 爲하여서외다. (…) 學校, 書籍 等의 供給이외다. 또 體育을 하라 하면 그것을 할 設備, 곧 衛生設備나 體育場의 設備, 衛生書, 體育書 등의 提供이 必要할 것이외다. (…) 일을 이루는 것은 오직 「힘」뿐이니, 힘이란 무엇이뇨, 사람과 돈이외다. (…)

樂觀論者에 가장 確實하고 高級的인 것은 우리가 힘씀으로 살리라 하여 文化運動을 主唱하는 者외다. 그네는 생각하기를 講演을 하고 學校를 세우고 會를 組織하고 新聞이나 雜誌를 經營하고 書籍을 出版하는 等, 이른바 文化事業으로 足히 이 民族을 救濟하여 幸福과 繁榮의 길에 넣으리라 합니다. 이는 母論 옳은 自覺이니, 대개 이는 모든 幸福되고 繁榮하는 民族들이 그 幸福과 繁榮을 얻는 길로 하는 事業이외다. 그러나 朝鮮民族은 너무나 뒤떨어졌고, 너무도 疲弊하여 남들이 하는 方法만으로 남들을 따라 가기가 어려운 處地에 있으니 무슨 더 根本的이요, 더 速達의 方法을 찾을 必要가 있읍니까. 爲先 現在 있는 대로의 狀態로는 文化事業도 하여 나갈 수 없을이 만큼 朝鮮民族은 衰弱하였읍니다. (…) 나는 차라리 朝鮮民族의 運命을 悲觀하는 者외다. 前에 말한 悲觀論者의 理由로 하는 바를 모두 眞理라고 생각합니다. (…)

그러면 이것을 救濟할 길이 무엇인가. 오직 民族改造가 있을 뿐이니 곧 本論에 主張한 바외다. 이것을 文化運動이라 하면, 그 가장 徹底한 者라 할 것이니 世界各國에서 쓰는 文化運動의 方法에다가 朝鮮의 事情에 應할 만한 獨特하고 根本的이요, 組織的인 一方法을 添加한 것이니 곧 改造同盟과 그 團體로서 하는 가장 組織的이요 永久的이요, 包括的인 文化運動이외다. 아아 이야말로 朝鮮民族을 살리는 唯一한 길이외다. (…) 改造의 性質이 오직 民族性과 民族生活에만 限하였고, 또 目的하는 事業이 上述한 바와 같이 德體知 三育의 敎育的 事業의 範圍에 限한 것인즉 아무 政治的 色彩가 있을 理가 萬無하고 또 있어서는 안될 것이외다. (…) [31]

---

31 위의 책, pp.144~147.

위의 글은 「민족개조론」의 후반부 및 결론에 해당되는 부분이다. 이광수는 국가의 힘, 단체의 힘을 이야기 하면서 사람과 돈이 곧 힘임을 강조하고 있다. 문화운동에 대한 주창을 피력하면서 동시에 조선민족에 대한 자신의 비관론을 강조하고 있음에 주목할 필요가 있다. 이러한 비관론 부각은 이광수의 정치적 니힐리즘을 더더욱 드러내는 부분이라 할 수 있다. 오로지 그 구제책이란 '개조동맹' 즉 '소년동맹' 뿐이다. 이는 수양동우회(수양동맹회) 등으로 대변되는 이광수의 실천동맹과 그 연관성을 찾아 볼 수 있다. 춘원 본인 스스로 비정치적인 운동임을 강조하고 있지만, 오히려 강조하는 사실이 너무도 일제 식민당국의 확인을 받으려는 저의를 드러낸다고 볼 수 있다.

실상은 가장 정치적인 집단일 수밖에 없는 것이 동맹이다. 지도자를 중심으로 한 차세대 엘리트 집단을 양성하는 동맹, 이것은 비정치적이거나 단순히 문화적인 한계에만 머무를 수 없는 것이다. 요컨대, 이광수의 「민족개조론」은 무솔리니의 뒤를 이어 '파시즘의 대중 정치학을 수용한 선구자'[32]인 셈이며 르 봉의 사상을 공유하고 파시즘을 내면적으로 수용하고 있는 자료라고 평가할 수 있다. 이와 같은 논지는 1921년 11월에서 1922년 3월까지 개벽에 연재되었던 「소년에게」에서 이미 드러나고 있었던 것이다.

> 저 僥倖(天運과 世界大勢)을 바라는 者는 이 힘을 僥倖에서 얻으려 합니다. 어떤 他國民의 援助를 받으려는 者는 이 힘을 他國民에서 얻으려 합니다.
>
> 이는 마치 하늘에서 黃金이 떨어지기를 기다리는 것과 같이 愚하고 남의 힘이 足히 나의 生命과 健康을 維持해 줄 줄을 믿는 것과 같이 痴한 일이외다. (…)
>
> 그러면 그 힘이 어디 있느냐? 오직 「次代의 朝鮮民族의 誠과 汗에 있읍니다!」 다시 말하면 改造된 朝鮮民族의 誠과 汗에 있습니다.

32 김현주, 앞의 글, p.107.

또는 新生한 朝鮮民族의 誠과 汗에 있다고도 할 수 있습니다.

나는 改造라 하였습니다. 果然 改造외다. 現在에 있는 것과 같은 朝鮮民族으로는 生存의 能力이 없고, 能力이 없으니까 權利도 없습니다. (…) 그러므로 朝鮮民族이 살아날 수 있는 條件은 오직 改造외다.

(…) 그런데 이미 三十歲를 지내어 志가 立하고 義가 定한 者는, 卽 道德的으로는 舊習에 물이 들고 또 앞에 知德修養의 機會를 가지지 못한 者는 改造되기 어려운 것이니 진실로 新人이 될 수 있는 이는 오직 少年뿐이요, 오직 少年뿐이요, 오직 少年뿐이외다.

진실로 朝鮮民族의 運命의 指針을 돌리 原動力은 오직 少年의 조그만 주먹 속에 있습니다. 이에 글을 特別히 少年男女 여러분에게 부치는 뜻과, 내가 重言復言 朝鮮의 運命이 오직 少年이 손에 달렸다는 뜻이 分明하여졌을 줄 믿습니다. (…) [33]

「민족개조론」의 연장선상에 있는 것으로 간주할 수 있는 「소년에게」에서 이광수는 특별히 소년동맹을 주창하면서 "지금은 영웅이나, 호걸이나, 성인의 시대가 아니요, 실로 다수한 신뢰할 만하고 능력 있는 범인(凡人)의 시대" 임을 역설하고 있다. 우리 민족이 직면한 삼대 파산, 즉 경제적 파산, 도덕적 파산, 지식적 파산에서 벗어나게 하려는 민족의 기수들인 능력 있는 범인 젊은이들이 나와서 동맹을 만들어야 하며, 민족의 경제적, 도덕적, 지식적 실력을 다져나아가는 운동이 필요함을 춘원은 역설하고 있다. 그 운동이 구체적으로는 수양동우회로 드러나겠지만, 그에 앞서 그 기저에 도산 안창호의 사상의 영향력이 있음을 언급할 수 있을 것이다. 이는 이광수가 「소년에게」에서 "현재에 있는 것과 같은 조선민족으로는 생존의 능력이 없고, 능력이 없으니까 권리도 없"음을 언급하면서 "조선민족이 살아날 수 있는 조건은 오직 개조"임을 강조하고 있는 것은 1919년 상해 도착 후에 도산 선생이 행한 「개조」라는 강연 내용을 상기시키고 있다.[34]

---

33 이광수, 「少年에게」, 『李光洙全集』 10, p.164.

그런데 춘원은 1922년 「상쟁의 세계에서 상애의 세계에」에서는 "인류를 구제한다 함은 정치적 불평등에서, 경제적 불평등에서, 사회적 불평등에서, 량심의 불평등에서 구제한다는 뜻"[35]임을 이야기하고 있다. 그리고 "모든 쟁투에서 인류를 빼어 내는 것이 곧 인류를 구제함"이라고 강조하고 "인류를 쟁투의 고(苦)에서 구제할 것은 오직 사랑의 원리"임을 역설하면서 "모든 쟁투가 소멸되는 것"은 사랑의 힘에 의한 것이라고 주장하고 있다. 투쟁, 전쟁을 반대하고 소멸되기를 바라는 사랑의 부르짖음은 다분히 반파시즘적이기까지 하다.

> (…)人類의 最大多數에 共通하던 이 理想에 反對한 有一한 惡魔的 思想은 羅馬에 源을 發한 權利思想이외다.
> 이 思想은 人類의 利己的 爭鬪本能에 迎合하여 千餘年間 白晳人種을 獸化하였고, 近代에 이르러서는 自然科學의 眩暈할 만한 偉力을 빌어 東洋 諸民族에게까지 이 權利思想의 毒液을 注射하여 淨化되었던 人性에 오래 屛息하였던 이기적 爭鬪本能을 激發케 하였습니다. 이 權利思想의 標語는 <生存競爭>이외다. 우리 東洋民族은 相生의 原理는 알았으나 相剋의 原理인 生存競爭이란 말부터 몰랐읍니다. (…) 羅馬의 弟子인 西洋人이 法理라는 奇怪한 科學으로 神聖化하여 善이라고, 獎勵할 것이라고 主張하였읍니다. 그러나 이 邪神을 奉祀한 西洋人은 이제야 그네가 마땅히 받을 罰을 받았읍니다. 그네는 人類中에 가장 큰 罪人이외다. 그네는 悔改할 때에 있읍니다. 去般 歐洲戰爭과 現今 歐洲 各民族의 苦惱가 진실로 이 罪 값이외다. 그리하고, 印度나 朝鮮이나 中國은 그네의 罪惡의 犧牲이 되었읍니다.
> 그런즉 人類救濟의 빛은 어디 있는가. 같은 사랑에 있다! 모든 聖人도 이 길을 가르쳤거니와, 人類의 歷史도 이제는 이 길을 밟지 아니치

---

34 국토 개조, 사회 개조, 생활 개조, 성격 개조, 정신 개조를 주 내용으로 하는 도산의 강연은 흥사단의 주요 이념인 무실, 역행, 충의, 용감을 담고 있다. 안병욱, 「대한민국임시정부와 안창호」, 『한국사론』 10, 국사편찬위원회, pp.358~363 참고.

35 이광수, 「相爭의 세계에서 相愛의 세계에」, 같은 책, p.174.

못할 時期에 들어섰다! (…)

　現代의 人類의 惡을 대표하는 모든 政治家, 軍閥者까지도 이 원리를 憑藉하고야 행동할이만큼 이 原理는 人類의 精神을 支配하게 되었읍니다. 이제 남은 것은 實行이요, 實現問題외다. 그러므로 지금에 외쳐야 할 소리는,

　<인류야 사랑을 實行하라. 사랑의 나라를 實現하라!>함이외다. <各個人은 사랑을 실행하고 各民族은 사랑의 團結로 뭉치어 사랑의 天國을 實現하라>함이외다. (…)[36]

「민족개조론」에서 로마제국을 열망하던 이광수의 모습은 찾아볼 수 없다. "인류의 최대다수에 공통하던 이 이상에 반대한 유일한 악마적 사상은 라마에 원을 발한 권리사상"임을 시작으로 이 사상은 "인류의 이기적 쟁투본능에 영합"하여 천년동안 서양을 짐승처럼 만들어버렸고, 근대에는 자연과학의 위력을 빌어 "동양 제민족에게까지 이 권리사상의 독액을 주사하여 (…) 이기적 쟁투본능을 격발케 하였"다고 격분하고 있다. 또 "현대의 인류의 악을 대표하는 모든 정치가, 군벌자까지도 이 원리를 빙자하고야 행동할이만큼" 사랑의 원리가 인류의 정신을 지배하게 되었다고 역설하고 있다.

「상쟁의 세계에서 상애의 세계에」에서는 이광수가 로마제국을 열망하고 흠모했다는 생각을 할 수 없게 한다. 그렇다면 이를 어떻게 받아들일 수 있겠는가? 같은 1920년대에 씌어진 글인데 유독 「상쟁의 세계에서 상애의 세계에」만 앞서 열거했던 다른 글들과 그 분위기가 전혀 다른 이유를 어디서 찾아야 하는가? 이는 일제 식민통치 당국과의 교류 속에 씌어진 글과 그렇지 않은 글의 차이라는 성급한 판단을 부추긴다고 볼 수 있다. 간디적인 비폭력주의 옹호와 톨스토이적인 인도주의, 그리고 로마제국을 제국주의사상의 원조로 보고 오히려 비난과 분노의 대상화시켜 당시 유럽이 제국주의 후예라는 인식으로

---

36 위의 책, pp.175~176.

죄인시하는 태도에서 반파시즘적인 징후를 읽을 수 있다. "사랑의 큰 종교"를 일어나기를 바라고, 사랑을 바탕으로 한 "비폭력, 무저항의 방법으로 사랑을 원리로 한 하늘 나라를 건설하여 인류구제의 대임"을 맡아줄 것을 믿는다는 식으로 글의 마무리를 하고 있는 이광수의 글쓰기는 「민족개조론」이나 「소년에게」에서 보여지는 글쓰기와 그 성격을 완전히 달리 하고 있다.

1924년 1월2일에서 6일까지 『동아일보』에 게재되었던 「민족적 경륜」에서 이광수는 정치에 대한 자신의 생각을 단적으로 보여준다. "가장 높은 명성을 가진 자가 정치가"이며, "정치운동과 농민 교육운동과는 서로 복배(腹背)가 되어 상조상응할 것"이고, "산업적 결사를 위하여서도 농민을 본위로 하는 교육적 결사는 중요한 보조기관이 되는 것"임을 강조하고 있다. 이광수에게는 정치가 선망의 대상이요, 그가 생각하는 정치는 결코 농촌과 별개가 아니며, 농민을 본위로 하는 점에서 농본주의적 성격을 드러내고 있다.[37] 여기서의 농본주의적

37 이광수와 농민, 농촌, 농본주의적 성격과 관련하여 대표적으로 이광수의 논설 「농촌계발」을 참고할 수 있다. 1916년 11월 26일에서 1917년 2월 18일까지 『매일신보』에 연재되었던 「농촌계발(農村啓發)」은 직접적으로 이탈리아 파시즘이나 이탈리아적인 것을 전혀 드러내놓고 있지는 않지만, 농촌계발에 대해서 그가 표현하는 지대한 관심은 근대적 계몽과 사회적 개량 운동을 위한 그의 열정과 '근대적 문화 영웅의 욕망', '금욕주의적 헌신' 등의 내용이 전체주의 이데올로기적 담론 속에서 나올 수 있는 체제 순응적 영웅과 너무나 흡사하다는 점에 주목할 수 있다. 여기서 근대는 "일제로부터 자주독립을 전혀 고려하지 않은 식민지적 근대"이며, "계몽운동의 필연성과 낙관성을 강하게 주장하지만, 이것이 식민지라는 사회, 정치적 상황과 어떤 함수 관계를 가지는지에 대해서는" 아무런 언급이 없다. 「농촌계발」의 계몽성은 "식민지적 근대를 건설하기 위한 계몽으로, 허황된 미래 전망은 식민 통치자의 이데올로기적 담론에 의해 조작된 것"이다. 체제 순응적인 파시스트 영웅처럼 「농촌계발」의 주인공 김일은 "이상적 문명촌 건설"을 농촌계몽운동의 목표로 삼고 "농민들의 절대적인 감화와 지지"를 받으며 환상적이고 낙관적인 농촌의 미래 전망에 착수한다. 파시스트 영웅이 금욕주의적이고 헌신적이며 자기희생적이듯이 김일 역시 금욕주의적 헌신에 자신을 바친다. 특히, 이광수의 계몽담론과 관련지어 이탈리아 파시즘과 혼동되기도 하는데, 이는 이탈리아 파시즘이 농본주의적 성격을 띠면서 이상적 유토피아 건설에 큰 관심을 가졌던 것과 관계가 있다. "쟁기 하나를 가지고 고대 로마를 개척했다는 전설 속의 인물 로물루스를 모방하여, 무솔리니가 트랙터를 운전하면서 새로운 '모범 도시' 아프릴리아(Aprilia)를 일구"기도 했고 이 같은 '모범 도시'를 이탈리아 전국 각지에 건설하도록 지시했으나, 실제로 건설된 도시는 거의 없었다. 서양사상사적으로 이탈리아 파시즘 이전, 이미 18세기에 계몽주의가 유럽에 확산되었고, 19세기에까지 그 영향력이 미쳤으며, 계몽사상의 본

특성이 이광수의 계몽 담론의 특성이기도 하고, 또 일본의 파시즘의 특성이기도 하다. 이러한 특성이 이탈리아 파시즘[38]의 성격과 일치되는 경향을 보이고 있다. 물론 이탈리아 파시즘의 영향을 받아서 농본주의적인 것은 아닐 것이다. 그런데 "각농촌에는 반드시 대산업조합의 지점이 있어 그 농촌의 경제생활의 중심이 될 것"[39]임을 역설하는 부분에서는 이탈리아의 조합주의의 영향[40]이 있었음을 추론할 수 있다. '조합주의'적인 성격이 강한 이탈리아 파시즘이기에 이광수의 산업조합 등에 대한 생각이 이탈리아 파시즘을 소개하는 일본어 번역서를 통해서 간접 영향을 받았다고 해도 무리한 추론은 아닐 것이다.

1926년 5월『동광』창간호에 발표된「개인의 일상생활의 혁신이 민족적 발흥의 근본이다」에서는 르 봉 사상, 파시즘 사상을 찾아볼 수 있다.

> (…) 내나 당신이나 오늘부터 이 시간부터 자신과 자기 집안의 일상생활부터 고치는 것입니다. ― 혁명하는 것입니다. 심히 작은 일 같으나, 이 작은 일이 모이지 아니하고는 전 민족적인 큰 혁명은 영원히 오지 아니할 것입니다. (…)
>
> 심리학자의 말을 듣건댄, 사람이 좋고 좋지 못한 것은 오직 그 습관에 달린 것이라고 합니다. (…) 이러한 악이 다 심리학적으로 보면 결국 습관에 지나지 못하는 것입니다. 개인으로만 그러한 것이 아니라, 종족적으로도 그러합니다. 혈통의 관계 즉 유전의 관계와 기후 풍토와

류는 중농주의를 제창하는 방향으로 갈라지기도 했다.

38 이미 앞 장에서 언급한 바 있는 것으로, 렌초 데 펠리체는 초기의 이탈리아 파시즘을 가리켜 '농본주의적 파시즘(il fascismo agrario)'이라고 부르고 있다. Renzo De Felice, 앞의 책, pp.18~20 참고.

39 이광수,「民族的 經綸」,『李光洙全集』10, p.188.

40 이미 이광수의「농촌계발」에서 조합에 대한 이야기가 나오는데 이로 미루어볼 때, 이탈리아의 조합주의가 무솔리니를 통한 파시즘 이전에 이광수에게 영향을 주었을 것으로 추정할 수 있다. 시기적으로「농촌계발」이 1916년 11월에서 1917년 2월까지 씌어진 점을 감안하면, 무솔리니의 이탈리아 파시즘이 강령을 공포하기 훨씬 이전에 이광수가 조합에 대한 생각을 하였던 것을 알 수 있기 때문이다.

사회의 사정(즉 환경의 관계)가 개인이나 종족의 격에 영향을 끼치는 것은 과학이 인정하는 바이어니와, 우리는 스스로 힘쓰므로, 또 어린 때를 이용하는 교육의 힘으로 이를 반항하는 새 성격(…)을 이룰 수가 있읍니다. (…) 이러한 고귀한 정조를 가지지 못한 개인이나 종족은 그만한 수양이 없는 까닭인데, 이러한 정조가 없이도 혹은 국가를 위하여 혹은 인류를 위하여, 고귀한 일을 할 수가 있겠읍니까. 없읍니다. 그런데, 이 모든 습관은 일상 생활에서 이루어지는 것입니다. (…) 「모든 혁명을 경영하기 전에 너 자신을 혁명하라. 너 자신의 혁명은 곧 네 일상 생활의 혁명이다!」(…) [41]

르 봉의 민족심리학과 이탈리아 파시즘의 일상생활 혁명, 국민의 여가 활동을 조정하고 통제하기 위해 만든 조직 '도포라보로 (Dopolavoro:노동이후)' 운동[42]이 위의 글에 영향을 주었다고 볼 수 있다. 이것은 시기적으로도 '도포라보로'가 확산일로에 있던 때이며 결코 우연이 아니게 '도포라보로' 운동이 시작된 바로 다음 해라는 점도 무시할 수 없는 것으로 지적된다. 일상생활의 혁명과 위생학이 지배하는 '도포라보로' 운동의 영향을 받은 것으로 생각되는 문장이 바로 "나의 일생의 직업이 될 것을 우하여 하루도 거르지 말고 공부하자, 일하자"이다. 이 문장은 위의 인용에서 생략된 부분이지만, 이를 단순히 계몽주의적 사상을 드러내는 이광수의 글로만 단정하기에는 '도포라보로'의 시기적 일치점과 영향이 드러나는 문장들을 배제할 수는 없을 것이다. 이미 1925년에 『무솔리니와 파시스트운동(ムッソリー

---

41 이광수, 「個人의 日常生活의 革新이 民族的 勃興의 根本이다」, 같은 책, pp.269~271.

42 1925년 5월 1일 칙령 제 582조에 의거하여 이탈리아에서는 <도포라보로 국가 사업단(Opera Nazionale Dopolavoro OND)>이 발족되었다. 이 사업단은 이탈리아 파시스트 여가조직으로 정신노동자(지식인)와 육체노동자의 여가시간을 육체적, 지적, 도덕적 능력을 발전시키기 위해서 지역별 다양한 교육기관들을 통해 건전하고 유익하게 보낼 목적으로 조직된 것이다. 여기에서 나온 <도포라보로> 운동은 술안마시기 투쟁, 말라리아 퇴치 전쟁을 일으키고 더 나아가서 대중음악회, 민중연극공연, 그리고 빈민가정 자녀들을 위한 해변 야영회, 산악 야영회 등을 운영하기도 했다. Yahoo Italia Wikipedia l'Enciclopedia Libera 참고.

ニとファシスト運動』(양서보급회, 동경)이 일본에서 출판되었으며, 당시 이광수로서는 파시스트 여가조직 창단에 대한 자료를 어떠한 경로로든 입수했을 것이다. 그런데, 어떤 경우에라도 이탈리아의 '도포라보로'에 영향을 받은 나치즘의 '힘과 기쁨(Kraft und Freude)'운동이나 일본의 '산보운동(産報運動)'이 모두 다 1930년대에 이루어진 운동이기에 1920년대에는 해당 사항이 없다고 볼 수 있다.

1928년 9월 4일부터 19일까지『동아일보』에 게재되었던「젊은 조선인의 소원」은 1920년대의 이광수의 평론 중에서 이탈리아 파시즘의 수용 양상을 가장 잘 보여주는 것이다.

(…) 로마人의 願力은 로마 大帝國으로 發現되었다. (…)

願力이란 神秘해 보일이만큼 무섭고 偉大한 것이다. 한번 大願을 세우면 그것이 當場에는 實現이 못 되어도 한 因이 되어 있어 언제나 한번 實現되는 날이 있다고 한다. 한 번 세워진 願은 그 願을 세운 當者들의 힘으로도 解除할 수 없이 반드시 强迫的으로 이루어진다고까지 말한다. (…) 컬럼버스의 눈에 大洋 저 쪽에 大陸이 分明히 보이건마는 그와 같은 배를 타고 가는 船夫들에게는 그것은 어리석은 者의 한바탕 꿈에 不過하였다. (…)

교르다노 부르노가 炮烙의 刑을 當할지언정 眞理를 否定하지 아니한 것은 그의 眞理感이 强烈하여 그것을 위하여서는 生命도 아끼지 아니함이다. 오늘날 人類가 가진 科學과, 哲學과, 宗敎는 이 眞理感이 强한 個人들의 願에서 나온 것이다. (…) [43]

위의 부분은「젊은 조선인의 소원」의 앞부분에서 이탈리아와 관련 있는 부분들을 중심으로 발췌한 것이다. 먼저 로마제국에 대한 언급과 원력(願力)의 정의에 이어서 르네상스 시대의 이탈리아 제노바 출신 크리스토포로 콜롬보(Cristoforo Colombo)에 대한 신대륙발견 이야기

---

43 이광수,「젊은 朝鮮人의 所願」,『李光洙全集』10, pp.191~194.

가 잠깐 나오고, 이단으로 화형당한 철학자 조르다노 브루노(Giordano Bruno)의 소신을 굽히지 않았던 이야기가 등장한다. 물론 이러한 세 가지 사항들은 직접적으로 이탈리아 파시즘과는 상관이 없지만, 그 이전의 다른 이광수의 글들과 확실히 구별되는 것은 로마제국만 언급하는 수준이 아니라, '컬럼버스', '교르다노 부르노' 등의 이탈리아 위인들을 나열해 놓았고 인용하고 있다는 점이다. 비록 조르다노란 이름을 독일어식으로 잘 못 읽은 방식이지만, 브루노가 소개되어 있다는 점은 이광수가 이 글을 쓰기 위해 따로 이탈리아 관련 서적을 읽어보았음을 알 수 있다. 아마도 이러한 일련의 준비는 「젊은 조선인의 소원」의 <개인과 조직>편에 나오는 인물, 이탈리아 파시즘의 수장인 무솔리니 때문이라고 볼 수 있다.

우리는 個人의 願力의 偉大함을 안다. 人類의 歷史이 어떤 部分은 어떤 個人으로 決定되는 일이 있는 것을 否認할 수 없는 것이다. 오늘날 伊太利의 파시스트專制를 무솔리니라는 個人을 除外하고 說明할 수 있을까. 아라사의 레닌, 中國의 孫文도 그러하다. (…) 우리가 보는 바와 같은 혁명은 없었을 것이다. 무솔리니도 그러하다. 이 세 사람은 오늘날 우리 時代가 目擊하는 偉大한 歷史運轉手 되는 個人들이다.

조선 사람들도 偉大한 個人을 기다린다. (…) 나는 레닌과 무솔리니는 對面할 機會가 없었으나 孫文은 數次 對面하였다. (…) 레닌이나 무솔리니도 對面하면 應當 그러하리라고 믿는다. 古代 英雄이라고 特別히 超人的일理는 없는 것이다.

그러면 이들 偉大한 個人들은 果然 우리네 凡人과 다름이 없는가. 무솔리니는 다른 伊太利人과, (…) 있다! 다름이 있길래 우리네는 凡人이요, 그네는 偉大한 事業을 한 個人들이다. 歷史의 方向을 이리로 저리로 움직여 가는 큰 힘을 내린 사공들이다. 우리네는 그 사공이 가자는 대로 네네 하고 끌려가는 뱃사람들인데.

그러면 그 다름은 어디 있나? 그것은 이 偉人들이 超人間的인 데 있지 아니하고 그네의 眞心誠心을 一貫한 人格을 기초로 하여 人性을 잘 알아서 利用하는 데 있다. 그 利用이란 무엇인고? 이것이야말로 그들이 掀天動地하는 偉業을 이루는 秘訣이니 곧 組織이다. (…) 무솔리니의 秘訣이다. 이 秘訣을 그네에게서 빼앗으면 그들은 죽지 잘린 새 모양으로 아무 힘 없는 凡物이 되어버리고 마는 것이다.

「組織하는 힘」은 一個人의 指導的 能力의 主點인 同時에 一種族의 生存能力의 標識가 되는 것이다. 組織하는 힘을 缺한 種族은 결코 生存競爭의 憂者될 수 없는 것이니, 組織된 千名이 組織못된 万名을 이기고도 남는 것이다. (…) [44]

이광수는 무솔리니를 이탈리아 파시스트 전제(專制)에서 빼놓을 수 없는 개인, 수장으로 설명하고, 레닌이나 손문과 더불어 "오늘날 우리 시대가 목격하는 위대한 역사운전수 되는 개인", "위대한 사업을 한 개인"임을 강조하고 있다. 이 세 사람들이 위업을 이룰 수 있었던 비결은 다름 아닌 조직력에 있었음에 주목하고 있다. 조직력이 곧 지도적 능력의 평가기준인 동시에 그 지도자를 포함한 한 민족의 생존능력의 표지가 된다고 역설하고 있다. 파시즘의 선구자 무솔리니, 마르크시즘의 실천가 레닌, 중국 혁명의 기수 손문 등이 당시 세상을 뒤흔들어 놓은 역사적 주인공들로 이광수는 설명하고 있다. 그런데 파시즘적 특성이 확실하게 드러나는 부분은 특히 <자유와 복종 - 개인과 조직체의 사(四)> 편이다.

公民敎育의 要諦는 어떻게 指導하는 일에 있지 아니하고 어떻게 服從하는 일에 있는 것이다. (…) 가장 큰 힘을 내려면 가장 큰 服從을 要한다. 軍隊는 가장 큰 服從의 標本이다. 다른 組織體들도 일을 해 가는 데는 軍隊式 服從이 必要하다. 그러기에 아무리 平等을 基調로 하는 國家에서도 行政組織과 軍隊組織은 服從의 原理 위에 세워 있다.

---

44 위의 책, p.194.

그러면 自由는 언제 쓰나? (…) 自己를 指導할 指導原理와 指導를 擇
하는 데 쓴다. (…) 그러나 한 번 어느 組織體에 參加하기를 許諾한 以
上, 어느 個人을 指導者로 選擇하여 놓은 以上 나에게는 오직 그 組織
體의 法에, 그 指導者의 命令에 服從하는 自由가 있을 뿐이다. [45]

물론 다른 조직체에 있어서도 복종이라는 특성이 나타난다. 군대
식 복종이 파시즘만의 특성은 아니다. 그런데 위의 글을 포함해서
「젊은 조선인의 소원」은 이탈리아 파시즘의 소년운동에 대해서 상기
하게 만든다. 무솔리니 통치 시기의 이탈리아의 학교 교육은 수령에
대한 맹목적인 충성을 고취시키기 위한 도구가 되었다. 6세에서 16세
까지의 어린이들을 위한 준군사조직인 파시스트 유년대를 위해 무솔
리니는 직접 구호를 만들어주기도 했는데, 그것은 "믿어라! 복종하라!
싸워라! (credere! obbedire! combattere!) "였다. 이는 "지도자를 믿고, 지도자
에 복종하며, 지도자를 위해 싸워라"인 것이다. 이 구호가 이광수의
위의 글과 그 맥이 일치하는 것은 결코 우연이 아닐 것이다. 왜냐하면
「젊은 조선인의 소원」 전반에 흐르는 사상의 기저가 파시즘이기 때문
이다. 젊은이들에게 조직 및 복종을 강조하는 것이 이탈리아 파시스
트 유년대의 기본 사상일 뿐만 아니라, 사실은 모든 파시즘의 기본일
것이다. 이는 군대조직의 기본이기도 하며, 규율과 통제를 위해서 불
가피한 것이다.

파시스트가 사회를 완전히 통제함에 있어서 또 하나의 중요한 요
소는 젊은 세대에 대한 교육이었다. 모든 전체주의 국가가 그렇지만,
이탈리아의 경우도 학교의 교과 과정은 파시즘을 주입하기 위한 수
단이 되었다. 전쟁이 찬미되었고, 어린이들은 무솔리니가 이탈리아
를 '세계에서 으뜸가는 나라'로 만들었다고 믿도록 가르침을 받았다.
학교 교육의 목표는 무솔리니와 파시즘 체제에 대한 충성을 강요하

---

45 위의 책, p.202.

고, 맹목적인 복종의 습관을 심어주는 것이었다. 헌신적인 젊은 파시스트 민병대를 양성해 내기 위해, 모든 어린이들은 연령별로 청소년 군사 조직에 가입해야만 했다.[46] 이광수 역시 조직체에 가담하고 그에 절대복종하는 길만이 조선을 일으켜 세울 유일한 방법이라고 주장한다. 이광수가 도산 안창호 선생의 사상에 영향을 받아서 수양동우회를 조직하여 그 실천방법을 찾았던 것을 보면, 결코 말로만 주장했던 것은 아니었다.

2) 파시스트 지도자 예찬론 - 1930년대

1930년대는 1920년대 보다 이탈리아 파시즘 관련 자료들이 훨씬 풍부했고, 이탈리아 파시즘이 최고조에 달했던 때[47]라서 이광수의 글들 속에서 이탈리아 파시즘이 수용된 양상이 많이 보이고 있다.

먼저 1931년 4월『동광』에 발표된「단결공부」에서는 파시스트적인 단결이라는 용어를 사용하였음에 주목할 수 있다.

團結은 民衆運動이나 民族運動의 最大武器다. 團結할 줄 모르는 民衆이나 民族은 生存할 資格이 없다. 더구나 새로운 文化를 建設한다든지, 政治的 權利를 獲得하려는 民衆이나 民族에게는 團結은 全部다. 團結없는 곳에 無物이다.

아마도 現代처럼 團結이라는 戰術이 普及되고 또 偉力을 發揮하는 時代는 過去에는 없었을 것이다. (…) [48]

---

46 래리 하트니언, 앞의 책, pp.84~90 참고.

47 1930년대의『동아일보』기사들 중 3,000건 정도가 파시즘과 파시스트당, 무솔리니에 관한 자료이며 이는 1920년대의『동아일보』기사들 중 400건 정도가 파시즘과 무솔리니에 관한 기사였던 것과 큰 대조를 이룬다. 1920년대 미비했던 이탈리아 파시즘 담론이 점차 확대되었음을 알게 해주는 단적인 자료가 될 것이다. 졸고,「이탈리아파시즘의 이입양상 - 일제강점기를 중심으로」,『이탈리아어문학』제19집, 한국이탈리아어문학회, 2006년 12월 참고.

48 이광수,「團結工夫」,『李光洙全集』10, p.273.

위의 글에서는 이탈리아 파시즘을 직접 언급하는 말은 나오지 않는다. 그렇지만 위의 글의 서두에서 시작되는 글로도 다분히 파시즘적인 이광수의 집착을 읽을 수 있다. 같은 책에 발표된 또 다른 글「비폭력론」에서는 폭력을 "현대의 총아"라고 하면서 "금일의 국가가 폭력으로 유지"되며 "이 국가에 대항하려는 모든 주의자들"도 "폭력의 장악을 몽상"하는 것은 지극히 당연한 일이라고 하고 있다. 그러면서 간디의 비폭력론에 대해서 서술하고 끝으로 "비폭력이란 무기는 정당한 목적을 가진 굳은 단결에게 사용될 때에는 폭력이상의 효과를 내일 것같이도 생각된다"고 마무리 하고 있다. 물론 간디의 비폭력론을 강조하고 드러내기 위한 글이기도 하지만, 현대 국가들의 폭력사용을 정당한 것으로 간주하고 당연하게 보는 태도야 말로 이광수의 파시즘적인 모습이다. 바로 같은 해 다음 달『동광』에 실린「야수에의 복귀 - 청년아 단결하여 시대악과 싸우자 -」에서 이광수의 이런 모습이 여지없이 드러나고 있음을 알 수 있다.

> (⋯) 이른바 「에로」라는 말로 表現되는 色情狂的 思想은 日本文 新聞雜志와 아울러 朝鮮文으로 發行되는 低級文獻들로 말미암아 靑年男女를 流行性感氣 以上으로 普遍的으로 感染시키고 있다. (⋯)
>
> 日本人으로 말하면 文化도 쌓고 富도 쌓아서, 그야말로 로마의 盛時와 같이 靡爛한 思想과 生活이 産出될 必然性도 있다. 그러나 朝鮮人은 무엇이 있느냐. 文明이 있느냐, 富가 있느냐, 논 마지기, 밭 날갈이도 다 갑실러 버린 形便에 淫泆, 奢侈한 氣風만 日本人을 따른다는 것은 實로 愧汗이 沾背할 일이다.
>
> 우리는 이러한 點에서는 차라리 伊太利의 파시스트를 배우고 싶다. 剛健한 質實한 靑年男女들이 굳고 큰 團結을 모아서 强한 壓力으로 世間의 淫泆한 여러 男女를 膺懲하고 싶다. (⋯)
>
> 剛健한 靑年男女야 일어나라! 일어나서 그대들의 剛健한 精神을 가지고 朝鮮을 위하여 奉仕할 次로 굳게 뭉치라. 그래서 장차 오는 健全

한 朝鮮의 子女들을 그대들의 旗幟 아래로 모아 들이라. 그리함으로
朝鮮으로 하여금 깨끗한 朝鮮, 健全한 朝鮮이 되게 하여라.
　　世上은 放縱한 性慾과 物慾으로 野獸에 復歸하려 한다. (…) 그래서
그대부터 野獸에의 復歸에서 벗어나서 純潔하고, 健全한 奉仕의 生活
로 大衆을 이끄는 指導者가 되어라. 가장 힘있게 이 惡과 싸우기 위하
여 健全한 者끼리 各地, 各學校, 各工場에 굳고 큰 團結을 이루자.[49]

이광수는 「야수에의 복귀」에서 일본의 퇴폐문화가 조선청년남녀
들을 악으로 이끌고 있음을 개탄하고 있다. 그런데 일본인에 대해서
는 문화도 쌓았고 부도 있다고 하면서 마치 로마의 전성시대와 같이
"미란한 사상과 생활이 산출될 필연성"이 있다고 한 반면, 조선인에
대해서는 문명도 없고 부도 없으면서 일본인을 따라 한다는 사실이
부끄럽기 그지없다고 하고 있다. 이것이야말로 일제 식민지 통치 당
국에 아첨하기 위한 표현이 아니고 무엇인가. 이광수는 곧바로 단도
직입적으로 "차라리 이태리의 파시스트를 배우고 싶다"라고 역설하
고 있다. 이탈리아 파시즘이 청춘남녀 건전문화의 모델로 수용되었
음을 여실히 증명해주는 자료이다. 위의 글에서도 청년들에게 지도
자가 되라는 요구, 단결을 이루자는 요구를 한다. 이는 이미 앞서 다루
었던 다른 글들의 연장선 안에 있다는 것이다.[50]

49 이광수, 「野獸에의 復歸」, 같은 책, p.275.
50 지도자와 단결에 대한 이광수의 글은 평론에만 그치지 않고 1931년 5월 『동광』에 발표된 시
　 「우리의 뜻」에서도 이러한 사실을 잘 드러내고 있다. 이 시 역시도 파시즘적인 춘원의 사상을
　 충분히 집약시키고 농축시켜 표현하고 있다. 시 「우리의 뜻」에는 평소 이광수가 갖고 있던 정
　 치적 문화적 사상이 잘 나타나고 있다. 거짓을 말하지 말라는 1연, 동족간의 무조건적인 사랑을
　 하라는 2연, 한 번 죽을 목숨 겨레 위해 바치라는 3연, 나부터 솔선수범하여 일심단결 이루자는
　 4연, 꾸준히 노력하자는 5연, 올바른 개인, 즉 지도자와 단결만이 살길이라는 6연, 기초를 튼튼
　 히 하기 위해 힘을 기르자는 7연, 힘 가진 개인, 지도자와 큰 단결 이루어 큰일을 이루자는 8연
　 등이다. 평소 이광수가 갖고 있던 전체주의적 이상이 위의 시 한수에 그대로 드러나 있다.

　 거짓말 마사이다 속이는 일 잊사이다
　 혀 끊어 벙얼어도, 숨 멎어 죽사와도
　 거짓말 속이는 일을 다시 하올 우리리까//

이광수가 이미 「야수에의 복귀」에서 강조한 바 있는 엘리트 젊은이들에게 지도자가 되라는 요구는 같은 해 8월 『동광』에 발표된 「조선의 청년은 자기를 초월하라」에서도 같은 맥락으로 이어지고 있다.

> (…) 人類의 歷史上에 超人的 偉力을 發揮한 모든 偉人들은 다 私慾을 잊고 生命을 잊은 사람들이다. 或은 眞理를 위하여, 或은 正義人道를 위하여, 或은 나라를 위하여, 自己를 잊은 때에 (…) 一民族의 歷史는 이러한 自己를 超越한 個人들의 힘으로 廻轉되고 更新되는 것이다. (…) 진실로 自己를 超越하는 個人을 指導者라 하고 그들의 合理的인 集團을 指導階級이라고 한다. 이 指導者는 一種族의 腦細胞요, 指導階級은 腦이다.[51]

특히 위의 글에서는 지도자를 '뇌세포'에 비유하고 지도계급을 '뇌'

남이 잘하옵거든 내 한 듯이 깃소리라
불행 잘못해도 슬허한들 미워하랴
도무지 동족끼리는 사랑 깊게 하여라//
내 몸이 무엇이오, 한 때에는 죽을 것이
고락을 헤오리까 한바탕 꿈이로다
조구만 목숨이나마 겨레 위해 바치리라//
現在를 슬허마소, 將來 앞에 못 보는가
남을 믿지마소 하올 이는 나뿐일세
우리는 將來 바라고 一心團結하오리라//
버섯은 하루라도 椿나무는 五百春秋
萬年之計를 一旦에야 바라리까
꾸준히 하여만 갈진댄 이룰 날이 있으리라//
우리가 하올 일이 이도 아니 저도 아니
세상이 떠드는 일 그것도 다 아니로다
個人과 團結을 기름 이뿐이라 하시오//
뿌리 없는 낡을 심거 온 지 몇 十년고
基礎 안 논 집을 세울 공론 그만하소
바쁘다 하옵길래로 힘을 먼저 기르소//
힘이란 무엇인고 個人의 힘 團結의 힘
힘 가진 個人이 굳게 뭉친 큰 團結이
이는 때 바로 그때에 큰일 절로 일리라// 「우리의 뜻」시 전문, 『李光洙全集』9, p.555.

51 이광수, 「朝鮮의 靑年은 自己를 超越하라」, 『李光洙全集』10, p.276.

로 비유한 점에 주목할 필요가 있다. 이에 대해서 '유기체적 민족관'[52]이라고 일컫고 있는데 개인보다 사회, 국가, 민족을 더 중요한 것으로 여기게 하였다. 그리고 대중보다는 지도자를 더 중시하게 하였으며, 이광수가 수차례에 걸쳐서 지도자를 강조하고 있는 것도 이 때문이다.

1931년 6월『동광』에 발표된「옛 조선인의 근본도덕 - 전체주의와 구실주의 인생관」에서 조선의 집단생활의 미풍이 영미식 개인주의에 유린되었음을 개탄하는 이광수는 "원래 옛 조선의 촌락의 도덕은 집단주의적"이었다고 하고 이를 "우리 주의", "단체주의", "전체주의"라고 명명하면서 특히 마지막 "전체주의"를 말하면서는 " (이런 말이 있을 수 있다 하면) "이라는 괄호 말을 삽입시키고 있다. 이광수는 여기서 처음 전체주의라는 말을 개인주의, 자유주의에 반대되는 개념으로 사용하고 있다. "조선정신에의 복귀"가 곧 "전체주의에의 복귀"로 간주하면서 "조선인에게 필요한 것"이라고 역설하고 있다. 우리가 아는 전체주의의 개념으로 이광수가 이해한 것은 아니겠지만, 집단주의를 영미식 개인주의에 반대되는 것으로 그리고 오히려 조선민족에게는 바람직한 방향이라는 식으로 제시하고 있다. 그런데, 춘원은 위의 글에서 로마의 전설을 다음과 같이 소개하고 있다.

> 옛 로마에도 이러한 傳說이 있다. 로마 市街에 땅이 터져서 커다란 입을 벌렸다. 이것이 막히지 아니하면 로마市는 亡하지 아니하면 아니 되었다. 이에 神說을 물으니, 로마 市民이 가장 사랑하는 勇士가 이 틈바구니에 뛰어들어 죽으면 벌린 땅의 입이 붙으리라 하였다.
>
> 이때에 로마에는 全國民이 가장 사랑하는 勇士 하나가 있었다. 그는 이 神說을 듣고 새로운 軍服을 입고 사랑하는 말을 타고 로마 市街를 달려 땅이 입을 벌린 곳으로 왔다. 로마 市民들은 모두 이 勇士의 뜻을 알고 길을 막고 슬퍼하였다.

---

52 김경일 외, 앞의 책, pp.328~329 참고.

그러나 이 勇士는 自己가 사랑하는 로마와 로마人을 爲하여 奉仕할
機會가 온 것을 기뻐하여 喜色이 滿面하여 말을 몰아 땅의 벌린 입으
로 뛰어들었다. 땅은 곧 마주붙어 버려 로마는 구원을 받았다. (…) 全
體 또는 남을 爲하여 저를 버리는 것은 人類의 精神中에 가장 아름다
운 精神이요, 道德中에 가장 꼭지가는 道德이다. 神의 자리다.
　이러한 精神은 옛 朝鮮의 歷史와 傳說에는 枚擧할 수 없이 있던 것
이다. 그러나 不幸히 今日에는 英美式 個人主義, 享樂主義, 利己主義
에 侵蝕되어 거의 絶滅하려는 狀態에 있다. 사람마다 저만 알고 남이
나 우리를 잊어 버리게 되었다. (…)[53]

로마의 전설이 인용된 데는 여러 가지 이유가 있을 것으로 짐작이
된다. 그 무엇보다도 이탈리아 파시즘이 표방하는 로마제국의 부활
에 따른 로마의 강력한 존재감, 그리고 앞서 1920년대 자료 중,「상쟁
의 세계에서 상애의 세계에」를 제외한 자료들에서 이광수가 로마제
국을 열망하고 흠모했던 점이 설득력 있는 이유가 될 것이다. 여기서
무솔리니가 1923년에 했던 연설문의 한 구절을 인용해 볼 수 있다.

　(…) 오늘날에는 독단주의로 눈이 가려진 사람이 아니라면 그 누구
에게도 사실은 그 자체로써 명백히 보인다. 세상 사람들은 자유에 대
해서는 아마 피로와 권태를 느끼게 되었을지도 모른다. 세상 사람들은
자유라는 거대한 향연을 치룬 것이다. 오늘날의 자유는 결코 조심성
있고 정갈한 처녀는 아닌 것이다. 전세기의 전반기의 사람들은 이 자
유라는 처녀를 지키기 위해 투쟁하고 죽어가고 하였던 것이다.
　이제 신역사의 서광이 비쳐오고 있다. 용맹하고 능동적이며, 그러면
서도 순수한 청년에게는 더욱 강력한 매력을 느끼게 하는 말이 있다.
그것은 바로 질서와 단계, 그리고 규율이라는 말이다. (…) 또한 지금
역시 비자유주의, 반자유주의를 주장하는 데 있어 조금도 망설이지 않
는다. (…)[54]

---

53 이광수,「옛 朝鮮人의 根本道德 - 全體主義와 구실主義 人生觀」,『李光洙全集』10, p.212.

　로마제국의 영광을 향해 당시 뻗어나갈 것이라고 주장하던 무솔리니의 파시즘 체제하의 이탈리아가 한반도 조선에 있던 지식인 이광수의 뇌리에서 로마의 전설을 되살아나게 했다. 자유주의가 아닌 집단주의, 단체주의, 전체주의에 기대어 조선을 되찾고 싶은 열망일 것이다. 그리고 이광수가 이토록 전체주의 방향으로 나아가고 싶어 하는 것은 본인 자신만의 생각이 아니라, 전 세계적인 추세였을 것이다. 물론 이광수는 지도자를 선택할 자유는 있다고 했지만, 글을 읽어보는 내내 그러한 자유가 있다는 생각보다는 자유라는 허울을 쓰고 있음을, 그저 이름뿐인 자유를 갖고 있음을 알 수 있다. 이광수가 생각하는 조직의 일원이 되어야만 하며, 조직운동에 동참해야만 한다는 어조가 시종일관 계속되기 때문이다. 여기서도 이광수의 보다 구체적인 수양동우회 조직에 대한 실천적인 행동을 이야기할 수 있다.

　무솔리니가 1923년에 이미 부르짖었던 비자유주의, 반자유주의가 이광수의 글에서 영미식 개인주의에 반대하느니, 조선은 원래 집단주의가 전통이니 하면서 파시즘의 본격적인 용트림을 시작하는 것이다. 이광수의 소년에 대한 집착도 무솔리니의 청년에 대한 강조가 다 같은 흐름이다. 소년은 곧 청년을 의미하는 것이기 때문이다. 1931년 11월 『동광』에 발표된 「비상시의 비상인」의 말미에서도 이광수는 "재물욕과 애욕과 생명욕을 이탈하고, 어느 일종의 주의와 사업을 들고 나선 때에 우리는 거기 진개(眞個)의 비상인을 본다. (…) 이러한 사람이야말로 금강불양(金剛不壤)의 신(身)이어서 그가 발한 힘은 족히 천만인을 적(敵)하는 것이다. (…) 이러한 인물로는 아직 재산도 소유하지 아니하고 처자도 없는 소년에서 구할 수 밖에는 없는 것이다. 이곳에 진정한 지도자교육, 비상인 인물교육이 있는 것"[55]임을 강조하고 있다. 이광수는 소년들 중에서 참지도자가 생겨나기를 갈망하고 있

---

54 로오라 페르미, 앞의 책, pp.414~415.
55 이광수, 「非常時의 非常人」, 『李光洙全集』 10, p.214.

는 자신의 속내를 드러낸다. 이러한 일관된 지도자배출에 대한 그의
사상은 1931년 7월 『동광』에 실린 글 「지도자론」에서 집약되어 정리
되고 있다.

> 一, 指導者와 團體
> 大小를 勿論하고 團體生活에는 반드시 指導者가 必要하다.
> 平等된 個人이 共通한 利害나 主義를 結紐로 모인 團體일수록 全團
> 體를 代表하고 指揮할 만한 指導者가 必要하다는 것은 現代人에게는
> 常識이다. (…)
> 二, 指導者의 合理性
> 이 사람은 變치 아니하기 때문에 大衆이 믿고 自己의 利害苦樂에 흔
> 들리지 아니하고, 오직 團體와 大衆을 互하여 自己를 犧牲하기 때문에
> 大衆이 感謝로서 悅服하고, 어떠한 逆境에서도 失望, 落心하지 아니하
> 기 때문에 大衆이 依支하고, 最後에 그의 一動一靜은 모든 個人的인
> 것, 利己的인 것, 私情的인 것을 絶對로 除去하고, 오직 團體의 基礎理
> 論에 徹頭徹尾하기 때문에 大衆이 疑心없이 마음을 주고 信賴하는 것
> 이다. (…)
> 三, 指導團體
> 一民族으로 보면 指導者가 必要한 同時에 指導團體가 必要하다. 今
> 日의 重要한 國民과 民族은 대개 다 指導團體를 가지고 있다. (…) 좀
> 더 强烈한 指導力을 가진 指導團體로는 소비에트 러시아의 共産黨, 中
> 華民國의 國民黨, 伊太利이 파시스트라든지, (…) 이 指導團體의 指導
> 者가 곧 그 國民이나 民族의 指導者가 되는 것이다. 스타린이 그러하
> 고, 간디가 그러하고, 뭇소리니가 그러하다. (…)
> 四, 朝鮮과 指導者
> 朝鮮에는 아직 指導團體가 없다. (…) 朝鮮民族은 全혀 指導團體와
> 指導者를 缺한 散民이다. (…)
> 朝鮮民族이 合理的요, 强力的인 中心指導團體가 생기는 날이 진실
> 로 朝鮮民族이 民族的 新運動, 新生活의 新紀元을 여는 날이다.[56]

1931년 10월『동광』에 발표된「기초의 준비」에서는 "정치운동은 모든 힘의 종합"이라고 하면서 정치에 대한 이광수의 남다른 관심을 모으고 있다. 그리고는 "힘은 불멸이다. 무에서 생기지도 아니하고 소가 대 되는 것도 아니다. (…) 지력의 산물을 이용하여 힘을 가장 힘 있게 이용함이 있을 뿐"[57]임을 강조하고서 우리 조선도 힘의 준비를 다하자고 역설하고 있다. 힘의 정치는 비단 파시즘을 의미하는 것은 아니다. 자고로 정치에 있어서 군사력, 경제력, 기술력, 지력이 필요 없던 때는 없었다. 이광수는 일제 강점기 하의 조선이 이 힘을 갖기를 주창하면서도 어느 경우에도 군사력에 대한 이야기는 전혀 없다. 일제 식민 통치 기관과의 연계선 상에서 문화와 재력에만 의도적으로 치중하려는 이광수의 생각이 드러나는 것이다. 이탈리아 파시즘이 직접적으로 드러나는 것은 아니더라도 힘의 논리와 힘의 정치에 대한 언급만으로도 충분히 파시즘적이라고 할 수 있다. 이러한 힘에 대한 강조는 이미 이광수의 글에 넘쳐나던 것들로 새삼스러운 것은 아니다.

1932년 3월『동광』에 발표된「졸업하는 형제여, 자매여!」에도 전문학교 이상 정도의 학교를 졸업하는 이들에게 힘에 대해서 또 다시 역설하고 있다. 그리하여 "우리의 대사업도 십인, 이십인에서 시작되어야 할 것"임을 강조하면서 그 필요한 것에는 주의와 방법의 일치, 재정, 상호부조, 단결의 세력 그리고 통제라고 하고 있다. "큰 일은 큰 힘을 요하고 큰 힘은 단결에서만 생기는 것"이고 "모든 힘을 일방향으로 집중하는 데서 위대한 역량을 발하는 것"이라고 하고 있다. 이광수가 늘상 주장해오던 것들이기도 하지만 파시즘적인 이광수의 정치적 색채를 다시금 조선의 엘리트층을 겨냥하여 드러내고 있는 글이다.

어디나 파시즘 체제 속의 지식인들은 파시즘 이데올로기에 충실하지 않으면 안 되었다. 파시즘은 독자적인 사상을 국가에 대한 위협으

---

56 이광수,「指導者論」, 같은 책, pp.188~190.
57 이광수,「基礎의 準備」, 같은 책, p.276.

로 생각했다. 지식인들의 독자적인 사상을 뿌리 뽑고 그들을 충성스러운 파시스트로 만들기 위하여 이탈리아의 파시즘의 수령 무솔리니는 '당근과 몽둥이'[58] 수법을 사용했다. 즉, 파시스트의 노선을 따르는 지식인들에게는 지위와 권력과 돈을 보장해 주었고, 그렇지 않은 지식인들은 감옥행이거나 추방행이 될 수밖에 없었다. 이탈리아 파시즘 체제하의 지식인들, 그 중에서 특히 작가들에게는 단 하나의 작품 창작 양식만이 허용되었고, 모든 창작 활동은 파시스트 국가의 선전에 이바지해야만 했다. 소위 말해서 파시즘 이데올로기 문학이었다. 글쓰기 행위는 다름 아닌 파시즘 이데올로기를 선전하는 행위였던 것이다. 이런 의미에서 볼 때 이광수는 파시즘 국가에 아주 충실한 작가에 속한다고 볼 수 있다. 그리고 이광수의 힘의 논리, 정치적 사상에 관한 글들이 하나같이 파시즘 이데올로기에 사로잡혀 있는 것은, 당시 파시즘의 절정에 있었던 이탈리아 파시즘에 관한 많은 글들을 접하고 있었음을 방증하는 것으로 해석할 수 있다. 그래서 그런지 「졸업하는 형제여, 자매여!」의 말미에 이광수는 다음과 같이 쓰고 있다.

> 最後에 이러한 事業을 爲하여 큰 團體가 있다는 것, 自身이 社會에 對하여 一種의 威力, 宣傳力, 壓力을 가지는 것이니, 이것이 輿論과 同志와 財力을 吸收하는데 偉大한 힘을 가진 것입니다.[59]

이탈리아의 파시즘 체제를 의식한 것은 아닐지라도 충분히 이탈리아 파시스트당의 행보를 의식하고 국가적인 대단결의 모습을 이상으로 삼으며 끊임없이 단결을 부르짖고 있는 이광수의 시론(時論)들은 이탈리아 파시즘 곧 로마제국의 이상으로 향하고 있음을 언제나 상기시킨다. 1936년 2월 26일에서 3월 14일까지 『조선일보』에 연재되었

---

58 래리 하트니언, 앞의 책, pp.91~92 참고.
59 이광수, 「卒業하는 兄弟여, 姉妹여!」, 『李光洙全集』 10, p.280.

던 「졸업생을 생각하고」도 1932년의 「졸업하는 형제여, 자매여!」와 같이 전문학교 이상 남녀 졸업생들에게 말하는 형식의 글이다. 그리하여 "초라한 오늘의 조선을 번뜻한 명일의 조선으로 변화할 자가 그들을 두고 또 있던가. 만일 이 책무를 자각한다 하면 그들은 마땅히 모든 감관의 욕을 버리고 큰 뜻을 품고 나설 것"을 종용하면서 "조선이 곧 내라는 절실한 자각을 가질 것"을 강조하고 이어서 "나의 몸과 말과 일은 외오로 조선의 문화와 부를 위하여 바치리라는 큰 서원을 발할 것이다. 이 큰 서원은 다만 당자의 일생을 통하여서만 변치 아니할 뿐더러 자자손손에게 전할 것"[60]임을 천명하고 있다. 1932년의 「졸업하는 형제여, 자매여!」보다 훨씬 구체적으로 파시즘적인 내용을 전달해 주고 있는 1936년 글에서 로마의 체취를 느낄 수 있었다.

> Mens sana in corpore sano(튼튼한 맘은 튼튼한 몸에) 하는 것은 古로마 人의 標語였었다. 이것을 오늘날에는 體育을 獎勵하는 格言으로 쓰지마는, 튼튼한 몸과 튼튼한 맘은 瓦關的이어서 어느 것이 뒤가 되는 것이 아니다. 튼튼한 맘이 업으면 튼튼한 몸도 깨어지는 것이다.[61]

외면적으로는 파시즘 체제하의 이탈리아에서 체육을 장려하는 격언으로 늘 사용되던 로마의 표어를 사용한 것이지만 그 내면적으로는 고대 로마제국의 영광을 꿈꾸는 제국의 열망을 표현하고 싶은 이광수의 속뜻이 읽혀진다. 옛 로마제국이 그랬던 것처럼 이탈리아도 세계를 다시 한 번 지배해야 한다고 생각한 무솔리니의 환상처럼, 이광수 역시도 언제나 환상제국에 대한 열망이 있었다. 1932년 10월 무솔리니의 이름을 딴 종합 경기장이 문을 열었고, 이 종합 경기장 안에는 거대한 스타디움이 만들어졌다. 이 경기장에서 그 기념 연설을 한 무솔리니가 이 표어를 인용했고, 이 표어는 단순히 체육을 위한 표어

60 이광수, 「卒業生을 생각하고」, 같은 책, p.295.
61 위의 책, p.296.

는 아니었던 것이다. 이 표어 인용 자체가 이탈리아 파시즘을 수용한 한 양상으로 보여 질 수 있을 만큼 파시즘적인 것이다.

이러한 표어 인용까지 신경 쓴 이광수는 「졸업생을 생각하고」에서 "우리 조선인은 현재에 있어서는 민족적으로 신용이 타락함이 그 극에 달하였다"고 우려하면서 "오늘부터 새로할 결심은 자기혁명이다. 이 자기혁명과 자기완성이 다만 개인처세, 개인성공의 기초적 인(囚)이 될뿐더러 또 조선민족 전체를 변화, 개조하는 유일한 인이 되는 것"[62]이라고 다시금 개조의 환상을 드러내고 있다. 아마도 로마제국이 이탈리아 파시즘의 환상이라고 한다면 이광수의 제국주의적 열망에서 발현된 민족 개조니 민족 변화가 그 환상이 아닐까 생각해본다. 춘원이 생각하는 민족 개조는 영원히 이루어질 수 없는 환상이기 때문이다.

무솔리니의 지식인들에 대한 '당근과 몽둥이' 수법을 완화시켜 표현한 글이 이광수의 글이다. 여기서의 자기혁명이란 파시즘 이데올로기를 내면적으로 완성하는 것, 철저한 파시스트가 되어야 개인적으로 성공하는 것이고 사회적인 모든 권력, 명예, 돈이 따르며, 그것만이 일제 식민통치 당국의 마음에 들 것이기 때문이다. 무솔리니의 연설과 그의 행적에 대해서 이광수는 직접 만나보지는 못했겠지만 글로나 사진으로 접했을 것이다. 무솔리니에 대한 이광수의 관심은 이미 그 이전에 간디와 무솔리니를 비교했던 간단한 글을 통해서 잘 드러나 있다.

이광수는 1932년 『동광』 창간 6주 기념호인 5월호에 「간디와 무쏘리니 - 그 이동관(異同觀)」을 게재한다. 중간에 간디와 무솔리니를 항목별로 비교하는 부분을 빼고 그 도입부와 마무리 부분을 다음에 옮겨본다.

---

62 위의 책, p.298.

간디와 무쏘리니는 現存한 세계의 二大驚異다. 간디는 無抵抗運動
의 創業者, 무쏘리니는 全世界 파시즘 運動의 始祖다. 둘이 다 民族運
動者인 點에서는 一致하다. 이제 兩巨人의 特色을 表示해보자. (중략)
　이 두 X 사람이 큰 團結의 指導者로 全民族의 崇仰을 받는 者로, 다
같이 宗敎的 熱情을 가지고 宗敎의 必要를 高調하는 것은 興味 잇는
일이다.
　한 사람은 이미 得意의 人으로 일국을 統治하는 大宰相의 地位에 잇
고, 한사람은 異民族에게 對한 反逆者로 몰려 獄中에 들어가잇다.[63]

이광수가 무솔리니를 가리켜 "현존한 세계의 이대 경이" 중의 한
사람이며, "전 세계 파시즘 운동의 시조"인 동시에 "민족운동자", 그
리고 "거인"이라고 부르고 있다. 더욱이 "큰 단결의 지도자로 전민족
의 숭앙을 받는 자"라고까지 칭송하고 있다. 대단한 찬사인 동시에 이
광수의 로마제국 운운이 결코 로마제국에만 국한된 것이 아닌 바로
이탈리아 파시즘의 지도자인 무솔리니에까지 이르고 있음을 증명하
는 자료이다. 당시 무솔리니의 위상이 어느 정도였는지를 아주 잘 알
수 있게 해주는 글이다.

간디와 무솔리니를 직접 항목별로 비교하는 부분에서 두 사람 다
단결을 무기로 하고 있음에 주목할 수 있다. 늘상 이광수가 주장하던
그 단결을 실천하고 있는 두 사람이다. 그리고 민족의 종교, 사상, 풍
속, 습관, 제도 등의 전통을 존중한다는 의미에서 국수주의자로 보고
있다. 무솔리니가 국가를 위한 자기희생은 고조하나 금욕주의자가
아닌 반면에 간디는 금욕주의자이며, 간디가 폭력을 부인하는 반면
무솔리니는 폭력을 시인하고 있다고 비교하고 있다. 무솔리니가 개
인을 국가를 위한 존재로 보는 반면, 간디는 개인의 영과 인격을 존중
하기에 민주주의자라고 비교하고 있다.

물론 「간디와 무쏘리니 - 그 이동관」이 「묵상기록 - 춘원 - 간디의 하

---

63 이광수, 「간디와 무쏘리니」, 『東光』, 東光社, 1932.5, p.29.

나님」이라는 글 바로 뒤에 오는 글이기 때문에 간디에 대한 연속성이
부과되나 그와 더불어 무솔리니가 비교되었다는 사실은 주목할 만한
일이다. 왜냐하면 이광수의 당시 정치적 글들을 양분한다면 간디적,
다시 말해서 톨스토이적이거나, 아니면 무솔리니적인데, 이는 이광
수에 관련한 비교문학 연구에서 보통 톨스토이와의 영향 관계가 주
를 이루었던 것에 대한 하나의 반론의 증거가 될 수 있기 때문이다. 흥
미 있는 사실은 무솔리니 비교 항목에서 이광수의 정치적 사상과 일
치되는 항목이 간디의 그것 보다 더 많다는 점이다.

1933년 9월 18일자 『조선일보』의 <일사일언>란에 게재된「민족색」
에서 이탈리아의 흑의당 곧 검은셔츠당(파시스트당) 에 대한 짧은 언
급이 있고, 같은 달 20일자 같은 란에「폭풍의 전날」에서는 세계의 대
세를 결정하는 것은 오직 전쟁이며 전쟁은 마치 인류의 질병, 그것도
"피하기 불가능에 가까운 질병"으로 보았다. 이 글에서 특히 이광수
는 문화가 "전쟁의 준비인 것 같다"는 식으로 문화와 전쟁의 관련성
을 드러내고 있다는 점이다. 1933년 10월 16일 역시 같은 란에 게재된
이광수의 글「온양 이십년」에서는 보다 직설적으로 파시즘의 우위를
드러내고 있다.

지난 二十年이이 世界의 秩序는 國際聯盟과 共産主義와의 對立으
로 維持되어 왔다. 對立이라 하지마는 그것은 兩者가 다 國際主義라는
點에서 共通하여 왔다. 이 二十年間 醞釀된 것이 國民社會主義라는 民
族主義다. 今日의「怪物」은 共産主義가 아니라, 正히 파쇼, 나찌스라
는 各種의 別名을 가진 黑色·灰色·橙色·藍色 等의 怪物들이다. 二
十年 國際主義에 對한「안티테제」라고나 할까. 앞선 물결이 아무리 크
다 할지라도 그것이 지나 간 뒤에는 다음 물결이다. 只今 바야흐로 소
리를 치고 하늘을 찌를 듯이 밀어 오는 물결은 民族主義다.
　　이 主潮는 마침내 政治, 經濟, 社會 따라서 思想·藝術의 領域에까
지, 宗敎의 領域에까지 一大 新變化 新層階를 일으키고야 말 것이다.

國民社會主義의 一文化層을 形成하고야 말 것이다. (…)

주네브의 國聯會館은 이제는 歷史的 遺物이 괴고 말았다.

一九五四年頃에 이 거미줄 쓴 尨大한 廳舍가 새로 形成되었을 諸民族의 會場으로 될 날이나 기다리자.[64]

『조선일보』의 <일사일언>란에 게재된 글의 특성상 시사성이 특히 중요한 점을 감안하면 당시 파시즘이 주조를 이루고 있다는 사실을 새삼 확인할 수 있다. 위의 글은 파시즘이 "정치, 경제, 사회 따라서 사상·예술의 영역에까지, 종교의 영역에까지" 확장되어 있음을 강조하고, 하나의 문화층을 형성하리라고 주장하고 있다. 여기서 이광수는 파시즘이 계속 이어질 것이라는 확신어린 전망을 내놓는다. 그러기에 1954년경의 스위스 제네바의 청사가 "새로 형성되었을 제민족의 회장"으로 쓰일 날이 오리라고 낙관하는 태도로 글을 마무리하는 것이 아니겠는가.

1933년 11월 26일자『조선일보』의 <일사일언>란에 게재된「무전왕(無電王) 말코니」에서도 이탈리아 파시즘의 수용 양상을 읽을 수 있다.

(…) 다만 山川뿐 아니라 歷史로도 朝鮮과 伊太利와에는 비슷한 點이 없지 아니하다. 다 같이 古代文明國으로, 다 같이 歷史的 波瀾이 많은 點으로, 또 文化에서, 經濟에서 남보다 떨어졌다가 新興氣分으로 따라가는 點으로.

그러나 우리는 단테를 못 내이고 라파엘, 미켈란젤로를 못 내인 點으로, 또 말코니 先生을 못 내인 點으로 또는 파시스모 같은 特殊한 思想과 實行을 못 내인 點으로 先生의 祖國에 못 미침을 自白하지 아니할 수 없다.

또 그러나 로오마帝國民의 子孫인 伊太利人에게 復興의 元氣가 再發할 수 있음을 볼 때에 우리는 우리 先民이 일찍 黃金時代를 가졌다

---

64 이광수,「醞釀 二十年」,『李光洙全集』9, p.360.

는 것으로 將來의 第二 黃金時代를 바랄 수 있다는 自信을 가질 수가 있는 것은 기쁜 일이다. (…)[65]

무전왕 말코니의 조선 방문을 계기로 말코니가 "조선의 산천이 이태리와 비슷한 점이 있다"고 말한 것을 계기로 이광수는 그렇지 않아도 마음 속에 품어만 오던 말들을 내뱉어 놓는다. 고대 문명국이며 역사적 파란이 많은 점, 문화 및 경제에서 뒤쳐졌다가 다시 일어나는 신흥국가라는 점 등을 열거하면서 조선이 이탈리아와 닮은 꼴임을 이야기한다. 그러나 르네상스 시대의 문화 선진국이었던 이탈리아의 천재들을 나열하면서, 또 "파시스모 같은 특수한 사상과 실행"을 부러워하는 식으로 의기소침해진다. 이도 잠시일 뿐, 이내 이광수가 언제나 열망해오던 로마제국의 후예들인 이탈리아인들의 파시즘 국가를 통해서 로마제국의 영광을 재현해가는 모습을 다시금 확인한다. 이 확인 작업을 통해 얻은 조선의 희망을 "조선이 이태리와 비슷한 또한 점이 생길 것"임에 두면서 마무리를 한다. 이광수에게 있어서 당시 이탈리아 파시즘의 영향력이 어느 정도인지를 가늠하게 하는 자료이다. 또 다시 그 영향력을 느낄 수 있게 해주는 글이 같은 해 12월 5일자 『조선일보』의 <일사일언>란에 게재된 「전쟁과 평화」이다.

(…) 平時에서 非常時로, 非常時가 부서져서 平時로 ― 이 모양으로 軍備와 戰爭이 그칠 날이 없다는 것이 적어도 歷史의 現段階의 事實인 듯.
그러면 平和란 軍備하는 동안의 名稱인가.
今日의 戰爭氣分의 開拓者 베니토 무솔리니는
「그(파시즘)는 平和主義를 排斥한다. 平和主義란 鬪爭을 否定하는 것이니 犧牲을 무서워하는 怯懦者의 일이다. 오직 戰爭만이 能히 사람의 에너지를 極度로 緊張하고 또 戰爭을 해내는 民族에게 高貴의 印을 칠 수 있는 것이다…… 死냐 生이냐 ― 둘 중에 하나를 取하지 아니치

---

65 이광수, 「無電王 말코니」, 같은 책, p.362.

못할 大決心을 일으키게 하는 것은 오직 戰爭뿐이다.」라고 부르짖고 있다.

이 부르짖음은 다만 그의 母國뿐 아니라 世界의 많은 나라에 共鳴者를 얻는 모양이다. (…) 66

평화주의를 배척하는 파시즘의 우두머리가 전쟁을 부르짖는 인용문을 그대로 삽입시키고 있는 이광수의 위의 글에서, 이미 앞서 예견했던 대로 파시즘 관련 문헌이나 무솔리니의 연설문 등을 춘원이 관심 있게 보고 있음을 잘 알 수 있다. 극단의 전쟁예찬론을 펼치고 있는 무솔리니의 연설문의 한 부분을 그대로 소개하는 것이 전쟁에 대한 어떤 다른 표현보다 효과를 극대화할 수 있다고 판단한 이광수의 배려다. 그러나 이광수는 "공중에서는 군가가 들리지 아니하느냐 슬프지마는 사실"이라고 말하면서 이 글을 마무리한다. 전쟁은 필요악이기에 어쩔 수 없이 다가오는 것이지만 슬픈 여운은 감출 수 없나보다. 그러나 이광수의 제국에 대한 열망은 무솔리니의 연설처럼 전쟁을 필수부가결한 존재로 보는 것이다. 그리고 개인의 국가에 대한 희생은 당연한 것으로, 아니 권장이 아닌 의무사항처럼 생각하기에 그가 말한 "슬프지마는"은 자신의 속내를 감추기 위한 위장적인 기술로 보이기까지 한다.

1935년 5월 26일부터 6월 2일까지 『조선일보』의 <일사일언>란에 연재된 「생의 원리」에서 파시즘적인 이광수의 사상을 낱낱이 헤아릴 수 있게 된다.

(…) 一民族이나 一個人의 生活力의 源泉은 첫째로는 哲學에 있다고 본다. (…) 民族興亡論이다. (…) 生에 適合한 哲學이란 어떠한 哲學일까. (…) 첫째로, 그것은 因果의 理를 믿는 것 (…) 물질적으로 勢力이 不滅인 것과 같이 人事에서도 「行의 不滅」을 確信하는 哲學이라야 할 것

---

66 이광수, 「戰爭과 平和」, 같은 책, p.364.

(…) 現在에「내가 하는 一念, 一言, 一行」은 善이거나 惡이거나 반드시 未來에「내게로 돌아올 報」라는 宇宙의 法理를 自覺하고 確信하여 退轉치 아니하는 것이 生을 願하는 者가 가질 哲學이다. (…) 둘째로, 生의 哲學의 原理가 되는 것은 個體는 全體를 爲하여서 있다는 것이다. 宇宙가 地球를 爲하여서 있는 것이 아니요 (…) 우리가 나를 爲하여 있는 것이 아니라, 내가 우리를 爲하여서 있다는 것 (…) 셋째 原理는, 저라는 個人의「虛妄함」이다. (…) 오직 이 꿈 같고 물거품 같은 生命을 全體를 爲하여 바치는 데만 眞正한 榮光이 있고 永生이 있는 것이다. (…)

그러나 우리는 文化運動에만 그칠 수 없는 것이니, 經濟力은 文化力과 아울러 一車의 兩輪이 되는 것이다. (…)

이렇게 一人一業主義를 實現함에는 初等・中等 敎育機關에 大改造를 加할 必要도 있거니와, 職業敎育을 主旨로 하는 學校를 各地方에 多數히 建設함이 大宗일 것이다. (…)

이 一人一業主義의 實現은 經濟的 生의 一輪이요.(…)[67]

"개체는 전체를 위하여서 있다는 것"은 이미 앞서 있던 글들에서 여러 차례 나왔던 내용이다. 그러나 「생의 원리」에서는 보다 더 체계적으로 "오직 이 꿈 같고 물거품 같은 생명을 전체를 위하여 바치는 데만 진정한 영광이 있고 영생이 있는 것"임을 강조한다는 것이다. 이제는 눈치 보는 것도 없이 직접적으로 한 생명 바쳐서 영광과 영생을 얻으라고 부르짖는 것이다. 또한 "일인일업주의를 실현"을 강조하면서 "직업교육을 주지로 하는 학교를 각지방에 다수히 건설함이 대종일 것"을 역설하고 있는데 이는 다분히 이탈리아 파시즘의 1인 1기술 장려운동이자 국민의 여가활동 조정 및 통제 조직인 '도포라보로'의 직접적인 영향이라 볼 수 있다.

1935년 7월 13일 『조선일보』의 <일사일언>란에 연재된 「신문의 흥

---

67 이광수, 「生의 原理」, 같은 책, pp.419~422.

미성」에서는 신문에 "무솔리니나 히틀러의 언동이" 보도됨을 알리고 있다. 1935년 7월 19일 같은 란에 실린 「에티오피아」에서 에티오피아에 대한 서양열강의 침략사를 간략하게 정리하고 결국에는 "무솔리니의 이태리"가 침공의 주인공이 되었음을 밝히고 있다. 마무리에서 이광수는 "긴 역사와 문화에 높은 자부심을 가지고 노약한 에티오피아인이 으스러지는 원한에 대하여 동정의 눈물을 흘린들 무슨 소용"이냐고 자신의 안타까움을 드러내고 있다. 이는 내면적으로 동병상련 국가에 대한 측은지심과 아울러 침략행위에 대한 내면적 분노, 다시 말해서 간디적인 이광수의 비폭력 옹호태도가 그 안에 숨어 있음도 간과할 수 없다. 그렇다면 이는 이광수의 내면 안에 파시즘과 동시에 반파시즘이 자리잡고 있다는 것인데 둘 다 이탈리아 파시즘에 대한 작용과 반작용이라고 해석할 수 있다. 1935년 7월 27일 역시 같은 란에 게재된 「세계극 개막전」에서는 국가주의적 애국심 고취를 강조하는 이광수의 파시즘적 논조가 담겨 있다.

只今은 正히 新聞의 外報面을 精讀할 時期다. 내 歷史의 進路를 찾기 爲하여서나 또는 人類 行動에 對한 無盡한 興味를 爲하여서나 只今은 正히 新聞의 外報面을 耽讀할 時代다. 獨·伊가 어쩌니, 英·佛이 어쩌니 하는 問題가 아니라, 今日의 國際情勢는 正히 全人類이 動向을 占칠 모든 前兆들이다.

國際條約 廢棄가 一大流行이 되어서 한 두 개 一方的 廢棄를 뽐내지 않고는 强國行勢를 하지 못하는 今日인 反面에는 强烈한 愛國心의 鼓吹와 주머니껏의 陸海空軍備의 擴張으로 저마다 天下에 唯一한 正義國으로서 天下의 모든 不良한 侵略國에 備하는 態度를 가짐은 무엇을 말하는가. 國際聯盟과 仲裁判으로 象徵되었던 國際主義는 적어도 當分間은 웃어 버릴 歷史的 遺物이 되고, 오늘은 바야흐로 國家主義 - 이 말이 不適當하거든 國民主義 時代다. 大戰後 一時 國際正義라든지, 世界 平和라든지 하는 것이 世界 民衆의 센티멘트요, 世界政治家의 입버

룻인 적도 있었지마는 二, 三年來로는 世界에는 새로운 센티멘트가 생겼으니, 그것은 愛國心이란 것이다. 오늘날에는 愛國心이란 것이 唯一한 最高 道德이어서, 學校나 新聞이나 演說이나 文學이나 모두 愛國心과 愛國的 英雄을 테마로 삼게 되었다. 愛國心이 이처럼 全世界 諸國民에게 普遍化하기는 아마 이 地球 生成以來에 처음일 것이다. (…)

　國民單位의 經濟的·軍事的 角逐 - 이 活劇이 열릴 양으로 舞臺 꾸미는 마치 소리가 擾亂한 이때에 우리는 幕 열리기를 기다리는 觀客 모양으로 하품을 씹어가면서 新聞의 外報面을 耽讀할 時期에 있다.

　願컨댄, 이 空前한 大低氣壓이 아무쪼록 順坦히 지나가소서 하고 祝願하는 것은 人類의 正當한 情일 것이다.[68]

당시 급변하는 국제정세에 민감하게 반응하는 신문의 특성상 『조선일보』의 <일사일언>란에 이광수의 이러한 글이 실리는 것은 지극히 당연하다. 무솔리니의 에티오피아 침공을 앞두고 전운이 감돌던 당시 세계대전이 또 발발할지 모른다는 생각에 이광수는 애국심 고취니, 국가주의 시대니 하고 파시즘적 태도로 파시즘을 비판하는 글을 발표하는 것이다. 당시 애국심이란 것이 "유일한 최고의 도덕"임을 강조한 춘원은 모든 것이 이 애국심과 "애국적 영웅"에 매달리는 시대적 분위기에 편승하기 위해서는 "신문의 외보면(外報面)을 탐독"하기를 강조한다. 당시 "신문의 외보면"을 장식한 대부분의 기사들은 바로 무솔리니의 에티오피아 침공 전조작업에 대한 것들이었다. 그리하여 마침내, 1935년 7월 31일 이광수는 당시 국제 소식의 주인공 역할을 하던 무솔리니에 대한 글 「무솔리니의 첫 결심」을 싣는다.

　方今 東阿를 睥睨하고 있는 무솔리니가 共産主義와 訣別하고 伊太利主義者가 된 것은 一九一O年頃이었다. 그는 마르크스의 唯物論에

---

68 이광수, 「世界劇 開幕前」, 같은 책, pp.437~438.

不滿을 가진 것과 「文化 높고 富하고 自由로운 伊太利」의 建設을 願하는 것이 그의 動機였다.

一九一五年 五月 二十四日 伊太利가 大戰에 參加하는 宣戰布告를 하매, 그는 그가 創立하고 主宰하는 ≪일포폴로 이탈리아(伊太利民報)≫에 그의 一生의 主義를 宣布하였다고 할 論說을 써,

『오늘부터 우리 國民은 動員되었다. 오늘부터 우리는 모두 伊太利 國民이다. 그리하고 오직 伊太利 國民이다. 칼과 칼이 서로 마주치려 할 때에, 우리 가슴에서 솟는 오직 한 외침이 있으니, 비바 이탈리아(伊太利萬歲)!』

라고 하였다. 그리고 그는 말만 아니라, 實行으로 붓을 던지고 同年 九月에 自願出戰하여 宣戰二年後인 一九一七年 二月에 塹壕의 爆發에서 瀕死의 重傷을 當하였다.

「文化 높고 富하고 自由로운 伊太利의 建設」, 「오직 伊太利 國民이다」하는 等의 思想은 그때로부터 무솔리니의 指導原理가 되었고, 이 根本原理에다가 소렐의 상디칼리즘과, 主義를 爲하여서 絞殺을 當한 그의 친구 케사레바티스티 等의 遺志인 이레덴티즘(失地恢復主義)과, 그의 母親의 影響인 宗敎를 重히 여기는 精神을 加味한 것이 그가 指導하는 파시스트黨의 指導原理가 되었다.

무솔리니는 過去 二十年間의 奮鬪로 그의 理想의 第一階段인 「伊太利統一의 完成」을 完成하였다. 그것은 마지니, 갈리발디 카부르 - 이른바 伊太利 三志士의 政治的 統一에다가 古羅馬式 精神的 統一을 준 것이다. 앞에 남은 그의 第二段의 理想은 「이탈리아 이레덴타(다 건지지 못한 伊太利」를 「이탈리아 아레덴타(다 건져진 伊太利)」를 이루는 것이니, 失地 恢復을 目標로 하는 이레덴티스트 運動이다. (…) 우리는 個人의 願力의 影響이 어떻게 큼을 무솔리니에서 본다.[69]

앞서 「간디와 무쏘리니」 이후 이광수가 무솔리니에 대해서 이렇게까지 자세하게 서술한 적은 없었다. 공산주의와 결별하고 이태리주

---

69 이광수, 「무솔리니의 첫 決心」, 같은 책, pp.439~440.

의자가 된 1910년경부터 무솔리니의 이력을 간단명료하게 정리하고, 덧붙여 무솔리니의 논설의 골자까지 인용하여 주고 있다. 마치니(Mazzini), 가리발디(Garibaldi), 카부르(Cavour)라는 이탈리아 통일의 삼걸이 1860년에 이룩한 이탈리아의 정치적 통일에 고대 로마식 정신적 통일을 부여한 것으로 이광수는 해석하고 있다.

실질적으로 계속 반목하고 대립하였던 교황과 이탈리아 정부는 무솔리니가 1922년 수상이 되면서 화해의 분위기로 접어들었다. 무솔리니는 수상이 되자마자 이제까지 주장해 왔던 무신론과 반교권주의를 무시한 채, 국가가 교회를 지원하는 정책을 채택했기 때문에 교회는 무솔리니에게 지지를 보냈다. 더욱이, 1929년 2월 무솔리니는 파시스트 정권과 교회와의 관계를 더욱 공고히 하기로 마음먹었고, 바티칸을 방문하여 '라테란 협정'을 맺었다. 이 협정을 맺음으로써 무솔리니는 교황청의 절대적인 지지를 얻어 내는데 성공했다. 이 협정에 따라 이탈리아 왕국과 바티칸 교황청은 서로의 주권을 인정했고, 이로써 60년에 걸친 불화도 끝이 났다. 이런 점에서 무솔리니 스스로 종교를 부인하다가 인정하는 모순된 언행을 번복했지만, "모친의 영향인 종교를 중히 여기는 정신을 가미"한 파시스트 지도원리가 되었다고 이광수는 해석하고 있다.

그러나 이렇게만 생각할 것은 사실 아니었다. 왜냐하면 이탈리아에서 파시스트가 집권하기 전에 존재했던 제도 가운데, 오로지 군주제도, 군대, 교회 등의 세 가지만이 어느 정도의 독자성을 유지하고 존속할 수 있었는데, 이는 무솔리니가 이 세 가지 제도를 이용하면 보다 더 큰 충성과 통제력을 얻을 수 있을 것이라는 약삭빠른 계산이 있었기 때문이었다. 그러므로 교회 제도를 잘 이용하기 위해서는 반목하고 대립해서는 안 되는 것이었고, 자신의 과거의 주장을 파기하고 화해 분위기로 나아갔으며, 이로 인해서 정치가로서의 무솔리니의 평판은 더욱 높아졌다. 교회 역시 상당히 많은 액수의 돈을 국채로 받았다. 서로 상생하기 위한 협정이었던 '라테란 협정' 이후 독재자로서의 자리를 확고히 다진 무솔리니는 이제 제국에 대한 환상, 즉 옛 로마제국에 대한 환상을 마음껏 펼치기 시작했다. 1935년 로마제국의 영광을 되찾기 위한 첫걸음으로 에티오피아 정복 계획이 착수되던 당시였으니 이광수의 눈에 무솔리니의 승승장구는 부러움의 대상이었을 것이다.

그리고 마침내는 1935년 10월 12일에서 15일까지『조선일보』의 <일사일언>란에 연재된「전쟁과 인간성」안에서 무솔리니의 에티오피아 정복이 이루어졌음을 강조하면서 이광수의 논지는 계속된다.

> 이탈리아는 마침내 에티오피아의 아도와를 占領하고야 말았다.
> 아도와의 報復의 快味를 지금 이탈리아는 滿喫하고 있을 것이다. 베네치아 宮 靈臺 위에 높이 서서 아도와 占領의 捷報를 宣布하는 무솔리니의 得意도 아마 歷史的 일 것이다.
> 그 反面에 에티오피아의 切齒扼腕 이 있고 아도와 戰線의 兩軍의 戰死戰場의 苦惱가 있다.
> 이 光景을 앞에 놓고 人類는 或 은 이탈리아와 함께 快哉를 부르고, 或은 에티오피아를 爲하여 義憤의 눈물을 흘리고 있다. (…)
> 그러면 이 끊임없는 戰爭이라는 慘憺한 流血劇의 作者는 누구인가. 그것은 人間性이다. (…) 戰爭도 人間性의 必然한 爆發이다.
> 첫째로 人類는 唯理的 動物이 아니란 點에서 戰爭이 發生한다. 交戰者는 各各 經濟的·政治的 여러 가지 理論을 세워서 마치 그가 하는 戰爭이 理論上 不可避의 것인 것처럼 說明하지만, 이것은 理論을 붙이는 것에 不過하다. 정말 唯理的으로만 생각한다 하면, 첫째로 戰爭에 나갈 個人이 없을 것이다. 아무리 有利하게 勝戰한 戰爭이라 하더라도 唯理的으로 解釋할 때에 그것은 더할 수 없는 愚痴다. 惡夢이다. 그러므로 戰爭이 끝난 뒤에는 반드시 反戰的 平和運動이 일어나는 것이다. (…) 興奮된 感情을 누르는 것은 오직 더 興奮된 感情이나 死뿐이나, 이때에 와서는 唯理的 智慧는 마치 무솔리니의 팔을 붙드는 平和論者와

같을 뿐이다. (…)[70]

　이광수의 에티오피아 점령에 대한 생각이 한편으로는 착잡함을 짐작할 수 있다. “아도와의 보복의 쾌미를 지금 이탈리아는 만끽하고 있을 것”이라고 하고 “무솔리니의 득의”가 “역사적일 것”으로 추측하는 이광수에게 곧이어 에티오피아에 대한 측은지심이 발동한다. 이미 앞서 여러 차례 에티오피아에 관련된 이광수의 글들이 있었다. 그 중에서 1935년 7월 19일자 「에티오피아」에서 에티오피아가 아프리카를 대표하는 고대 문명국이라고 하면서 안타까움을 표한 바 있다. 이광수는 “전쟁이 이론상 불가피의 것인 것처럼 설명하지만, 이것은 이론을 붙이는 것에 불과”하다고 하면서, 지고 이기고를 떠나서 “더할 수 없는 우치”요, “악몽”이라고 주장하고 있다. “반전적 평화운동”이야말로 전후에 일어나는 불가피한 것이라고 덧붙이는 춘원의 이론의 밑바닥에는 정치적 허무주의가 자리 잡고 있다.

　「에티오피아」에서 앞서 서술한 바 있는 “긴 역사와 문화에 높은 자부심을 가지고 노약한 에티오피아인이 으스러지는 원한에 대하여 동정의 눈물을 흘린들 무슨 소용”이냐고 했던 이광수의 심정에 자리 잡고 있는 바로 그것이다. “무솔리니의 팔을 붙드는 평화론자”가 무슨 힘이 있겠는가. 총칼로 무장하고 싸움에의 의지로 뭉쳐진 자 앞에서 말로 싸워본들 무슨 소용이 있으랴. 일제 식민통치 당국에 맞서 싸워서 무슨 소용이 있으랴. 여기서 무솔리니의 팔은 바로 일제 식민통치 당국의 환유이고 평화론자는 이광수 자신일 수 있을 것이다. 평화론자 이광수에게 모순일 수 있는 「무솔리니의 첫 결심」에서 무솔리니를 이상적 지도자로 평가한 것도 사실은 일제 식민통치 당국에 대한 스스로 모순된 이광수의 평가일 것이다.

　이탈리아의 영광을 되찾기 위한 무솔리니의 열망이 일차적으로 실

---

70 이광수, 「戰爭과 人間性」, 같은 책, pp.455~457.

현된 에티오피아 정복은 이탈리아 선조들이 당했던 과거의 굴욕[71]을
만회함은 물론, 무솔리니 자신이 선조들보다 얼마나 더 위대하고 강
력한 인물인가를 과시하고 싶은 욕망도 자리 잡고 있었다. 이탈리아
파시즘을 수용하고 있는 이광수의 글들은 결국에는 일제 식민통치
당국을 의식한 것이 아닐까 생각한다. 전쟁과 인간성의 관계를 등식
관계로 풀어내면서 전쟁에 대해서 극히 부정적인 태도를 보였던 이
광수는 이와는 너무도 모순된 표현인 "인생은 전쟁을 사랑한다"는 문
장을 시작으로 한 평론을 불과 몇 달 뒤에 발표한다. 전쟁에서 이긴다
해도 "우치"요, "악몽"이라 했다가 이내 태도를 바꾸어 어차피 피할
수 없는 것 잘 싸우고 몸 바쳐서라도 승리해야 함을 강조하고 있다.
1936년 1월 6일 『조선일보』에 실린 문학평론 「전쟁기의 작가적 태도」
에서 전쟁과 문학을 연결시켜 또 다른 논리로 자신의 생각을 정리해
놓고 있다.

> 嚴肅·勇壯한 題材를 取하라
> 　人生은 戰爭을 사랑한다. 朝鮮에서 古來로 愛讀되던 이야기책들은
> 大部分이 戰爭이야기다. 또 호오머의 <일리아드>나 톨스토이의 <戰
> 爭과 平和>나가 戰爭을 題材로 한 것임은 말할 것도 없다. (…) 戰爭은
> 戀愛로 더불어 人類가 가장 사랑하는 테에마임은 예나 이제나 다름이
> 없는 모양이다. (…)
> 　衆生이 끝이 없음과 같이 現存한 人類가 一大變革을 當하는 날까지
> 도 戰爭의 絶滅은 期하기 어려운 것이다. (…)
> 　戰爭은 惡이지마는 戰爭에 勇氣가 있는 것은 善人이다. 戰爭을 否認
> 하여 죽기로써 이에 忠實한 것은 더 좋은 일이겠지마는 陣에 臨하여

---

71 에티오피아는 이탈리아의 식민지인 에리트리아 및 소말리아와 국경을 접하고 있는 국가로서,
　1896년 이미 이탈리아에게 한 차례의 패배를 안겨주었다. 이 패배는 근대에 와서 유럽 국가의
　군대가 아프리카 국가의 군대에게 당했던 유일한 패배였다. 무솔리니의 침공 이전에는 아프리
　카 내에서 유럽인들에게 정복된 적이 없었던 유일한 나라였다. 래리 하트니언, 앞의 책,
　pp.102~105 참고.

勇이 없음은 唾棄할 人生이다. (…)

  총검이 무서워서, 戰場에 피에 젖은 屍體가 되기가 무서워서 꽁무니를 빼는 그런 國民은 人類에 무슨 貢獻을 할 만한 能力을 缺한 쓰레기다. 「義보다 生命을 輕하게」라든지, 「義는 무겁고 生命은 가볍다」든지 하는 精神이 없는 사람은 남편으로도, 친구로도, 會社員으로도 아무데도 쓸데 없는 動物이다. 그러한 動物을 많이 包含한 國民은 衰頹와 恥辱의 一路로 轉落할 수 밖에 없는 것이다. (…)

  戰爭은 惡이나 勝戰은 善人에게
  (…) 愛國이라는 義를 爲하여 生命을 내어 놓고 피를 흘리는 戰場에 臨한 人間의 記錄은 私慾, 官能慾을 떠나서 義의 一點에 醇化된 境界로 人生이 저마다 經驗하고 싶은 高貴한 心境이다. (…) 戰爭이라는 大事件을 通하여 人生의 義氣·人情·勇氣·理想等 高貴한 精神을 讀者에게 激發하는 戰爭文學이라면 高貴한 文學이 될 것이다. (…) 人生의 寶典이 될만한 戰爭文學은 오직 인생의 本性과 및 그 大理想을 把握한 大人格을 가진 藝術家의 손을 通하여서만 나올 것이다. (…)
  戰爭은 惡이지마는 勝戰은 眞人이라야 가지는 것이다. [72]

  "전쟁의 절멸은 기하기 어려운 것"이라면 "전쟁은 악"일지라도 악인 "전쟁에 용기가 있는 것은 선인"이라는 납득하기 어려운 논리로 이광수는 또 다시 파시즘적 태도를 보인다. "총검이 무서워서, 전장에 피에 젖은 시체가 되기가 무서워서 꽁무니를 빼는 그런 국민은 인류에 무슨 공헌을 할 만한 능력을 결한 쓰레기"라고까지 할 정도로 전쟁은 악이라든지, 평화론자라느니, 이기는 전쟁도 악몽이라느니 하는 앞선 글의 논리와는 정반대되는 모순 그 자체를 보여주고 있는 이광수다. 또한 의를 생명보다 중히 여기지 않으면 아무 짝에도 쓸모없는 인간도 아닌 동물이라고까지 이야기하고 있는 춘원의 논리에는 그

---

72 이광수, 「戰爭期의 作家的 態度」, 『李光洙全集』 10, pp.490~492.

어떤 파시스트의 연설보다도 강한 파시즘이 깔려 있다. 파시스트 이념에 대한 이탈리아 정부의 공식 논평에 따르면 "파시즘은 영원한 평화의 가능성을 믿지 않으며, 그 유용성도 믿지 않는다. 오직 전쟁만이 인간의 모든 에너지를 최대한도로 응집시키며, 거기에 맞설 용기를 가진 국민들을 고귀하게 만들어 준다"[73] 라고 하고 있다.

이광수가 "승전은 진인이라야 가지는 것"이라고 했다면 그 당시 무솔리니야말로 '진인' 중에 '진인'이었다. 그러기에 이미 앞서 「간디와 무쏘리니 - 그 이동관」에서 이광수가 무솔리니를 가리켜 "현존한 세계의 이대 경이" 중의 한 사람이며, "전세계 파시즘 운동의 시조"인 동시에 "민족운동자", 그리고 "거인", 더욱이 "큰 단결의 지도자로 전민족의 숭앙을 받는 자"라고까지 칭송하고 있었던 것이다. 바로 그 무솔리니는 파시즘이 "각 개인의 생활에까지 반평화적인 정신을 심어주며, 곧 전쟁 교육"이라고 강조한 바 있다. 이광수는 "인생은 전쟁이다"라고 「전쟁기의 작가적 태도」의 말미에서 말하고 있다.

그리하여 "누구나 전선에 임한 것과 같은 사생관두(死生關頭)의 관념과 엄숙과 용기와 전심력의 긴장감을 가질 필요"가 있음을 역설하고 있다. 이러한 정신력은 무솔리니가 늘 주장하던 정신이다. 무솔리니 자신이야말로 파시즘을 선언한 이후로 모든 분야에서 전쟁을 선포한 것이나 다름없었다. 출산율을 높이기 위한 '요람의 전투'를 시작했고, 농부들이 보다 많은 곡식을 심도록 격려하기 위해 '밀을 위한 전투'를 시작했으며, 세계대공황 시기에는 이탈리아 화폐인 리라를 보호하기 위해 '리라의 전투'를 벌였고, 영토를 넓히기 위해 '토기 개간을 위한 전투'를 벌였다. 이들 각각의 '전투'는 그 결과가 성공적이든 아니든 상관없이 무솔리니가 파시즘적이며 군국주의적인 화려한 구경거리를 국민에게 보여줄 수 있는 통로이자 무대였다. 무솔리니에게 있어서야 말로 인생은 전쟁이었다.

---

73 래리 하트니언, 앞의 책, p.94 재인용.

3) 파시즘의 전면화 - 1940년대

(1) 해방 이전

1940년대에 들어서면 제2차 세계대전이 진행 중이고 이탈리아 파시즘이 영향력을 미치던 강력한 이탈리아(1922~1938)는 이미 종식되어 있는 상태이다. 실질적으로 무솔리니의 영향력도 1940년대 초반부에 미비하게나마 등장할 뿐이다. 1940년에서 1945년 해방이전까지의 이광수의 비평에서 이탈리아 파시즘을 찾는 것은 어찌보면 무의미할 수 있다. 한반도 조선은 일본의 전시 총동원체제에 놓여있어 오로지 일본 파시즘, 황민화 정책밖만이 존재 하던 시점이기 때문이다. 그럼에도 하나의 잔상처럼 이탈리아 파시즘이 이광수의 글 속에 남아 있기에 1940년대 수용 양상 작업을 전개한다.

1940년 8월 3일에서 4일까지『매일신보』에 이틀 연속 연재되었던 「예술의 금일·명일」에서 이광수는 르네상스 시대의 천재 예술가인 미켈란젤로를 언급하고 <국가와 예술>편에서 "갈릴레이는 제 학설을 지켜서 낙형(烙刑)을 당하여서 죽었고"라고 하여 갈릴레이에 대한 잘못된 지식을 갖고 있었음을 보여주고 있다.

갈릴레오 갈릴레이는 조르다노 브루노와 달리 종교재판에서 제 학설을 지키지 못했다. 69세의 갈릴레오는 종교재판에 회부되어 로마에서 고문의 위협을 받으며, 1633년 6월 22일 참회복을 입고 자신의 사상이 잘못되었음을 선언하는 글을 낭독해야 했고, 종신 감옥형이 선고되었으나 1년 만에 풀려나, 피렌체(Firenze) 근처의 아르체티(Arceti)에 있는 자기 집에 살아도 된다는 허락을 받았다. 종교재판에서 학설은 지키지 않았으나 "그래도 지구는 돈다"라는 말로 자신의 학설의 여운을 남겼고 낙형(단근질)을 당하거나 화형을 당하지 않았다. 연금 상태였지만, 조용히 자신의 사상을 정리한 저서『두 가지 새로운 학문에 관한 대화』를 완성하여 그것이 비밀리에 출판되어 전 유럽에서 암암리에 읽히고 있음을 감지하였고 1642년 제 수명을 다하고 눈을 감았다.

지구가 태양의 둘레를 돈다는 것을 교회가 공식적으로 인정하기까지는 아직도 2세기를 더 기다려야 했지만, 이미 갈릴레이는 그 진리를 알고 있었다. 그래서 그 유명한 말이 "그래도 지구는 돈다"인 것이다. 이에 대해서 이광수는 다른 사람과 혼돈한 것 같으며 잘못된 정보를 게재하고 있었다. 같은 글에서 또 다음과 같이 서술하고 있다.

> (…) 生命을 賭하고서 自己의 主張을 固執하여 거기 殉할 것이다. 이러한 사람을 仁人이요, 志士라고 한다.
> 이러한 사람은 當時에 있어서는 國法의 罪人, 社會의 指導者가 되는 일이 있더라도 後世의 國家의 正當한 認識을 받고 國民의 崇仰과 感謝를 받을 날이 있을 것이다.
> 그러나 그것도 國家를 위한 것이다. 國民을 위한 것이다. 自己 一個人을 爲한 것이 아니다. 이러한 仁人, 志士는 벌써 自己를 잊은 者다. 그의 念願에는 오직 國家와 國民이 있을 뿐이다. 그러므로 그가 反抗하는 것은 國家에 對하여서, 하는 것이 아니다. 國家를 爲하여서 當時의 그릇된 爲政者나 民衆에게 反抗하는 것이다. 反抗하는 것이아니라 가르치려 하는 것이다. (…) 藝術도 君國의 雨露 밑에 피는 꽃이다. (…)
> 宗敎에서도 이러하거든 하물며 思想에서랴, 藝術에서랴. 君恩이나 父母恩을 잊은 藝術이 있다고 하면 그것은 惡魔의 藝術임에 틀림이 없다. (…)[74]

여러 분야에서 자신의 주장이나 학설, 의지를 고집하여 생명이라도 걸고서 죽음을 마다하지 않는 사람을 이광수는 "인인(仁人)이요, 지사라고" 불렀다. "그의 염원에는 오직 국가와 국민이 있을 뿐"이라고 한 것처럼 모든 분야의 '의로운 사람', '뜻있는 사람'은 국가를 위하고 국민을 위해서 존재해야 함을 역설하고 있다. "군은(君恩)이나 부모은을 잊은 예술이 있다고 하면 그것은 악마의 예술"이라고까지 이야기

---

74 이광수, 「藝術의 今日·明日」, 『李光洙全集』 10, p. 503.

한 춘원은 완전한 파시즘 추종자의 전형의 모습을 보여주고 있다. 일찍이 이탈리아 미래파 파시스트 작가였던 마리네티의 글이 1932년 4월 『동광』에 「이태리주의의 고창」이라는 제목으로 이입 소개된 바 있는데, 마리네티의 글이 춘원의 예술이 국가에 복무해야 하는 주장을 보다 구체적으로 설명하고 있는 듯 하다. 단지 이태리라는 나라 이름에 그대로 황국 일본이라고 대입시키면 좋을 것 같을 정도이다. 이탈리아 파시즘의 예술이 국가에 복무해야 하는 사상 및 그 세부 내용이 조목조목 이광수의 사상에 영향을 주었음을 미루어 짐작하게 하는 바이다.

1941년 1월 『삼천리』에 발표된 「신체제하의 예술의 방향 - 문학과 영화의 신출발」이라는 글에서 이광수는 예술지상주의를 전면 부정하고 전체주의적 면모를 드러내고 있다.

> (…) 그러나 우리는 藝術至上主義를 淸算하는 것이 文學의 新體制요, 映畵의 新體制, 즉 藝術의 新體制가 될 것이다. (…) 人生을 하늘보다도 높다고 본다든가 國家보다도 크다고 보아서 國家도 나를 爲해 있는 것이요, 내가 없으면 國家도 없다는 自己中心主義에 빠지게 되면 이 亦是 新體制下에 許容되지 못할 藝術論인 것이다.
>
> 나는 只今 非常時라고 해서 이러한 말을 하는 것은 아니다.
>
> 그렇다면 人生이라는 것은 무엇이냐. 人生은 어디 있느냐. 人生은 없다. 이 말은 聖書에 있다. 人生이 없다면 「나」는 어디 있느냐. 「나」라는 것도 없다. 이것도 聖書에 記錄된 말이다. 人生이 여기 있다는 卽 「내」가 있다는 것부터가 벌써 個人主義를 意味하는 것이다. (…) 國民 全體를 「나」로 認識해야 하며, 眞正한 나는 「나」를 떠나서 있다.
>
> (…) 日常生活에 있어서 新體制를 살을 가지고 배워가는 참이다. 이것의 徹底가 없이는 作品이 되어 나오지를 않는다고 믿기 때문이다. (…)[75]

---

75 이광수, 「新體制下의 藝術의 方向 - 文學과 映畵의 新出發」, 같은 책, pp.257~259.

전체주의에 위배되는 모든 것은 결코 용납이 되지 않고 자발적으로 철저한 전체주의자가 되어 있는 이광수의 모습을 읽을 수 있다. 국민 전체를 '나'로 인식해야 하는 시대적 당위성 앞에 작은 존재인 나라는 인간은 신체제를 익히며 일상생활 속에서 철저히 나를 통제하고 담금질해야 하는 것이고 그것이 유일한 희망으로 비쳐진다. 누가 시켜서가 아니고 자발적으로 이광수는 모든 것을 다 내어주고 빈껍데기처럼 살아가는 망령들 같은 삶을 이야기한다. 체제에 순응할 뿐 아니라 철저히 체제에 복무하며 체제를 위해 모든 것을 희생할 각오가 되어 있는 전형적인 파시즘 추종자의 모습을 강조하는 이광수의 1940년대 파시즘 관련 글에서는 1920년대, 1930년대의 이광수의 파시즘 관련글들에서 찾아볼 수 있었던 논리적 열정이나 제국에 대한 열망은 어디에서도 찾아 볼 수 없다.

1941년 2월『신시대』에 발표된「생사관」에서는 국가를 위한 죽음을 예찬하는 일색으로 전체주의적 분위기에 사로잡혀 있다.

> (…) 가장 人間的인 것은 君命과 名譽를 爲하여서 自殺하는 것일 것이다.
>
> 戰場에 나가서 勇戰하는 것도 一種의 自殺이다. (…) 死地에 勇敢히 뛰어 드는 것은 다 一種의 自殺心理다.
>
> 卽 生命보다 더 所重한 것을 제 生命以外에서 찾는 것이다.
>
> 殉敎者도 戰死者와 다름 없다. 그들은 信仰을 生命보다 아낀 것이다. 그러므로 殉敎者를 많이 내일 만한 民族은 相當한 民族이다.
>
> (…) 인생에 가장 많이 죽기를 要求하는 것은 國家일 것이다. 人類의 歷史에는 戰爭이 그칠 사이가 없어서 歷史의 大部分은 戰爭과 戰爭準備의 歷史라고 하여도 過言이 아니다.(…)
>
> 忠義之士란 君國을 爲하여서 死를 決하는 者를 指稱한다.
>
> (…) 그가 國事에 죽을 瞬間이 그의 最大幸福인 것이다.
>
> (…) 不忠 不孝한 者는 天人이 共誅하고 神明이 詛呪하는 것이다. (…)

그러므로 人生萬事에 忠孝가 本이 되는 것이다. (…)[76]

국가를 위해서 죽음도 사수하라는 이광수의 주장은 당시 수많은 젊은이들을 죽음의 전쟁터로 몰고 갔다. 이는 일찍이 이탈리아 파시즘 초기의 파시즘과 영합하고 파시즘에 복무했던 전형적인 이탈리아 시인이자 소설가 극작가 그리고 군인이었던 단눈치오의 연설을 상기시킨다. 단눈치오는 자신의 온갖 정열을 다 동원하여 쏟아낸 연설을 통해서 수많은 이탈리아 젊은이들을 전쟁터로 가게 했던 장본인이었으며, 그의 정열적인 연설은 전쟁을 지향한 선동적인 것이었다. 단눈치오는 이탈리아가 "치욕이 아니라 피와 영광으로써 영토의 손실을 보충하고, 정복으로써 위대해진다"라고 외쳤으며 또한 "조국에 대한 사랑을 위해 순결을 지키며 불모의 사랑을 배격하는 20세의 젊은이들이야말로 축복을 받으리라"[77]고 선언했다. 이탈리아 파시즘의 태동기에 그 주창자인 무솔리니에게 단눈치오는 정적이기도 했고 동지이기도 했다.

선동적인 단눈치오의 연설은 이탈리아 반도 곳곳에 스며들어 신중한 애국자들을 분기시키고, 게으름을 탐하여 잠에 취하고자 하는 자의 잠을 떨쳐 버리게 하여, 결국에 가서는 이탈리아의 중립에 종지부를 찍게 하였던 것이다. 단 한 시간 정도의 연설로써 이탈리아 전체를 전쟁에 가담시켰다는 영광이 단눈치오에게 주어졌던 것이다. 무솔리니 역시 그러한 단눈치오의 행동에 대해 모름지기 놀라움을 금치 못했던 사람 중의 한 사람이었다. 무솔리니는 단눈치오에 대해 오랜 기간 반발을 했지만 그러면서도 실상, 다른 어떤 지식인에게서 보다도 월등히 많은 것을 이 단눈치오에게서 배웠다. 실제로 무솔리니는 표면적으로나 내면적으로, 혹은 의식 상태에서나 무의식 상태에서 이

---

76 이광수, 「生死關」, 같은 책, pp.259~262.
77 로오라 페르미, 앞의 책, p.112, 재인용.

시인의 스타일, 상상력이 풍부한 정치적 방안, 좀 더 나아가서는 그의 필적까지도 모방하였으며 어떤 때는 그대로 복사하기까지 하였다.

이탈리아 파시스트들이 인용한 연출 방법은 대체로 단눈치오가 이미 쓴 방법이었다. 무솔리니가 최초로 단눈치오를 모방한 것은 제1차 세계대전에 참가하던 때였다. 무솔리니는 "오오, 우리의 어머니인 이탈리아여, 우리는 공포도 회한도 없이 우리의 삶과 죽음을 그대에게 바치노라"[78]라는 단눈치오의 시를 인용하였던 것이다. 그래서 1932년 3월 『동광』에 발표된 바 있는 글 「영웅주의와 파시즘, 이광수씨의 몽(蒙)을 계(啓)함」에서 "조선과 지리 및 기후가 상이한 이태리의 따눈치오는 문사요, 비행사요, 용사다. 저는 파시즘의 선구자요 파시스트의 맹장이다. 따라서 이씨의 영웅주의-지도자주의가 아니고 문사적 동경이 아니요, 용사적 갈망이요, 실천이라 하면 조선의 이씨와 이태리의 따눈치오와는 무엇이로든지 좋은 대조가 될 것이다. 그러나 따눈치오로 변하는 것은 톨스토이에 머무는 것만 같지 못하다"라고 김명식은 단언하고 있다. 그런데 1932년의 이광수보다 1941년의 이광수가 톨스토이보다는 단눈치오에 더 가깝게 변해 있었으니 김명식의 한탄은 적중한 셈이다.

(2) 해방 이후

1945년 해방 이후 이광수는 직접적으로 파시즘적인 글을 발표하지 않았다. 이미 이탈리아 파시즘이 종식되고, 무솔리니는 처형되었으며, 독일의 나치즘 역시 종식되고 히틀러는 자살을 한 뒤였다. 일본은 패망하여 한반도에서 일본을 거론하는 것이 불경스러울 지경이었다. 속죄의 마음인지 몰라도 이광수는 1948년 3월 『돌베개』에 「사랑의 길」과 「내 나라」라는 글 두 편을 발표한다. 그 두 편의 글에서 파시즘이 종식되었지만 잔해처럼 남아있는 파시즘의 흔적들을 찾아 볼

---

78 위의 책, p.115, 재인용.

수 있었으니, 그 흔적들을 나열해본다. 우선 「사랑의 길」을 살펴보자.

> (…) 아담의 아들 카인은 그 동생 아벨을 죽여서 폭력과 테러리즘의 조상이 되었다. (…)
>
> 이것이 애국심의 시초다. 오래 태평하면 애국심이 줄고, 다른 민족과 싸울 때에는 같은 민족 간의 사랑이 깊어 간다. (…)
>
> (…) 집에 있는 모든 것은 우리 것이니 네 것이나 내 것은 아니다. (…)
>
> 이 모양으로 「나」가 집을 이뤄서 「우리」는 여러 집이 모인 동네의 우리로 커지고 그것이 다시 「나라의 우리」로 진화하여서 저 「인류의 우리」를 향하고 진화의 걸음을 쉬지 아니한다. (…) 나라의 우리도 법의 관계에서 애국심과 동포의 사랑의 정으로 엉키게 된다. (…)
>
> 그들은 친절한 일을 한 나 개인을 기억하지 아니하고, 내가 속한 내 나라를 기억하는 것이다. (…)
>
> 그러나 어리석지 아니하여서 나라와 저, 민족과 저의 관계를 알고 나라와 민족에 대한 정상한 감정이 발달한 사람은 제 나라의 흙 한 줌, 돌 한 개, 풀 한 포기, 나무 한 그루도 다 제 것인 줄을 알아서 이것을 사랑하고, 아끼고, 소중히 여기는 것이다. 다른 나라에 갈 일이 있을 때에 멀어 가는 고국의 산천을 보고 울고 갔다가, 돌아올 때에는 지평선에 나타나는 조국의 그림자를 보고 젖먹이가 엄마를 보는 감격을 가지는 것이다. (…)
>
> 대저 사람과 사람의 관계를 지배하는 길이 네 가지 있으니, 하나는 억지요, 둘은 꾀요, 셋은 경우요, 넷은 사랑이다. 억지라는 것은 폭력으로 서로 싸워서 승부를 결하는 것이니, 이것은 사람 이하로 모든 동물에 적용되는 방법이요. (…)
>
> 힘센 자가 약한 자를 누르는 나라이어서도 아니 된다. 옳지 못한 일을 하고도 무사한 나라이어서도 아니 된다. (…) 「자유냐 죽음이냐」하는 것이 눌린 자의 부르짖음이다. (…) 사람들이 정의와 자유를 잊을 때에 비로소 사랑의 세계가 실현될 것이다. 태평의 세계는 결코 폭력으로 올 것도 아니요, 경우로 올 것도 아니기 때문이다. [79]

이광수의 시론 「사랑의 길」에서 성서의 <카인과 아벨 이야기> 속의 살인과 폭력에 대하여 언급하면서 카인이 "폭력과 테러리즘의 조상"임을 환기시키고 있다. 이 환기 속에도 파시즘의 악몽에 대한 잔상이 보인다. 카인은 하느님의 사랑을 독차지하고자 나누어질 사랑의 대상을 원천적으로 봉쇄해버릴 양으로 피를 나눈 친동생을 살육한다. 문제는 그 뒤에 이어지는 죄책감이나 도덕적인 공황상태 없이 떳떳한 카인의 모습에서 나온다. 바로 인류의 조상이라는 카인의 피에는 철저히 약육강식의 세계에서 오는 냉혈함이 서려있다.

파시즘은 철저한 약육강식의 세계를 대표한다. 강한 자가 약한 자를 짓누르고 억압하며 약자의 피를 보면서 더 많은 피를 원하는 광기의 전쟁을 의미한다. 이 전쟁을 치루는 데 아주 효과적인 동원수단이 바로 애국심의 고취이다. 등을 떠밀지 않아도 자발적으로 나라를 위해 민족을 위해 죽음을 마다않고 뛰어드는 불나비처럼 불의 광기에 뛰어든다. 자기 민족과 나라에 대한 애국심은 깊어갈지 몰라도 타민족과 다른 국가에 대한 원한과 증오 역시 더욱 깊어만 간다. 이광수는 여전히 애국심에 대한 이야기를 늘어놓고 그 열정은 식을 줄을 모른다. 이제는 맹목적인 파시스트적 애국심은 아닐 것이다. 황국신민적 애국심 고취도 아닐 것이다. 엄연히 나라가 있으니 이제 되찾은 조국에 대한 애국심 고취를 말하는 것일 게다.

이광수의 뇌리에는 아직도 파시즘의 '우리'가 살아있다. 그것은 「사랑의 길」에서 나오는 "집에 있는 모든 것은 우리 것"에서도 잘 나타나고 있다. 집은 곧 국가로 확대 해석되는 것이요, 우리는 곧 국민, 민족이다. 그런데 위의 글에서 이광수는 이번에는 '나라의 우리'로부터 '인류의 우리'로 진화한다고 하고 있다. 코스모폴리탄적인 사해동포주의에로 확대되는 이광수의 인류 진화론은 사랑으로 나아가는 길을 통해서 이루어진다.

---

79 이광수, 「사랑의 길」, 『李光洙全集』 10, pp.222~227.

이 역시 무솔리니 등의 파시스트들이 꿈꾸었던 파시즘적 이상향, 환상제국이 아니겠는가. 어찌 보면 맹목적인 충성과 사랑으로 똘똘 뭉쳐진 것이 바로 파시즘제국인 것이다. 이광수는 하물며 나의 작은 친절이라는 것에 대해서도 "내가 속한 내 나라를 기억하는 것"으로 간주하고 있다. 국가가 나의 모든 것을 우선하는 국가우선주의는 파시즘의 국가지상주의로 확대될 수 있는 것이다. 사실 현대사회의 곳곳에 아직도 이러한 파시즘적 요소들이 많이 자리 잡고 있으며, 우리가 알게 모르게 우리를 지배하고 있다. 현대 사회에서 조국애를 강조하고 또 강조하는 것도 사실은 파시즘적 요소이다. 왜냐하면 맹목적인 충성이 강요당하는 것이기 때문이다.

이광수는 '억지' 관계에 있어서의 폭력을 통한 승부를 이야기하면서 나름대로 강한 반파시즘적 태도를 취한다. 강자가 약자를 눌러서도 아니 되고, 잘못되고 나쁜 일을 하고도 무사한 나라이어서도 아니 된다고 역설하고 있다. 일제 강점기하의 "자유냐 죽음이냐"등의 처절한 부르짖음도 이제는 없어져야 할 것이라고 주장한다. 오로지 사랑으로 서로를 위하는 세계가 되어서, 더 이상 정의에 대한 주장도 자유에 대한 주장도 없이 되기를 바라는 것으로 마무리되고 있는 것이다. 이 또한 반파시즘적 태도 역시 파시즘의 잔해에서 나온 것이다.

이러한 반파시즘적 태도는 「내 나라」에서도 계속 이어진다. 「내 나라」를 살펴보자.

(⋯) 침략은 악이요, 병이어서 결코 배울 것도 아니요, 자랑을 삼을 것도 아니다. 차라리 이것은 인류가 아직도 동물성에서 멀리 떠나지 못한 부끄러움이어서 인류의 불행한 사정인 것이다. (⋯)
지난번 일본이 그처럼 조직적으로 우리 민족의 통일과 문화를 깨뜨리고 제물을 들이려던 사십년의 노력도 이제 보면 연꽃과 연잎에 부은 물과 같아서 터럭끝만큼치도 젖은 구석이 없지 아니하냐. (⋯)
지금 세계는 큰 고민 중에 있다. 모든 민족이 다 평화를 원하면서 평

화를 얻지 못하고 나날이 다음 전쟁의 위협을 느끼고 있다. 아들을 가
진 어머니 치고 그 아들이 전장에서 죽을 근심을 아니하는 이가 없고,
큰 도시의 주민치고 원자탄 폭격의 위험을 아니 느끼고 있는 이가 없
다. 이리하여서 인류 세계는 무시무시한 불안의 안개 속에 잠겨서 도
덕은 날로 퇴폐하고 서로서로의 사랑은 서로서로의 미움으로 변하고
있고 나라와 나라, 민족과 민족은 말할 것도 없거니와, 계급과 계급, 개
인과 개인도 서로 믿는 생각이 엷어지고 서로 의심하는 마음만 두터워
간다. (…)

　　이제 인류는 고개를 숙여서 반성할 때가 되었다. (…)

　　(…) 우리는, 저 이른바 혁명가들의 지긋지긋한 아우성을 더 참을 수
가 없고, 피묻은 칼을 들고 날뛰는 양을 보기에 진저리가 났다. (…) 모
두 전쟁과 피흘리는 혁명이라는 것과 이름 좋은 투쟁이라는 것이 이미
진저리가 났다. (…)[80]

　역시 시론인 「내 나라」에서 이광수는 일제 강점기의 침략상을 떠올
리면서 침략에 대한 부정적인 태도를 보인다. 우리나라의 역사를 되
짚으며 침략의 질곡을 나열해본다. 그러면서 "일본이 그처럼 조직적
으로 우리 민족의 통일과 문화를 깨뜨리고 제물을 들이려던 사십년
의 노력"이 무위로 끝났음을 강조한다. 파시즘 통치가 남기고 간 전쟁
과 폭력의 상처에도 불구하고 우리나라가 건재함에 안심하는 듯한
이광수의 태도에서 나약한 인간의 존재, 그것이 황권이 되었건 국가
의 권력이 되었건 그 권력 앞에서 작아질 수밖에 없는 인간의 존재에
대한 쓸쓸함이 있다. 그래서 이광수는 지배권력 지향적 담론에 강한
문인이다. 파시즘 체제하에서는 파시즘에, 독립한 조국 앞에서는 조
국에, 그리고 조국을 뒤흔드는 세력들 그 앞에서는 그 중 가장 강하다
고 판단되는 다른 나라에 수렴하는 성향이 강하게 보이는 것이다. 그
래서 민족주의에서 황국주의로, 그리고 또 다시 민족주의이면서 민주

---

80 이광수, 「내 나라」, 같은 책, pp.232~241.

주의로 나아갔던 것이 아니겠는가. 이제 해방 후의 이광수의 담론들은
사랑과 민주주의로 향하고 있는 것이다.

1949년 5월 3일에 창작된 시 「나라 타령」에서 이탈리아라는 나라가
소개되고 있다. 그런데 여기서 이광수는 파시즘 체제로 이탈리아를
22년 동안 통치했던 무솔리니나 파시스트라는 말을 한 마디도 사용하
지 않고 고전과 예술의 나라, 건축과 음악의 나라로 이탈리아를 칭송
하고 있다. 물론 독일에 대해서도 그렇다. 특이한 점은, 그렇게 해방이
전 예찬하고 칭송하던 일본에 대해서는 그 나라 이름에 대한 언급조
차 없다는 점이다. 물론 그 이름자조차 내밀 수 없는 자신의 처지 때문
일 것이다. 이탈리아에 대한 태도 역시 해방 이후 철저히 다른 태도를
취하고 있다. 이광수는 파시스트라는 단어뿐만 아니라 무솔리니라는
단어조차도 절대로 쓰지 않는다.

(…)
독일은 칸트 헤에겔의 나라
괴에테 쉴러의 나라
醫學 科學의 나라
그리고 바하 슈우베르트의 나라

이탈리아는 버어질 단테의 나라
갈릴레이 미켈란젤로 라파엘의 나라
건축과 음악의 나라 또
마지니 갈리발디의 나라
(…)
모두 해야 二十億의 많지 않은 食口로세
조고마한 地球 위에 한해 한달 바라보고
한물 한공기 마시고 살다 죽는 同族일세[81]

---

81 시 부분, 이광수, 「나라 타령」, 『李光洙全集』 9, p.543.

이미 파시즘의 악몽은 끝났는가? 이광수는 의도적으로 해방후의 글에서 파시즘의 체취를 느끼게 하는 용어나 설명을 전혀 쓰지 않는다. 나치즘의 독일에 대한 시의 내용에서나 파시즘의 이탈리아에 대한 시의 내용에서 파시즘에 대한 어떤 것도 찾을 수 없다. 그런데 시 「나라 타령」의 마지막 연에서 이광수는 세계동포주의, 세계를 같은 동족으로 보는 태도를 드러내고 있다. 사해동포주의가 다시 발동한 것이다. 사해동포주의는 이광수가 일제 강점기하에 민족개조론을 통해서 누누이 주장하던 것이다. 우월한 민족이 열등한 민족을 교화시켜 같이 발전해간다는 저변에 깔린 사상이 다름아닌 파시즘 사상의 타민족 침략 합리화 구실이 아니고 무엇이랴?

이미 파시즘이 종식되고 한반도에 민주주의와 공산주의가 대치되는 상황에서 이탈리아 파시즘이나 독일의 나치즘, 무솔리니나 히틀러의 이야기는 역사 속의 이야기로 되어 버렸다. 그러나 민족주의적 옹트림이 있는 곳에 부지불식간에 국가주의적 환영이 살아나고 있는 것은 부인할 수 없었다. 이광수 역시 어떠한 경우에도 파시즘이나 국가주의에 대해서는 의도적으로 말을 아끼고 일본 파시즘에 대해서는 한 마디도 언급할 수 없었던 상황에 있었지만, 민족주의의 기치아래 구석구석 숨어서 살아있는 파시즘적 잔상들은 이광수 자신이 의도적으로 강조하는 반파시즘적 태도 안에서 발견되어졌던 것이다.

3. 채만식^{蔡萬植}의 비평문학에 수용된 이탈리아 파시즘

채만식도 이광수와 마찬가지로 언론인으로 활약했던 문인으로서 불행한 결혼 생활과 신여성과의 재혼 같은 동거, 일제 강점기말기의 일제에 대한 굴복, 해방 후 이데올로기적 중립 등 그와 유사한 점들을 갖고 있다. 1925년 이후 동아일보를 시작으로, 일제 강점시기 대부분의 작가들과 마찬가지로 그도 여러 신문·잡지사의 기자로 전전하다가 1936년부터는 직장을 그만두고 창작생활에 전념하였다. 해방 직전 낙향했던 그는 해방과 함께 서울로 돌아왔다가 다시 낙향하여 6·25 전쟁이 일어나기 직전인 1950년 6월 11일에 이리에서 세상을 떠났다.

채만식의 소설이 아닌 비평이나 잡문 등에서 이탈리아 파시즘의 수용 양상을 찾는 것은 이광수의 경우와는 자료의 수적에서 볼 때 차이가 난다. 1920년대 자료는 아예 한 편도 없고, 1930년대 자료에서는 세 편 정도가 있을 뿐이며, 1940년대에 그나마 8편 정도 있을 따름이다. 그리고 이광수와는 달리 해방 이후 한 편도 없다.

1) 중립적인 태도 – 1930년대

1930년대 글 중에서 본격적인 전업 작가로 나선 해인 1936년 1월 4일자 『조선일보』에 실린 「문단의견」에서 채만식은 춘원의 문학의 성격을 규정지으면서 다음과 같이 말하고 있다.

> 민족주의 문학은 자주국의 국민문학 - 더 자세히 말하면 국가주의 문학 즉 팟쇼 문학이다. 여기서 우리는 조선의 민족주의 문학의 영수인 춘원의 문학에서 한 흥미있는 경향을 발견할 수가 있다. 즉 己未를 획기하여 일어난 민족주의 문학이 그 초기의 민족적 XX문학이라는 소극적 내용에다가 국가주의적인 적극적 내용을 가미시켜 있다는 것이다. [82]

위의 글에서 채만식은 춘원의 문학을 "국가주의 문학" "팟쇼 문학"으로 폄하하면서 "국가주의적인 적극적 내용"을 포함시키고 있음을 강조하고 있다. 여기에는 직접적인 이탈리아 파시즘적 내용은 없으나 '팟쇼'라는 용어가 들어가 있음에 주목한 것이다. 채만식이 이광수의 문학을 국가주의 문학으로 평가한 사실이나 춘원문학에 대한 평

---

82 채만식, 「文壇意見」, 『蔡萬植全集』 10, 창작과 비평사, 1989, p.529.

가에 대해서 이 자리에서는 특별히 다른 평가를 할 필요는 없을 것이다. 그러나 채만식은 적어도 "문학가를 단순한 '교양인' 이상의 어떤 존재, 즉 '역사의 진보'를 위해 기투하는 '실천적 지성인'으로 간주"[83]한다. 또한 "이성의 빛으로 마법과 어둠의 세계에서 인류를 구원해낸 프로메테우스적 존재로 스스로를 자리 매김했던 근대 계몽주의자들의 자기확신으로부터 채만식 역시 예외가 아니었음을" 그의 행보를 통해서 우리는 보게 된다. 그럼에도 불구하고 채만식은 이광수나 카프 계열의 문인들이 근대 계몽주의자들이면서도 근대 계몽 "사상과 역사적 지향과는 무관하게 계몽이성의 긍정적 자기발현에 무한한 신뢰를 보냈던" 것과 달리 "계몽이성이 어떻게 도구적인 이성으로 변질되어 갔으며, 그것이 당시의 문화와 지식인의 운명에 어떠한 부정적 영향을 끼쳤는가에 대해서 어느 누구보다 예리하게 인식"[84]하고 있었다. 이는 채만식이 이광수를 비평하거나 카프 계열의 문학을 비평하는 것과 무관하지 않다.

1936년 5월 26일에서 30일까지 『조선일보』에 연재되었던 「소설 안 쓰는 변명」의 27일자 글에서 "로마의 문학, 이태리의 문예부흥 (…) 단떼의 문학" 정도의 이탈리아에 관련된 글귀가 나오고 있다. 1937년 10월 24일과 26일에 『조선일보』에 실린 「출판문화의 위기 - 우리 문단은 어찌 될까」에서 24일자에 언급된 '하룻밤에 된 로마'라는 표현이 인용되어 있다. 1936년 6월 5일에서 6월 7일, 그리고 6월 9일에서 13일까지 『조선일보』에 연재된 글 「문학인의 촉감」에서 6월 9일자 세부항목 <(4) 아관국제풍경(我觀國際風景)>에는 아주 흥미로운 내용이 담겨 있다.

"연애하는 사람 사이의 약속은 국제조약과 같다"고 나는 생각하는

---

83 최현식, 「문학가의 이상과 생활인의 비애 - 채만식의 산문과 평론에 대하여」, 『채만식 문학의 재인식』, 소명출판, 1999, p.188.
84 위의 책, p.189.

데, 그놈을 뒤집어서 "국제조약은 연애하는 사람 사이의 약속과 같다"고 해도 된다.

나는 史家가 아닌지라 잘 모르겠으되 내 상식 범위에서만 본다면 제게 필요가 있을 때에 조약 때문에 할 일을 못한 열강은 별로 없는 것 같다.

그런 중에도 그 모범생은 독일 그리고 요새의 이태리다. 이태리도 두 번짼가 보다. (…)

철의 咆哮 앞에서는 철의 대항이 있을 따름이지 국제조약이나 국제공법 같은 것은 발샅의 때만도 못 여기는 것이다. (…)

또 이태리는 만일 공정한 눈으로 본다면 背德漢이었었다. 三國同盟에 들어가지고도 獨·墺를 배반하고 연합국측에 가담했으니까…… 그래서 그 背約의 덕으로 전후 戰勝品의 일부분을 얻어먹고.

이태리가 미아리나 수유리의 공동묘지에 수두룩하게 파묻혀 있는 '구실'보다도 더 엉터리없는 구실을 장만해 가지고 다만 한 개 아프리카에 있는 검둥이 독립국을 잡아먹었다.

나는 당연 이상의 당연이라고 본다.

이태리는 아무래도 땅이 좀 있어야 할 형편이다. 또 전쟁도 좀 해야만 할 절박한 사정이 있다. (…)

영·불이 허울만 남은 국제연맹을 떠받고 나와서 눈을 부라리며 귓속말로는 "이 자식아, 너 왜 내가 먹던 건 채갔어?" 하고 겉으로는 "침략국 이태리에 제재를 주라"고 호통을 한다.

그러니까 이태리는 역시 귓속말로 "그래 이 자식들아, 너희들만 먹고 살 테냐?" 하고 겉으로는 "그러한 불공평한 국제연맹에서는 탈퇴를 할 테다"고 버틴다.

그 바람에 영·불은 풀이 죽어서 "저게 왜 저렇게 악을 써? 실없이 야단나잖았나! 저걸 살살 달래야겠군. 그래야지 설건드렸다가는 큰코 다치겠는데……"라는 것이다. 과연 그들의 코는 크겠다.

도대체 영국이며 불란서며 그 밖에 미국이며 여러 나라 모두가 이태리가 이디오피아를 잡아먹은 것을 정의에 어그러졌니 어쩌니 한다는 것이 얄미운 수작이다.

이솝 이야기에 나오는 당나귀 가죽을 쓴 이리가 즉 그들이다.

영국이나 불란서가 아프리카를 정복할 때에 영국이 인도를, 불란서가 安南을, 미국이 黑奴를 정복하고 다스리고 할 때에 흘린 검둥이의 시뻘건 피는 아직도 세계 植民史의 페이지 페이지에 선연히 젖어 있다. 아직도가 아니라 지구와 같이 남아 있을 것이다. (…)

세상은 아직도 기운 센 놈과 협잡꾼이 득세를 하는 판이다.

영국이요 불란서요 미국이요 이태리요 하는 게 그들이요, 간디요 장개석이요 케말파샤요 하는 게 그들이다.

인류는 그래서 아직도 눌리고 속아서 고민을 하고 있다. 그러나 이 것은 인류가 밟고 넘어가야만 할 타고난 운명이다. (…) [85]

채만식은 이탈리아의 에티오피아 침공에 대한 중립적인 듯한 태도의 글을 신명나게 써내려가고 있다. 파시즘이 태동된 나라 이탈리아가 전성기를 구가하고 있던 당시에 국제정세에 대해서 해학을 섞어가며 읽는 이로 하여금 흥미를 느끼게 하는 재치가 돋보인다. 채만식이 이광수처럼 민족의 죄인이라는 친일행각 속에서 '신체제'에 대한 환상과 '사이비 확실성'이 아직 구체적으로 드러나기 전에 자신의 생각을 문학적인 단상식으로 가볍게 풀어나갔던 글들 중의 하나인「문학인의 촉감」에서 위의 인용된 부분은 특히 채만식의 국제관, 세계관을 들여다 볼 수 있게 하는 부분이라고 할 수 있다. "창작 메모에서 그리고 그 밖에 요새 보고 듣고 생각난 것을 두서없이 적어놓"은 글이라고 채만식 자신이「문학인의 촉감」서두에서 밝히고 있지만, 따듯하게 읽혀지는 글들이다. 가난한 현실에도 불구하고 나름대로 모던보이의 기풍을 살리면서 꼿꼿하게 살고자 애썼던 채만식의 호방한 웃음, 그 이면에 깃든 슬픈 우수와 아이러니를 느낄 수 있게 하는 글들이다.

특히 <(4) 아관국제풍경>에서는 당시 식민강대국들의 행태를 예리한 관찰력으로 꼬집어서 '있는 것'의 실제적 포착을 하고 있다. '역

---

85 채만식,「文學人의 觸感」,『蔡萬植全集』10, pp.311~314.

사는 진보한다'는 발전론적 역사관에서 비롯된 진보주의적 성향 속에서 식민강대국들의 '분배의 공정성'에 대한 공상적 확신이 자리 잡고 있는 것으로 파악된다. 그래서 채만식은 "영국이며 불란서며 그 밖에 미국이며 여러 나라 모두가 이태리가 이디오피아를 잡아먹은 것을 정의에 어그러졌니 어쩌니 한다는 것이 얄미운 수작"이라고 하면서 "이솝 이야기에 나오는 당나귀 가죽을 쓴 이리가 즉 그들"이라고 꼬집고 있다. 그리고는 영국, 블란서, 미국의 식민정복 전쟁을 실감나게 설명하고 나서 "모두들 '검은 고기'를 먹고 살이 피둥피둥 쪘으면서 자기네 동무 이태리가 요새 와서 하나 남은 놈을 좀 요란스럽게 잡아먹었기로니 입이 광우리 구덕 같은들 말이 무슨 말이꼬?"라고 비꼬는 투로 빈정대고 있다. 국제조약이 "연애하는 사람 사이의 약속"처럼 아무런 강제력이 없는 즉흥적 가변적 무능력을 대변하는 것으로 시작되는 이 글의 초두도 채만식의 위트와 예리함이 절묘하게 만난 표현이라고 본다. "철의 포효 앞에" 국제조약이니 국제공법 등은 "발샅의 때만도 못" 하다는 식은 심각한 국제관계의 전망을 그래도 남의 이야기처럼 웃으면서 받아들일 수 있게 한다.

더군다나 채만식은 당시 식민지 쟁탈전에 끼어든 서양 열강들에 대해서 "세상은 아직도 기운 센 놈과 협잡꾼이 득세를 하는 판"이라는 날서린 비난을 쏘아대면서도 어느 정도 이탈리아에 대해서는 비교적 우호적이다. 그래서 "이태리가 미아리나 수유리의 공동묘지에 수두룩하게 파묻혀 있는 '구실'보다도 더 엉터리없는 구실을" 하나 붙여서 에티오피아를 침공한 것을 "당연 이상의 당연"이라고 맞장구치면서 한 술 더 떠서 "이태리는 아무래도 땅이 좀 있어야 할 형편"임을 강조하고 "전쟁도 좀 해야만 할 절박한 사정"이 있음을 인정하기까지 한다.

특히, 이탈리아 파시즘 체제가 다시 말해서 무솔리니가 초반부 10여 년 넘게 잘 지내오다 이제 와서야 작은 억지를 쓰고 있는 것 정도로 나름대로 호의적인 반응을 보이는 것은 이탈리아 파시즘을 긍정적으로 받아들이고 있었던 것은 아닐까 생각한다. 물론 상대적인 것이다. 일본과 조선의 관계를 빗대어 놓고 보면 이탈리아와 에티오피아의 관계는 호의적인 반응으로 흐를 수는 없을 것이다. 어디까지나 서양 열강들의 각축전에서 상대적으로 밀렸고 무엇인가를 억지스럽게 일궈내려고 애쓰는 나라, 새로 차고 일어나려는 나라 '이태리'를 응원하는 것이다. 그러면서도 말미에 "인류는 그래서 아직도 눌리고 속아서 고민을 하고 있다. 그러나 이것은 인류가 밟고 넘어가야만 할 타고난 운명"임을 한탄하면서 조선의 사정을, 또 에티오피아의 아픔을 직접 표현하지는 않았지만 간접적으로나마 약자의 고통스러운 운명을 "면할 수 없는 운명의 고패"로 위로해 주고 있다. 채만식의 해학과 아이러니가 중절모 쓴 선한 웃음 속의 우수(憂愁)로 정리되는 부분이다.

　1938년 11월 『조광』에 발표된 수필 「다듬이」에서는 "강한 자는 거짓말을 하고서도 까딱 않고 시치미를 뚜욱, 배짱을 쑤욱 내밀어야 강자다운 관록이 나타나 보임을 나는 히틀러며 뭇솔리니에게서 배웠으니까……"[86]라는 표현이 있다. "다듬이 소리 저주문을 초"하는 글에서 생뚱맞을 정도로 히틀러와 무솔리니가 나오고 있다. "애기 우는 소리와 다듬이 소리"가 채만식에게 "천하 무서운 대적(對敵), 아니 대적(大賊)"임을 강조하고 있는 수필 「다듬이」는 채만식의 여러 산문, 특히 본격적인 전업작가로 나선 뒤인 1936년 이후의 산문들 중에서도 궁핍한 실생활을 적나라하게 쏟아내면서 자신의 심리적 압박감을 잘 드러내고 있다. '과잉한 신경성'에 의한 결벽증적 기질, 가산의 몰락에 따른 경제적 곤궁의 문제가 "애기 우는 소리"와 "다듬이 소리"를 통해서 표출되고 있다. 아내에게 으름장 놓고, 거짓말을 하며, 시치미를 뚝 떼는 그러면서도 배짱 두둑하게 한 마디로 뻔뻔스럽고 낯 두껍게 "강자다운 관록"이라고 하는 파시즘적 가부장제도의 유물들을 수식어로 늘

---

86 채만식, 「다듬이」, 같은 책, p.338.

어놓으면서 채만식은 그 것을 파시즘의 두 주역 히틀러와 무솔리니에게서 배웠다고 중얼거린다. 에티오피아를 꿀꺽 잡아먹고도 눈 하나 까딱하지 않고 폼만 재는 무솔리니의 모습에서 "돈 없단 말은 못하구!"라는 아내의 따끔한 뭇질에도 생활인의 비애를 속으로 곱씹으면서 눈 딱 감는 채만식을 떠올려 본다. 이탈리아의 파시즘, 독일의 나치즘이 이렇게 실생활 속에서 인용이 된다는 사실만으로도 1938년 당시의 파국을 직감할 수 있다.

2) 파시즘의 전면화 - 1940년대

1940년 6월 14일, 15일『조선일보』에 연속 게재된「소설가는 이렇게 생각한다」에서 14일자 <1. 20세기의 미신(迷信)>에서 갈릴레오란 이름자가 인용되고, 곧이어 15일자 제목으로 <2. 갈릴레오의 대망(待望)>이 붙어있다. 그러나 이 글에서는 이탈리아 파시즘과 관련된 직접적인 내용을 찾을 수는 없다. "그러면서도 요행 나는 정통 갈릴레오가 새벽에 오히려 망원경에 들붙어 앉아서 별을 보기를 자신 잃지 않는 광경을 한편으로 상상하지 못한다면 차라리 자결을 하고 말았을 것"이라고 이야기하고 있을 뿐이다. 당시 갈릴레오는 채만식이 갈망하던 '실천적 지식인상'의 대표적인 인물이었던 것으로 평가된다. 그러나 이는 비단 채만식에게만 해당되는 내용은 아닐 것이다.

1940년 11월 22일, 23일자『매일신보』에 연속 게재된「대륙경험의 장도, 그 세계사적 의의」에서 파시즘 사상에 지대한 영향을 끼쳤던 르 봉 사상을 다시금 접하게 된다. 채만식은 이 글에서 누구보다도 날카로운 파시스트적 논리로 르 봉 사상을 전개시키고 있다.

어떤 한 우수한 민족이 다른 어떤 우수치 못한 민족에 비하여 보다 높은 지위가 요구되는 것은 마치 성인이 소아에게 비하여 보다 많은 식량이 요구되는 것과 조금도 다를 바 없이 지극히 자연한 현상인 것이다.

동시에 그 우수한 민족이 우수치 못한 다른 민족을 사회적으로 영도를 하게 되는 것도 또한 당연한 현상인 것이다.

수에 있어서 1억으로 세는 우리 대일본민족이 그의 민족적 질로 보든지 문화와 문명의 전반적 수준으로 보든지 어디로 대고 보든지 현재 지구 위에서 가장 우수하다고 일컫는 가령 파시스트 이태리를 중심으로 한 이태리 민족이나 나치스 독일을 중심으로 한 독일 민족이나 또 영국민족이나 아메리키합중국 민족이나 이들 몇몇 민족과 倍하여 나으면 나았지 小毫도 떨어짐이 없는 민족이라는 것 즉 전세계적으로 가장 우수한 민족 가운데 하나라는 것은 재언할 필요도 없는 사실이다. (…) 민족적으로는 월등히 우수한 제국이 국토적으로는 그런데 지나와 전연 전도된 조건 밑에 처해서 있다. (…)

주인은 東亞의 長者인 우리 일본 민족이어야 할 것이다. 그러나 그것은 결코 침략이란 의미의 '주인'은 아니다. (…)

우리 일본 민족에 의한 지나대륙의 경륜은 한 우수한 민족으로서의 정당한 권리요, 따라서 하나의 세계사적인 필연인 것이다. 바야흐로 달성되어 가고 있는 동아 신질서의 건설이 즉 그 실천이다. (…)

동아에서는 일본제국이 동아 신질서의 건설에 매진하고 있는 즈음 구라파에서는 독일과 이태리가 또한 제국과 동일한 이념하에 구라파 신질서의 건설을 행하고 있다. 그리하여 세계는 바야흐로 각기 지역적인 신질서의 건설을 통하여 세계 신질서의 건설에 약진을 하고 있다. 이 신질서의 건설과정에는 그런데 개인주의 혹은 자유주의적인 국가관념이 정면으로 또는 간접으로 부단한 방해를 하여 마지않는다. (…) 고도의 국방국가의 건설을 위하여 국민적으로 새로운 조직을 갖추게 된 것이 즉 신체제인 것이다.

국민전부를 조직화한다. (…)

이러한 이데올로기가 공산주의의 그것과 동일한 것이 아닌 것은 물로 또 신체제의 조직이 파시스트 이태리의 組合主義와 같지 않은 것은 여기서 설명할 것까지도 없는 것이다. (…)[87]

1930년대 채만식이 썼던「문학인의 촉감」중의 일부였던 <아관국제풍경>의 글과 분위기가 완전히 바뀐 느낌이다. 해학적인 위트와 재치는 온데간데없고 상당히 경직된 분위기에서 글이 전개되고 있다. “우수한 민족이 다른 우수치 못한 민족”에 비해 많은 혜택과 권리를 갖게 된다는 식의 논리로부터 시작하여 “대일본민족”을 선두로 “현재 지구 위에서 가장 우수하다고 일컫는 가령 파시스트 이태리를 중심으로 한 이태리 민족” 등의 당시 서양 식민열강 등의 민족 이름이 거론되는 것은 파시즘의 색채를 그대로 드러내는 것이다. 채만식이 1930년대에는 보이지 않던 파시스트적 글쓰기를 갑자기 1940년 11월에 쓰게 된 것은 어떤 연유였을까? 적어도 1940년 전반까지는 그의 평론과 산문에 이처럼 노골적인 파시스트적 태도를 보이지 않았던 점을 확인할 수 있는데, 갑작스러운 채만식의 글쓰기 태도의 전환은 충동적일 정도로 파시즘에 대한 강한 수용 양상으로 읽혀지는 것이다. 그리고 가장 우수한 민족의 서양 쪽 첫 번째 순서가 “이태리 민족”이었던 점을 감안해도 채만식이 이탈리아 파시즘을 어떻게 받아들이고 있었는가를 증명하는 것이다. 더욱이 “우리 일본 민족”이라는 어휘를 직접적으로 사용하는 강한 황국신민사상이 걸러지지 않은 채로 쏟아부어지고 있다.

채만식은 “일본제국이 동아 신질서의 건설에 매진”하고 “구라파에서는 독일과 이태리가 또한 제국과 동일한 이념하에 구라파 신질서의 건설을 행하고 있”음을 강조한다. 개인주의와 자유주의적인 국가관념을 부정하고 파시즘 사상에 합치되는 신체제를 옹호하면서 “국민 전부를 조직화”시키는 소위 파시즘 체제를 주창한다. 개인의 이익이 아닌 “공익”만을 중시하면서 이를 “공익본위”라고 칭한다. 신체제가 공산주의와 다름은 물론이요, ‘파시스트 이태리의 조합주의’와도 다르다고 강조한다. 1920년대, 1930년대 중반까지 이탈리아 파시즘을

---

87 채만식,「大陸經驗의 壯圖, 그 世界史的 意義」, 같은 책, pp.581~584.

일본이 수용하는 상황에서와는 이제 1940년대는 사뭇 다를 수밖에 없다. 당시, 이탈리아 내부에서도 이탈리아의 조합주의는 1940년대 군국주의적인 색채가 강화되었던 상황에서 더 이상 강력하게 작용하지 않았기 때문이다. 그런데, 이는 어찌 보면 채만식이 그 만큼 다르다고 누차 강조하는 것은 달라지기 이전에 이미 그 영향이 지대했었음을 인정하는 것이며 이탈리아의 파시즘을 수용한 것이 일본의 파시즘, 신체제라는 긍정의 강조이다. 이미 1940년 이후 독일, 일본, 이탈리아는 파시즘이 최대의 가치를 두고 모든 에너지를 최대한도로 응집시키고자 하는 전쟁 중이었기 때문이다. 이처럼 강력하게 신체제론을 주창하는 채만식의 글에서 이광수류의 '민족개조론'에 가까운 공감대에 이르는 것을 알 수 있다.

1941년 1월『삼천리』에 발표된「문학과 전체주의 - 우선 신체제공부를」에서 채만식은 심미적 세계로서의 문학예술을 부인하고 실용적인 황도문학으로의 복무를 적극 주장하면서 전체주의적 사상을 역설하고 있다.

> (…전략…)
> 과연 인류는 바야흐로 새로운 역사를 창조하려 위대한 아침을 맞이했다. (…)
> 새로운 역사의 거대한 행진과 발을 맞추어 우리는 시방 東亞의 전역에서 세계 신질서의 일환인 신동아 신질서 건설의 대업을 수행하고 있는 중이다.
> 이러한 새로운 역사의 추진력으로써 그리고 명일의 세대를 담당한 태세로써 우리는 내부적으로 신체제를 이미 가지게 되었다. (…)
> 과거에 있어서는 국민 개인의 직업행위는 생활료의 획득이 목적이요 근로는 그 수단이었으나 신체제에 있어서는 정반대로 생활료의 획득이 수단이고 근로가 목적이 된다.
> 국민은 근로에 의하여 국가로 통한 유일한 길을 향해서 제각기 제

직능껏 총력을 총발양시킨다. 직공이 쇠마치를 두두리는 것이나 국무대신이 결재서류에 도장을 찍는 것이나 목적은 한가지로 국가를 위함이다. 그리고 직공이 그날 치로 받는 공전이나 대신의 연봉이나는 역시 한가지로 수단에 지나지 못한다.

그렇게 해서 총집중이 되는 국민의 총력을 맡아 가지고 국가는 국가 대목적의 달성으로 그것을 인도한다. 국가 대목적은 그러나 궁극에 가서는 총국민의 목적 즉 국민 전체의 행복과 일치가 되는 것이어서 국가에 의한 개체의 부정은 절대부정이 아니요 긍정을 전제로 한 상대적 부정인 것이다. 마치 그것은 눈이 발견한 음식물을 손이 운반을 해다가 입이 저작을 해서 일단 위로 들여보내 가지고 위에서 비로소 몸 公體에 배합시킨다는 우화와 같다고 할 수가 있다.

(…) 전국민이 무슨 주의나 이해 그런 것으로가 아니라 皇道的으로 한데 맺어진 一心국가다.

개인주의와 자유주의의 그 담에 올 기미가 있는 공산주의를 내외로 쳐물리치고 황도 일본의 본연한 국체를 萬全하며 빛내기 위한 소화유신의 방향이었던 것이다.

문학이 신체제에 참여해야 할 것은 물론이다. 그러나 문학 그중에서도 소설문학은 많이 자유주의적인 분위기에서 자란 만큼 작가에게는 저도 모를 그러한 낡은 이데올로기가 육체의 구석구석에 아직도 완전히 청소되지 않은 채 남아 있는 것이 없달 수는 없을 것이다.

그러므로 우선 자유주의적인 이데올로기의 잔재의 완전한 숙청이 더 끽긴한 순서일 것이다.

며칠 전부터서야 나는 밤에 전등을 끄고 잠을 자기로 했다. (…)

이를테면 나는 이러한 법식으로 일상생활에 있어서 신체제를 살을 가지고 배워가는 참이다. 이것의 철저가 없이는 작품이 되어 나오지를 않는다고 믿기 때문이다.

나는 앞으로 이 노력을 꾸준히 계속할 생각이다.[88]

---

88 채만식, 「文學과 全體主義 - 우선 新體制공부를」, 같은 책, pp.226~232.

일제 강점기 말기라는 특수한 상황으로 인해서 현실인식의 날카로운 부정과 해학이 넘치던 채만식의 글 세계가 그만 무덤에 갇힌 격으로 추락하고 말았다. 1936년의「문학인의 촉감」에서 그가 보여주었던 재치와 날카로운 현실인식의 예리한 필봉은 온데간데없고, 제2의 이광수를 보는 듯하다. 뒷부분에서 이어지는 일상생활 속의 철저한 신체제의 삶에 대한 이야기는 거의 파시즘의 전형적인 판박이다. "자유주의적인 이데올로기의 잔재의 완전한 숙청"을 강조하는 문학인 채만식의 모습에서 "아무것도 국가에 반대하지 않고, 모든 것은 국가 안에 있다"는 무솔리니의 구호를 실현하기 위해 요란한 선전부대 역할을 했던 이탈리아 파시스트 작가들의 국가주의적인 글들을 떠올릴 수 있다. 이들의 소설이나 글들이 국민을 통제하기 위한 수단으로 쓰였으며 철저한 사회통제는 파시즘 선전에 끊임없이 등장한 주요 테마였다. 1941년 1월 같은『삼천리』에는 채만식이「자유주의를 청소」라는 글도 실렸는데「문학과 전체주의 - 우선 신체제공부를」의 핵심을 짧게 요약한 문학 활동 방침을 말하고 있다.

1941년 1월 5일, 10일, 13일, 14일, 15일자『매일신보』에 연속 게재된「시대를 배경하는 문학」에서도 채만식의 전체주의적 논리는 계속된다. 10일자에 실린 글에서는 다음 부분이 이를 잘 보여준다.

> (…) 인류는 지금 시대를 바꾸며 있다. (…)
> 종차 帝國의 이러한 신질서운동에 대하여는 (…) 무슨 주의 운운의 명칭상 규정이 생길는지는 모르나, 가령 파시스트 이태리의 組合主義랄지 나찌스 독일의 전체주의랄지 소비에트 노서아의 국가사회주의랄지처럼, 그러나 제국의 그것은 상게한 제 외국의 그것과 우선 파계가 다를 뿐만 아니라 아직껏은 '신체제'란 이름 밑에서 실질적으로 운동만이 활발히 진행되고 있는 참이다.
> 아무튼 그리하여 우리는 방금 자유주의 등의 낡은 시대를 벗어나 그 낡은 시대와 확연히 구별이 지어지는 한 새로운 시대를 맞이하고 있는

것이 뚜렷한 사실인데, 한편으로 이미 문학이라고 하는 것이 그가 서식하는 시대적인 사회적 현실을 떠나서는 감히 존재할 수가 없는 생리인 이상 그는 반드시 이 새로운 시대에 순응을 하게 되지 않아서는 안될 것이다. [89]

채만식은 새시대가 도래하고 있음을 선언하고 있다. 여전히 "파시스트 이태리의 조합주의"와는 다르다는 점을 반복하면서 "자유주의 등의 낡은 시대"를 벗어나 새로운 시대를 맞이하고 있음을 강조한다. "이 새로운 시대에 순응"해야 함을 신체제 인간의 기본 의무임을 또한 잊지 않고 마무리하고 있다.

13일자 글에서는 문학은 체제의 시녀임을 다시 한 번 강조하고 체제에 복무해야 함을 보다 강하게 주장하고 있다.

조선은 정치적으로나 경제적으로나 문화적으로나 일본제국의 한 個 지방에 불과한 자이다. 그러므로 일본제국이 새로운 시대를 맞이하는 데에 좇아서 조선도 자연히 그 새로운 시대를 맞이하는 동시에 조선의 문학 또한 그에 따르지 않지 못할 것이다.

"신체제하의 조선문학의 진로는?"이라는 물음에 대하여 대답은 그러므로 오직 수월하게 "신체제에 순응하는 방향"이니라고 할 수가 있는 것이다. (…) 전반적으로 그것이 행동화·사회화를 하여 '사람 즉 이데올로기'에까지 실제 생활에 속속들이 완전한 삼투가 되지 않고서는, 그리하여 이른바 '處理된 사실'인 하나의 '현실' 그것이 아니고서는 문학은, 크고 참다운 문학은 좀처럼 발생되기가 어려운 법이다.

이것은 그러나 일반적으로 문학하는 자가 정치하는 사람이나 민중에게 비하여 시대적인 새로운 사태에 대해서 소심하고 의심 많고 정열이 모자라고 한 탓이라느니보다도, 본래가 문학이란 건 정치와 경제가 先行을 하여 선행한 바 정치와 경제가 도달한 윤리가 사회화하는 날에

---

89 채만식, 「時代를 背景하는 文學」, 같은 책, pp.234~235.

야 비로소 문학 자신의 윤리를 거기에서 발견하곤 하는 숙명을 스스로 타고난 소위 문화적 상부구조의 일부문이기 때문이 아닌가 생각한다.
내지의 문학인들이 인간적으로는 今次의 사변이랄지 신체제운동에 대하여 누구만 못지 않게 그를 지지하며 열심이면서도 작품적으로는 아직껏 크고 참다운 문학을 내놓지 못한 사실이 곧 저간의 그와 같은 속사정을 설명함일 것이다. (…) [90]

14일자, 15일자 글에서는 "신체제의 이데올로기가 국민의 실제생활에 속속들이 완전한 삼투가 되지 않았다는 사실"의 한 실례를 목격했던 채만식의 목격담을 소설처럼 써나가다가 15일자 글에서 다음과 같이 결말을 장식하고 있다.

아무튼 그리하여 우리는 "이론은 그렇지만 실제는 아직……"
이 말이 없어지는 날이, 더 극단으로 말을 하자면 '신체제'란 말이 없어지는 날이 우리 국민 가운데 신질서·신체제가 하나의 육체로서 충분히 생활화가 되는 날일 것이다.
그리고 그 날이야말로 문학은 비로소 온전한 시대의 시대적인 사회적 현실 가운데 생활의 근거를 얻게 되는 날인 동시에 크고 참다운 작품이 나와지는 날일 것이다. 그러하되 문학이 그와 같은 明日에 대비하기 위하여 오늘의 긴장을 등한히하지 않는 것이야 물론인 것이다.[91]

철저한 파시스트 작가의 모습을 보여주고 있는 채만식의 위의 글에서 「문학과 전체주의 - 우선 신체제공부를」와 대동소이한 내용을 읽을 수 있는 점은 주제가 주어진 상황에서 글을 써나갔다는 것으로 해석할 수 있다. 일정 주제가 주어진 국책 선전을 위한 글, 모든 창작 활동이나 문필 행위는 파시스트 국가의 선전에 이바지해야 한다는

---

90 위의 책. pp.235~236.
91 위의 책. pp.239~240.

공식에 의한 글임을 알 수 있다. 그런데 채만식의 "신체제론이 자본주의 극복에 대한 그의 신념을 포괄하고도 남을 만큼 논리 정연한 구조를 갖추고 있었다는 사실"[92]을 주시할 수 있다. 더욱이 "이것은 곧 그의 신체제 수용이 어느 정도는 자발적인 선택이었을 가능성을 암시"[93]한다는 것이다. 이미 이탈리아 파시즘의 수용 단계가 끝나고 독자적인 일본 파시즘의 모습을 취하고 있던 1940년대 신체제론은 "서구의 계몽 대상에 지나지 않았던 전근대적인 '동양적인 것'을 그것에 바탕한 새로운 세계사의 전개라는 또 다른 시간성의 모습으로 지양해냄으로써 일거에 미래 역사적 방향성과 현대성을 획득했던 것"[94]이기 때문이다.

이러한 자기 나름의 논리적 신념에 빠져 채만식은 다분히 무솔리니의 지식인 길들이기 방식에 의해 희생된 지식인이라 할 수 있다. 이광수가 부단히 지배 담론과 지배 권력에 편승하여 그와 함께 자신의 논리를 펼치고 살았던 것과 다른 삶을 살았던 채만식이었기에 더욱 더 그러하다. 파시스트 지식인에게 사용된 '당근과 몽둥이' 수법에 넘어가야 했던 생활인 채만식의 비애는 어찌 보면 어두운 시기를 겪어야 했던 많은 같은 부류의 문인들, 예술가들의 비애가 아니었겠는가? 무솔리니는 지식인들도 파시즘 이데올로기에 충실하도록 늘 종용하였고, 그들에게 충성스러운 파시스트 지식인을 만들기 위해 상투적이지만 지위와 권력과 돈을 보장해주었다. 무솔리니에게 있어서 독자적인 사상을 갖는 작가나 지식인은 제거해야 할 대상으로 낙인이 찍혀 감옥행이거나 아니면 추방행이었고, 그보다 더한 경우 쥐도 새도 모르게 세상에서 없어져 버렸다. 일본 파시즘이라고 다를 이 없었고 공포에 의한 강압은 어느 누구도 빠져 나가지 못했을 것이다. 채만

---

92 최현식, 앞의 글, p.219.
93 위의 글. 같은 쪽.
94 위의 글, p.219~220.

식은 나름의 논리로 새로운 신념을 일구어 내어 어느 누구 못지않게 신체제론자로서의 길을 가고자 자초했던 것이다. 일제가 그리 쉽게 손을 들 줄은 몰랐을 것이다. 원자폭탄으로 미국이 개입하지 않았다면 판도는 바뀌었을 지도 모를 일이니까.

해를 거듭할수록 채만식의 충성도는 강도를 더하여 조국을 위해 목숨을 바치는 젊은이 예찬에까지 이른다. 1943년 1월 18일자 『매일신보』에 게재된 「위대한 아버지 감화 - 아들이 사관학교에 입학하던 날 돌아간 지동선씨」에서는 죽음으로 산화된 군인아들 예찬을 하고 있다.

> (…) 시방도 지원병으로 이미 제국군인의 영광스런 지위에 오른 사람이 많고, 그중에서 더러는 전선에 나아가 용맹히 싸우고 있는 이도 적지 아니한 것이다. 이러한 후진들을 위하여 조선청년으로서 그와 같이 맨 처음으로 군국에 목숨을 바친 고 지인태 대위의 충성과 용맹야말로 한 커다란 의의를 가지는 것이라 할 것이다. (…) 우리 편의 기지로 돌아올 수도 없게끔 되자 제국군인답게 그는 愛機와 더불어 적군이 진지로 대고 자폭을 하여 귀신도 울릴 장렬한 전사를 하였던 것이다. 그때 그 나이 겨우 이십이 세였었다. (…)[95]

이러한 파시즘적 영웅 예찬은 사실 끝난 것이 아니다. 현재도 지구 곳곳에서 자폭 테러가 자행되고 있는 상황이기 때문이다. 한국인으로서 새로이 태어나는 대일본제국 국민의 전형이자 이상형으로 1939년의 노몬한 사건[96]에서 전사한 지인태 대위를 통해 그 현실적 사례를

---

95 채만식, 「偉大한 아버지 感化 - 아들이 사관학교에 입학하던 날 돌아간 池東善씨」, 같은 책, pp.585~587.

96 노몬한(Nomonhan)은 외몽고와 만주의 국경지대인 할하(Khalkha)강 유역의 지명. 이 사건은 1939년 5월 노몬한에서 일본 관동군과 외몽고군 사이에 벌어진 전투가 확대되어 소련군까지 가담하게 된 사건을 일컬음. 당시 소련군은 항공기와 기계화 부대 등 우세한 전력으로 경장비의 일본군을 포위하여 공격했으므로 일본군의 사상은 73%에 이를 정도였다고 한다.

들고 있는 채만식은 '멸사봉공'하는 '호국의 영령'을 드러내고자 했다. 이는 교토학파의 니시타니 게이지(西谷啓治)가 말했던 "소아(小我)를 멸한 무아(無我) 또는 무심(無心)"[97]을 획득하고 있는 것으로 생각된다. 마치 이러한 이론에 응하는 듯이 "이 성전을 완수하자면 살아 있는 몸만으로는 자랄 수가 없"다고 더욱이 "사후의 기백까지도 이 성업이 달성되기 전에는 흩어지지 아니할 각오"임을 서신을 통해 맹세한 지인태 대위의 '멸사봉공'이 그대로 나타나 있다. 이것이 그대로 소개된 것이 채만식의 또 다른 글 「추모되는 지인태 대위의 자폭 - 유가족의 위문을 마치고」이고, 1943년 1월 『춘추』에 게재되어 있다.

> (…) 나라를 위하여 피를 흘리지 못하는 백성은 국민 될 참다운 자격을 가지지 못한 백성일 것이다. (…) 盡忠報國에 살며 그 정신으로 죽음이 군인의 본분입니다.(…) 이 성전을 완수하자면 살아 있는 몸만으로는 자랄 수가 없습니다. 사후의 기백까지도 이 성업이 달성되기 전에는 흩어지지 아니할 각오입니다. (…) [98]

피를 흘려야만 참다운 자격을 가진 국민이라는 말과 뒷부분에서 인용한 산화한 고 지 대위의 편지에서 인용한 부분의 군인의 본분 등은 일제 말기에 국민동원을 위한 선전용이다. 일제 말기 파시즘 체재 하의 국민교과서가 그러하듯이 채만식도 국민들 특히 젊은 청년들을 동원하기 위해서 총력전 체제로 몰기 위한 선전도구로 전락한 것이다.

1943년 5월 『신시대』에 실린 「곤봉일백도」에서 채만식은 본인이 파시스트 비밀경찰이 된 듯 파시즘의 공포가 담긴 글을 보여주고 있다.

> 만일 나에게 경찰처벌령을 듬씬 강화할 권력이 있다고 한다면, 거리

---

97 이경훈, 「근대 주체의 좌절과 초극」, 『채만식 문학의 재인식』, pp.160~161.
98 채만식, 「追慕되는 池麟泰 大尉의 自爆 - 유가족의 위문을 마치고」, 같은 책, pp.587~590.

를 더럽히는 자는 또는 더럽히고서 청소치 아니하는 자는 "곤장 일백 도, 혹은 벌금 만 원에 처함"이라고 뜯어고쳐 卽日 실시케 할 것이다. 하기만 한다면 서울은 아마 십분 이내에 말끔히 깨끗하여져 가지고, 그 令이 존재하는 동안 영원히 깨끗한 거리가 될 것을 보증한다. 선 개 고기는 소금으로 욱이고 말안 듣는 백성은 호령이 약인 것이다.[99]

「곤봉일백도」에서 채만식은 철두철미 파시즘의 신봉자요, 철저한 파시즘 문학인이다. 채만식이 생활해나가기 위해서, 원고료로 연명하는 절박함에 글을 썼다고 하기에는 의심이 갈 만하다. 그의 글들이 원래 날카로운 현실인식의 인이 배긴 탓인지는 몰라도 그의 예리한 비판의식은 파시즘 치하의 여성들의 옷에까지 꽂혀 있다. 그리하여 1943년 7월 『반도지광(半島之光)』에 실린 「몸뻬 시시비비」에서 채만식은 다음과 같이 말하고 있다.

> (…) 평시에 있어서도 하이힐이란 이와 같이 비실용적이요 불건전한 신발이거든 황차 모든 것이 절대 실용적이며 건전하기를 요구하는 이 戰時리요.
> 시방 나라는 국운을 통째로 내어걸고 큰 전쟁을 하는 때다. 충성스런 장병들이 전선에서 신명을 바치고 용맹히 싸움을 하고 있는 일면, 銃後의 만백성들은 총후에서 또한 생산으로 防空으로 기타 용맹히 싸움을 하여야 하는 것이며, 여자들도 거기에 참예를 아니치 못하는 것이 이른바 총력전의 특색인 것이다. (…) 작업복 입고 공장에서 해머 휘두르는 여인의 건강하고 기름때 쥐어바른 얼굴이 아름다워 보이며, (…) 전차나 기차의 그 동적인 여차장들이 아름다워 보이며, 결국 그들이 새로운 미인이라 하는 것이다. (…) 사치는 물론 금물이다. (…) 건전한 미는 건전한 문화다. (…) 이는 모두가 총후를 좀먹는 반전시국민적 행동으로 단연 배격을 하여야 할 일이다. 모름지기 있는 감을 이용할

---

99 채만식, 「棍杖 一百度」, 같은 책, pp.459~460.

것이다. 되도록이면 헌 치마를 뜯어서 만들 것이다. (…)[100]

일제 말기 파시즘 치하의 삶의 단면을 그대로 보여주는 자료이다. 여성들의 옷에까지 관심을 기울이며 신체제 정신을 운운하는 채만식의 모습에서 앞서 소개했던 글「다듬이」에서 그리도 미워하던 다듬이질 하는 아내와 아기의 울음소리에 대해 이를 갈며 악담을 해댔던 남편으로서의 채만식의 모습이 겹쳐진다. 채만식은 여성에 대한 강박관념을 갖고 있는 것 같다. 자신이 늘 남편으로서 제 노릇을 못하는 것에 대한 파시즘적 강박관념, 가부장적 허세를 갖고 있다.

「몸뻬 시시비비」는 채만식의 중절모와 양복에 대해 시선을 돌리게 하는 글이기도 하다. 왜냐하면, 채만식 자신이 늘 격식을 갖춰 옷을 입고 다니는 모습은 권위주의적인 발상이며, 다분히 파시즘적 군국주의적이기 때문이다. 자신의 틀 안에 모든 것의 잣대를 놓는 것은 파시즘적이다. 그래서 현대에도 파시즘적인 면들이 우리 주변에 널려있는 것이다. 이탈리아 파시즘의 수령이었던 무솔리니 역시 보다 강력한 군국주의를 과시하기 위해서 언제나 대중 앞에 나설 때는 평복이 아닌 제복이었고, 모든 이탈리아인은 '진지한 마음'을 가져야 하기 때문에, 무솔리니가 미소 짓고 있는 사진조차 절대로 신문에 실을 수 없었다. 여인네들이 걸치는 의복에 대해서 채만식이 비판하던 방식은 바로 무솔리니가 평복이 아닌 제복을 입어야 하는 이유와 다를 바가 없었다.

1943년 8월 3일『매일신보』에「홍대하옵신 성은」에서 젊은이들을 동원하는 채만식의 글발은 더욱 노골적인 마성을 휘두른다.

8월 1일로 뜻깊고 감격 큰 조선의 징병제도는 마침내 실시가 되었다. 이로써 조선땅 2천 4백만의 백성도 누구나가 다 총을 잡고 전선에 나

---

100 채만식,「몸뻬 是是非非」, 같은 책, pp.460~466.

아가 나라를 지키는 방패가 될 자격이 생겨진 것이다. (…)

나라는 백성의 모체다. 나라 있고서의 백성이다. (…) 따라서 백성 되어 최대의 의무요 아울러 최고의 영광은 나라를 위하여 피를 흘리는 즉 전쟁에 나아가 한 목숨이 죽을 수 있는 군인 될 자격을 가지는 것이다. (…) 忠의 극치는 거듭 말하거니와 나라를 위하여 목숨을 바치는 데 있다. 나라에 충하지 못하는 백성이야 무엇으로 백성답게 할 것인고. (…)

나는 신병으로 골골하는 부실한 건강도 부실한 건강이려니와 一日 나이가 이미 병정 갈 나이를 훨씬 지나친 몸이다. 일종의 老朽物인 것이다. 따라서 오늘의 커다란 감격과 영광을 직접 몸으로 써는 느낄 길이 바이 없다. 천추의 유감이 아닐 수 없다. 그러나 나에게는 자라는 2세가 있다. 그놈이 앞날에 나의 이 유감을 풀어줄 것이다. 그것으로 미흡하나마 위안을 삼는다.[101]

이미 앞서 「추모되는 지인태 대위의 자폭 - 유가족의 위문을 마치고」에서 "나라를 위하여 피를 흘리지 못하는 백성은 국민 될 참다운 자격을 가지지 못한 백성일 것"이라고 역설했던 채만식이었다. "이제 때가 되었으니 얼마나 영광인가" 라고 부르짖는 그의 모습이 이제는 아주 자연스럽다. 더더군다나 자신이 군인이 될 영광을 못 누리는 것이 마치 "천추의 유감"이라고까지 할 정도이니 그래서 자신의 자식이 이를 풀어줄 것이라고까지 하니 체제에 대한 철저한 복무에 혀를 내두를 따름이다.

"나라는 백성의 모체"라고 하는 사상은 이미 누차 반복되어 온 말이지만, 이탈리아 파시즘의 영향을 그대로 드러내는 것이다. 역사적 파시즘의 재현 그대로 20여년이 넘은 당시에도 이탈리아 파시즘의 영향은 모든 파시즘의 맥 속에 흐르고 있다. 직접적인 이탈리아 파시즘에 대한 언급이 없다하더라도 엄연히 살아있는 이탈리아 파시즘의

---

101 채만식, 「鴻大하옵신 聖恩」, 같은 책, pp.594~595.

맥은 부인할 수 없을 것이다. "백성 되어 최대의 의무요 아울러 최고의 영광은 나라를 위하여 피를 흘리는 즉 전쟁에 나아가 한 목숨이 죽을 수 있는 군인 될 자격을 가지는 것"이라고 하여 "전쟁만이 인간의 모든 에너지를 최대한도로 응집시키며, 거기에 맞설 용기를 가진 국민들을 고귀하게 만들어 준다"고 했던 이탈리아 파시즘의 강령과 일맥상통하는 것이다. 또한 1931년 9월 6일 로마에서 무솔리니가 행했던 연설의 뒷부분을 상기시키는 글이기도 하다. 그 일부를 원문으로 소개한다.

(…) La rivoluzione fascista è circondata da un mondo di nemici. Voi vi preparerete a combatterli dovunque e senza tregua. (…) i giovani fascisti devono servire fedelmente e in silenzio nei posti dell'obbedienza. Così farete la gloria del Re e la potenza della Patria.[102]

(…) 파시스트 혁명 주변에는 온통 적들로 가득하다. 여러분들은 어디서든지 잠시도 쉬지 않고 그 적들과 싸울 준비가 되어 있어야 할 것이다. (…) 파시스트 청년들은 충성을 다해 묵묵히 복종하는 자세로 임해야만 한다. 그리하여 왕의 영광이요, 조국의 힘이 될 것이다.

햇수가 10년 넘은 차이가 있지만 이탈리아 파시즘의 그 맥은 그대로 흘러갔음을 알 수 있다. 무솔리니의 연설은 피를 흘리며 싸울 준비를 하라는 명령이며, 그에 복종하고 따르는 길만이 영광의 길인 것이다. 채만식의 「추모되는 지인태 대위의 자폭 - 유가족의 위문을 마치고」에서의 맹목적인 멸사봉공의 정신이 바로 파시즘의 핵심을 이루는 것이다. 파시즘 안에서 개인이라는 존재는 없다. 오로지 국가와 민족, 그리고 대의(大意)만이 있을 뿐이다. 개인은 복종과 희생으로 국가와 민족의 영광에 답하는 것이다.

1930년대 중립적이고 해학적이던 채만식의 수용 태도는 1940년대

---

102 Benito Mussolini, I Discorsi di Mussolini, Istituto Luce, Roma, 2006.

에 들어와서 철저하게 무장한 파시스트가 되어 있었다. 이탈리아 파시즘, 독일의 나치즘, 일본의 파시즘이 모두 전시 동원 체제에 돌입해 있던 상황에서 파시즘에 멸사봉공하는 작가의 모습은 신념인가, 강압인가, 아니면 생활인가? 자기 희생을 요구하는 체제의 꼭두각시가 되어있는 채만식의 글에서 배태되어 나오는 파시즘적 반향은 일본의 파시즘 체제를 찬양하고 이탈리아 파시즘이나 독일의 나치즘을 인정하고 받아들이고 있음을 보여주었다.

4. 반파시즘적 사회주의 비평문학과 이탈리아 파시즘

이광수와 채만식이 민족주의계열의 대표적인 이탈리아 파시즘 수용자라고 본다면, 이와 대조적으로 반파시즘적인 경향이 농후했을 사회주의 평론에 힘썼던 좌익계열의 대표로 김동석과 이원조를 꼽을 수 있다. 그런데 김동석과 이원조에 대해서 살펴보기 전에 같은 반파시즘적 좌익계열이면서 누구보다도 이탈리아 파시즘을 철저하게 무시했고 의도적으로 도외시했던 김남천에 대해서 먼저 간략하게 살펴보기로 하자.

1930년대 김남천의 경우 파시즘이라든지, 무솔리니 히틀러 이야기를 의도적으로 회피하면서 「대리석」에서 '르네상스', '나마의 폐허를 달리며 문예부흥의 근대적 거장들을 사모하기 비롯' '미켈란젤로'[103] 등의 간단한 표현을 하고 있고, 「미네르바의 소총(小銃)」[104]에서는 <예술학 건설의 임무>편에서 베네데토 크로체를 언급하고, <투르게네프와 영어 교사>에서 "독일의 나치스가 괴테를 그의 바이마르의 생활 속에서 기념하는 듯한 진풍경을 발견하게 됨은 결코 의외의 일이 아닐 것", 그리고 "속학자적(俗學者的) 고전부흥의 파쇼적 경향의

---

103 김남천, 「대리석」, 『문장』 4월호, 문장사, 1941.
104 『조선중앙일보』, 1935년 7월 2일자.

영향임에 틀림은 없다. 생각건대 많이 아는 것이 자랑이 아니라 하나를 알아도 바로 아는 것이 장하다 할 것"이라고 표현하는 데서 파시즘적인 용어나 언급 등을 찾을 수 있을 뿐이었다.

그리고 비평 중에서는 『조선중앙일보』 1935년 10월 18일자, 20일자 「조선은 과연 누가 천대하는가?」에서 "독일 나치스의 고전부흥과 고전예찬의 태도"라든지, "나치스 문화정책" "히틀러의 문화정책을 배격하고 나치스를 문화적 죄인으로 재단(裁斷)함" 그리고 "나치스가 괴테의 백주기 때에 연출한 태도" "나치스가 괴테를 대신(大臣)적인 속물 생활에서 예찬하려고 하였고 나치스의 어용문학자들이 괴테를 그의 내심에 있어서의 두 개의 모순과 투쟁의 상(相)에 있어서가 아니라, 그러므로 「파우스트」에서 또는 「로마의 비가」에서가 아니라 「헤르만과 도로테아」에서 그리고 「협조」와 「질서」와 「반혁명가」에서 예찬한 것은 괴테를 파시즘의 선전도구로 사용하고자 하는 심사"[105]였음을 역설하는 중에 파시즘이라는 용어가 나오고 파시즘의 문화정책 이야기가 나오긴 한다. 그러나 직접적으로 이태리 이탈리아라든지, 무솔리니, 파시스트에 대한 것은 보이지 않는다.

미루어보건대 이러한 사실은 제2차 세계대전을 통해서 실추된 이탈리아 파시즘의 모습을 김남천의 글들을 통해서도 간접 확인할 수 있는 것이다. 위에서 예시한 김남천의 글들 말고도 몇 편에서 괴테 이야기를 하면서 나치스나 히틀러가 나오기는 하나 특별히 언급할 만한 것은 없다고 볼 수 있다.

1) 김동석(金東錫) 비평문학에 수용된 이탈리아 파시즘

1913년 경기도 장의리(지금의 인천시 숭의동) 출생으로 경성제대 법문학부를 졸업하고 광복후 문학가동맹의 계열에서 김동리 등의 민족주의 경향과 맞서 논쟁을 벌였던 사회주의적 경향의 평론가 김동

---

105 김남천, 「조선은 과연 누가 천대하는가?」, 『김남천 전집 I』 박이정, 2000, pp.130~131.

석은 일제 파시즘 치하에서 절필하였던 대표적인 작가이다. 그리하여 김동석의 경우에는 해방 이전 창작된 작품들이 단 한 편도 없다는 것이 특징이다. 해방 이후 활발한 비평 활동을 하다가 월북하였고 그 이후의 행적[106]에 대해서는 알려진 바가 거의 없다.

1940년대 김동석의 경우 같은 사회주의 평론 활동을 했다는 공통점이 있는데도 김남천의 경우와는 달리 이탈리아 파시즘의 잔재를 조금은 느낄 수 있게 해준다. 비록 해방 이후의 글들이긴 하지만 김동석은 「예술과 생활 - 이태준의 문장(文章)」에서 "딴테의 「신곡」"이니 " 라파엘의 회화나 딴테의 문학" 등의 이탈리아 작가나 예술가를 언급하고, 「시와 행동 - 임화론」에서는 "무쏠리니 같은 자도 '20 전에 사회주의자가 아니면 사람이 아니다' 하지 않았던가[107]"라면서 파시즘의 수장이 되기 이전 무솔리니의 사회주의자의 이력을 예로 들었다. 더욱이 김동석은 「탁류의 음악 - 오장환론」에서는 "아직까지 인류의 역사는 탁류였다. 더럽힌 것은 가라앉고 처지기는 하지만 아직까지 한번도 맑아 보지 못한 것이 인류의 역사다. 히틀러, 뭇솔리니, 유인(裕仁)의 무리들이 흐려논 물은 아직도 흐린 채로 흘러 가고 있다. (…) 인류의 역사는 탁류다. 파씨스트의 총칼에 쓰러진 시체를 품고 흘러 가는 이 피비린내 나는 대하장강 - 맑아지려면 앞으로도 몇해가 더 걸릴는지, (…) " [108] 라고 말하면서 무솔리니와 파시스트란 단어를 사용하는데 파시즘에 시달려온 인류의 역사를 탁류로 빗대어 강조하고 있다. 파시스트의 총칼에 쓰러진 시체를 품고 핏빛으로 물들어 흘러가는 시대를 한탄하는 김동석의 반파시즘적 태도를 읽을 수 있게 하는 글

---

106 6·25전쟁 발발 이후, 서울에 와서 문화정치 공작원 노릇을 했다는 말, 또 휴전회담 때 설정식과 북측의 통역장교로 나왔었다는 말 등이 들릴 뿐이다. 더군다나 6·25전쟁 이후의 행적에 대해서는 그와 관련된 글귀를 단 한자도 찾아볼 수 없다. 졸고, 「김동석 시집 ≪길≫에 나타난 순수·이념의 이분 양상 소고」『한민족어문학회』 제48집, 한민족어문학회, 2006.6, p.16.
107 김동석, 「詩와 行動」, 『월북작가대표문학 23 -김동석평론집』, 한국도서출판중앙회, 1991, p.28.
108 김동석, 「濁流의 音樂 - 오장환론」, 같은 책, pp.57~58.

이다.

「기독(基督)의 정신」에서 김동석은 "로마의 창검이 번득이고 (…) 국수주의자 바리새와 사두개가 권세를 다투어 (…) 그때의 비밀경찰과 고문은 역사상에도 유명한 것"[109]이라고 예수 살아생전의 로마제국을 일본제국주의에 빗대어 이야기하면서 "로마제국에게 유린을 당하여 - 조선이 일제 밑에 그러했듯이 - 민족반역자와 모리배와 패배주의자가 나날이 늘어 가고 인민은 도탄에 빠져 헤맬 때"[110]의 정황을 강조하고 있다.

1946년 12월『신천지』11호에 게재된「조선문화의 현단계 - 어떤 문화인에게 주는 글」에서 "우리는 뭇솔리니가 바이올린을 켜는 사진을 잡지에서 보아왔고 히틀러가 화가라는 신문보도를 읽어 왔다. 하지만 그들은 문화인이기커녕 가장 무서운 문화의 적 - 파시스트였다"[111]고 말하고 있다. 여기서 언급하는 무솔리니나 히틀러는 파시즘의 원흉처럼 김동석의 뇌리에 박혀 있는 인물들이다. 그리고 사실 파시즘이야말로 문화까지도 철저히 선전의 도구로 삼았던 독재였기 때문에, 그 독재자들은 늘 대중과 친밀하면서도 무언가 고상한 인물로 구성되곤 했던 것이다.

사실상 무솔리니가 바이올린을 켜고 문화를 사랑하는 문화인이었다 하더라도 파시즘 체제하의 일방통행적인 문화 속에서는 오로지 독재자 무솔리니였을 뿐이다. 파시스트 국가의 선전에 이용되는 문화였기에 김동석은 '가장 무서운 문화의 적'이라고까지 언급했을 것이다. 그런데 역설적으로 무솔리니는 매우 '문화인적인 면'이 있다고도 볼 수 있다. 무솔리니의 가장 뛰어난 자질 가운데 하나는 배우로서의 재능, 이탈리아인들에게 파시즘을 하나의 생생한 드라마처럼 보

---

109 위의 책, p.68.
110 위의 책, p.71.
111 위의 책, p.134.

여 줄 수 있는 능력이라고 한다. 그의 연극적인 재능은 베네치아 궁전의 발코니에서 군중에게 연설할 때[112] 가장 두드러진 효과를 나타냈다고 한다.

1947년 1월 『신천지』 12호에 게재된 「조선의 사상 - 학생에게 주는 글」에서 김동석은 두 번씩이나 파시즘의 수장들을 언급하면서 파시즘에 대한 반감을 표하고 있다.

> (…) 히틀러, 뭇솔리니, 도오죠(東條) 등의 무리가 총칼로서 반공·반소를 한 파시스트였다는 것을 아직도 잊지 않았을 터인데 어느새 이들을 본받었느냐. (…)
> (…) 히틀러 뭇솔리니 유인(裕仁)의 무리들이 발악을 할 때 관념론자들은 로오젠베르크를 비롯해서 어용학자가 되고 유물론자는 학살을 당하던 것을 우리는 잊을 수 없다. (…)[113]

김동석은 공산주의와 파시즘을 대비하면서 공산주의 사상을 강조하고 있다. 위의 글에서 계속 반복되는 "히틀러, 뭇솔리니" 두 파시즘 수장의 이름과 일본 파시즘의 인물들은 하나같이 증오의 대상으로 씌어지고 있다. 그리고 히틀러가 무솔리니보다 먼저 불려지고 있는 것은 히틀러가 무솔리니보다 후발주자였지만 훨씬 더 그 영향력이 컸음도 암시하고 있다.

「학원의 자유」에서 김동석은 이탈리아 파시즘을 자연스럽게 인용하면서 무솔리니를 그 시작으로 글을 꾸려가고 있다.

> 뭇솔리니가 이태리의 정권을 잡으려 할때 무엇보다도 먼저 무기고

---

112 무솔리니는 바깥에 모인 군중이 스스로 흥분하여 광란 상태에 빠질 때까지 사무실에서 기다렸다가, 군중이 일제히 "수령! 수령! 수령!"을 외치는 가운데 천천히 발코니로 걸어 나와, 군중을 한 바퀴 둘러보곤 했다. 그 눈짓 한 번으로 군중의 환호가 잠잠해지면 그는 턱을 쑥 내밀고 특유의 열변을 토하곤 했다. 래리 하트니언, 앞의 책, pp.92~93 참고.

113 김동석, 앞의 책, pp.142~148.

를 점령한 것은 민주주의적 해결을 두려워했기 때문이다. (…) '학원의
자유'가 오기 전에 군정의 힘을 빌어 상아탑을 점령한 것은 뭇솔리니
못지않은 꾀었다.
　'Eppur si muove!' (그래도 지구는 움직인다.) 몇사람 때문에 조선의 학
원이 일본이나 이태리나 독일처럼 파시스트의 아성이 되지는 않을 것
이다. (…)[114]

김동석은 이탈리아 파시즘의 수장인 무솔리니를 문장의 시작으로
내세워 자연스럽게 민주주의와 대립되는 전체주의의 대표로 인식하
고 있다. 그러면서도 또한 비록 참혹한 죽음으로 종말을 고했지만 20
년 넘게 이탈리아를 통치하고 막강한 영향력을 과시했던 인물임을
암시하고 있다. 그리고 위에 인용된 부분에서 유일하게 이탈리아 원
어로 인용된 'Eppur si muove!'는 갈릴레이가 주장했던 것인데 정확한 원
어로 인용한 것이 특이하다 하겠다. 김동석은 위의 글뿐만 아니라 앞
서 「학자론」에서도 이 인용문을 사용하고 있는데 그 부분을 아래에
옮기면 다음과 같다.

　　갈릴레오가 '지동설'을 주장했을 때 지구는 움직이지 않는다는 구약
　성경을 절대불변의 진리라 믿었던 카톨릭 신부들은 사형으로써 그를
　위협했다. 그러나 갈릴레오는 용감했다. 그리고 주장했다.
　　'그래도 지구는 움직인다.'고.
　　이 투쟁적 정신이야말로 과학에서 뺄 수 없는 일면이다. 과학이란
　자연과의 투쟁이오, 사회악과의 투쟁이오, 조선같은 데서는 무엇보다
　도 봉건주의와 일본제국주의의 잔재와의 투쟁이어야 한다.[115]

갈릴레오 갈릴레이는 '지동설'을 주장했던 이탈리아의 유명한 천

---

114 위의 책, p.164.
115 위의 책, p.100.

문과학자이다. 그런데 김동석이 갈릴레이에 대해서 잘 못 알고 있었던 점이 있음을 지적할 수 있다. 위의 이탈리아어로 된 인용문에 해당되는 부분은 갈릴레이가 종교재판에 회부되어 자신의 주장을 번복하고 참회복을 입는 과정을 마친 뒤 밖으로 나오면서 한탄스러운 소리로 중얼거렸던 말이지, 주장을 강하게 했던 것이 아님을 김동석은 크게 오해하고 있다는 점이다. 그러기에 사형의 위협을 무릅쓰고 용감하게 항거하고 투쟁했던 과학자의 모습으로 갈릴레이를 묘사하고 있는 것이 아니겠는가?

그러나 이는 실제와는 다른 이야기다. 김동석은 매번 갈릴레이를 용감하게 자신의 주장을 굽히지 않고 당시 기득권 세력과 투쟁했던 과학자로 인용하고 있는 데 실은 신념을 굽히지 않고 화형을 당했던 이탈리아의 철학자 조르다노 브르노와 대조되는 과학자라고 할 수 있을 것이다. 앞서 이광수와 이탈리아 파시즘 편에서도 갈릴레이를 잘 못 알고 있었던 것 같은데, 이는 그 당시 일본을 통해서 들어온 자료에 오해의 소지가 있었던 것으로 추측된다.

「상아탑」에서 김동석은 '파시스트'라는 단어를 한 번 사용하고 있는데 "이 기생충적 존재는 근로하는 조선민족에게 감사는 고사하고 재물과 권력과 지능을 가지고 파시스트로 군림하려 한다"는 것이 그 문장이다.

「전쟁과 평화」에서 김동석은 전쟁의 대표적인 존재로 일본과 독일을 들고 있다. 제2차 세계대전을 통해서 가장 비중이 적게 나갔던 이탈리아의 파시즘을 감안해서 김동석은 이탈리아를 여기에 포함시키지 않은 것 같다.

> 일본과 독일처럼 전쟁을 구가(謳歌)한 나라도 없다. 무력을 자랑하던 나머지 역사의 쇠바퀴를 거꾸로 돌릴 수 있다고 자신한 일본군부와 나치스 - 그들이 비육지탄(髀肉之嘆)을 발(發)하다 발하다 제2차세계

대전을 터트려 놓고 말았던 것이다. (…) 파시스트들이 민주주의 진영의 내재력을 과소 평가한 것은 아니었지만, 민주주의의 위대한 가능성을 너무나 잘 알고 두려워 했기 때문에 전격전으로서 쇠뿔을 단숨에 빼려고 대든 것이었다. 독일이 파죽지세로 소련을 석권하여 모스크바에 육박했을 때, 또는 일본이 싱가포르를 함락시켰을 때, 그 때 파시스트들의 의기야말로 하늘을 찔렀으며 민주주의 진영에서도 반동한 무리들이 부지기수였다. 조선의 친일파와 민족반역자가 득세한 것도 그 때요, (…) '전쟁은 문화의 어머니'라는 일본 군부의 궤변을 증명하려 나선 것처럼 날뛰는 문인 학자가 정치무대에 올라서게 된 것도 바로 이때부터가 아닐가. (…)

하여튼 전쟁은 인류의 적이요, 특히 약소민족에게는 지긋지긋한 원수다. (…)

문화인이여 전쟁을 저주하고 평화를 찬미하자. (…) 문화의 적인 전쟁과 싸우자. (…) 116

비록 이탈리아 파시즘이 표면에 드러나지 않았지만, 위의 글은 그야말로 반파시즘적인 색채가 가득한 글이다. 이미 앞선 글에서 김동석은 '문화의 적인 파시스트'라는 말을 사용한 적이 있다. 바이올린을 연주하는 무솔리니와 그림을 그리는 히틀러 운운하면서 문화인이 아니라 문화의 적이라고 칭했던 것이다. 파시즘이 승리했을 때의 하늘을 찌를 듯한 그 의기에 대해서 강한 적대감을 표현하며 파시즘의 악몽에서 벗어난 지 얼마 되지 않은 상태였던지라, 그 어떤 것도 파시즘보다는 선하며, 온건하다는 듯한 논조를 벗어나지 못하고 있다. 마치 공산주의에게는 전쟁도 없고, 폭력도 없다는 듯이 말이다.

평화의 공산주의를 상상하는 김동석이었기에 그가 정작 월북하여 공산당의 현실, 공산주의의 실제 모습에 어떠했을 지는 이미 답이 나온 상태라고 할 수 있다. 김동석은 이상적 공산주의를 꿈꾸고 있었던

---

116 위의 책, p.171~172.

것이니까. 이탈리아 파시즘이나 일본 파시즘 등을 김동석은 제국주의로 간주하기도 한다. 그리하여 그는 「민족의 양심」에서 "유대민족을 짓밟던 로마제국, 조선을 짓밟던 일본제국주의도 그만 못지않은 학정자"[117]였음을 강조하고 제국주의에 대한 적대감을 드러내면서, 민족의 지도자는 소금의 짠맛을 지니고 있어야 함을 역설하고 있다.

「애국심」에서는 김동석 역시 파시즘에서 그리도 강조하던 애국심을 다시금 이야기 하면서 무엇이 진정한 애국자인가를 설명하는 중에 파시스트 수장들의 이름이 거론된다.

> (…) 쌔뮤얼·존슨은 '애국심은 악당의 최후 피난처'라 갈파했지만 히틀러, 裕仁, 뭇솔리니의 무리들이 이용한 것은 병기창보다도 실로 이 애국심이었던 것이다. 애국심이란 총칼보다도 위력을 발휘하는 것이기 때문에 역사의 반역자들은 언제고 애국심을 악용하여 정권을 획득했었다. 사랑은 눈먼 것이기 때문에 이렇게 악용을 당하기가 쉬운 것이다. (…) 정치, 경제, 교육, 출판에 있어서 '애국심'이라는 말이 흥분이나 감정이나 기분을 의미하는 채 지배력을 갖게 된다면 무지와 욕심이 가장 득세할 것이오, 진정한 애국자는 스스로 숨어버리지 않으면 驅逐을 당할 것이다. 惡貨가 良貨를 쫓아버리는 것은 화폐에만 타당한 진리가 아니다. (…) [118]

「애국심」에서 김동석은 파시즘 체제가 악용했던 맹목적 애국심에 대해서 예리하게 꼬집고 있으며, 파시즘 체제를 겪은 당사자로서 더 이상 의미 없는 애국심에 동요되거나 위선적 애국자가 되어서는 안 됨을 역설하고 있다. 애국심이 파시즘의 외부적인 폭력보다도 훨씬 더 위력적일 수 있음을 파시즘 체제에 의해 동원된 민중, 즉 대중의 응집력 속에서 확인할 수 있다. 파시즘이란 사회 모든 분야에서 이 애국

---

117 위의 책, p.174.
118 위의 책, pp.175~176.

심을 강제로 혹은 자발적으로 유발시키면서 이 애국심을 직접적 행동으로 보이도록 강제하는 사회적 압박인 것이다.

이탈리아 파시즘이 무솔리니에 의해서 촉발될 때에도 바로 이러한 사회적 압박이 행동으로 표출되고, 폭력으로 유지되어 일어날 수 있었던 것으로 김동석이 안타까워했던 진정한 애국자들, 아마도 김동석은 공산주의자들을 일컬었을 것으로 생각되는 데, 이 공산주의자들에 대한 사회적 압박적 반감이 같이 작용했기에 가능했던 것이다. 파시스트들의 철천지 원수인 사회주의자들과 공산주의자들은 이탈리아 파시즘이 형성되기 시작하던 때, 매일같이 이탈리아의 도시와 시골 마을의 거리에서 수없이 피를 흘리게 되었다. 당시 이탈리아 경찰은 좌익에 대한 거부감이 컸던 관계로 대부분의 좌익분자들에 대한 폭력 행사를 용납할 수 있는 일로 생각했기 때문에 그 학살 행위를 방관할 뿐 거의 개입하지 않았다.

언제나 공정한 싸움을 피하는 파시스트 행동 대원들은 사회주의자나 공산주의자들이 혼자 있을 때 습격하여, 곤봉으로 그들을 때려눕히곤 했다. 이 곤봉은 이탈리아 파시스트들의 가장 뚜렷한 상표가 되었다. 위의 글에서 김동석이 말한 "진정한 애국자" 즉 사회주의자들, 공산주의자들은 이미 이탈리아에서 파시즘이 일어날 때 "구축을 당했던" 적이 있었던 것이다. 무솔리니를 추종하는 애국심에 불타는 파시스트들은 이탈리아의 지방에서 사회주의자들과 공산주의자들을 완전히 소탕하였으며, 무솔리니는 이를 위협수단으로 사용하기도 했다. 김동석은 이탈리아 파시즘의 전개 과정을 너무나 잘 알고 있으며 그러한 사실이 한반도에서 일어날까봐 전전긍긍하는 모습을 보여주고 있다.

1949년의 평론집『뿌르조아의 인간상』의 첫부분「머리말」에서 김동석은 이탈리아의 시성인 단테 알리기에리의 글을 직접 인용하면서 힘을 받고 있는데 그 부분을 직접 옮기면 다음과 같다.

> (…) 민족의 거대한 사실에 대하야는 의식적으로 눈을 감고 피하야
> 문학만 가지고 이러니 저러니 하다가 개미가 쳇바퀴 돌 듯 아무 발전
> 이 없는 文學主義者들의 꼴을 보라. 일즉이 단테는
> 'Non ragionam di lor, ma guarda e passa' - Inferno, III, 60.
> (그들을 생각할 것도 없다. 슬적 보고 지나가자.)
> 고「神曲」에서 이러한 觀念論者들을 욕했거니와 나는 어째서 이러
> 한 文學家들을 언제까지나 부뜰고 생각하는 것일까. (…) 119

위의 인용된 글을 이탈리아어로 정확하게 옮겨놓고 있는 김동석은
당시 이탈리아어를 즐겨 인용했던 비평가라고 할 수 있다. 그런데 하
나의 오류가 보이는데 그것은 "지옥편, 3곡, 60행(Inferno, III, 60)"이라고
되어 있는데 60행이 아니고 정확하게는 51행이라는 것이다. 뜻은 아
주 정확하다. "그들에 대해 생각하지 말고 그냥 보고 지나가자"라는
뜻이다. 민족의 거대한 사실을 늘 염두에 두고 있는 민족주의자 김동
석의『뿌르조아의 인간상』의「머리말」에서 단테가 인용되었다는 사
실만으로도 그가 이탈리아 문화에 어느 정도 조예가 있었다고 볼 수
있다. 파시즘도 그런 의미에서 이탈리아 문화의 일부이다. 올챙이 시
절을 지나 개구리로 변신하고 싶다는 김동석은 강렬하게 새로운 도
약을 꿈꾸고 있다. 그러기에「머리말」의 끝에서 "똘창에서 그 간드러
진 꼬리를 치며 자기 도취에 빠져 있는 올챙이가 메티모포씨스를 이
르켜 대지에 뛰어 올라 개구리가 되는 그 생명의 약동을 얼마나 바랐
던가. 그리고 나 하나만이 아니라 나와 같은 올챙이 족속들이 다 같이
일제히 뭍으로 뛰어올으는 그 빛나는 찰나를 고대"하고 있는 것이다.
평론집『뿌르조아의 인간상』에서 ＜Ⅰ 순수의 정체＞편의「부계(父系)
의 문학 - 안회남론」에서 김동석은 다음과 같이 말하고 있다.

> (…) 懷南이「田園」의 발문에서 고백했듯이 그의 身邊文學은 일본

---

119 위의 책, pp.195~196.

제국주의의 야만적 식민지 정책에 쫓기어 자기 자신 속으로만 파고 들어간 문학이다. 그러면 작가는 자기 자신 속에서 무엇을 발견했던가? 붕어가 연못에서 떠나 살 수 없듯이 사회와 역사를 떠나 살 수 없는 인간이 객관세계를 피하여 自我속으로 들어가 발견할 수 있는 것은 '無' 밖에 없다.

(…) 악마의 관념만 하드라도 그렇다. 懷南은 이것이 무슨 문학정신이라도 될 것처럼 생각한 모양이나 父家長的인 봉건의식을 문학적으로 윤색한데 불과하다. 기나긴 亞細亞的 속박 속에 있던 할머니나 어머니나 안해가 술 취한 아버지나 남편이나 아들 때문에 히스테리칼하게 되는 것을 (…) 일본제국주의가 무서워 自我 속으로 도피하고 그 自我 속에서 '아버지'라는 우상을 발견한데 기인하는 것이다. 하물며 그 '아버지'가 문학청년들을 유혹하기 쉬운 영원성과 악마의 상징임에랴.

(…) 懷南은 그렇게 애지중지하던, '나'는 흔적도 없는 것 같다. 그러면 그의 '나'는 어떻게 청산되었는가? 그것이 과연 일본제국주의를 완전히 소탕한 데서 오는 自我 청산이었을까? 일본제국주의를 청산하지 않은 한 懷南의 身邊文學이 변모할 리 없다는 것은 懷南 스스로 주장하는 바다. [120]

김동석은 안회남의 작품에 대한 비평을 하면서 파시즘의 가부장적 특성이 내면화되어 있음을 인식하고 있다. 이를 두고 "일본 제국주의의 야만적 식민지 정책에 쫓기어 자기 자신 속으로만 파고 들어간 문학"이라고 안회남 자신이 발문에서 이야기한 것을 그대로 인용하면서 "자아 속으로 도피하고 그 자아 속에서 '아버지'라는 우상을 발견"하였다고 역설하고 있다. 앞서 "기나긴 아세아적 속박"이라는 표현이 전통적인 유교관념의 틀로 볼 수도 있고, 혹은 이를 일본제국주의 파시즘의 잔재라고도 볼 수 있다. 그런데 이것은 비단 일제의 파시즘의 잔재라고만 할 수 있는 것을 결코 아니다. 왜냐하면 역사적 파시즘의

---

120 위의 책, pp.201~205.

종주국에서는 이러한 가부장적 특성이 더욱 강화되고 남녀 차별적 사회적 대우는 더욱 그 골이 깊어졌기 때문이다.

이탈리아의 파시즘 체제하에서도 파시스트들은 가정생활에까지 개입하여, 전통적인 엄격한 가족 구조를 장려했다. 아버지는 가장으로서, 집에서 자녀들을 돌보아야 할 책임을 면제 받는 대신 파시스트 국가 건설 작업에 이바지해야만 했다. 어머니의 임무는 자녀들을 키우는 일이었는데, 이탈리아의 활력은 출산율로 측정하기 때문에 여자들은 자녀를 되도록 많이 낳아야 했다. 안회남이 "조개가 단단한 껍데기를 쓰는 것처럼 의식적 무의식적으로 자기 자신 속으로만 파고 들었던 것"이라고 「전원」의 발문에서 고백했듯이 외부적인 강압체제를 부인하고 내면의 세계 속으로만 들어가는 것까지는 파시즘적인 태도라고 할 수 없지만, 내면의 자아 속에서 '아버지'라는 우상을 발견하였다는 것은 남성 중심의 전통적 가족제도라는 또 다른 파시즘의 너울을 쓰게 되는 것이라고 본다. 이를 김동석 역시 간파하고 있는 것이다. 그리하여 이를 뛰어넘는 제안을 다음과 같이 하고 있다.

> (…) 민주주의는 아버지와 '나'와 아들이 三位一體가 되는 三次元的인 나라가 아니라 아버지보다 '나'가 더 위대하고, '나'보다 아들이 더 위대해지는 발전하는 四次元的인 나라이며 父系가 악마가 되어 母系와 싸우는 봉건적 사회가 아니라 父系와 母系가 동등한 권리와 주장을 가지고 人民이 되는 나라이기 때문이다. (…) 그러나 이 작가의 세계관이 '父系의 文學'이라는 굴레를 벗지 못하는 한 여하한 체험도 문학이 될 수 없을 것이다. (…) 아직껏, 8·15이전에 가졌던 낡은 世界觀을 청산하지 못했다면 작가로서 노력이 부족했다 아니할 수 없다.(…) [121]

평론집 『뿌르조아의 인간상』에서 <Ⅰ 순수의 정체>편의 같은 제목으로 실린 「순수의 정체 - 김동리론」에서 "우리 문단이 이미 춘원

---

[121] 위의 책, pp.206~208.

등의 재사(才士)를 일제한테 빼앗긴 것도 원통"하다고 서론을 시작하는 김동석은 또 다시 순수문학이 이용당하기 쉬움을 일깨우면서 파시즘을 기억하게 한다.

> (…) 純粹文學의 非純粹性은 이렇게 순수치 못한 사람들에게 이용을 당하기가 쉽기 때문이다. '純粹'란 결코 조선문단에서만 문제되는 것이 아니라 특히 독일의 나치스 문학자, 일본, 이태리 등의 戰犯文學者들이 전후에 자기들의 정체를 캄플라아치하기 위하여 이용하는 一見 아름다운 迷色인 것이다. (…)[122]

같은 평론집 『뿌르조아의 인간상』 <Ⅰ 순수의 정체>편에 실린 「시인의 위기 - 김광균론」에서 김동석은 김동리에 대해서 보다 한 차원 높은 비난의 화살을 김광균에게 퍼부어댄다. 그러면서 이탈리아 파시즘에 대한 수많은 정보들을 쏟아내고 무솔리니의 말을 직접 인용까지 한다.

> (…) 베니토 뭇솔리니는 '엔치클로페디아 이탈리아나'(이태리백과사전)에서 파시스트의 정치 이념을 다음과 같이 내세웠다.
> '파시스트의 입장에서 보면 모든 것은 국가 속에 있고 인간적인 또는 정신적인 것은 존재하지 않으며 더군다나 국가 밖에 가치있는 것은 존재하지 않는다…… 국가는 사실에 있어서 보편적인 倫理的 意志로서 權利의 創造者이다……'
> 이 파씨스트 원흉의 政治權이 8·15 전에 이 땅에서 어떠한 현상으로 나타났는가 하는 것은 친일파, 민족반역자 또는 해외에서 호강하던 사람을 빼놓고는 시방 생각만 하여도 '등줄기에 땀도 같고 바람도 같은 것이 선득'하는 것을 금치 못할 것이다. 파시즘이 주는 공포는 아직도 이 땅에 그 검은 그림자를 끌고 있다. (…) 그날밤 뭇솔리니가 와서

---

122 위의 책, p.226.

들었으면 느끼었을 그러한 것을 느낀 金光均씨는 어느 모에서나 민주
주의자로 보기는 곤란한 일이다. (…) 그의 政治觀이 뭇솔리니와 비교
될 수 있다는 것은 사실이지만 파시스트라고 부르기에는 정치적으로
너무 무력하다. (…)[123]

국가지상주의적 파시스트 국가관을 앞세우면서 이탈리아 파시즘
의 수장인 무솔리니의 연설문을 인용하는 김동석의 비판적 시각은
예리하게 김광균의 시세계에 꽂힌다. 김동석은 "시인은 다 시를 쓰지
만 '끊어진 글'을 쓰는 사람을 다 시인이라 할 수는 없는 것"이라면서
김광균의 시세계를 폄하하고 있다. 그런데 이런 와중에서 이태리백
과사전에 실려 있던 무솔리니의 연설문이 인용된 점은 특기할 만한
일이다. 파시스트의 정치 이념이 이렇게까지 인용된 것은 김동석의
글에서 처음이기 때문이다. 그만큼 김광균의 정치적 색채를 비판하
고 싶었던 김동석의 의도가 깔려있음을 알 수 있다. 공포 그 자체로서
의 파시즘이라는 사실을 다시금 일깨우는 김동석으로서는 김광균의
"정치관이 뭇솔리니와 비교될 수 있다는 것은 사실이지만 파시스트
라고 부르기에는 정치적으로 너무 무력"하다고까지 주장하고 있다.
순수문학에 대한 김동석의 반감은 평론집 『뿌르조아의 인간상』
<Ⅱ 생활의 비평>편의 같은 제목의 글「생활의 비평 - 매슈 아놀드 연
구」에서 보다 강도 높게 표현되고 있다.

錬金術士나 占星術에 진배없는 이른 바 純粹文學者들이 행세한 것
이 일본에서는 皇道文學으로 나타났고 독일에서는 나치스文學으로
나타났다. 뒤늦게 이러한 시대착오의 문학이 - '월街'의 딸라를 믿고 -
대담하게 실로 대담하게 '민족문학'을 僭稱하고 있다.
(…) 남조선의 '純粹文學'이나 國粹主義文學만이 문학이 될 까닭이
없지 않은가. 문학이 아닌 것이 '민족문학'이 될 수 없는 것은 다시 말

---

123 위의 책, pp.264~265.

할 나위도 없다. (…)

문학이 한 사람을 망쳐도 문학이라 할 수 없겠거든 況次 한 민족을 멸망의 구렁으로 끌어넣는 문학이랴. 純粹文學은 문학이 아닐 뿐더러 민족을 해치는 것이다. 國粹主義 文學은 다시 노노할 필요조차 없지 않은가.

(…) 조국을 위기로부터 구출하기 위하여 영웅적으로 궐기한 人民들이 있다. 이 人民들의 투쟁은 고대로 표시한다면 詩 이상의 것이 될 것이다. 오늘날 '救國文學'이 제창되는 것은 시인도 민족의 한 사람으로서 救國鬪爭에 참여해야 된다는 것을 의미하는 동시에 救國鬪爭에서만 詩는 그 표현의 가능성이 있다는 것을 의미한다. 그만큼 시국은 절박하다. 시인은 민족을 사랑하는 마음에서 또 詩를 사랑하는 마음에서 이 투쟁에 적극 참여해야 한다. (…)[124]

김동석은 순수문학을 "민족을 해치는 것"으로 받아들이고 있다. 순수문학보다 더한 것이 국수주의 문학이라 파시즘 문학에 대한 김동석의 태도는 민족을 멸망시키는 것으로 해석되고도 남는다. 그런데, 김동석이 그토록 거부감을 보이고 분노하는 순수문학과 국수주의 문학을 뒤로하고 자신이 주장하는 구국문학에 대해서 드러내는 태도와 어휘는 아이로니칼하게도 대단히 파시즘적이다. "조국을 위기로부터 구출하기 위하여 영웅적으로 궐기한 인민들"이란 표현에서도 표현상의 차이일 뿐이지, 파시스트들의 궐기대회에 나붙는 글귀들과 별반 다를 바가 없다. 김동석 자신은 그 차이를 느끼지 못했을까라는 의문점이 생긴다. 동시에 "시인도 민족의 한 사람으로서 구국투쟁에" "적극 참여"해야 한다는 주장도 사실은 파시즘의 민족을 위해 동원되는 투쟁과 무엇이 다른가.

결국에는 파시즘이 각 개인의 생활에까지 반평화적인 정신 즉 투쟁정신을 심어주는 것이며, 일련의 '전투'를 벌이고자 했던 파시스트

---

124 위의 책, pp.338~342.

들의 방법과 다른 것이 무엇인가. 민족을 사랑하고 국가를 사랑하고 모든 것이 국가 안에 있음을 늘 강조했던 무솔리니의 구호가 구국투쟁과 무엇이 다른가. 위의 글에서 김동석의 파시즘적 태도를 강하게 엿볼 수 있으며 투쟁을 부르짖는 논조는 파시즘에 동조했던 이광수나 채만식의 태도와 무엇이 다르겠는가. 그러면서도 여전히 김동석은 <Ⅲ 고민하는 지성>편의 같은 제목의 글「고민하는 지성 - 싸르트르의 실존주의」(1948년 9월『국제신문』)에서도 파시즘에 대한 비판의 강도를 낮추지 않는다.

> (…) '나는 나 자신을 내가 알수 있는 것에 국한하지 않으면 아니된다'고 그는 가장 양심적인 지식인인 것처럼 말하지만 오늘날 '파씨즘'과 민주주의에 대하여 가치판단을 할 자신이 없는 사람에게 지식인이라는 이름을 부칠 수 있을 것인가? 히틀러가 마이다네크에서만도 생사람을 4백만이나 불에 사르고 거기서 분해되는 화학 성분을 갖이고 민주주의를 무찌르는 화약을 만들고 거기서 나오는 열을 가지고 '파씨스트'들을 뜻뜻이 하는 水暖爐를 핀 사실이 어끄제이어늘 그리고 그 죽은 사람들의 재를 만지며 미국의 지식인 에드가 스노는 다시 한번 '파씨즘'에 대하여 전율을 금치 못했거늘 - 그의 저서「蘇聯勢力의 型」을 보라 - 그 '파씨즘'의 피해를 직접 입은 나라에 앉어서 '내일 내가 죽은 뒤에는 어떤 사람들이 '파씨즘'을 확립하기로 결정할는지 모를 일이요. 그렇게 되면 '파씨즘'이 그때엔 인간의 진리가 되는 것이다.'라는 말이 어데서 나오느냐. (…) 진리에 대한 양심이란 저 갈리레오처럼 - 'Eppur Si Muove' (그래도 지구는 움직인다.) - 고 외칠만치 객관세계에 대한 정확한 판단력과 그 판단을 주장할 만한 용기가 있어야 한다. (…) [125]

김동석의 파시즘에 대한 맹목적인 거부반응은 싸르트르에 대한 거

---

125 위의 책, pp.356∼357.

부반응 논박으로 이어지고 있다. 아마도 김동석의 싸르트르 비판은 프랑스 파시즘에 대한 비판인 것으로 보인다. 프랑스 파시즘의 경우, 이탈리아나 독일과는 달리 파시즘으로 의심받는 세력들이 "1930년대 프랑스에 출현하거나 활동한 극단적 세력들로서, 제3공화정의 의회 민주주의에 환멸을 느꼈을 뿐 아니라 마르크스주의에 대해 격렬한 혐오감을 드러냈다. 이들 세력은 정도의 차이는 있으나 의회민주주의와 마르크스주의에 맞서 권위주의적 민족주의를 기치로 내걸었다. 이 시기에 이탈리아와 독일에서는 파시즘이 운동으로서 그리고 체제로서 대내외적으로 영향력을 행사"하고 있었다. 사실, "이탈리아와 독일의 파시즘이 발산하는 강력한 '자장(磁場)'에서 벗어나기 어려웠을 것"이다.[126] 이런 흐름의 연속선 안에서 싸르트르의 민주주의에 대한 회의와 마르크스주의에 대한 혐오감이 드러났을 것으로 보인다. 이에 대해서 김동석이 강한 반발심을 표현한 것은 다름아닌 싸르트르의 마르크스주의에 대한 혐오감 때문이 아니었을까. 그러기에 김동석 자신이 "불란서의 구원은 불란서의 인민과 민주주의에 달려 있는 것이며, 그 인민과 민주주의를 무시하는 사상은 그것이 아무리 교묘한 윤리로 표현되더라도 그 윤리를 주장하는 사람 자신 하나도 구원하지 못한다는 것이 싸르트르가 우리에게 주는 교훈"[127]임을 강조하고 있다.

　위의 글에서 간접적으로 이탈리아 파시즘과 파시스트에 대하여 이야기가 되는 것이지만, 그 진리의 양심의 표징으로 갈릴레오 갈릴레이가 늘 언급되는 것이 인상 깊다. 김동석에게 갈릴레오가 그토록 용기 있는 지식인으로 각인이 되어 있으니 말이다. 사실상 용기 있는 지식인이 아니었거늘. 오히려 시대의 흐름을 타고 자신을 죽이고 더 많은 것을 하고자 목숨을 보전했던 현명한 과학자라고 하는 편이 좋을

---

126 김용우, 『호모 파시스투스 - 프랑스 파시즘과 반혁명의 문화혁명』, 책세상, 2005, p.187.
127 김동석, 앞의 책, p.358.

것인데 말이다. 아무튼 잘못된 정보를 갖고 이렇게까지 예찬하는 것을 보면 명석한 김동석이 애용할만한 자료가 턱없이 부족했음을 알 수 있다. 이에 대해서는 김동석 스스로 다음과 같이 실토를 하고 있다.

> (…) 지식이 이른바 지식인에게만 있다는 불손한 생각을 지식인이 버려야 된다는 것은 이 한가지만 보더라도 알 수 있다. 즉, 불란서 人民이 다 빤히 아는 진리를 싸르트르는 모르고 있는 것이다. '히틀러'의 무리들이 불란서를 점령했을 때 항쟁한 人民이 代獨協力者나 도피자가 모르던 진리, 즉 민주주의는 절대의 진리이며, 진리이기 때문에 결국은 승리한다는 사실을 알고 있었듯이 시방도 싸르트르 등이 모르는 진리를 그들은 알고 있는 것이다.
> (…) 世界와 歷史를 배우라. 自我의 行動原理는 그 객관적 진리에서 저절로 歸納될 것이다. [128]

그런데 위의 글은 김동석 자신에게도 해당될 수 있는 글이라는 것이 아이러니이다. 싸르트르를 비난하고 있는 김동석 자신이 사실은 민주주의를 모르는, 또 마르크스주의를 모르는 우물안의 개구리이기 때문이다. 마지막으로 그가 한 "세계와 역사를 배우라" 등은 본인 자신에게 해야 할 소리가 되었으니 말이다. '내 온 종일 먹지 않고 밤새 잠자지 않고 생각했지만 배움만 같지 못하더라'라고 한 공자의 말을 인용하면서 싸르트르를 교훈하려 드는 태도는 그가 얼마나 지식이 짧았는지를 단적으로 보여주는 것이다. 김동석이라는 당대 일류 비평가 중의 한 사람이 이런 오류를 낳았다는 것은 애석한 일이다. 게다가 본인 자신이 파시즘을 비난하면서 오히려 파시즘적 성향을 갖고 있음을 스스로 드러내는 격이니 제국주의적 파시즘이 그의 내면에 깊숙이 들어가 있었던 것이 아니겠는가?

1946년의 한 이탈리아 언론인의 지적처럼 파시스트 체제하의 젊은

---

128 위의 책, pp.357~358.

이들은 '창 없는 집'에서 자라나, 파시즘 외에 다른 도덕적·정치적 의식을 갖게 될 기회가 애초부터 박탈되어 있었던 것이다. 파시즘의 과거와 결별하는 일, 그리고 파시즘의 부활의 위험을 제거하는 일은 대중의 의식 속에 알게 모르게 내면화된 파시스트 사고방식을 드러내고 분석하고 비판하는 작업 없이는 완결될 수 없다. 아마도 이런 점을 김동석 자신도 의식하고 깨달았던 비평가임에는 분명하다. 이것은 김남천의 경우, 의식적으로 파시즘의 용어나 체제를 드러내는 것을 애써 피하고 있는 것과 비교가 되기 때문이다. 그러나 앞서 이야기 했듯이 김동석 자신도 또 다른 한계를 갖고 있는 것이다. 그것은 내면화된 파시즘적 성향이며 이를 마르크스주의 옹호와 민족주의 옹호에 적용하고 있다는 것이다. 이러한 사실을 스스로 말하는 듯 1947년 4월 24일『중앙신문』에 게재된「민족의 종」에서 다음과 같이 시작하고 있다.

> 녹쓸고 깨여진 鍾 - 조선민족을 이렇게 상징할 수 있다. 국제 민주주의 세력이 三相결정을 가지고도 조선의 親日的인 녹을 닦고 민족반역적인 夫을 없애지 못하고 있는 까닭은 세계 또한 녹쓸고 깨진 鍾이기 때문이다. 히틀러·무쏠리니는 죽었으되 裕仁과 푸랑코는 여전히 살어 있다. 아니, 파씨즘이 인류에게 끼친 녹과 夫가 그렇게 쉽사리 소탕되지는 않을 것이다. (…)[129]

김동석은 파시즘의 역사적 주역인 무솔리니와 히틀러는 죽었으나, 이들이 후원하고 밀어주었던 프랑코 스페인 총통과 일본의 히로히토(裕仁)는 당시 살아 있음을 강조하고 있다. 또한 파시즘이 인류에게 끼친 패악과 잔재는 쉽사리 없어지지 않을 것임을 예견하고 있다. 이탈리아 파시즘의 수령인 무솔리니가 제일 먼저 시작했고, 22년을 통치

---

129 위의 책, p.359.

하다 비참한 말로를 맞았다. 이어서 히틀러가 후발로 등장했지만 세계에 더 큰 위력을 발휘하다 스스로 자결하였다. 오히려 이 둘의 지원을 받아 내란에 승리했던 스페인의 프랑코 총통이 1975년까지 집권했다. 일본의 제124대 왕인 히로히토는 중일 전쟁에 이어 제2차 세계대전 등 일본의 팽창주의 역사를 체험하였지만, 아라히토가미(現人神)로서의 신격을 부정하는 '인간선언'을 발표하여 일본국 헌법제정과 함께 상징적인 국가원수가 되어 1989년까지 살았다. 그러나 이들 파시즘의 지도자들이 다 사라진 오늘날에도 파시즘은 사라지지 않았다.[130]

김동석은 반파시즘적 사회주의 비평을 쓰면서도 김남천의 태도와는 사뭇 다르게 역사적 파시즘의 주인공인 이탈리아 파시즘에 대해서 열려 있었다. 그리고 이탈리아 문화를 대변하는 단테나 갈릴레이 등에 대해서도 우호적이었다. 어떻게 보면 당시 반파시즘적 사회주의 비평의 분위기 안에서 김동석 만큼이나 이탈리아에 대해서 애정을 갖고 있었던 좌익비평가는 없었다고 할 수 있다.

---

130 이미 1961년 프랑스의 저명한 지식인이자 파시스트인 바르데슈(M. Bardèche)가 이와 같은 사실에 대해서 미리 예언하고 있었다. "또 다른 이름으로, 또 다른 면모로, 그리고 명백히 과거의 어떠한 투영도 없이 우리가 알지 못하는 어린아이의 모습으로 젊은 메두사의 머리, 스파르타의 질서는 다시 나타날 것이다"라고. 바르데슈가 일컬은 젊은 메두사의 머리, 스파르타의 질서라는 것이 파시즘을 뜻하는 것임은 분명하다. 그리고 이 예언이 있은 뒤 정확하게 33년 뒤, 1994년에 역사적 파시즘의 종주국인 이탈리아의 신문은 또 다시 무솔리니라는 이름으로 도배되었었다. 그 이유인즉, 22년간 무솔리니의 나라였던 이탈리아에 또 다시 무솔리니라는 성을 갖고 있던 그의 손녀 알렛산드라 무솔리니(Alessandra Mussolini)가 나폴리 시장에 당선되고, 실비오 베를루스코니(Silvio Berlusconi)가 신파시스트당으로 의심받던 민족연합(Alleanza Nazionale)의 열렬한 지지를 받아 권력을 장악함으로써 이 신파시스트당 출신 정치가들이 각료로 입각한 해였기 때문이다. '고전적 파시즘' 다시 말해서 '역사적 파시즘'을 탄생시켰던 정치·경제·사회적 위기는 양상만 다를 뿐 여전히 존속해 있으며, 파시즘의 사상적·문화적 영향력은 사라지지 않고 우리 가까이 있다. 김용우의 말대로 파시즘의 숨통이 완전히 끊어진 적이 결코 없음에 파시즘에 대한 우리의 경각심은 더욱 일어날 수밖에 없다. 김용우, 앞의 책, p.215~220 참고.

2) 이원조(李源朝)와 이탈리아 파시즘

이원조는 1909년 경북 안동 출생으로 대구 교남학교(대륜 전신)를 거쳐 동경 호오세이대(法政大學) 불문학과를 졸업하고 귀국후 조선일보 기자, 대동출판사 주간 등을 역임했으며, KAPF에 가담, 해방 직후 조선문학가동맹을 조직, 활동하다가 월북하여 6·25전쟁 이후 옥사하였다고 한다. 이원조는 김동석의 경우와는 달리 해방 이전에 오히려 평론활동을 활발하게 하였다. 또 파시즘이나 이탈리아를 결코 거론한 적이 없었던 김남천의 경우와는 달리 파시즘이나 전체주의에 대해서 그래도 언급이 있었던 편이라 할 수 있다.

우선 먼저 『조선일보』 1933년 3월 13일자 「순수문학과 대중문학 문제」에서 "일본의 대중문학은 그 실질로서 파시즘문학으로 전향하려는 시험이 현저이 나타나는데 조선에서는 이제 새로이 순수문학의 제창이 비롯하고 있는 듯하다."[131]라는 부분에서 파시즘이라는 말을 처음 사용하고 있다. 파시즘이라는 용어를 사용하지조차 않았던 김남천의 경우와 대조되는 예이다. 1933년 4월 29일자 『조선일보』에 게재된 「시학도의 눈에 비친 근래시단의 한 경향」에서 "봉건주의초기 문학과 같은 권선징악적인 파시즘문학의 대두전의 부르조아 문학의 갈 곳은 그네들의 소비적인 신경을 자극하는 감각적 현상 이외에는 아무 데도 용납할 곳이 없었던 것이다."[132]라는 부분에서 파시즘이란 용어를 사용하고 있을 뿐이다.

또 1933년 12월 16일자 『조선일보』에 게재된 「불안의 문학과 고민의 문학」에서 "그러므로 파시즘문학이란 만약 구태어 이론적으로 논의한다면 이 불안의 문학의 수정이라고 할런지도 모를 것이다."[133]라는 부분에서도 앞서의 예들과 동일하게 파시즘이라는 용어를 사용하고

---

131 이원조, 『오늘의 文學과 文學의 오늘 : 이원조문학평론집』 이동영 편, 형설출판사, 1990, p.32.
132 위의 책, p.40.
133 위의 책, p.52.

있다. 1935년 6월 7일자 『조선일보』에 게재된 「오늘의 문학과 문학의 오늘」에서 "(…) 여기에는 보다 더 그 중대한 원인으로서 파시즘의 흥기(興起)라는 것을 간과할 수 없는 것이다. 그래서 표면상으로는 지식계급과 파시즘과의 대립형태로서 나타나면서 (중략) 자유주의라는 것이 만일 파시즘과 대립되는 것이라면 (…) "[134]이라는 부분에서 파시즘이 연속 3번 나올 정도로 빈도가 올라가 있음을 발견할 수 있었다. 그러나 여기서도 단순히 파시즘이라는 용어의 사용일 뿐이다.

이러던 것이 1935년 11월 12일에서 19일까지 『조선일보』에 연재된 「문단이의(文壇異議)」에서는 상당히 폭넓게 파시즘이 수용되고 있음을 알 수 있다.

(…) 맑스주의문학은 일시에 세계적으로 풍미(風靡)하였으나 그것은 소련의 국민문학이 되는데 반해서 파시즘문학은 이태리나 독일의 국민문학이 되고 있다. 그래서 이 두 개의 독재적인 국민문학에 대해서 필연적으로 일어날 것이 "인간성의 해방, 문화의 옹호, 표현의 자유"를 공동목표로하는 신자유주의문학운동일 것이니 맑스주의문학을 명제(命題)이라고 한다면 파시즘문학은 그것의 反명제이며 신자유주의문학은 다시 그것들의 종합명제이라고 볼 수 있는 동시에 신자유주의문학은 직접적으로 反파시즘일 것이고 간접적으로는 反맑시즘일 것이라"고 하였다. (…) 모든 길은 로마로 통하였다는 것과 같이 (…) 국제작가의 추향(趨向)하는 길은 로마가 아니다. 그렇다고 해서 정씨의 말과 같이 직접적으로는 反파시즘이고 간접적으로는 반맑시즘인 해외문학파만이 제삼천국도 아니고 바로 현실적인 모스크바 거기이다. (…)[135]

「문단이의」는 정인섭의 「문예시평(文藝時評)」에 대한 반박의 글이라고 할 수 있는데, 정인섭의 글을 반박하는 가운데 파시즘문학이니

---

134 위의 책, p.70.
135 위의 책, pp.92~98.

파시즘이라는 말을 열여섯 번 넘게 사용하면서 이원조 자신의 논리를 펼치고 있는 글이다. 특히, "파시즘문학은 이태리나 독일의 국민문학"은 이 전체 글에서 두 번이나 반복이 되는 것으로 파시즘문학의 원형인 이탈리아 문학이나 독일 문학이 각각의 나라의 철저한 국민문학임을 강조하고 있다. 이탈리아 파시즘이 직접 수용되었다는 것 보다는 파시즘이라는 용어의 반복과 더불어 적어도 「문단이의」에서는 파시즘문학에 대한 규명이 이루어졌다는 사실만으로도 앞서 김남천의 경우와 대조되는 것이다. 그리고 특히 김남천의 경우 독일 나치스에 대한 언급이 있었을 뿐인 것과 비교해서 이원조의 경우에는 '파시즘', '이태리'를 언급하고 있다는 사실이 다르다고 할 수 있다. 이원조의 경우에는 또 김동석이 갈릴레오에 대해서 잘 못 알고 있었던 부분을 아주 정확하게 파악하고 있었다는 점을 언급할 만한데 그 예는 1936년 7월 11일에서 17일까지 역시 『조선일보』에 연재되었던 「현단계의 문학과 우리의 포즈에 대한 성찰」에서 찾아 볼 수 있다.

> (…) 그것은 다름 아니라 그 유명한 물리학자 갈릴레오가 종교재판정에서 코페르니쿠스의 지동설(地動說)을 믿지 않았다는 것을 서약(誓約)하는데 그 당시에 광경은 어떠했느냐고 하면 만약 그 서약을 하지 않으면 곧 화형(火刑)에 처하게 된 것이었다. 그러므로 갈릴레오는 믿지 않겠다고 서약하였다. 그러나 그 다음 순간에 가만히 입안에서 '그러나 움직인다'고 하였다는 것이다.
> 이것은 한 개의 진리를 위한 사람의 포즈이다. 그리고 이것은 '모랄'이다. (…) [136]

"진리를 위한" 전형적인 '포즈'의 하나로 갈릴레이를 예찬하는 이원조의 논조는 1939년 2월 『문장』 제1호에 실린 「교양론」에서도 나오고 있다.

---

[136] 위의 책, p.119.

(…) 가령 이러한 사실을 중세에 가서 구한다면 코페르니쿠스 지동설은 확실히 학문이었다. 그러나 그것이 승려계급의 절대적 세력에 눌리어 현실적 규범성(規範性)이 상실되었을 때 종교재판을 받고 난 갈리레오 갈릴레이는 지동설을 믿지 않겠다고 하고서도 입안으로는 '그래도 움직인다'고 하였다는 것은 학문인 지동설이 그때의 갈릴레오에게는 한 개의 교양인 것이다. (…)[137]

이원조는 갈릴레이를 김동석 만큼이나 예찬해 마지않는다. 김동석이 원어 이탈리아어를 인용해가면서 강조하던 것과 비교해보면 이원조는 늘 '그래도 움직인다'라는 표현으로 일관하고 있으면서 적확한 상황 설명까지 덧붙인다. 물론 갈릴레이에 대한 이야기는 이탈리아 파시즘과 직접적으로 상관이 있다고 볼 수 없지만 이탈리아 지식인의 전형으로, 일관된 의식을 갖고 있는 과학자로 당시 한반도의 문학계에서 인정을 받았다는 사실은 이탈리아 문화 수용 양상과 관련지어 생각해볼 수 있는 것이다. 이러한 교양과 관련지어서 볼 때 이원조의 경우에도 다른 문인들과 마찬가지로 1939년 11월『인문평론』제2호에 게재되었던 「조선적 교양과 교양인」에서 '르네상스'를 언급하면서 "이 지성의 갱생으로 말미암아 비로소 레오날드 다빈치라는 역사적 교양인이 한 사람 나타났다는 사실"을 말하고 있다. 당시 이탈리아 문화와 관련지어 언급되었던 인물들이나 내용들이 문인들마다 대동소이했으며 한계가 뚜렷했음을 알 수 있다.

그런데 1940년대에 들어서 태평양 전쟁중의 이원조의 글에서는 파시즘 및 파시스트라는 단어조차 보이지 않는다. 시기적으로 해방이후가 되어서야 정치적 파시즘의 색채가 강화된 수용 양상을 보인다고 할 수 있는데 그 첫 예로 1945년 11월 6일에서 12일까지『중앙신문』에 게재된 「조선문학의 당면과제」를 들 수 있다. 이 글에서 이원조는

---

137 위의 책, pp.152~153.

"1920년대에 대두한 세계 파시즘이 1930년대에 들어와 전면적 공세를 취하면서" 그리고 "파시즘의 공세하에", "파시즘의 비합리주의를 공격하기 위해서 합리주의이론인 지성론을 논의하면서 파시즘의 정치적 동원을 모면하기 위해 문학은 정치와 무관하다는 순수문학"[138] 등을 이야기하는 와중에 파시즘을 언급하고 있다. 특히, 「조선문학의 당면과제」는 이탈리아 파시즘이 1920년대 대두한 세계 파시즘임을 분명하게 언급하고 있는 유일한 글이라고도 할 수 있다.

1946년 1월 『조광』에 실린 「민족문학확립에」에서 이원조는 파시스트라는 용어를 직접 사용하면서 파시즘의 수용 양상을 드러내 보이고 있다.

> (…) 일본제국주의가 세계 파시스트의 마지막 운명을 품에 안고 꺼꾸러지자, (중략) 국제 파시스트 침략적 음모는 날로 더해 가서 세계적으로 사상의 불안과 동요는 갈수록 그 심도를 더했으니 파시스트 전쟁 기도에 전율하는 세계의 사상적 불안과 동요는 이 나라에도 영향되고 파급되었다.(중략) 그러나 마침내 일본제국주의가 세계전쟁을 수행하면서 가장 야만적(野蠻的)인 문화정책으로 우리 언어까지 수탈(收奪)하자 우리의 붓은 마지막으로 꺾어지고 우리 입에는 자갈이 물려졌다. (…)[139]

파시즘의 문화정책은 비단 일본제국주의만이 아니라, 이탈리아나 독일의 경우도 야만적이고 잔인하였다. 독일에서의 유대인 말살정책이 그것이고, 독일의 영향을 받은 이탈리아도 반유대인 정책을 펼쳤던 바가 있다. 일제 강점기 말기의 언어말살정책은 일본이 당시 서구 열강들, 그 중에서도 영국의 식민지 정책에서 배워온 것이요, 결코 일본만의 야만적 문화정책은 아니었다. 모든 정복자들은 피정복자를

---

138 위의 책, pp.219~220.
139 위의 책, pp.231~232.

억압하고 저들의 언어와 문화를 말살하고자 했던 것이 어제 오늘의 이야기가 아닌 것이다.

1946년 1월 『개벽』에 실린 「비평가의 임무」에서 "우리 문학이 태평양 전쟁 동안의 4, 5년간은 완전한 단절 상태였고, 문학자들도 '황도선양(皇道宣揚)'하던 반역자 이외에는 모두 생활난, 징용기피 등의 유리(流離) 망명 상태였던 때문에 우리 문학에 대한 꾸준한 노력과 또 오늘날을 약속한 모든 준비가 없었던 관계로 오늘날 우리 민족 해방이란 역사적 사실이 가장 정당하게 우리 문학적 대상으로 요리되기에는 너무나 벅차다는 것을 솔직히 고백"하고 있는 이원조는 "민주주의 대군국, '파시스트' 전쟁의 승패"에서 '파시스트'라는 말을 사용하고 있을 뿐이다.

그런데 「민족문학확립에」의 비슷한 내용이 1946년 6월의 『건설기의 조선문학』에 실린 글 「조선문학비평에 관한 보고」에서도 찾아 볼 수 있다.[140] 1948년 4월 『문학』 제7호에 게재된 「민족문학론」에서는 '반파시스트', '파시즘'이라는 용어를 발견할 수 있었다. 1937년 12월 『조광』에 실린 「정축(丁丑)일년간 문예계총관(文藝界總觀)」에서는 '파시즘의 대두'라는 표현이 나오는 정도이다.

이원조의 경우에는 김남천의 경우와는 달리 피상적으로나마 이탈리아 파시즘에 대한 용어사용이나 인용 등을 통해서 깊이는 없으나 간단한 수용을 하고 있다고 볼 수 있다. 김남천이 특별히 파시즘이란 용어 자체를 전혀 사용하지 않고 사용할 경우에도 나치즘이나 히틀러를 언급하던 것과 비교되게 이원조의 경우에는 주로 이탈리아 파시즘이 인용되거나 아니면 그냥 용어 자체로서의 파시즘을 사용하는 경우가 김남천에 비해서 상대적으로 빈번하였다.

---

140 위의 책, 248쪽과 254쪽에서 문장까지 똑같은 내용이 반복적으로 들어가 있음을 알 수 있다.

제5장
한국 근대문학과 파시즘에 대한 결론

흔히들 근대성의 한 속성으로 파시즘을 언급한다. 파시즘 하면 현대 사회에 있어서의 모든 반동적 독재정치운동이라고 하며 일반적으로는 이탈리아의 파시즘, 독일의 나치즘, 일본의 파시즘을 가리킨다. 특히 역사적 파시즘은 가장 순수하게 1922년부터 1943년까지 존속했던 '이탈리아의 무솔리니 정권의 이데올로기'만을 가리킨다. 그런데 이러한 파시즘의 전형들이 그 실제 모습을 드러내던 시기는 한반도에서 일제 강점기에 해당된다. 당시 한반도의 상황은 세계 어떤 곳보다도 치열하게 일제에 의해 근대화가 가속화되면서 이러한 파시즘의 전형들이 소개되고 영향을 받았다. 파시즘 자체가 강력한 근대국가를 지향하는 가장 효과적인 방법론이었던 만큼 일제 강점기의 한반도는 간접적으로나마 파시즘의 종주국인 이탈리아로부터 파시즘적 영향에 끊임없이 노출되어 있을 수밖에 없었다. 그런데도 불구하고 이제껏 한반도 조선의 일제 강점기 근대화의 노정에서 이탈리아 파시즘이 어떻게 이입되었으며 또 당시 한국의 문화에 어떻게 수용되었나에 대해서는 거의 주목을 받지 못했음은 유감스러운 일이다.

무솔리니에 의해 창출되었던 이탈리아의 파시즘 시기 중에서 특히, 영향력이 지대했던 1922년에서 1939년까지를 무솔리니의 통치하에 있던 '강력한 이탈리아'로 본다. 이는 '로마진군' 이후 무솔리니가 수상으로 취임한 1922년에서 독일이 나치즘이라는 이름으로 유럽의 폴란드를 침공하면서 이탈리아 파시즘의 우위를 점하기 시작한 시점인 1939년으로 잡은 것이다. 이 당시 한반도 조선은 이미 앞에서 서술한 바 있듯이 일제 강점기라는 특수 상황 아래에 있었고, 바로 일본제국주의가 1920년대 후반부터 적극적으로 이탈리아 파시즘을 연구하고 모방하기 시작하였다는 사실에 주목할 필요가 있다. 독일의 나치즘뿐만 아니라, 세계 각처의 파시즘 체제에 영향을 주었던 이탈리아 파시즘이 일본에 영향을 주었다는 사실은 이미 주지하는 바이다.

이탈리아 파시즘 관련 책자들이 번역되어 쏟아져 나왔고, 일본 정치가들도 이탈리아의 정치를 모방하고자 하였다. 이탈리아 파시즘과 일본 파시즘의 네 가지 큰 공통점, 즉 국가지상주의, 인간의 평등원리 부정, 공산주의 부정 그리고 전쟁 예찬 등을 통하여 이탈리아 파시즘이 일본의 천황제 파시즘에 영향을 주었음을 이미 앞에서 검토하여 보았다. 이를 통하여 이탈리아 파시즘이 당시 한반도에 간접적으로나마 영향을 주었음을 살펴볼 수가 있는 것이다.

당시 일제 강점기의 한반도 조선의 문화가 이탈리아 파시즘을 받아들일 수 있는 유일한 통로는 일본이었기에 일본이라는 프리즘을 연구해야만 했다. 이러한 일본이라는 프리즘을 통해서 투과된 이탈리아 파시즘 담론은 한국의 근현대사 속에서 하나의 영향력 있는 정치적 이데올로기로서만이 아니라 근대의 삶과 문화 전반에 걸친 하나의 양식으로서 존재해왔다. 특히, 일제 강점기의 한국 문학 속에 내재되어 있는 파시즘의 수용 양상에 대해서는 별도의 장을 마련할 정도로 논의할 바가 많고 그 중요성 또한 지대하다. 한국의 근대문화나 근대문학을 논하는 자리에서 파시즘이란 용어 역시 빈번하게 등장하며 일반적 파시즘으로 그 모든 것이 포괄적인 의미로써 일본 파시즘의 그늘 속에서 모든 파시즘을 대변하고 있는 실정이었다.

이어서 이러한 한국 근대문화 속에 나타나는 이탈리아 파시즘의 이입 양상을 연대기별 자료들을 중심으로 살펴보았다. 여기서 근대라 함은 개항 이후부터 1949년까지를 말하며 실질적인 자료들이 1920년대에 이르러서야 등장하기 때문에, 1920년대, 1930년대, 1940년대 등의 3시기로 구분하여 이탈리아 파시즘의 이입 양상을 드러내고자 하였다.

1919년 이탈리아 파시즘이란 용어가 본국 이탈리아에서 채택된 이래로 한국에서는 1921년에나 '파스씨스트'라는 잘못된 용어로 소개되기 시작했다. 1920년대에는 주로 일간지 등을 통하여 이탈리아 파시즘을 소개하는 식의 기사들이 주를 이루며, 무솔리니와 파시스트당을 근대성의 상징으로 받아들이고 있다. 강력한 근대 국가 확립의 효과적인 시대적 징표였던 파시즘인 만큼 일제 강점기 한반도 조선에서 파시즘보다 더 살아있는 방법론은 없었을 것이다.

1930년대에는 무솔리니 예찬과 비난이 엇갈리고, 파시즘 체제 이론 소개 및 파시즘 정치의 명암을 통한 동조와 비방이 공존하고 있다. 특히, 전반부는 주로 근대성의 대상으로 예찬과 동조 방향으로 후반부는 저항성의 대상으로 비난과 비방의 방향으로 이입 양상이 양분되는 추세였다.

그런데 1940년대에는 '세계의 신질서 건설', '세계 유신의 성업' 등의 표현대로 이탈리아 파시즘과 무솔리니의 이미지가 최대치로 확대되어 있던 시대였음에도 불구하고 실상 그 이입 양상을 측정하게 하는 자료들은 고갈상태에 있다고 해도 과언이 아니었다. 전반부가 제2차 세계대전으로 장식되고, 후반부는 종전 후 이탈리아 파시즘의 실질적인 종지부가 찍힌 상태였으므로 이탈리아 파시즘 이입 양상이 빈약하며 근대성도 저항성도 아닌 중립적인 모습이었다고 볼 수 있다.

끝으로 본 논문에서는 역사적 파시즘인 이탈리아 파시즘을 원형적 틀로 삼아 이것이 한국의 근대문학 특히 평론 분야에서 어떻게 수용되고 표출되었는가를 살펴보는데 중점을 두었다. 이탈리아 파시즘 수용 양상에 대한 연구는 민족주의 진영의 대표 작가인 이광수와 채만식, 그리고 좌파 진영의 대표 작가로 김동석, 이원조 등을 중심으로 살펴보았다.

먼저 춘원 이광수의 비평문학에 수용된 이탈리아 파시즘의 경우에는 1920년대 로마제국 예찬과 힘의 지배논리에 비중을 두어 이탈리아 파시즘의 수용 양상을 살펴볼 수 있었다. 그런데 로마제국 예찬에 관한 이광수의 경우 1920년대 이전 1917년 말 12월에 그 수용의 예가 있음에 주목할 수 있다. 직접적인 이탈리아 파시즘에 대한 언급은 없더라도 이탈리아 파시즘이 지향하는 로마제국에 대한 열망이나 향수를 춘원은 곳곳에서 드러내고 있었다. 이렇게 시작되고 있는 로마제국에 대한 예찬은 1920년대를 지나 1930년대에도 나타나고 있다. 1920년대 로마제국 예찬, 힘의 지배 논리와 더불어 종종 등장하는 것이 르 봉 사상이다.

르 봉의 사상은 당시 유럽의 군부 독재정치에 광범위하게 수용되었다. 르 봉의 사상은 역사적 파시즘의 주인공인 베니토 무솔리니의 "전체주의적 민족주의 사상에 합리적인 교리를 제공"해 주었고, "파시즘의 이데올로기 및 실천" 안에서 그리고 파시스트들의 권력 장악을 위해서 체계적으로 응용되었던 사상이다. 춘원의 「힘의 재인식」과 「민족개조론」은 르 봉의 이러한 사상이 수용되어 있고 이런 의미에서 직접적인 이탈리아 파시즘의 수용 양상은 아니지만 르 봉 사상과의 연계 속에서 간접적인 수용 양상이라 할 수 있다. 또한 「젊은 조선인의 소원」 전반에 흐르는 사상의 기저는 파시즘이라고 할 수 있다. 젊은이들에게 파시즘 체제, 조직에 대한 충성 및 복종을 강조하는 것이 이탈리아 파시스트 유년대의 기본 흐름이다. 파시스트가 사회를 완전히 통제함에 있어서 중요시 여겼던 또 하나의 중요 요소는 젊은 세대에 대한 교육이었다. 이광수 역시 이러한 파시스트적인 교육가치관을 갖고 있었다고 볼 수 있다. 조직체에 가담하고 그에 절대복종하는 길만이 조선을 일으켜 세울 유일한 방법임을 강조하고 있었던 것이다.

1930년대에 이광수의 평론에 수용된 이탈리아 파시즘은 제일 먼저 파시스트적 '단결'에서 시작된다. 그리고는 「야수에의 복귀」에서 단도직입적으로 "차라리 이태리의 파시스트를 배우고 싶다"라고 역설하고 있으며, 파시스트 수장인 무솔리니를 예찬하는 조로 일관하는 것이 1930년대 수용 자료들이다. '강력한 이탈리아'의 절정시기의 글들은 주로 파시스트 지도자인 무솔리니의 연설문이나 주장을 직접 인용하거나 간접적으로 드러내 보이는 자료들이 많이 있다. 「간디와 무쏘리니」, 「전쟁과 평화」, 「무솔리니의 첫 결심」 등이 그 대표적인 자료들로서 전쟁을 강조하고 폭력을 정당화하며 "승전은 진인이라야 가지는 것"으로 정리하면서 무솔리니를 "전세계 파시즘 운동의 시조"인 동시에 "민족운동자"인 "거인"이자 "현존한 세계의" "경이"로 이광수는 추대하고 있다.

1940년대 해방되기 이전의 춘원의 글에서는 파시스트로서 철저히 복무하는 작가의 모습을 볼 수 있다. 맹목적인 체제 순응에 대한 주장과 체제를 위해 모든 것을 희생하라고 남들에게 주장하고 스스로 자신도 희생할 각오가 되어 있음을 강조한다. 전형적인 파시즘 추종자의 모습을 보여주고 있는 이광수의 1940년대 파시즘 관련 글에서는 1920년대, 1930년대의 파시즘 관련 글들에서 찾아볼 수 있었던 논리적 열정이나 제국에 대한 열망은 어디에서도 찾아 볼 수 없다. 「신체제하의 예술의 방향 - 문학과 영화의 신출발」에서는 예술지상주의를 전면 부정하고 전체주의적 면모를 드러내고 강조하고 있으며, 「생사관」에서는 국가를 위한 죽음을 예찬하는 일색으로 전체주의적 분위기에 사로잡혀 있음을 알 수 있다. 이미 일본의 파시즘 안에는 이탈리아 파시즘의 모든 것이 그대로 응축되어 있다고 할 수 있다. 특히, 1940년대는 '강력한 이탈리아'가 끝난 후이기 때문에 직접적인 인용이나 언급이 별로 없는 것이 특징이지만, 그 안에 응축되어 있는 전체주의적 공통인자로 이탈리아 파시즘의 수용 양상을 논하는 것은 가능하다고 본다.

채만식의 비평문학에 수용된 이탈리아 파시즘의 경우, 1930년대 「문학인의 촉감」의 일부분인 <아관국제풍경>에서 이탈리아의 에티오피아 침공에 대한 중립적인 듯한 태도를 일관하면서 재치 있는 글을 보여주고 있다. 그런데 1940년대에 들어서서 발표한 글들에서는 1930년대의 중립적인 해학과 재치는 온데간데없고 오로지 철저한 파시스트 작가로서의 모습을 보여주고 있다. 이광수가 늘 이야기하던 르 봉 사상이 「대륙경험의 장도, 그 세계사적 의의」에서 날카로운 파시스트적 논리로 전개되고 있으며, 체제에 철저하게 복무하는 문학을 「문학과 전체주의 - 우선 신체제공부를」과 「시대를 배경하는 문학」에서 주창하고 있다. 또한 죽음으로 산화된 군인을 예찬하고 파시즘의 공포행정을 예찬하기도 한다. 여인들의 옷에 대해서조차 파시즘적 비판을 멈추지 않고 마침내 「홍대하옵신 성은」에서는 젊은이들을 전쟁에 동원시키기 위한 노골적인 글발을 더욱 거세게 몰고 간다.

김동석의 비평문학에 수용된 이탈리아 파시즘의 경우, 1940년대 해방 이후에 씌어진 파시즘에 대한 반감을 표현하고 있는 글들이 대부분이다. 반파시즘적인 사회주의 비평글의 특성을 여과없이 드러내고 있지만, 그런 중에도 「시인의 위기 - 김광균론」에서 김동석은 무솔리니의 연설문을 그대로 인용하기도 하고, 이탈리아 파시즘에 대한 수많은 정보들을 쏟아내기도 한다. 또한 「민족의 종」에서는 히틀러와 무솔리니의 죽음을 이야기하고 아직도 살아 있는 파시스트 수장들을 나열하면서 파시즘이 그리 쉽사리 인류로부터 사라지지 않을 것임을 예견하고 있다. 김동석과 같은 사회주의 비평에 힘썼던 김남천이 의도적으로 파시즘이라든지 무솔리니 이야기를 회피하는 경향이 강했던 것과는 달리, 이원조의 경우에는 이태리나 파시스트, 파시즘에 대한 용어 사용을 볼 수 있으며 단순하게라도 이탈리아 파시즘이 1920년대에 대두한 세계 파시즘임을 분명하게 언급하기도 한다.

한국 근대문화의 근대성의 속성으로 끊임없이 연구되고 있는 파시즘이란 주제 안에서 특별히 이탈리아 파시즘이라는 개별 주제로 연구된 적은 단 한 번도 없었다. 그런 만큼 이번 연구의 의의라면 거칠게나마 한국 근대문화 속에 우리가 알게 모르게 자리 잡고 있던 이탈리아 파시즘의 수용 양상을 한국에서 처음으로 살펴보고 정리해보았다는 것이다. 그것이 비록 제한적일지라도 이탈리아라는 나라가 극동의 한반도 조선에 간접적으로나마 영향을 주었다는 사실을 밝혀내었다는 사실은 앞으로 비교문학의 영역을 확장시킬 수 있게 해주는 계기가 될 것이다. 또한 한국 비평문학 아니 한국문학 전체에서 동떨어진 존재로 여겨져 왔던 이탈리아라는 나라에 대해서도 새롭게 인식할 수 있게 될 것을 기대하는 바이다. 진심으로 한국문학에 영향을 준 수많은 사조와 주의들 중에서 이탈리아 파시즘이 하나의 연구 주제로 자리 잡을 수 있게 되기를 바라는 바이다. 아쉬운 점이 있다면 보다 많은 비평 작가들의 작품들을 다루지 못한 것이다. 그래서 앞으로라도 이번 글에서 다루지 못한 여타 중요한 비평 작가들을 모두 다 다룰 수 있게 되기를 바라며, 이러한 일련의 연구들이 국문학계에 미미하나마 작은 보탬이라도 될 수 있다면 더 바랄 것이 없을 것 같다.

1. 기본자료 (연대순)

『東亞日報』東亞日報社, 1920~1949.

「伊太利消息두낫」, 『해외문학』 제2호, 해외문학사, 1927.7.

「伊國파씨스토勢力」, 『현대평론』 제2호, 현대평론사, 1927.7.

「뭇소리-니이야기」, 『新民』 제32호, 新民社, 1927.12.

「蹴球競技場에뭇소리니」, 『眞生』, 眞生社, 1930.3.

「D사(社)의 뭇소리니」, 『解放』 제2권5호, 解放社, 1930.12.

金自平, 「黑샤스伊太利」의 「프아시즘」의 猛威」, 『新民』 제67호, 新民 社, 1931.6.

아기라, 「伊太利파씨슴의破綻과 無産階級運動에밋치는敎訓」, 『時代 公論』 제
        1권1호, 時代公論社, 1931.9.

        「파시즘, 東光大學 제8강 社會問題篇」, 『東光』, 東光社, 1931.9.

        「國際場裡의 巨物들 - 함부로본 그들의 片影」, 『新東亞』 제1권11호, 新
        東亞社, 1931.11.

尹聖完, 「英國의 新파시쓰트黨」, 『批判』 제1권8호, 批判社, 1931.12.

金明植, 「영웅주의와 파시즘」, 『東光』 제4권3호, 東光社, 1932.3.

張百忍, 「寫眞觀相 : 骨相으로 본 內外人物」, 『新東亞』 제2권3호, 新東亞社,
         1932.3.

        「東西古今 思想家列傳 - 五」, 『新東亞』 제2권3호, 新東亞社, 1932.3.

        「伊太利主義의高唱 - 伊國未來派, 파시스트 마리네티」, 『東光』 제4권4
        호, 東光社, 1932.4.

        「世界를 支配하려는 파씨즘運動의展望」, ≪世界五大運動展望≫, 『新
        東亞』 제2권5호, 新東亞社, 1932.5.

李光洙, 「간디와 무쏠리니」, 『東光』 제4권5호, 東光社, 1932.5.

______, 「간디의 하나님」, 『東光』 제4권5호, 東光社, 1932.5.

        「現代語辭典 : 파시즘 외 4개 용어」, 『實生活』 제3권6호, 奬産社,
        1932.6.

一舟生, 「强力의哲學 = 現世의 政治思想을 支配하려는 = ◇니체와 파씨즘◇」, 『新東亞』제2권8호, 新東亞社, 1932.8.

韓東朝, 「東西各國의 民族性」, 『新東亞』제2권9호, 新東亞社, 1932.9.

　　　「偉人들의 靑年時代」, 『新東亞』제3권2호, 新東亞社, 1933.2.

　　　「파시즘 硏究 一, 二」(제・에스・바네스 著, 金鍾象 譯), 『東光叢書 券一, 券二』, 東光社, 1933.7.

　　　「鐵血宰相 뭇솔리니」, ≪세계를흔드는사람들의片影≫, 『新東亞』제3권10호, 新東亞社, 1933.10.

　　　「非常時世界의百人物」, 『新東亞』제4권9호, 新東亞社, 1934.9.

李根榮, 「政權獲得의까지의무쏠리니」, 『新東亞』제4권11호, 新東亞社, 1934.11.

柳寅昌, 「世界陸軍의現勢」, 『新人文學』제2권4호, 靑鳥社, 1935.4.

陳友鉉, 「半世紀間의 紛爭史 : 伊「에」關係의過去와將來 - 伊太利의對亞弗利加侵略策積極化」, 『中央』제3권4호, 朝鮮中央日報社, 1935.4.

柳寅昌, 「伊太利와에치오피아의 歷史的關係」, 『新人文學』제2권7호, 靑鳥社, 1935.7.

流星散人, 「伊에戰爭은 世界大戰으로波及될까?」, 『新人文學』제2권8호, 靑鳥社, 1935.8.

張龍瑞, 「伊에紛爭의經緯」, 『新東亞』제5권9호, 新東亞社, 1935.9.

백남교, 「伊에戰爭爆發 - 歐洲政局에미치는波紋及將來」, 『新東亞』제5권11호, 新東亞社, 1935.11.

　　　「伊太利對에態度依然不變(五國委員會의 『和・協案』 도拒絶」, 『新東亞』제5권11호, 新東亞社, 1935.11.

鄭學善, 「快哉라!善戰하는에치오피아」, 『批判』제3권6호, 批判社, 1935.12.

鄭泰煥, 「野火같은 伊太利의 反쯌쇼運動」, 『批判』제3권6호, 批判社, 1935.12.

李元敏, 「世界現代作家와 作品」, 『新人文學』제3권1호, 靑鳥社, 1936.1.

趙吉榮, 「伊에紛爭과和協試案檢討 : 主로兩國의態度에關하야」, 『批判』제4권4호, 批判社, 1936.1, 2.

李仁大, 「苦憫하는쯌쇼伊太利」, 『批判』제4권4호, 批判社, 1936.1,2.

지웨빙, 「히總統과 무首相과의 對話放送記」, 『新人文學』제3권4호, 靑鳥社, 1936.

柳完熙, 「伊太利의 領土的 苦悶과 英,伊를 中心한 地中海의 暗雲」, 『中央』제4

권7호, 조선중앙일보사, 1936.7.

金哲鎭, 「歐羅巴現象解剖 : 蘇聯・伊太利・獨逸의 現象」, 『湖南評論』第3권
　　　　1호, 湖南評論社, 1937.1.

金正實, 「팟쇼獨裁의 國家理論」, 湖南評論』第3권1호, 湖南評論社, 1937.1.

徐範錫, 「新興伊太利의 防共實力」, 『在滿朝鮮人通信』第41호, 興亞協會, 1937.12.

南尙範, 「歐洲의 危機와 英伊協定」, 『批判』, 批判社, 1938.6.

　　　　「이태리신동원준비(伊太利新動員準備) - 대(對)유고의 시위로 중대시」,
　　　　『만선일보』, 만선일보사, 1940.5.1.

　　　　「이태리의 대전태도(對戰態度)를 영(英), 十六日까지 회답요청」, 『매일신
　　　　보』, 매일신보사, 1940.5.8.

스즈키 구라미(鈴木庫三), 「일독이동맹(日獨伊同盟)의 의의」, 『文章』, 문장사, 1940.9.

「이태리 섬을 또 하나 점령」, 『신한민보』, 신한민보사, 1943.6.17.

「이태리 무수상(首相) 괘관(掛冠) - 국왕폐하사표어수리(國王陛下辭表御受理)」,
　　　　『매일신보』, 매일신보사, 1943.7.27.

「무솔리니 돌연 사퇴 이태리와 독일은 절교?」, 『신한민보』, 신한민보사, 1943.7.29.

「이퇴리정변은 일본에 영향업다」, 『신한민보』, 신한민보사, 1943.8.5.

「무솔리니는감옥에서 六十세 싱일을마져」, 『신한민보』, 신한민보사, 1943.8.5.

「이퇴리황제는이국 경닉에」, 『신한민보』, 신한민보사, 1943.8.5.

「이퇴리의 졔의는 빅척을 당히」, 『신한민보』, 신한민보사, 1943.8.5.

「이태리정변진상(伊太利政變眞相)」, 『매일신보』, 매일신보사, 1943.8.11.

「최후까지 항전계속(抗戰繼續) - 이태리정부견해표명(伊太利政府見解表明)」,
　　　　『매일신보』, 매일신보사, 1943.8.12.

「이퇴리 무조건 항복」, 『신한민보』, 신한민보사, 1943.9.9.

「이태리금차항복(伊太利今次降伏)은 성전(聖戰)에 호무영향(毫無影響) - 제국정부
　　　　중외(帝國政府中外)에 성명(聲明)」, 『매일신보』, 매일신보사, 1943.9.10.

「삼국조약서 이말살(伊抹殺)」, 『매일신보』, 매일신보사, 1943.9.10.

「北伊에 파 黨 신정권(新政權) - 수반(首班)에 뭇소리니 통사(統師) - 파시스트국
　　　　민정부성명(國民政府聲明)」, 『매일신보』, 매일신보사, 1943.9.10.

「모략(謀略)에 속은 이항복(伊降伏)」, 『매일신보』, 매일신보사, 1943.9.10.

「이태리의 구축이탈(樞軸離脫)」, 『매일신보』, 매일신보사, 1943.9.11.

「이태리항복의 진변(陳辯) - 아정부단호반박(我政府斷乎反駁) -동경과 라마(羅
馬) 양처(兩處)에서」, 『매일신보』, 매일신보사, 1943.9.11.

「국민정신의 빈곤이 이태리의 비극유치(悲劇誘致)」, 『매일신보』, 매일신보사,
1943.9.11.

「무 통사(統師) 국왕 회견중 위전(僞電)처서 음모수행(陰謀遂行)」, 『매일신보』, 매
일신보사, 1943.9.11.

「삼국조약상배신(三國條約上背信) 실질적의 적대행위(敵對行爲)」, 『매일신보』,
매일신보사, 1943.9.11.

「무솔리니는 이틔리로부터 도망?」, 『신한민보』, 신한민보사, 1943.9.23.

「이틔리는 련합국에 가담하야 독일에 션견」, 『신한민보』, 신한민보사, 1943. 10.21.

「무솔리니는 병으로 인하야 아주 하야 할 듯」, 『신한민보』, 신한민보사, 1943.10.21.

「북아푸리가 시실리 이틔리등 각 전선에 참견」, 『신한민보』, 신한민보사, 1943.12.30.

「이틔리의 현상」, 『신한민보』, 신한민보사, 1944.8.3.

權煥, 「古宮에보내는글 - 美蘇共同委員會에 -」, 『文學』 창간호, 1946.7.

꼬와-린, 「뭇소리니殘黨의 暗躍」, 『新自由』 창간호, 文憲社, 1947.12.

李龍鎬, 「오늘의 世界問題 : 伊太利植民地는어데로 - 獨立이냐信託統治냐」,
『새한민보』, 제3권15호, 새한민보사, 1949.7.

「오늘의 世界問題 : 伊太利의 現狀 - 失業者와住宅難」, 『새한민보』, 제3권18호,
새한민보사, 1949.9.

이광수, 『李光洙全集』 7, 三中堂, 1972.

______, 『李光洙全集』 9, 三中堂, 1972.

______, 『李光洙全集』 10, 三中堂, 1972.

______, 『민족개조론』, 우신사, 1993.

채만식, 「文壇意見」, 『蔡萬植全集』 10, 창작과 비평사, 1989.

이원조, 『오늘의 文學과 文學의 오늘 : 이원조문학평론집』 이동영 편, 형설출판사,
1990.

김동석, 『월북작가대표문학 23 -김동석평론집』, 한국도서출판중앙회, 1991.

김남천, 『김남천 전집 Ⅰ』, 박이정, 2000.

______, 『김남천 전집 Ⅱ』, 박이정, 2000.

2. 논문

簡福均,「春園과 民族主義 리얼리즘」,『논문집』제22집, 강남대학출판부, 1992.

강상희,「친일문학론의 인식구조」,『한국근대문학연구』제4권1호, 한국근대문학
　　　회, 2003.4.

공종구,「채만식의 <금의 정열>론」,『현대문학이론연구』제24권, 현대문학이론
　　　학회, 2005.

곽준혁,「춘원 이광수와 민족주의」,『정치사상연구』제11권, 한국정치사상학회,
　　　2005.

권순긍,「파시즘 문학의 해부」,『실천문학』제18호, 실천문학사, 1990.6.

김영민,「춘원 이광수의 문학비평 연구 - 1930년대 문학론을 중심으로 -」,『梅芝論
　　　叢』제10집, 연세대학교 매지학술연구소, 1993.2.

김외곤,「1930년대 후반 한국문학과 반파시즘 인민전선 - 김두용을 중심으로」,『외
　　　국문학』제28호, 열음사, 1991.9.

김용달,「춘원의 <민족개조론>의 비판적 고찰」,『도산사상연구』제4집, 도산사상
　　　연구회, 1997.

김용우,「파시즘과 전쟁 -계급투쟁에서 민족투쟁으로」,『梨大史苑』제32집, 이화
　　　여자대학교 사학회, 1999.

김재용,「'멸사봉공'으로서의 친일 파시즘 문학 - 채만식의 친일과 내적 논리」,『실
　　　천문학』제69호, 실천문학사, 2003.2.

김종법,「공장평의회운동과 파시즘의 출현」,『노동사회』제74권, 한국노동사회연
　　　구소, 2003.3.

김종태, 강현구,「일본 '백화파'에 대한 한일 비교문학적 연구 - 이광수와 김동인을
　　　중심으로」,『한국문예비평연구』제13권, 한국현대문예비평학회, 2003.

김진희,「반성과 거울의 양식 - 1930년대 후반 임화의 시」,『한국근대문학연구』제5
　　　권1호, 한국근대문학회, 2004.4.

김 철,「김동리와 파시즘 - 황토기를 중심으로」,『현대문학의 연구』, 한국문학연구
　　　학회, 1999.

김효신,「김동석 시집 ≪길≫에 나타난 순수·이념의 이분 양상 소고」,『한민족어
　　　문학회』제48집, 한민족어문학회, 2006.6.

______, 「이탈리아파시즘의 이입양상-일제강점기를 중심으로」, 『이탈리아어문학』 제9집, 한국이탈리아어문학회, 2006.

______, 「한국 근대 문화와 이탈리아 파시즘 담론」, 『비교문학』 제42집, 한국비교문학회, 2007.

______, 「이탈리아 파시즘과 일본 파시즘 비교 소고」, 『이탈리아어문학』 제21집, 한국이탈리아어문학회, 2007.8.

______, 「한국 근대문화의 춘원 이광수와 이탈리아 파시즘」, 『민족문화논총』, 민족문화연구소, 2007.12.

김홍식, 「일본 파시즘의 사회적 기원 - 배링톤 무어의 테제에 대한 비판적 조명과 대안적 분석」, 『한국정치학회보』 제30집3호, 한국정치학회, 1996.

나인호・박진우, 「독재와 정치종교 : 독일 나치즘과 일본 파시즘의 상징의 정치」, 『대구사학』 제79권, 대구사학회, 2005.

朴東潤, 「昭和파시즘과 오늘의 日本政治」, 『사회과학논총』 제2집, 명지대학교사회과학연구소, 1987.

박명진, 「일제 파시즘 시기 시나리오에 나타난 여성과 국가 이미지」, 『여성문학연구』 제16권, 한국여성문학협회, 2006.

박진우, 「근대 천황제와 일본 군국주의」, 『역사비평』 제50호, 역사문제연구소, 2000.

배승일, 「이탈리아 파시스트들의 폭력과 무솔리니의 집권」, 경북대학교 석사논문, 1999.

손규태, 「일본 천황제와 군국주의」, 『기독교사상』 제384호, 대한기독교서회, 1990.

안병욱, 「대한민국임시정부와 안창호」, 『한국사론』 10, 국사편찬위원회, 1981.

안철현, 「日本파시즘을 보는 시각」, 『부산산업대학교 논문집』 제9집, 1988.

안태정, 「1920년대 일제의 조선지배논리와 이광수의 민족개량주의 논리」, 『史叢』 제35집, 高大史學會, 1989.6.

윤병로, 「文學의 社會的 機能 - 春園의 경우 -」, 『成大文學』 제17집, 성균관대학교국어국문학회, 1971.

이경수, 「최근 문화 담론 연구 동향에 대한 비판적 고찰」, 『우리어문연구』 제24권, 우리어문학회, 2005.

이국영, 「파시즘과 대중기반」, 『國際政治論叢』 제38집3호, 한국국제정치학회,

1998.

이국영, 「파시즘의 역사적 교훈」, 『역사비평』 제29호, 역사문제연구소, 역사비평
　　　사, 1994.

이상경, 「식민지에서의 여성과 민족의 문제 - 일제 파시즘하의 최정희와 임순득」,
　　　『실천문학』 제69호, 실천문학사, 2003.2.

이원동, 「파시즘의 육체담론과 일제말기 이기영의 소설」, 『語文學』 제94호, 한국
　　　어문학회, 2006. 12.

이중오, 「春園 이광수를 위한 변명」, 『월간중앙』, 중앙일보J&P, 2002.2.

이　찬, 「이광수의 서사적 논설 <농촌계발> 연구 - 담론적 특성을 중심으로」, 『어
　　　문논집』 제44권, 민족어문학회, 2001.

李香哲, 「日本파시즘의 國家改造 思想硏究」, 『동양사학연구』 동양사학회, 1987.

이혜령, 「1930년대 가족사연대기 소설의 형식과 이데올로기」, 『상허학보』 제10집,
　　　상허학회, 2003.2.

이혜령, 「남성적 질서의 숭인과 파시즘의 내면화 - 1930년대 후반 소설에 나타난 섹
　　　슈얼리티의 한 양상」, 『현대소설연구』 제16권, 한국현대소설학회, 2002.

李昊宰, 「春園 李光洙의 對外認識과 主張分析」, 『社會科學論集』 제14집, 고려
　　　대학교 정경대학, 1988.

장문석, 「무솔리니 -두체신화, 파시즘, 이탈리아의 정체성」, 『역사비평』 제66권, 역
　　　사문제연구소, 2004.

전상숙, 「일제 군부파시즘체제와 '식민지 파시즘'」, 『東方學志』 제124집, 연세대
　　　학교 국학연구원, 2004.

정명중, 「반(反)정치의 이념과 '즉물주의' - 1930년대 백철의 비평」, 『현대문학이론
　　　연구』 제24권, 현대문학이론학회, 2005.

鄭然渲, 「파시즘의 등장배경과 파시스트 이데올로기」, 『考試界』 제367호, 고시계
　　　사, 1987.

조병춘, 「시를 통하여 본 이광수론 - 이광수 시의 특성 소고 -」, 『새국어교육』 제37
　　　권, 한국국어교육학회, 1983.

최현희, 「이태준의 <별은 창마다> 연구 - 통속성과 파시즘의 관련 양상에 관한 고
　　　찰」, 『현대소설연구』 제28권, 한국현대소설학회, 2005.

하종문, 「군국주의 일본의 전시동원」, 『역사비평』 제62호, 역사문제연구소, 2003 봄.

한민주,「신체의 수사학과 남성성의 심미화 - 정비석의 일제말기 소설을 중심으로」,
『여성문학연구』제14권, 한국여성문학학회, 2005.
허병식,「직분의 윤리와 교양의 종결 - 김남천의 <사랑의 수족관>을 중심으로 -」,
『현대소설연구』제32권, 한국현대소설학회, 2006.
홍성곤,「파시즘의 개념에 관한 연구」,『史叢』제28호, 역사학연구회, 1984.
홍순애,「국민문학에 나타난 파시즘 양상 연구 -최정희의 <野菊抄>를 대상으로 -」,
『한민족문화연구』제15집, 한민족문화학회, 2004.12.
Shieder, Wolfgang, 최호근 역,「20세기의 전시체제 - 독일, 이탈리아, 일본의 비교」,
『史叢』제55집, 역사학연구회, 2002.
안자코 유카,「日本파시즘론 연구동향 - 일제말기 식민지 조선과 관련하여」,『역사
문제연구』제6호, 역사문제연구소, 2001.
趙寬子,「<親日ナショナリズム>の形成と破綻」,『現代思想』제29권16호,
2001.

3. 단행본

권명아,『역사적 파시즘』, 책세상, 2005.
길현모,「파시즘의 과거와 현재」,『현대문명과 과학의 발전』, 중앙교연, 2002.
김경일 외,『한국사회사상사연구』, 나남, 2003.
김상봉,『도덕교육의 파시즘 - 노예도덕을 넘어서』, 도서출판 길, 2006.
김수용 외,『유럽의 파시즘 : 이데올로기와 문화』, 서울대학교출판부, 2005.
김용우,『호모 파시스투스 - 프랑스 파시즘과 반혁명의 문화혁명』, 책세상, 2005.
김윤식,『이광수와 그의 시대 1,2』솔출판사, 2001.
김　철,『'국민'이라는 노예』, 삼인, 2005.
김철,신형기 외,『문학 속의 파시즘』, 삼인, 2001.
김현주,『이광수와 문화의 기획』, 태학사, 2005.
나병철,『탈식민주의와 근대문학』, 문예출판사, 2004.
문학과사상연구회,『채만식 문학의 재인식』, 소명출판, 1999.
박노자,『나는 폭력의 세기를 고발한다』, 인물과 사상사, 2005.
방기중,『식민지 파시즘의 유산과 극복의 과제』, 혜안, 2006.

방기중,『일제 파시즘 지배정책과 민중생활』, 혜안, 2004.

방기중,『일제하 지식인의 파시즘체제 인식과 대응』, 혜안, 2005.

송명희,『이광수의 민족주의와 페미니즘』, 국학자료원, 1997.

윤대석,『식민지 국민문학론』, 도서출판 역락, 2006.

윤해동 외,『근대를 다시 읽는다 1,2』, 역사비평사, 2006.

윤해동,『식민지의 회색지대』, 역사비평사, 2003.

임지현,『우리안의 파시즘』, 삼인, 2000.

임지현, 김용우,『대중독재 1,2』, 책세상, 2005.

임지현,이성시,『국사의 신화를 넘어서』, 휴머니스트, 2004.

조휘각,『현대 민주정치의 이해』, 인간사랑, 2000.

진중권 외,『페니스 파시즘』, 개마고원, 2001.

한일관계사학회,『한국과 일본, 왜곡과 콤플렉스의 역사 1. 사회・문화편』, 자작나
        무, 1998.

『기억과 역사의 투쟁』, 삼인, 2002.

Aquila, Giulio,アキラ, 伊太利におけるファシズム』黑川健三 譯, 東京, 弘文
        堂書房, 1927.

__________,『(伊太利に於ける)ファシズム運動』廣島定吉 譯, 東京, 白揚
        社, 1927.

Barraclough, Geoffrey, Main Trends in History, New York, Holmes & Meier
        Publishers, 1979.

Carli, Mario, L'Italiano di Mussolini, Milano, Mondadori, 1936.

________,『ムッソリーニの伊太利人』岩崎純孝 譯, 東京, 今日の問題社,
        1943.

De Felice, Renzo, Mussolini il rivoluzionario 1883-1920, Torino, Einaudi, 1995.

__________, Mussolini il fascista : La conquista del potere(1921-1925), Torino,
        Einaudi, 1995.

__________, Mussolini il fascista : L'organizzazione dello Stato fascista(1925-1929),
        Torino, Einaudi, 1995.

__________, Mussolini il duce : Gli anni del consenso(1929-1936), Torino,
        Einaudi, 1996.

_____________, Mussolini il duce : Lo Stato totalitario(1936-1940), Torino, Einaudi, 1996.

_____________, Mussolini L'alleato : L'Italia in guerra(1940-1943) : 1. Dalla guerra ≪breve≫ alla guerra lunga, Torino, Einaudi, 1996.

_____________, Mussolini L'alleato : L'Italia in guerra(1940-1943) 2. Crisi e agonia del regime, Torino, Einaudi, 1996.

_____________, Mussolini L'alleato : La guerra civile(1943-1945), Torino, Einaudi, 1996.

De Maria, Luciano, Marinetti e il Futurismo, Milano, Mondaori, 1977.

Gramsci, Antonio, Sul Fascismo, Roma, Editori Riuniti, 1978.

Griffin, Roger, The Nature of Fascism, London, Routledge, 1991.

Hewitt, Andrew, Fascist Modernism : Aesthetics, Politics, and the Avant-Garde, California, Stanford University Press, 1993.

Marinetti, Filippo Tommaso, Collaudi Futuristi, Napoli, Guida Editori, 1977.

Marrone, Romualdo, Marinetti Futurista, Napoli, Guida Editori, 1977.

Moore Jr. Barrington, "Ch. V. Asian Fascism : Japan", Social Origins of Dictatorship and Democracy, Boston, Beacon Press, 1966.

Mussolini, Benito, Gentile, Giovanni, <The Doctrine of Fascism>, Italian Fascisms From Pareto to Gentile, London, Jonathan Cape, 1973.

_____________, <Fascism's Myth : the Nation>, Fascism, Oxford, Oxford University Press, 1995.

_____________, I Discorsi di Mussolini, Roma, Istituto Luce, 2006.

Nitti, Francesco, 田中 力譯, 『ボルシェビズムとフアッシズムと民主主義』 日本評論社, 東京, 1933.

Pollard, J. The Fascist Experience in Italy, London, Routledge, 1998.

Vivarelli, Roberto, Interpretations of the origins of Fascism, Journal of Modern History 63, March, 1991.

Benjamin, Walter, 『발터 벤야민의 문예이론』, 반성완 편역, 민음사, 1983.

Duus, P. 『일본근대사』, 김용덕 옮김, 지식산업사, 1983.

Fermi, Laura, 『뭇솔리니』, 이원홍 옮김, 한림출판사, 1972.

__________, 『베니토 뭇솔리니 : 세계대통령 수상 대회고록 2』, 대한서적공사, 1985.

Fiori, Giuseppe, 『안또니오 그람쉬』, 김종법 옮김, 이매진, 2004.

Hartnian, Larry, 『베니토 무솔리니 : 인물로 읽는 세계사 3』, 김한경 옮김, 대현출판사, 1993.

Hobsbawm, E. 『극단의 시대 : 20세기 역사, 상』, 이용우 옮김, 까치, 1997.

Hughes, H. Stuart, 『파시즘과 지식인』, 김창희 옮김, 도서출판 한 울, 1983.

Michel, Henry, 『파시즘』, 정성진 옮김, 탐구당, 1984.

Neocleous, Mark, 『파시즘』, 정준영 옮김, 이후, 2002.

Reich, Wilhelm, 『파시즘의 대중심리』, 황선길 옮김, 서울, 그린비, 2006.

丸山眞男(마루야마 마사오), 『현대정치의 사상과 행동』, 김석근 옮김, 한길사, 1997.

藤田省三(후지따 쇼오조오), 『전체주의의 시대경험』, 이홍락 옮김, 창작과비평사, 2000.

山口正太郎, 『伊太利社會經濟史』, 東京, 章華祀, 1933.

今中次麿, 具島兼三郎, 『ファシズム論』, 東京, 三笠書房, 1935.

下位春吉, 『ファッショ政體に於ける勞動政策』, 東京, 春秋社, 1932.

室伏高信, 『ファッショ治下の伊太利』, 東京, 平凡社, 1931.

『世界現狀大觀 IV - 伊太利・西班牙篇』, 新潮社, 東京, 1932.

丸山眞男, 「ファシズムの 諸問題」, 『現代政治の 思想と 行動』, 東京, 未來社, 1964.

文部省敎學局, 「國體の本義」, 橋川文三編, 『昭和思想集』2, 筑摩書房, 1978.

The Introduction and Acceptance of Italian Fascism in Modern Korean Culture

This thesis aims to discuss the acceptance of Italian Culture in Korean modern times and why it should not be a secondary theme for Comparative Literature.

Firstly, comparative research between Italian Fascism and Japanese Fascism, which enables further studies about the influences of Italian Fascism on Korean modern culture during the Colonial Period of Japanese Imperialism was done.

Fascism was the ideology that, under the leadership of Benito Mussolini, seized power in Italy in 1922, and held power until the Allied Invasion of Italy. But this thesis will say "Powerful Italy" to denote Italy during the years of 1922 to 1939, when Hitler's Nazism established superiority over Italian Fascism. Italian Fascism is considered a model for other forms of Fascism, yet there is disagreement over which aspects of structure, tactics, culture, and ideology represent a "fascist minimum", or core.

Italian Fascism influenced much Nazism, and Japanese Fascism between World War I and World War II. Even though the use of the term "Fascism" in relation to Japan is contentious and disputed, partly because Japanese Fascism was never truly a political movement, but instead a collection of conservative and quasi-Fascist ideas used by the Japanese political elite. This thesis, accepting several essential common factors between the three regimes of Germany, Italy, and Japan, agrees with Moore and Maruyama. Therefore this thesis will refer to "Japanese Fascism" as "Japanese Fascism in the Emperor system".

This small comparative research tried to compare the characteristics and mechanisms between Italian Fascism and Japanese Fascism. There were four essential common factors : Nationalism or Racism, Anti-Human rule of equality,

Anti-Communism, and worship for wars or Anti-Pacifism. This thesis will make clear that Japanese Fascism received much political and philosophical influences from Italian Fascism.

Secondly, the aspects of the introduction of Italian Fascism in Modern Korean culture were mostly talked about in the daily newspapers Dong-A Daily News and the various monthly magazines and seasonal magazines. The Modern Period was from the opening of Korea's ports to foreign trade (circa 1880) to 1949. But, in reality the practical materials began to appear in the 1920's, so this research is focused on observing the aspects of the introduction and the acceptance of Italian Fascism in the 1920's, the 1930's, and the 1940's.

Originally, the term "Fascism" was used by the Italian political movement in Italy in 1919. In Korea, Italian Fascism was introduced by the wrong term "파스씨스트" in 1921.

In the 1930's, Mussolini was partly admired and partly criticized by Korean articles and essays, while the Introduction of the Theory of the Fascism Regime and the positive influences and the negative influences of the policy of Fascism provoked a kind of conformity and criticism. Especially, the first part of the 1930's was mainly directed at sympathizing with Italian Fascism as if it had been a symbol of modernity, while the second part of the 1930's, was mainly directed at criticizing it as if it was a symbol of resistibility.

The first part of the 1940's, was enthralled in World War Ⅱ, and the second part of the 1940's, saw the failure of Italian Fascism. Therefore, the aspects of the introduction and the acceptance of Italian Fascism in the 1940's, appeared as neutral.

Thirdly there was an introduction and the acceptance of Italian Fascism in the various essays and critical writings of four korean writers : Lee Kwang-Soo, Chai Man-Shick, and Kim Dong-Seock, Lee Won-Jo.

The main characteristics of the 1920's were the admiration of the Roman Empire and the logic about the Domination of Power. In December 1917, Lee Kwang-Soo showed an admiration for the Roman Empire and Italian Culture, which drew upon each other. Even though there was no mention directly of Italian Fascism, Lee Kwang-Soo expressed the desires and longings for the Roman Empire, which was also the main aim for the reappearance of Italian Fascism. And some essays of the 1920's, showed the thoughts of Le Bon. Therefore it is argued that the Fascist theories of leadership that emerged in the 1920's owed much to Le Bon's theories of Crowd Psychology. Lee Kwang-Soo's two essays, <The Recognizing of Power> and <The Theory of Remaking People>, showed the acceptance of Le Bon's theories, which could have some indirect influences of Fascism. And, <A Wish of the Young Man of Chosun> was based on the thoughts of Italian Fascism that emphasized the loyalty and obedience to the Fascist Order.

In the 1930's, for example in <The Return to the Beast> Lee directly insisted that it would be better to learn from the Italian Fascists. Many of Lee's articles during the Powerful Italy period showed the acceptance of Italian Fascism, taking some lines directly or indirectly from Mussolini's speeches or doctrine. Lee Kwang-Soo put an emphasis on war, justifying the violence. According to his theory, a victory in war must belong to the True Man. Of course, one of the "True men" was Benito Mussolini.

The essays of Lee Kwang-Soo, written before the 1945 Liberation of Korea, emphasized the blind devotion to the Fascist Order. During the 1940's, when the period of Powerful Italy ended, there was no more mention of Italian Fascism. However, there could be a possibility to debate Italian Fascism as a General Totalitarianism. But, after that Liberation Lee Kwang-Soo did not write any word about Fascism or Totalitarianism, even when he wrote about Italy, he simply called it a representative European nation of culture.

In the case of Italian Fascism in the essays of Chai Man-Shick, in the 1930's he showed a kind of neutral attitude about the Italian Attack of Ethiopia in "My

International Landscape", a small section of the larger essay <The Touch of the Literary Man>. But, in the 1940's Chai was changed into a complete Fascist writer. The thoughts of Le Bon emerged in the essay <The Heroic Attempt to the Continental Experience, the Meaning of the World History>. The literature for the absolute service for the Fascist System was insisted strongly in essays, like <The Literature and the Totalitarianism - Firstly for the Study about the New System> and < The Literature with a Background of a Period>. Chai Man-Shick admired the dead soldier who sacrificed himself and tried to urge many young men to join the war.

Even though Kim Dong-Seock directly expressed Anti-Fascist ideas in his essays, he quoted some phrases from the public speeches of Benito Mussolini, and he wrote the section about "Italian Fascism" in an Italian Encyclopedia. In the essay <The Bell of the Nation> Kim wrote about the death of Hitler and Mussolini and underlined other names of Fascist leaders alive at that time, foreseeing that Fascism would not easily disappear from the Humanities.

Among the leftist critics of Korean modern times, Kim Nam-Cheon was a unique writer who did not use or write any word about Fascism or Mussolini. But in the case of Lee Won-Jo, he did use Fascism terms several times and simply mentioned that Italian Fascism was the World Fascism which had become powerful in the 1920's.

제2부
한국 문학 그 여백을 찾아서

제1장

김동석金東錫 시집 『길』에 나타난 순수·이념의 이분 양상

1. 머리말

우리는 흔히 김동석을 비평가, 그것도 좌익측 소장 비평가라고 평가해왔다. 월북 문인이라는 단서 때문에 문학사적 평가와는 거리가 먼 자리에서 문인들의 회고록이나 문단사의 한 구석에 그의 이름만 보일 뿐이었다. 그러나 1970년대에 들어 서서히 문학사의 범위 안에서 수렴되는 기미를 보였다. 김윤식은 「비유와 리듬」[1]이라는 글에서 김동석의 수필과 비평의 문체를 간략하게 검토하였고, 신동욱은 자신의 저서 『한국현대비평사』[2]에서 김동석의 비평을 좌파비평의 항목에서 비교적 자세히 다루면서 이념에 사로잡혀 객관성을 상실했다는 견해를 제시하였고, 김동석의 비평을 처음으로 소개하였다는 의의를 지닌다. 그리고 1980년대 후반에 접어들면서 권영민, 임헌영, 김윤식 등이 해방기 문학사에 많은 성과를 보여주었고, 기타 신형기, 김승환,

---

1 김윤식, 『한국현대문학사』, 일지사, 1976년.
2 신동욱, 『한국현대비평사』, 시인사, 1988년.

하정일 등의 연구가 해방기의 문학사를 광범위하게 논의함으로써 이후 김동석 연구에 본격적으로 다가설 단초를 놓았다고 할 수 있다.

그런데 막상 1988년 11월 해금이 되었을 때 김동석은 관심 밖이었고, 문학사적 커다란 반추 없이 단순히 일군의 월북 작가 대열에 있을 뿐이었다. 1990년에 들어서서야 비로서 채수영[3]이나 송희복[4] 등이 김동석의 작품과 생애에 대해 연구할 분위기를 조성하였고, 김영진[5]과 홍성식[6] 등이 김동석의 비평에 대해 현실인식과 행동원리의 전형, 또는 비판적 지식인의 전형으로 평가하는 나름대로의 성과를 가져왔지만 작가론도 제대로 밝혀지지 않은 상태에서 그의 비평론을 개괄 정리하는데 머문 아쉬움을 준다. 1992년에 나온 석사논문 한 편[7]이 의욕적으로 김동석의 작가론을 논리적으로 풀어가고자 노력하였고, 1994년에 『황해문화』를 통해 발표된 이현식의 평론[8]이 그나마 갈증을 느끼던 김동석 연구사에 단물을 부어주는 역할을 했다고 볼 수 있다. 그러나 이제껏 나온 몇 편 안되는 평론, 논문 중에서 가장 알차고 새로운 사실을 많이 캐낸 논문은 1995년 이희환의 석사논문 「김동석 문학 연구」[9]라고 생각되며 1996년에 나온 또 다른 석사논문 한 편[10]은 위에 나온 내용들을 정리해놓고 있다. 2000년대 이후 엄동섭[11]과 앞서 글을 발표했던 이

---

3 채수영, 「시적 동일성과 거리 - 김동석론」, 『시문학』 1990. 3 (pp.100~109), 1990. 4 (pp.106~121)

4 송희복 「김동석론-해방기 문학비평의 표정」, 『현대문학』1990.7. (pp.376~391) 그리고 같은 저자의 「상아탑과 구국투쟁에 이르는 길」(『해방기 문학비평 연구』, 문학과 지성사, 1993년)을 참고.

5 김영진, 「김동석론- 김동석의 비평과 그 한계」, 『전주우석대 우석논문』 1993. 12. (pp.81~99)

6 홍성식, 「생활과 비평-김동석론」, 『명지어문학』 1994. 5. (pp.151~175)

7 황선열, 「해방기 민족문학론의 특성 연구 - 김동석 비평을 중심으로-」 영남대학교 대학원 석사학위논문, 1992, 12.

8 이현식, 「역사 앞에 순수했던 한 양심적 지식인의 삶과 문학- 김동석에 대하여」, 『황해문화』, 1994년 6월 제3호 pp.212~234.

9 이희환, 「김동석 문학연구」, 인하대 대학원 석사학위 논문, 1995년 2월.

10 김 나, 「김동석의 비평 활동 연구」, 홍익대 교육대학원 석사논문, 1996년 8월.

11 「상아탑에서 민족문학에 이르는 해방기 지식인의 변증법적 도정 : 김동석론」, 『한국문학평론』 17, 2001년 5월.

현식[12]이 각각 한 편씩을 추가했고, 2000년 이후 석사논문 3편이 추가[13]되었으나 주로 김동석의 비평에 관한 연구였다. 이렇듯 손에 꼽을 만큼의 연구 성과를 통해 볼 때 김동석에 대한 연구가 얼마나 미진했는지를 알 수 있다. 이제껏 이루어진 그나마의 연구도 대부분이 비평가 김동석에 초점을 맞추고 있으며 그의 해방 후 3년간에 걸친 왕성한 평론 활동을 집중 조명하고 있다. 반면에 그의 시작품에 대한 연구는 위에서 언급한 바 있는 채수영의 글 한 편[14]과 이희환의 작품론의 일부에 그치고 있다.

본 소고는 우선 김동석의 삶과 문학을 통해서 그의 인간적인 면모를 살펴보고, 이어서 그의 시작품들을 유일한 시집『길』을 중심으로 정리 분석하고자 한다. 새로운 시 발굴에 관해서는 시집『길』이외에는 1946년부터 그가 월북을 단행하기 전까지의 기간(1949년이나 1950년)에 발행된 모든 책들과 잡지들을 뒤져 찾아보았으나 성과가 없었다. 단지 1995년에 나온 이희환의 논문에서 언급된 불완전한 시 3편이 그의 수필 속에 같이 실려 있다는 것과『우리문학』3호에 실릴 예정이던 시「나비」가 잡지 폐간으로 자연 소개되지 않고 사장되었다는 자료를 찾아냈을 뿐이다. 시인 김동석의 새로운 면모를 정리 해명하며 그의 시를 재평가하려는 것이 본 소고의 목적이다.

2. 김동석의 삶과 문학

해방기의 문학사가 문학사 연구의 각광을 받았던 80년대에도 김동석은 관 심 밖이었다. 여타 다른 월북 작가들[15]과 마찬 가지로 반공 이

---

12 「김동석연구 2 : 순수문학으로부터 민족문학으로의 도정」,『인천학연구』제2-1호, 2003년 12월.

13 홍성준, 「김동석 비평연구」, 연세대 대학원 석사논문, 2000년 2월, 「김동석 비평연구」, 이화여대 대학원, 2002년 2월, 「김동석연구 : 비평문학을 중심으로」, 공주대 대학원, 2002년 2월.

14 자료상으로는 앞에서 언급한 채수영의 평론 이외에 채수영의 「김동석의 시적 특질」이라는 평론이『동악어문론집』(1990년 12월)에 실려 있으나 검토해본 결과 평론 제목만 다를 뿐 내용은 토씨하나 틀리지 않은 같은 글이었다.

데올로기나 냉전 이데올로기의 올가미 속에서 객관적 연구가 이루어질 수도 없었고, '악랄한' 이라든지 '독조(毒爪)'[16] 비평가라는 꼬리표를 달고 이념의 희생양이 되어 남, 북문학사 어디에서도 그의 이름 석 자를 찾기 힘들었다. 그에 대한 인간적인 평도 천양지차라 그 격동의 세월을 한 인간에 대한 평가를 통해서 실감해볼 수 있다. 물론 악평도 있었지만, 김철민, 문철민, 이광현 등의 서평을 통해 볼 때, 이들의 글은 김동석을 재능 있는 문필가라 찬사를 보내고 있다는 공통점을 드러낸다. 그런데 누구보다도 김동석의 인간상을 가장 소상하게 기록하고 있는 사람은 바로 정지용이다.

> "돌아다니기도 잘하고 아내와 아들과도 남달리 의(誼)가 좋고 남의 내외(內外) 이혼싸움 화목에도 정성스럽고 (…) 민주주의토론을 걸고 이론에 맞지 않은 경우에는 단도직입적 정면공격을 하다가도 신경질적 흥분이 없이 자기가 스스로 엠파이어적 입장에 서고 마는 여력으로 들어앉아 공부하고 나와서 원고를 판다. 몸도 통통해 간다. 나는 이 사람의 사람을 잘 안다. 참 좋은 사람이다."[17]

정지용의 글을 통해서 우리는 김동석이 세간에 나도는 말처럼 '독조 비평가'니 '악랄한 좌익비평가'라는 표현과는 거리가 있음을 알 수 있다. 그렇다면, 정지용의 말대로 '참 좋은' 인간성의 김동석이라는 인물의 유년시절과 청년시절을 문학과 연결 지어 먼저 간략하게 살펴보고, 이어서 그의 실제 활동기에 속하는 해방기의 문학, 그리고 월

---

15 cf. 일반적으로 월북 작가, 월북 문인으로 통칭하고 있으나, 월북의 원인과 경과 그 성격에 따라 세 집단으로 분류할 수 있다. 1945년 12월 조선문학가동맹으로 조직이 통합되는 과정에서 월북한 예맹계 문인들을 1차 월북 문인으로, 1947년부터 1948년 정부 수립 때까지 주로 월북한 남로당계 문인을 2차로, 정부수립 이후 한국전쟁 시기까지 월북한 문인을 3차 문인으로 나눌 수 있다. 남로당계 문인들이 월북한 것은 주로 2차와 3차에 걸쳐서이며, 김동석은 3차에 속한다. 권영민, 「해방 직후의 문인 월북과 그 문학사적 위상」(『한국민족문학론연구』, 민음사, 1988) 참조.
16 김동리, 「독조문학의 본질」, 『문학과 인간』, 백민문화사, 1948, p.164.
17 정지용, 「부르조아의 인간상과 김동석」, 『자유신문』, 1949. 2. 20.

북으로 연결시키고자 한다.

1) 유년시절과 청년시절

김동석은 1913년 9월 25일 경기도 장의리[18]에서 태어났다. 해방 직후에 출간된 수필 「토끼」에서 김동석은 어린 시절을 상기하면서 "새 소리 물소리 바람소리를 듣고 자라난 나는 노래라곤 아홉 살 때 '제밀' - 제물포를 우리 마을에선 이렇게 불렀다 - 로 이사 가서야…" 라는 말을 하고 있다. 이는 취학 전 성장기를 장의리에서 보내다가 그가 아홉 살 때인 1921년을 전후해서 인천 경동으로 이주하였음을 알려주는 주요 자료이다. 그의 수필에는 장의리에서 보낸 김동석의 유년을 짐작케 하는 일화가 여러 편에 걸쳐 나타나고 있다. 수필 「고양이」에는 네 살 때 집에서 기르는 고양이의 발톱을 가위로 모두 잘라버려 할퀴지도 못하게 하고 쥐도 못 잡게 한 이야기가 나온다. 또 「잠자리」라는 수필에는, 미리 잡은 암놈으로 수놈 잠자리를 꼬여 잡고, 이것들의 꽁지를 잘라 밀집을 꽂아서 귀향 보내듯 날렸다는 이야기도 보인다. 수필 「나」(『국제신문, 1949.1.1.)에는 "나는 외아들로 멋대로 자라났고 매는 커녕 꾸즈람도 한 번 변변히 들어본 적이 없다"고 회고하고 있다. 이로 보아 김동석의 유년기는 자연과 벗해 마음껏 뛰놀며 꿈을 키우

18 경기도 부천군 다주면 장의리 403번지(지금의 인천시 숭의동), 김동석의 아명은 김옥돌 이고 본관은 경주, 본적은 경기도 인천부 외리 75번지이다. 아버지 김완식 씨와 어머니 파평 윤씨 사이의 2남 4녀 중 장남으로 태어났다. 그러나 김동석은 형제 중에 손위 누이 김금순이 김동석이 태어나기 2년 전인 1911년에 사망하고, 남동생 옥구와 여동생 옥순도 태어나 얼마 지나지 않아 사망하여 실질적으로는 1남 2녀의 장남으로 성장하게 된다. 그가 본적지인 외리에서 태어나지 않고, 지금의 수봉산 밑 수의동 근처인 부천군 다주면 장의리에서 태어난 것은 아마도 부친의 상업 활동이 이유인 것 같다. 김동석의 아명 김옥돌의 인천공립보통학교(현재의 인천창영국민학교) 학적부에는 보호자의 직업란에 "포목잡화상"으로 나와 있다. 아마도 부친은 인천부 근교를 왕래하며 상업 활동을 했던 것으로 보인다. 이곳 장의리에서 그와 그의 동생 옥구, 옥순, 도순 등이 태어났다. 이제껏 출생지가 확실히 규명되지 못했다가 아명이 김옥돌이며, 출생지가 인천이 아님을 밝혀내었던 이현식의 앞의 글에 힘입어, 이희환이 인천직할시 남구청 소장의 김동석 아버지 김완식의 제적등본(제적년도 1943)을 찾아낸 것이다. 김동석이 업동이라는 설(이원규, 「국토와 문학-인천」, 『문예중앙』, 1988년 겨울호)도 있었으나, 사실이 아니다.

던 그야말로 "무동을 타고 장대로 하늘의 별을 따려는 아름다운 오류"[19]로 가득 채워진 나날들이었던 것 같다. 그의 시와 수필에 자주 등장하는 꽃이라든지 나무 등과 같은 자연에 대한 예찬과 풍부한 자연심성, 그리고 거기에 천진난만하게 어울리려는 동화적 상상력 등도 그의 이러한 유년기 성장환경에서 영향 받은 바가 컸을 것이다. 김동석의 유년기에서 특기할만한 것은, 그가 보통학교 입학 전에 서당에 다녔다는 것이다.[20] 서당교육을 통해 그는 동양의 인문적 전통에도 친연한 기반을 마련할 수 있었던 것이다. 이 점은 영문학을 전공한 그가 비평에서 어떻게 그처럼 동양의 인문적 전통에 깊은 이해를 가지고 있었는지를 설명할 수 있는 단초가 된다. 서당에서의 한학수업은 이후 그의 문학 활동에 큰 재원이 되는 것이다.

김동석이 인천공립보통학교에 입학한 것은 1922년 4월로, 그의 나이 10세 때의 일이다. 아버지가 경동 134번지의 상가에 포목잡화점을 경영하여 집안이 점차 경제적 안정을 누리기 시작하던 때라 소년 김동석은 학창시절을 비교적 평탄하게 보냈다. 아버지의 지나친 검소함과 그 때문에 고생하는 어머니에 대한 불만도 있었고, 아버지의 절대적 봉건적 생활태도가 소년 김동석에게는 의외로 큰 영향을 주었던 것 같다.[21] 김동석은 보통학교 시절 성적이 대단히 우수해서, 체조과목을 제외하고는 거의 모든 과목이 전 학년에 걸쳐 만점에 육박하고 있으며, 성격적으로도 야무지고 자존심이 세서 남달리 강한 주체의식을 가진 것으로 보인다.

김동석이 보통학교를 졸업하고 인천상업학교(인천고등학교의 전

---

19 김동석, 「크레용」, 『해변의 시』, 박문출판사, 1946. 4. p.118.

20 그의 보통학교 학적부 <입학전 경력>란을 보면 "서당"이라고 명기 되어 있다. 서당교육은 아마도 장의리에서부터 시작해서 1922년 인천창영공립보통학교에 입학하기 전까지 3, 4년간 계속되었을 것으로 추정된다. 이희환, 앞의 논문 참고.

21 김동석의 글에 일관되게 보이는 봉건적 관념에 대한 강한 회의와 거부의식은 여기에서 싹튼 것으로 생각되며, 아버지의 수전노와 같은 치부에 대한 강한 불만이 이후 그를 자본주의 사회에 대한 거부의식으로 이끌고 간 것 같다. 김동석, 수필 「나」 참고.

신)에 입학한 것이 1928년[22]이다. 그가 우수한 성적에도 불구하고 상업
학교에 진학하게 된 것은 아마도 부친의 권유에 의한 것으로 추측된
다.[23] 그는 학창시절 내내 우수한 성적을 유지하면서도 조용하고 모나
지 않은 성격에 많은 친구들을 거느리기도 했다. 바이올린을 즐겨 키
고 운동에도 다재다능했던 그는, 그러나 인천상업학교를 3학년 2학기
까지만 다니고 그만둘 수밖에 없는 사건을 맞는다. 1년 3학기제인 학
교를 3학년 2학기에 수료 퇴학처분 당하게 된 것은 1930년 3학년 겨울
에 친구들(김기양, 안경복)과 더불어 광주학생의거 1주년 기념식을 주
도했던 때문이다. 그러나 김동석의 인간됨과 영특함을 아쉬워했던
일본인 교장의 추천과 3학년 수료 입증시험 통과라는 과정을 통해서
김동석은 무난하게 서울의 인문계 학교인 중앙고등보통학교(중앙고
보)에 4학년으로 전학하게 된다. 이 때가 1932년 봄의 일이다. 이것이
곧 막연히 동경하던 경성이라는 보다 큰 세계로 나아가는 계기가 되
었기에 그의 인생에 있어서는 하나의 커다란 전환점이 된다. 그가 중
앙고보를 24회로 졸업하고 유일하게 경성제국대학에 입학한 것이
1933년이다. 마르크시즘적 전통이 강했던[24] 경성제대에 입학한 것 또
한 청년 김동석의 삶에 새로운 전기를 마련해 주었다[25]. 그는 이곳에

---

22 그가 중학교 과정인 인천상업고등학교에 입학하던 1928년은 조선에서 한창 학생운동이 마르크
   시즘의 영향을 받아 조직적이고도 치밀하게 전개되던 시기였다.
23 수필 「봄」에 그가 서울로 통학하는 학생들과 동창생들에 대한 부러움과 자기 자신의 옹졸한 처
   지를 토로하는 회고담이 보인다. 경제적인 문제를 고려한 아버지의 권유로 그가 인천상업고등
   학교에 입학한 것임을 이로써 유추할 수 있다.
24 경성제대는 이미 학생들 사이에 부하린의 『유물사관』, 마르크스의 『자본론』 등을 읽고 토론하
   는 독서회 모임이 많이 조직되어 있었고, 1931년에는 급기야 반제동맹(反帝同盟) 사건이 터지
   기도 하였던 것이다. 이현식의 앞의 글 참조.
25 김동석은 중산층 가정에서 비교적 유복하게 자랐으면서 왜 마르크시즘에 빠져들었는지 궁금하
   다. 그가 수학기에 마르크시즘에 영향을 받은 것은 확실하다. 1930년의 광주학생운동 1주년 기
   념식 주도 사건은 그 증거가 된다. 1920년대 학생운동이 줄곧 마르크시즘적 세계관과 그 조직
   에 기초한 바 큰 것을 생각하면, 이 사건은 김동석 또한 마르크시즘이라는 당대 유행사상에 어
   느 정도 심정적으로 동조했음을 증거하며, 그 연장에서 터져 나왔던 외적 행동적 표출이 1930
   년 사건이 된다고 본다. 미루어보건대, 봉건적 사회 관념과 봉건사상을 혐오 - 그 가장 가까운
   대상이 김동석의 부친 김완식 - 하였던 김동석이 봉건적 관념을 송두리째 바꾸어버리는 마르크

서 근대적 학문을 연마하는 동시에 새로운 친구들을 사귀고 민족적 현실에 대한 고민과 청년으로서의 꿈을 설계하며, 전국 각지는 물론 일본에까지 수학여행을 다녀오는 등 견문도 넓히고 젊음을 만끽하게 되는 것이다. 그가 예과 시절을 거쳐 본과로 들어갈 때 성적우수자들의 A그룹에 속해서 입신양명의 식민지 관료로의 길이 열려있는 법학을 거부하고 전공을 바꿔 영문학을 택했던 것은 아마도 예술을 좋아하는 기질에다가 식민지 관료로 가는 지름길인 법과에 대한 의식적인 거부감이 작용했던 듯하다.

당시 경성제대 영문과의 학풍은 주임교수 사토(佐藤)의 영향으로 낭만주의가 주류를 이루고 있었다. 김동석은 사토교수의 말대로 "민족의 해방과 자유를 외국문학 연구에서 찾고자"하였다. 수재 중의 수재로 소문난 김동석이 매튜 아놀드(Matthew Arnold)를 통해 민주주의 정신과 부패해가던 빅토리아조 영국자본주의를 맹렬히 비판한 교양 정신, 그리고 비평과 시의 사회에 대한 역할을 터득했음도 이로 미루어 짐작할 수 있다. 김동석이 이렇게 아놀드에 관심을 가졌다는 것은 그의 문학관을 이해하는데 중요한 단서가 된다. 아놀드의 말처럼 시는 인생의 비평이고, 비평은 현실을 객관적으로 파악하려는 정신의 소산이라 할 경우, 시와 비평은 사회 속에서 나름대로의 역할을 갖고 있는 것을 의미하는 것이었고, 김동석도 이 점을 자기 문학관의 자양분으로 삼았을 터였다.[26] 시와 비평의 독자적 영역과 역할에 대해서 아놀드로부터 배우게 된 김동석은 해방 직후 잡지 『상아탑』을 창간하여 문학의 순수성에 집착해 문학의 독자적 영역을 고수한 것이다.

1937년 9월, 경성제대 졸업 무렵, 김동석은 「조선시의 편영」이라는

시즘을 접했을 때의 그의 느낌이 정신적으로 얼마나 신선하고 반가왔을까 하는 생각이 든다. 아니면, 그와 반대로 마르크시즘에 영향을 입어서 봉건적인 아버지의 '군림'을 혐오했는지도 모른다. 더욱이 마르크시즘의 전통이 강했던 경성제대를 선택하면서, 김동석은 마르크시즘의 과즙을 흠뻑 마실 수 있었던 것으로 생각된다.

26 이현식, 앞의 글, p.218.

글을 동아일보 지상에 발표한다. 식민지시대에 유일하게 발표한 평론으로 조선시에 대한 애정을 가득 담고 있다. 1938년 3월, 대학을 졸업하고 그는 곧 모교인 중앙고보에 촉탁교사로 부임하여 영어를 가르치게 되고, 이 무렵 대학원에도 진학한다. 1939년 무렵에는 보성전문학교(지금의 고려대학교의 전신) 교수로 초빙되어 해방될 때까지 여기서 영어와 영문학 강의를 한다. 해방 이후에 출간된 시집이나 수필집들에 실린 작품들은 대개 이때 씌어진 것들이다. 일제의 악정이 심해지던 1940년대에 그는 숨어서 한글로 시를 쓰고 수필을 썼다. 절망적인 시대에 지식인의 몸부림을 "무저항의 저항"[27]으로 감내해냈다. 그래서 이 시기에 썼던 대부분의 시와 수필에서는 그런 정조가 주조를 이룰 수밖에 없었다. 일제 말 그가 창작활동을 했던 것은 일종의 저항운동이었다. 그나마 발표한 것으로는 수필 전문지『박문』에 수필 4편[28]을 발표한 것과『신시대』에「당구의 윤리」를 발표한 것이 전부였다.

1940년 들어, 경기여고를 졸업하고 22살의 함흥 출신 인텔리 여성 주장옥과 결혼하며, 결혼과 동시에 17년 동안 살던 컴컴한 어두운 오막살이 생활을 청산하고, 자그마한 마당이 딸린 아담한 집(경정 145번지)으로 이사하여 신혼생활을 시작한다. 결혼 이듬해 1941년에는 장남 상국을 얻는다. 그러나 상국은 병약하여 이듬해 병원에서 사망한다.[29] 자식을 잃고 난 아픔은 그의 처를 시의 화자로 쓴「비애」에 잘 나타나 있다. 이들은 자식을 가슴에 묻은 아픔을 잊고자 경성부 종로구 당주정 114번지에 단칸 셋방을 얻어 상경한다. 그리고 이곳에서 둘째 아들 상현을 얻는다. 부친 김완식의 제적등본에는 삼남이 없는데 이는 아마도 해방 이후에 셋째를 얻은 것으로 추정된다.[30]

---

27 김동석,「"길"을 내놓으며」, 시집『길』, 정음사, 1946. p.71.
28 「고양이」(1940.3),「꽃」(1940.7),「녹음송」(1940.8),「나의 돈피화」(1941.1) 등의 4편의 수필.
29 이희환, 앞의 논문, p.23.
30 「신결혼론」 p.57 에 "오늘날 건강한 아들이 둘이나 있고"라고 한 언급에서 알 수 있다.

1940년 부친 김완식이 사망하고, 그 물려받은 재산의 일부로 시흥군 안양면 석수동 안양풀(pool) 앞 나무 많은 곳에 문화주택을 구입하여 이사한다. 해방할 때까지 그는 이곳에서 자연과 벗하며 은둔생활을 하였다.

일제 말 김동석의 이력에서 특기할만한 것은 그가 조선연극협회의 상무이사를 지냈다는 것이다. 그러나 이러한 사실은 당시의 공식적인 기록에서는 찾을 수가 없다. 그럼에도 불구하고 고설봉의 증언[31]과 서연호의 저술[32]에서 김동석이 상무이사를 지낸 것은 사실이라는 정황을 얻는다. 그렇지만 김동석이 조선연극인들이 대거 참여한 현대극장이나 그것의 부설기관인 국민연극연구소에 전혀 참여하지 않은 점, 해방 후에 그가 누구보다도 앞장서서 문학인의 친일잔재 청산을 소리 높여 고창하고 비교적 솔직히 자신의 처신을 반성한 중에도, 전혀 언급하지 않은 점 등으로 미루어 볼 때, 1944년 여름 짧은 기간 동안 그것도 매우 형식적인 자리에 잠시 머물러 있었던 듯하다. 그 또한 어쩔 수 없이 일제 말의 수모를 받아들이지 않을 수 없었던 것이다.[33]

2) 해방기 문학과 월북

김동석은 「학병 영전에서」라는 시에서 자신의 해방을 맞는 심정을 노래하고 있다. 해방의 벅찬 감격과 함께 밀려오는 원통함과 분노가 김동석 시인에게 눈물로 울음으로 표출되었다. 이 벅찬 해방을 김동석은 안양에서 맞았다. 그러나 해방을 맞아도 일본군대가 남아있는 어수선한 시국이 계속되었고 정국은 혼미를 거듭하였다. 안양에 있던 김동석은 일인 경찰에게 체포되어 생사가 불명인 조선청년 문제를 항의하러 경찰서에 갔다가 친일파 방위대원들에게 테러를 당하기

---

31 고설봉, 김미도 정리, 「증언으로 찾는 연극사- 국민연극시대」, 『한국연극』, 1992년 5월호.
32 서연호, 『한국근대희곡사』, 고려대출판부, 1994. p.292.
33 이희환, 앞의 논문, p.25.

도 했다. 그 후 두어 달 가량을 안양에서 제국주의 소탕을 위해 선전삐라를 작성하는 일에 몰두한다. 그는 누구보다도 적극적으로 "글보다 더 급한" 현실로 달려갔던 것이다. 해방과 더불어 그는 줄곧 재직하던 보성전문도 그만둔다. 1945년 11월을 전후한 시기에 서울로 이사와 셋방살이를 시작한다. 그리고는 자신의 사재 일부와 대학동창 노성석의 도움으로 잡지 『상아탑』[34]을 주재하기 시작한다. 이제 김동석은 상아탑을 중심으로 본격적인 문학 활동을 펼친다. 그는 무엇보다도 문학의 독자적 역할을 강조하여, 문학인이 직접 정치에 뛰어드는 것을 극력 배격하였다.[35] 문학가동맹의 정치적 노선은 옹호하였지만, 문학자는 문학을 통해 역사적 과제에 참여해야 한다고 생각했다.

1946년 김동석은 그동안 써왔던 수필과 시들을 모아 수필집 『해변의 시』와 시집 『길』을 출간하였다. 이 중 시 「연」과 수필 「잠자리」, 「나의 서재」, 「크레용」 등은 해방기에 새로 편찬된 중등 교과서에 수록되기도 한다.[36] 또 발표한 비평문들을 모아 평론집 『예술과 생활』을 1947년에 발간하였다. 이후 김동석은 좌와 우를 막론하고 조선 문학의 건설을 위한 지식인의 사명과 문화의 역할을 강조하는 상아탑의 정신이라는 기본정신으로 내달아, 1948년 8월 남한에 단독정부가 수립될 때까지 '사회를 향해 시탄(詩彈)을 내쏘고 문화의 씨를 뿌리고자' 활동하였다.

김동석은 1946년 중반을 넘어서면서 돌연 잡지 발간을 중지하고 지금까지의 노선과는 다르게 문학가동맹에 적극 참여하는 모습을 보인다. 1946년 5월 25일 연극동맹 보선위원으로 뽑히는 것을 시작으로, 8

---

34 『상아탑』은 1945년 12월 10일에 주간으로 창간되어 4호까지 발간하다가 5호부터 월간으로 전환하여 1946년 7호로 종간하였다. 주간은 배호가 맡았다. 김동석의 시사칼럼이 매호 표지에 실리고, 배호, 함세덕, 김철수, 오장환, 이용악, 청록파 시인들의 글과 시가 주로 실렸다.

35 예술가는 무엇보다도 순수해야 하는데, 정치와 결부되면 불순해지기 때문이라는 것이 그 핵심적 이유였다.

36 위의 작품들은 1949년 말에 가서 교과서에 수록된 좌익작가의 작품을 삭제하는 과정에서 삭제되었다.

월에 결성된 문학가동맹 산하 문학대중화위원회에 위원으로 참가하여 본격적인 동맹 일에 참여하며, 9월에는 조선문화단체총연맹(문련)[37]에서 주최한 민족문화강좌에 나가 「민주주의와 문화」라는 제목으로 강연을 하는 한편, 10월에는 문련 산하 분과대표로 다른 문화인과 더불어 군정청의 러취장관을 방문하여 작금 사태에 대한 공개 항의서한을 전달한다. 1946년 11월에는 우익문단의 조선청년문학가협회의 대표격인 김동리를 비판한 「순수의 정체」를 『신천지』에 발표하여 유명한 순수논쟁에 불을 당기기도 한다. 1948년 4월에는 대표적인 좌익신문의 선봉 『서울신문』의 자매지인 『서울 타임즈』 특파원 자격으로 평양에서 열린 남북 정당 및 사회단체 대표자 연석회의의 취재차 평양을 방문한다. 그러나 단정수립 이후에는 사회활동이 현저히 줄어들어 『문장』지 평론부문 추천위원을 지내거나, 매튜 아놀드를 다룬 장편 논문 「생활의 비평」을 쓰는 등 문학과 연구 활동에만 전념하는 모습을 보인다. 같은 해 10월에는 조선영문학회에 참가, 셰익스피어가 창조한 극중 인물 풀스타프의 성격적 면모를 다룬 논문 「뿌르조아의 인간상」을 발표하며, '여성문화협회' 주최 여성문화강좌의 강사 일을 맡아보기도 한다. 이런 와중에 1949년 벽두에는 다시 김동리와 『국제신문』[38]에서 대담을 통해 순수 논의를 하지만 이미 그 열기는 과거와는 질이 다른 것이었다. 그는 아마 단정수립 이후에는 일단 문학과 연구에 매진하면서 후일을 도모했던 듯하다.

공식적인 지면에 김동석이 발표한 최후의 글은 1949년 5월에 『희곡문학』에 발표한 문예수필 「쉐익스피어의 주관」과 『태양신문』 5월 1일자에 발표한 수필 「봄」이다. 그의 공식적인 문학 활동은 1949년 5월, 위 두 글을 마지막으로 중단되었다. 그의 친구 배호가 남로당 서울시

---

37 문련은 '민주주의 민족전선'에 소속되어 있는 남로당의 외곽단체.
38 이현식의 글에는 『태양신문』이라 되어 있지만, 이 자료에 대한 정확한 근거는 이희환의 논문에 나와 있고 이희환은 실제 대담한 날짜는 1948년 12월 20일 오후 6시이며, 대담 내용은 『국제신문』 1949년 1월 1일자에 실려 있다고 설명함.

문련 예술과책으로 활동하다가 1949년 5월에 체포되었고, 그 밑에서 활동하던 이용악이 검거된 것이 8월이었으니, 김동석 자신도 1949년 중반 무렵이나 그 이후에 월북했으리라는 추측이 나온다.[39] 이 무렵 신분상의 위협을 느껴 월북했을 가능성이 크다고 볼 수 있는데, 보다 더 납득할 만한 이유는 그가 1948년 북한을 방문하고 나서 쓴 기행문 「북조선 인상기」에서 찾아볼 수 있다. 일제 강점기에 태어나서 국가란 것을 한 번도 체험하지 못한 그에게, 북한의 발전하는 모습은 진정한 국가와 민족이 무엇인지 가슴 벅차게 느끼게 했다. 더구나 당시 남한이 처해 있던 혼란스럽고 궁핍한 현실을 염두에 둘 때, 이것은 더욱 커다란 감동으로 다가왔을 것이다. 김동석은 그래서 주저없이 자신의 순수 민족주의적 이상과 사회주의적 리얼리즘을 실현시킬 비전을 남이 아닌 북에서 발견하고 즉각 행동으로 옮긴 것이다.

월북 이후, 김동석의 행적에 대해서는 알려진 바가 거의 없으나, 6·25전쟁 발발 이후, 서울에 와서 문화정치 공작원 노릇을 했다는 말, 또 휴전회담 때 설정식과 북측의 통역장교로 나왔었다는 말 등이 들릴 뿐이다. 더군다나 6·25전쟁 이후의 행적에 대해서는 그와 관련된 글귀를 단 한자도 찾아볼 수 없다.

3. 시집『길』과 순수와 이념

김동석의 시작품 고찰은 시집『길』의 차례에 나오는 대로 1부 <풀닙배>, 2부 <비탈길>, 그리고 3부 <백합꽃>으로 나누어 시도하고자 한다. 이 시집에는, 해방 전부터 시집이 간행되던 해인 1946년 1월 사이에 발표된 시작품까지 포함하여 총 33편에 달하는 그의 모든 시를

---

39 cf. 이에 대해서 황선열의 석사논문에서는『북한총람』에 근거를 두고 6·25 이후 월북하는 작가로 분류하여 "1949년부터 1950년까지는 뚜렷한 비평 활동이 보이지 않고 거의 절필한 상태로 지낸다. 이후 1950년 6월 25일 한국전쟁이 발발하자 서울에 잔류하였고, 1951년 서울 탈환 때 가족과 함께 월북 한다"라고 기술하고 있다.

수록하고 있다.[40] 3부로 구성된 이 시집에서 1부와 2부에 수록된 시편들이 일제 강점기 시대에 씌어진 시들이고, 3부에 실린 대부분의 시들은 해방이 되고 나서 쓴 작품들이다. 시 나열순서도 거의 시작 순서대로 편집하여 이루어진 것이다.

이 시집에 실려 있는 시들은 김동석 자신이 어두운 일제치하를 견뎌오면서 묵묵히 걸어온 길을 시적으로 형상화한 고백이다. 그리고 그는 시집 후기 「"길"을 내놓으며」에 나오는 대로 "Segui il tuo corso, e lascia dir le genti! (그대의 길을 가라, 그리고 사람들로 하야금 떠들게 내버려 두라.)"[41]라는 식의 남이 하는 말에 귀 기울이지 않고 자신만의 길을 가겠다는 의지가 엿보인다. 그의 시집 후기에 "열손 배 위에 얹어 놓고야 큰 소리 허랬다는데 인제 겨우 설흔의 고개를 넘어 네 번째 새 해를 맞이하는 나로서 처녀시집의 이름을 '길'이라 한 것은 위태로운 짓이다."라는 구절에서 처녀시집을 운운하고 있는데 이는 실제로 이 시집을 낼 때의 심정으로 미루어 계속해서 시집을 낼 생각이었음을 알 수 있다. 그런데 현실적으로 행동하는 지식인이었던 김동석은 시상이나 시적 여유에서 점점 멀어져 이념을 행동화하는데 열중하였기에 더 이상의 시집이나 시작품들이 나올 수 없었다.

1) 1부 〈풀닙배〉 - 순수와 습작기

김동석은 의도적으로 자신의 시에 대한 이상과 시에 대한 선언적인 의미를 중첩시키고자 시집의 서시격인 「시」로 시집의 첫 장을 장식한다.

---

40 김동석의 시작품들은 시집 『길』에 수록된 33편의 시 외에도 이미 앞에서 언급한 바대로 사장되어 찾을 길 없는 「나비」라는 시와 불완전한 시형식의 수필 3편이 있다고 하여 총 37편이 된다.

41 김동석, 앞의 책, p.71. 여기에 나오는 원어는 이탈리아어이고 이 글은 유명한 이탈리아의 고전작가 단테 알리기에리(Dante Alighieri)의 대표작품 『신곡 (La Divina Commedia)』의 연옥편 (Purgatorio, V, 12~15)에 나오는 것이다.

소리 없이 들려 오는 노래 한가닥
가슴 속에 솟는 샘물의 선율일러라.

눈을 감아도 보히는 그림 한 폭
뇌수 속에 피는 꽃의 묵화일러라.

옴짓않는 팔다리 속에 춤 추는 힘
세포에 흘러나린 처용의 춤일러라.

내 넋과 몸이 지니인 인간의 유산
태풍 속에 숨은 한점 고요일진저!

―「시」 전문

　1연부터 4연에 이르기까지 일련의 어휘들 즉, '소리 없이 들려 오는 노래', '눈을 감아도 보히는 그림', '옴짓않는 팔다리 속에 춤', 그리고 '내 넋과 몸이 지니인 인간의 유산' 등은 모두 시가 갖는 무한한 힘을 드러내려는 표현이라고 볼 수 있다. 김동석은 본인이 비평을 하면서 나름대로 시에 대한 이론을 미숙한대로 정립하고 있었다고 볼 수 있고, 영문학자로서 서양문학에 있어서의 시를 맛본 진일보한 분위기를 보여주고 있다. 4연에서 시의 마력을 강조한 김동석의 시론은 '태풍'을 비평으로 시를 태풍의 눈인 '고요'로 비유하고 있다. 임화의 참여시 「네거리의 순이」를 평했던 김동석의 시 비평과는 그 맥을 같이한다고 볼 수 있다. 김동석 자신도 산문과 시는 구분되어야 한다고 하고 있다. 실제 그가 리얼리즘 실천비평에 대해서 쓴 일련의 비평 산문과 비교해 볼 때, 일제 말에 씌어진 시들 대부분이 생활주변에서 쉽게 찾을 수 있는 것들을 제재로 삼고 있으며, 동요적인 시들이 많다. 형식적으로 볼 때도 정형률이 드러나 보이는 시들이 많고, 시에 대한 시인 자신의 애착을 느끼게 한다. '1부 풀닢배'에 실려 있는 12편의 시들 중

「비애」만을 제외하고 위에서 언급한 공통점을 가지고 있다. 그 11편의 시들은 다음과 같다. 「시」, 「풍경」, 「낙엽」, 「갈대피리」, 「황혼」, 「아침」, 「별」, 「풀닢배」, 「우물」, 「자연」, 「하늘」 등이다. 김동석이 해방 직후에 잡지 『상아탑』을 창간하여 문학의 순수성에 집착해 문학의 독자적 영역을 고수한 것도 이 시들과 무관하지 않다. 김동석은 시집 후기에서 자신이 이 시집을 세 부분으로 나눈 이유를 다음과 같이 설명하고 있다.

> 이 시집을 "풀닢배" "비탈길" "백합꽃"의 세부로 나눈 것은 풀닢배는 어데인지 모르게 사라지는 시의 세계를 상징하며 비탈길은 반동적이 안되려 앨 쓴 나의 조그만 고집이오 백합꽃은 조선의 표징으로서 - 히고도 아름다우니까 - 내가 애껴 온 꽃이다.[42]

여기서 풀닢배는 사라지는 시의 세계를 상징한다고 하고 있는데, 이는 아마도 자신의 초기 시작품들, 습작기의 작품들의 세계, 다시 말해서 "새 노래도 꽃 향기도 언덕에 남긴 채 / 풀닢배는 강물을 따라 흘러간다"는 식의 어린 시절, 다시 돌아오지 않는 꿈같은 시절들을 의미하는 상징이라 할 수 있을 것이다. 1부의 소제목이 그렇듯이 1부에 어린 동심의 시상이 많이 엿보이고(「풍경」, 「갈대피리」), 동화 속에 나오는 이야기들(「별」, 「풀닢배」)을 접하는 기분에 젖게 만든다.

산도
포풀라도
물구나무를 섰소.
소도
구장님도
꺼끌로 걸어 가오.

---

42 위의 책, p.72.

촌도
물에 빠져
한폭 그림이 되다.

—「풍경」 전문

펴보면 아무것도 없는데
갈대닢은 불면 니나니 나니나(…)
밀짚인형이 어깨춤 추고
귀밑머리 딴 풀각씨가 절한다. (…)
도르르 말린 갈대닢 속에 숨은
이 신비를 아는 자 누구이뇨.

—「갈대피리」 부분

눈은 깜박,
입은 방실

아기별들이
엄마별한테
옛날얘길 듣고 있는게지요. (…)

—「별」 부분

구름을 실고 유유히 흐르는 강가에서
나는 풀닢으로 배를 만들어 띄운다. (…)
새 노래도 꽃 향기도 언덕에 남긴 채
풀닢배는 강물을 따라 흘러간다. (…)
아아 묘망한 나의 꿈이어…
풀닢배는 정처 없이 흘러 가고 있다.

—「풀닢배」 부분

그러나 같은 동요적인 분위기라도 「황혼」과 「하늘」과 같은 시에서

는 동화적 세계에 안주하는 어린 시절로 돌아가고픈 자아가 아니라
무엇인가를 새로이 갈구하거나 아쉬워하는 비애가 느껴진다.

황혼에 나가서
하늘을 바라보면
별이 하나 둘 다정히 웃고.

황혼에 나 혼자
숲속을 거닐면
물소리 졸졸졸 소곤거리고.

님 없는 신센대
내 마음 황홀하여

황혼 속에 비애를 묻었드니라.

―「황혼」 전문

나는 죽어 구름이 되께
너는 죽어 종달새 되렴
나는 너를 안고 창공을 날며
온종일 마음껏 노래 부르리.

나는 죽어 한줌 흙이 되께
너는 죽어 맴들레꽃 되렴
나는 너를 안고 무덤에 누어
해 지도록 푸른 하늘 바라보리.

나는 죽어 흰 박꽃이 되께
너는 죽어 맑은 이슬이 되렴

나는 너를 안고 지붕에 누어
밤이 늦도록 별을 치어다 보리.

-「하늘」 전문

　하늘을 시적 소재로 삼아 노래한 작품은 동화적인 상상력이 돋보인다. 김동석의 시엔 하늘이 많이 등장하고, 또 어김없이 별도 등장한다.「하늘」에서 1연엔 '노래' 2연엔 '푸른 하늘' 3연엔 '별'이 시적 지향점으로 설정된다. 일제 강점기하에서 씌어진 시임을 감안하면 위의 지향점들이 가리키는 이상향이 그대로 드러난다. 그것은 자유로운 희망이 있는 꿈의 세계이다.「황혼」과「하늘」에서 시인은 자신의 어려운 상황을 극복하고자 하는 의지적 소망을 드러내며 동시에 그 저변에 깔려있는 비애의식을 표출시킨다. 더군다나 1부 마지막에 실린 산문시「비애」는 그 비애의식을 적나라하게 드러내는 시이다.

　설거질 하다 말고 엄마는 방문을 열어 본단다. 곰, 코끼리, 원숭이 하고 노는 너가 보곺아 ― 엄마는 문을 열다 말고 멍하니 섰다. 곰, 코끼리, 원숭이만 나둥그러져 있고 네가 없는 방.
　아가 우리 착한 아가 너는 엄마 혼자 두고 어데를 갔단 말이냐. (…)

네가 엄마 손을 잡어 다니며 냉냉 가자고 손가락질 하던
창에선
하늘이 보히고
새소리 들리고
꽃향기 풍겨 오는데
네가 있을 땐 그렇게 즐겁던 하늘이,
새 소리가, 그리고 꽃 향기까지 왜
이렇게 슬프기만 하냐.

네가 가고나서부터 엄마는 아름다운 것에 눈물 짖는 버릇이 생겼단
다. (…) 깨물고 싶도록 귀여운 고 손. 고 손의 보드러운 촉감 ― 이 속에
도 비애가 깃들일 줄이야.

무슨 소리든지 쪽빛으로 감각했다는 음악가 모양으로 나는 인제 비
애 없이 생각할수도 볼수도 들을수도 먹을수도 만질수도 없게 되었다.
일체가 눈물 어린 그림이오 슬픈 음악이다.

비애는 모든 것을 미화한다. (…) 너를 사랑하는 내 비애 속에선 뭣이
든 맑고 깨끗해진다. (…)

너는 엄마에게 진정한 사랑을 가르쳤다. "마돈나"의 자애로운 얼굴
도 영아 애수가 말하는 광명이 아니냐. 아가 우리 아가 너는 가도 너의
사랑은 영원히 빛나리라 나는 믿고 살겠다.

―「비애」 부분

이 시는 시인 김동석이 첫 아들 상국을 1942년에 돌도 안 되어 잃은
고통을 그대로 담고 있는 시다. "네가 가고나서부터 엄마는 아름다운
것에 눈물 짖는 버릇이 생겼단다"라고 4연에서 노래하는 시인은 일상
적인 대화를 마치 살아있을 지 모르는 아기와 대화를 나누듯 이끌어
간다. 일상적 대화체의 "귀여울수록 애처러워 못 견디겠다" "깨물고
싶도록 귀여운 고 손" 등의 표현으로 미루어 짐작하건대 정감있는 아
버지, 다정다감한 아버지, 그리고 정말로 자상한 아버지이자 남편의
모습을 떠오르게 한다. "너는 엄마에게 진정한 사랑을 가르쳤다. '마
돈나'의 자애로운 얼굴도 영아 예수가 발하는 광명이 아니냐. 아가 우
리 아가 너는 가도 너의 사랑은 영원히 빛나리라 나는 믿고 살겠다."
(「비애」 7연)라고 끝을 맺는 시는 아픈 만큼 성숙해지는 인간적인 성
장을 노래하고 있다. 자신에게 닥친 뼈아픈 현실에 단순히 동화적, 동

요적 낭만적인 요소는 이 시에 주어진 현실적인 아들의 죽음을 계기로 극복되어져 보다 진지한 세계로 나아갈 수 있었던 것이다. 김동석은 위의 시에서 마치 진정한 사랑의 귀감을 '마돈나'와 '아기 예수'에서 찾은 것 같다. "셰익스피어와 워어즈워어드니 하는 시인을 탐독"[43]한 김동석인 만큼 서양 시문학의 뿌리인 기독교 사상을 모를 리 없을 것이다. 김동석은 「시를 위한 시 - 정지용론」에서 예수를 "떠가는 구름도 움켜 잡을 수 있다고 믿었던 인류의 최대 시인"[44]이라고 하면서 "십자가에 못박혀 죽을 때, '엘리 엘리 라마 사박다니!'하고 절망의 부르짖음을 남기었"음을 상기시키고 있다. 김동석은 예수까지도 시인으로 보고 있다는 점이 특이하다. 기독교 사상을 깊이 있게 공부하지는 않았을 지 몰라도 성경을 접해봤음을 미루어 짐작할 수 있다. 그런데 김동석 자신도 임화의 「현해탄」이 "처음부터 끝까지 줄글을 내리써도 조금도 어긋나는 데가 없을 것이다. 뒤집어 말하면 「현해탄」은 산문을 짤러서 시모양 늘어 놓은" 시라고 하면서 시적인 것과 산문적인 것을 따로따로 나누어 표현할 줄 모르는 것은 "지성의 소산이라 할 수 없다"[45]고 한 바 있다. 그러면서도 자신은 이 「비애」를 창작하면서, 의도적인지는 몰라도 1부의 다른 시들과 달리 산문시 형식으로 나열하고 있다. 물론 김동석 자신이 임화의 시를 평했듯 지성의 소산을 운운할 일은 전혀 아니다. 그렇지만 현대에 있어서도 산문시들의 대부분이 그렇듯이 모든 것을 서술식으로 나열하여 설명하다 보면 오히려 시가 나타내고자 하는 시상의 진수가 약화되는 경우가 많다. 이 시에서도 지나친 '서술' 덕분에 그 '비애'의 정도가 약화되는 것은 사실이다.

---

43 채수영, 앞의 글, p.103. 재인용.
44 김동석,『김동석 평론집, 월북작가 대표문학』, 한국도서출판중앙회, 1991, p.53.
45 위의 책, pp.32~33.

2) 2부 〈비탈길〉 - 순수와 이념의 혼재

1부의 시들이 순수와 해맑음, 동요적인 정서를 노래하던 것들과는 대조적으로 2부에 와서는 시적 분위기가 전반적으로 무거워지고, 1부에서 순수하게 비애를 노래하던 모습과는 다르게 현실의 어조에 무게가 실려 있다. 같은 일제 말에 창작된 시들도 일제가 극악을 달리던 때로 추정되는 말기 중의 말기에 씌어진 것으로 보이는 '2부 비탈길'은 1부에 비해 동요적인 정서가 사라지고 시 제목들도 훨씬 무거운 것들로 변화되어 있는 것을 알 수 있다. 2부에 실려 있는 시들은 「버러지들」, 「바다」, 「은행닢」, 「나무」, 「깨여진 꽃병」, 「Le Penseur」, 「풀」, 「어촌의 밤」, 「비탈길」, 「단상」, 「포풀라」 등의 11편이다.

2부 〈비탈길〉의 맨 앞에 실린 「버러지들」과 「바다」는 1부의 시적 어조와는 사뭇 다른 분위기마저 느끼게 한다.

새들은 숲 속에 잠들고
별이 이슬마다 깃 들인 밤인데
잠 이루지 못하는 버러지들이
외로운 등잔불로 몰킨다. (…)
그들 미물의 버리지로 하여금
더러운 몸을 불살러
빛나는 찰나를 갖게 하라.

－「버러지들」 부분

달도 없는 밤인데
바다는 잠을 이루지 못한다. (…)
밤이면 바다ㅅ가에 앉어
흐느끼는 사나이 하나 있음을
너는 아는다?

－「바다」 부분

「버러지들」과 「바다」는 창작 시기가 극단적으로 암담했던 일제 말기여서 그런지 소재적으로 밤과 불면증이 등장하고, "더러운 몸을 불살러"라든가, 김동석 자신을 암시하는 "흐느끼는 사나이" 등의 시대적 아픔이 드러나는 표현들이 사용되고 있다. 1부에서 보여주었던 동요적인 운율과 정형적인 틀은 이제 보이지 않는다. 이념적인 부분은 드러날 듯 말 듯 감추어진 모습으로 시 안에서 꿈틀거린다. 혁명이라는 말이 직접적으로 드러나지는 않지만, 시 「버러지들」에서는 버러지들로 드러나는 민중의 아픔과 민중의 무모함을 읽을 수 있다. "어둠을 등지고 파다거리는 미물들// 낮에는 풀 속에 흩어져 있어서/ 존재조차 모르던 그들"인 버러지들에게 "창문을 열어주라// (…) 빛나는 찰나를 갖게 하라.//"고 명령조로 호소하고 있다. 해방 투쟁에 제 몸을 불사름을 암시하는 시구들이 동요적 순수함을 드러내고 있던 1부와 다른 시적 변화를 보여준다.

2부에서 눈에 띄는 시들은 「나무」와 「비탈길」, 「단상」 등이다.

상처 입은 나무닢 흩어져 눕고
뼈만 남은 가지는 바람에 떠는데
가마귀떼 까악까악 지저귄다.

불길한 새 가마귀야 죽음을 노래하라.

살무사도 땅 속에 숨는 거울
나무는 조각달 하나 없는 밤에
산 넘어 붉은 태양을 꿈 꾼다.
불길한 새 가마귀야 죽음을 노래하라.

푸른 잎닢이 나비가 되는 유월
해 빛은 은어때처럼 춤 추리니

그 때를 바라고 수난하는 나무들.

억눌린 생명은 숨어 꿈틀거리어라.

—「나무」 전문

김동석은 해방의 강렬한 염원을 거침없이 "붉은 태양"으로 내세우면서, 억눌린 어려운 일제치하를 견디어냈다. 「나무」는 암울한 시대를 나무처럼 곧고 믿음직스럽게 인내하는 지식인 김동석 자신의 모습을 표현한 시이다. 「나무」에는 절제된 시어들과 시적 은유를 통해서 내면적으로 뜨거운 이상에 대한 열정과 간절한 희망을 완곡한 어투로, 그렇지만 어떤 직접적인 투쟁의지보다 강하게 표출해내고 있다. "불길한 새 가마귀야 죽음을 노래하라"는 절망적인 단언조차 그의 내면의 비장함을 더 강조해줄 뿐이다. 시적 순수함과 이념이 잘 혼재되어 있는 대표적인 시이다. 김동석 자신이 이상적이라고 생각하는 시론, 즉 감상적인 면이 배제되고, 음악성은 살아 있으되, 행동이 뒤따를 것을 전제하면서 결연한 의지가 강하게 배어 나오는 시에서 그리 멀리 있지 않다.

또 다른 시 「단상」에서는 시인이 견디어내야 하는 답답한 현실이 보다 구체적으로 형상화된다. "날개를 가지고도 날으지 못하는 나", "나래미가 있어도 자유로 헴 못치는 나"로 자신의 모습을 상기시키는 시인은 시 「비탈길」에서 자신의 인생을 구체적으로 형상화시키고 있다. 초기 시에서 보이는 형식에 대한 속박을 어느 정도 극복하고, 자연물에 의탁하여 암담한 어조로 불안과 답답함을 토로하던 것에서 벗어나, 직설적인 표현으로 자신의 인생을 '비탈길'에 서 있는 존재로 묘사하고 있다.

나는 짐 실은 수레를 끌고 비탈길을 올

라 간다.

인생의 고개는 허공에 푸른 활을 그리고
그 넘어 흰 구름이 두둥실 떴다.

길은 올라갈쑤록 가파르고 험하야

나는 잠시 수레를 멈추고
올라 온 질을 나려다 본다.

뱀인양 산비탈을 나려
가르마처럼 넓은 벌을 건너
아득히 내 고향 품속에 안기는 길-

개나리꽃 핀 울타리에 기대여 서서
치마ㅅ자락으로 눈물 씻던 순이…
아아, 영영 돌아올리 없는 이 길에
나는 청춘의 그림자를 떨치고

인생의 고개 넘어 무엇이 있는진 몰라도

나는 짐 실은 수레를 끌고 비탈길을 올
라 간다.

-「비탈길」 전문

　　"비탈길은 반동적이 안되려 앨 쓴 나의 조그만 고집" 이라고 한 시인 자신의 말로 보아 암울한 일제 강점기를 인내하려는 젊은 지성인의 독백이자 굳건한 의지가 돋보이는 시이다. 이 시가 어찌 보면 시집 『길』의 주제적인 시라 할 수 있다. 시 「비탈길」은 시집 『길』을 대표할 수 있는 작품이다. 동화적, 동요적 실험도 끝이 나고, 끝없이 빗대어 나열하는 비유적인 표현도 사라졌으며, 절제된 언어와 절제된 감정, 그리고 절제된 이념이 가장 잘 어우러져 있는 시이다. 모든 인생이 갖고 있는 불안 의식을 저변에 깔고 삶을 긍정하며 단테의『신곡』에 나오는 표현대로 "우리네 인생길 반고비에" 에 접근한 서른네 살의 묵직함이 느껴지는 시이다.「비탈길」은 또 "풍경화"적이다. "무거운 짐을 싣고 비탈길을 올라가는 정경이 불안하거나 우울하지 않고 담담한 것은 '넓은 벌' '흰 구름' '개나리꽃' 등의 시어가 신선한 느낌으로 다가오기 때문"[46] 이다.

3) 3부 〈백합꽃〉 - 이념과 열정의 만남

해방 이후에 창작된 것으로 생각되는 3부 시들은 1부의 시들에 비해 훨씬 진지하며 사상적 고집이 강하게 엿보이는 시들이 주류를 이루는 것을 알 수 있다. 3부에 실려 있는 시들은「경칩」,「히망」,「눈은 나리라」,「백합꽃」,「나는울었다」,「길」,「알암」,「기다림」,「산」,「연」 등의 10편이다. 3부에 실린 시들은「연」을 제외하고는, 대체로 해방이 되자마자 썼던 시들이다. 제일 먼저 실려 있는 시 '경칩'은 바로 이 해방을 비유한 것이다.

> 태양이 막 적도를 넘으려할 때
> 온 겨으내 죽은 듯 괴괴하던 땅속에서
> 무수한 생명들이 머리로 지각을 부빈다.(…)
> 우주의 새 봄을 낳기 위하야
> 최후심판날 천신이 부는 나팔에
> 죽은자 놀라 깨일 때도 이러하리니

---

46 채수영, 앞의 글, p.107.

잠에서 깨어나 눈을 부비고
태양을 맞이려 기지개 치는 자에게
꽃 피고 새 노래하는 부활이 오리라.

-「경칩」부분

　해방의 기쁨을 부활로 노래하는 시「경칩」에서는 당당함, 장엄함마저 느껴진다. '우주의 새 봄'이라든지, '최후심판날 천신이 부는 나팔에' 그리고 '부활' 등에서 김동석이 또 다시 서양 기독교 문화에 조예가 있음을 확인하게 해준다. 앞서 시「비애」에서도 '마돈나'와 '아기예수'를 통해 자신의 기독교적 지식을 드러내고 작품에 인용하고 있었는데,「경칩」에서도 최후의 심판과 부활 사상에 대한 기독교적 지식을 비유적으로 잘 활용하고 있다. 더욱이 해방 직후의 기쁨과 흥분을 "우주의 새 봄을 낳기"위한 시적 흥분 상태로 드러내 놓고 있다.
　그런데 해방 직후 1945년 11월에 발표된「희망」에서는「경칩」에서의 흥분은 사라지고 없다. 시적 순수함이 드러나는 듯하다가 현실적인 예리함이 세워지고 오히려 다른 이념적 새로운 희망, 이념적 열정이 느껴진다.

나는 너를 볼 때마다 네 양볼에 떠도는
하마 꺼질듯한 미소를 볼 때마다
웬일인지 눈물겨웁다. 황량한 가을뫼에
서서 이름 없는 적은 꽃을 보는 듯…
"아빠 어데 갔니?"하고 물으니까
"돈 벌러 갔어"하고 대답했다는 너
아버지 대상날도 울지않은 나다.
내가 아버지고 네가 내인줄 알기에
나는 너를 아버지로 알고 있단다.

너의 할아버지는 구멍가개를 보고
네 애비는 사방모를 쓰고 다녔다
현아, 나는 너를 위해 무엇을 하랴.

짓밟혀 시들은 잔디에 풀엄이 돋고
너이들이 무심히 딩구는 동산―
그 동산을 꿈 꾸며 두 주먹을 쥐어본다.

―「히망」 전문

　담담한 듯 이어지는 가운데 「히망」 4, 5연은 시인의 결의가 절실한 울림을 준다. "세 살된 상현에게 주는 시"라는 부제를 달고 있는 이 시에서 아들을 생각하는 아버지의 사랑을 느낄 수 있게 해주며, 억울하고 암울한 세대를 거쳐 온 고생 많은 '아버지'로서 자식에게만은 '희망'과 평온이 깃드는 세계를 열어주고 싶은 의지를 느끼게 한다. 사실, 너무나 염원하던 것이 막상 실현되어 눈앞에 펼쳐질 때는 담담함이 자리 잡고, 그 이후를 걱정하는 또 다른 실존적 문제들이 불거지게 마련이다. 세 살짜리 아들의 모습에서 시인은 불쌍한 프롤레타리아, 힘 없는 민중을 보고 있다. 또한 "너이들이 무심히 딩구는 동산"에서 새로운 이념의 이상향을 꿈꾸는 시인의 간절한 열망이 잘 드러나고 있다.
　시 「눈은 나리라」에서 김동석은 일제치하를 "달밤을 대낮이라 우겨가며/ 술 먹고 춤추던 무리들"의 광란의 거리와 죄로 보면서, '눈'으로 상징되는 정화작용, 청산작업을 갈구하는 시인의 열망을 드러낸다. 단순한 시적 상징을 사용하여 일제잔재의 청산으로 나아가는 "순백의 길"을 강조하며, 그 길의 완성에 "붉은 태양"으로 상징되는 새 조국 민주주의 조선의 건설을 외친다.

달밤을 대낮이라 우겨가며
술 먹고 춤 추던 무리들 잠든듯 고요한

서울의 거리 죄 많은 거리 거리 …(…)

나리라 함박꽃인양 눈은 나리라
너는 이성의 순결한 옷자락으로
짓밟혀 더럽힌 거리를 품어 안으라.
흥분한 야망과 욕심을 깔아앉히고
눈은 나려 나려서 거리 거리를 덮고
먼 동이 트기전 오예와 치욕은 숨으라.

거리마다 부즈런한 이들의 얼굴 얼굴
그들의 발길이 밟고 가는 순백의 길―
그 길 위에 붉은 태양은 빛갈을 던지리라.

―「눈은 나리라」 부분

이미 김동석의 시에서는 순수한 정감이 사라진지 오래다. 「눈은 나리라」에서는 오로지 이념과 투쟁의 열정이 타올라, 시대적 아픔과 새 시대를 건설하려는 투지가 함께 하는 이념시의 경향을 그대로 드러내고 있다. 같은 "붉은 태양"이 시어로 등장하지만, 2부의 「나무」에서와는 시적으로 다른 분위기를 자아낸다. 「나무」에서 절제되어 표현되던 이념에 대한 감정적 응집력이 분출되어 나오는 시이다. 앞서 「나무」에서는 꿈에서나 그리고 마음 안에 담아두어야 했던 상황이라면, 「눈은 나리라」에서는 터뜨려야 할 상황이었을 것이다. "순결한 옷자락"과 "순백의 길"이라는 눈의 흰색과 "붉은 태양"의 공산주의 상징색이 대조를 이룬다. 얼핏 일장기의 상징색을 떠올릴 수도 있을 것이다. 혁명의 상징색을 의미하고자 김동석은 모든 기존의 체재와 틀을 다 뒤덮어 버릴 '눈'을 부르고 있다. 그 위에 새로이 건설될 새 세상, 새로이 비출 혁명의 정신, 혁명의 빛을 이 시의 마지막 연에서 노래하고 있다. 「눈은 나리라」는 「나는 울었다 - 학병 영전에서 -」의 싯귀 중 울음

으로 분노를 터뜨리던 김동석의 한이 가장 적나라하게 드러나는 시
이다.

학병 영전에서
나는 울었다.
약하고 가난한 겨레
아름다움이 짓밟혀 슬픈 땅
조선의 괴로움을 안고
눈물을 깨물어 죽이며
마음에 칼을 품고 살아왔거늘(…)
아아 이 어인 눈물이냐.
마음에 품었던 칼을 번득여
독사를 버히라.
겨레의 피를 빠는 징그러운 배암, (…)
그러나 나는 울었다
울기만 한 것이 원통해서,
나는 또 흐느껴 울었다.

－「나는 울었다 - 학병 영전에서 -」 부분

김동석은 일제 강점기를 거치면서 참고 참아왔던 울분이 터져 나
온다. 투쟁적이고 성난 심정을 섬세한 시적 표현이라든가 수사는 염
두에 두지도 않고 직설적으로 드러낸다. 그렇다고 선전문구나 슬로
건 따위의 구호적인 느낌이 드는 것은 아니며, 씩씩한 기백과 강렬한
의지를 명징하게 투사시키고 있다. 시「알암」에서 "삶은 기쁘고도 슬
픈 것 / 죽음은 슬프고도 기쁜 것/ 죽어서 살려는 알암의 뜻/ 혁명가의
뜻이 이러하니라.//"(3연)라고 한 김동석의 단도직입적인 표현이 어울
린다. 이제 굳이 김동석은 일제 강점기하에서 숨죽여 자신의 울분이
나 이상을 삭일 필요가 없다고 생각한다. 시「나는 울었다 - 학병 영전

에서 -」의 결연한 의지가 「알암」에서 구체적인 어휘 '혁명가'로 연결된다. 이 두 편의 시 사이에 있는 시가 이 시집의 표제작인 「길」이다.

　김동석의 시적 상념을 채우고 있는 붉은 태양이 여기서도 하나의 상징으로 계속해서 사용되고 있다. 직설법의 어투와 절제된 시 형식이 눈에 띈다.

　　　　달은 없어도 별이 총총해
　　　　은하가 머리 위에 동서로 뻗치고
　　　　반디불 하릿하게 나르는데
　　　　나는 혼자서 밤길을 걷는다.

　　　　마을은 어둠 속에 잠들고
　　　　버레 울음소리에 밤은 깊어가는데
　　　　멀리 보힐듯 말듯한 불빛은
　　　　남편 기다리는 안해 있음이리라.

　　　　길은 수수밭 사이를 지나
　　　　포도 향기 그윽히 풍겨오는데
　　　　어데서 개 한 마리 요란히 짖음은
　　　　내 발자국 소리에 놀라 깸인가.

　　　　나무 나무들도 잠든 듯 한데
　　　　바라뵈는 산들의 침묵은 무겁고
　　　　가도 가도 끝 없을 나그네ㅅ길임에
　　　　주저앉어 목놓아 울고만싶다.

　　　　그래도 이 길이 별빛에 히고
　　　　여러 동무가 내 앞에 걸어갔음에
　　　　나는 어둠 속에서 헤매지 않고

또 다시 용기를 얻어 발을 옮긴다.

길은 흰 강물처럼 구비쳐
어둠 속을 감돌아 산 속에 들고
이 밤이 다하는 산봉우리에선
붉은 태양이 왜치며 솟으리라.

-「길」 전문

　시인의 결연한 의지와 미래상을 가장 잘 암시하고 있는 대표적인 시이다. 표제작이라는 이름에 걸맞게 시인의 의식 속에 자리 잡고 있는 정신세계가 가장 잘 압축되어 드러나 있다. 6연으로 구성된 「길」에서는 시인이 나아가야할 목표의식이 뚜렷하다. 마지막 연에서 어둠의 시대가 가고 붉은 태양이 솟아오를 것이라는 신념의 표출은 결연한 의지를 대신하는 시행이다. "젊은이들은 묵묵히 걸어 간다"는 시작으로 전개되는 「산」 역시도 시적 자아가 묵묵히 그러나 강인하게 드러나고 있다. 이 「산」의 끝도 "해방의 붉은 태양은 산 넘어 있다"로 매듭지어지고 있다. "붉은 태양"이 얼마나 시인 김동석의 뇌리에 박혀 있는가를 알 수 있다. 「길」은 김동석의 이념과 열정이 가장 이상적으로 만난 이념시의 전형이다. 김동석 자신이 임화론에서 예찬한 임화의 「바다찬가」보다 오히려 이념시의 전형으로 간주될 수 있다. 비평가로서 유일하게 남긴 시집에서 김동석은 자신이 비평의 잣대로 삼았던 시적 순수성이 살아 있고, 음악성도 사라지지 않았으며, 그의 시가 그대로 행동이 되었음을 보여준 표제작 「길」을 남기고 갔다.

　3부의 끝에 있는 「연」은 김동석 자신이 시집 후기에서 "파시즘의 패부를 예언한 산문시였었는데 상징이 지나쳐서 무언지 모르게 되어 버린"[47] 시이다.

---

47 김동석, 앞의 책, p.72.

　　햇볕이 포근한 금잔디 위에서 아이들이 연을 띤다. (…)
　　아이들의 눈동자는 멀리 하늘을 바라보고 있다.

　　구름 한점 없는 푸른 하늘에 날고있는 수 많은 연.
　　쇠뿔장군이 반달을 받으러 간다. 청치마는 오들오들 떨면서 밑에서
이 광경을 쳐다 본다. (…)
　　"떴다! 떴다! 쇠뿔장군이 떴다!" 아이들이 고함을 치면서 밭고랑 논
두렁으로 뛰어 간다. 그렇게 불양하게 굴던 쇠뿔장군이 반달한테 나간
모양이다.(…)

-「연」 부분

　　김동석은 파시즘을 쇠뿔장군으로 빗대어 반달에게 나동그라지는
모습을 그려내고 있다. 반달은 해방 이전의 반쪽자리 우리 민족의 모
습일 것이다. 3부에 실린 시들 중에서 시기적으로 앞선 작품이어서,
이념과 열정의 만남이 이루어졌던 시들과 빛깔을 달리한다. 3부에는
실려 있지만, 분위기는 오히려 1부나 2부에 더 어울리는 작품으로 보
인다. 김동석이 산문시를 선호했던 것은 아니며, 임화의 산문시들을
비평하는 자리에서 비평가 김동석은 "산문을 짤러서 시모양 늘어 놓
은" 시라고 한 바 있다.

4. 김동석 시의 문학사적 의의 - 맺음말

　　마르크스주의에 영향을 받고 일제말의 습작기와 해방 직후의 숨
가쁜 시기를 내 달려온 비평가 김동석의 비평이 아닌 시작품들을 중
심으로 간단하게나마 시인 김동석의 면모를 살펴보았다. 그의 시작
이력도 그리 오래지 않고, 시집『길』만을 중심으로 살펴본 것도 상당
히 미흡한 면이 없지 않아 있다. 그러나 순수민족주의자를 자처하면
서 독특한 비평관으로 줄곧 일관했던 상아탑의 김동석이지만 오로지

비평가라고 평가하기에는 그의 시집이 비중이 있어 보였기에, 다소 무리가 있는 듯하지만 본 졸고를 마무리하게 되었다.

해방 직후의 어려운 시적 현실에 직면했던 시단에 해방의 흥분과 감상에 머물지 않고 묵직한 지식인의 의지를 표출시켜 주었던 김동석, 그는 순수하다 못해 '세상'을 잘 안다 해 놓고 너무나 몰랐던 '순진한' 민족주의자, 열정주의자, 고뇌하며 행동하는 지식인의 전형이었다. 시 「경칩」에서 나오는 "태양을 맞이려 기지개 치는 자에게 / 꽃 피고 새 노래하는 부활이 오리라//"고 낙관했던 상황의 오판으로 인해 부활은 보지도 못한 채 매장되어 버렸던 김동석은 이제 단 한 권이지만 시집 『길』을 통해서 보다 '겸손한' 모습으로 우리에게 다가오는 것이다. 그러므로 김동석은 비평가로서 뿐 아니라, 강인하고 올곧게 해방 후 시적 전망을 제시한 시인이라 평가 될 수 있는 것이다. 이런 이유로 본고는 김동석의 유일한 시집 『길』에 실려 있는 시작품들을 중심으로 좌익측 소장 비평가 김동석이 아닌 시인 김동석의 진면목을 살펴보고자 하였다.

시집 『길』에 실려 있는 시들 중 특히 1부에 실려 있는 시들이 주로 동요적인 특성과 정형성을 띤 시들이라는 점은 의외의 모습이었다. 이것으로 '독조 비평가'라는 좌익 비평가의 면모를 불식시킬 만큼은 아니어도 김동석이 예술가적 순수성을 작품을 통해 드러냈음을 확인할 수 있었다. 적어도 시집 『길』에 실려 있는 작품들은 김동석 자신이 어두운 일제치하를 견뎌오면서 묵묵히 걸어온 길을 시적으로 형상화한 고백이다. 그런 만큼 1부, 2부, 3부에 걸친 그의 시적 고백을 통해서 순수한 시의 세계에서 점차 현실적인 시의 세계로 변화되어 가는 증거를 잡을 수 있었다. 1부에서는 습작기 수준의 순수함을, 2부에서는 순수와 이념의 혼재 양상을 볼 수 있었던 반면에, 3부에서는 그의 리얼리즘 비평을 그대로 재현해 놓은 시작품들을 통해서 이념과 열정의 만남과 사상적 확립 및 시세계의 정서적 고갈을 예견해 볼 수 있었다.

참고문헌

1. 기본자료

김동석, 『길』, 정음사, 1946.

______, 『해변의 시』, 박문출판사, 1946. 4.

______, 『월북작가대표문학』, 김동석평론집, 한국도서출판중앙회, 1991.

2. 논문 및 평론

고설봉, 김미도, 「증언으로 찾는 연극사 - 국민연극시대」, 『한국연극』, 1992.5.

권영민, 「해방 직후의 문인 월북과 그 문학사적 위상」, 『한국민족문학론연구』, 민음
          사, 1988.

김동리, 「독조문학의 본질」, 『문학과 인간』, 백민문화사, 1948.

김영진, 「김동석론 - 김동석의 비평과 그 한계」, 『전주우석대우석논문』 1993.12.

김철수, 『신간평-해변의 시』, 『서울신문』, 1946.6.23.

문철민, 『김동석 수필집 "해변의 시"를 읽고』, 『중외신보』, 1946.5.21.

송희복, 「김동석론 - 해방기 문학비평의 표정」, 『현대문학』, 1990.7.

______, 「상아탑과 구국투쟁에 이르는 길」, 『해방기 문학비평 연구』, 문학과 지성
          사, 1993.

이광현, 『김동석과 그의 인간상』, 『자유신문』, 1949.2.18.

______, 『민족문학의 재검토 - 김동석, 김동리 대담을 읽고』, 『자유신문』, 1949, 1,
          25~29.

이의환, 「김동석문학연구」, 인하대학교 대학원 석사학위 논문, 1995.2.

이현식, 「역사 앞에 순수했던 한 양심적 지식인의 삶과 문학 - 김동석에 대하여」,
          『황해문화』, 1994.6, pp.212~234.

정지용, 「부르조아의 인간상과 김동석」, 『자유신문』, 1949.2.20.

채수영, 「시적 동일성과 거리 - 김동석론」, 『시문학』, 1990. 3~4월호

홍성식, 「생활과 비평 - 김동석론」, 『명지어문학』, 1994.5. pp.151~175.

황선열, 「해방기 민족문학론의 특성 연구 - 김동석 비평을 중심으로」, 영남대학교

대학원 석사논문, 1992.12.

3. 단행본

김윤식,『한국현대문학사』, 일지사, 1976.
서연호,『한국근대희곡사』, 고려대출판부, 1994.
신동욱,『한국현대비평사』, 시인사, 1988.
Alighieri, Dante, La Divina Commedia, Purgatorio, Le Monnier, 1982.

1. 머리말

가톨리시즘과 정지용의 시를 말하기 전에 우선 가톨리시즘에 대한 용어 정의가 선결되어야 할 것 같다. 가톨리시즘이란 말은 말 그대로 가톨릭주의, 또는 천주교주의, 천주교 사상 등으로 표현되어 질 수 있는 용어이다. 여기서 같은 기독교 문화권 내에서 가톨릭과 개신교를 나누어 구분하는 점에 주의할 필요가 있다.

한국에 천주교가 전래된 것은 1788년 2월 이승훈(베드로)이 북경에서 영세를 받고 천주교 교리서, 성화, 십자가 등을 휴대하고 귀국한 것에서 비롯된다. 18세기 가까울 무렵, 당대를 지배하던 조선조의 중세기적 이념인 주자학이 사대부 계층의 관심에서 벗어나 이른바 실학이라는 새로운 학풍이 일기 시작했다. 이때에 이수광을 비롯한 선각자들이 새로운 학문 연구의 대상으로 접하게 된 것이 북경에서 저술된 마태오 릿치 신부의 한문 교리서『천주실의』등 몇 권의 서학관계 서적들이다.『천주실의』에서 그들은 주자학에서 찾아볼 수 없었던 우주의 주재자, 창조, 인간의 영원한 행복, 불사불멸하는 영혼의 존재 등 차원이 전연 다른 새로운 지식을 배우게 됨으로써 근대적인 사고에 눈을 뜨고, 천주교라는 새로운 종교가 점차 신앙의 차원으로 자리를 잡게 된다.[1] 이렇게 시작된 천주교는 정치적인 이유로 인한 무수한 박해에도 불구하고 차츰 세를 확장하여 갔으나, 천주교를 신앙하고 있음을 문학작품 속에 드러낸 작가들[2]이 많지 않다. 이는 천주교보다 100년 뒤에 우리나라에 소개된 개신교를 믿는 작가들[3]이 많이 배출되었던 것과 대조된다. 이것은 아마도 초기 교회 박해사가 한국 천주교의 성격 형성에 큰 영향을 끼쳐 한국의 천주교가 사회 문화적인 활동에 소극성과 폐쇄성을 보이게 된 때문이라고 볼 수 있다.

근자에 이르러 이인복 교수 등은 가톨리문학에 대한 연구에 관심을 가지며, 가톨리시즘과 관련된 책자를 발간 그 동안 개신교와 함께 기독교주의라는 틀 속에서 혼용되던 가톨릭문학의 위치를 잡으려고 하고 있다. 이인복 교수에 의하면, 가톨릭문학이란 "예술의 일반적 기능인 쾌락보다는 지식을, 그리고 지식보다는 생명진화의 힘을 추구"[4] 한다고 정의내리고 있다. 그리고 가톨릭 사제인 최민순 시인은 가톨릭문학을 "인류구제의 기관인 가톨릭의 이념과 원칙에 봉사하여야 할 것"이며, 덧붙혀 "가톨릭 예술의 임무는 단지 소극적으로 진리와 최고선에 배치되지 아니함에 그칠 것이 아니라 그의 종국적 예상은 가톨릭 신앙과 적극적 조화를 맞추어야 하는 것"이라고 강조하면서 "영원초월적인 실재내용을 가시적 예술형식으로 표현하는 데만 비로소 가톨릭문학의 본질이 있음"[5]을 설명하고 있다. 이는 가톨릭문학이

---

1 이인복, 강신주, 『한국문학과 가톨리시즘』, 우진출판사, 1990, p.11.
2 지용과 동시대에 활동한 가톨릭 시인으로는 최민순, 허보, 이효상 등이 있다.
3 1910년대의 이광수, 주요한, 전영택으로 대표되는 개신교문학과 그후 윤동주, 김현승, 박두진
   으로 이어진다.
4 위의 책, p.13.
5 위의 책.

문학작품으로서의 예술성을 지니면서 가톨릭적 주제를 담는 것으로 이해가능하며, 여기서 소홀히 할 수 없는 것이 바로 '가톨릭 의식'의 표출이 있어야 한다는 내용이다.

'가톨릭 의식'이란 가톨릭의 목표인 속죄, 구원, 부활, 재림 등의 실현을 위해 일상생활에서 기도하며, 하느님과 교감하는 것을 의미한다. 이러한 의식은 시인의 내부에 심화되어 작품 속에 가톨릭 의식의 시정신이 드러나게 되는 것이다. 이 '가톨릭 의식'은 가톨릭시 형성의 바탕이 되는 것으로 시인의 의식에 깊이 착색되어 나타나기 때문에 작품 별로 깊이 천착해서 살펴보아야 할 것이다. 일반적으로 우리가 '가톨릭시'라고 명명할 수 있으려면 시 속에 '가톨릭 의식'이 투철하게 반영되어 있으며 그 문학성이 고양되어 한국 시문학사의 한 위상을 차지할 수 있는 상태에까지 이르러야만 한다. 이런 경지의 시가 창작되려면 시인은 성서적 사실에만 집착하지 않고 그야말로 체험의 종교로서 체질화되었을 때만 가능할 것이다. 가톨릭 신앙의 체험은 문학적 양식으로 표상되어야 하고 비로소 '가톨릭 의식'으로 승화되는 것이다.

객관적으로 시를 논할 때 우리는 종교시라는 특별한 구별은 하지 않으며 시인에게 종교가 있고 없고를 문제삼지 않는다. 시에서 중시하는 것은 감성 못지 않게 지성이다. 지성의 기능은 종교적 체험을 시적 체험으로 파악하여 일반화하는 데 있다. 그렇지만, 문학배경으로서의 가톨리시즘의 시와의 관련성을 논하는 데 있어, 종교시의 개념 규정을 좀 더 명확하게 해주는 것이 필요하다는 생각이 든다. 이러한 개념 규정에 좋은 것이 엘리어트(T. S. Eliot)의 「종교와 문학」이라는 논문에서 구분하고 있는 <문학이 종교를 수용하는 세 가지 양상>이다. 첫째는 광의의 문학으로서 모든 종교적 문헌과 기록들인데 성서가 그러한 양식의 대표적인 예가 된다. 그러나 이것은 좁은 의미에서 볼 때는 문학이라고 할 수 없고 다만 그 속에 문학적 속성을 지니고 있을

뿐이다. 둘째는 종교적인 인생관이나 세계관이 작품 전체의 총체적
인 관심으로 나타나는 것이 아니라 일종의 수사적인 차원에서 쓰이
고 있는 경우다. 엘리어트는 이런 시를 '이류시'라고 부르고 있다. 세
째가 가장 바람직한 양상인데 종교적인 인생관이나 세계관이 거의
'무의식적'으로 작품을 지배하는 근원이 되며, 그것이 심원한 종교적
인 진리에 참여할 때 가장 훌륭한 종교문학이라고 하고 있다. 종교시
를 논의함에 있어서 엘리어트가 지적한 종교와 문학과의 '무의식적
인 작용관계'는 지금까지 있어 온 이 방면의 오랜 쟁점을 정리해 주고
있다. '종교에 있어서의 문학'이 아니라 '문학에 있어서의 종교'가 되
어야 하고, 또 종교와 문학이 무의식적인 작용 관계를 가질 때 가장 바
람직한 종교문학이라고 하고 있다. 다시 말하면 호교와 전교를 목적
으로 한 편협한 종교적인 이데올로기 문학보다, 작가의 종교적 인생
관이나 세계관이 거의 무의식적으로 작품의 근원과 관련되는 문학이
참다운 종교문학이라는 점이다.

이러한 종교문학, 종교시의 대표적인 예로서 가톨리시즘이라는 종
교적 배경을 저변에 깔고 있는 정지용의 시를 살펴보고자 한다.

2. 시인 정지용과 가톨리시즘

종교시를 논의하기 전에 작가와 종교와의 관계를 살펴보는 것이
올바른 순서이다. 종교는 인간의 내면의 문제와 깊이 관련된다. 겉으
로 표현되고 행동으로 나타나기보다는 정신과 영혼, 죄와 고통, 죽음,
구원과 같은 보다 내밀한 인간의 형이상학적인 문제들과 연결된다.
따라서 종교적 세계관이 작가의 시와 삶에 어떤 영향을 주었는가 하
는 문제를 탐구하려면 거기에는 매우 섬세하고 내밀한 관찰을 필요
로 한다. 더구나 시인 정지용은 신앙인으로서는 자세히 알려진 바가
없고, 또 그의 종교인 가톨릭도 200년의 전래역사를 가지고 있으면서

도 아직 한국의 많은 사람들에게 낯선 부분이 많은 어려운 종교로 인식되어 있는 편이다. 또 이런 점이 시인 정지용 이전의 한국문학에는 가톨릭시가 거의 없었다는 점과 연계되면서 문제에의 접근을 더욱 어렵게 만들고 있다.

따라서 이러한 문제는 실증적인 자료를 바탕으로 종교와 작가 쪽으로 한 걸음 깊이 들어가 그것을 면밀히 살피는 조심스러운 접근이 필요하다. 이글에서 검토하려는 전기적 측면은 주로 종교와 관련되는 문제에 국한하려고 한다. 우선 시인 정지용이 언제부터 가톨릭 신앙을 가졌느냐 하는 것이 문제가 된다. 박용철은 「정지용시집」 발문에서 「촛불과 손」, 「유리창」, 「바다1」과 같은 작품들이 가톨릭적으로 '개종'한 이후에 제작되었다고 하고 있다. 그렇다면 「촛불과 손이 1931년 『신여성』지에 발표되었고, 「유리창」과 「바다1」이 1930년 『조선지광』과 『시문학』에 발표되었으니, 1929년[6]을 전후한 시기에 개종이 아닌 가톨릭에 '입교'한 것으로 추측된다. 또 하나는 『가톨릭청년』지의 편집에 관여하면서 신앙을 가지게 되었다고 보는 일반적인 통념[7]이 있다. 그런데 이와 달리 김학동 교수는 정지용이 종교를 가지게 된 시기를 그보다 앞선 1923년 무렵인 동지사대학 재학시절로 보고 있다.[8] 이처럼 정지용이 가톨릭에 입교한 시기는 정확하게 밝혀지지 않고 있다.

한편 그의 유족들의 말에 따르면 정지용의 부친 정태국은 젊은 시절에 만주와 중국을 전전하면서 가톨릭에 입교했다고 한다. 그러나 고향 충북 옥천 하계리에 정착하고 큰 홍수피해를 입은 뒤부터는 신

---

6 1929년 3월, 28세의 시인 정지용은 경도의 동지사대학 영문과를 졸업하고 귀국하여 모교인 휘문고보 영어교사로 취임.

7 《가톨릭 청년》 지가 1933년 6월에 창간되었으니까 1933년이라면 정지용이 32세 되던 해로, 그해 8월에 이태준, 이무영, 이종명 등과 함께 <구인회>에 가담한 시기이다.

8 그의 동지사대학 시절을 회상한 글의 일절에서 "예배 같은 것은 「호올」에서……"라고 하고 있듯이, 이미 그는 대학시절에 종교적 신앙을 가졌던 것이다. 1923년은 정지용이 22세가 되던 아주 젊은 청년시기에 해당된다. 김학동, 『정지용연구』, 민음사, 서울, 1987, p.128. 참조.

앙생활과 멀어지게 된다. 이런 변화를 겪은 후에 정지용의 부친은 나중에 아들 지용의 권유로 다시 신앙생활을 계속하게 된다. 그리고 정지용은 차남 구익과 삼남 구인을 멀리 함경도 덕원신학교에 보내 신부 수업을 받게 하였다고 한다. 그래서 정지용의 가계는 4대에 걸친 가톨릭 신자 집안으로 알려져 있다. 이런 사실로 미루어 본다면 지용은 벌써 소년시절부터 부친의 영향으로 가톨릭을 알고 있었던 것으로 보여진다. 그러한 분위기 속에서 자라다가 가톨릭에 입교하는 구체적인 신앙생활로 들어간 것은 1923년 무렵의 유학시절이 아니었던가 한다.

지용의 사회생활은 후기로 올수록 가톨릭교회와 더욱 일치하는 양상을 보인다. 1933년에는 『가톨릭청년』지의 편집에 관여하고, 1938년에는 가톨릭 종교잡지인 『경향잡지』의 편집에 중요한 한 사람으로 참여하고 있다. 그리고 1946년에는 이화여전의 문과 교수직을 사임하고 가톨릭계 신문인 『경향신문』사의 주간으로 취임한다. 이러한 사실은 지용이 가톨릭교계의 평신도로서 지도적인 인물이 되고 있음을 뜻한다.

이러한 전후 사실을 종합해 보면 정지용은 서구적인 지성과 함께 종교를 수용한 현학적인 종교인이 아니라, 어린 시절부터 종교적 심성을 길러 온 바탕이 있는 상태에서 자의식이 강한 청년기에 가톨릭에 입교한 것이다. 청년기의 존재론적 각성을 통한 입교 선택은 매우 중요한 의미를 지닌다. 종교가 일종의 생의 전기로 작용하면서 지용에게 심각한 변화를 가져온다. 그가 본명을 프란체스코(프란치스코, Francesco)9 로 선택한 것도 그의 이러한 자각과 무관하지 않을 것이다.

---

9 아씨시의 성 프란체스코(San Francesco d'Assisi, 1182~1226)는 이탈리아 중부 움부리아 지방의 아씨시가 배출한 성인이다. 이탈리아의 아씨시에서 부유한 상인의 아들로 태어났으며, 원래는 야심 많은 아씨시 청년들의 지도자로서 많은 사람들의 기대를 한 몸에 받았던 사람이었다. 그러나 젊은 나이에 중병에 걸리게 되었고, 이때 자신의 경박하고 자유분방한 생활의 허무함을 깨달았다. 어느날 황폐한 성 다미아노 성당의 십자가상으로부터 그리스도가 "가서 나의 집을 지어라. 나의 집은 거의 다 무너져 가고 있다"고 말씀하시는 것을 들었다. 자신의 소명을 자각한 그

성 프란체스코 역시 청년기에 남다른 종교적 각성을 통해 가장 아름다
운 그리스도적 삶을 이룩한 성인이기 때문이다.

정지용에게 있어서 천주교가 삶과 예술적 지향의 중심으로 서서히
자리 잡아감을 다음의 4편의 산문을 통해서 살펴볼 수 있다.

1

다음 주일 아츰 미사로부터 풀려나와 비들기갓치 설레는 신자들 틈
에 나도 석기엿다. 길들지 안는 외톨 산비들기의 날개는 조화롭지 안
엇다. (…) 성당입구를 바라보고 잇섯다. 족으만산처럼 옴기여오는 프
랑스신부가 보이자 나의 자중은 제재를 일어 용감한 권투선수처럼 아
프로 닥어나갓다. (…) 천국이 바로 비취는 순수한 렌스에 나의 몸ㅅ새
는 한낫 헤매는 나부이더뇨?[10]

『교회는 모다 매한가지지. 자기 신앙만 가지고 잇스면 그만이지요』
『인젠 그 자기 신앙에 몹시 고달펏소.』
『가톨닉만 신앙이에요?』
『………….』
『개성 업는 신앙이 무엇하오? 자유 업는!』
그는 왜 침묵하였더뇨? 일절에 피로하였던 그에게는 <자유>도 주
체할 수 없이 구기여진 옷자락이였다.[11]

대성당에 들어슬 때는 더욱 엄숙하게도 랭정하여진다.
몃시간 동안 우리들의 쾌활한 우정도 신벗듯하고 일ㅅ절의 언어도

는 철저하게 가난한 자가 되었고 오직 그리스도께서 말씀하시고 행동하신 모든 것을 기쁘게 아
무 조건 없이 실첨함으로써 복음을 그대로 받아들였다. 그의 전생애는 오로지 그리스도를 닮기
위한 노력으로 점철되었다. 세상을 떠나기 2년 전에 손과 발, 그리고 옆구리에 그리스도의 고통
스러운 상처를 실제로 느끼는 오상을 받았다. 1228년 교황 그레고리오 9세에 의해 시성되었다.
『성인 전기』, 성서의 세계 제 14권, 동아출판사, 서울, 1989년. 참고.
10 정지용, 「소묘1」『정지용전집 · 산문』민음사, 서울, 1988, p.12.
11 「소묘2」, 위의 책, p.14.

희생하여 버린다. 성수반으로 옮겨 가서 거룩한 표를 이마로부터 가슴 알로 다시 두엇개까지 그은 뒤에 호흡이 계속한다면 그것은 오로지 육체를 망각한 영혼의 숨ㅅ소리 뿐이다.

성체 등의 붉은 별만한 불은 잠잘 때가 업다. 성체합 안에 숨으신 예수는 휴식이 업스시다는 상징으로 ―.[12]

신은 애로 자연을 창조하시었다. 애에 협동하는 시의 영위는 신의 제2창조가 아닐 수 없다.

이상스럽게도 시는 사람의 두뇌를 통하여 창조하게 된 것을 시인의 영예로 아니할 수가 없다.[13]

이상의 산문들은 정지용이 가톨릭(천주교)을 어떻게 받아들이고 있는 가를 여실히 보여준다. 「소묘1」은 주일아침 미사 후의 정경을 스케치하고 있다. "길들이지 안은 외톨 산비들기의 날개는 조화롭지 않았다"는 술회는 종교가 요구하는 정신과 삶의 순결성에 자신이 길들어 있지 못함을 비유하고 있다. 일종의 죄의식이다. 「소묘2」에는 정지용의 종교관과 신앙관이 나타나 있다. "이젠 그 자기 신앙에 몹시 고달펏소"라는 대답에 보이는 자기 신앙은 자기 중심, 인간 중심의 신앙을 가리킨다. 그러니까 인간의 개성이나 자유에 고달픔을 느끼고 있다. 자유와 개성을 회의적으로 보고 있다고 할까. 자유와 개성은 인간성을 믿고 신뢰하는 데서 온다. 인간은 자유와 개성을 통해 그 자체로서 무한히 발전할 수 있고 아름답게 구원될 수 있다는 입장이다. 지용은 이러한 생각에 "고달픔"을 느끼고 있다. "자유를 주체할 수 없이 구겨진 옷자락"이라고 하고 있다. 자유에 서글픔을 느끼고 자유를 고달파하고 있다. 다시 말하면 인간성이 자유와 개성을 통해 스스로 구원으로 발전할 수 있는가를 물어보고 있다. 인간성에 대한 한계의식의

---

12 「소묘3」, 위의 책, p.17.
13 「시의 옹호」, 위의 책, p.244.

자각이다. 그것은 또한 흄(T. E. Hulme)이 말하는 반휴머니즘의 입장 그 것이다.

흄의 경우는 그것이 주로 낭만주의 세계관을 부정하는 태도에서 나온 것이지만, 정지용은 낭만주의의 맹목적인 인간성 신뢰에 대한 반성과 함께 인간성이 보다 근원적이고 본질적인 어떤 초월적 의지에 의해서 단련되지 않고서는 구제될 수 없다는 자각에까지 나아간다. 자유와 개성보다 인간에게 규율과 보편성이 더욱 필요하다는 입장이다. 종교적 규율과 비개성적인 보편성으로 인간적인 욕망을 절제하고 극기해야 한다고 보고 있다. 영원과 무한에 대한 인간적 정열과 낭만주의적인 환상보다는 인간에 대한 한계의식을 자각하고 그 자신을 스스로 구속하고 훈련시키겠다는 인간관이다. 정지용이 가톨릭을 선택한 이유가 여기에 있다. 그는 엄격한 교회적 규율로 자신을 단련하려고 했던 것이다.

가톨릭이 개신교와 다른 중요한 핵심의 하나는 교회적 규율이다. 개신교는 복음을 통해 자신이 직접 신(하느님)과 통교한다고 믿고 있지만, 가톨릭은 반드시 교회를 통해 교회적 성사를 거쳐서만 구원될 수 있다고 믿는다. 교회는 '그리스도'의 지체이며, 미사성제의 성체는 '그리스도' 자신을 현세적으로 가장 완전하게 드러내는 '그리스도' 바로 그 자신이다. 그것은 상징이 아니라 실체 그것이다. 이 엄격한 현시는 인간에 대한 새로운 반성적 성찰을 가져다준다.

「소묘3」은 가톨릭교회의 미사성제와 성수반, 성체함을 묘사하고 있다. 그러면서 정지용 자신의 신앙심의 깊이를 말해 준다. 그는 "경건한 영혼"으로 성체성사에 임하고 있다. 매우 경건하고 겸손한 신앙심에 차 있다. "고해소에서 일어나올 때는 결코 신경적이 아닌 순수한 이성의 눈물과 함께 투명한 해저를 여행하고 나온 듯이 신비로운 평화를 한 아름 안고"[14] 나온다고 말한다. 게다가 죄를 참회하는 눈물을

---

14 위의 책, p.17.

흘리고 있다. 그런데 그것이 이성의 눈물이라고 하고 있다. 이런데서 정지용이 종교를 이성적 구조로 수용하려는 뚜렷한 의지를 엿볼 수 있다. 「시의 옹호」는 정지용의 이러한 종교적인 세계관이 시작과 구체적으로 어떻게 관련되는 가를 설명해 주고 있다. "신이 애로 자연을 창조" 하였듯이 시인도 사랑으로 시를 창조하기 때문에 시를 "신의 제2창조"라고 하고 있다. 그리고 "사람의 두뇌에 의해 시가 창조된다는 것이 시인의 영예"라고 하고 있다. 다시 말해서 시는 경건한 창조작업이며 인간의 지적 의식의 소산이다. 시가 신의 사랑에 참여하는 경건한 창조작업이라고 한 것은 지용시의 정신적 근원이 어디에 있는지를 분명하게 해준다. 정지용은 종교적인 창조의 차원에서 시의 근원을 보고 있다. 신비와 섭리, 사랑과 희생, 절제와 극기로 표상되는 가톨릭의 종교적 덕목을 시의 근원으로 삼고 있다.

또한 시가 지적 의식의 소산이라고 한 것은 그의 시가 드러내는 특성을 가장 분명하게 설명해주는 말이다. 시에서 '지적 의식'이란 무엇을 뜻하는가. 지식이나 지성을 내용으로 다루고 있다는 뜻이 아니다. 그것은 시를 제작하는 방법에 기여하는 지성을 가리킨다. 시의 방법에 대한 지적인 사고를 말한다. 이러한 시의 방법에 대한 지적 접근이 정지용시의 가장 두드러진 특징이다. 감상주의의 기피, 감정을 절제하는 객관적인 태도, 사물을 시각적으로 공간화시키는 이미지즘적인 기법 등이 시의 방법면에 작용한 그의 지성의 소산이다.

요컨대 정지용 시인의 생애와 작품은 가톨릭과 밀접한 관계 속에 있다. 가톨릭은 지용 정신의 근원이며 또한 그의 시세계를 지배하는 근본 원리이다. 그러면서도 배타적인 교조주의나 편협한 신앙지상주의자는 아니었다. 그의 종교적 인식은 오히려 유연한 모습을 띠고 있다. 종교를 비판적인 지성으로 대하고 있다. 다시 말하면 종교를 이성적 구조로 수용하고 있다. 이런 점은 종교를 제흉초복(除兇招福)과 기복신앙의 차원에서 받아들인 당시의 일반적인 신앙형태와는 많이 다르다. 따라서 정지용의 가톨릭 신앙은 현실에서의 삶을 정화하는 종교의 실천적인 차원과 관련된다. "그의 단정함, 맵시 있음, 냉정한 지성"15 등으로 대표되는 생활태도는 모두 가톨릭적인 자기 수련을 통해 얻어진 덕목들이다. 이러한 인생관은 그의 시세계와도 자연스럽게 연결된다. "인사와 자연을 사랑으로 대할 때 거기에 시가 있다"16는 지적이나 그가 특히 강조하는 '서느러움'17 이란 독특한 감각도 모두 가톨릭 정신과 표리의 관계가 있다. 그의 시는 죄와 고통, 희생과 구원, 사랑과 극기, 절제와 청빈과 같은 가톨리시즘의 시적변용에 다름 아니다. 그는 가톨릭 시인인 것이다.

3. 정지용의 시에 나타난 가톨리시즘

정지용은 1935년에 시문학사가 간행한 『정지용시집』에 89편, 1941년 문장사에서 간행한 『백록담』에 33편을 수록하고 있다. 그외 신문이나 잡지에 발표하고 시집에는 수록하지 않은 작품이 20편정도 된다. 그래서 두 권의 시집에 수록된 122편과 수록되지 않은 20편을 합쳐서 모두 142편이 된다. 그 가운데 종교시, 즉 가톨릭시는 과연 몇 편이 되느냐 하는 것이 문제가 된다. 앞서 참된 종교시의 정의로 내렸던 엘리어트의 지적은 이러한 분류작업에 대단히 유용하다. 우리가 보통 알고 있는 박용철이 말하는 12편, 문덕수의 9편, 이숭원의 9편이라는 분류는 수정을 해야 할 지도 모른다. 이러한 '오류'18는 정지용의 시집에 수록된 작품의 순서와 분류에 따라 연구자들이 그것을 그대로 받아들인데 있고, 또 하나의 이유는 종교시가 발표된 지면을 중심으로

---

15 김환태, 「정지용론」, 『정지용연구』 민음사, 서울, 1987. 참조.
16 정지용, 「시의 옹호」 참조.
17 정지용이 자신의 시론 「시의 위의(威儀)」에서 반감상주의를 강조하면서 쓰고 있는 독특한 용어이다.
18 권국명, 「정지용시의 가톨리시즘 수용양상」 대구대학교 대학원 석사학위 논문, 1988년.

분류했기 때문이다. 그래서 "무의식적 작용 관계"가 이루어져야 참다운 종교시라는 엘리어트의 견해를 십분 반영하여, 정지용의 종교시를 분류하자면, 결국 그의 종교시는 기존에 우리가 통설로 알고 있는 12편이니, 9편이니 하는 숫자보다 훨씬 많은 28편이 된다. 『가톨릭청년』지에 발표된 13편과 기타 잡지와 신문에 발표한 15편을 합한 숫자다. 자유시가 22편, 산문시가 5편, 동시가 1편이다. 이만한 분량은 정지용시 전체와 비교하더라도 상당히 큰 비중을 차지한다고 볼 수밖에 없다.[19]

정지용이 『가톨릭청년』지에 발표한 작품은 모두 19편이다. 그 중에 자유시가 14편, 산문시가 2편, 산문이 3편이다. 시에 한정해서 살펴보면, 1933년 6월 창간호에 「해협의 오전 이시」, 「비로봉」, 2편을 비롯해서, 4호에 「임종」, 「별」, 「은혜」, 「갈릴레아 바다」 4편과, 5호에 「시계를 죽임」, 「귀로」 2편을 발표하고 있다. 1934년에는 9호에 「다른 한울」, 「또 하나의 다른 태양」 2편을, 10호에 「불사조」, 「나무」 2편을 발표했다. 1935년에는 22호에 「홍역」, 「비극」 2편을 발표하여 14편의 자유시가 3년에 걸쳐 발표되고 있다. 그리고 1933년 4호에는 「밤」, 「람프」와 같은 2편의 산문시가 발표되어 모두 16편에 이르고 있다. 그런데 그 중에서 「비로봉」, 「홍역」, 「시계를 죽임」 3편을 종교시로 보기는 어렵기에 제외하면, 『가톨릭청년』지에 발표한 종교시는 13편이 되는 셈이다.

김학동은 『정지용시집』 4부에 실려 있는 「그의 반」이 1931년 시문학 지 3호에 발표된 「무현」을 개제한 것으로 밝히고, 이 작품을 지용의 최초의 종교시로 보고 있다.[20] 그러나 지용의 전 작품을 면밀히 검토해보면 최초의 종교시는 그보다 4년 앞서 1927년 『조선지광』 69호에 발표한 「풍랑몽1」이라고 권국명은 자신의 논문에서 밝히고 있

---

19 위의 논문, p.39.
20 김학동, 앞의 책, p.45.

다.[21] 「풍랑몽1」을 쓴 것은 그보다 앞서 지용이 21세 되던 해인 1922년
이다. 이 시는 정지용의 처녀작이면서도 한편으로 매우 완곡한 종교
적 희원을 담고 있다.

> 당신께서 오신다니
> 당신은 어찌나 오시랴십니가.
> 끝없는 울음 바다를 안으올 때
> 포도빛 밤이 밀려오듯이,
> 그 모양으로 오시랴십니가.
>
> 당신께서 오신다니
> 당신은 어찌나 오시랴십니가.
>
> 물건너 외딴섬, 은회색 거인이
> 바람 사나운 날, 덮쳐 오듯이
> 그 모양으로 오시랴십니가.

−「풍랑몽 1」 1~4연

‘당신’으로 상징되는 대상이 단순한 인간적인 그리움의 대상은 아
닌 듯 하다. 2연과 4연에 나타난 ‘당신’이 그것을 말해준다. “울음 바다
를 안으올 때 포도빛 밤이 밀려 오듯이” 오실 당신과 “은회색 거인이
바람 사나운 날, 덮쳐 오듯이” 오실 당신은 아무래도 현실적이고 구체
적인 인간적 대상은 아니다. 지용같이 객관적 사고가 분명한 시인이
이런 비현실적이고 환상적인 몸짓으로 온다고 한 ‘당신’은 어떤 초월
적인 존재를 환기시킨다. 다시 말하면 그것은 메시아와 같은 종교적
인 대상이다. 『가톨릭청년』지에 발표된 13편의 종교시에는 그러한 종
교적 대상이나 정황이 보다 직접적으로 드러나 있는 반면에, 이 시에

---

21 권국명, 앞의 논문, p.32.

는 그것이 현대 종교시의 특징인 "종교와 문학과의 무의식적인 작용 관계"로 작품의 근원에 은폐되어 있을 뿐이다. 이런 점이 이 시가 종교시로서의 가치를 더해 주는 이유가 된다. 지용의 처녀작이 종교시라는 점은 많은 것을 암시해 준다. 초기부터 그의 창작의 방향과 발상이 종교와 깊이 관련되어 있다는 점과 정지용 시의 근원에 자리 잡고 있는 창조적인 원형의식이 종교적 심성이라는 것을 말해 준다.

「풍랑몽1」을 포함해서『가톨릭청년』지가 아닌 다른 잡지에 1927년에서 1939년 사이에 소개된 15편의 시들 -「풍랑몽1」,「띠」,「발열」,「유리창1」,「이른봄 아침」,「풍랑몽2」,「선취」,「촛불과 손」,「그의 반」,「람프」「조약돌」,「파라솔」,「이목구비」,「슬픈 우상」,「백록담」- 을 종교시로 보는 첫째 이유는 ≪가톨릭청년≫ 지에 발표된 13편의 시와 비교하여 '종교적인 언사'를 직접적으로 쓰고 있지 않으면서도 가톨릭적인 심성과 정서가 뚜렷이 엿보인다는 점이여, 둘째 이유는 첫째의 경우보다도 더욱 은밀하게 가톨릭적인 심성과 정서가 거의 알아 볼 수 없을 정도로 작품 속에 녹아 들어가 있다는 점이다. 전자의 이유에 해당하는 작품이 「풍랑몽1」,「띠」,「발열」,「이른 봄 아침」,「촛불과 손」,「그의 반」,「바람」,「이목구비」,「슬픈 우상」이라고 한다면 후자의 경우에는 「유리창1」,「풍랑몽2」,「선취」,「조약돌」,「파라솔」,「백록담」이 해당된다. 전자의 작품에는 "가톨릭적인 체험을 비추어 주는 어떤 특질, 또는 가톨릭적인 분위기와 질감"이 비교적 뚜렷이 드러난다. 그러나 후자의 경우는 그러한 특질과 분위기가 더욱 작품의 배경으로 물러앉으면서 정지용 시의 일반적인 특징인 정결한 감각적 이미지들과 결합된다. 그러나 어느 경우든 "가장 바람직한 단계의 종교시"라고 할 수 있는 의미에서, 종교적인 인생관과 세계관을 바탕으로 하고 거기서 우러나온 정서가 자연스럽게 빚어낸 종교시들이다. [22]

정지용의 종교시, 즉 가톨릭시들 중에서 몇 편을 살펴보자.

---

22 위의 논문, p.35.

나의 평생이오 나중인 괴롬
사랑의 백금 도가니에 불이되라.
달고 달으신 성모의 이름부르기에
나의 입술을 타게하라.

―「임종」 7, 8연

간곡한 한숨이 뉘게로 사무치느뇨?
질식한 영혼에 다시 사랑이 이슬내리도다.
회한에 나의 해골을 잠그고져
아아 아프고져

―「은혜」 5, 6연

그러나 죽음이란 벌써부터 나의 청각 안에서 자라는 항구한 흑점이
외다. (…)
「천주의 성모 마리아는 이제와 우리 죽을 때에 우리 죄인을 위하여
빌으소서. 아멘」

―「람프」 후반부

　죄의식을 고통으로 인식할 때 인간은 종교적인 단계에 들어간다. 고통을 초월적인 존재에 의탁하여 극복하려고 한다. "나의 평생이고 나중인 괴롬"은 고통이 인간 존재의 근원임을 자각하는 태도이다. 「람프」에서는 "죽음은 나의 청각 안에서 자라는 항구한 흑점"이라 하고 있다. 죽음과 삶을 동시에 인식하고 있다. 기독교적인 죽음의 인식이다. 죽음은 삶의 비극적인 단절이 아니라 삶의 완성이며 초월적인 존재와 일치함을 의미한다. 「은혜」에서 "회한에 나의 해골을 잠그고져. 아아 슬프고져"와 같은 표현도 회한과 고통의 통렬한 자각이다. 이 영탄에 가까운 호소는, 지용의 초기시가 지닌 이미지 중심의 서술 성과는 상당히 다른 것이다. 감정과 관념적인 의미가 직접적으로 노

출되고 있다. 객관적인 거리를 유지하고 대상을 보고 있는 것이 아니라 대상과의 거리가 배제되면서 인생론적인 의미가 토로되고 있다. 이러한 경향을 오탁번은 기교주의를 극복하려는 시도로 이해하고 있다.

고통의 통렬한 자각은 다시 구원 의지로 연결되어 지용의 종교시가 지닌 구원 모티브를 완성한다. 신의 구원 은총은 인간이 자신의 죄악을 통한하고 뉘우침으로써 십자가로 표상되는 그리스도의 구속사업을 통해 구원에 이른다. 이 구원 계획에 참여하려면 인간이 그리스도의 성체를 자기 안에 모시고, 사랑을 이웃에게 나누는 그리스도적 삶과 일치할 때 가능하다. 교회는 그러한 구원 사업을 위임받는 현세에 있는 그리스도의 유일한 지체이다. 미사제의와 성체와 교회로 대표되는 그리스도의 현재성이 바로 가톨릭의 정통적인 신앙이라고 할수 있다. 「임종」은 전편에 걸쳐, 임종하는 밤에 그리스도를 향해 온전히 나아가겠다는 신앙고백이다. 또 그러한 고백이 구원으로 이루어지도록 도와달라고 성모에게 간구하고 있다. 성모 마리아는 그리스도의 어머니이기에 성모마리아를 통해 그리스도에게 도움을 청한다는 뜻이 된다. 이러한 신앙의 간구방식은 가톨릭에 있어서 매우 보편적인 교리이며, 개신교와 완전히 구별되는 핵심이다. 성모를 직접 묘사하고 있는 시에 「슬픈 우상」이 있다.

　이밤에 안식하시옵니까.
　내가 홀로 속에ㅅ소리로 그대의 기거를 문의할삼어도 어찌 홀한 말로 붙일 법도 한 일이오니까.

　무슨 말슴이로나 좀더 높일만한 좀더 그대께 마땅한 언사가 없사오리까.

　눈감고 자는 비달기보담도, 꽃그림자 옮기는 겨를에 여미여 자는 꽃

봉오리 보담도, 어여삐 자시올 그대여!

그대의 눈을 들어 푸리 하오리까.
속속드리 맑고 푸른 호수가 한쌍.
밤은 함폭 그대의 호수에 깃드리기 위하야 있는 것이오리까.
내가 감히 금성노릇하야 그대의 호수에 잠길법도 한 일이오리까.

단정히 여미신 입시울, 오오, 나의 례가 혹시 흩으러질가하야 다시
가다듬고 푸리 하겠나이다. (…)

- 슬픈 우상 - 1~5연

이 시는 지순하고 원죄 없는 성모를 가장 완전한 인간으로 찬양하고 있다. 가장 아름다운 인간적 속성을 지녔으면서도 또 가장 아름다운 신성적 조건을 구비한 이상적인 미의 표상으로 성모를 찬양하고 있다. 이런 점은 가톨릭 예술 일반이 성모를 이상적인 대상으로 소재화하고 있는 사실과 궤를 같이 한다.

4. 맺음말

정지용의 종교시에는 지용시의 일반적인 특징과는 다른 측면이 나타나 있다. 생활의 구체적인 체험과 그것이 환기하는 인생론적 의미가 피력되어 있다. 초기시가 사물에 대한 감각적 인상을 이미지화하는데 몰두해 있다면 - 그래서 인생론적 의미나 종교적 사변을 기피하고 있다면 - 후기시는 허정, 무욕의 동양적인 달관의 세계로 나감으로써 역시 구체적인 현실이 담긴 인생론적, 종교적인 체험과는 멀어지고 있다. 그런데 비해 초기시와 후기시의 중간에 있는 종교시는 인생론적, 종교적 생활이 빚어내는 체험적인 사변이 직접 토로되고 있다. 그러면서 또 초기시와 후기시에 비해 이미지의 편협성을 벗어나고

있다.[23]

　인간의 감정과 이성은 엄격한 금욕주의적인 단련을 거쳐야만 구제될 수 있는 무엇이 된다. 지용은 감각과 언어를 엄격하게 단련시켰다. 지용의 이미지즘시가 절제와 무욕이라는 매우 투명하기는 하나 아무것도 말하지 않는 불모의 무사상으로 다가오는 이유가 여기에 있다. 이런 점을 송욱은 '경박한 재롱'이라고 하고 있지만, 그것은 단순히 경박한 재롱이라고 말해 버릴 수 없는 그런 것이다. 절제와 무욕은 이미지즘의 세계관이기도 하지만 그것의 보다 근원적인 배경은 가톨리시즘에 있다. 그러므로 정지용 시의 일반적인 특징인 절제와 무욕의 미학도 그것이 지용의 이미지즘적인 세계관에서 온 것이기도 하지만 그러한 이미지즘적인 세계관을 가지게 된 더욱 깊은 뿌리는 그의 신앙인 가톨리시즘이라고 할 것이다. 따라서 지용시 전체가 지용의 신앙과 종교 위에서 발아한 숲이며 그 가운데 어떤 나무들은 특히 종교적인 빛깔을 짙게 품고 있다고 할 것이다. 정지용 시가 걸어간 무욕 허정의 이미지즘적인 시 도정과 비교하면 그의 가톨릭시는 하나의 이질적인 경향으로 보이기가 쉽다. 그의 종래의 시가 사물시(physical poetry)라고 한다면 종교시는 관념시(platonic poetry)에 가깝다. 또 그 관념이 시인의 현실적인 체험이나 구체적인 생활과 밀착된 관념이라고 보기에 어려운 점이 있기도 하다. 종교적인 관념이 내면화되고 정신화되기는 했지만 그것이 구체적인 생활 체험과 긴장 관계를 유지하지 못하고 있기 때문에 관념이 시적 표현과 유리되는 경향이 보인다.[24] 그의 종교적인 관념은 '객관적 상관물'로 구체화되지 못하고 신

---

23 "송욱이나 김윤식 등은 지용의 종교시는 시적 형상화가 부족하여 관념이 그대로 드러나 있고 구조적 멸도력이 부족하며, 그의 시형식이 또한 종교라는 내용을 담기에는 부족한 것으로 보아 실패한 것으로 파악했다. 그리고 그 원인은 그의 생활이 종교적 이념을 뒷받침하지 못한 것으로 파악했다." 오순옥, 「정지용시의 변모과정 연구」, 경북대학교 교육대학원 석사논문, 1991년, pp.58~59.
24 정지용 시의 한계점에 대해서 이인복 교수는 다음과 같은 견해를 밝히고 있다.
　『지용의 종교시편들은 그의 초기시들에 비해 완벽한 시적 형상화를 이루지 못했다는 아쉬움이

앙적인 차원에서 직접 토로된다. 이런 점이 정지용의 종교시가 지닌 한계점이며 또 앞으로의 가톨릭시가 극복해야 할 중요한 문제점이기도 하다.

정지용의 종교시, 가톨릭시는 지용의 일반시가 지녔던 "무사상성"을 극복하고 있다. 가톨리시즘의 수용으로 나타난 종교적 사상과, 그리고 절제와 무욕이라는 가톨릭적인 인간관은 그것이 인간성의 부정적인 요소를 극복하려는 지향이기 때문에 그것 자체로서 하나의 사상이라고 할 수 있다. 요컨대 시인 정지용은 가톨리시즘을 받아들임으로써 자신의 사상을 더욱 가치있게 만들었다고 말할 수 있다. 그리고 이러한 가톨리시즘과 정지용의 시를 연구하는 과정에서 우리는 그의 시를 더욱 잘 이해할 수 있게 되었고, 또한 그의 종교시, 가톨릭시는 우리 문학사적으로도 의미있는 일로서 우리 현대시사에 최초로 가톨리시즘을 수용한 의의를 지닌다.

없지는 않지만, 그가 주로 화자 '나'와 신앙의 대상인 '그' 혹은 '그대'와의 관계에서 '나'가 어떻게 '그'를 신앙의 대상으로 수용하는가 하는 관점에서 시에 종교성을 부여하고 있는 것으로 미루어보아, 그러한 내면 의식의 치열함이 어느 정도 시와 신앙의 긴장관계를 획득했다고 말할 수 있겠다. 따라서 지용은, 외경의 대상이신 하느님께 향한 경건한 기도와 감사, 그리고 성모마리아께 대한 공경의 신심을 시로써 형상화했던 시인이라 할 수 있다.』 이인복, 강신주, 앞의 책, p.21.

참고문헌

1. 단행본

김용직, 『한국현대시연구』, 일지사, 서울, 1991.
김학동, 『정지용시집』, 민음사, 서울, 1988.
_____, 『정지용연구』, 민음사, 서울, 1987.
김환태, 『정지용연구』, 민음사, 서울, 1987.
박철석, 『한국현대시인론』, 학문사, 서울, 1983.
이인복, 강신주, 『한국문학과 가톨리시즘』, 우진출판사, 서울, 1990.
『성인 전기』, 성서의 세계, 제 14권, 동아출판사, 서울, 1989.

2. 논문

김효중, 「한국 현대시와 가톨리시즘 - 정지용을 중심으로 -」, 가톨릭교육 연구논문,
        가톨릭교육연구소, 1998.
권국명, 「정지용시의 가톨릭시즘 수용양상」, 대구대학교 대학원 석사학위논문,
        1988.
오순옥, 「정지용시의 변모과정 연구」, 경북대학교 교육대학원 석사학위논문, 1991

제3장

이효석^{李孝石}의 단편 「메밀꽃 필 무렵」에 나타난 미의식

1. 머리말

이효석은 초반기 동반작가의 길을 접고 심미주의적인 많은 작품들을 발표하였지만, 그의 작품의 백미는 향토적인 인간미를 가득 풍기는 「메밀꽃 필 무렵」이다. 그의 평소의 이국 취향적인 정서에 어긋나 보이는 이 작품을 가리켜 윤병로는 "한국적인 자연의 아름다움을 배경으로 자연 속에 포함된 순박한 인간상을 주제로 그들의 순수한 본능적 애정문제를 그린 작품으로 식민지 시대가 낳은 한국단편소설의 백미로 꼽히는 작품"[1]이라고 극찬하고 있다. 반면에, 조동일은 『한국문학통사, 5권』에서 이효석이 "얼핏 보아서는 속셈이 드러나지 않는 세련된 수법으로 독자의 시선을 혼란시키면서 자기 합리화에 힘썼다"[2]고 혹평을 하면서, "무슨 장식 삼아 차고 다니던 동반작가"[3] 시절의 "초기에는 문학을 하는 고급 취향에다가 좌경의 유행을 섞어 더욱

---

1 윤병로, 『한국 근·현대 문학사』, 명문당, 서울, 1992년, p.262.
2 조동일, 『한국문학통사 제 5권』, 지식산업사, 서울, 1997년, p.483.
3 위의 책, p.484.

돌보이게 하려 했다"고 덧붙이고 있다. 이효석의 자기 기만적 성격을 체계적으로 폭로하고 그의 문학사적 위치가 극히 미약하다는 결론을 내렸던 정명환의 이효석에 대한 종합적 평가[4]에서 크게 벗어나지 않은 조동일의 혹평이다. 이효석 생존시에 활동했던 대표적인 비평가들, 특히 이원조[5]나 김남천[6] 등도 이효석 작품 규정에 애매함을 피력하고 있다. 50년대와 60년대에 걸쳐 이효석에 대해 긍정적인 평가를 보여준 일방적인 찬미조의 평가 자세의 대표적인 예는 정한모의 「효석론」[7]이었다. 1992년 이상옥의 『이효석 - 문학과 생애』에 이르러서야 개괄적인 이효석 문학의 재조명 작업이 한 권의 책으로 나오게 되었다. 그리고 1997년 이상옥의 『이효석 - 참여에서 순수로』에서는 1992년 자신의 저서에서 있었던 오류[8]를 스스로 인정하고 이를 수정하는 보완작업이 있었다. 2003년에는 권정호가 『이효석 문학 연구』를 출간하였고, 2004년에는 다시 이상옥이 『이효석의 삶과 문학 증보판』을 선보였다.

이효석의 순수문학의 세계, 서정성을 다루는 흐름이 주를 이루고 있으며, 그의 동반작가로서의 면모에 대한 재조명 작업과 심미주의 관련 재조명 작업이 특히 두드러지는 현상이다. 많은 사람들이 단편문학의 정수로 손꼽는 「메밀꽃 필 무렵」은 이효석 문학세계가 가장 잘 응축된 작품으로 높이 평가[9]되기도 했고, 더욱이 산문의 한계를 넘어 아름다운 시적 세계의 표현을 시도하여 성공을 거둔 작품으로 간주되기도 했다.

---

4 『창작과 비평』(1968년 겨울호/ 1969년 봄호)에 발표된 「위장된 순응주의」.
5 "작풍에 있어서는 개개의 통일이 있으나 작가적 세계에 있어서는 그렇지 않은"점을 주목하였다. 이원조, 「이효석론 - <해바라기> 저자에게 부치는 서한」, 『인문평론』, 1939.10, pp.56~57.
6 이효석의 "거점이야말로 애매하기 짝이 없다"고 몰아세우면서 "교양있는 취미인"에 불과하다는 자신의 의견을 피력. 김남천, 「산문문학의 일년간」, 『인문평론』, 1939.12, p.31.
7 『이효석전집』 제8권, 창미사, 서울, 1983년.
8 평양 이사시점을 1934년이라고 했던 것이 오류였음을 증명하고, 1936년으로 정정하고 있다.
9 김우종, 『한국현대소설사』(선명문화사, 1974) 윤병로, 『현대작가론』(선명문화사, 1974)

한국에서 가장 사랑 받는 단편소설 중의 하나로 평가받는 이 작품의 가장 핵심적인 가치는 무엇인가? 본 소고는 이점에 착안하여「메밀꽃 필 무렵」에 대한 간단한 고찰을 해보고자 한다. 이를 위한 선결작업으로 우선 작가 이효석의 생애 및 작품들을 간략하게 살펴보고, 「메밀꽃 필 무렵」의 줄거리 및 주제분석, 문체에 대해서 서술하고자 한다. 그리고 나서「메밀꽃 필 무렵」에서 드러나는 작가의 미의식과 주제의식을 찾아보며 이 작품의 끈질긴 생명력의 원천을 밝혀보려 한다.

2. 이효석의 생애와 주요작품

이효석은 1907년 2월 23일 강원도 평창군 봉평면 창동리 남안동 68번지에서 아버지 이시후(李始厚)와 어머니 강홍경(康洪敬) 사이에서 장남으로 태어났다. 그러나 이효석의 장녀 이나미(李奈美)에 의하면 강홍경은 이효석의 생모[10]가 아니라고 한다. 어린 이효석과 계모 강씨의 사이는 별로 돈독하지 못했다고 하며, 그 이유로 해서 부친 이시후는 어린 아들을 약 40킬로 떨어진 평창읍내의 평창국민학교에 입학(1913년)시켜서 6년간 하숙을 하게 했다. 이효석의 본격적인 객지생활은 국민학교 시절부터 시작되었던 것이다.[11] 이효석이 중등교육을 받기 위해 서울로 유학을 떠난 후부터 그는 사실상 강원도에 발길을 끊다시피 한 것으로 알려져 있다.[12]

---

10 이효석의 생모는 충주 출신으로 성씨는 알려져 있지 않으며 아들이 다섯 살 되었을 무렵(1911년경)에 세상을 떠났다고 한다. 이상옥,『이효석-문학과 인생』, 민음사, 서울, 1992년, p.220 참고.
11 cf. 이효석은 네 살 때 아버지를 따라 서울에 와 있다가 여섯 살 때 다시 고향에 내려가 서당에서 한문을 배웠다.
12 중학시절과 대학시절을 통해 이효석과 막역한 친분관계에 있던 유진오는 훗날 이나미에게 이효석이 학창시절에 한번도 고향으로 자기를 데리고 가지 않은 것을 이상하게 여겼노라는 말을 종종 했다고 한다. 그리고 이효석이 함경북도 경성에서 혼례를 올릴 때에도 부친만 올라왔을 뿐 계모는 따라오지 않았다고 한다. 이효석의 계모 강홍경이 이효석의 유자녀에게 처음 모습을 드러낸 것은 이효석이 세상을 떠난 후였다.

이효석은 1910년에 부친을 따라 서울로 가기까지 약 3년을 봉평에서 살았고 1912년에 다시 봉평으로 내려온 후에는 보통학교에 입학하기까지 서당에 다녔다. 이때의 봉평에서의 생활이 훗날 「메밀꽃 필 무렵」의 바탕이 되었을 것이다.

1920년 3월 25일에 이효석은 평창공립보통학교를 졸업했다. 국민학교 졸업성적이 우수했던 이효석은 졸업하던 해에 무시험 전형을 거쳐 서울의 경성제일고등보통학교[13]에 입학했다. 처음에는 적응하느라 어려움이 있었으나, 차츰 도시의 생활에 적응되자 자신의 재능을 발휘하기 시작했다. 학업성적도 출중하여 1년 선배인 현민 유진오와 함께 수재로 불리었다. 이 두 사람은 1923년경부터 직접 만나 사귀면서 인생이나 철학에 대해 토론하기도 했다. 그럴 때면 효석은 직관적이요 정서적인 데 반해, 현민은 귀납적이요 과학적인 사고방식으로 대조를 이루었다.[14] 고보 시절부터 이효석은 문학수업에 열을 쏟기 시작했다. 그리하여 체홉, 톨스토이, 투르게네프 같은 러시아 작가들을 탐독하고, 토마스 만, 캐서린 맨스필드(Katherine Mansfield) 및 심미주의 계열의 작가들 특히 로렌스(D.H.Lawrence) 등의 작품을 탐독했다. 효석은 1927년에 예과를 수료하고, 그해 4월에 경성제국대학 법문학부 문학과로 진학하여 영어영문학을 전공하였다. 이효석의 시와 소설들이 활자화되기 시작한 것은 1925년(19세)부터 였고, 최초의 본격적 소설이라고 할 만한 단편 「주리면 – 어떤 생활의 단편」이 『청년』에 발표된 것이 경성제국대학의 예과 2년생 시절(1927년 2월)이었다. 그러나 그가 참으로 문단의 주목을 받게 된 것은 1928년 7월, 본과 2년생이던 해 여름에 『조선지광』에 단편 「도시와 유령」을 발표하면서부터라고 해도 과언이 아니다. 이런 초기 작품들에 공통되는 것은 좌익이념을 선양하는 주제이다. 이는 이효석이 대학에 재학하던 5년간(1925-1930)이

---

13 경기고등학교의 전신.
14 구인환, 「서정과 원시성의 이효석」, 『근대 작가의 삶과 문학』, 서울대학교출판부, 1995년, p.136.

우리나라 현대 문학사에 있어서 프롤레타리아 문학운동이 최고조에 달했던 시기와 일치된다는 사실을 감안할 때 별로 놀라운 일이 아니다.

대학을 졸업한 이효석은 마치 기다리기라도 했다는 듯이 작품을 쏟아 놓았다. 그 중에서 최초의 것은 「깨뜨려진 홍등」(1930)이다. 이 작품은 단편소설로서의 구색을 어느 정도 갖춘 최초의 작품[15]이기 때문이다. 이효석은 1930년에 단편 「추억」, 「상륙」, 「북국사신」, 「마작철학」, 「약령기」, 「노령근해」 등을 더 발표하였고, 1931년에는 그간 발표한 작품들을 모아서 첫 창작집 『노령근해』[16]를 발간했다. 그러나 이 <노령> 시리즈의 단편들은 대체로 주제가 박약하고 플롯이 희미할 뿐만 아니라 등장인물의 성격구성도 보잘것없기 때문에 단편소설로서 성공적이라 할 만한 것을 별로 찾을 수 없다. 동반작가로 불리던 당시 이효석의 작품 세계는 좌익 이념을 추상적으로 전개하고 있을 뿐이고, 사회적 문제를 보는 눈도 주관적이고 감상적인 색채를 띠고 있는 편이다.

대학 졸업 후 1931년 3월경에 경제적으로 극히 곤궁한 상태에 있던 이효석은 총독부 경무국 도서과 검열관으로 취직자리를 구해서 일하게 되었는데, 이 일이 있은 얼마 후에 이갑기라는 카프계열의 청년을 길에서 만나 봉변을 당하고 말았다. 이효석은 이 봉변사건 후, 한동안 사회적 지탄을 받으며 도덕적 고립에 빠진 채 침통한 생활을 해야만 했다. 그런데 이즈음은 1929년부터 알게 된 이경원[17]과 동거하고 있었

---

15 「도시와 유령」의 생경한 구호적 좌익이념 표출에 비해, 플롯 전개에 있어서 개연성을 얻고 있으며, 성숙한 노동의식을 보여주고 있는데다 인물들의 성격 구성에 무리가 적다. 이상옥, 앞의 책, p.236 참고.

16 이 단편집에는 그 이전에 발표된 「도시와 유령」, 「기우」, 「행진곡」 이외에도 시베리아의 연해주에 관계되는 단편이 다섯 편 더 수록되어 있다.

17 함경북도 경성 출신으로 일본인 학교였던 나남공립고등여학교를 졸업하였고, 이효석과는 전주 이씨 동성동본으로 6년 연하였다. 그녀는 경성에서 널리 알려진 부유한 양반토호 집안에서 태어나서 어릴 때 부친을 여의고 모친 슬하에서 성장했다. 그녀는 고등여학교를 졸업한 후에 일본 유학을 꿈꾸고 있었으나 결혼으로 인해 포기했다고 한다.

다고 하며, 그들이 정식으로 결혼한 것은 그 해 7월이었다.

이효석은 이갑기에게 봉변당한 후 한동안 의기소침한 생활을 했음이 분명하다. 이 점은 그때까지 왕성하게 발휘되던 그의 창작의욕이 갑자기 눈에 띄게 감퇴한 데서 잘 나타나고 있다. 더욱이 그의 부인 이경원의 이름으로 된 작품 발표 기도를 둘러싼 이갑기와의 지상논쟁은 그를 더욱 피곤하게 만들었을 것임에 틀림없다. 그러던 중, 이효석은 1932년에 부인의 고향인 경성으로 내려가서 경성농업학교 영어교사로 취임하였다.

이효석은 1936년에 평양으로 이사하였기 때문에 그의 경성생활은 4년 간에 불과하였다. 그러나 이 비교적 짧은 기간은 두 가지 면에서 주시해 볼 필요가 있다. 첫째, 이효석의 경성시절 동안 그의 창작 의욕은 상당히 침체되어 있었을 뿐 아니라, 이렇다 할 작품을 쓰지 못했다. 둘째로 이 기간 동안은 그의 창작경향이 변화를 보이는 시기와 일치하고 있다. 작품「돈」이 이 시기에 쓰여졌다는 사실에서도 명시적으로 드러나거니와 그는 이 기간에 자기의 동반작가로서의 역할에서 서서히 탈피하고 있었다. 이효석은 경성시절, 이국정취를 추구하고 주을온천에서 이국적 정서를 만끽하였다. 만주의 하르빈에서 온 많은 백계 러시아 피난민들이 주을 온천에는 별장을 가지고 있었기 때문이다. 서양적인 것에 대한 희구 혹은 이국적인 것에 대한 탐닉이 시작되었다고 할 수 있다.

이효석은 1936년 평양시로 이사오는 시점을 전후하여 작품 경향이 변모하고, 소설에 있어서 자연과 인간 본능의 순수성을 시적 경지로 끌어올리는 경향의 작품을 발표하였다. 평양에 와서 처음에는 인흥리라는 곳에서 살았지만 이내 창전리 48번지로 이사를 갔다. 그는 숭실전문학교에서 영문학을 강의하기 시작했고, 흔히 <푸른집>으로 불려지기도 하는 창전리 집에서 1940년까지 살다가 기림리로 이사한 것으로 알려져 있다. 이 <푸른집>에 살고 있던 4년 간은 이효석의 비교적 짧은 작가생활에 있어서도 일종의 절정을 이루는 시기였다. 그는 1935년에 「계절」, 「성화」를 썼고, 1936년에는 「분녀」, 「산」, 「들」, 「인간산문」, 「고사리」, 「메밀꽃 필 무렵」을 썼으며, 1937년에는 「삽화」, 「개살구」, 「거리의 목가」 등을 창작했다. 이어 1938년에는 「장미 병들다」, 「부록」, 「해바라기」를 썼고, 1939년에는 「화분」, 「여수」, 「산정」, 「황제」, 「향수」, 「일표의 공능」을, 1940년에는 「벽공무한」, 「하르빈」 등의 중요작품들을 썼다. 이것은 모두 단편, 중편, 장편의 소설 작품들이지만, 이 밖에도 이효석은 <푸른집>에 살던 시절에 「청포도의 사상」(1936), 「낙엽을 태우면서」(1938) 등을 비롯한 수많은 수필들을 썼다.

이효석이 <푸른집>에 살던 시절에 그의 문학적 성향은 이미 동반작가의 작풍을 완벽히 벗어나 있었으며, 그의 문학적 성향의 본령이라 할 만한 성과 자연의 구가가 작품의 주제로 자리를 굳히고 있었다.

1938년 3월 31일에 숭실전문학교의 폐교와 더불어 교단을 떠나야 했던 이효석은 1939년에 대동공업전문학교의 교수가 되었다. 대동공전에서 이효석은 별세하기까지 3여 년 간 근무했지만 이때의 그의 삶에 대한 기록은 별로 없다. 1940년 1월에 이효석은 부인 이경원과 사별했고, 그 사별 이후 얼마 되지 않아서 그는 차남을 잃었다. 이경원과의 사별은 이효석에게 큰 충격과 슬픔을 주었다. 그 이후, 1940년 가을에 기림리로 이사하였다. 이사한 지 1년 반 정도 되던 1942년 봄(5월 3일), 결핵성 뇌막염으로 쓰러진 지 10일 후 절망상태로 퇴원하여 그 해 5월 22일 오전 7시 30분에 눈을 감았다. 이효석은 부친 이시후에 의해 평창군 진부면 하진부리 논골에 매장되었으나, 1973년 4월에 봉평면 장평리 영동고속도로 인접한 곳에 그의 새로운 유택이 마련되었으며, 묘비는 유진오가 썼다.

이효석은 서른여섯이라는 아까운 나이로 세상을 떠났지만 약 15년간에 걸친 작가생활을 통해, 2편의 장편소설, 70여 편의 중·단편소설, 120여 편의 비소설 산문 등의 많은 작품을 남겼다.

3. 「메밀꽃 필 무렵」의 줄거리, 주제 분석 및 문체

1) 줄거리

장에서 장으로 옮겨 다니면서 생활한지 20년인 장돌뱅이 허생원은 늘 수입이 변변치 못하다. 오늘의 봉평장에서도 마찬가지다. 해가 중천에 있는데도 자리를 털고 일어선다. 대화장에서 또 기대를 해본다. 저녁때였다. 동이가 충주댁과 농탕치는 것을 보고서 격분한 허생원은 동이의 뺨을 때렸으나 동이는 별 대꾸 없이 밖으로 나간다. 허생원은 오히려 마음이 섬뜩해졌다. 한 바탕 나귀소동이 있은 후, 다시 대화장을 향해 떠난다. 허생원은 이렇게 달이 밝은 밤이 되면 또 젊은 시절에 경험했던 잊을 수 없는 사랑이야기를 하는 것이다. 조선달은 늘 듣는 이야기를 오늘도 싫은 내색하지 않고 듣고 있다.

오늘 같은 여름날이었다. 객주집 토방이 더워서 개울가로 목욕이나 하러 나갔던 허생원은 달빛이 너무 밝아 옷 벗으러 물레방앗간에 갔다가, 성서방네 처녀를 만나게 되고 자연스럽게 가까워져 관계까지 갖게 되었다. 집안일 때문에 그 성서방네 처녀는 그 다음날로 자취를 감추고 그녀를 사방으로 찾아 헤맨 허생원이었지만 헛수고였다. 그 이후로 20년이 지난 지금까지도 그 하룻밤의 사랑을 잊지 못하고 봉평 근처를 떠돌며 혼자 장돌뱅이로 살아온 허생원이다.

다시 길을 걸으며, 허생원은 동이에게 가족사항을 묻는다. 동이의 아버지 없는 사연과 어머니가 기구하게 살아온 사연을 듣고, 이윽고 그 어머니 고향이 봉평이라는 말에 그만 실족하여 물에 빠지게 되고 급기야 동이의 등에 업히는 신세가 된다. 그 동이가 자신의 아들일지 모른다는 희망을 안고, 길을 서두르며 동이 역시 왼손잡이임을 확인하고는 자신도 동이와 더불어 대화장을 마치고 제천으로 향하겠노라고 말한다.

「메밀꽃 필 무렵」은 봉평 장날의 파장 무렵부터 그 날 밤중까지 몇 시간 동안 일어난 일을 그리고 있다. 이 몇 시간 동안 같은 장돌림 축인 허생원과 조선달 그리고 동이 이렇게 세 사람 사이에서 일어난 일들을 시간 순서대로 보여주고 있는데, 초점은 물론 허생원에게 맞춰져 있다. 그리고 여기에다 허 생원의 성격과 내력에 대한 작가의 해설이 중간 중간에 개입하고, 또 허 생원에게 있어서 일생일대의 사건인 성씨 처녀와의 로맨스 및 그와 관련된 에피소드가 허 생원과 조선달의 대화형식으로 삽입된다. 그러니까 이 작품은 불과 몇 시간 동안에 일어난 사건을 서술하는 형식을 취하면서, 내용적으로는 허생원의 평범하지 않은 인생에다 초점을 맞추고 있는 것이다. 다시 말해서 이 작품이 보여주고자 하는 것은 허생원의 범상하지 않은 삶이며, 그것이 이 작품의 주제문인 것이다.

그러면 이러한 점을 염두에 두고 주제분석에 들어가기로 한다. 먼저 소주제들을 파악하고 이 소주제들을 꿰뚫을 수 있는 하나의 주제를 추출할 것이다. 여기서 소주제의 전개순서는 작가의 주제 전개순서, 즉 플롯과 대체로 일치한다.

2) 주제 분석

「메밀꽃 필 무렵」은 다음의 네 가지 소주제들로 나눌 수 있다. 각각의 소주제는 각각의 사실을 형성하여, 모두 4가지 사실을 구성한다.

첫째, 허생원의 삶은 고달펐다.
둘째, 허생원은 애욕에 굶주려 있었다.
셋째, 허생원은 사랑의 추억 속에서 삶의 고달픔과 쓸쓸함을 잊고 살아왔다.
넷째, 사랑의 회복이 허생원을 최상의 행복으로 이끈다.

첫째 소주제는 허생원이 드팀전 장돌림으로 근근히 살아가는 사람임을 말해준다. 낮이면 더운 햇발에 벌려놓은 전의 휘장 밑으로 등줄기를 훅훅 볶아대고, 춤춤스럽게 날아드는 파리 떼도 장난꾼 각다귀들도 귀찮게 굴어 댄다. 돈벌이도 시원치가 않다. 해는 아직 중천에 있건만 장판은 벌써 쓸쓸하다. 밤이 되어도 쉴 수가 없다. 다음 장이 서는 곳을 향해 밤을 새며 육칠십 리 밤길을 타박거리지 않으면 안 된다. 게다가 그는 매우 가난했다. 젊은 시절에는 알뜰하게 벌어 돈푼이나 모아 본 적도 있었으나, 놀이와 투전으로 다 날려 버렸고, 그 후로 빚을 지기 시작하니 재산을 모을 염은 당초에 틀리고, 간신히 입에 풀칠을 하러 장에서 돌아다니는 딱한 신세가 되고 말았다. 이는 제1 사실이다.

둘째, 그는 마흔이 넘은 이 때 까지 장가도 들지 않고 장돌림으로 떠돌이 생활을 해왔다. 원래 그는 여자와는 연분이 멀었다. 여자에게 얼금뱅이 상판을 쳐들고 대어 설 숫기도 없었을 뿐 아니라, 여자 편에서 정을 보낸 일도 없는 쓸쓸하고 뒤틀린 반생이었다. 그에게 여자란 언제나 쌀쌀하고 매정한 것이었다. 평생 인연이 없는 것이라고 신세가 서글퍼지기도 하였다. 그가 젊은 술집 여자인 충추집에 깊이 반해 있는 것도 애욕에 굶주렸기 때문이었다. 그는 그녀를 생각만 하여도 "철없이 얼굴이 붉어지고 발 밑이 떨리고 그 자리에서 소스라쳐 버릴" 지경이다. 총각 장돌뱅이인 동이가 그녀와 농탕질하는 것을 보고는 불같이 화를 내며 질투한다. 이는 제2 사실이다.

셋째, 그에게도 한 번의 로맨스는 있었다. 봉평에서의 단 하룻밤의 사랑, 그는 잊을 수가 없었다. 또한 이 아름다운 사랑의 추억은 삶의 고달픔도 잊게 하였다. 허생원에게 있어서 사랑의 추억은 쓸쓸하고 고달픈 삶을 지탱시켜주는 구원과 같았다. 이는 제3 사실이다.

넷째, 애달프게 끝났던 사랑은 다시 회복 가능한 현실로 되돌아오게 된다. 동이와 이야기를 나누다 뜻밖의 사실을 알게 되고, 사랑의 회복이 눈앞의 현실로 다가온다. 너무 당황하고 기쁜 나머지 허생원은 물을 건너다가 발을 헛디뎌 넘어지는 바람에 몸이 흠뻑 젖어 "이가 덜 덜 갈리고 가슴이 떨리며 몹시 추웠으나 마음은 알 수 없이 둥실둥실 가벼웠던" 것이다. 이는 제4 사실이다.

이러한 4가지 소주제와 사실들을 통해서 알 수 있는 것은 「메밀꽃 필 무렵」이 드러내는 주제문이 "인생에서 가장 큰 행복의 근원인 애욕적인 사랑(에로스적인 사랑)은 고달프고 쓸쓸한 삶을 지탱시켜주는 구원이다" 라는 것이다. 이것을 더 압축하면 "사랑은 구원이다"가 된다. 이렇게 볼 때, 「메밀꽃 필 무렵」은 구원으로서의 사랑을 주제로 하는 것이 된다. 허생원이 쓸쓸하고 고달프기 이를 데 없는 인생 역정에서 자포자기하거나 염세에 빠지지 않고 꿋꿋이 살아 올 수 있었던 것은, 단 한번이었지만 황홀한 사랑을 나누었던 성서방네 처녀가 구원의 여인으로 마음 속에 자리하고 있으면서 끊임없는 기쁨을 주었기 때문이었다.

3) 문체

이효석의 문체는 대체적으로 유려하며 세련되어, 독자로 하여금 아무런 저항이나 부담감 없이 읽을 수 있는 매우 정감 어린 문체로 공감된다. 서정적이며 오히려 시의 경지를 방불케 하는 격조 있는 감각과 기교는 극히 개성적이고 보편으로 확산되는 그의 표현원리는 자연성의 원리와 깊이 접맥되고 있다. 난삽하거나 생경한 어휘 없이, 평이한 일상구어를 표현의 바탕으로 삼았으면서도 추호도 통속에 흐르지 않고 개념의 상식적인 때를 불식하면서 신선한 감각과 근대적인 정취를 느끼게 한다. 이는 또한 이효석의 감성이나 정서가 토속적이면서도 서구적인 지성으로 세련되어 있다는 것을 의미한다.

이효석의 「메밀꽃 필 무렵」에 나타난 문체적인 특성들을 예문을 들어 좀더 상세하게 알아보면 다음과 같다.

첫째, 자연과 성을 주된 작품소재로 하고 있는 효석 문체의 인상은 세련된 감성으로 구축된 반산문성과 그러면서도 현대문학이 지향하는 사실성을 크게 도외시하지 않는 온건하면서도 폭이 있는 미적 문체로 간주된다.

이효석의 문체감각은 매우 주관적인 것으로 그러한 주관적인 정서의 이입이 그의 문체형식의 근간을 이루고 있음이 가장 두드러진 특징으로 된다. 기교가 있으면서도 담백하고 생경한 어휘나 난삽한 어휘가 없이 매우 평이하면서도 격조를 잃지 않고 있는 것이다.

> 길은 지금 긴 산허리에 걸려 있다. 밤중을 지난 무렵인지 죽은 듯이 고요한 속에서 짐승같은 달의 숨소리가 손에 집힐 듯이 들리며, 콩포기와 옥수수 잎새가 한층 달에 푸르게 젖었다. 산허리는 온통 메밀밭이어서 피기 시작한 꽃이 소금을 뿌린 듯이 흐뭇한 달빛에 숨이 막힐 지경이다. 붉은 대궁이 향기같이 애잔하고 나귀들의 걸음도 시원하다. 길이 좁은 까닭에 세 사람은 나귀를 타고 외줄로 늘어섰다. 방울 소리가 시원스럽게 딸랑딸랑 메밀 밭께로 흘러간다. [18]

천이두는 「메밀꽃 필 무렵」에 설정되어 있는 상황이 산문적이 아니라 서정시적이라고 하고 있다. 이 서정시적인 작중상황에 잘 어울리는 것이 그 세련된 정서적 문장이라고 하고 있다. 그리고 이에 덧붙혀서, 위에 인용된 부분에 대해 "한국의 전원풍경을 이만큼 아름답게 그린 구절을 찾기는 그리 쉽지 않다. 이러한 묘사는 물론 소박하고 토속적인 감성에서 비롯된 것이라기보다도 다분히 서구적 지성으로 세련된 감정에서 비롯된 것"[19]이라고 지적하고 있다. 뿐만 아니라 반산문적이면서도 사실적인 모순의 논리가 적어도 효석의 경우에선 서로 충돌하지 않고 오히려 문체의 폭으로 이해되는 것은 당시의 시대적 고통을 그야말로 모든 것을 포용하는 자연으로 돌아가게 함으로써

---

18 이효석, 『이효석선집』, 어문각, 서울, 1983, pp.162~163.
19 천이두, 『한국현대소설론』, 형설출판사, 서울, 1969, p.140.

"휴면의 광장, 해방의 광장으로 유도하는 시대의 안내자와도 같은 느낌을 갖게 한다. 이렇듯 효석의 문학에선 휴식을 느끼고 안정을 얻는 미학이 있고, 그 미학의 근저엔 인간도 동물도 자연과 더불어 조화를 이루는 이른바 자연성의 원리가 효석 문체의 지배원리로 작용[20]"하는 것이다.

둘째, 「메밀꽃 필 무렵」에 나타난 문장들을 보면 이효석이 비교적 단문을 많이 사용하고 있음을 알 수 있다. 위에 예를 든 부분만을 보더라도 5개의 문장 중에서 4개가 단문[21]이다.

셋째, 「메밀꽃 필 무렵」의 문체적 특이성으로 간주될 수 있는 것으로 서정시적인 특성을 들 수 있다. 이와 관련하여 그 표현수법으로서 비유법을 거침없이 구사하고 있는 점이다. '죽은 듯이 고요한', '짐승 같은 달의 숨소리', '피기 시작한 꽃이 소금을 뿌린 듯이 흐뭇한 달빛에 숨이 막힐 지경이다', '붉은 대궁이 향기같이 애잔하고' 등 위에 예시한 5개의 문장 속에서만도 벌써 4개의 직유가 사용되고 있다. '처녀의 꼴은 꿩 먹은 자리'[22]나 '나귀새끼 같이 귀여운 것'[23] 등의 비유는 효석의 문체를 반산문적인 것으로 특성 지워 주는 요인이 되게 하면서 동시에 교훈적이기보다는 쾌락을 주된 기능으로 갖게 하는 요인이 되기도 하는 것이다. 이렇게 볼 때 이효석의 문학은 그 표현원리가 실제적 공리적이기보다 비교적 순수한 쾌락원리에 의해 이루어졌다고 보는 것이 옳을 것 같다.

넷째, 「메밀꽃 필 무렵」에는 비칭어와 사투리의 사용이 제법 눈에 띄는데, 이는 서민층을 도외시하지 않는 사실 지향적인 면과 결부시켜 생각해 볼 수 있다.

---

20 이동희, 『현대소설문체론고』, 국학자료원, 서울, 1997, pp.311~312.
21 위의 책, p.313 참고. 효석의 예문들의 문장당 평균자수가 약 26자이며 문장의 호흡도는 저항감을 느끼게 하지 않을 정도로 적절하다.
22 이효석, 앞의 책, p.163.
23 위의 책, p.165.

　　팔리지 못한 나뭇군 패가 길거리에 궁싯거리고들 있으나, 석웃병이
나 받고 고깃마리나 사면 족할 이축들을 바라고 언제까지든지 버티고
있을 법은 없다. 춥춥스럽게 날아드는 파리떼도 장난군 각다귀들도 귀
치않다. 얽둑배기요 왼손잡이인 드팀전의 허 생원은 기어코 동업의 조
선달에게 낚아보았다. (…) 주정군 욕지거리에 섞여 계집의 앙칼진 목
소리가 찢어졌다. 장날 저녁은 정해놓고 계집의 고함 소리로 시작되는
것이다. [24]

　　이효석의 문체가 전반적으로 세련되고 감각적인데도 불구하고 위
에 밑줄 친 어휘들은 세련된 기호와는 거리가 멀다. 오히려 다소 역기
능적인 저항감을 주는 생경한 어휘들이다. 이는 시대적 배경이나 소
재와 관련시켜 볼 때 이해할 수 있는 부분이다. 이는 이효석이 전반적
으로 현실을 도외시하고 자연에 귀의하며 서정적인 시적 문체를 구
사한 것과 반대되는 점인데, 오히려 이런 표현들이 이 작품의 토속적
인 정서를 부각시키는 방향으로 작용하고 있음을 알 수 있다.

4. 「메밀꽃 필 무렵」에 나타난 미의식

1) 작품의 현실성과 허구성

　「메밀꽃 필 무렵」에는 긴밀하고 치밀하게 얽혀있는 구성모티브들,
즉 달밤 모티브, 아비 어미 모티브, 왼손잡이 모티브들이 사건의 전개
를 자연스럽게 하고 있다. 이러한 모티브들은 작품의 앞 부분에서 무
심코 제시된 것처럼 보이는 데, 뒤에 가서 다른 부분들과 긴밀하게 연
결되면서 사건의 전개를 매우 자연스럽게 하고 있음을 알 수 있다. 이
러한 자연스러움에 현실감을 보태는 작가의 창조적 현실적 환상은
소설이 허구적인 이야기를 하고 있지만 현실적으로 있음직한 일로

---

24 위의 책, p.160.

믿도록 만드는 것을 목표로 한다. 그래야만 독자는 신뢰감을 가지고 작품을 읽으면서 박진감 있는 흥미를 느끼고, 실제적인 삶의 가치도 발견하게 된다. 이러한 현실성 위에 보태져야 할 것이 작품의 예술성이다. 재미가 있기 위해서는 감동적이어야 하고, 감동적이기 위해서는 공상적인 신기함으로 정서를 자극해야 한다. 이 작품에서 예술적인 의도로 사용된 모티브가 '달밤의 하얀 메밀 꽃' 모티브와 '나귀' 모티브이다. 낭만적인 분위기를 자아내며 달빛과 하얀 메밀꽃이 한데 어우러진 환상적인 모습은 이 글을 읽는 사람으로 하여금 빠져들게 한다.

> 봉평은 지금이나 그제나 마찬가지지. 보이는 곳마다 메밀밭이어서 개울가가 어디 없이 하얀 꽃이야. 돌밭에 벗어도 좋을 것을, 달이 너무나 밝은 까닭에 옷을 벗으러 물방앗간으로 들어가지 않았나.[25]

> 길은 지금 긴 산허리에 걸려 있다. 밤중을 지난 무렵인지 죽은 듯이 고요한 속에서 짐승 같은 달의 숨소리가 손에 잡힐 듯이 들리며 콩포기와 옥수수 잎새가 한층 달에 푸르게 젖었다. 산허리는 온통 메밀밭이어서 피기 시작한 꽃이 소금을 뿌린 듯이 흐뭇한 달빛에 숨이 막힐 지경이다. [26]

이 글이 노리는 것은 단순한 자연미의 감상이나 유미적인 미의 창출이 아니다. 이미 이십여년 전에 있었던, 따라서 기억에서마저 희미해지기 십상인 사랑의 추억을 현재적인 생동감과 황홀감으로 되살리기 위한 미적인 분위기의 조성, 즉 예술적 모티베이션의 일환이다.

그러나 이 작품에서 있었던 것 같은 두 남녀의 사랑과 월광 속의 메밀꽃과의 결합은 실제적으로는 있을 수 없는 어거지로서, 순전한 작

---

25 위의 책, p.163.
26 위의 책, pp.162~163.

가의 공상의 산물이다. 왜냐하면, 메밀꽃은 여름이 아닌 초가을에 피기 시작하여, 더욱이 대관령근처의 고지대인 봉평에서 서늘한 초가을 밤에 개울로 목욕하러 간다는 것은 실제로는 도저히 있을 수 없는 일이기 때문이다. 여기서 우리는 현실성을 부여하기보다 예술성을 부여하고자 애썼던 작가의 미의식을 인지할 수 있다. 이효석은 심미주의자로서 작품의 예술성을 높이기 위해 무리할 정도로 예술적인 방향으로 몰고 갔으며, 현실성을 도외시하였다.

「메밀꽃 필 무렵」에 나오는 동물인 '나귀'는 이 작품에서 중요한 역할을 하고 있다. 나귀는 물론 장돌림에 없어서는 안될 필수적인 운반수단이다. 그런데 이 작품에서는 나귀가 단순한 운반수단으로 등장하는 것에 그치지 않고 그 이상의 예술적 기능을 톡톡히 수행하고 있다. 그것은 허생원의 분신 혹은 동일체로서의 기능이다. 나귀와 허생원은 여러 가지 면에서 기묘한 일치를 이루고 있다. 우선 겉모습이 서로 많이 닮았다.

> 반평생을 같이 지낸 온 짐승이었다. 같은 주막에서 잠자고, 같은 달빛에 젖으면서 장에서 장으로 걸어 다니는 동안에 이십 년의 세월이 사람과 짐승을 함께 늙게 하였다. 가스러진 목뒤 털은 주인의 머리털과도 같이 바스러지고, 개진개진 젖은 눈은 주인의 눈과 같이 눈곱을 흘렸다. 몽당비처럼 짧게 쓸리운 꼬리는, 파리를 쫓으려고 기껏 휘저어보아야 벌써 다리까지는 닿지 않았다. 닳아 없어진 굽을 몇 번이나 도려내고 새 철을 신겼는지 모른다. 굽은 벌써 자라기는 틀렸고 닳아 버린 철 사이로는 피가 빼짓이 흘렀다.[27]

여기서 묘사된 나귀의 모습은 허생원의 모습 그대로이다. 작중 화자는 허생원의 외모를 직접적으로 묘사하지 않고 나귀의 묘사를 통해서 평생 장돌림으로 추하게 늙어 바스러진 허생원의 고달픈 인생

---

27 위의 책, p.161.

역정을 비유적으로 암시하고 있는 것이다. 또한 나귀와 허생원은 겉모습 뿐만 아니라, 애욕적인 면에서도 기묘한 일치를 이루고 있다. 허생원이 충주집에서 애욕의 감정을 억제하지 못하고 부끄러운 치정극을 연출하고 있을 때, 주막 문 앞에 매어둔 나귀도 지나가는 암나귀를 보고 미친 듯이 날뛰며 발정소동을 벌인다. 이 나귀의 소동은 우연한 흥미거리에 지나지 않는 것이 아니다. 허생원이 비록 늙고 지쳐 있지만 애욕의 근원은 젊은 이처럼 여전히 약동하고 있음을 암시하는 것이다. 더욱 재미있는 것은 둘 다 사랑의 결실을 거두었다는 것이다. 허생원이 성서방네 처녀와의 사이에서 아들을 얻었듯이, 나귀도 강릉집 피마와, 사이에서 새끼를 얻었다. 순수한 자연적인 본능을 솔직하게 드러내는 나귀는 주인공 허생원의 본능을 대변하고 있다. 동물이 어찌 보면 인간보다 더 가식 없고 담백한 존재인 것이다. 나귀를 통한 본능적인 성의 저항감 없는 현실적인 부각은 이 작품 전반에 흐르는 건강한 본능과 아름다운 삶의 조화를 의미한다. 이것은 이효석의「메밀꽃 필 무렵」이 발산하는 아름다움인 것이다.

2) 주인공 허생원이 발산하는 미의식

　서민의식을 잘 반영한 우리의 고전적인 문학을 보면, 대개 주인공은 추물이거나 바보로 그려져 있는 예를 흔히 볼 수 있다. 허생원도 예외는 아니다. 허생원은 얼굴이 못 생겼을 뿐만 아니라, 어딘가 모자라는 데가 있어 보이는 왼손잡이며, 여자 앞에서는 제대로 말도 못하는 그런 사람이다. 그는 배우지 못한 무식쟁이로서 소외된 삶을 살아온 사람이란 것은 그의 직업을 통해 짐작이 간다. 파장되면 밤새도록 걸어서 또다시 다음 장터로 가야하는 그는 일정한 머물 곳도 없이 살아온 신세였다. 이와 같이 외견상 못나고 부족한 듯한 주인공 허생원은 실상 마음만은 비단 같이 고운 사람이란 점을 주시해 볼 필요가 있다. 왜냐하면, 부족한 외모와 곱고 고운 마음씨를 통해 허생원은 이 작품을 읽는 독자들로 하여금 많은 지지와 사랑을 받는 때문이다. 그것은 그가 왜 하필이면 '드팀전 장돌림'인가 하는 것과 일맥 상통한다. 온 갖 종류의 비단 천을 장터에 벌려 놓고 파는 장사꾼이 다름 아닌 비단 같은 마음의 소유자 허생원이라는 것이다. 옷감 장수는 아무나 할 수 있는 것이 아니다. 섬세한 색채 감각뿐만 아니라 여성적인 섬세한 면이 없이는 불가능하다.

「메밀꽃 필 무렵」에서 여기저기 지천에 피어있는 메밀꽃의 흰 빛도 그 사이를 지나다니는 주인공 허생원의 성품적 아름다움을 더욱 돋보이게 하는 하나의 장치가 아닐까 한다. 허생원은 다른 장돌뱅이와 좀 다른 삶을 살아온 사람이다. 그는 장돌뱅이지만 단순히 돈을 벌기 위한 목적만으로 장터를 떠돈 사람이 아니다. 성씨 처녀와의 '첫날밤이 마지막 밤'이었기에 봉평을 반편생이 지나도록 못 잊고 있는 것이다. 성씨 처녀를 찾아야겠다는 일념이 남달리 강했기에 오늘도 "거꾸러질 때까지 이 길 걷고 저 달 볼테야"라는 일종의 신념이 될 수 있었던 것이다.

허생원은 물질적 부보다 정신적인 아름다움을 누리는 데 삶의 가치를 두고 있는 사람이다. 여기서 정신적인 아름다움은 타락하지 않고 한 사람을 향한 지고지순의 사랑을 간직하고 있는데 있다. '한 여인에 대한 변함없는 사랑'이야 말로 허생원이 우리에게 보여주고 있는 삶의 가치이자 이 작품에서 작가 이효석이 우리에게 말하고자 하는 '사랑' 의식, 미의식이다. 이는 한국문학에서 흔히 찾아 볼 수 있는, 한국인이 진정으로 추구해온 가치관의 반영이기도 한 것이다.

임종국은 「메밀꽃 필 무렵」의 허생원의 이러한 태도에 대해 "시대적 상황 의식이 결여"되어 있다고 평하면서, 그의 현실적 "가난을 극복함이 없는 무기력하고 소극적 행위를 가리켜 '보부상 정신의 타락'이라 단정"[28]하고 있지만, 이는 어디까지나 이 작품의 미의식을 제대

---

28 임종국, 『한국문학의 사회사』 정음사, 서울, 1974, pp.90~105.

로 파악하지 못한 데서 나온 것이라 본다. 이 작품은 결코 돈과 계집이라는 현실적 욕망을 채우는 일에 실패한 허생원이란 인물에 관한 이야기를 들려주는 통속소설이 아니다. 이 작품이 우리 한국인의 정서에 맞고 한국인에게 감동을 주는 것도, 이 작품에서 볼 수 있는 것처럼, 바로 비극적 의지를 바탕으로 치른 고난이나 고행은 결코 헛되지 않는다는 한국인의 진리를 새삼 확인해 볼 수 있는 계기를 접할 수 있었기 때문이다. 만남을 이루기 위해서 시련을 겪는 우리네 전통의 이야기들이 우리에게 감동을 주는 것처럼, 허생원 역시 그 시련을 겪는 행위에서 아름다움을 발견할 수 있다. 허생원이 우리에게 던져주는 무던한 참을성의 자세는 전통 속의 수많은 한국인들이 보여주어 왔던 삶의 자세이며 아름다움이다. 지고지순의 사랑도 순수한 인간본능도 허생원이 발산하는 아름다움이다. 여기에 덧붙여 메밀꽃으로 뒤덮인 자연의 아름다움도 예술로 승화되어 작가의 미의식을 고취시키는 것이다.

5. 맺음말

이효석의 「메밀꽃 필 무렵」은 자연과 인간을 미학적 서정으로써 이해하고 해석한 소설로, 효석 특유의 탐미적 시적 특징을 대표하는 작품이라 볼 수 있다. 더욱이 한국인의 정서와 미의식을 그대로 전달해 주는 데 읽는 재미와 감동을 주는 것이다. 이는 단순히 서구적 문예 이론만으로는 설명할 수 없는 특이한 양식의 작품임을 말해준다.

이효석의 「메밀꽃 필 무렵」의 주제도 이 작품이 성 또는 애욕의 문제나 자연동화 혹은 모더니즘적인 미의 창조를 주제로 한다는 극히 부분적이거나 피상적인 주장이 지배적이었던 분위기에 좀 더 포괄적이고 진지한 주제를 던질 수 있었다. 그것은 인생에서 가장 근본적인 문제의 하나로서 "사랑은 인생을 구원한다"는 것이었다. 따라서 이 작품은 예술적 명성과 짜임새에 걸 맞는 고상한 주제의식을 가지고 있음을 알 수 있다. 아마도 이것은 이효석의 성의 문학이 지향했던 최고의 귀착점이라 볼 수 있을 것이다. 작가 이효석은 「현대적 단편소설의 상모」라는 글에서 "반드시 애욕을 위한 애욕을 그리려는 것이 아니었다. 인간의 본연의 것. 건강한 생명의 동력과 신비성이라고 하는 것을 추구하고자 하는 그런 표현으로 애욕의 주제가 뚜렷이 눈앞에 떠올랐던 것이다. 인위적인 것을 떠나 야생의 건강미를(…) 생명의 원소를(…)생명의 성장을(…)애욕의 신비성을(…)허탈한 애욕의 해방면을(…) 나아가서는 생명의 신비성을 구명해보려고 하였음에 지나지 않았다[29]"라고 자신의 문학관을 밝힌 바 있다. 게다가 주인공 허생원의 20년을 두고 기다려온 인내와 순수한 사랑의 마음이 그 아름다움을 더하는 것이다. 여기에 「메밀꽃 필 무렵」의 사랑에 대한 미의식이 있다고 할 수 있다. 이 미의식이야말로 이효석의 「메밀꽃 필 무렵」이 갖고 있는 생명력인 것이다.

---

29 조선일보, 1937년 4월, 이상우, 「고난과 기다림의 미학 - 이효석의 <메밀꽃 필 무렵>」, 『명지대예체능논집 7』, 1996, 재인용.

참고 문헌

1. 단행본

강진호,『한국 문학의 현장을 찾아서』, 문학사상사, 서울, 2002.

곽근,『일제하의 한국문학 연구』, 집문당, 서울, 1986.

구인환,『근대작가의 삶과 문학』, 서울대학교출판부, 서울, 1995.

권정호,『이효석 문학 연구』, 월인, 서울, 2003

김열규 외,『정신분석과 문학비평』, 고려원, 서울, 1992.

김용성, 우한용,『한국 근대 작가연구』, 삼지원, 서울, 2001.

김해옥,『한국 현대 서정소설론』, 새미, 서울, 1999.

이동희,『한국소설문체론고』, 국학자료원, 서울, 1997.

이상신,『소설의 문체와 기호론』, 느티나무, 서울, 1990.

이상옥,『이효석-문학과 생애』, 민음사, 서울, 1992.

_____,『문학과 자기성찰- 열린문학을 위하여』, 서울대학교출판부, 서울, 1989.

_____,『이효석 - 참여에서 순수로』, 건국대학교출판부, 서울, 1997.

_____,『이효석의 삶과 문학 증보판』, 집문당, 서울, 2004.

이상우,『소설방법론을 통한 소설교육』, 집문당, 서울, 1999.

이성욱,『한국 근대문학과 도시문화』, 문화과학사, 서울, 2004.

이효석,『이효석 선집』, 어문각, 서울, 1983.

_____,『이효석 대표 15단편선』, 문원출판사, 서울, 1976.

윤병로,『한국 근 · 현대 문학사』, 명문당, 서울, 1992.

윤해동,『식민지의 회색지대 - 한국의 근대성과 식민주의 비판』, 역사비평사, 서울,
          2003.

임종국,『한국문학의 사회사』, 정음사, 서울, 1974.

정현기,『한국 현대문학의 제도적 권력과 사회』, 문이당, 서울, 2002.

조동일,『한국문학통사 5권』, 지식산업사, 서울, 1997.

천이두,『한국현대소설론』, 형설출판사, 서울, 1969.

2. 논문

김영희, 「이효석 단편소설 연구 - 동·식물의 성상징과 삼자관계를 중심으로」, 홍익대학교 교육대학원, 석사논문, 1992.

김혜경, 「이효석 소설 연구」, 성신여자대학교 교육대학원, 석사논문, 1997.

이강언, 「이효석의 도시소설 연구」, 『영남대국어국문학연구 20』, 1992.

이몽희, 「<메밀꽃 필 무렵>의 원형적 양상」, 『부산경상전문대논문집 12』, 1992.

이상옥, 「자연과 함께 산 탐미주의 작가 이효석 : 재평가되어야 하는 그의 문학사적 가치」, 『문학사상 235』, 1992.

이상우, 「고난과 기다림의 미학 - 이효석의 <메밀꽃 필 무렵>」, 『명지대예체능논집 7』, 1996.

이재철, 「이효석소설에서의 <떠남>의 의미」, 고려대학교 교육대학원, 석사논문, 1987.

이택화, 「이효석 소설에 나타난 원형심상 연구」, 고려대학교 교육대학원, 석사논문, 1989.

임영환, 「메밀꽃 필 무렵의 주제와 구조」, 『육사논문집(인문사회과학) 46』, 1994.

정재규, 「이효석문학의 심리학적 연구」, 인하대학교 대학원, 석사논문, 1984.

정태규, 「이효석과 김유정의 소설의 공간인식에 대한 비교 연구」, 부산대학교 대학원, 석사논문, 1989.

주종연, 「메밀꽃 필 무렵 분석」, 『국민대어문학논총 8』, 1989.

최병우, 안필규, 「한국 문학에 있어 외국 문학의 수용에 관한 연구-이효석과 D.H. 로렌스의 문학적 관련을 중심으로」, 『국어교육 83·84』, 1994.

최익현, 「모더니즘과 시선-이효석의 도시풍속과 자연의 발견」, 『어문연구 98』, 한국어문교육연구회, 1998.

______, 「이효석의 미적 자의식에 관한 연구」, 『비평과 전망 창간호』, 새움, 1999.

한혜선, 「한국현대소설의 인물 연구 - 신체적 결손징표를 중심으로」, 이화여자대학교 대학원, 박사논문, 1991.

제4장

이상^{李箱}의 시 「오감도 시제일호」와 수용미학

1. 머리말

흔히 수용미학이라는 말로도 혼용되는 독자반응비평(reader-response criticism)은 개념상으로 통일된 입장을 지니고 있는 비평이 아니라, 연구 영역을 구체화하기 위해서 '독자', '독서 과정' 및 '독자 반응'과 같은 어휘를 사용하는 비평가의 활동과 결합하게 된 비평이다. 1960년대 후반부터 야우스(H.R.Jauβ)나 이저(W.Iser) 등이 발표한 일련의 논문들에 의해서 주된 흐름이 잡힌 이 비평 이론은 우리나라에 1970년대 후반부터 소개되기 시작하여 1980년대까지 꾸준한 반향을 불러일으켰던 비평의 흐름이었다. 특히 필자는 이 비평의 선구자인 야우스의 수용미학 이론에 흥미를 느껴 한국 문학에서 특이한 문체와 시 세계로 정평이 나 있는 이상의 시 세계와 연결 지어 볼 생각을 하게 되었다. 이상의 시 세계를 대표할 작품을 「오감도」로 정하게 된 이유는 한국 시단에 큰 물의를 일으켰던 작품으로 독자들이 수용상 큰 어려움을 느꼈을 뿐만 아니라 지금도 적지 않은 어려움을 느끼고 있는 시 작품으로 생각되어서 이다. 그 중에서도 「오감도 시제일호」를 택한 것은 「오감도」
의 서시 격으로 대표적인 성격을 띤다고 보기 때문이다.

우선은 이 비평에 대한 정의 및 특성을 개괄적으로 살펴보고, 문학
연구에 대한 적용 방법의 일환으로 야우스의 수용사와 이저의 독서
이론 다시 말해서 문학 텍스트의 심미적 구체화에 대해서 정리해 보
고자 한다. 그리고 나서 야우스의 '도전으로서의 문학사'적 고찰로 작
품 수용사를 이상의 시 「오감도 시제일호」를 중심으로 시도해보고자
한다. 수용사란 한 창작 작품의 수용 자료를 수집정리 하여 그것이 역
사적으로 어떻게 이행되고 받아들여져 왔는가를 보여주는 것이다.
시기는 이상 당대부터 1990년대까지로 한정하며 이 시기에 관련된 주
요 수용 자료를 활용하고자 한다.

2. 수용미학 이론의 개관

수용미학과 독자 반응 비평은 모두 독자의 역할이야말로 비평에
있어서 결정적이라는 사실을 인정한다. 수용미학이 독일의 강력한
이론이고 독자 반응 비평이 주로 미국 비평과 관련된다고 하지만 이
둘 사이에는 연속성이 존재한다. 특히 수용미학의 이론가로 알려진
볼프강 이저의 경우가 그렇다.

수용미학의 대표적인 이론가는 야우스이다. 그의 연구에 강력한
영향을 준 것은 가다머(H.G.Gadamer)의 해석학이다. 야우스가 문학 비
판의 대상으로 삼은 문학 이론은 서로 대립되는 두 극한이라고 할 수
있는 형식주의와 마르크스주의 비평이다. 형식주의는 역사적 차원이
결여되어 있다는 점에서 비판되고, 마르크스주의 비평은 문학 작품
을 단순한 역사적 산물로만 보는 관점 때문에 비판된다. 야우스의 수
용미학 이론은 형식주의의 이상과 같은 통시적 역사성을 일반 사회
적 역사서와 유기적으로 연결시켜서 문학 작품을 낳게 된 역사적 배

경, 그 사회적 기능, 예술적 본질 등을 포괄적으로 파악함으로써, 문학
을 그 예술성의 단순한 모사와 해설의 기능에 머무르지 않도록 할 수
있는 것이 가능하지 않겠는가 하는 생각에서 발단되었다고도 할 수
있다. 발단의 또 하나의 계기로서는 1967~1968년을 고비로 하였던 학
생 소요와 거기에 따른 대중의 참여 의식의 분위기를 들 수 있다. 때마
침 신설된 콘스탄츠 대학의 교수 취임 연설로서 야우스가 행한 <도전
의 문학사>는 시대적 변화와 반항 의식을 문학 연구의 측면에서 나타
내 주는 것이다. 야우스의 주장에 따르면 문학 작품의 최초의 수용 과
정에 대해서 언급하지 않은 상태로 그 생산 방식에만 관심을 두는 것
은 문학 작품을 제대로 이해하지 못한 것이라 하였다. 그는 새로운 유
형의 문학사가 씌어져야 한다고 주장한다. 그가 주장하는 새로운 문
학사 속에서 비평가가 할 일은, 텍스트가 과거에 지각된 방식과 현재
지각되는 방식을 조정하는 일, 혹은 매개하는 일이다. 과거와 현재의
지각 양상의 관계에 대한 고찰은 지속적으로 되풀이되어야 한다. 문
학 연구가 암시하는 중요한 정당성 가운데 하나는 문학 연구가 과거
와 현재의 기본적인 차이를 지각할 수 있게 할뿐만 아니라 부분적으
로는 그 차이를 극복케 한다는 점에 있다는 것이 야우스의 신념이다.
그는 비록 텍스트들이 서로 다르고 또한 소외된 문화 속에서 생산된
다고 해도 모두가 인간이 생산한 것이라는 점을 중시하면서 그것들
과 직접 접촉함으로써 과거와 현재의 차이는 극복될 수 있다고 본다.
　가다머가 야우스에게 결정적인 영향을 끼쳤다면 이저의 이론은 로
만 잉가르덴(Roman Ingarden)의 현상학에 기반을 두고 있다. 그의 이론
은 독자의 역할을 중시한다는 점에서는 독자반응비평과 의견을 같이
하지만 블라이치(David Bleich)나 스탠리 피쉬(Stanley Fish) 같은 미국의
독자반응비평가와는 의견을 달리한다. 텍스트는 객관적 구조를 소유
한다는 것이 그의 신념이며, 이 구조는 물론 독자에 의해 완성되지 않
으면 안 된다. 그러니까 이저는 독자의 역할을 강조하면서도 텍스트

의 구조를 중시하는 입장에 서 있다. 그리고 이런 입장이 그와 미국 비평가들과의 차이로 드러난다. 이저에 의하면 모든 텍스트는 독자가 상상력으로 채우지 않으면 안될 '심연'이나 '여백'을 창조한다. 이런 여백을 채우는 일은 텍스트와 독자의 상호 작용을 의미하고, 이런 상호 작용이 발생할 때 이른바 텍스트에 대한 미적 반응이 창조된다. 이저는 텍스트와 독자와의 관계를 세 단계로 나누어 설명한다. 첫째로 그는 문학의 텍스트에만 특수한 '불명료성'을 지적한다. 그리하여 문학 이외의 텍스트와의 차이점을 인식하는 것이다. 두 번째로 문학텍스트의 근원적 효능 조건들이 명시되고 분석된다. 여기서는 특히 작품의 '불명료성'의 정도와 그것이 나타나는 유희공간이 문제시된다. 마지막 단계로 이저는 18세기 이후의 문학텍스트에서 점차로 증가되고 있는 '불명료성'을 고찰하고 이것이 오늘날까지도 독자에 의해 보충되고 새로운 의미를 생산할 수 있는 가능성을 내포하고 있음을 예시하였다.

블라이치나 피쉬 같은 중요한 독자반응비평가들은 주체와 객체는 서로 분리될 수 없다는 가정 위에 서 있으며, 이들은 문학비평의 경우, 이런 가정이 암시하는 것을 해명한다. 야우스의 수용 이론과는 달리 독자반응비평은 텍스트가 최초에 어떻게 수용되었는가에 대해서는 별다른 관심을 기울이지 않는다. 또한 이저와는 대조적으로 이들은 문학 작품이 객관적 구조를 띠며, 이 구조가 독자를 규제한다고도 생각하지 않는다.

홀랜드(Norman Holland)는 이른바 '문학적 전이행동'이라는 개념을 강조한다. 그는 독자반응이 환기하는 정신분석학적 본질에 관심을 두면서 자신의 이론을 구성한다. 문학적 전이행동이란 독자와 텍스트 사이에 발생한다. 이런 행동을 설명하기 위해 그는 '에고 심리학'을 토대로 삼는다. 후기로 오면서 그는 특히 독자와 텍스트 사이에 발생하는 일련의 특수한 전이행동의 기구를 설명하기 위해 세 가지 심리학적 반응의 국면을 기술한다. 첫째로는 고통과 쾌락을 지향하는 독자의 욕망이 활동하는 국면이 있다. 말하자면 고통-쾌락의 메커니즘이 조작되면서 그에 부수 하는 방어체계가 형성된다. 둘째는 독자가 환상 속에서 쾌락을 체험하는 국면이 있다. 여기서 독자는 텍스트로부터 개인적인 환상을 재창조하며 따라서 깊은 만족을 체험한다. 셋째로 거친 환상에 대한 불안과 죄의식이 활동하는 국면이 있다. 여기서 독자가 체험하는 환상은 도덕적, 지적, 사회적, 미적 통일성과 전체성이 환기하는 일관되고 의미 있는 경험의 세계로 변형된다. 결론적으로 말하면 독자와 텍스트 사이에 발생하는 이른바 '전이행동'은 방어, 만족, 불안의 메커니즘으로 나타나며 이것들은 균형을 이룸으로써 마침내 정신적, 정서적 안정을 유지하게 된다.

3. 수용미학 이론의 적용 및 방법

1) 수용사와 문학텍스트의 심미적 구체화

야우스의 이론은 앞에서도 언급한 바 있지만 마르크스주의의 방법론과 형식주의의 방법론, 그 양측에서 다 해결하지 못했던 바로 그 지점에서 출발했다고 할 것이다. 그들은 각기 상반되는 방향, 즉 이데올로기와 순수 미학의 방향에서 접근하여 벽에 부딪쳤다고 생각하는 것이다.

> (…) 나는 문예학의 입장에서 그 양쪽의 방법론 사이의 투쟁에서 미해결이었던 문학사의 문제를 다시금 이끌어 올림으로써 도전을 시도하게 되는 것이다. 문학과 역사, 역사적 인식과 심미적 인식 사이의 간격에 다리를 놓아 보고자 하는 나의 시도는, 그 두 학파가 벽에 부딪치게 된 바로 그 경계선에서 <출발점>을 삼으려는 것이다.[1]

---

1 박찬기 외, 『수용미학』, 고려원, 서울, 1992, p.17 재인용.

독자는 단순히 수동적 기능만 갖는 것이 아니라 역사 형성의 힘이 되고 있는 점, 문학 작품의 역사적 생명은 그 수취인, 즉 독자의 능동적 참여에 의해서 연속성과 재생산성으로 발전할 수 있다는 점, 따라서 문학의 역사는 작품의 전달 기능과 마찬가지로 독자와의 대화라는 과정적 관계를 전제로 함을 지적한다.

문학과 독자의 관계는 심미적 연계성일 뿐만 아니라 역사적 내포성을 지닌다. 심미적 연계성은, 우선 독자가 어느 작품을 선택한다는 것, 그리하여 일찍이 읽었던 작품과의 비교를 통하여 미적 가치를 인식한다는 사실 속에 내포되어 있는 것이다. 역사적 내포성은, 최초의 독자에 의한 이해가 세대에서 세대로 수용의 고리를 형성하며 존속되고 풍부해질 수 있으며, 그 사이에 하나의 작품의 역사적 의의도 결정된다는 점에서 명백해진다. 이렇게 하여 야우스는 결론적으로 작가의 의도에 의한 과거의 일회적 관점이 아닌, 현재의 독자의 관점에 의한 문학사가 서술되어져야 한다고 주장하는 것이다.

야우스의 문학사에 관련된 이런 주장과 관련지어 볼 때, 문학 작품의 연구사나 연구 내용의 재검토는 결국, 오늘의 독자가 과거나 현재의 문학 작품을 올바르게 이해 수용하기 위한 필수적인 전제 작업이 될 수 있는 것이다. 이는 문학 작품이란 작품 연구나 문학사 속에 기록된 화석화된 존재가 아니라 늘 새로운 독자에 의해서 새롭게 수용될 수 있는 생명력을 가지고 있기 때문이며, 과거의 독자와는 다른 자기의식을 가진 오늘의 독자가 그 작품을 새롭게 수용하기 위해서는 먼저 그 작품이 과거에 어떤 독자에 의해서 어떻게 수용되어 왔는가 하는 수용사에 대한 비판적 재검토가 선행되어야 하기 때문이다. 또한 문학 작품의 역사적 생명은 그 작품 수신자(독자)의 능동적인 참여 없이는 생각할 수 없기 때문이다. [2]

---

2 Hans Robert Jauß, 『Literatur Geschichte als Provokation del Literaturwissenschaft, 문예학의 도전으로서의 문학사』(『도전으로서의 문학사』 장영택 역, 문학과 지성사, 서울, 1983년, pp.177~179

　수용자의 '심미적 체험'에 근거한 수용미학적 작품 이해의 견해는 야우스를 비롯한 소위 콘스탄츠 학파의 일원인 영문학자 볼프강 이저의 『독서 이론』을 통해서 이론적으로 구체화되어 나갔다. 이저는 수용자의 작품 체험의 현장을 독자의 독서 과정으로 보고 "작품은 독자의 독서 행위를 통해서 완성된다"는 수용미학적 작품관과 심미적 독서 이론을 그의 논문 「텍스트의 호소구조」(1970), 「독서과정」(1971~1972), 「내포 독자」(1972), 「독서 행위」(1976) 등에서 제시했다. 이저의 독서 이론은 지금까지의 작가, 작품 중심적인 문학 이론과 달리, 창작 작품인 문학 텍스트는 독자(수용자)에 의해 다시 탄생한다는 견해에서 작품과 텍스트를 구분하고 "작품이란 텍스트가 독자의 의식 속에서 재정비되어 구성된 것"이라고 정의하고 있다.

　작가가 창작한 문학 텍스트는 독자에 의해서 작품으로 구체화된다. 이러한 견해는 이미 로만 잉가르덴의 현상학적 예술 이론에서 주장된 바 있고 또 1930년대의 체코 구조주의적 미학 이론에서도 주장되었었다. 특히 잉가르덴의 경우엔 "문학 작품은 예술적인 극과 심미적인 극이라고 부를 수 있는 양극을 지니고 있는 바, 그 하나는 작가에 의해서 생산된 텍스트이고, 다른 하나는 독자에 의해서 이루어지는 텍스트의 구체화"이며, 한 편 문학 텍스트에는 독자의 상상에 맡겨진 부분처럼 완전히 채워져 있지 않은 빈자리인 '불확정성의 부분'들이 있으며 이것은 독자의 구체화에서 채워져 나감으로써 제거된다고 본다. 여기서 잉가르덴은 그의 층이론에 따라 '도식화된 견해'를 구체화 조건으로 내세우고 있다. 잉가르덴은 도식화된 작품구조에 들어 있는 빈틈이나 불확정적 부분(Unbestimmtheit)들을 의미로 채우는 구체화는 능동적인 독서 과정에서 일어나기 때문에 이것을 문학적 예술 작품이 수용자로부터 요구하고 있는 특수한 이해 행위라고 본다.

　한편 이저는 독자가 이러한 미결정적, 불확정적인 부분들을 작가의 의도에 따라 또는 잉가르덴의 주장대로 작품의 '도식화된 견해'에 따라 보충, 제거하는 역할만을 하는 것이 아니라 텍스트의 심미적인 효과 구조에 반응함으로써 텍스트의 구체화를 이루어 내고 있다고 주장한다. 이저에 의하면 문학 텍스트의 불확정성은, 곧 문학텍스트의 특수성으로, 예술 작품이 미치는 영향을 구체화할 수 있는 수용 조건이 되고 있다. 문학 텍스트의 구체화에서 이와 같이 이저는 독자의 능동적인 역할을 강조할 뿐 아니라 - 현상학적인 예술 이론보다 - 한 걸음 더 나아가 독서 과정의 '경험 구조', 즉 픽션 속에 표현된 상상적인 대상이 사실적이고 살아있는 존재로 체험된다는 독서 구조와 문학 텍스트의 '효과 구조'로 이루어지는 심미적 구체화를 주장하고 있다.

이러한 견해에서 이저는 '독자'에 대해서도 지금까지의 문학 이론과는 다른 독자관을 펴고 있다. 특히 잉가르덴의 현상학적 예술 이론과는 달리, 독자의 형태나 역할이 미리 결정되어 있지 않고 텍스트 구조의 결과로 생겨나게 될, 즉 텍스트의 구조와 함께 얽혀 짜여 있는 '내포 독자'를 주장하고 있다.

이것은 문학 텍스트가 그 수용 조건으로 제시하고 있는 가능한 독자로서 텍스트 구조의 방향제시에 따라 생겨날 독자이기 때문에 결코 사실의 독자를 추상화한 것이 아니고 오히려 사실의 독자가 이 제안된 역할에 맞추려 할 때 생겨나는 알력을 전제 조건으로 하고 있다. 이러한 독자의 구조 때문에 문학 텍스트의 불확정적인 부분들은 작가와 동일한 코드를 지니고 있어야 하는 '이상적인 독자'나, 작품을 경배하는 식으로 받아들이는 자세를 취하는 '명상적인 존재'로서의 독자가 이에 반응하는 것과 달리, 능동적인 독자의 사고와 얽매이지 않은 개방성을 통해 심미적으로 구체화된다. 따라서 '내포 독자'는 텍스트의 수용자에게 주어진 가장 적극적이며 능동적인 구성 행위를 할 수 있다. 이와 같이 수용미학에서는 독자의 반응 구조와 텍스트의 효과 구조가 상호 작용함으로써 이루어지는 문학텍스트의 심미적 구체화를 주장한다.

문학 텍스트를 읽은 독서과정 자체가 현존하는 실제 상황에서 일어나는 경험 구조를 갖고 있는 것이다. 다시 말하면, 문학 텍스트의 모든 사건들이 현재에 살아 있는 경험으로 인식되어야 한다는 것이다. 사실, 독서라는 것은 문학 텍스트가 제시하는 기대와 자신이 갖고 있는 기대와의 현재의 만남이라고 할 수 있다. 이저는 앞의 기대를 '예상', 뒤의 것을 '기억'이라고 했지만, 이 예상과 기억이 상호 연관성을 맺고 있을 때, 즉 우리가 독서할 때, 독자는 텍스트의 예상을 전적으로 받아들인다기보다는, 앞에서 언급했듯이, 긴장과 갈등의 과정을 겪게 마련이다. 이런 의미에서 독서의 매순간은 예상과 기억의 변증법적인 관계를 이룬다고 할 것이다. 이런 만남의 과정에서 독자는, 일관성 있는 의미 형성을 유지하려고 노력한다. 만약 일관성 있는 의미 형태의 구성에 실패하는 경우 독자는 다시 거슬러 올라가서 수정을 가하며 일관성 있는 의미 형성을 다시 시도한다.

이저가 독서 과정과 관련하여 탐구하고 있는 또 다른 영역은 독자의 이미지 형성 과정이다. 독자는 독서 과정에서 무의식적으로 어떤 이미지를 계속 형성해간다. 독자는 텍스트의 도식화된 여러 측면이 암시하는 대상을 상상해 가면서 종국에는 이것을 어떤 관념으로 발전시키게 된다. 그러니까 텍스트의 기대와 독자의 경험이 서로 짜이는 과정에서 하나의 이미지가 형성되는 것이다. 이것은 이미 존재하는 어떤 것에 일치하지 않기 때문에 창의적 구체화라고 할 수 있다.

문학 텍스트의 구조가 구체화되는 또 다른 과정은 텍스트의 빈자리를 채우는 작업이다. 독서란 텍스트와 독자 사이의 소통으로 이루어진다고 본다면, 텍스트에서 드러난 것과 숨겨진 것에 대한 독자의 반응은 새로운 의미를 만들어내는 데 중요한 몫을 한다. 텍스트의 드러난 부분은 독서 행위를 조정하지만, 드러나지 않은 부분은 독자의 운신 범위를 넓혀 준다.

이저가 말하는 '공백(blank)'이 텍스트에 있어서 유예된 연결 가능성을 뜻한다면, '부재(vacancy)'는 비주제적 부분을 말한다. 그러므로 공백과 부재는 독자가 텍스트를 읽어가면서 하나의 문학 작품을 만들어가는 경로를 보여준다고 할 수 있다. 특히 '부재(不在)'의 처리는 새로운 주제에 대한 독자의 관점을 조정해 주는 중요한 과정이라고 할 수 있다.

문학 텍스트와 독자가 독서 과정에서 서로 맞부딪치는 또 다른 상황이 있는데 이저는 이것을 부정(negation)이라고 한다. 앞서 말한 공백과 이 부정은 다같이 독자 텍스트의 소통을 제한하고 있지만 그 방법이 서로 다르다. 공백은 텍스트의 여러 관점 사이를 연결하도록 개방해 놓고 있어서 독자의 자율성을 열어 주고 있는 반면, 부정은 독자가 친숙한 것을 취하하거나 수정하도록 요구하고 있다. 그러니까 이 공백과 부정은 텍스트의 중요한 구성요소이지만, 이것들은 독자로 하여금 교섭 과정을 제재하면서도 동시에 활성화하는 작용을 하고 있는 것이다.

독자는 이와 같이 문학 텍스트가 미치는 여러 가지 영향을 받으면서 그 구조를 자신의 제한적 조건 밑에서 수용하고 또 새로운 의미 형성을 해 나간다. 이 과정에서 독자는 텍스트 구조 속에서 갈등, 부정, 연결, 보완, 분류, 확대, 종합 등의 다양한 여정을 새롭게 즐기는 것이다. 그러므로 독자의 입장에서 수용이라는 말은 고전주의적 작품 해석에서 보듯이 고독한 관조자로서의 수용이 아니라 텍스트의 구조와 직접 교섭을 벌이면서 그것을 심미적으로 구체화하는 적극적인 수용을 뜻하는 것이다.

2) 수용상의 기대 지평과 지평 변환

수용상의 기대 지평(Erwartungs Horizont)이란 독자가 지니고 있는 작품에 대한, 이해, 바람(원하는 것), 사고, 편견까지를 포함하는 기대의 범주인 동시에 수용자가 지닌 작품에 대한 이해의 범위 또는 한계를 나타내는 것이기도 하다. 기대 지평은 수용자의 작품에 대한 선입견, 원하는 것, 이해 등 작품에 관계되는 전체를 포함하여 수용자가 가지고 있는 본능적, 선험적, 전통적 경험, 관습, 교육 등 의식적 또는 무의식적 요소들이 복합되어 이루어진 것이다. 그러므로 이러한 수용자의 기대 지평을 분석하고 그 구성요인을 밝히는 것은 문학 작품 수용 연구에 있어 중요한 작업이 된다.

문학 작품은 작가가 독자에게 전달하고자 하는 내용을 담고 있다. 따라서 작가는 독자에게 어떤 기대를 갖고 글을 쓰게 마련이다. 작가가 특히 말을 걸고 싶어하는 독자를 상상의 독자라고 하는데, 이 상상의 독자는 작품의 구성과 창작의 모티브를 가져다준다. 그러므로 어느 특정한 작가의 작품과 독자의 수용 관계를 고찰하는데 있어서 상상의 독자층을 작가의 기대 지평과 관련지어 살피는 일은 중요하다. 작가의 기대 지평은 작품의 내용과 형태를 결정짓는 중요한 모티브가 되기 때문이다. 문학 작품의 성공여부는 이러한 작가의 기대 지평과 독자의 기대 지평이 상응 또는 알력의 관계로 나타날 때 결정된다. 즉 작품의 심미적 효과에 연계되어 있는 내포된 독자와 실제의 독자가 가지고 있는 기대 지평이 일치하지 않을 때 알력이 생기고 독자는 결국 작품 수용을 거부하거나 지평의 변환을 모색하지 않을 수 없게 된다.

수용미학에 있어서 독자란 문학 작품을 읽고 수용하는 모든 수취인을 지칭하는 것이므로, 작품을 받아들이는 행위자로서 작품을 읽거나 평하거나 이에 관여하는 모든 사람을 다 포함한다. 수용되는 것은 무엇이든지 수용자의 상태나 성향에 따라 받아들여진다고 볼 때 독자가 이미 가지고 있는 그 작품에 대한 기대 지평은 문학 작품 수용의 중요한 요인이 된다. 그러므로 특정한 문학 작품의 수용사 연구는

그때그때 그 작품을 읽는 독자의 기대 지평 분석과 지평 변환의 과정
을 고찰하는 연구로부터 시작되어야 하는 것이다.

4. 이상의 시 「오감도 시제일호」에 대한 수용미학적 고찰

이상 김해경(金海卿 1910-1937)은 27세에 요절한 작가이다. 그의 시작
활동 기간은 1930년대 초, 불과 3, 4년에 불과했지만 일문시 37편을 포
함하여 103편(유고시 포함)의 시를 남겼다. 결핵과 현실적 삶의 절망
속에서 자의식 표출과 초현실주의적 난해성을 특징으로 하는 시를
발표함으로써 작가의 기대 지평을 묵시적으로 제시하고 있다. 이상
은 문학 그 자체나 또는 특정한 문학 작품을 객관화하여 그것을 대상
으로 한 논리적인 글을 전개하거나, 문학에 대한 자신의 기대지평을
이론적으로 제시한 적은 없다. 그의 시 자체가 자신의 "내면세계의 자
의식을 표출하는 기호이며, 그의 소설이나 수필 또한 자신의 내면적
삶의 수사적 표현이라는 점"[3]에서 이상의 문학 작품은 자신의 삶의
궤적을 그대로 드러내는 삶의 모습 그 자체이므로, 다분히 자기 고백
적 성격을 내재하고 있다.

1) 이상의 기대 지평

식민지 상황에 놓여 빈곤과 '유상 무상의 온갖 고(苦)로움'을 안고
살아가야 하는 당대의 현실 앞에서 "이 향토는 향토이기 때문인 이유
만으로 해서 초근목피로 목숨을 잇는 넘우도 끔찍 끔찍이 만흔 성가
신 식구를 가젓다"[4] 고 개탄하고 있는 이상은 가난한 사람들이 가득
찬 이 땅의 빈곤 속에서 작가가 할 수 있는 일이 무엇인가를 묻고 있
다.

---

3 김윤식, <공포의 근원을 찾아서>, 『이상연구』, 문학사상사, 서울, 1987, pp.45~69 참조.
4 이상, 조선중앙일보, 1935년 1월 6일.

> (…) 성서를 팔아서 고기를 사다먹고 양말을 사는데 주저하지 아니
> 할 줄 알게까지 된 오늘 이 향토의 작가가 작가노릇 외에 아모 것도 하
> 는 일이 업시 혹은 하랴도 할 수가 업다고 해서 작품—작가내면생활의
> 고갈과 문단부진을 오직 작가 자신의 빈곤과 고민만으로 트집 잡을 수
> 잇슬가?

생활의 빈곤으로 인한 '작가내면생활의 고갈과 문단부진'의 책임을 작가 자신만이 져야 할 것인가에 대한 대사회적인 질문은 결국 작가인 자신에 대한 물음이기도 하다. 그만큼 당대의 사회적 문제는 빈곤으로 귀착되어 문학을 업으로 삼는 작가의 입지 자체가 위협받고 있음을 알 수 있다. 작가의 빈곤 문제와 사회적 침체는, 억압된 식민지 상황이라는 자각과 더불어 1920년대 중반이후부터 문단 침체의 가장 큰 원인으로 대두된다. 이러한 빈곤과 침체된 일상적 현실에 대한 고발은 그러나 고발된 현실에 대해서 무력한 자아를 확인함으로써 이상은 더욱 강렬한 좌절과 절망을 맛보게 된다. 이상은 결국 자신의 절망적 처지와 현실로부터 도피하기 위해서 수학공식이나 언어의 유희와 같은 시구를 통해 자기 부정과 자기 파괴를 시도하지 않을 수 없게 된다. 따라서, 이상 시에 나타난, 시어의 혁신은 인간 존재의 탐구나 현대 문명에 대한 비판적 관점의 소산이라기보다는 "충족될 수 없는 문학 청년의 욕구와 그것이 빚어내는 감상성을 가리기 위한 극히 의식적이며 고의적인 베일의 역할"[5]을 하는 언어의 유희를 시도하고 있음을 간파할 수 있다. 그러나 이상의 이러한 노력은 대사회적 절망과 자기 분열을 더 깊게 확인할 뿐 절망의 깊은 늪 속으로부터 벗어나지 못한다.

「오감도 시제일호」는 이러한 자신의 절망적 의식을 그대로 표출하고 있다.

---

5 정명환, <부정과 생성> 『작가론총서 이상』, 문학과 사상사, 서울, 1977, p.109.

십삼인의아해가도로로질주하오.
(길은막다른골목이적당하오.)

제일의아해가무섭다고그리오.
제이의아해가무섭다고그리오.
제삼의아해가무섭다고그리오.
제사의아해가무섭다고그리오.
제오의아해가무섭다고그리오.
제육의아해가무섭다고그리오.
제칠의아해가무섭다고그리오.
제팔의아해가무섭다고그리오.
제구의아해가무섭다고그리오.
제십의아해가무섭다고그리오.
제십일의아해가무섭다고그리오.
제십이의아해가무섭다고그리오.
제십삼의아해가무섭다고그리오.
십삼인의아해는무서운아해와무서워하는아해와그렇게뿐이모였소.
(다른사정은없는것이차라리나았소.)
그중에일인의아해가무서운아해라도좋소.
그중에이인의아해가무서운아해라도좋소.
그중에이인의아해가무서워하는아해라도좋소.
그중에일인의아해가무서워하는아해라도좋소.

(길은뚫린골목이라도적당하오.)
십삼인의아해가도로로질주하지아니하여도좋소.

–「오감도 시제일호」전문[6]

절망적인 현실로부터 도피는 막힌 도로를 공포에 싸여 질주하는

---

6 이상,『이상, 한국현대시문학대계 9』, 지식산업사, 서울, 1982, pp.11~12.

비극이며 그러한 절망과 공포의 상태를 무한히 계속해야 하는 무한의 질주인 것이다. 왜냐하면 도주하여도 도주하지 아니하여도 결과는 마찬가지이기 때문이다.

자신의 문학을 냄새나는 '악취미지극(惡趣味之極)'이라고 풍자한 이상은 독자에 의해서 간파될 '교언령색지격(嬌言令色之格)'의 문학적 기교 뒤에 숨겨진 자신의 비극적인 삶과 무기력한 현실 대응의 좌절을 끝까지 감출 수밖에 없음을 시사하고 있다. 왜냐하면, 이상 자신의 문학을 제대로 이해하고 받아들여 줄 수 있는 독자가 당시에는 '야구단 하나 조직할 만큼'도 없음을 그는 잘 알고 있었기 때문이다. 그만큼 그는 자신의 독자가 가지고 있는 당대의 기대 지평을 무시하고 있다. 그 결과 당대 독자의 기대 지평과는 거리가 먼 그의 시는 수용 과정에서 독자들로부터 거부되지 않을 수 없었다.

시 「오감도」가 독자의 항의에 의해서 연재가 중단[7]되었을 때 이상 자신은 다음과 같이 하소연하고 있다.

> 왜 미쳤다고들 그러는지 대체 우리는 남보다 수십년씩 떨어져도 마음놓고 지낼 작정이냐, 모르는 것은 내 재주도 모자라겠지만 게을러빠지게 놀고만 지내던 일도 좀 뉘우쳐 보아야 아니 하느냐. 열아문개쯤 써보고서 시 만들줄 안다고 잔뜩 믿고 굴러다니는 패들과는 물건이 다르다. 이천점에서 삼천점을 고르는데 땀을 흘렸다. (…) 깜빡 신문이라는 답답한 조건을 잊어버린 것도 실수지만 이태준 박태원, 두 형이 끔직이도 편을 들어 준데는 절한다. (…) 다시는 이런 ―물론 다시는 무슨 다른 방도가 있을것이고 위선 그만 둔다. 한동안 조용하게 공부나 하고 따는 정신병이나 고치겠다.[8]

그것은 자신의 시적 기교가 가지고 있는 반전통성과 서구지향적

---

7 조선중앙일보 1934년 7월 24일에서 같은 해 8월 8일까지 연재됨.
8 이상, 「"오감도 작자의말", 박태원의 이상의 편모」, 『조광』, 1937년 6월, pp.142~143.

주지시의 특징을 이해 수용하지 못하는 당대 독자들에 대한 불만이었다. 이상 시의 기대지평은 식민지 치하의 빈곤과 절망적인 현실을 객관화하여, 이를 역사적 관점에서 파악하고, 이에 대응하는 새로운 삶을 개척하려는 의도와 현실 극복의 의지를 결여하고 있다. 그리고 이상의 기대지평 속에는 "이 향토의 작가는 그럼 누구에게 그의 작품을 떠맡길 수 있느냐. 작가는—대체—초근목피 편이냐 응접실 편이냐 (…) 누구에게 읽히느냐, 언제 무슨 힘으로 작품을 내어놓겠느냐, 그러나 문학 본래의 임무는 좀 더 욕심이 큰 것이리라 믿는다"[9]에서 잘 드러나듯이 당대 어느 계층의 독자 또는 역사적 사회적 위치에 구체적으로 존재하는 독자가 상정되어 있지 않다. 다만, 막연히 미래에 불원간 나타날 '나와 똑같이 어리석기 짝이 없는 독자'를 의식하고 있다. 그 결과 이상 시 수용에 있어 그 불확정성은 더욱 확대되고 당대 독자의 기대 지평과의 심미적 거리는 더욱 크게 벌어지게 된다.

이상의 대사회적인 발언 속에 나타난 그의 시대적 삶과 문학에 대한 기대 지평은 현실 대응보다는, ' 문학 본래의 임무는 좀 더 욕심이 큰 것'이라는 문학 자체의 보다 근원적인 세계로 눈을 돌림으로써 작가 된 입장에서 마땅히 가져야 할 긍지가 따로 있음을 제시하고 있다. 따라서 이상은 결국 스스로 독자의 기대 지평으로부터 도피하고 멀어지기 위해서 의도적으로 내면적 폐쇄성과 자의식 속에 가두어진다. 그 결과 이상 시의 불확정성, 즉 독자가 채워야 할 공백은 더욱 확대되고 단순 독자들에 의한 심미적 수용은 거부되거나 불가능하게 되는 반면 분석 독자들의 지적 호기심을 유발하는 모티브가 된다. 다만 그의 시적 기교가 서구 현대시의 경향과 연계되어 있음으로 해서, 새로운 독자들에 의해서 논구되고 새롭게 수용될 수 있는 문학적 효과 구조로 확대되고 있는 것이다. 더구나 이상을 식민지 시대 지식인의 삶의 한 양상으로 객관화함으로써, 이상 시의 기대 지평과 그러한

---

9 이상, 조선중앙일보, 1935년 1월 6일.

시적 기교가 나오게 된 원인까지를 규명하는 독자의 지평 변환을 촉구하게 되는 것이다.

2) 당대와 해방 전 수용 양상

이상의 우리말 시가 처음 발표되어 독자에게 읽히기 시작한 1933년 7월 이후, <오감도>가 조선중앙일보에 연재되었을 때, 즉 1934년 7월 24일부터 8월 8일 까지 단순 독자들의 반응을 본다면 거센 항의가 빗발치는 거부 그 자체였다. "무슨 개수작이냐" "미친놈의 잠꼬대냐"하고 독자들에게서 투서가 답지하여 신문사에서 머리를 앓았다"는 것으로 미루어 가히 짐작이 가고도 남는다. 당대 독자들 특히 단순 독자의 반응은 이상 시의 난해성과 반전통성 때문에 수용이 거부되었을 뿐만 아니라 비난과 지탄의 대상이 되었다. 이상 시는 당대 독자의 기대 지평에 상응되거나 접근되어 있지 못함으로 해서 쉽게 수용되지 못하고 '알 수 없는' 난해시로 낙인찍히게 된다. 이처럼 당시 문단에서도 이상은 특별한 존재로 인식되어 화제의 주인공이 되기도 하였다. 당대 독자들 중에서 분석 독자로서 우호적인 자세를 취했던 비평가들은 임화, 김기림을 들 수 있고 반면에 혹평을 하였던 비평가는 김억이었다.

임화는 이상 시에 대한 당대 독자로서 최초의 반응을 보인 분석독자 즉 비평가였다. 임화는 "어떤 순간의 어늬 '인테리'의 '절망적 독백을 그대로 기록한 것이다. (…)이곳에는 특별히 시인 자신을 노래한 만큼 이시의 작자의 전모가 표출되여잇다. 자기 자신이 자기의 사(死)를 선고한 사람, 자기의 시 (…)이것은 둔주적(遁走的)인 한 '인테리'의 자화상이다"[10] 라고 하면서 이상의 시를 주지주의적 시로 그 테두리를

---

10 임화, 「삼삼년을 통하여 본 현대조선의 시문학」, 조선일보, 1934년 1월 8일. 실제로 이 비평은 1933년 7월 <카톨릭 청년> 7월호에 실린 이상의 시 「일구삼삼·육·일」에 대한 언급이지만 참고로 사용함.

한정함으로써 이상 시 수용의 지평 구성에 큰 영향을 주고 있다.

김기림은 1934년 7월 조선일보 <하기예술강좌문예편>에서 「현대시의 발전」이라는 제목으로 현대시의 특성을 10회에 걸쳐 연재하고 있다. 그 가운데 이상의 시를 언급한 부분을 중심으로 살펴보면 김기림은 "이상은 사실 우리 중에서 누구보다도 가장 뛰여난 슈-르레알리즘의 이해자다. 이 시도 역시 슈-르레알리즘의 시라고 규정해도 조흘 것같다. (…)독자가 이 시를 대할때는 위선 과거의 전통적인 어법이나 문법의 고색창연한 정규를 내던지라는 것이다. 시인은 오히려 거진 고의로 그러한 것을 이 시 속에는 무시하엿다. 그러한 낡은 옷을 이러한 발랄한 운동시 우에 억지로 이피는 것은 위험하고도 무용한 일"이라고 하여 이상 시의 특성과 수용에 있어 문제점이 무엇인가를 지적하고 있다. 당대 독자인 김기림의 반응은 이상 시의 특성을 서구의 모더니즘, 다다이즘, 초현실주의의 관점에서 해명하고 있다. 따라서 김기림의 이상 시 수용과 당대 독자로서의 반응은 이상 시의 난해성을 옹호하고 그 특성을 해명하는 방향으로 전개되었다.

안서 김억은 시에 대한 전통지향적 기대 지평을 가졌던 시인인 만큼 반전통성을 앞세운 이상의 시의 수용에 대한 거부 반응을 보이고 있다. 김억은 이상의 시를 '시가 아닌 산문내지는 기지', '의미조차 분명히 알 수 없는 더듬이말' '시가의 기초가 되는 인류공동감정과는 사뭇 다른 감정'을 드러내고 있는 '작난' 내지는 '류행병'으로 받아들인다. 김억이 가지고 있던 한국 시에 대한 기대 지평과 이상시의 심미적 특성이 벌려 놓은 심미적 간격이 그만큼 컸기 때문에 야기된 알력 관계를 드러내고 있는 것이다.

당대 독자들의 이렇게 엇갈리는 수용 양상은 이상의 죽음을 계기로 수많은 분석 독자들의 관심을 갖게 하며 동시에 이상의 시에 대한 독자의 지평 확대를 가져온다. 이상의 삶과 죽음에 대한 당대 독자의 이러한 반응은 이상 시 수용에 있어 새로운 독자들에 의해 더욱 확대

심화되어 나타난다. 즉 빈곤과 절망 속에 갇혀 죽어간 식민지 지식인 이상의 시 세계를 역사적 상황과 결부시켜 수용하는 방향과 현대성 의 선구자로서 실험된 이상 시의 특성을 재조명하는 방향으로 확대 된다.

3) 해방 후 수용 양상

이상 시는 발표 당시 당대 독자들의 반응과는 달리 해방 후 독자의 반응이 활발히 전개되었다. 분석 독자들의 이상 시 연구 논문과 평설 이 현재까지 200편을 넘고 있어 한국 시인 가운데 가장 많이 연구되어 온 시인 가운데 한 사람이 되었음을 알 수 있다. 뿐만 아니라 현재에도 계속 연구 논의되고 있음을 볼 때, 이상 시가 가지고 있는 내재적 특성 과 아울러 독자의 지평 변환과 밀접하게 관련지어져 있다. 볼프강 이 저의 이론에 따른 불확정성에 의한 공백, 즉 독자가 채워 넣어야 할 심 미적 구체화의 폭이 그만큼 넓기 때문이다. 독자의 수용 과정에서 그 미확정된 허상성은 작품을 독자에게 개방하여 활성화된 심미적 구체 화를 가능케 하는 동시에 독자의 수용 의식(즉 기대 지평)에 의해 재구 성될 작품의 문학적 효과 구조인 것이다. 이상 시에 대한 독자의 지적 호기심이나 다양한 수용을 가능케 하는 것은 바로 이 불확정성 때문 이다.

조연현의 「자의식의 비극」과 「근대정신의 해체」는 이상 시 작품의 분석을 통한 첫 번째 비판적 수용이라는 점에서 이상 시 수용에 새로 운 방향을 제시했다는 의의를 획득하게 된다. 조연현은 특히 「근대 정신의 해체」에서, 이상 시의 현대문학적 성격은 주지적 성격에서 비 롯되는 것으로, 그의 시는 언어 조직을 감정적 질서 위에 두지 않고 특 수한 지적 구조에 두고 있기 때문에 난해성을 유발하고 있으나, 지적 인 것이 난해성에 직결되는 것이 아니라 이상 시의 지적 구조가 특수 하기 때문이라고 보고 있다. 「오감도 시제일호」의 용어나 구절이 난해해서가 아니라 전체적 의미나 내용이 난해하기 때문에 일반 독자들은 어떤 의미와 내용을 시인이 전달하고 표현하려했는지 알 수가 없다는 것이다. 그것은 전체적인 의미나 내용보다는 그것을 표현하기 위한 지엽적인 부분만이 표현의 완전을 얻었을 뿐 시의 근본적인 의도인 전체적인 통일된 의미나 내용은 완전한 표현을 얻지 못했기 때문이라고 보고 있다. 중요한 것은 언제나 전체적인 통일된 의미나 내용이지 그것을 표현하기 위한 지엽적인 각 부분이 아니므로 전체적인 의미를 발견하는데 있어 난해한 지엽적인 각 부분의 완성은 정상적인 시의 정도라고 볼 수 없다는 것이다. 이상의「오감도 시제일호」는 '생의 전체적인 표현이 못되고 자기의 파편적 감정이나 이미지를 표현'함으로써 '자기의 통일된 전체적 의미표현에 실패' 한 것으로 간주된다. 따라서 문자의 주관적 '쾌락 원리'에 의한 '해사적(解辭的)' 표현 방법이 난해성을 유발한다고 보았다. 이러한 이상 시의 '해사적' 특성은 1950년대 김춘수에 의해 이상 시 형태가 보다 구체적으로 연구되는 계기를 마련해 주기도 한다.

이상의 시 작품을 수용하기 위한 분석 독자들의 본격적인 연구가 시작되는 것은 1950년대 이다. 6·25 전란 후 밀어닥친 서구의 전후 문학이 동시에 확산 수용되면서 이상 시 논구는 분석 독자들에 의해 활발히 전개되었다. 그것은 이상의 시가 가지고 있는 서구 지향적 특성이 1950년대 분석 독자들의 기대 지평에 근접되어 있는, 다시 말해서 한국 시로서는 드물게 서구의 전후 문학과 연계시킬 수 있는 특성을 내재하고 있었기 때문이다. 즉 부조리한 삶 속에서 실존적 자아를 자각하려 했던 이상의 저항 정신은 실존주의적 앙가쥬망의 문학 이론에 경도된 당시의 분석 독자들에게 지적 호기심을 불러일으키게 하는 충분한 동인이 될 수 있었다. 이러한 비평가들의 예로는 김우종과 이어령 등이 있다. 이 같은 이상 시 수용 양상은 1960년대에까지 이어졌고 60년대 후반에 와서야 이상 시를 한국 문학의 흐름 속에 넣어 수용하려는 방향으로 유도된다.

조동민은 이상 시의 다다(Dada)적 경향을 과격파 모더니즘의 반이지주의에 바탕을 두고 있다고 보았다. 특히 일본의 키타소노 카츠에(北園克衛)의 영향을 받았음을 구체적 작품을 통해 비교 검토하고 있어 이상 시가 당시 일본 모더니즘시의 직접적 영향에서 출발하고 있음을 확인하고 있다. "이상의 작품 속에서 합리성이나 논리성을 발견하려고 하는 것은 큰 잘못이다. 이러한 비합리성을 먼 문학 작품에서 공통적으로 느낄 수 있는 것은 추상적 경향인데 이 추상적 경향은 20세기 예술이 낳은 하나의 특성"이라고 전제하고 있는 조동민은 다다와 초현실주의적 특성에서 비롯된 이상의 시의 특성을 「오감도 시제 일호」를 예로 하여 다음과 같이 해명하고 있다.

① 영상의 독립된 상태 - (영상의 분할 - 13개의 영상이 모여서 된 형태)

② 동일영상이 계속 반복되는 현상 - (분할된 영상들을 일정한 통일성으로 종합)

③ 영상의 분할과 아울러 관점의 분할을 갖는 복수관점 - (복수관점은 사물을 투시해 봄으로써 가시적인 위치에 옮겨놓는 의식의 형상화 현상)

④ 언어의 추상화 - (일상의 경험적 관념으로는 상통되지 않는 난해성)[11]

등을 제시하여 50년대 이어령 등에 의해 규명된 이상 시의 특성을 보다 세분화하고 구체화함으로써 서구 문학 이론의 테두리 안에서 이상 시를 수용하고 있다. 이 같은 이상 시 논구의 방향은 점차 다양하게 확산되어 70년대와 80년대에 와서도 계속 이어지게 된다.

---

11 조동민, 「Cubism을 통해서 본 한국의 해체시 -이상의 다다적 요소의 근원을 밝히면서」, 『문호』
　제5집(건국대 1969년), pp.150~156.

이와는 달리 서구 전후 문학의 한 특성인 불안 문학의 테두리 안에서 이상 시를 수용하려는 새로운 분석 독자들이 대두되기도 한다. 이상의 시「오감도 시제일호」에서 '구라파의 다다를 연상' 할 수 있다고 본 그는 '서구의 불안 문학의 주류적 사유형식은 자아 탐구 - 자아 분열 - 자아 해체의 선으로 성숙된 작가의 직계로 이상'을 들지 않을 수 없다고 주장하고 있다.

이상 시를 한국 시의 흐름 속에 넣어 내용 중심으로 해명하고 있는 서정주는『이상과 그의 시』(1969.5)에서 이상 시의 특성을 ①서정의 심화 ② 비논리적 논리성 ③ 초윤리적 성격 ④ 극도의 절망에서 오는 체념이라고 지적하고 있다. [12] 이 중에서 특히 ④ 극도의 절망에서 오는 체념에서「오감도 시제일호」의 13인의 아해를 당시 우리나라 13도로 보고 '무서운아해'와 '무서워하는아해'를 일제의 중압에 무서워 떨던 시대적 상황과 결부시키고 있다. 결국, 나라 잃은 민족적인 절망과 폐병환자라는 개인적인 절망은 극단의 절망 속으로 빠져들어 묘한 체념으로 나타나 있다고 보았다. 서정주의 이 같은 이상 시 수용은 지나치게 한국적 현실과 결부시켜 비약시킴으로써 이상 시의 형태나 언어 구조의 특성은 도외시되고 표현내용마저도 왜곡되어 수용되어 있다. 그러나 서구 지향적인 이상 시를 한국의 역사적 배경과 결부시켜 전통적인 한국 시와 같은 선상에서 이해하고 수용하려는 시도는 다수의 한국 시 독자들의 기대 지평에 이상 시에 대한 낯설음과 경외감에서 벗어나 친근감을 갖게 하는데 이바지하고 있다.

이상 문학을 한국 문학사와 동시대성의 접점에서 수용하고 이를 재검토하고 있는 60년대 분석 독자로는 정명환, 이보영을 들 수 있다. 특히 이보영은「오감도 시제일호」가 처음부터 엄밀히 계산된 수학적 질서를 유지하며 공포가 전개되어 있음을 강조하면서, 시라기 보다는 도해라고 하였다.

---

12 서정주, 이상과 그의 시,『한국의 현대시』, 일지사, 1969, pp.201~212.

‘무서운아이’는 바로 ‘무서워하는아이’다. 이것은 역설이다. 심오한 역설에는 반드시 의미의 질적 비약이 따른다. (…) 흔히 보편적인 것은 직접적으로 파악되기보다는 오히려 자체부정을 통해 역설적으로 파악된다. 그리고 그 역설적 표현이 심오하면 할수록 대립물의 서로 튕기고 끌어당기는 힘도 커질 것이다. 그런데 상(箱)의 역설에는 그런 힘이 없다. 심하면 의미의 기계적 양적 변화에 그친 것들도 많다. (…)

출중한 역설 표현은 ‘무서운아이’와 ‘무서워하는아이’의 그것이요. 더욱이 괄호구이다. ‘막다른골목’과 ‘뚫린골목’이 갖는 한 쌍의 역설은 판단보류의 음영을 가지고 있어, 다른 시행에는 없는 감정적 토온이 있다.

이런 교묘한 방법에도 불구하고 역시「오감도」의 공포는 박진력이 없이 허공에 떠있어 보인다. 이것은 상(箱)만의 불행이 아니요 현대시가 걸머진 불행이다. 자의식은 중심을 잃어 앎과 느낌은 괴리된다. 무섭되 내가 느끼는 무서움이 아니요 아파도 아픈 줄을 모른다.[13]

이 같은 이보영과 정명환의 이상 시 수용과 연구는 독자의 지평 변환에 한 방향을 제시하여 70년대 이후 독자의 이상 시 수용의 확산과 지평 확대에 이바지하고 있다.

이상의 시가 현대 서구 시의 어떤 시 운동이나 시 유파의 모방 내지 영향의 소산으로 본다든가 그것이 어떤 경로를 밟아 그렇게 되었다든가하는 이른바 비교문학적 해명보다도 더욱 중요한 일은 이상 시 자체에 대한 실제 비평적 검토일 것이라고 보고 있는 김종길은「오감도 시제일호」를 중심으로 이상 시를 어떻게 수용해야 할 것인가를 밝히고 있다.

임종국의「오감도 시제일호」해석 가운데 다음과 같은 부분이 있다.

이 기묘한 공포의 일군 (…) 그들에게는 <무서운아해>가 일인이건

---

13 이보영,「질서에의 의욕 - 이상재론」,『창작과 비평』, 12호 (1968년 11월), pp.721~726.

이인이건 또 <무서워하는아해>가 이인이건 상관이 없다. 또 <다른 사정>은 있어도 무방하겠지만, 그보다는 <없는 것이 차라리 나았다>. 침해가 있다. 그 침해를 모면하려는 노력은 무의미하다. (…) 다음 또 하나의 요점은 <십삼인의 아해>가 무엇을 암시하고 있느냐는 것이다. 그리고 이것은 <최후의만찬>에 합석한 기독이하 십삼인을 지칭한다. 따라서 이는 기독교 문명을 거쳐 인류의 문명을 연상 상기케 하는 어구다.[14]

위 부분에 대해서, 김종길은 "이상 비평에 있어 개척적이요 어쩌면 고전적인 의의를 누릴 수도 있을 것 같고, 「오감도」를 '절망적 양상'으로 파악한 해석은 대체로 그리 어긋나지 않으며 세부적 천착이 날카로우나 지나치게 단정적으로 일반화"하고 있음을 지적하고 있다. 특히 '십삼인의아해'에서 십삼이라는 숫자를 "최후의 만찬에 합석한 기독이하 십삼인을 지칭"하고 있다는 해석을 통해 도출된 배반자 및 피배반자라는 것과 존재의 침해라는 논리적 비약을 지적하고 있다. 십삼이라는 숫자의 해석과 단정은 온당하지 못하며 지나치게 비약적이라고 지적한 김종길은 13의 숫자는 불길한 예감을 주는 숫자 일 수도 있고 조선 13도를 연상할 수도 있는 것으로 보고 있다.

김종길은 「오감도 시제일호」에 있어서의 아해들이 처해 있는 사회적 상황, 즉 '무서운아해'가 그들 사이에 있으면서도 서로 그것이 누구인지도 모르고 모두 똑같이 공포를 느끼면서 도로를 질주하고 있는 답답한 상황을 제시하고 있다고 보았다.

그중에일인의아해가무서운아해라도좋소.
그중에이인의아해가무서운아해라도좋소.
그중에이인의아해가무서워하는아해라도좋소.
그중에일인의아해가무서워하는아해라도좋소.

---

14 임종국, 「이상연구, '절망적 양상'」, 『이상전집』, 제3권, 태성사, 서울, 1966, pp.266~270.

이 부분의 의미는 진술의 표면적인 뜻에 있다기보다도 이 작품의 화자 자신의 태도 내지 심적 상태에 있어 보인다고 전제하고 이 공포의 광경 앞에서 화자 자신이 눈앞의 현실에 대하여 사실에 대한 감각 내지 의식을 잃어 가는 일종의 실신 상태라고 보고 있다.

그것은 화자 자신이 이 공포의 정황을 직시하고 관찰자로서 사실 대로 보고할 능력을 상실한 상태로서, 어떤 뜻에서는 관찰자로서의 화자가 그 정황 속으로 말려 들어가 관찰을 포기했음을 뜻하고 있다고 보아 그 공포의 정황이 얼마나 절실한 것이었는가를 해명하여 주고 있다. 이처럼 이상 시를 시대적 분위기나 정황에 결부시켜 수용하고 있는 김종길은 이상 시 수용의 또 다른 한 측면을 제시하고 있다. 즉 공포에 억눌렸던 식민지 시대의 한국적 현실과 역사성 속에서 이상의 시를 수용해야 한다는 다음과 같은 결론은 이상 시 수용의 지평 확대에 크게 공헌하고 있다.

> 적어도 「오감도 시제일호」를 두고 볼 때 이상의 시세계란 직접적이든 간접적이든 그것이 생산된 시대 및 사회와 무관한 것이 아니며 이 작품의 경우에 있어서처럼 그것의 처절한 축도로서의 의미를 지니게까지 한다. 그리고 그것은 항용 무의미를 가장하지만 결코 무의미한 것이 아니라 적어도 성공한 작품의 경우에는 「오감도 시제일호」에 있어서처럼 가장 고도의 의미를 담고 있는 것이다. 이러한 뜻에서 이상 시를, 현실을 외면한 터무니없는 언어의 장난으로 생각하려는 사람들은 우선 그의 시의 성질에 대한 자신의 이해 부족을 깨달아야 할 것이다.[15]

이상 시 「오감도 시제일호」에 나타난 불안과 절망을 식민지 시대 역사적 상황과 결부시켜 이상의 시가 생산된 시대의 '처절한 축도'임을 전제로 수용하고 있다. 따라서, 이상 시가 '항용 무의미를 가장하지

---

15 김종길, 「무의미의 의미」, 『문학사상』, 1974년 4월, p.329.

만' 고도의 의미를 담고 있음을 간과해서는 안되며, 이상 시를 '현실을 외면한 터무니없는 언어의 장난'으로 보거나, 서구시의 모방이나 영향의 소산으로만 한정하는 수용은 지양되어야 한다고 보았다.

이상 문학을 정신분석학적 논구를 통해 해명하고 수용하려는 새로운 이상 시 수용 현상은 70년대에 대두되어 이상 시 수용의 지평확대를 이룩하고 있다. 그만큼 이상의 삶과 문학은 독자의 지적 호기심을 유발하고 있으며 시간이 흐를수록 이상 시 수용의 다양한 방법론이 대두되고 있다.

김종은은 「이상의 정신세계」에서 「오감도 시제일호」를 예를 들어 시인 이상의 정신분석학적 특징인 양가치(Ambivalence)[16]에 대해서 해명하고 있다.

> 이 양가치는 이상의 시작 전반에 걸쳐 투사(Projection), 상동증(Stereotypy), 음송증(Verbigeration) 따위의 방어 기전으로 보기 좋게 수식되어 있다.
>
> 예를 들어 「오감도」라는 제하에 연재된 15편의 그의 연작시가 바로 그것이다. 새 조(鳥)자 대신 까마귀 오(烏)자를 등용시킨 것 자체가 벌써 암담한 불안을 연상시키는 것이지만, 13인의 아해가 도로를 질주하는 것으로 시작되는 시 제1호는 위에서 지적한 모든 요소를 숨김없이 노정시킨 것이라 할 수 있다.
>
> <「오감도 시제일호」예>
>
> 이 시에서 그는 十三인의 어린이가 도로를 걸어가지 않고 질주한다면서 불안을 전개시킨다. 뿐만 아니라 그 도로라는 것이 툭 뚫어진 대로가 아닌 막다른 골목이라 함으로써, 마치 고양이에 쫓기는 쥐를 연상시키는 절박감을 불러일으킨다. 이러한 일정한 상황 설정에 이어 제1의 아해에서부터 13번째 아해에 이르기까지 모두 무섭다고 그런다는

---

16 정반대되는 생각이 동시에 같은 값어치로 나타나면서 도무지 결정을 짓지 못하는 심리현상을 말하며 정신분석학에서는 이를 가리켜 불안의 가장 보편적이며 근원적인 요소라고 보고 있다. 갈까하는 생각과 꼭같은 순간에 정반대인 가지 말까하는 생각이 같은 비중으로 떠오름으로써 야기되는 심리적 갈등 상태가 바로 양가치라고 말 할 수 있다.

말을 열 세 번 되풀이하면서 불안을 더 한층 극화시킨다. 일정한 말을 되풀이하는 상동증이나, 마치 중이 념불하듯이 별 뜻도 없는 말을 계속 중얼거리는 음송증은 불안에 이은 긴장이 고도화함으로써 발병하는 긴장형의 정신분열증 환자에게서 흔히 볼 수 있는 증세인 것이다. 그러나 그것까지는 약과다. 그 다음에 이르러서는 '무섭다고 그러는 아해' 자신이 곧 정반대인 무서운 아해로 둔갑하는가 하면, 끝에 이르러서는 막다른 골목은 뚫린 골목으로 둔갑해 버리는가 하면, 아예 13인의 아해가 도로를 질주하지 않아도 좋다면서 어이없이 끝을 맺는다. 여지없는 양가치의 노정이다.[17]

순수하게 정신분석학적 해명을 시도하였던 분석적 독자로는 김종은 이외에도 정귀영 등이 있었다. 1970년대에 들어 주류를 이루었던 정신분석학적 흐름[18]은 또 다른 지평 확대에 공헌하였다고 할 수 있다. 곧이어 1980년대에는 수많은 분석 독자들의 연구적인 성과가 빛을 발하는 시기이다.

1985년 12월『문학사상』지의 이상 시 특집을 통해서 다각적인 연구 성과가 있었는데 그 중에서「오감도 시제일호」에 관련된 분석독자들로는 김용직과 김열규를 들 수 있다. 김용직은「오감도 시제일호」를 예시하여, 종래의 통사적이고 농축된 언어 구조를 의도적으로 파괴하고 있는 이상 시의 해사성(解辭性)을 보여주고 이는 그때까지의 전통적인 한국 시가 지녔던 시 제작의 불문율을 송두리째 부정 배제함으로써 파격을 넘어선 파괴일변도의 상태로 보일 정도라고 지적하였다. 반면 김열규는「오감도 시제일호」는 지적 책략이었다고 주장하면서, 이상의 책략은 장난기 바로 그것이었고 그의 장난기는 이상의 당대 사회에 대해서 가지고 있었던 '회의'이며 '냉소' 바로 그것에서 비

---

17 김종은,「이상의 정신세계」,『심상』, 1975년 3월, pp.84~85.
18 그 중에서 윤재근의「이상의 시사적 위치」(『심상』1975년3월)에서 그는 이상의 시에는 자연과 역사가 빠져있음을 강조하고, 특히 역사가 이루어 온 한 종족의 집단무의식이 철저히 외면되고 있기 때문에 난해성을 유발하고 있다고 했음을 상기할 필요가 있다.

롯하고 있으며 동시에 그의 회의와 공포는 매우 주지적인 색조를 띠고 있다고 보았다. 여기에 이르면 이상의 시는 난해한 서구 시의 모방이라는 도식적 수용의 지평을 넘어, '지적 책략'을 내재한 당대 사회에 대한 냉소적인 대응의 한 양상으로 확대된다.

1970년대부터 이상의「오감도 시제일호」를 해설하고 분석한 시도는 김현승의『한국현대시해설』(1972), 그리고 조남익의『현대시해설』(1978), 최원규, 신용협, 이승원『한국현대시의 이해와 감상』(1982), 장윤익『한국대표시평설』(1983), 문덕수『현대시의 해설과 감상』(1985), 이승훈『이상 시 연구』(1987) 등이 있다.

이 중에서 특히, 문덕수는「오감도 시제일호」가 이상의 대표 시라고 할 수 있는 작품이라고 하면서 식민지 지식인의 좌절과 절망, 불안과 공포를 나타내고 있다는 역사주의적 관점에서 해석하고 있으며 존재론적 해석과 정신분석학적 해설에 대해 언급한 다음 13이라는 숫자, 도로의 의미, 질주의 의미 등을 해명하고 끝으로 이 작품의 율격에 대해 검토하고 있다.

또 장윤익은 주로 정신분석학적 입장에서 분석 해명하고 있다. 그는 이상의 시「오감도 시제일호」는 긍정적이든 부정적이든 한국문학사에 있어서 가장 문제성을 띤 특이한 시로써 논의의 대상이 되어 왔다고 전제한 뒤, 논의의 중심은 이상 자신의 '자의식 과잉'이나 '다다나 슈르의 수용'등의 관점이었다고 지적하고 있다. 이러한 점에서,「오감도 시제일호」해석은 어느 정도는 사회성과 관련이 있겠지만 그보다는 개인의 내적 의식에 더 많은 비중을 두어야 한다고 주장하였다. 따라서 1930년대 시의 내용과 형식의 해체를 창작 기법으로 삼은 이상 시의 난해성은 그 내면적인 병적 증상에 더 많이 기인하는 것이므로 '피해망상증', 음송증, 신어작화증, 감정장애' 등의 분열증 현상이 시의 내면에 깔린 것으로 보아야 한다는 것이다. 그러므로 의도적인 내면 추구를 행한 자의식의 한 방법 요소가 되는 난해성을 보여 주었다기 보다는 자의식 과잉에 의한 해체의 성격을 전제로 이해하고 수용해야 된다고 보았다. 즉 시「오감도 시제일호」는 초현실주의나 다다이즘과 다소 상통은 하고 있으나 그보다는 '내적 증상인 자폐증'의 범위 안에서 시적 난해성을 규명해야 한다는 것이다. 그리하여 이상의 문학은 어떤 의미와도 손이 닿지 않는 데에 그 난해의 한계성을 볼 수 있으며, 굳이 의의를 붙여 본다면 '무의미의 의미'라는 느낌의 시로 특징을 삼아야 한다고 보고 있다. 1987년에 나온 이승훈의 「<오감도 시제1호>의 분석」은 문맥, 기법, 문체를 살펴보고 있다. 이승훈은 시「오감도 시제일호」를 시적 경험의 세계에 직접 참여하지 않고, 일정한 거리를 두고 자신의 의견을 진술하는 설명 시라고 분류하면서, 이 시가 이야기하는 것은 현대인이 실존을 체험하는 불안이며, 시 속에서 "화자는 그러한 불안에 대해 일정한 거리를 유지하면서 스스로를 풍자"한다고 보고 있다.

1990년대에 들어서서는 이상의 시「오감도 시제일호」에 대한 보다 심층적이고 참신한 시각적 수용 양상을 그 큰 특징으로 볼 수 있다. 1990년대에도 끊임없이 이상 관련 학위 논문들이 그 위세가 감소되지 않고 배출되는 가운데, 최학출[19]은 시「오감도 시제일호」가 형식적으로 수학적 기호체계의 한 변형이라고 하면서, 외면적인 동질성과는 달리 내면적인 이질성을 설명하고 있다. 1994년 다량의 이상 관련 논문들[20]이 나오는데, 그 중에서 기존의 13인의 아해에 대한 해석적 구구함을 꼬집어, 김주현은 시「오감도 시제일호」에 나오는 13인의 아

---

19 「1930년대 한국 모더니즘시의 근대성과 주체의 욕망체계에 대한 연구 - 김기림, 백석, 이상의 시를 중심으로」, 서강대학교 대학원, 1994.
20 대표적으로 세 편만 든다면 다음과 같다.
　신순철, 심영덕, 「이상문학에 나타난 부정과 소외의식 고찰」, 『경주전문대논문집』, 1994.8, pp.3~22.
　전봉관, 「이상 문학에 드러난 실어증적 징후」, 『한국학보 77』, 1994.12, pp.150~175.
　김주현, 「종생기와 복화술 : 이상 문학의 새로운 해석을 위한 시론」, 『외국문학 40』, 1994.9, pp.146~169.

이는 복화술의 방법으로 이상의 분신이라고 주장하고 있다. 또 그는 골목의 의미까지 삶과 죽음의 문제와 관련이 있고 무서움 또한 그로 인한 것이라고 서술한다. 그래서 이 시에 나오는 수학적 연구의 대상이 되어 왔던 12인이든 13인이든 별로 중요하지 않다는 것이다. 여기까지는 기존의 수용 양상과 크게 다르지 않다고 볼 수 있다.

이상 문학 수용에 있어 일종의 전환점 역할을 한 '사건'이라고 본다면, 1998년 문학사상사의 ≪문학사상≫지령 300호 기념 및 창간 25주년을 맞이하여 이상 문학 재조명 심포지엄을 들 수 있다. 이 심포지엄을 잘 정리해서 내놓은 자료가 권영민의 『이상 문학 연구 60년』(1998)이다. 1990년대 이상 문학 수용 양상을 종합해놓은 자료라고 할 수 있다. 기존에 연구되어진 정신분석학적 입장 뿐 만 아니라, 인접 학문의 시각에서 본 이상 문학의 본질을 탐구하는 방향에서 특기할 만한 자료는 김민수(서울대 산업디자인과 교수)의 「시각 예술의 관점에서 본 이상 시의 혁명성 - 문학적 맥락을 뛰어넘어 시각 예술의 텍스트로 바라본 이상 시」이다. 이 글에서 김민수는 시 「오감도 시제일호」를 문자언어를 도상화된 시각언어로 대치시키는 실험 과정 중의 한 작품으로 보고, '도상화된 이미지'에 주목하고 있다. 이상의 시를 다다계열로 이해하면서도 오히려 다다이즘을 완성하고 그 단계를 뛰어넘는 시로 평가하며, 당대를 뛰어넘는 구체시와도 연결짓고 있지만 이것 역시 초월하는 시로 보고 있다. 김민수에 따르면 "다다이스트들이 우연과 질서의 대립양상을 통합하려 했던 원래의 바람에도 불구하고 절대적 질서와 절대적 우연이라는 양극단의 서로 다른 영역에서 작업했던 데 반해, 이상은 (…) 양극단 모두를 통합하는 '부정 변증법'의 최고 경지를 보여 주었"으며, 구체시의 맥락에서 볼 때 "이상은 구체시인들이 사용했던 구술적 언어의 도움 없이 추상기호와 구조에 의해 구문론과 의미론을 모두 통합시켰다는 것"[21]이다. 같은 책에서 이

---

21 권영민, 『이상문학연구 60년』, 문학사상사, 서울, 1998, p.235.

정호는「<오감도>에 나타난 기호의 질주 - 라캉의 정신분석을 원용한 <오감도> 읽기」를 통해 , 이상의 이름이 '빈 상자'를 의미하는 것임을 환기시키면서, 시「오감도 시제일호」를 포함한 시「오감도」전부가 빈 기표만을 제시하고 있는 시라고 하여, 작가가 의미를 부여하는 것이 아니라 독자가 의미를 찾으라는 폭탄선언으로 보고 있다. 특히, 시「오감도 시제일호」를 "원인과 결과에 기초한 인과법칙을 해체한 빈 자리에 서 있는 시"라고 하면서, "이 시는 단지 무의미한 시에서 끝나지 않고 (…) 언어기호가 무엇을 의미해야 한다는 근본적인 가정을 해체하고 붕괴시켜 언어는 아무 것도 지시하거나 의미하지 않는다는 폭탄선언을 실행할 뿐만 아니라, 더 나아가 일본 제국주의가 대표하는 현대성=이성중심주의=계몽철학을 전복함으로써 도구적 이성이 중심이 되고 로고스 중심주의에 반기를 들고 있다"[22]고 선언하고 있다. 따라서 시「오감도 시제일호」가 "제국주의적인 일본만을 전복하는 것이 아니라, 제국주의가 표방하는 모든 것(현대성, 도구적 이성, 계몽)을 뿌리째 뒤엎고 있는 셈"이라고 강조하고 있다. 이상 시의 폭발적인 수용의 확장을 읽을 수 있는 부분이다.

5. 맺음말

이상으로 부족하나마 이상 당대부터 1990년대에 이르기까지 이상의 대표 시라고 할 수 있는「오감도 시제일호」의 수용사를 간략하게 살펴보았다. 이상의 죽음을 계기로 수많은 분석 독자들의 관심을 끌며 동시에 이상 시에 대한 독자의 지평 확대를 가져온 이후, 1950년대, 1960년대, 1970년대, 1980년대, 그리고 20세기를 마무리했던 1990년대에 이르기까지 끊임없이 시「오감도 시제일호」는 새로운 독자들에 의해 적극적으로 수용되고 재조명되는 방향으로 확대되었다. 같은 시

---

22 위의 책, pp.337~338.

에 대해 읽는 독자에 따라 다양하고 새롭게 읽혀지는 사실을 통해서 독자는 제2의 작가라고 할 수 있을 것이다.

야우스나 이저의 수용미학적 관점을 활용하여 이상의 대표적인 시 작품 「오감도 시제일호」에 대한 수용미학적 간단한 고찰을 해보았다. 수용미학의 논리적 방법론에 얼마나 접근되어 연구되었는지는 검토의 여지가 많다. 그럼에도 불구하고 작품의 수용 주체인 독자를 중심으로 하여 한국 시 흐름의 한 획을 그었던 이상의 시 「오감도 시제일호」의 수용 양상과 수용 내용을 고찰하여 한국 현대시 수용 연구의 한 방향을 제시했다는 점에서 작은 의의를 두고자 한다.

참고 문헌

1. 단행본

권영민, 『이상문학연구 60년』, 문학사상사, 서울, 1998.
김성재 외, 『매체미학』, 나남출판, 서울, 1998.
김윤식, 『이상문학전집 4』(이상연구에 관한 대표적 논문 모음), 문학사상사, 서울, 1989.
김윤식, 『이상연구』, 문학사상사, 서울, 1987.
김유중, 『한국모더니즘문학의 세계관과 역사의식』, 태학사, 서울, 1996.
김종은, 「이상의 정신세계」, 『심상』, 1975년 3월.
박찬기 외, 『수용미학』, 고려원, 서울, 1992.
서정주, 『한국의 현대시』, 일지사, 서울, 1969.
이상, 『이상, 한국현대시문학대계 9』, 지식산업사, 서울, 1982.
이상, 『이상문학전집 1 - 시』(이승훈 엮음), 문학사상사, 서울, 1989.
임종국, 『이상전집』, 태성사, 서울, 1966.
정명환, 『작가론총서』, 문학사상사, 서울, 1977.
차봉희 편저, 『수용미학』, 문학과 지성사, 서울, 1985.
한스 로베르트 야우스, 『미적 현대와 그 이후 -루소에서 칼비노까지』, 문학동네, 서울, 1999.
Hans Robert Jauβ, 『Literatur Geschichte als Provokation del Literaturwissenschaft, 문예학의 도전으로서의 문학사』(『도전으로서의 문학사』 장영택 역, 문학과 지성사, 서울, 1983년.

2. 논문

권희돈, 「수용미학 - 그 한국적 적용의 가능성」, 『청주대어문논총』, 1989.6.
김주현, 「<종생기>와 복화술 : 이상 문학의 새로운 해석을 위한 시론」, 외국문학, 서울, 1994.
우재학, 「이상시 연구 - 탈근대성을 중심으로」, 전남대학교 대학원 박사학위논문,

1998.

이봉신, 「김소월과 이상의 수용미학적 연구」, 건국대학교 대학원박사학위 논문,
　　　1989.

이유선, 「작품의 수용과 영향, 독자의 능동해위 : 새로운 현대문예이론 특강 수용미
　　　학과 영향미학」, 『문학사상』, 1989년 10월.

신순철, 심영덕, 「이상문학에 나타난 부정과 소외의식 고찰」, 경주전문대논문집 8,
　　　1994.

조동민, 「Cubism을 통해서 본 한국의 해체시 -이상의 다다적 요소의 근원을 밝히면
　　　서」, 『문호』, 제 5집(건국대 1969년).

최학출, 「1930년대 한국 모더니즘시의 근대성과 주체의 욕망체계에 대한 연구 - 김
　　　기림, 백석, 이상의 시를 중심으로」, 서강대학교 대학원 박사학위 논문.

1. 머리말

여타 많은 실종시인들[1]중의 한 사람인 유진오(兪鎭五)는 일제 강점기로부터 분단 고착화에 이르는 격동의 시기에 우리 한민족의 울분을 시와 행동으로 보여주었던 행동파 시인이다. 다른 실종시인들과 마찬가지로 유진오에 대한 거론 역시 실제적으로 1988년 이후 해금 조치가 이루어지고 나서부터 본격화되었다고 할 수 있다. 그러나 해금조치 이후 들끓던 해금 작가 연구는 불과 몇 년을 넘기지 못하고 자취를 감춘 듯하다. 유진오에 대해서도 예외는 아니다. 그런데 여기서 굳이 시인 유진오에 대한 논의를 개진하고자 하는 것은 단편적으로 언급되었던 그의 작품 세계에 총괄적인 의미 부여의 필요성을 느꼈기 때문이며, 동시에 이제껏 그의 이름 앞에 거론되어 왔던 여러 별칭들에 대해서 재고해 볼 필요가 있다고 생각되었기 때문이다.

---

1 6·25를 전후로 실종된 문인들에 관한 자세한 사항은 정영진의 『통한의 실종문인』, 문이당, 서울, 1989, pp.18~45 참고.

‘육탄시인 유진오’라든지, ‘전위시인’ 유진오 더구나 임화로부터 ‘인민의 계관시인’[2]이라는 호칭을 받았던 시인 유진오의 비극은 단순히 그 혼자만의 것이 아니다. 비극의 역사를 살아온 이 한민족 전체의 비극인 것이다. 이 시인에 대한 기존 논의는 아직까지도 미비하다. 분단 고착 이전에야 활발한 활동을 했던 유진오이지만 분단 고착 이후 남한의 문단에서 사라진 인물, 이름자조차 거론하지 못했던 인물인 터라 기존 논의가 미비한 것은 당연할 것이다. 게다가 해금 작가들 중에서도 인기가 없었던 작가들 중 한 사람이었다고 말 할 수 있을 것이기에 더욱 그러하다.

여기서 그나마 있는 기존 논의의 윤곽을 살펴보기로 한다.

1982년 백철은 유진오의 「횃불」을 예로 들면서 “격렬한 계급항쟁의 정치의식을 노골적으로 드러낸” 항쟁시라고 평했다[3]. 뒤이어 권영민의 형식적인 간략한 언급[4]이 있고 1988년 『해방기의 시문학』의 「8·15 직후 문학운동과 시문학의 전개양상」[5]이라는 글을 통해서 유진오는 비로소 분단 고착 이후 처음으로 서정성과 투쟁성을 동시에 인정받는 평을 얻게 된다. 이 글에서 오현주는 ‘전위’ ‘유격대’로서의 “성격을 가장 극명하게 보여주는 시인이 바로 유진오”라고 하면서, ‘행동을

---

2 유진오가 옥살이를 하고 있는 동안 임화도 좌익 탄압에 못이겨 아내 지하련과 함께 월북한다. 임화는 유진오를 옥에 두고 가는 것이 못내 미안한지 <옥중의 유진오군에게>란 부제를 단 「계관시인」이란 헌시를 남겼다. 임화는 “비록 감람가지와 월계수가/ 붉고 푸르지 않다 하더라도/ 고난한 조국이 시인에게 주는/ 영광의 화관이었다// 아아 조국의 자유와 더불어/ 우리들 온 조선시인이/ 저마다 부러워하는/ 영광이여 영원하거라//” 라고 하면서 신진시인 유진오의 저항을 찬양함과 아울러 옥중에서 고생하고 있는 유진오에 대한 안스러움과 미안함을 표현하고 있다. 위의 책, pp.73~75 참고.
3 백철, 『신문학사조사』, 신구문화사, 1982년, p.597.
4 권영민은 유진오가 조선문학가동맹의 맹원이었으며, 그는 지리산으로 도망해 빨치산으로 남아 있다가 사살된 바 있다고 언급했다. 권영민, 『한국 근대문학과 시대정신』, 문예출판사, 1983년, p.60 『해방 직후의 민족문학운동연구』, 서울대출판부, 1986, p.28, 참고.
5 오현주, 「8·15직후 문학운동과 시문학의 전개 양상」, 『해방기의 시문학』, 열사람, 서울, 1988, pp.346~349.

요구하는 시인', '무기'로서의 예술, '선동성'과 예술성을 동시에 보여주었던 시 작품들을 '성취한 시인'이라고 평하고 있다. 1988년 해금 조치 이후에 발표된 「육탄시인 유진오의 비극」[6]은 미진하기 이를 데 없었던 생애 및 작가론 부분을 어느 정도 밝혀내는 데 이바지 했다. 1989년 8월에 출판된 김용직의 『해방기 한국 시문학사』에서 유진오는 직설적으로 미군정을 공격하고 당파성을 가장 강하게 드러내는 시인으로 평가되면서, "시가 지니고 있어야 할 말솜씨 같은 것이 상당히 결여되어" 있는 좌파의 행동대원으로 평가받고 있다. 그런데 흥미로운 사실은 이러한 혹평을 가했던 김용직이 2년 후에는 『현대 경향시 해석/비판』에서 유진오의 서정적인 시 몇 편[7]을 예로 들면서 유진오에게도 이러한 서정적 정서가 어려있는 시들이 있음을 삽입시키고 있다. 이는 다분히 정영진의 유진오 작가론에 영향을 입은 것으로 추측된다. 아주 짧은 평론 「행동이 시가 된 자리, 유진오론 」[8]은 유진오의 "시 작품의 상당수는 용해되지 못한 관념의 응어리를 그대로 내보이며 자신의 세계관을 평면적으로 진술하는 경향을 보인다"고 지적하면서, 동시에 「한없는 노래」, 「이대루 가자」, 「조국과 함께」, 「산 」 등의 작품들은 행동을 시로 옮기면서도 감동과 상징적인 면을 드러내고 있기에 "탁월한 성취를 보인 것으로 판단된다"고 덧붙이고 있다. 1989년에 오성호는 유진오 시집 『창』을 엮으면서[9] 유진오가 작품적 실천을 통해 당대 사회의 모순을 고발, 비판하는 데 그치지 않고 대중과의 직접적인 교감을 통해서 그들의 혁명적 의지를 고양하고 구체적인 실천으로 이끌어가는 데 있어 다른 누구보다도 탁월한 힘을 발휘했다

---

6 정영진의 유진오 작가론으로 현대공론 1989년 1월호(pp.420~445)에 게재되었다. 같은 해 9월에 문이당을 통해서 출판된『통한의 실종문인』에 같은 제목의 글이 좀더 보강되어 실려 있다. <해방문단을 들끓게 한 그 선혈한 삶과 죽음의 뒤안>이라는 부제가 붙어있다.

7 「피리ㅅ소리」, 「순이」를 대표적인 예로 들고 있다. 김용직, 『현대 경향시 해석/비평』, 느티나무, 서울, 1991년, pp.352~361.

8 이숭원의 평론, 1989년 『시문학』 6월호, pp.102~109.

9 오성호, 「무기로서의 시」, 유진오 시집 『창』, 민족과 문학, 서울, 1989년.

고 평하고 있다. 같은 1989년에 나온「해방 이후 무장투쟁에 대한 문학
적 형상화」[10]에서 임헌영은 "지리산의 가장 희귀한 전설처럼 전해오
는 시인 유진오에 대한 연구는 아직도 이루어지지 않고 있다"고 간단
한 언급을 하면서 "시인으로서보다도 민주주의의 투사로 짧게 살다
가버린 8·15 직후 무장투쟁의 한 전형을 이룬 시인"으로 유진오를 평
하고 있다. 1990년 신범순은 혁명적 로맨티시즘을 내포하고 있는 진
보적 리얼리즘을 실천하는 신진 전위시인들을 언급하면서 유진오의
초기시들이 정치성과 혁명적 사상성이 투철한데 비해 이후의 시들이
서정성을 드러내고 있음을 주시하고 있다. 이어 유진오의 서정성은
개인주의적인 순수 서정에 머물러있는 것이 아니라 "자신의 치열한
투쟁적 정신에 의해 어릴 때의 풍부한 감성이 성숙된 결과"[11]라고 하
고 있다. 유진오 관련 학위논문으로는 해방기 시의 리얼리즘의 한 예
로 유진오 시 두 편을 분석한 신범순의 박사학위 논문[12]이 있었고, 유
일한 유진오 연구 석사논문 한 편[13]이 1991년에 나와 자료에 큰 기대를
갖고 접했으나 만족스러운 자료들을 속 시원하게 얻을 수 없었다.

　이러한 자료 부족에도 불구하고, 본 소고에서는 유진오의 생애부
분을 간략하게나마 정리해보고, 본론으로 들어가 유진오의 시 세계
를 살펴보고자 한다. 지금까지의 기존 연구는 유진오의 시 세계를 구
체적으로 구분하려고 하지 않았다. 그러나 본 소고에서는 유진오의
시 세계를 다루면서 세 부류로 나누어 살펴보고자 한다. 서정적인 정
서가 많이 배어 나오는 시이면서 동시에 현실성과 현실인식적인 면

---

10 이우용 편저,『해방 공간의 문학 연구 Ⅱ』, 태학사, 서울, 1990년, p.384.

11 위의 책, pp.198~213.

12 유진오의「산」,「향수」를 분석하면서, 전자는 과거의 체험과 현재의 욕망을 뒤섞고 있는 모습이
　　라고 하며, 후자는 체험의 시적 전환에 성공하였고, 그 전환은 죽음 충동을 원초적으로 되돌리
　　려는 어머니의 대지적 사랑의 바탕으로 동물적인 파괴적 공격성으로 나아간다고 한다. 신범순,
　　『해방기 시의 리얼리즘 연구』, 서울대 박사학위 논문, 1990, pp.203~210 참고.

13 박종은,『유진오 시 연구』, 경기대학교 대학원 국어국문학과 현대문학전공 석사학위 논문,
　　1991년.

이 잘 드러나고 있는 현실인식의 서정시들, 전위적 항쟁적 의지가 고조되었던 시기에 씌어졌던 시들이면서 서정적 편린이 느껴지는 전위적 이념시들과 공식적인 낭독시로 쓰여진 그러나 예술성이 배제되지 않은 다분히 선동적인 투쟁시들 등이다.

2. 유진오의 생애

광복 전 시인의 출생연대를 확실하게 알려주는 자료는 없다. 단지 시인이 죽었을 때(당시 29살, 1950년)의 나이로부터 역산해서 그가 1922년 출생했을 것이라고 추정할 뿐이다. 출생지에 대해서도 본적지에 의한 추정으로 전북 완주군이나 전주라고 하는 설[14]도 있으나, 서울 노량진 출생이라는 설[15]도 있다. 시인은 기계유씨 후손으로, 부친은 유치구(俞致九)이고 모친은 남원양씨이며, 맏형은 유진용(俞鎭容)이고, 둘째형은 유진명(俞鎭明)이다. 시인은 4형제 중 막내로 태어났다. 그는 1936년에 중동중학교에 입학하여 1941년 중동학교를 졸업하였고 시인 김상훈과는 중동중학 동창생이었다. 중동중학 당시부터 유진오는 김상훈과 함께 도서반원으로 문학 수업에 열중한 듯하고, 이 무렵 시인도 공산주의 사상에 영향을 받았다고 생각된다. 유진오는 중동학교 재학중에 일본 학생들과 싸움을 자주 해서 경찰서에 잘 잡혀갔다. 이런 이유 때문에 그는 경찰의 요시찰 인물이 되었다. 그는 중동중학을 졸업하고 와세다 예과, 메이지 대학, 동경문화원 등을 다녔다. 그가 학교를 여러 번 바꾸었던 것은 일본 경찰의 감시의 눈을 피하기 위해서였다[16]. 그는 광복전 학병을 피해 중국으로 도망했다고도 하

---

14 정영진, 앞의 책, p.54.

15 cf. 박종은, 앞의 논문, p.10 에 의하면 중동중학교 졸업대장에 시인의 본적이 "경성부 연건정 123" 으로 되어 있다고 한다.

16 유진오가 동경문화학원을 다닌 이유는 당시 그곳이 일본 극우파의 집단지였으므로 경찰의 감시를 피할 수 있었기 때문이다. 그는 동경문화학원에서 동양문학을 전공했다. 특히 조선고전문학을 전공했다.그런데 북한에서 나온 김수경의 『시인은 갔으나 노래는 우뢰친다』(1965년)에 의

며 또한 학병을 피해 일본에서 조선으로 돌아와 태백산장에서 은신하여 초근목피로 2년 정도 숨어 있었다고도 한다.

광복 이후 유진오의 행적은 비교적 단편적 자료로 드러난다. 유진오는 1945년 8월 17일 성북경찰서를 습격하여 일본군을 무장해제 시키고 무기를 빼앗아 무장했다. 그때 그는 성북경찰서 습격 책임자였다. 그의 투쟁성의 일면이 잘 드러나는 사건이라 할 수 있다.

유진오는 시인 오장환을 통해 등단하였다. 현존 자료에 따른다면 1945년 11월에 발간된 『민중조선』[17] 창간호에 무간이라는 호를 사용하면서 「피리ㅅ소리」를 발표함으로써 등단한 것으로 볼 수 있다. 등단 이후 공산당의 전위조직인 공산청년동맹에서 활동하였고, 1946년 1월 공산당에 입당하였다. 오장환에 의해 천거된 유진오이지만 당시 오장환을 앞지르고 있던 좌익 문단의 맹장 임화의 인정과 총애를 받고 싶었던 지라 임화의 문학 이론을 이해하고 실천하는 일이 자기 문학의 성숙으로 보고 기념 행사에 더욱 열의를 바치는 모습을 보였던 것이다. 그리하여 유진오는 시집 『창』의 발간 의의를 "나의 인민의 한 사람으로서의 자각이며, 나의 출발점"이라고 강조하고 있다. 1946년 2월 25일 학병 추모 행사에 「눈감으라 고요히」를 낭독하고 조선문학가동맹에 가입, 이후 격렬한 행동 이념을 담은 시를 차례로 발표한 다음 1946년 9월 1일 국제청년데이 대회장에서 「누구를 위한 벽차는 우리의 젊음이냐?」를 낭송하여 훈련원 광장(현 동대문 운동장)을 가득 메운 10만 청중의 갈채를 받았다고 한다. 그러나 이것이 빌미가 되어 그 이틀 후인 1946년 9월 3일 <미군정 포고령 위반죄>로 구금되었고 1년의 실형에 처해졌다. 해방 이후 시인이 필화사건으로 구속된 첫 번째 사건이었다.

하면 그가 1943년 9월 동경문화학원에서 불란서 문학을 수업하고 있었다고 한다. 위의 논문, p.11, 참고.

17 문학 전문지가 아닌 종합시사지로서 시인 김상훈이 주간으로 있던 잡지였으나 창간호가 곧 종간호가 된 단명한 잡지였다. 정영진, 앞의 책, p.53.

서대문 형무소에서 복역하던 유진오는 1946년 10월 김상훈, 김광현, 이병철, 박산운 등과의 공동 시집『전위시인집』을 발간하였다. 1947년 5월 26일 청주형무소로 이감되어 복역중이던 유진오는 감형처분을 받고 약 9개월의 복역 끝에 석방되어『문학』에 조국을 사랑한 까닭에 감옥살이를 하고 투쟁한다는 옥중기「싸우는 감옥」[18]을 발표한다. 1947년 7월에는 조선문학가동맹과 조선문화단체총연맹의 방침에 따라 계획된 문화공작대 운동에 참가 그 제 1대에 소속되어 경남 지방을 순회하면서 이른바 인민 조직, 선동을 위한 활동을 전개하였다.

1948년 1월 15일 유진오는 자신의 개인 시집『창』을 정음사에서 발간했다. 용지난이 극심했던 당시의 출판 사정에도 불구하고 비교적 고급 선화지를 사용하였다. 이 시집에는 해방 전의 것과, 해방 직후 9월부터 이듬해 6월까지의 시, 그리고 출옥 직전과 직후의 시들이 끼여 있다.

유진오는 그 해 가을, 10월 27일 한강 건너 노량진에 있던 둘째 형 유진용의 집에서 결혼식을 올렸다고 한다. 그와 결혼한 신부는 당시 혜화국민학교 선생인 김금남이었다. 그와 김금남 사이에 딸 유향준이 태어났다. 김금남과 그의 딸은 지금 북한에 살고 있다고 한다.[19] 이 결혼 생활을 통해서 시인은 범부의 삶을 1년 남짓 누렸다.

1949년 1월『학풍』에 최후로 활자화된 시「조국과 함께」를 발표하였다. 1949년 2월 말 지리산 중심의 남로당계 유격대에 문화공작대장으로 입산하라는 과업을 받고 지리산으로 갔으며, 곧 김지회(金智會) 부대를 만났으나, 별반 성과 없이 대열에서 낙오되어 하산하던 중 3월

---

18 유진오는「싸우는 감옥」에서 피끓는 민족애와 고통스러운 감옥생활을 묘사하면서 1947년 4월 25일을 전후한 서대문형무소에서의 처우개선항의, 단식, 독방살이, 구타, 책벌(責罰) 등이 이어지던 살벌한 과정을 리얼하게 묘사하고 있다. 유진오는 이글에서 도살장(屠殺場)화한 계호과(戒護課), 머지 않아 푸른 옷은 너회들에게 등의 강도 높은 비난을 퍼붓고 있다. 이와 더불어 한민당을 비롯한 우익인사들을 친일파, 친파쇼분자, 민족반역자라고 격렬하게 매도하고 있다. 『문학』4호, 서울, 1947년 7월, pp.16~19.
19 박종은, 앞의 논문, p.13.

29일 전북 남원군 어느 부락 어귀에 숨어 있다가 주민 자경조직인 민보단에 붙잡혔다. 1949년 9월 군법 회의에 회부되어 사형을 선고받았으나, 둘째 형 유진용 등의 가족 친지들이 발 벗고 나서서 탄원서를 제출하여 그나마 그해 11월 7일 , 사형에서 무기형으로 감형되었다. 서대문 형무소에 있다가 1950년 3월 전주형무소로 이감된 유진오는 6·25 전쟁 발발과 함께 행방 불명되었는데 한강 이남에 수감된 당시 좌익수들 대부분이 긴급 처형된 것으로 미루어 그도 이때에 처형되어 최후를 맞은 것으로 보인다.

3. 유진오의 시 세계

확실하게 남겨져 있는 유진오의 시 작품은 총 36편이다. 공식적인 등단으로 간주되는 작품 「피리ㅅ소리」(1945, 11) 이전에도 몇 편의 작품이 있었다는 사실은, 시인 자신이 해방과 함께 10여 편의 작품을 들고 선배 시인 오장환을 찾아간 것[20]으로도 짐작할 수 있다. 그런데 유진오가 시집 『창(窓)』의 발문에서 밝히고 있듯이 "1946년 6월로부터 1947년 9월까지의 시를 따로 모아서 한 권의 시집이 준비되어 나의 옥중작(獄中作)과 그 외의 작품이 수록되어 이 책보다 먼저 나오기로 되었던 것이나, 부득이한 사정으로 후일로 미루고 시집 『창』이 먼저 햇빛을 받게 된 것"[21]이라는 사실로 미루어 36편의 시 이외에 다른 작품들이 더 있었던 것을 알 수 있다. 체제 상황 때문에 출판할 수 없었던 한 묶음의 시들[22]이 자취도 없이 사라져 버렸으니 안타까운 일이다. 유진오는 후일로 기약하고 있지만 영원히 사장되어 버릴 줄은 몰랐을 것이다. 자신이 6·25 전쟁의 발발로 즉결 처분 당할지 몰랐듯이 말

---

20 정영진, 앞의 책, p.52.
21 유진오 『창』, 정음사, 서울, 1948년, p.94.
22 월북한 오장환이 유진오의 시집초고라며 출간을 장담했다던 바로 그 초고가 유진오가 투옥되어 있는 동안 맡아 있었던 일부인지 아닌지 알 수 없다. 정영진, 앞의 책, p.79.

이다.

그리고 유진오는 시집의 발문에서 해방 전의 작품들이 몇 편 있음을 밝히고 있다[23]. 특히 그의 시들 중에서 해방 전의 작품으로 추정될 수 있는 근거는 습작기의 때깔을 못 벗은 감상에 젖은 어휘로 충만해 있다는 점과 시적 모티브가 평범한 일상의 관조에 의해서 포착된 우리의 토속적 풍경에서 취해지고 있다는 점을 들 수 있다. 이러한 초기 시풍에 해당되는 시들로는 「순이」, 「소」, 「밤」, 「불길」, 「들 국화」, 「봄」, 「비 오는 날」등이 있으며 그의 공식적인 등단 시 「피리ㅅ소리」도 이러한 시풍에서 그리 멀지 않다. 이러한 해방 이전에 씌어진 것으로 추측되는 시들의 소박한 정서는 1948년 이후 좌절의식이 배어나오는 이념시들과는 확연하게 구별이 된다. 사실상 『전위시인집』에 실렸던 5편의 시들 중에서 「햇불」을 제외한 4편과 「눈감으라 고요히」를 빼고 나면 거의 대부분의 시들이 유진오에게 붙었던 '전위시인'이라든지 '투쟁시인'이라는 이름이 무색할 정도의 서정적 편린들을 드러내고 있다.

신범순은 유진오의 초기 시들을 정치성이 강하고 혁명적 사상성이 투철한 시들로 간주 한다[24]. 반면 오현주는 유진오의 시가 해방이전 일제 때 씌어진 것으로 보이는 순수 서정시들에서 점차 투쟁적인 시로 변모하는 과정을 보여주면서, 유진오 시의 서정성을 강조 한다[25]. 시집 『창』의 발문을 시작하는 유진오의 옛날 회상을 통해 그가 투사가 되기 이전의 "전형적인 소시민"이었음을 고백하는데서 그 서정성은 충분한 설득력을 갖는다. 전형적인 소시민으로서의 갈등과 애환이 있음을 스스로 인정하고 있는 것이기 때문이다.

---

23 유진오, 앞의 책, p.94.
24 신범순, 앞의 글, p.209.
25 오현주, 앞의 글, p.348.

1) 현실인식의 서정시

유진오의 시들 중에서 현실 인식의 서정시 부류에 속하는 시들은 해방 전에 창작된 것으로 추정되는 작품들 모두와 투쟁의식이 있다 하더라도 내면화된 정서에 녹아든 작품들이다. 「피리ㅅ소리」, 「강마을」, 「삼월」, 「H형에게」, 「향수」, 「어머니」, 「한없는 노래」, 「봄」, 「밤」, 「소」, 「불길」, 「비오는 날」, 「순이」, 「들 국화」, 「설화」, 「눈이 멀도록」, 「무엇을 가르쳐야 옳으냐」, 「달」, 「초상」, 「나의 거리」, 「산」등으로 모두 21편의 시들이다. 이 중에서 앞의 다섯 편과 맨 뒤의 「나의 거리」, 「산」을 제외한 시들은 개인 시집 『창』에 수록되어 있다. 전체 시편수가 36편이라는 사실을 감안한다면 21편의 비중은 결코 간과할 수 없는 것이다. 21편의 시들 중에서 몇 편을 실어본다.

> 어둡고 거칠은 이뜰안에
> 불연듯 들려오는 피리ㅅ소리
> 맑은소리 한없는 향수의 멜로듸 -
>
> 그윽한 신비
> 꿈속같이 안으-ㄱ한 품안에서
> 흘러나오는 피리ㅅ소린가
> 「운명」처럼 슬픈 곡조는
> 력사의 골자구니에서
> 머나먼 길을흘러 흘러 오는구나
>
> 그러나 피리ㅅ소리는
> 아름다움 보담도 더욱더슬퍼
> 서러움만이 이뜰에 가득차다
>
> - 「피리ㅅ소리」 1, 2, 3연[26]

---

26 『민중조선』 창간호, 1945년 11월, pp.31~32.

(…)
허무러저 임자없는 외뿌리모양
초라한 마을엔
두꺼비와 개고리만 있슬뿐이다.

아 여기 이마을
서러웠든 꿈이
아물거리는 논이랑에
또다시 한없는 슬픔이 몰여오든날

정영 깃들릴곳없는 마음을 안고
옛날처럼 옛날처럼 떠나야만했다
(…)

– 「강마을」 3, 4, 5 연[27]

너는
내가 또 붙들려 가면
어떻거느냐고 했다
그것은 할 수 없는 일이다
그러나
붙들리지 않는것만은 못하다
나는 이렇게 대답을 했다

그것은 네가
들 국화를 한아름 안고 온 날이다

누가 꺾을가봐서
정신 없이 꺾었노라고
신발을 이슬에 적시고

---

27 『신천지』 1권 9호, 1946년 10월, pp.112~113.

향기에 취해서 안어다 놓고는
안방 건너방 마루
병이란 병에는 다 꽂아놓고
심지어는 싸이다 병에다 꽂아서
툇마루 부엌에까지 놓고
그사이를 좋아서
왔다 갔다 한다구
(…)
너는 알었다 했다
그렇지만 정말로 알기까지엔
우리는 괴로움을 먼저 알어야 한다
들 국화
하아얀 어여쁜 송이엔
이슬이 맺혔드라

네 눈에도 그렇게
몇번이고 이슬이 맺혀야 할것이다
하아얀 들 국화송이처럼

─「들 국화」 일부[28]

유진오의 등단시로 알려져 있는 「피리ㅅ소리」는 이데올로기, 즉 이념하고는 무관한 애잔한 느낌을 주는 시이다. 한 밤중에 어디선가 들려오는 피릿소리처럼 애조를 띤 작품이다. 잡지에 발표된 시기보다 몇 달 정도 앞서 씌어진 것으로 추측되는데, 습작기의 때깔을 못 벗은 감상에 젖은 어휘로 충만해 있다. 그의 공식적인 등단 시는 순수 서정시라 할 수 있다. 이 시를 통해서는 얼마 뒤에 이어지는 그의 투쟁적, 선동적 시적 변화를 전혀 예감할 수 없는 것이다. 그런데 1946년에 발

---

28 유진오, 앞의 책, pp.35~38.

표된 「강마을」도 이 등단시의 정서에서 그리 멀지 않은 것은 왜일까? 유진오가 이미 1946년 초에 이념적인 색채가 들어있는 시들을 발표했다는 사실을 감안한다면 그의 시 세계에 이러한 잔잔한 서정적 정서가 깃들어 있는 것이라고 밖에는 설명할 수 없을 것 같다. 물론, 유진오는 현실을 결코 외면하거나 경시하지 않은 인물인 것은 확실하다. 그의 모든 시가 현실, 사회의 현실, 조국의 현실을 직시하고 결코 그 현실에서도 멀어진 적은 없었다. 단지 표현 방법에 있어서 어느 정도의 서정성을 부여했으며, 시적으로 승화시킬려고 노력했는가 여부가 그의 시의 모습을 다르게 포장한 것이 아닐까 생각한다. 시제 역시도 일상적인 삶 속에서 찾고 있으며, 시 「강마을」에서처럼 우리의 토속적인 풍경에서 시적 모티브를 얻고 있음도 알 수 있다. 그는 애인에 관한 시를 쓰면서도 이 「들 국화」에서처럼 현실 인식, 현실 포착의 긴장을 늦추지 않는다. 그래서 그는 애인인 이성에 대해서도 그 사실을 망각하지 않도록 일깨우고 있는 것이다. 그의 이러한 태도는 어머니에 대한 불효자식으로서의 안타까움과 죄송스러움을 표현하는데도 그대로 반영된다.

어매여
한없는 노래여

나는 시방
'자식이란 애물'이라든
옛말을 생각하고 있다
(…)
어매야
인젠 제발 나스지 마라
눈 어둡고 귀도 어두운 어매
돌아가는 길에

무엇에 칠가봐 정말 겁이 난다
(…)
나는 어매가 바라보는
눈초리가 괴롭다
말없이 감박이며
어디까지나 따라오는
어매의 눈이 귀하기 때문에
몹시도 괴롭다

어매야
인젠 이자식을 잊어버려라
(…)
그렇지만 어매야
나는 간다
그러기에 어매야
나를 잊고 쉬어다오

어매여
한없는 나의 노래여

– 「한없는 노래」 일부29

유진오의 시 세계에 끈적끈적하게 묻어나는 어머니에 대한 생각은 그의 삶 속에 어머니의 존재를 확인하게 해주는 것이다. 어린 시절 가족의 생활이나 성장기의 자료가 없는 관계로 자세히는 알 수 없으나, 유진오의 옥바라지를 하던 어머니의 모습과 며느리 사랑하는 시어머니의 모습 등으로 미루어 자상한 어머니였던 것으로 보인다. 옥바라지 중에 신문을 읽는 유진오 모친이 "우리 진오가 글을 가르쳐줘서 읽

---

29 위의 책, pp.22~27.

을 줄 안다"[30]면서 자랑스러워하던 모습이며, 또 '우리 막내'라는 호칭을 늘 썼던 점 등을 볼 때, 우리 주변에서 흔히 볼 수 있는 사랑과 정이 많은 한국의 어머니였다. 그 어머니의 모습을 시「밤」에서 여실히 엿볼 수 있다.

어머니는 자기보다 더 많이
아들을 위하여
혼담을 끄내시면
아들은 어머니를 위하여
웃음의 소리로 혼담을 끄내고

이러다간 성인들의 말씀
효자 열녀 이야기를
하시든 어머니는
아들이 속삭이는 이단의 말에
차츰차츰 끌려들어

눈을 깜박이며 들으시다가
분개한 어조로
아들을 격려하시다간

팔 다리가 아푸고
뼛골이 쑤시면
불연 듯 혼담을
끄내시는 어머니에게
아들은 너털웃음으로 대답하면
어머니는 다시
옛 이야기로 돌아가는

---

30 정영진, 앞의 책, p.98.

밤 이러한 밤도 있느니라

-「밤」 전문31

시 「밤」은 다정한 모자지간의 정을 담뿍 느끼게 하는 서정시이다. 「밤」은 자식 사랑이 끔찍한 어머니 앞에서 천진난만한 모습을 드러내는 개구쟁이 아들의 인간적인 그러면서도 평범한 일상적 삶의 한 단면을 보여준다. 「밤」에 표현되어 있는 시인과 어머니의 소박한 대화와 사랑은 너무나 아름다운 우리네 삶의 모습이다. 이러한 시들에서 느껴지는 유진오의 위트와 인간적인 면모는 읽는 이로 하여금 편안한 여유를 느끼게 한다. 피 끓는 혁명적 구호와 선동적인 원색적 표현들은 전혀 찾아볼 수 없는 것이다.

이 시와 아울러 서정적 정서가 짙게 배어나오는 소탈한 시 「비 오는 날」은 이념적 갈등이 피상적으로나마 깔리면서도 감상적 소시민의 전형적인 마음을 읽을 수 있게 하는 작품이다. 두 작품 다 해방 이전에 씌어진 것으로 추측되는 작품들이라 할 수 있는 데, 어찌 보면 "전위시인", "투쟁시인"이라는 별칭에 가장 어울리지 않는 시들이라고 평할 수도 있을 것이다. 아직 피상적으로만 이념에 관심을 갖고 있음을 드러내는 두 시들은 "감상적인 소년"이었던 시절의 작품일 것으로 추측된다.

못자리를 내어놓고
비를 기다리는 농민처럼
깨끗이 방을 치어놓고
행여 날 찾어주는 이 없는가
처마 끝에 빗방울이 들으면
바시시 문을 열고
하늘을 쳐다보며

---

31 유진오, 앞의 책, pp.55~56.

이만하면 눈물은 충분할텐데

비에 막혀 못오는 사람이
자꾸만 그리워지면
그만 하늘을 주먹으로
쥐어질르고 싶어진다
── 아냐 비는 더 와야 해
농민은 비를 기다리거든 ──
이런 생각이 들기 시작하면
호졸곤히 비를 맞으며
부지런히 돌아 다니는
동무들이 민망해 지면서도

일어날 기력도 없이
호올로 누워있는 이 방을
환하게 채워주는 그런 사람이
한없이 그리워진다

-「비 오는 날」 전문[32]

「비 오는 날」은 수채화 같은 담담함이 배어나오는 서정시라 할 수 있다. 혁명가라 해도 정을 그리워하는 인간인 것이다. 시대적인 정황과 사상과 이념에 심취한 20대 혈기에 끓어오르는 정의감과 민족애를 억누르지 못하고 이데올로기적 정서를 여과 없이 쏟아 붓던 낭송시들의 선동성은 「비오는 날」과 같은 시에서 느껴지는 순박한 청년의 수줍음과 큰 대조를 보인다. 정서적인 굴곡의 요철이 지나칠 정도로 느껴지는 것은 그의 성격이 다분히 다혈질적이고 불같기 때문이 아닐까 한다.

---

32 위의 책, pp.45~46.

　같은 어머니를 소재로 다루면서 씌어진 시이지만 1949년 이미 투사로서의 열병을 앓고 난 후에 씌어진 시 「향수」는 앞서 언급된 바 있는 「밤」하고는 시적 정서가 전혀 다르다. 후자는 소시민적 전형의 시인의 모습을 읽게 해주는 반면, 전자는 이미 이념과 투쟁의 의지가 뼈와 살에 베어 있는 현실 인식의 민주주의 투사가 시대적 정황 속에서 기회를 엿보는 모습이 역력하다.

　　　(…)
　　　엄마여
　　　당신의 가슴 우에
　　　서리가 나립니다
　　　(…)
　　　밤이 부스러지고
　　　총소리 엔징소리 어지러우면
　　　파도처럼 철렁
　　　소금 먹은듯 저려오는 당신의 가슴
　　　이 녀석이
　　　어느 곳 서릿길
　　　살어름짱에
　　　쓰러지느냐

　　　엄마여
　　　무서리 하얗게
　　　풀잎처럼 가슴에 어리는
　　　나의 밤에
　　　(…)
　　　손톱 밑 갈갈이
　　　까실 까실한 당신의 손
　　　창자 속에 지니고

엄마여
이 녀석은 훌 훌 뛰면서
이빨이 사뭇
칼날 보다 날카로워 갑니다

-「향수」 일부[33]

유진오는 생각의 대상이 무엇이 되었건간에 상대방에게 희생과 고통을 예견하거나 아픔을 진단하는 일을 잊지 않는다. 그러면서 일면 자위적으로 그들의 눈물과 고통을 뛰어넘어 보다 나은 자기 발전을 이룩한다고, 보다 자유로워진다고 말하고 있다. 특히 시「향수」는 1948년 이후 좌절감과 패배의식이 드리워진 시로서, "소금먹은 듯 저려오는" 어머니의 가슴을 예견하고 있는 다시 말해 무엇인가 불길한 자신의 앞날을 예고하고 있는 시이다. 임화를 생각하며 지은 듯한 작품「H형에게」에서 끝연에 "나는 언제나 당신 앞에 / 부끄럽지 않은 / 사람이 될것입니까 / 불안한 생각에 / 다시금 당신이 그리워 집니다."라고 자신의 불안한 심경을 고백하고 있다. 유진오는 1947년에 옥중의 자신에게「계관시인」이란 헌시만을 남긴 채 월북해버린 좌익 문단의 맹장을 그리워하고 있는 것인지 모른다. 심경적으로 나약해져 있는 자신의 모습을 그대로 드러내고 있다. 여기 어디에서 투쟁을 하겠다는 민주주의의 투사가 되겠다는 '전위시인'의 모습을 읽을 수 있단 말인가?

그의 이러한 심경은 시「산」에서도 잘 나타나고 있다. 창작 연대가 1946년 10월로 되어있는 시「산」은 훨씬 절박한 상황에 처해 있는 시인이 투쟁동지를 은밀히 만나고 나서 서울을 둘러싸고 있는 교외의 산들을 통해 자신의 투쟁의지를 더욱 다지는 내용을 담고 있다. "갑작이 시장끼가 / 벌레처럼 기어 내린다"고 투덜거리는 시인은 밀려드는 사람들 속에서 아는 얼굴들이 "눈만을 끔벅이고 지내치는" 현실에

---

33 『신천지』 33, 1949년 2월, p.169.

"가슴 아픈 오늘날이다"라고 한탄을 한다.

> (…)시방 이 가을엔
> 그 때를 그리우는 마음이
> 머얼리 어두어 가는
> 산을 노린다
>
> (…)밤이면 머얼리 아득한
> 별빛 그리워
> 마지막 가는 날에도
> 부를 노래
> 가만 가만 불러보며
>
> 어수선히 디디고 간 발자욱
> 몬지 속에 쌓인 어두운 길 우
> 타박거리든 발길이 개벼워
> 간다.

─「산」일부[34]

불과 얼마 전 옥고를 치르면서 기세등등하던 '저항시인', 민주주의 투사의 분위기는 온데간데없고 회의와 패배의식이 짙게 깔려 있는 유진오의 모습을 읽을 수 있는 시이다. 「산」에서 시인 자신은 "마지막 가는 날에도 / 부를 노래"를 부르며 처연히 자신의 심경을 가다듬는다. 요절의 그림자를 예감이라도 하듯 말이다.

2) 전위적 이념시

전위적 이념시를 선동적 투쟁시와 구분한 것은 서정적 모티브에

---

34 『문학』 7, 1948년 4월, pp.114~115.

따른 것이다. 다시 말하면 전위적 이념시는 서정적 모티브가 개입된 시들이고, 선동적 투쟁시는 시어 면에서나 표현 면에서 서정성이 개입될 여지가 적으며 경각심과 분노의 감정이 이데올로기 편향성으로 기울어져 나타나고 있다. 다시 말해서 단순한 선동적인 구호를 쓰거나 감정의 직접적인 남발이라는 단서가 붙지 않은 시들이 전위적 이념시라고 할 수 있다. 현실 인식과 현실 반영, 그리고 이념성을 절제된 시어들과 비유와 상징으로 도출해내는 성숙한 시적 의식이 엿보이는 시들이라 할 수 있다. 물론 이렇게 둘로 구분하는 것이 무리한 억지가 될 수도 있을 것이다. 어차피 서정성이 배제된 시가 과연 존재하는가 라는 시작에 대한 근본적인 질문이 제기될 수 있기 때문이다. 그러나 적어도 예술적 서정적 형상화가 이루어지는 시와 목적 의식을 직접적으로 쏟아부어대는 구호적인 무절제한 어휘들의 남발과는 구별이 되어야 하지 않을까 하는 것이 본인의 생각이다. 그래서 전위적 이념시와 투쟁적 선동시를 구별하고자 하였던 것이다.

이러한 전위적 이념시에는 「횃불」, 「공위여」, 「조국과 함께」, 「이대루 가자」, 「재생」, 「창」, 「만가」, 「버섯」, 「굵어온 가랑잎」, 「나는야 거기 이름없는 풀잎이 되어」 등의 10편이다. 이 중 앞의 3편을 제외하면 모두 시집 『창』에 실려 있다. 그의 시에 이념성이 강하게 부각되게 된 데는 정치 현실에 대한 환멸을 느끼던 시인 자신의 비판의식이 성숙해 진데서 그 원인을 찾을 수 있을 것이다.

유진오의 전위적 이념시에는 제법 긴 장시들 두 편, 즉 「창」과 「재생」이 있다.

(…)
성을 사이에 터를 잘라
창들과 창들은
어제도 오늘도 바라만 보고 있다.

(…)

성벽 돌틈에

부스러지는 모래와 함께

삐라처럼 가랑잎이 날러들어 가고

가랑잎처럼 삐라가 날러들어 가고

(…)

나의 사랑하는

불상한 동무들은

이러한 창안에서

굶주려 숨넘어갔다

그러기에

도적이 두려워

어둠이 무서운 아름다움 창들엔

권력과 함께

부유한 도적이 살지 않느냐

(…)

―「창」 일부[35]

(…)

어느 태고연한 밤

유성의 흐름이 신화처럼

바위를 무너트리고

나무를 부러트려서

아름다운 포물선에

무덤은 첩첩한 무덤은

부서져 폐허처럼

허물어져 버렸다

---

35 유진오, 앞의 책, pp.9~21.

(…)

걸음걸이마저 잊은 듯이

더듬어 내어 드디는 발뿌리에

유물스런 돌조각 나무가지

기나긴 세월에 슬픈 중량을 더하든

추억보다도 서글픈 사념

(…)

슬픔도 가라!

가난도 가라!

이몸은 죽었다 살아난 몸이로다

우리는 살기 위해 죽고

죽기 위해 살리라

(…)

–「재생」 일부[36]

이 중 「재생」이라는 시는 사뭇 가벼이 넘길 수 없는 시다. 죽음의 어둠의 무덤을 헤치고 나와 새로운 삶을 사는, 무덤이라는 갇혀 있는 공간을 벗어나 새로운 삶이라는 해방의 의미를 진지하게 장시로 연결시키고 있다. 그러나 "동녘에 붉게 타는 / 새아침에 돋는 해가 솟아 오르는 / 누리에 빛나는 다사로움 속에서 / 그 모습을 보리라 잃었든 모습을/ 새날의 새터를 닦는 그 모습을 // 그러면 나도 달려가 끼이리라 / 가슴에 붉은 피를 가르치고 / 두손에 옹이를 어루만지며 / 얼골 가득히 웃음을 담고 "(「재생」의 후반부의 일부) 나아가는 시인의 모습은 은유와 상징으로 가득 찼던 전반부의 시상을 허물어버리고 만다. 그러나 시 「창」에서 그가 드러내고자 하는 이념의 대립을 막힘없는 장시로 풀어나가는 것과 「재생」에서 미지막 시연까지 흐트러지지 않는 시적 긴장으로 자신의 이념과 신념, 그리고 희망을 표현하는 작시능력은

---

36 위의 책, pp.65~75.

임화의 "인민의 계관시인"이라는 이름이 유진오에게 왜 붙혀졌는가를 확인시켜 주는 것이다. 유진오의 시작품들을 곱씹으면서 새로운 매력과 힘이 있음을 새삼 느낀다.「재생」은 "주관적인 감정과 자연의 소재들을 통해 해방의 의미를 시적으로 표현하려 애쓴 노력이 역력"[37]한 작품이며, 장시이지만, 시「창」에서 느껴지는 지루함은 전혀 없다. 환상적으로 생명의 부활을 다루면서, 시를 목숨보다 더 사랑하고 또 민주주의를 시보다 더 사랑했던 시인 유진오의 결의가 "죽기 위해 살리라"라는 말에 함축되어 있다. 이 처럼 장시로 자신의 이념적 무장을 노래한 유진오는 더욱더 단호한 의지를 함축적으로 잘 드러내는 두 편의 시를 짓게 된다.

전위적 이념시 중에서「이대루 가자」와「조국과 함께」가 원색적인 어휘를 남발하지 않고 절제된 시적 미를 주면서 전위대열에 선 이념적 충만을 느끼게 해준다. 그러면서도 동시에 서정적 편린을 찾아볼 수 있다.

> 죽엄인들 대수로우냐
> 이대루 가자
> 괴로움이면 차라리
> 뼈를 앗으라
>
> 사나운 바람 속에
> 눈물 어려 살아왔다
> 가야만 할 길이다
> 꽃잎처럼 떨어지자
>
> 하나 둘
> 헤일 수 없이

---

37 신범순, 앞의 글, p.212.

짓밟혀간다
아까운 목숨들이
악착스리 짓밟힌다

사나운 발굽 밑에
꽃잎이 있다
번쩍이는 총칼 밑에
목숨이 있다

꽃 같은 목숨이
따 우에 떨어졌다
떨어진다

허수히 죽는게 아니다
그냥 스러지는
꽃 같은 목숨이 아니다

땅 속에 흙 속에
다시 피리라
죽어도 떨어져도
꽃은 피고
꽃은 남는다

죽엄인들 대수로우냐
이대루 가자
괴로움이면 차라리
뼈를 앗아라

－「이대루 가자」 전문[38]

---

38 유진오, 앞의 책, pp.28~30.

하늘이 있는 곳마다
하늘보다 커다란 원한이
노을보다 붉게 타고
(…)
견딜 수 없어
자꾸만
악착스리 다가서면
분함이여
총알보다 아픈
나의 정열이여
(…)

-「조국과 함께」 1, 4 연[39]

절제된 어휘와 죽음의 미학을 '꽃'에 비유하는 「이대루 가자」에는 전위대열에선 시인의 비장한 각오와 결심 그리고 시대의 아픔이 있다. 악착같이 매달려 죽음까지도 마다하지 않겠다는 유진오의 「이대루 가자」를 읽다보면 1980년대의 민족시인 김남주의 시를 상기하게 된다. 김남주의 「조국은 하나다」에서 느껴지는 불굴의 의지와 투쟁의욕은 유진오의 시에 이미 있었던 그것이다. 「조국과 함께」에 나타난 유진오의 조국에 대한 사랑과 정열은 「나는야 거기 이름없는 풀잎이 되어」에서 진지하게 자신의 희생정신을 드러낸다. '천둥'을 뚫고 '눈보라' 속을 헤쳐 나가려는 시인의 투쟁정신, 시대적인 비극성에 대한 항거는 죽음도 대수롭게 생각하지 않는 전사, 투사의 몸짓, 강렬한 저항이다. 특히 「나는야 거기 이름없는 풀잎이 되어」에는 유진오의 성장기의 모습이 그대로 보인다.

나는야 이우러져 자라났다

---

39 『학풍』 2권 2호, 1949년 1월.

그늘져 후미진 석축 밑을 걸을 때마다
번질거리는 돌 문패 서껀
불이라도 지르고 싶은 마음
눌르며 달래며 자라왔다
개나리 피어 휘늘어지면
안개같은 몬지를 풍기며
료정으로 달리는 자동차를
눈물 어린 눈으로 흘겨만 보든

나는야 이젠
불꽃 이는 가슴을 안고
산맥처럼 부푸러 오르는 혈관을 움킨채
마구 마구 달려간다
새나라의 이름으로
시강을 닦는 찰란한 마당으로
나는야 동무들의 앞장을 서서
미칠듯이 달려간다.

오오 새나라야 새나라야 우리 나라야
송이 송이 꽃송이가 피어날 때엔
나는야 거기 이름없는 풀잎이 되어
조심스리 모시리라 정성스리 바뜰리라

-「나는야 거기 이름없는 풀잎이 되어」 전문[40]

　유진오의 다혈질적인 면을 그대로 증명해주는 시문이다. "불꽃 이는 가슴을 안고" "마구 마구 달려"가는 모습과 "동무들의 앞장을 서서 / 미칠 듯이 달려간다"고 말하다 돌연 진지하게 "조심스리 모시리라

---

40 유진오, 앞의 책, pp.59~60.

정성스리 바뜰리라"라고 외치는 모습이 다혈질적인 20대의 피끓는 청년 바로 그것이다. 1연에서 투사적인 면모를 드러내는 부분 "불이라도 지르고 싶은 마음"도 이미 그의 삶의 이력-1945년 8월 17일 성북경찰서 습격사건 등- 속에서 읽어지는 면이다. 극단적 사상의 이분법적 논리의 소용돌이 속에서 그의 민족애와 조국애는 공산주의의 사상의 옷을 입고 고통을 감내해야 했다. 새나라 건설의 이름 아래 고개 숙이는 숙연함마저 보이는 이 시에서 또다시 우리 민족의 비극을 확인할 수 있었다. 그가 숙연해 하며 모시고 받들려 했던 것이 일인우상화를 내세우고 강요하는 폐쇄사회였을까? 그것이 그가 바라던 새나라였을까? 결국 선량하고 순진한 수많은 지식인들이 이념의 양극화 속에서 어처구니 없이 이 땅위에서 스러져갔던 비극이 다시금 상기되는 작품이다. 조국을 사랑한 '이름없는 풀잎'으로 사라져간 실종시인 유진오는 두 번째 광복절을 맞아 조국의 앞날을 근심하며 「횃불」을 노래했다.

웅성깊은 수풀처럼
소용대는 기ㅅ발 기ㅅ발
부랑카트 환이 하늘을 뚫어
끓어 달른 심장이 아퍼

피와 눈물이 뒤섞인
까아만 얼굴우에 주름을 잡고
끝없는 부르짖음이
뢰성처럼 지축을 흔들며

거대한 생명이 대렬을 지으면
염염히 타는 불길되어
거리마다 인민의 마음 속속드리

아! 조선은 야만이 아니다 (…).

－「횃불」 1,2,3연[41]

　이 시는 1946년 8월『서울신문』에 발표되었고 후에『전위시인집』에도 실린 작품이다.『전위시인집』에 실렸음에도 표현적 절제와 서정적 편린 때문에 전위적 이념시에 포함시켰다. '8・15의 노래'라는 부제가 붙은 이 시는 "썩은 강냉이와 밀가루에 / 쫓기고 밀려나온 겨레들이 / 여기 모다 한데들 뭉쳐 / 군정을 인민에게 넘겨달라고 / 동무여 너도 나도 목이 쉬었다"면서 참다운 해방을 누리지 못한 우리 민족의 아픔을 그대로 표현하고 있다.

3) 선동적 투쟁시

　이제 시인 유진오는 시에 서정성을 표현한다든지 상징의 여유라든지 그런 화려한 의미를 부여하려고 하지 않는다. 이미 유진오에게는 시가 언어로 된 무기의 역할을 하는 정도에까지 다다른다. 그는 자신의 울분이나 통한을 감추거나 여과하려 하지 않았다. 이러한 부류에 속하는 시로는「눈감으라 고요히」,「공청원」,「장마」,「삼팔이남」,「누구를 위한 벅차는 우리의 젊음이냐?」 등의 5편이다.「눈감으라 고요히」를 빼놓고는 4편 모두『전위시인집』에 수록된 작품들이다. 이 시들 중에서 가장 먼저 발표된「눈감으라 고요히」의 일부를 살펴보자.

　(…)
　가랑닢 한닢 한닢이 가시가 되어
　이몸의 구석 구석을 찔으드라도
　진리의 기ㅅ발 드높히 직히겠다고
　가슴의 붉은 피를 가르치든 손이

---

41 유진오 외 4인, 앞의 책, pp.60~62.

두주먹을 불끈줸채 해방된 이땅우에서
잔학한 총뿌리에 동무를 그만 여위다니

아! 그것은 너머나 분한 일이다.

동무들의 목숨을 아쉬어간 자는
저 거꾸러진 나치스 팟쇼의 상속을 꿈꾸는 무리
그러나 그들은 동무들의 흘여진 피ㅅ속에서
정녕코 들었으리라 인민의 아우성을.
(…)

—「눈감으라 고요히」 일부[42]

이 시는 1946년 2월 25일 발간된 잡지『학병』제 2호의 학병추모특집
에 실린 유진오의 추모시이다. 당대의 쟁쟁한 선배문인들 틈에 유일
하게 낀 유진오의 추모시는 거친 어휘를 다듬지 않고 그냥 나열하면
서 자신의 울분과 분노를 표현하고 있다. 이런 유진오의 과격한 선동
적 항쟁성이 당대 임화, 오장환 등의 좌파 기성시인들의 눈에 띄어 좌
익계열의 행사가 있을 때마다 시를 발표, 낭송하게 했던 것 같다.

(…)
적을 중상하고 욕하기보담은
오히려 자기를 비판하는
새빩안 피가 그들의 온 혈관을 구비처 날래다.
호사스럽지 않은 그들은 진정우리들의 벗이니라.
우리의 씩씩한벗들은 궤변에대항하는 변증법을
알고 있다.

---

42 『학병』 2, 1946년 2월, pp.32~33.

전취하라 우리들의정열의 투사!

그대들이 웃는곳에

대중 또한 따라 웃는다.

—「공청원」 끝의 3연[43]

(…)

차라리 쑥대밭을 맨들판에야

된소리 안된소리 지꺼리는

돼지같은 목덜미를 디리치렴아(…)

—「장마」 수해구제(水害救濟)문예강연회 낭독시 2연[44]

(…)

씰개를 뒤집어놓고 생각하여도

허울좋은 남조선은

흐물거리는 인육시장이다.(…)

옳은 마음 그리는 인민의나라

사람들은 북으로 북으로 쏠리는데(…)

—「삼팔이남」 8 · 29 국치기념문예강연회 낭독시 일부[45]

(…)

왜놈의 씨를 받어

소중히 길르든 무리들이

이제 또한 모양만이 달러진

새로운 ×××의 손님네들 앞에

머리를 숙여

생명과 재산과 명예의

---

43 유진오 외 4인, 『전위시인집』, 노농사, 서울, 1946년, pp.54~56.
44 위의 책, pp.57~59.
45 위의 책, pp.63~65.

적선을 빌고 있다.
누구를 위한
벅차는 우리의 젊음이냐?
(…)

젊은이 갈길은 단 한길이다.
가난한 동족이 우는곳에
피빨아서 날뛰는
외국×××들과
망녕한 령감님들에게
저승길로 떠나는 로자를 주어
××으로 쫓아야 한다.
　　　－「누구를 위한 벅차는 우리의 젊음이냐?」 국제청년데이에 4, 5, 6, 7연[46]

　거친 어휘들이 그대로 남발되고 청중들로부터 호응을 얻기 위한 질문 형식과 청유형 어미들이 나열되는 시들이다. 물론 전위적 이념 시에도 속하는 시들이다. 그러나 굳이 따로 선동적 투쟁시로 분류한 이유는 낭독용으로 창작된 작품들이면서, 동시에 선동적인 성격이 강했기 때문이다. 그리고 단순히 이념을 넘어서 「삼팔이남」에서는 미군정하의 남조선을 '자유를 짓밟은 인육시장'으로 매도하고 대조적으로 소련군 지배하의 북조선을 은근히 찬양하고 있었다. 한 체제를 찬양하고 숭앙하는 시를 쓰며 그 체제를 위해서 목숨이라도 아낌없이 바칠 수 있다고, 아니 그렇게 하겠노라고 선언했던 유진오다. 극좌나 극우나 양극단을 달리는 모습은 너무나 유사하다. 일본 극우주의자들이 지금도 천황을 위해서라면 목숨을 아끼지 않는다 하니 말이다.
　북조선 찬양 시까지 쓴 유진오는 이제 최극단으로까지 달려간다.

---

46 위의 책, pp.66~70.

그리하여 1946년 9월 1일 사회주의 국가의 청년 기념일인 '국제청년데이'의 낭송시는 그의 극단적인 시에 종지부를 찍게 한 계기를 마련해 주었다. 해방 후 처음 맞는 기념일이었던 만큼 청년동맹을 비롯한 좌익청년 단체들은 대대적인 행사를 벌였다. 참가자만도 대략 10만으로 훈련원광장(현 동대문운동장)을 가득 메웠다고 한다. 여기에 축시 낭독으로 특별 초대된 유진오는 그의 장기를 유감없이 발휘한다. 여기서 해방 후 첫 번째 필화사건[47]으로 기록되는 그의 낭독 시「누구를 위한 벅차는 우리의 젊음이냐?」를 불을 뿜듯 토해내어 10만 청중을 열광의 도가니로 몰아넣었던 것이다. 복자로 대신 될 만큼 험담한 표현들-미군정, 주구, 지옥 등-이 난무했던 이 시는 어떤 다른 시들보다 원색적인 현실 비판 시였으며, 당시 남한의 정권을 주무르고 있던 미군정과 당시 보수 세력의 감정을 자극하고도 남는 원색적인 비방이 가득했다.

그러나 당시 정부가 이러한 사건을 방치하지 않고 기회포착을 한 사실은 반공 이데올로기를 강화하는 구실을 잡은 것이라고 볼 수 있다. 극우를 강조하기 위한 극좌의 감금, 극우를 내세우기 위한 극좌의 죽음 등을 직접적으로 드러내는 사건이 된 것이다. 이는 반공 이데올로기 고착화의 시작일 뿐이었다. 1970년대 80년대에 민중 문학의 기치를 내걸고 많은 문인들이 반체제 인사로 분류되어 좌익계라는 낙인이 찍혀가며 투옥되고 고통을 견뎌내야 했던 것이다. 분단 고착화 이후에 한반도 이남에서 또다시 조국은 하나라고 외쳐댔던 민족애와 조국애에 피끓는 시인들, 젊은 시인들이 있지 않았던가? 그들 중에서 대표적으로 김남주를 꼽을 수 있을 것이다. 김남주는 스스로 전사임을 천명하였다. 사회변혁 운동의 한복판에서 그것의 과제와 이념을

---

47 미군정이 시 한 수를 읊었다고 해서 과잉탄압의 인상을 씻지 못하는 포고령위반죄(1년 징역) 까지 들고 나온 배경에는 그 무렵 좌익의 대대적인 무력항쟁에도 그 원인이 있었다고 할 수 있다. 유진오에 대한 재판이 있던 9월 말과 10월 초는 전국 노동자평의회(전평)을 중심으로 한 노동자들의 전국적인 총파업에 뒤이어, 10월 1일 대구에서 군중폭동(10 · 1 사건)이 발생 했다.

실천적 행동을 통해 그야말로 '온몸을 온몸으로 밀고나간' 그는 '혁명시인'이라고 자신을 규정한다. 그리하여 "나는 우선 혁명하는 사람이다. 그리고 나의 시는 내가 수행하는 혁명적 실천의 자연스런 산물로서 그것은 다시 혁명에 이바지할 것"[48]이라고 말하면서 혁명과 시의 통일을 혁명적 실천행위를 통해 이루어내고자 했다. 이런 시인 김남주의 모습에서 40여년전 새조국 건설에 온몸을 던져 산화해간 '전위시인' 유진오의 투사 정신을 발견할 수 있는 것이다. 김남주 자신이 '혁명시인'이기를 천명하듯이 진작에 유진오 역시 그의 유일한 시집 『창』을 마무리하는 발문에서 다음과 같이 천명하였던 것이다.

> 시인이 되기는 바쁘지 않다. 먼저 철저한 민주주의자가 되어야겠다. 시는 그 다음에 써도 충분하다 시인은 누구 보다도 먼저 진정한 민중의 소리를 전하는 사람이어야 할 것이다. 투철한 민주주의자가 된다는 것은 인민을 위한 전사가 되는 것이다. 나의 시다운 시는 금후의 과제이다.[49]

4. 맺음말

해방 후 첫 필화사건으로 물의를 일으킨 시인 유진오는 이 사건을 계기로 좌익 시인의 맹장이었던 임화로부터 '인민의 계관시인'이란 칭호를 얻게 된다. 좌익의 추대와 부추김에 의해서 더욱 분발하고 그들의 기대에 부응하고자 노력했던 유진오는 스스로 투쟁하는 시인, 글이 아닌 직접 행동으로 보여주는 전위적 행동대원의 모습을 보여주고자 노력했던 시인이다. 그러나 외부적 평가가 어찌되었건 그의 작품들을 통해 본 유진오의 모습은 꼭 전투적 항쟁시인, 투쟁시인의 모습만은 아닌 것 같다. 비록 당시 체제 상황 때문에 햇빛을 못보고 묻혀 버린 시들이 그러한 인민의 투쟁시인의 진면목을 보여주었을지는

---

48 김윤태의 발문에서 재인용, 김남주의 시집 『사상의 거처』, 창작과 비평사, 서울, 1998년, p.152.
49 유진오, 앞의 책, pp.93~94.

모를 일이다. 물론 해방정국의 어수선한 상황에서 멋진 시낭송 솜씨로 수만 명에 달하던 청중들의 응어리진 마음을 시원하게 풀어주었던 그의 모습만으로도 행동하는 시인, 투쟁시인, 혁명시인, 항쟁시인일 수 있다. 그렇지만 애석하게도 그러한 투쟁적, 항쟁적 모습을 적나라하게 담은 낭독시들이 몇 편 남아 있지 않다는 사실이다. 적어도 현재까지 알려져 있는 시 작품의 수가 36편이고, 그 중에서 투쟁적인 완전히 선동적인 작품들은 불과 5편정도이다. 21편의 시들이 서정적 정서를 많이 드러내고 있고, 10편 정도의 시 작품들이 이념성을 드러내고는 있지만 서정적 편린이 여기저기서 눈에 띄는 점을 감안한다면, 실제 그의 시 작품의 대부분이 서정성과 관련이 있다고 할 수 있다. 현실 인식의 서정시 21편의 시편들만을 보더라도 시인 유진오가 '항쟁시인'이자 '투쟁시인'이었다고 단정할 수만은 없을 것이다. 물론 유진오 자신은 옛날의 전형적인 소시민 상에서 벗어나고자 하였으며 스스로 철저한 민족주의자, 인민을 위한 전사가 되고자 노력하였다. 그러나 노력한다고 본바탕에 깔려있는 옛 버릇이 완전히 없어질 수 있을까? 그가 발문에서 노력하겠다고 강조한 것이 그렇지 못하기 때문에 더욱더 강조한 것인지 모른다. 희망사항, 그리고 내면의 갈등을 오히려 더욱 짙게 드러내는 것이 아닐까 생각해 본다. 혁명 다 집어치우고 범부로 살고 싶은 생각이 왜 없었겠는가? 이 사실은 그가 군사재판을 받았을 때의 그의 고백[50]을 통해서 이미 증명된 바 있다.

그리고 그가 선동적인 낭독시로 물의를 빚었던 시인이라는 평가도 반공 이데올로기적인 편향된 시각에서 바라본 것으로 해석할 수 있다. 그렇다면 그의 선동적인 시들조차도 당시 벙어리 된 많은 이들의 울분과 비판의 화살을 대신해준 것이라 평할 수 있을 것이다. 유진오 시 작품들을 곱씹어본 결과로 얻을 수 있었던 것은 그의 거침없이 내뱉는 원색적인 어휘들이 정서적인 카타르시스 작용을 한다는 점이

---

50 정영진, 앞의 책, pp.89~90.

다. 당시의 울분에 찬 민중의 가슴에 맺힌 절규를 대신해준 셈이다.

　결론적으로 말해서, 현재 남아있는 36편의 시를 통해서 절반 이상을 차지하는 서정적 정서의 시편들의 위상이 결코 선동적 투쟁시나 전위적 이념시의 위상에 뒤지지 않으며, 그의 시 세계의 서정성도 재평가되어야 한다는 것이다. 그러므로 현실 인식의 서정적 시적 형상화를 나름대로 획득하였던 유진오의 시 세계는 단면적인 평가만을 받을 수는 없다. 그런 의미에서 유진오에 대한 별칭을 행동파 시인이라든지, 전위시인, 투쟁시인, 육탄시인 등의 호칭을 거부하고 실종시인으로 붙인 것이다. 오히려 등단 이후 별로 사용되지 않던 '무간'이라는 그의 호를 되살려 무간 유진오라고 쓰는 것도 좋을 듯하다. 또한 그의 서정적 편린이 많이 남아있는 전위적인 이념시들이나 낭독용으로 쓰였던 선동적인 낭송시들까지도 예술의 대중성과 대중의 피해의식 간접 보상에 기여했다는 점에서 현대적인 재평가를 받을 수 있는 것이다. 어차피 인간은 수많은 얼굴을 가진 하나의 얼굴이 아닌가. 낱개로 분석하여 단면만을 강조하기보다 총괄적, 전체적 모습을 파악하는 것이 분석의 남발과 획일화에 지친 우리 현대인들에게 필요한 것이 아닌가 생각한다. 앞으로 분실되어 종적을 찾을 수 없는 무간 유진오의 다른 원고를 하루 빨리 찾아, 짧았지만 의미로 점철된 그의 시 세계를 메워줄 날이 오기를 바란다.

1. 기본자료

유진오,『창』, 정음사, 서울, 1948.
______,『창』, 오성호 엮음, 민족과 문학, 서울, 1989.
유진오 외 4인,『전위시인집』, 노농사, 서울, 1946.
임학수, 유진오,『월북작가대표문학 21』, 한국도서출판중앙회, 서울, 1991.
『한국현대시사자료집성』,윤여탁 편, 태학사(영인본), 서울, 1988.
『민중조선』 창간호, 서울, 1945년 11월.
『학병』 2호, 서울, 1946년 2월.
『신천지』 9호, 서울, 1946년 10월.
『신천지』 19호, 서울, 1947년 9월.
『신천지』 25호, 서울, 1948년 4월.
『신천지』 33호, 서울, 1949년 2월.
『문학』 4호, 서울, 1947년 7월.
『문학』 7호, 서울, 1948년 4월.
『학풍』 2권 2호, 서울, 1949년 1월.

2. 단행본

권영민,『한국 근대문학과 시대정신』, 문예출판사, 서울, 1983.
_____,『해방 직후의 민족문학운동 연구』, 서울대출판부, 서울, 1986.
_____,『한국현대문학사 1945-1990』, 민음사, 서울, 1996.
김남주,『김남주 옥중연서, 산이라면 넘어주고 강이라면 건너주고』, 삼천리, 서울,
        1989.
_____,『길 떠난 길 위에서』, 제 3세대, 서울, 1992.
_____,『시와 혁명』, 나루, 서울, 1992.
김용직,『현대 경향시 해석/비평』, 느티나무, 서울, 1991.
_____,『해방기 한국시문학사』, 민음사, 서울, 1989.

박노해, 『노동의 새벽』, 해냄, 서울, 1997.

______, 『사람만이 희망이다』, 해냄, 서울, 1997.

백　철, 『신문학사조사』, 신구문화사, 서울, 1982.

오성호, 『유진오 시집 창』, 민족과 문학, 서울, 1989.

오현주, 『해방기의 시문학』, 열사람, 서울, 1988.

이동순, 『민족시의 정신사』, 창작과 비평사, 서울, 1996.

이우용 편저, 『해방공간의 문학 연구 Ⅰ, Ⅱ』, 태학사, 서울, 1990.

정영진, 『통한의 실종문인』, 문이당, 서울, 1989.

최창집 외 12인, 『해방 전후사의 인식 4』, 한길사, 서울, 1989.

3. 논문

박종은, 『유진오 시 연구』, 경기대학교 대학원 국어국문과 현대문학전공 석사학위
　　　　논문, 1991.

신범순, 『해방기 시의 리얼리즘 연구』, 서울대 박사학위 논문, 1990.

이숭원, 「행동이 시가 된 자리」, 『시문학』6월호, 1989.

제6장

90년대 초기 북한 단편 소설의 경향

『조선문학』(1991.2-1991.3)에 수록된 7편의 단편 소설을 중심으로

1. 머리말

오늘날 북한 사회에서 작가란 북한 사회의 긍정적인 자기상을 충실히 재생산해야 하는 역할을 맡고 있다. 수령과 당, 그리고 인민의 관계 안에서 보았을 때 그는 결국 당에 속하고 수령의 주장을 대변하는 선동자의 하나가 아닐 수 없다. '수령의 위대성'과 그의 '영도의 필연성', 그리고 수령의 가르침에 따라 낡은 것이 새것으로 개변되는 모습을 그리는 것이 그의 임무다. 그러나 그가 그리는 새것, 새 사회와 새로운 인간상의 모습은 낡은 것 위에 접합되어 있다. 새것과 낡은 것의 혼재와 분열, 그리고 괴리는 그것의 일상적이고 실제적 상황일 것이다. 작가는 이러한 현실을 사실적으로 반영할 수 없다. 그는 '바람직하고 참된' 것으로 규정된 현실의 모습을 제시해야 한다. 물론 그 규정의 궁극적 주체는 수령과 당이며 사상 이념적 정당성이다.

북한 사회에서 문학의 인식 교양적 의의는 매우 강조되었다. 문학

은 사회 의식의 한 형태이자 그것을 주조하는 수단이라는 것이다. 작가는 '인간 정신의 기사(技士)'여야 했다. 그가 그려야 할 전형적 형상은 '진실 되고 본질적인' 것이라고 강변되었다. 하지만 그것은 구체적인 실제성으로부터 동떨어진 것이다. 때문에 바람직한 현실의 모습은 수사적 공간에서 존재할 수밖에 없다. 비상한 열광과 감격, 마술적인 도취를 표현하고 있을 때에도 언어가 진정성을 상실하는 '의미의 이탈' 현상은 북한문학에서 흔하게 발견되는 바다. 이러한 현상의 실태를 『조선문학』에 1991년 2월, 3월이라는 특정 시기 동안에 발표된 단편 소설 7편을 통해서 살펴보고자 한다.

여기서 특별히 이 시기에 관심을 갖게 된 것은 이미 소련과 공산권의 동유럽 국가들이 붕괴의 터널로 빠져들기 시작했던 것이 1980년대 후반부터 라는 점과 소련 공산당의 붕괴 시점(1991년 후반) 이전을 고려한 때문이다. 다시 말해서 1980년대 전후 북한의 문학적 상황이 1970년대와 달리 다양한 생활 영역을 다룰 수 있게 되었고 또한 어느 정도의 작가적 자율성도 확보할 수 있었던 사실과 1990년대 들어 주변 공산당 국가들의 붕괴의 조짐이 일면서 북한 문학계가 경직되기 시작했던 그 경계 시점이라는 것이다. 그리고 『조선문학』을 선택하게 된 이유는 북한의 대표적인 10대 잡지이자, 문학 분야에서는 대표적인 월간 잡지로 조선작가동맹 기관지이기 때문이다. 『조선문학』은 1948년 2월 문학예술총동맹 기관지인 『문화전선』으로 창간되었다가, 1955년부터 문학예술총동맹의 산하단체인 작가동맹의 기관지가 되면서 지금의 명칭으로 바뀌었다. 북한의 문예지 중에서 지령이 가장 오래된 잡지로 당 정책과 시, 소설, 평론, 사설, 수기, 실화문학, 노래가사 등 각종 문예 분야의 글들을 싣고 있다. 1950년대 이후 최근까지 북한 문학사의 각 시기별로 문학사적 쟁점과 변모를 파악할 수 있는 중요한 글들이 많이 실려 있다.

2. 90년대 초기 북한 소설의 일반적 특징

북한에서의 1980년대 이전의 소설들이 '수령 형상 문학'의 굴레로부터 자유롭지 못하였다면, 80년대 들어와 보이기 시작한 이념과 예술 사이의 방황은 의미 있는 방황으로 이해될 수 있다. 그러나 단시일에 북한 소설의 전체적 면모가 뒤바뀌길 기대한다는 것은 무모한 일일 것이다. 북한 소설의 내면에 아직도 사상 토론과 집체작을 통하여 훈련된 사회주의 체제의 우월성에 대한 맹신과 수령에 대한 향수가 가시지 않고 있다는 사실이 이를 입증한다. '문학에서 인민대중을 혁명의 주체로 내세우는 데서 중요한 것은 수령을 인민들과의 혈연적인 련계 속에서 형상하는 것'[1]은 작가의 의무인 동시에, 그들에게 부과된 지침이기도 한 것이다. 그러나 빛바랜 구호에 식상한 것 못지않게, 이상적 사회상을 똑같이 찍어내던 작가들의 양식에 변화의 조짐이 일고 있다는 것은 일단 반가운 조짐이 아닐 수 없다. 전반적으로 글쓰기에 대한 진지한 고민이 80년대 중반부를 기점으로 하여 일어나기 시작한 것이 그것이다. 이러한 고민의 일단은 글쓰기의 주제적 범위가 확장된 것을 의미할 뿐만 아니라, 작가의식의 회복으로 이어지는 것이다.

이와 같은 고무적인 분위기는 분명 1980년대 이전과 비교하면 부정할 수 없는 사실이다. 그렇지만, 비록 1980년대 북한문학 전반이 상대적으로 자율적인 공간 속에서 창작 활동이 이루어졌다고는 하나, 또한 부인할 수 없는 사실은 1980년대 북한 소설의 중심 과제는 여전히 '주체적 사실주의'와 '종자론'을 예술로 구현해야 한다는 것이었다. 그런데 1980년대 후반부터 소련 및 동유럽 국가들의 불안한 조짐은 북한 사회 안팎의 상황에까지 그 영향이 미치고 1980년대 보다는 다

---

1 한중모 <주체의 인간학과 인민대중의 형상> 「통일문학」 평양출판사(1991.10) p.304.
　이재인, 이경교, 『북한문학강의』 효진, 서울, 1996, p.155, 재인용.

소 경직된 물살을 탈 수밖에 없던 1990년대 초였다. 그럼에도, 1990년대 이후 북한문학의 새로운 좌표도 결코 새롭지 않은 '주체적 인간학'으로 여전히 요약 될 수 있다. 물론 '인간학'의 발생론적 배경이 우상 세습을 용인하려는 체제 유지적 방편과 새로운 사회주의의 건설이라고 하는 생산론적 야망을 그 배후에 지니고 있는 것은 사실이다. 이는 '주체적 인간'들을 문학 내에서 많이 드러내고 형상화시키는 작업이 작가의 일이라는 것이다. 북한의 역량 있는 평론가 한중모의 설명이 이를 뒷받침한다. '문학은 인간과 생활을 언어로, 생동하고 진실하게 형상하여 의의 있는 인간문제에 해답을 줌으로써 사람들에게 생활의 진리를 깨우쳐주고, 그들을 참된 삶의 길로 이끌어주는 인간학이다.'[2] 여기에 제시된 참된 삶이 지향하는 궁극적 목표는 자아의 발견이나 개인의 해방, 혹은 완전한 휴머니즘의 실현과는 먼 거리에 위치한다. 아직도 개인주의보다는 집단주의의 이념을 '교양적 가치가 있는 좋은 종자'라는 북한 작가들의 예술적 바탕이 유효한 북한 문학계이기 때문이다.

　요컨대, 80년대 문학의 연속선 안에 있는 90년대의 북한문학은 사실상 크게 달라진 것이 없다고 할 수 있다. 그럼에도 본고에서는 어떻게든 긍정적이든 부정적이든 변화 내지는 차이점을 찾아보고자 하는 것이다. 작은 변화의 조짐이 북한 문학계에서도 일고 있다는 사실만으로도 남한의 비평가들은 결코 간과할 수 없는 일이라고 꼬집는다. 그렇다면, 90년대 초를 특징짓는 변별성이 어떤 것인지를 보다 구체적으로 알아보고자 한다.

3. 90년대 초기 북한 단편 소설의 주제별 양상

　김재용은 자신의 글 「최근(1990년대) 북한 소설의 경향과 그 역사적

2　위의 책, p.156, 재인용.

의미」에서 북한 소설의 경향을 나열하고 1980년대와 다른 점을 1990
년대 소설에서 찾고자 했다. 그러나 그의 글은 '역사적 의미'를 전혀
부여하지 않았고 미미한 변화가 있음을 알리며 오히려 80년대보다 퇴
보했다는 맺음말의 결론이 있다. 그는 1990년대 소설의 주제적 특징
을 다음의 다섯 가지로 정리하고 있다. 그 중 북한문학의 일반적 주제
가 될 수 있는 세 가지는 첫째, '수령의 형상화' 주제, 둘째, 사회주의
건설과 혁명에 관련된 주제, 셋째, 과거의 역사 등이다. 이상의 세 가
지 주제는 1990년대 북한문학에서 새롭게 나타나거나 혹은 새로운 양
상을 띠는 것이 아니고 이전의 흐름을 거의 그대로 이어받고 있는 것
들이다. 따라서 주제의 분석에서 1990년대 문학의 새로움을 파악한다
는 것은 어려운 일이다. 이어서 1990년대의 새로운 양상을 어느 정도
살필 수 있는 것으로 넷째, '사회주의 현실 주제'의 문학과 다섯째, 조
국 통일의 주제를 들고 있다. '사회주의 현실 주제'와 관련하여서는
특히, 과학 기술의 문제와 세대간의 갈등 문제가 주제적 새로움을 더
하는 것이라고 하고 있다. 또한 이제껏 남한의 현실이나 해외 동포의
현실을 소재로 삼는 방식으로 드러났던 '조국 통일 주제'와 관련해서
는 1990년대 들어서면서 북한 내부의 사람들이 겪는 이산가족의 아픔
과 같은 문제들을 다루기 시작했으며 이것은 그 이전에는 결코 볼 수
없었던 것으로 특이한 요소라고 하였다. 그런데『조선문학』에 발표된
단편 소설들을 연도별로 정리해놓은 최연홍의 자료를 살펴보면, 1980
년대에도 세대간의 갈등 문제나 과학 기술 문제가 많이 나열되고 있
다는 점이다.

　그렇다면 김재용의 글과 최연홍의 자료로 미루어 볼 때, 1990년대
소설의 새로움을 한 마디로 다시 정리하게 되면, 조국 통일 주제에서
북한 내부의 사람들이 겪는 이산가족의 아픔이 몇몇 작품에서 다루
어졌다는 사실을 도출해낼 수 있다. 특히 1983년 여름에 한국방송공
사의 '이산가족 찾기' 프로그램의 재회운동이 전 세계의 이목을 집중

시킨 이후 7년여의 세월이 지난 시점에서야 비로소 이산가족의 아픔을 다루는 소설이 북한에 등장했다는 점이다.

이 점을 염두에 두고 『조선문학』 1991년 2월호와 3월호에 실려 있는 7편의 단편 소설들을 주제별로 나누어 볼 수 있다. 김재용이 '수령의 형상화'라는 주제로 분류하는 소설, 즉 김일성 일가의 우상화, 특히 김정일의 우상화에 관련된 소설로는 『조선문학』(91.2)에 실린 김원종의 「희망의 새」를 들 수 있다. 이 작품은 김정일의 어린이 사랑하는 마음을 묘사한 것으로, 김정일의 행적과 행동 하나 하나에 대한 과장된 예찬과 현인(賢人)화 작업이 두드러지는 단편 소설이다. 또 '사회주의 현실 주제'에 해당되는 공장이나 공사장에서 일하는 근로자에 관련된 소설로는 91년 2월호에 실린 박태수의 「박동」이 있다. 이 작품은 탄광에서 일어나는 수렁에 빠진 박토기에 관한 것이다. 같은 '사회주의 현실 주제'의 범주 안에 속하는 과학 기술 문제를 다루고 있는 작품은 91년 3월호에 실린 리극의 「뿌리는 토양 속에 있다」로 당에 바치는 한 과학자의 충성심도 과학의 열매라는 내용을 다루고 있다. 계속해서 '사회주의 현실 주제'의 범주에 속하는 작품으로 농·어촌 등의 지역 사회에 관련된 단편들이 2월호의 「갈숲의 저녁 노을」과 3월호에 실린 「기원」 등이 있다. 림병순의 「갈숲의 저녁 노을」은 육종학에 몸을 바친 1대의 유산과 2대의 대물림으로 이어지는 지식인들의 이야기이다. 구경서의 「기원」은 한 치의 땅이 없었던 때를 생각해 간석지를 만들어 풍년농사를 일궈보겠다는 의지를 내용으로 하고 있는 단편이다. 그런데 어촌에 관련된 작품이면서 조국 통일을 직접적으로 시사하는 바는 없지만 그와 관련된 이산가족의 아픔을 담고 있는 작품 리명균의 「누이를 생각한다」가 있다. 7편중에서 남은 한 편인 3월호의 「류다른 마차」는 '사회주의 현실 주제'의 범주에 속하면서 나라의 생산품을 자기 몸보다 더 아끼는 마차꾼, 협동조합 판매원의 이야기를 하고 있다. 리규춘의 「류다른 마차」는 북한에서의 아름다운 인간상을 묘사하는 단편 소설로 국가와 당에 충성하는 고지식한 인간의 전형을 드러내고 있다.

이상에서 살펴본 바에 의하면,『조선문학』91년 2월호, 3월호에 실린 7편의 단편 소설들 중 1편이 김정일 예찬을 펴고 있으며, 5편이 '사회주의 현실 주제'를 다루고 있고, 앞에서 언급한 바 있는 북한에 있는 이산가족 관련 내용이 들어있는 작품이 또 1편 있다. 이산가족 관련 소설 리명균의「누이를 생각한다」는 분단이전에 헤어진 남쪽으로 간 누나를 생각하는 동생이 작중 화자로 등장하고 있다. 이 작품은 남한에서 고생하는 누나를 그리는 북한에서 나름대로 '성공한' 지식인에 관한 이야기이다. 그렇다면, 북한에서의 이산가족의 아픔을 담은 단편이 80년대 북한 소설에서 볼 수 없었던 것이라 한다면, 리명균의「누이를 생각한다」는 이 7편의 작품들 중에서 특별히 관심을 불러일으키는 작품이라 할 수 있다.

문학의 핵심은 정서적 감동에 있다. 그것이 소설이 되었건 시가 되었건 간에, 사실을 있는 그대로 묘사하건 없는 사실을 허구로 꾸며내건 읽는 독자로 하여금 정서적 감동을 주어야 한다. 그런 의미에서 리명균의「누이를 생각한다」는 어느 정도의 정서적 감동을 주는 데는 성공하고 있다고 볼 수 있다.

> 그날밤 나는 잠들지 못했다. 누나도 잠들지 못하고 있다는 것을 알았다.
> <누나, 시집가! 내 걱정 말구. 그 사람은 좋은 사람이야. 눈이 그렇게 시원한 사람은 무던하대.> (…)
> 나는 다음날과 그 다음날 누나의 눈치를 살피며 어떻게 할가하고 내내 생각하고 또 생각했고 마침내 누나가 어부를 따라가게 하기 위해서는 내가 없어져야 한다는 것을 깨닫게 되었다.
> 그뭄을 하루 앞둔 날 나는 집을 떠났다. 이런 쪽지를 남기고.
> <누나, 잘 가! 날 찾지 말어. 누나가 시집가야 난 마을에 돌아오겠

어…>

　　그것이 누나와의 마지막 작별이었다.

　　그후 나는 누이를 만나지 못하였다.[3]

　　리명균의 「누이를 생각한다」는 어린 시절 누나의 짐이 되지 않기 위해서 가출을 시도했던 주인공 최인수가 누나 인순의 소원대로 나름대로 성공한 학자교수가 되어 옛날을 회고하며 이 글을 써내려가는 형식을 취하고 있다. 그런데 어린 시절을 회고하는 부분까지는 어느 정도 정서적 감동도 주고 있다. 문제는 자신이 이제 50의 머리 희끗한 노교수가 되었으며, 아프리카에 초빙강사로 갔다가 대서양 어느 관광도시에 들른 황당한 우연성을 끌어들이는 부분에서부터 이 작품은 어긋나가기 시작하는 것이다. 그곳의 풍경이 어린 시절의 고향 총석정과 너무 흡사하였다는 이야기부터 시작해서, 관광객들이 들끓는 곳에 우연히 가보았더니 즉흥 다이빙 묘기가 속출하는 현장이었고 죽음을 각오하고 물 속에 뛰어드는 어린 소년들 가운데 서울에서 왔다는 조선 소년을 만나고, 그가 다름 아닌 누이의 아들, 그의 외조카라는 비약적인 우연성이 이 작품의 창작적 가치를 저하시키고 있다. 앓고 있는 어머니의 약값을 위해서 멀리 대서양까지 여행 온 남한의 소년이야기, 태평양도 아닌 대서양까지 그 멀리 비행기 타고 날라 가 누이의 미역 감던 솜씨를 물려받은 서울에서 온 외조카의 설정 등의 비현실적인 구성을 살펴 볼 때 독자를 백안시하는 창작태도라고까지 평가될 수 있다. 비행기 타고 갈 삯이 있었다면 그 돈으로 어머니 병간호를 하는 편이 나았을 것이 아닌가. 남한의 외조카를 만나야 하고 남한에 살고 있을 누이가 돈도 없이 고생하고 있다는 사실을 꾀어내기 위해서 설정한 어설픈 소설 플롯은 사건의 개연성이나 맞물림이 전혀 이루어지지 않고 있다. 푼돈 벌기 위해 소년이 멀리 해외로 원정을

---

3 『조선문학』 91년 3월호, pp.66~67.

떠난다는 기발한 허황됨은 작가 리명균의 작가적 자질을 충분히 의심하게 하는 것이다. 특히 결미부분은 더욱 그러하다.

> 바로 이 순간에 그 애가 바위돌들이 물개떼처럼 흩어져있는 푸른 물 속으로 뛰여들고 있지는 않는지? (…)
> 돈벌러 도망쳐나가 간혹 돈표를 보내오면 어린 아들의 소식이 끊어져 누님이 밤마다 뜬눈으로 지새우지는 않는지?
> 누님과 외조카를 생각하면 나는 아픔과 괴로움으로 숨이 멎는듯함을 느낀다.
> 무엇으로 이 고통을 지울 수 있겠는가?
> 언제면 이 고통을 멈출 수 있겠는가?
> 그런데 바로 어제저녁 텔레비죤 보도시간이었다.
> 남조선의 청년학생들과 로동자들의 투쟁모습이 방영되고 있었는데 한 젊은이가 미국기발을 불태우는 화면이 나타났다.
> 나는 눈이 휘둥그래졌다. 나는 첫눈에 외조카를 알아보았다. (…)
> 승냥이의 허울같이 얼룩얼룩한 성조기에 불을 (…)
> 그 애는 마치 이렇게 말하는 것 같았다.
> <그렇지않구요. 이걸 태워야 해요. 이게 나타난 때부터 모든 불행이 생겨났거던요…>[4]

인간적인 이산의 아픔으로 포장된 작가의 지나친 이념적 비약은 더 이상 인간적인 아픔을 수긍하지 않는 방향으로 흘러간다. 진실이라고 여겨지던 앞부분과 달리 당의 공식적 목소리를 담아야 하는 부담이 소화되지 않은 채 그대로 쏟아져 나올 때는 잔잔한 감동을 주던 부분의 진실마저도 왜곡되고 작품의 진정성은 상실되고 만다. 이산가족의 아픔이라는 의미는 상실되고 구체적 현실감은 떨어지고 만다. 그나마 80년대보다 발전된 90년대의 '개인의 이야기'는 당에 의해

---

4 『조선문학』 91년 3월호, p.70.

규정된 '바람직하고 참된' 이야기 틀을 전혀 벗어나지 않고 있다. 노골적인 반미감정을 앞세우고, 체제 우월성을 강조하는 태도는 자칫 거부감을 불러일으킬 가능성이 크다. 물론 그나마 의미를 찾고자 한다면, 집단만을 생각하던 사고방식에서 벗어나 한 개인의 아픔을 그것도 이산가족으로서의 아픔을 묘사하고 소재로 다루고 있다는 사실만으로도 북한 소설에서는 하나의 커다란 획기적인 사건이라 할 수 있을 것이다. 북한 소설이 '수령의 형상화'라는 허울로부터 일탈하여 개인의 문제를 형상화하기 시작했다는 사실은 발전적 조짐의 대표적 사례가 된다. 개인의 문제를 주목한다는 것은 작가 의식의 반성적 전환을 의미하는 것이기 때문이다.

4. 90년대 초기 북한 단편 소설 속의 '숨은 영웅' 찾기

『조선문학』91년 2월, 3월호에 실려 있는 7편의 단편 소설을 모두 포괄할 수 있는 소재가 있다면 그것은 숨은 영웅 찾기이다. 앞서 언급한 이산가족의 아픔의 소재를 갖고 있는 작품도 최인수라는 숨은 영웅으로 이해할 수 있기 때문이다. 이미 앞서 2장에서 90년대 북한문학의 좌표로 '주체적 인간학'을 명시한 바 있는데 일련의 숨은 영웅들의 이야기가 꾀하는 목표가 곧 '주체적 인간'을 형상화하는 것을 의미한다. 7편의 단편 소설의 중심 인물은 한결같이 자기 직분에 너무나도 충실한 인물들로서 수령이나 당에 충성을 다하려 끊임없이 애쓰는 모습을 드러낸다.

김정일의 어린이 사랑하는 모습을 주 내용으로 하고 있는 「희망의 새」 역시도 겉으로 드러나는 김정일이란 '시대의 영웅' 뒤에 숨어서 등장하는 해남이 아버지의 행위를 은근히 찬양하고 고무하며, 해남이 어머니의 행위까지도 추켜올리는 것이다.

(…) 그 녀성직장장 동무는 전후에 바다를 지켜 싸우다가 희생된 저 예망선 선장의 유가족인데 우리 수령님의 사상을 누구보다도 잘 알고 있었습니다. (…)

그이의 절절하신 말씀에 만덕로인은 두손으로 가슴을 움켜쥔 채 그 이를 우러러 한걸음 나서다가 그만 목이 꺽 메여버렸다. 그 크나큰 은 정을 받아 안은 그 녀성직장장이 바로 자기의 며늘애기라고 말씀올리 며 감사의 인사를 드리고 싶었지만 한 가정의 기쁨이라고 생각하기에 는 너무도 엄청난 그 무엇이 느껴져 감히 입을 열 수가 없었던 것이다.[5]

「희망의 새」는 김정일 우상화를 위해 창작된 작품임은 의심할 여지 없다. 김정일은 김일성처럼 최고의 예지와 덕성을 보여주는 대범하 고도 소탈한 인물이며 아주 친근하고 친절한 존재로 구구절절 묘사 된다. 도덕적이며 인간적인 고매함을 구현하는 인물로 "저 바다가 제 아무리 넓고 깊다고 하여도 우리 인민 모두를 저렇게 한품에 안아 이 끌어주시는 친애하는 김정일 동지의 끝없는 사랑에 비길 수가 있겠 는가!"라고 감격한 만덕노인의 칭송을 받는다. 이「희망의 새」는 교화 적이며 계몽적이다. 사상의 홍수 속에 빠지게 하는 작가의 강요 메시 지가 너무 강하다. 그런데 이 작품도 작품 속에서 김정일이 등장하기 전에는 정서적 감동이 잔잔하게 나타났던 것을 염두에 두면, 작가가 너무도 의도적으로 당의 공식적 목소리를 끼워 넣으려는 억지가 그대 로 드러난다고 할 수 있다. 만덕노인이나 해남이 그리고 해남이 엄마, 아빠 모두 형상화된 '주체적 인간'들인 것이다.

은야 탄광을 배경으로 한 박태수의「박동」은 윤영준이라는 당 비서 를 중심으로 수렁에 빠진 박토기를 현명하게 꺼내는 김광국 기사와 송정규 기사장이라는 두 기술자들을 부각시키고 있는 소설이다. 이 작품에서는 '주체적 인간'의 전형이라고 할 수 있는 인물로 윤영준을 들 수 있다. 그는 책임감과 인간적인 의리, 당에 대한 충성을 그대로

---

5 『조선문학』91년 2월호, p.17.

드러내는 '숨은 영웅'이다.

> 그것은 영준의 진정이었다. 그 진정에 마음이 움직인 듯 송정규도 자기의 괴로운 진정을 고백했다.
> <비서동무의 편지가 아니었다면… 전 아직도 집문턱을 넘지 못했을 겁니다. 욕을 많이 하십시오.>
> 영준은 기뻤다. 이 자존심 센 사람이 이런 말을 할 때에는 모든 것을 초탈했으며 새로운 제일보를 내디뎠음을 의미한다고 그는 확신하였다.
> <허허허 해야지요. 해달라는 욕이야 못하겠소? 그러나 지금은 일부터 합시다. 일을 욕으로 치고 성공으로 자기비판을 대신합시다.>[6]

결단력이 있는 당 간부의 전형이자, 일의 의욕을 고취하고 인간적인 허허로움을 보여주는 윤영준은 자신을 희생해서라도 국가에 충직하고자 노력하는 인물이다. 「박동」은 당 간부란 모름지기 이렇게 아랫사람을 위하고 다독거리며 큰 중책을 해결해 나갈 수 있는 인물이어야 한다는 작가의 메시지가 강하게 전달되는 작품이다. "일을 욕으로 치고 성공으로 자기비판을 대신"하자는 영준의 말은 인간성의 회복에 대한 가능성의 여지를 보여준다.

림병순의 「갈숲의 저녁노을」에서는 육종학에 삶을 바쳤던 남편의 뜻을 저버리지 못하고 자신의 남은 삶 역시도 갈숲에 바치는 조진숙이라는 숨은 영웅을 주인공으로 내세우고 있다. 조진숙은 남편의 뜻을 아들이 계속해서 이어가기를 바라나 아들은 나름대로의 다른 길을 택하려 했다가 또 다른 숨은 영웅인 복실의 설득으로 어머니의 뜻을 따르기로 결심한다. 어머니와의 갈등을 극복하고 사랑하는 여인 복실에 의해 갈숲을 지키기로 마음먹은 아들 영수는 신세대 공산주의자이다. 청년 인텔리로서 상당한 교양과 지적 훈련을 받은 인물인 영수와 갈등을 빚는 어머니 조진숙은 투철한 '주체적 인간'이다.

---

6 『조선문학』 91년 2월호, pp.49~50.

<내 나이가 무슨 상관이냐? 내가 하다 못하면 네가 하고 … 너희들
이 있지 않니? 그렇게 조국은 귀중한 재부를 얻는단다. 목적한 종자를
하나 얻기 위하여 수년 혹은 수십년을 바쳐야 하고 래일을 위해 오늘
을 희생하는 것이 육종학자들의 본분이 아니겠니?>[7]

연구에 평생을 바치는 것이 조국에 보답하는 길임을 누차 강조하
는 인텔리 인물을 통해서 작가는 지식의 국가에 대한 봉사라는 메시
지를 전한다. 새로운 사회주의 체제는 광범한 교육의 혜택을 베풀어
왔기 때문에 누구든 자기 분야에서 인텔리가 되어야 하고 될 수 있다
는 것이 '주체'시대의 주장이며, 그러한 인간이 곧 '주체적 인간'이다.
이제 인텔리란 더 이상 특별한 사회적 구성 부분이 아니라는 것이다.
따라서 인텔리가 의심이니 경원의 대상이어야 할 필요가 없으며 지
식이 위세의 수단이 되어도 안 될 것이라는 점이 지적되었다. 지식은
오직 사회주의와 인민생활의 발전을 위해 봉사하는 데 그 목적과 의
의를 두어야 했던 것이다.

여기 또 다른 신세대 공산주의자의 이야기를 통해서 과학자의 충
성심을 드러내고 있는 작품이 바로 리극의 「뿌리는 토양 속에 있다」
이다. 이 작품에서는 "이거야말로 당에 바치는 한 과학자의 충성심이
낳은 열매요" 나 "재능도 조국애와 결부되어야 빛난답니다", 또 "우
리를 인민의 과학자로 키우는데 수고로운 품을 들인 조국과 스승과
동지들을 잊지 말고 꼭 보답을 합시다" 등의 지식을 국가에 바치고 충
성하는 따위의 이야기들이 끊임없이 나열된다. 신세대 과학자가 될
학선을 뒤에서 밀어주고 격려를 아끼지 않았던 강수은교사의 희생적
인 제자 사랑을 부각시키면서 조국은 훌륭한 과학자를 필요로 하고
있음을 강조하고 있다. 수많은 희생 덕분에 커갈 수 있었던 과학자의
삶의 방향과 길의 목표를 제시해주는 작품이다. 여기서도 훌륭한 과

---

7 위의 책, p.61.

학자를 키워준 어느 여고사라는 '숨은 영웅'의 충직한 직분 이행을 강조하고 있다.

구경서의「기원」이나 리규춘의「류다른 마차」역시도 목숨을 바쳐 국가에 충성하고 자신이 맡은 직분을 충실히 행하는 부기원 노인과 소비조합 판매노인 등의 '숨은 영웅'들을 내세우고 있다. 사회를 건강하게 가꾸는 이런 주인공들이야말로 소위 '주체적 인간학'이 요구하는 전형적 인물로서 손색이 없다. "오늘 우리 인민들 속에서 수많이 자라나고 있는 숨은 영웅들은 주체형의 공산주의적 인간의 전형"[8]인 것이다. 이러한 '숨은 영웅'들의 부각은 '수령의 형상화'라는 작업과 비교해 볼 때 수직적 관점으로부터 수평적 관점으로의 획일적 이동을 의미하는 것이 아닌가라는 생각을 해본다.

5. 맺음말

본고에서 살펴본『조선문학』91년 2월호, 3월호에 실린 7편의 단편 소설들은 다음과 같다. 2월호에 실린 김원종의「희망의 새」, 박태수의「박동」, 림병순의「갈숲의 저녁 노을」, 3월호에 실린 리명균의「누이를 생각한다」, 구경서의「기원」, 리규춘의「류다른 마차」, 리극의「뿌리는 토양 속에 있다」등이다. 이 중「희망의 새」가 김정일 예찬을 펴고 있으며,「누이를 생각한다」가 북한에 있는 이산가족 관련 내용이 들어있는 작품이다. 그리고는 나머지 5편이 '사회주의 현실 주제'를 다루고 있다.『조선문학』에 발표된 단편 소설 7편을 개괄적으로 말하면, 진실을 알려주려는 언어적 진정성이 살아날 듯하다가 끝내 의미를 상실한 채 이탈되어 있는 북한 소설의 현주소를 미비하게나마 재확인시켜주는 작품들이라고 할 수 있다.

그러나 그러한 개괄적 특징 안에서도 특이한 점을 찾을 수 있었다.

---

8 이재인, 이경교, 앞의 책, p.162, 재인용.

첫째는 리명균의 「누이를 생각한다」가 이산가족의 아픔이라는 개인적인 이야기를 작품에 담아내고 있다는 점이다. 특히, 이산가족의 아픔을 담은 단편 소설이 80년대 북한 소설에서 볼 수 없었던 것이기에 더욱 그러하다. 둘째는 『조선문학』 91년 2월, 3월호에 실려 있는 7편의 단편 소설들이 모두 숨은 영웅들을 다루고 있다는 점이다. 다시 말해서 '수령의 형상화' 이외에 모든 사회 집단 속에서 자신의 직분을 충실히 이행하는 '숨은 영웅'들을 그려내기 시작했다는 것이다. 수직일변도의 소설적 주제인 '수령의 형상화'와는 다른 수평적 관점을 부여하는 '숨은 영웅'들에 관한 소설들로부터 나름대로의 변화의 의미를 찾을 수도 있을 것이다. 물론 어떤 작품에서거나 예외 없이 당의 공식적 목소리를 대변하고 있는 듯한 작가의 소리가 북한 사회에서 예술이 정치화 수단으로 될 수밖에 없는 냉혹한 현실을 일깨워주고 있음은 부인할 수 없을 것이다.

그럼에도 불구하고 본고는 아주 미비하고 작은 변화의 조짐이 북한 문학계에서 일고 있었으며 또 현재도 일고 있다는 사실만으로도 의미 있는 일이라고 보는 것이다. 그 작은 변화의 조짐을 1991년 『조선문학』에 실린 단편 소설들을 통해서 미력하나마 살펴보고자 한 것이다.

조선작가동맹 중앙위원회,『조선문학』제2호, 문예출판사, 평양, 1991.

_______________________,『조선문학』제3호, 문예출판사, 평양, 1991.

김재용,『북한 문학의 역사적 이해』, 문학과 지성사, 서울, 1994.

______,『분단구조와 북한문학』, 소명출판, 서울, 2003.

신형기,『'공산주의 인간학'의 분석 북한소설의 이해』, 실천문학사, 서울, 1996.

이재인, 이경교,『북한문학강의』, 효진, 서울, 1996.

양길현,「1990년대 남북한관계 : 평화공존을 찾아서」,『동아시아연구논총』, 제주대
학교동아시아연구소, 제주, 1998.

최연홍,『북한의 문학』, 남북문제연구소, 서울, 1994.

제3부
비교문학과 번역문학

제1장

김소월^{金素月}과 레오파르디의 낭만적 염세주의 비교연구

1. 머리말

소월 김정식은 1902년 한국의 평북 정주에서 출생하여 1934년 12월 23일, 32살이라는 젊은 나이에 자살로 생을 마감한 천재시인이다. 그리고 이제 우리가 잘 아는 김소월과 비교를 하고자 하는 시인은 '19세기 최대의 이탈리아 천재시인' 자코모 레오파르디(Giacomo Leopardi)이다. 19세기와 20세기라는 시대도 다르고 지역적으로도 전혀 다른, 그렇다고 김소월이 19세기 이탈리아 시인인 레오파르디를 알았을 리 없는데도 불구하고 본 비교 고찰을 시도하는 것은 다음과 같은 이유가 있기 때문이다.

첫째, 소월과 레오파르디는 모두 다 불행한 삶을 짧게 살았다는 점이다. 레오파르디는 1798년 이탈리아의 마르케 (Marche)주의 레카나티 (Recanati)에서 태어나 평생토록 병약한 몸으로 살다가 1837년에 39살의 짧은 생을 마감한 결코 행복하지 않았던 시인이다. 그래서 불행한 삶을 그것도 길지 않은 기간 내에 마감했다는 점이 이 두 시인들의 공통점이다.

둘째, 두 시인들이 살았던 시기가 정치적으로 안정되지 않은 암울한 시기였다는 점이다. 김소월이 일제 식민지 시대를 살았던 반면에, 레오파르디는 끊임없이 외세의 침입에 시달려온 이탈리아의 19세기 초반을 살았던 시인이다. 정치적으로 오스트리아의 지배하에 있던 이탈리아는 1796년 나폴레옹의 이탈리아 반도 침공에 의해 오스트리아가 물러나게 되자 프랑스의 지배하에 놓이게 된다. 그런데 그후 나폴레옹의 실각으로 또 다시 오스트리아에 예속되는 상태에 놓인 이탈리아였다. 그 와중에도 프랑스혁명의 자유·평등·박애정신은 점차적으로 이탈리아 민중들의 의식 속에 뿌리를 내리고 있었다. 이러한 분위기를 통해서 이탈리아인들의 오랜 염원인 이탈리아 통일운동 ─일명 리소르지멘토(Risorgimento) 운동─이 싹트기 시작했고 이탈리아 정국은 어수선하기 그지없었다. 1848년에서 1849년에 걸쳐 제1차 독립전쟁이 일어났고, 비록 짧은 기간이었지만 이탈리아인들의 마음속에 큰 희망을 불러 일으켰다. 그리하여 1861년에 이탈리아 왕국이 공포될 수 있을 때까지 이탈리아 전역은 작고 큰 전쟁을 수없이 겪었다.[1] 그런데 레오파르디가 살았던 당시는 통일 운동의 희망마저 아직 살아나지 않았을 때였다.

---

1 1859년에는 프랑스-피에몬테 연합군이 대 오스트리아 전쟁에서 승리하여, 니스와 사보이아를 프랑스에 할양하는 대신 롬바르디아를 피에몬테에 합병시켰다. 곧 이어 토스카나와 에밀리아도 합병했다. 한편, 쥬셉페 가리발디(Giuseppe Garibaldi, 1807~1882)는 놀라울 정도로 신속하게 이탈리아 남부지역을 정복하여 시칠리아와 나폴리를 빗토리오 에마누엘레 2세(Vittorio Emanuele II)의 사르데냐 왕국에 합병하였다. 마르케와 움부리아 또한 교황권에서 벗어나 국민 투표를 통해 피에몬테에 합병했다. 이탈리아 통일 운동에 있어서의 합병과정은 모두 국민투표를 거친 것이었다. 이리하여 1861년 3월 14일에 베네토와 로마를 제외한 이탈리아 왕국이 공포 될 수 있었다. 그후 1866년에 동맹을 맺은 이탈리아와 프로이센은 오스트리아와의 전쟁에서 승리를 거두어 이탈리아는 베네토를 합병하게 되었다. 그리고 1870년에는 프랑스와 프로이센 전쟁에 개입하여 교황권과 결탁되어 있던 프랑스에 승리함으로써 로마를 점령하였다. 이리하여 1870년 9월 20일 마침내 이탈리아 민족통일을 완성하게 되었다. 김효신, 『이탈리아 문학사』, 학사원, 대구, 1997. p.136. 참조.

셋째, 김소월 시의 경우나, 레오파르디 시의 경우, 정형 율격을 지키면서 비관주의적 서정성이 돋보인다는 점이다. 한국적 서정성을 대표한다 해도 과언이 아닐 김소월의 경우, '한과 애수의 시인'이라든지, '민요시인' 등의 별칭이 붙을 만큼 평이하고 결 고운 모국어의 아름다움, 섬세하고 부드러운 여성적 서정의 아름다움, 그리고 사랑과 이별과 그리움으로부터 옥죄어 오는 인간 고통을 유리알처럼 선명하게 한국인들의 뇌리에 비춰 주었던 그 수사적 아름다움 때문에 한국 시를 사랑하는 사람이면, 누구나 개인적 기호와 취미에 상관하지 않고 그 이름 석자를 마음 속 깊이 새겨 둘 정도의 시인인 것이다. 그런데 바로 레오파르디의 경우에도 '이탈리아의 바이런', 우울하고 슬픔에 젖은 듯 염세적인 시를 쓴 '타고난 가인'이라는 별칭도 갖고 있는 이탈리아 낭만주의를 대표하는 시인이다.

이상의 세 가지 공통점이 있는 이 두 시인을 시대를 초월해서 지역적 민족적 한계를 초월해서 간략하게나마 연구해 본다면 흥미로울 것 같다. 이 세 가지 중에서도 개인적으로 가장 중점을 두고 싶은 점은 낭만주의적 염세주의와 관련된 비관주의적 서정성이다. 특히 흥미있는 점은 두 시인 다 낭만주의자들이 내세우는 천재적인 영감에 의해서 시를 쓰는 태도를 보인다는 점이다.

기존의 유럽적 비교연구가 한국의 비교문학 풍토에서 큰 주류를 잡았던 것이 사실이다. 그러나 이제는 그런 한정적 비교연구에 머물지 않고, 영향 관계가 없는 작품들과 영역들이라도 '인간의 창작과 문화'라는 틀 속에서 무한하게 확대될 수 있는 것이 '열린 학문' 그리고 앞으로 21세기를 주도할 '비교문화'를 수용할 수 있는 비교 연구 풍토가 될 것이다. 이미 한국 뿐 아니라, 세계의 비교문학계에도 이러한 바람이 불고 있으며, 이는 다분히 다문화주의를 표방하는 미국의 비유럽적 연구태도에서 기인한 것이기도 하다.

이 점에 착안하여, 본인도 이러한 비교연구를 시도하게 되었다. 그리고 이 연구가 얼마나 타당한 가를 따지기에 앞서 한 번도 이루어지지 않은 연구라는 데 의의를 두고 싶다. 기존의 연구 방식에 식상한 우리들이기도 하다. 앞으로 더욱더 다양한 자료고찰을 통해서 검증될 것이 많으리라 본다. 우선 이 소고에서는 천재적인 두 시인, 김소월과 자코모 레오파르디의 삶의 궤적을 살펴보고, 간략하나마 그들의 시 세계에 대한 비교연구를 시도해 보고자 한다.

2. 김소월과 레오파르디의 삶의 궤적

소월과 레오파르디의 비교연구를 위한 선행과제로 소월의 생애와 레오파르디의 생애를 각각 살펴보는 것이 필요할 것 같다. 우선 김 소월의 생애를 간략하게 살펴보자.

김소월은 성격적으로 고독하고 인간적으로 불행했던 사람이었고 그가 택한 시인의 길은 그에게 있어선 유일한 위안인 셈이었다. 1902년 9월 7일, 소월이 태어날 때 그의 집안은 비록 대가족이 모여 살았지만, 그래도 경제적 여유가 있었고 그다지 불행의 그림자가 비쳤던 것은 아니었다. 그러나, 그의 아버지 김성도가 소월이 태어난 바로 그 해 가을, 몸을 푼 아내와 갓 태어난 장남 소월을 보러 처가 나들이를 가다가 일인 목도꾼들에게 폭행당하는 사건이 터져 그 일로 해서 정신 이상을 일으키고 만다. 그 이후로 일생 동안 폐인으로 지내는 비극의 주인공이 된 소월의 아버지 때문에, 소월은 정신적으로 큰 타격을 받았다. 명랑하고 총명했던 소월은 나이를 먹을수록 우울하고 고독해하는 내향적 성격으로 변모하게 되었는데 그 주된 이유가 그의 아버지 때문이었다. 정신 이상을 일으킨 남편으로 인해 소월의 어머니 장씨는 남편에게서 못 채운 사랑을 아들로부터 보상받으려는 심리로, 소월에게 지나친 정성을 쏟았다. 하지만 그의 어머니는 문맹이었기 때문에, 성장해 가는 소월의 지적 욕구를 채워줄 수 없었고, 또 대화도 제대로 할 수 없었다. 남편을 대신한 맹목적인 자식 사랑에 오히려 심리적 부담감만을 느끼게 해주었고, 소월의 내향성을 더욱 가중시키는 데 일조 했다. 그러므로 소월은 생부가 있었지만 정신적으로 고아일 수밖에 없었고 그런 암울한 환경[2]에서 소월의 한의 문학이 배태되었던 것이다. 그나마 일말의 희망으로 그의 작은 어머니 계희영이 그나마 그의 유일한 말벗이 될 수 있었다. 그녀는 언문을 익혀 많은 고대소설을 읽었던 터라 소월에게는 이야기 보따리였고, 유일한 기쁨이었다. 자기 어머니보다도 오히려 작은 어머니를 더 좋아했다 하니 가히 짐작이 가고도 남는다. 소월의 성격형성기에서 작은 어머니 계희영의 역할은 상당히 컸던 것 같다. 시인 소월을 키워낸 후견인이 은사인 안서 김억이었다면, 유년기에 소월의 문학적 감수성의 텃밭을 일궈낸 역할은 그의 작은 어머니가 했던 것이다.

남산 학교 시절 알게된 오순이라는 동네처녀와의 풋사랑이야기며, 오산학교 시절 그의 평생을 두고 잊을 수 없는 안서 김억을 만나는 일 등이 그의 생애에 중요한 일점을 찍었던 사건들이다. 그의 할아버지가 강제로 결혼을 맺어주기 전까지 소월의 온 생각을 사로잡았던 사람은 오순이었다. 남산학교 시절 소월에게 유일한 휴식처였던 옥녀봉 냉천터에서 밀회를 나누었던 오순을 소월은 잊을 수가 없었다. 떨어져 있는 만큼 보고픔도 더했고, 더구나 오순의 집이 빈한하여 혼인이야기도 내비칠 수 없는 처지여서 안타까움이 더했다. 오순에 대한 소월의 애틋한 정은 「못잊어」(개벽 23.5), 「그리워」(창조 20.3), 「꿈자리

---

2 연이은 폭행으로 정신질환을 앓게 된 소월의 아버지 김성도는 늘 혼자서 중얼거리는가 하면 때로는 폭음도 서슴지 않고 부인을 괴롭히기도 했다. 이러한 부친의 광증은 공주 김씨 가문에 어두운 그림자를 남겼고 끝내 소월에게도 암울한 영향을 미쳤다. 정신이상자가 있는 집안은 더 이상 화평스러운 곳이 아니었으며 아버지가 오히려 무서운 사람으로 인식되면서 소월은 점점 집안을 떠나 혼자 있는 것을 좋아하게 되었다. 김영철, 『김소월-비극적 삶과 문학적 형상화』, 건국대 출판부, 서울, 1994, p. 23.

」(개벽 22.11) 같은 시편들을 낳았고 결혼 후에도 번민의 골은 더욱 깊게 패여 갔다. 1923년 5월 『개벽』지에 실린 「사욕절(思慾絕)」이라는 제목의 5편의 시들[3]은 소월의 오순에 대한 애틋한 사랑을 담은 작품들이었다. 소월의 첫 연인이었던 오순과의 이별은 오히려 소월로 하여금 주옥같은 사랑의 노래를 부르게 한 계기가 되었다. 소월과 오순의 만남이 그에게 많은 시를 낳게 하였다면, 시인으로서의 길을 본격적으로 들어가게 해 준 만남은 안서 김억 이었다. 소월과 안서는 1919년 3월 운동 이후 끈끈한 사제의 정을 나누게 되는데, 안서는 선배로서 소월에게 시 창작뿐만 아니라 사람이 걸어갈 길을 가르쳤던 것이다. 안서에게서 배운 술은 끝내 스승을 능가하고 그의 짧은 생애에 빼놓을 수 없는 반려가 되었다.

소월이 문단에 처음 등단한 것은 1920년이었다. 창조의 동인이었던 안서의 추천으로 『창조』5호에 「낭인의 봄」등 5편의 시를 처음 발표하였다. 이를 계기로 시인 소월의 필명이 문단의 주목을 받기 시작한 것이다. 같은 해 7월 『학생계』에 「거치른 풀 흐트러진 모래동으로」를 발표하고 1년여의 공백기를 두다가 1922년 이후 왕성한 창작활동을 전개하였다. 소월의 문단활동은 1920년 이후에 비롯되지만 실제 그의 시 창작은 남산학교 시절부터 시작된 것이니 만큼 어찌 보면 늦은 등단이었는지 모른다. 안서의 회고에 따르면 소월의 좋은 시는 15세에서 18세 때 주로 씌어졌다고 하는데 이 시기는 거의 오산학교 재학 중에 해당된다. 이렇게 볼 때 소월의 문학적 천재성은 조숙한 시기에 발현되고 이후에 곧 시들어진 것으로 볼 수 있다. 소월은 처가인 구성으로 이사 가서 그후 2~3년부터는 거의 작품 활동을 중단하고 말았던 것이다.

동경유학에 실패하고 서울에 체류하던 1923년은 소월이 시인으로

---

3 Ⅰ「못닛도록 생각 나겠지요」(못니저), Ⅱ「예前엔 밋처 몰랏섯요」, Ⅲ「자나 깨나, 안즈나서나」, Ⅳ「해가 山마루에 저믈어도」, Ⅴ「눈물이 쉬루르 흘러납니다.」.

서 명성을 얻은 해였다. 1920년 『창조』에 데뷔한 이후 소월이란 필명이 문단에서 크게 주목받게 된 것이다.[4] 1924년 고향으로 돌아온 소월은 마음의 안정을 찾지 못하고, 이내 처가인 구성으로 삶의 터전을 옮긴다. 구성은 깊은 산골마을이었다. 소월의 처가행은 조부의 간섭과 아버지의 광증, 그리고 종손이라는 무거운 책임감에서 해방되는 탈출구이기도 했다. 그러나 지긋지긋한 존재들로부터 벗어난 해방감을 맛본 그 이후의 삶이 그다지 순조롭지 않았다. 손대는 일마다[5] 어려움이 많았던 탓에 느는 것은 술뿐이었다. 더욱이 1926년 마음 속의 연인이었던 오순이 불행하게 죽은 사건이며, 그에 연이어 1927년 유일한 문우였던 나도향의 요절 소식은 소월을 절망에 휩싸이게 했다. 소월의 생애에서 가장 가까웠던 두 사람의 죽음으로 인해 소월은 삶의 의욕을 잃고 술로 지새는 날이 늘어만 갔다. 죽음에 대한 충동을 처음으로 강하게 느낀 것도 이 두 사람의 죽음이었다. 그러던 중 1929년 9월에 시인 이장희의 자살 소식을 듣고 소월은 다시 한 번 더 큰 충격을 받게 된다. 오순과 도향의 죽음은 병사였지만 이장희의 죽음은 스스로 목숨을 끊은 것이기에 또 다른 충격으로 와 닿았다. 이장희의 죽음은 자살 충동을 좀더 심화시키고 구체화시키는 계기가 되었다. 거기다가 일경의 감시까지 겹쳐, 심적인 모욕까지 받게 되자 소월은 그야말로 피압박 민족의 슬픔을 뼈저리게 느끼면서 절망은 그 깊이를 더해갔다.

---

4 소월에 대한 문단의 평은 호의적인 것이었고 1923년이 절정이었다. 박종화는 개벽(1923.1.)에 소월의 시를 다음과 같이 평하고 있다. "아마 그 시속엔 얼마나 아름다운 기교가 있으며, 얼마나 아름다운 조율이 흐르며, 얼마나 안타까운 정서가 솟는가. 우리 무색한 시에 이러한 작품이 있음을 기뻐하여 마지아니한다." 또 다른 글에서 박종화는 소월을 우리 민족의 혈관 속에 흐르는 조용한 인정과 꿈과 눈물과 순정을 남김없이 가지고 있는 시인으로 평하고, 소월 시의 정조는 바로 우리 민족의 감정이며 낭만이기에 그의 시는 바로 우리의 민족시라고 규정하였다. 소월의 시를 민족시로 규정한 것은 박종화에게서 비롯된 것이다. 위의 책, p.35.
5 1925년 구성(龜城) 남시 평지리 면주재소 근처에 자리를 잡았던 동아일보 지국 경영과 1927년 지국 경영의 실패로 시작한 고리대금업.

10년간 구성 산골에 칩거하여 세속적 삶에 허우적거리며 술과 한숨으로 살아온 절망의 끝, 그 벼랑 위에 선 소월은 이제 선택의 여지없이 죽음을 맞이하게 된다. 모든 것을 포기하고 좌절하여 선택한 죽음의 시기는 1934년 12월 23일이었다. 그는 4남 2녀와 아내에 대한 가장으로서의 책임감, 가문의 장손에 대한 기대, 그에게 유일한 구원이자 위안이었던 문학, 암울한 식민지 시대를 살아야 하는 지식인으로서의 고뇌와 울분 등 모든 것을 포기했고 스스로 무책임한 희생양, 비겁자, 현실도피자, 비관주의자 등의 비난을 스스로 감내해야만 했다.

이에 비해 이탈리아의 시인 레오파르디의 생애를 살펴보자.

자코모 레오파르디는 이탈리아의 중부에 자리 잡은 아주 작은 마을 레카나티에서 1978년 6월 29일, 모날도(Monaldo) 백작과 후작의 딸 아델라이데 안티치 (Adelaide Antici) 사이에 장남으로 태어났다. 그의 아버지 모날도 백작은 우유부단하고 불안정한 성격의 소유자로 현학적인 연구에 몰두했던 박식한 인물이었으나, 가정은 돌보지 않는 무책임한 가장이었다. 어머니 아델라이데는 가정에 무관심한 남편을 대신하여 가정을 훌륭히 관리했다. 그러나 어머니로서는 큰 아들 레오파르디에게 그다지 모성애를 베풀지 못했다. 경제적 곤란에 처한 가정을 남편대신 이끌어 가는 역할에 충실했던 반면 어머니로서의 부드러움과 자상함이 많이 결여되어 있는 활동적이고 정력적인 여인이었다. 유서 깊은 귀족 가문의 맏아들로 자코모가 태어났을 때의 시대적인 상황은 무척이나 암울했다. 태어나기 불과 몇 달 전에 나폴레옹 군대가 이탈리아의 교황령을 침략하였고, 마르케 주를 점령하였다. 그나마 다행이었던 것은 레카나티가 나폴레옹 군대에 의해 약탈당했던 때 모날도 백작이 죽을 위험한 고비를 수차례 넘기면서도 목숨만은 건졌다는 것이다. 그러나 나폴레옹 군대의 약탈로 인해서 모날도 백작의 조상 대대로 물려받은 유산은 파산지경에 이르렀다. 이런 와중에도 1799년 남동생 카를로(Carlo)가 태어났고, 1800년에는 여동생 파올리나(Paolina)가 태어났다. 그 이후에도 7명의 동생들이 태어났으나, 다섯 명은 어려서 죽고 남은 두 명중 하나인 루이지(Luigi)는 24살에 폐결핵으로 죽고, 유일하게 피에르프란체스코(Pierfrancesco)만이 제명대로 살았다.

어린 자코모에게는 카를로와 파올리나가 루이지나 피에르프란체스코 보다 훨씬 깊은 정이 들었던 동생들로 자코모에게는 첫 친구들과 마찬가지였다. 뿐만 아니라 어린 시절과 사춘기 시절을 거쳐 커서까지 속마음을 터놓고 얘기할 수 있는 남동생이자 여동생이었다.[6] 그의 아버지와 어머니가 성격차이로 늘 불화하여, 우울한 분위기였던 그의 가정에서 어린 레오파르디가 찾을 수 있었던 인간적인 면에 있어서의 유일한 희망이었다. 그러한 가정적인 우울한 분위기에서 레오파르디는 아버지의 서고에 매료되어 그 곳에서 탈출구를 찾는다. 어린 시절부터 아주 절망적이고도 미친듯한 정열에 사로잡혀 문학공부에 몰두했던 것이다. 이러한 그의 지나친 문학에 대한 연구열은 신체의 허약함을 가져왔다. 특히 뇌척수가 약해지는 증상(척추 만곡증)이 그를 몹시 괴롭혔는데 이것이 그가 평생을 두고 받아야 할 고통이 될 줄은 몰랐을 것이다.

10세에서 17세 사이에 그는 라틴어, 그리스어, 헤브라이어를 배웠고, 고전어뿐만 아니라 영어, 프랑스어, 스페인어 등의 근대어 공부에도 열심하였다.[7] 1809년 레오파르디는 처녀시라고 일컬어지는 소네트 「헥토르의 죽음 (La morte di Ettore)」[8]을 창작했다. 그런데 이 시기는 실

---

6 이 사실은 그나마 평생을 외롭게 결혼도 하지 못하고 독신으로 살았던 자코모 레오파르디에게는 위로와 동시에 마음의 안식을 얻을 수 있는 부분이었다.

7 레오파르디는 아주 어려서부터 9살이 될 때까지 돈 주셉페 토레스(Don Giuseppe Torres)라는 퇴임한 노장 예수회 신부를 가정교사로 모시고 가르침을 받았다. 그리고 그 이후 10살(1807년)에서 14살(1812년)까지는 돈 세바스티아노 산키니(Don Sebastiano Sanchini)라는 교구신부를 가정교사로 두고 동생 카를로와 함께 학업을 계속했다. 그의 정식 학업과정은 14살에 끝났는데 가정교사가 더 이상 가르칠 것이 없다는 판단에서 였다. Adriano Bon, Invito alla lettura di Leopardi, Mursia, Milano, 1993. pp.25~26 참고.

질적인 창작열에 불탔던 시기라기보다는 고전 작품 연구열에 사로잡혔던 시기라 주로 고전 작품을 번역하거나 주석을 달았다. 1813년(15세)에「천문학의 역사 (Storia dell'astronomia)」를 썼고, 1814년에는 문헌 연구가로서의 활동을 시작[9]했는데 이 문헌학 방면에도 천재적인 소질과 재능을 보이고 있었다. 단지 그가 죽은 후에나 사람들이 그의 문헌학적 업적을 인정하였고, 니체는 레오파르디를 가리켜 "문헌학자로서의 근대적인 이상"이라고 하였다. 1815년에는 문헌학에 관련된 글「고대인들의 일반적인 오류에 대한 고찰(Saggio sopra gli errori popolari degli antichi)」을 썼다. 이 시기, 즉 10세에서 17세까지를 레오파르디 자신은 "절망에 파묻혀 미친 듯 공부에 전념했던 7년"이라고 술회하고 있다. 굳이 이러한 7년을 시인 역시 회고하고 있는 것은 그 이후의 자신의 모습이 많이 변화되었기 때문이다. 1815년에서 1816년 사이에 레오파르디에게는 문학적 전향이라는 변화가 일어났다. 이러한 변화는 그의 삶에 있어서 중요한 사건으로, 그는 이때부터 현학적 고전 작품 연구, 철학적 연구에서 벗어나 시와 문학 연구에 열중하게 된다. 이제 현학적 학문적 욕구에서 문학적 아름다움을 추구하는 쪽으로 기울었다는 것이고, 이러한 변화기를 통해서 레오파르디는 본격적인 시인으로서의 길을 들어서게 되었던 것이다. 레오파르디 자신은 자신의 문인, 시인으로서의 개인적 활동이 시작된 해를 1816년이라고 하였다. 그리고 거의 같은 시기에 정치적으로도 가정환경에서 영향을 받은

---

8 레오파르디 자신은 이 시를 하나의 습작시에 불과하다고 자평하고 있다. 그러나 일반적으로 이 시를 그의 처녀시로 평가하고 있다. 여기서의 헥토르는 그리스 신화에 나오는 인물로서 트로이의 왕 프리아모스와 헤카베의 아들이다. 『일리아드』에 나오는 트로이의 영웅으로 친구 파트로클로스를 잃은데 대한 증오와 복수심에 불타던 아킬레우스의 공격을 받고 죽었다.

9 1814년에서 1815년 사이에 레오파르디는 외삼촌 카를로 안티치(Carlo Antici)의 도움으로 보잘 것없는 레카나티를 벗어나 레오파르디 자신이 간절히 기다려왔던 로마의 교회 학술원 (Accademia Ecclesiastica)으로 가게 된다. 그곳에서 방대한 양의 위대한 고전 문학을 직접 접하며 연구에 몰두할 수 있었다. 실제로 로마로 가게 된 데는 주변의 도움도 있었지만, 무엇보다도 시인 자신이 어린 나이임에도 불구하고 그리스어와 라틴어에 능통한 때문이었다.

반동적인 사상을 부정하게 되었고, 조국의 자유에 대한 이상을 포용하게 되었다. 그러나 현실적인 이상에 접근함과 동시에 종교적 신앙심은 다소 약해졌다. 레오파르디의 정신은 늘 슬픈 상념에 사로잡혀 있게 되었고, 훗날 이러한 모티브가 그를 염세주의로 이끌어 간다. 1817년에는 당대 유명한 문인들, 즉 고전연구가이자 문인인 피에트로 조르다니(Piertro Giordani), 시인 빈첸초 몬티(Vincenzo Monti), 고문서학자 안젤로 마이(Angelo Mai)등과의 접촉으로 시인 레오파르디는 비로소 이탈리아 문인 사회에 본격적인 입성을 하게 된다.

1813년경부터 레오파르디를 괴롭혔던 허약 체질과 질병의 징후는 1819년 들어 더욱 악화되고, 엎친 데 덮친 격으로 심한 눈병을 앓고 독서를 할 수 없는 지경에 이른다. 이로 인해 그는 극도의 우울과 고독에 사로잡히게 되고 사물의 무상성을 느끼면서 점점 염세주의적인 생각에 젖어든다. 이는 그의 문학 세계의 방향을 기초해 준다. 이러한 상태에서 창작된 작품들이 1819년의 「무한(l'infinito)」과 「달에게(Alla luna)」로서 그 당시의 시인 레오파르디의 심경이나 상황을 잘 드러내주고 있다.

레오파르디는 고뇌에 대한 해결책으로 정든 고향 마을을 떠나기로 결심하고, 여행길에 오른다. 1822년 11월 그는 드디어 24년 동안 살아왔던 레카나티를 벗어나게 된다. 세상을 구경하고자 로마로 향한다. 이것을 시작으로 그는 1832년에 이르기까지 거의 10년에 걸쳐, 로마, 밀라노, 볼로냐, 피렌체, 피사 등지를 여행했으나 그의 고통에 커다란 위안이 되지는 못했다. 그는 고향 마을 레카나티에 가끔씩은 돌아왔는데, 너무도 사랑했기에 너무도 증오했던 그의 고향 마을은 시인에게 시적 영감을 끊임없이 불어넣었다.

1827년 레오파르디는 안토니오 라니에리(Antonio Ranieri)라는 친구를 피렌체 여행도중 알게되어 그의 도움을 받아 1831년에 시집 『노래들(I Canti)』을 출간한다. 1833년에는 그와 함께 나폴리로 간다. 고향을 떠난 외로운 삶의 와중에도 친구의 애정은 그에게 그나마 큰 위안이 되었다. 날로 심해만 가는 병의 고통 속에서 레오파르디는 거의 장님이나 마찬가지였고, 천식과 부종에 시달려야만 했다. 나폴리에 콜레라가 만연되던 해 1837년 6월 14일, 심부전증으로 고통의 연속이었던 그의 비극적 삶에 종지부를 찍었다.

사실 전혀 연계성이 없는 두 시인들을 비교문학의 진보적 수용론에 입각하여 비교하게 되었지만, 시대도 다르고 나라도 다른 김소월과 레오파르디에게서 많은 공통점들을 발견할 수 있다. 이미 머리말에서도 언급한 바 있지만, 두 시인 모두 우울한 시대적 배경을 끼고 장남으로 태어나 부모의 불화 속에서 우울한 어린 시절을 지내왔고 전반적으로 볼 때 행복하지 못한 불행한 삶을 살았다는 점이며, 성격적으로도 내성적이고 그나마도 커가면서 더욱더 우울과 비관적 가치관을 많이 습득한 점이다. 여기서, 김소월이 오순을 못 잊는 마음을 노래한 시 한 편을 살펴보자.

> 해가 산마루에 저물어도
> 내게 두고는 당시 때문에 저뭅니다.
>
> 해가 산마루에 올라와도
> 내게 두고는 당신 때문에 밝은 아침이라고 할 것입니다.
>
> 땅이 꺼저도 하늘이 무너져도
> 내게 두고는 끝까지 모두 다 당신 때문에 있습니다.
>
> 다시는 나의 이러한 맘 뿐은
> 때가 되면 그림자같이 당신한테로 가오리다.
>
> 오오 나의 애인이었던 당신이여.
>
> －「해가 산마루에 저물어도」 전문[10]

김소월에게 오순이라는 여인이 있었다면, 레오파르디에게도 그와
같은 여인이 있었다. 작품상에는 「실비아에게(A Silvia)」(1828년)로 되어
있는데, 여기서의 실비아는 시인 자신이 연민을 느끼며 안타깝게 생
각했던 실질적인 인물 테레사 팟토리니(Teresa Fattorini)였다. 그녀는 18
세의 나이로 병사하였는데, 시인 레오파르디에게 연민의 정을 남겨
두고 갔다. 이 시에는 레오파르디의 비관적 가치관, 염세주의적 정서
가 그대로 드러나고 있다.

Silvia, rimembri ancora
Quel tempo della tua vita mortale,
Quando beltà splendea
Negli occhi tuoi ridenti e fuggitivi,
E tu, lieta e pensosa, il limitare
Di gioventù salivi?
(…)
Anche peria fra poco
La speranza mia dolce : agli anni miei
Anche negaro i fati
La giovanezza. Ahi come,
Come passata sei,
Cara compagna dell'età mia nova,
Mia lacrimata speme!
(…)
실비아, 아직도 기억하는가
그대 살아 있던 그 시절을,
미소 띤 수줍은 눈망울엔
아름다움이 빛나고 있었지,
명랑하고 사려 깊은 그대, 청춘의
문턱 오르고 있었던가?

---

10 김영철, 앞의 책, pp.71~72.

(…)
잠시 후 달콤한 내 희망도
사라져버리고, 내 삶에서
나의 운명은 청춘을
외면했지. 아아 어찌하여,
어찌하여 그댄 가버렸는가,
새로운 내 또래의 사랑스런 친구,
나의 눈물 젖은 희망이여!
(…)

－「실비아에게」 1연, 6연[11]

그러나 실질적으로 레오파르디의 온 마음을 사로잡았다가 절망으로 끝나버린 사랑은 1830년에 알게된 판니 타르조니-토체티(Fanny Targioni-Tozzetti)라는 처녀와의 이루어질 수 없는 사랑이었다. 이 절망적인 일순간의 사랑으로 시인 레오파르디는 몇 편의 주옥같은 시를 남기게 된다.[12] 특히, 시 「날 사로잡은 상념(Il pensiero dominante)」은 시인 레오파르디의 절절한 사랑의 상념들을 잘 나타내고 있다.

Dolcissimo, possente

Dominator di mia profonda mente,

Terribile, ma caro

Dono del ciel; consorte

Ai lugubri miei giorni,

Pensier che innanzi a me sì spesso torni.

(…)

Nell'alte vie dell'universo intero,

---

11 1828년에 피사(Pisa)에서 집필되어 3년 후에 피렌체(Firenze)에서 출판된 전형적인 서정시. 자코모 레오파르디(Giacomo Leopardi), 『칸티(Canti)』, pp.125~127.
12 「날 사로잡은 상념(Il pensiero dominante)」, 「아스파시아(Aspasia)」, 그리고 「그 자신에게(A se stesso)」 등을 들 수 있다.

Che chiedo io mai, che spero

Altro che gli occhi tuoi veder più vago?

Altro più dolce aver che il tuo pensiero?

아름다운 그대, 내 영혼의

깊은 곳까지 뒤흔들어 사로잡은 여인.

끔찍스러운, 아니 사랑스러운

하늘의 선물이여라. 비통한

나날들의 동반자여,

그대 생각 내 앞에 어찌 그리 자주 돌아오는지.

(…)

온 세상의 하늘 길을 따라,

도대체 내가 청하는 바 무엇이며, 바라는 바 무엇인가

그대 눈 보는 것말고 무엇이 더 아름다우리?

그대 생각하는 것말고 무엇이 더 달콤하리?

− 「날 사로잡은 상념」 1연, 14연[13]

레오파르디의 시 「날 사로잡은 상념」과 유사한 소재와 분위기를 자아내는 김소월의 시가 한 편 있다. 사랑하는 오순을 그리워하며, 그녀에 대한 사랑을 잊지 못하는 애달픔을 노래하고 있다.

자나깨나 안즈나서나
그림자갓튼 벗하나이 내게 잇섯습니다.

그러나, 우리는 얼마나 만흔세월을
쓸데업는 괴롭음으로만 보내엿겟습니까!

오늘은 또다시, 당신의가슴속, 속모를곳을
울면서 나는 휘저어바리고 떠납니다그려.

---

13 위의 책, pp.143∼148.

허수한 맘, 둘곳업는심사에 쓰라린가슴은
그것이 사랑, 사랑이든줄이 아니도닛칩니다.

-「자나깨나 안즈나서나」 전문[14]

김소월이나 레오파르디나 자신의 상념을 사로잡은 여인들에 대한 안타까움과 애달픔을 시로 승화시켜 자신들을 위로하고 있다. 새로운 삶에 대한 희망을 불어넣을 만큼 시인의 온 마음을 사로잡았던 사랑을 그저 가슴앓이로 끝낼 수밖에 없었던 레오파르디, 그리고 사랑하면서도 체면 때문에 자기주장 한 번 해보지도 못하고 마음의 사랑으로 가슴에 묻어둔 채 조부가 정해준 사람에게 장가를 간 김소월, 두 시인 다 사랑에 한이 맺힌 사람들이다. 그러한 한이 비관주의적 가치관에 일조했음을 부인할 수 없을 것이다. 또 불화하는 부모 밑에서 성장했다는 공통점과 사랑과 미움이 교차하는 고향에 대한 생각들, 고향을 벗어나려고 애쓰는 두 시인들의 모습에서 많은 것들을 생각하게 된다. 부모와 연관된 고향의 이미지, 어린 시절을 상기시키는 고향에 대한 강박관념적 거부반응, 사랑이 결여된 인간관계 등이 소월로 하여금 고향 정주를 떠나게 하고, 레오파르디로 하여금 레카나티를 떠나게 하는 것이다. 결국 두 시인 다 말하자면 고향이 아닌 객지에서 죽음을 맞게 되는 데, 이 사실 또한 흥미로운 공통점이다. 그들이 살았던 시대적 배경도 평화롭지 못한 시대, 지식인으로서 고뇌를 느끼지 않을 수 없게 하는 핍박받는 시대였음도 이미 앞에서 얘기 한 바 그대로다.

3. 김소월과 레오파르디의 비관주의적 정서

소월이 정주를 떠나서 구성에 머물렀던 근 10여 년 간 시 창작 활동을

---

14 김용직 편저, 『김소월전집』, 서울, 서울대학교출판부, 1996, p. 42.

제대로 못했던 것 같이, 레오파르디는 1822년에서 1828년 사이에 잠시 시작활동을 중단하고 명상에 열중하여『사상소품들 (Operette morali)』을 썼다. 이들 두 시인 다 천재적인 영감에 의해서 시를 쓰는 경향이 있어, 영감이 떠오르지 않을 때는 아예 시 창작을 중단하는 경향을 보인다. 사실, 레오파르디는 시인이기도 하지만 철학자, 언어학자로서도 토론의 여지가 많은 작가이다. 그러나 여기서는 그의 시인으로서의 단면만을 부각시키고자 하며, 그의 시인으로서의 명성을 뒷받침해주는 작품들을 살펴보는 것이 타당할 것이다.

레오파르디는 이탈리아의 19세기를 대표할 수 있는 시인이다. 그의 문학은 동시대의 다른 어느 시인보다 독자적인 성격이 가장 잘 드러난다는 평가를 받고 있다. 그러나 '리소르지멘토'라는 정치-사회적인 대명제로 인해 모든 지식인들이 참여적인 역사의식에 바탕을 두어 지적 활동을 전개하고 있었던 터라, 레오파르디 역시 초기에는 그와 같은 사회성에 대단한 관심을 가질 수밖에 없었다. 1818년에 발표된 작품「조국 이탈리아여 (All'Italia)」에서 시인은 페트라르카 풍의 조국애를 잘 나타내고 있다. 유럽의 지정학적 위치에서 시련을 겪어야 하는 이탈리아의 숙명적 현실을 슬퍼하고 나아가서는 조국애를 고양시키는 것이다. 역사적 기념물들로 그 영광을 지니고 있으면서도 마침내는 힘도 없고 영예도 잃어버린 이탈리아, 이 나라의 젊은이들이 낯선 이역에서 외국의 군주를 위해 목숨 걸고 싸워야 한다는 것이야말로 시인의 가슴을 짓누른다. 그러나 목적의식과 주제의식이 지나치게 강하면 시의 미적 가치를 잃기 마련이다. 숭고한 사랑과 열정을 가진 작품일망정 문학성을 손상시킬 수 있기 때문이다. 레오파르디는 본격적인 창작 활동기에 접어들면서 사회문제보다는 자신의 개인적인 내면세계에 집착하는 경향을 나타냈다. 그러면서 그는 낭만주의적 시인으로서의 확고한 입장을 보이며 고전주의 시인들이 추구하던 통일적인 법칙도 무시하고, 또한 사회적 현실에 외면하였다. 병약한 신체적 조건으로 빚어진 염세적 인생관을 소유하고 있던 레오파르디의 갇혀진 삶에 대한 토로가 그의 작품 여기저기에서 드러나고 있다.
　레오파르디의 시 「무한(l'Infinito)」(1825~1826)에서도 그러한 염세적 인생관이 깊은 사유로부터 파생되어 나옴을 느낄 수 있다.

Sempre caro mi fu quest'ermo colle,

E questa siepe, che da tanta parte

Dell'ultimo orizzonte il guardo esclude.

Ma sedendo e mirando, interminati

Spazi di là da quella, e sovrumani

Silenzi, e profondissima quiete

Io nel pensier mi fingo ; ove per poco

Il cor non si spaura. E come il vento

Odo stormir tra queste piante, io quello

Infinito silenzio a questa voce

Vo comparando : e mi sovvien l'esterno,

E le morte stagioni, e la presente

E viva, e il suon di lei. Così tra questa

Immensità s'annega il pensier mio :

E il naufragar m'è dolce in questo mare.

내게 언제나 정답던 이 호젓한 언덕,

이 울타리, 지평선 아스라이

시야를 가로막아 주네.

저 너머 끝없는 공간, 초인적인

침묵과 깊디깊은 정적을

앉아 상상하노라면, 어느 새

마음은 두려움에서 멀어져 있네. 이 초목들

사이로 바람 소리 귓전을 두드리면, 문득 난

무한한 고요를 이 소리에

견주어 보네. 이윽고 내 뇌리를 스치는 영원함,
스러져 버린 계절들, 또 나를 맞아
숨쉬는 계절, 이 소리. 그리하여
이 무한 속에 나의 상념은 빠져드네.
이 바다에선 조난을 당해도 내겐 기꺼우리.

-「무한」 전문

이 시를 통해서 레오파르디의 고향 레카나티를 배경으로 "이 호젓한 언덕" 위에서 무한의 세계에 침잠 하는 시인의 모습을 떠올릴 수 있다. 다분히 관조적이며 명상적인 시인의 삶의 태도를 읽을 수 있는 작품이다. 이 시를 통해서는 사실 비관주의적 정서를 직접적으로 느낄 수는 없다. 그러나, 삶의 무료함과 권태로움이 혈기에 찬 젊은 시인의 시 작품 안에서 읽혀진다는 것은 너무 조숙하게 철학적이 되어버린 슬픈 단면을 드러내주고 있다. 레오파르디는 자신의 삶의 괴로움을 자신의 시에 잘 나타내주고 있다. 자연에 몰입하고 그 안에서 영원한 존재를 느끼며, 자신을 잊어버리는 시인의 태도는, 자연을 많은 시의 소재로 사용하면서도 완전한 의미에서의 자연 예찬을 찾아 볼 수 없는 김소월의 시작 태도이기도 하다.

사실, 김소월은 자연을 시 소재, 시 배경으로 하는 작품들을 다수 남겨 놓았다. 그러나 그의 작품 가운데는 하나도 완전한 의미에서의 자연이 등장하는 일이 없다. 자연을 위한 자연의 묘사는 찾아볼 수 없으며, 그 밑바닥에는 언제나 인간적인 고뇌가 깔려 있음을 본다. 그의 자연은 그만큼 인간적인 베일에 덮어 씌워져 있다고 할까. 자연, 즉 대상과의 거리가 비교적 엄격하게 지켜지는 것으로 추정되는 작품「산유화」에 있어서도 이러한 지적은 그대로 적용된다.[15]

---

15 김시태,「자연과 덧없음의 인식」,『김소월』김학동편, 서울, 서강대학교출판부, 1995, pp.76~77.

산에는 꽃피네
꽃이 피네.
갈 봄 여름 없이
꽃이 피네.
산에
산에
피는 꽃은
저만치 혼자서 피어 있네.

산에서 우는 작은 새요
꽃이 좋아
산에서
사노라네.

산에는 꽃 지네
꽃이 지네.
갈 봄 여름 없이
꽃이 지네.

-「산유화」 전문

이 작품은 처음부터 끝까지 자연을 시의 소재로 삼아 노래하고 있는 것처럼 보인다. 1연에서만 보더라도 자연의 항구적인 질서를 동경하는 시인의 태도는 결과적으로 볼 때 인간사의 덧없음을 더욱 절실하게 깨닫게 한다. 소월의 자연은 실재하는 자연이 아니고 관념으로서 존재하는 자연이다. 또한 자연이 인간적인 속성을 강하게 지니고 있음을 볼 수 있다. 자연은 항구저인 질서의 세계를 가리킨다. 계절의 변화와는 사실 관계없이, 아니 그러한 변화의 차원을 넘어서서 항상 질서를 유지하고 있는 조화의 세계이다. 그러나 동시에 그것은 피안의 대상이며, 동경의 대상이기도 하다. 이는 레오파르디가 「무한」에서 노래하던 자연과 다를 바가 없다. 김소월이 「산유화」에서 닿을 길 없는 시인의 자아가 관념적으로 추출해 보는 "저만치 혼자서 피어" 있는 꽃은 레오파르디가 「무한」에서 관념적으로 추출해 낸 "이 소리 (questa voce)"라고 할 수 있다. 사실, 「무한」이나 「산유화」에서 시인들 은 자신들의 내부에 제2의 자연을 창조하게 되는데, 이제 그들에게 남 아 있는 것은 순수한 의미에서의 자연이 아니고 인간화되고 왜곡되 어 있는 비순수한 자연이다. 그 자연 안에 투영되는 것은 표면적인 평 온함이 아니라, 인간적인 고뇌이다. 「산유화」의 3연에 있는 새는 깊은 산 속에 살면서 시인으로부터 완전히 유리된 세계, 말하자면, 시인의 자아가 현실적으로 참여할 수 없는 피안의 세계를 구축하고 있다. 이 는 「무한」에서 레오파르디가 '영원함(l'eterno)'이라고 말하는 무한의 세계와 다르지 않다. '새'가 될 수 없는 김소월이나 무한 속에 현실적 으로 침잠할 수 없는 레오파르디 모두 다 깊은 사유로부터 염세적 인 생관을 배태시키는 것이다.

김소월이 「산유화」에서 시인 자신의 세계와 유리된 곳에 사는 '새' 를 노래하고 있다면, 레오파르디는 「외로운 참새(Il passero solitario)」(1829 년)에서 '참새'와 자신을 동일시하고 있다.

(…)

Oimè, quanto somiglia

Altuo costume il mio! Sollazzo e riso,

Della novella età dolce famiglia,

E te german di giovinezza, amore,

Sospiro acerbo de' provetti giorni,

Non curo, io non so come; anzi da loro

Quasi fuggo lontano;

Quasi romito, e strano

Al mio loco natio,

Passo del viver mio la primavera. (…)[16]

아아! 너와 나의 삶은

어이 그리도 닮았는지! 청춘시절의

다정한 길동무되는 즐거움, 웃음,

그리고 젊음과 쌍둥이인 사랑,

노후에 대해 지레 한탄하는 한숨,

난 상관하지 않으리, 왠지 모르지만.

차라리 그들로부터 멀리 달아나리라.

내 태어난 고향에서

외롭고 낯선 이방인으로

인생의 봄을 흘려 보낸다.[17] (…)

―「외로운 참새」 2연의 일부

시인 레오파르디는 고통을 개인적인 사실로써만 받아들였으며, '청춘'이라는 선물 역시 부정하여 자신이 자연의 불공평한 처사에 희생된 것으로 생각하였다. 이러한 회의적 인생관은 1819년에 구상된 「외로운 참새」에 잘 나타나 있다. 이는 특히 앞서 소개한 바 있는 「실비아에게」의 마지막 연과 정서적 분위기가 너무나도 흡사하다. 3연의 '삶의 저녁에(a sera del viver)'는 삶을 마감할 시간이 얼마 남지 않았음을 의미한다. 그 사실을 참새에게 운명으로 받아들이며 서러워하지 말라고 당부하는 시인의 모습은 처연한 염세적인 분위기를 한층 고조시킨다. 더욱이 시인 자신과 비교해 볼 때 그나마 자유로운 참새를 보며, 자신의 불행한 처지를 대비조로 더욱 강조한다. 이 대비 역시 낭만주의 시인들이 흔히 사용하는 기법으로, 레오파르디도 종종 사용하고 있다. 이는 「산유화」에서 김소월이 자유로운 새가 될 수 없음을 한탄하고 있는 모티브와 유사하다. 염세주의적 경향이 더욱 두드러지

---

16 자코모 레오파르디, 앞의 책, pp.90~91.

17 한형곤, 「이탈리아 로맨티시즘과 레오파르디의 시세계」, 『외국문학연구』 제3집, p.229.

는 짧은 시「그 자신에게(A se stesso)」에서 레오파르디의 이러한 비참하
고 불행한 심경이 잘 표현되고 있다.

Or poserai per sempre,

Stanco mio cor. Perì l'inganno estremo,

ch'eterno io mi credei. Perì. Ben sento,

In noi di cari inganni,

Non che la speme, il desiderio è spento. (⋯)[18]

이제 영원한 휴식에 들라,

지쳐버린 내 마음이여. 영원하리라 굳게 믿었던,

마지막 착각이 사라졌네. 사라졌다네. 분명,

사랑스런 착각들을 즐겨하는 우리 안에서,

희망뿐 아니라, 열망마저 그 빛을 잃었다는 것이다. (⋯)

―「그 자신에게」 앞의 5줄

레오파르디의「그 자신에게」는 열렬히 사랑했던 판니(아스파시아)
에 대한 그리움을 착각(inganno)이라는 표현으로 드러내면서, 사라졌
네(perì)를 두 번이나 사용하여 그 착각이 사라졌음을 강조한다. 그러
나 강조하면 할수록 오히려 그 그리움이 걷잡을 수 없음을 암시하고
있다. 이와 같은 수법은 김소월의 시에서 빈번하게 사용되는 것이다.
그 예로 들 수 있는 대표적인 시들이「진달래꽃」과「먼 후일」이다.

나보기가 역겨워
가실 때에는
말없이 고이 보내드리오리다
영변에 약산
진달래꽃

---

18 자코모 레오파르디, 앞의 책, p.153.

아름따다 가실길에 뿌리오리다

가시는 걸음걸음
놓인 그 꽃을
사뿐히 즈려밟고 가시옵소서

나보기가 역겨워
가실 때에는
죽어도 아니 눈물 흘리오리다

—「진달래꽃」 전문[19]

먼훗날 당신이 찾으시면
그때에 내말이「잊었노라」
당신이 속으로 나무리면
「무척 그리다가 잊었노라」
그래도 당신이 나무리면
「믿기지 않아서 잊었노라」

오늘도 어제도 아니 잊고
먼훗날 그때에「잊었노라」

—「먼 후일」 전문[20]

김소월의 「진달래꽃」에는 앞서 레오파르디의 시에서 강한 부정이 강한 긍정으로 살아나는 수법, 즉 반어법을 잘 표현해주고 있다. 그런데 떠나가는 임을 꽃을 뿌리어 보내겠다는 것은 일변 작위적이고 부자연스러우면서 동시에 낭만적인 동작임을 주목할 필요가 있다. 낭

---

19 김영철, 앞의 책, pp.80~81.
20 위의 책, p.68.

만성은 사랑과 모험을 또 아름답고 멋있는 것을 암시한다. 동시에 비현실적이고 매력적인 것을 가리키기도 한다. 그러니까 「진달래꽃」에서 가정된 헤어짐의 상황이나 꽃 뿌림의 동작이 낭만적이라고 할 때, 그것은 낭만적인 '비현실성'과 동시에 '사랑의 미화'를 의미[21]한다. 소월의 많은 시편들이 임과 사랑을 노래하고 있다. 그런데 그 사랑이 미완의 사랑이며, 그리움의 대상인 임이 떠났거나 죽어버린 사랑이다. 「진달래꽃」은 앞으로 다가오는 이별에 대한 안타까움을 노래한 것이고, 「먼 후일」은 이미 이별한 뒤의 님에 대한 그리움의 정을 노래한 것이다. 「먼 후일」에서 네 번이나 반복된 '잊었노라'는 강한 긍정으로 살아난다. 괴롭고 고통스러운 이별의 아픔을 낭만적으로 아름답게 노래하고 있다. 그런데 그 밑바탕에 흐르는 기본적인 시적 정서는 한스러움이다. 김소월이 노래하는 낭만적인 사랑, 이성간의 사랑은 어쩌면 구체적인 시간과 공간을 떠난 보편적인 정서에 맞닿아 있었는지 모른다. 물론 오순과의 이성간의 사랑이 그 발단이 되고, 동기가 되었겠지만, 위의 두 작품들에서는 구체적인 님의 대입이나 사건이 연결되지 않는다. 이러한 보편적인 정서를 통해 이루어진 상실한 님에 대한 절규는 김소월의 「초혼」에서 잘 나타난다.

산산이 부서진 이름이여!
허공중에 헤여진 이름이여!
불러도 주인없는 이름이여!
부르다가 내가 죽을 이름이여!

심중에 남아있는 말 한마디는
끝끝내 마저하지 못하였구나
사랑하던 그 사람이여!

---

21 유종호, 「임과 집과 길 - 소월의 시」, 김학동, 앞의 책, pp.26~28 참고.

사랑하던 그 사람이여! (…)

–「초혼」1,2연 [22]

　여기서 상실한 님에 대한 절규는 죽음을 초월한 넋을 부르는 제사 의식, 죽은 이의 한을 풀어주는 진혼의식이라 볼 수 있다. 죽은 사람의 이름을 부르는 행위에서 두 가지 상반된 감정이 내포되어 있다. 하나는 죽은 사람에 대한 체념이고, 또 하나는 그에 대한 미련이다. 현실적으로 죽은 사람이지만 마음 속에는 살아있는 사람인 것이다. 망자일지라도 그에 대한 사랑은 지속되고 있고 헤어짐은 인정될 수 없는 것이다.「초혼」에서 느껴지는 비관적인 낭만성은 앞의 두 작품들,「진달래꽃」과「먼 후일」을 능가한다. "심중에 남아 있는 말 한 마디는/ 끝끝내 마자 하지 못하였구나"라고 마음 속에 있는 한을 토로하며 이제라도 시적 자아가 죽을 때까지 부르겠노라고 울부짖고 있다. 사랑의 대상이었던 님이 충족될 "가능성에서 멀면 멀수록 더욱 그리움의 대상으로 굳어진다는 것이 낭만적 사랑 혹은 낭만적 상상의 한 속성"[23]임을 염두에 두면,「초혼」은 김소월의 시작품들 중에서 가장 낭만적이고, 그 비장미나 한스러움이 돋보이는 작품이라고 할 수 있다. 종종 낭만적 상상은 성질상 현재로부터의 도피를 꾀하고 이에 따라 과거 숭배, 죽음 예찬 등으로 빠지기도 하는데 김소월의「초혼」에서는 죽음 예찬의 흔적마저 보이기도 한다.

　소월의 시에 나타난 님은 부재 상태로 작품 속에 형상화되고 있다. 그럼에도 불구하고 세계와의 단절에서 야기되는 상실감을 지속적으로 노래하는 이유는 오히려 단절을 회복하려는 의도가 깔려 있기 때문일 것이다. 마치 이것은 우리가 좌절과 비탄에 빠져 있을 때, 그리고 그것의 시적 비유로 어둠이나 죽음을 형상화하는 것은 어둠이나 죽음 자

---

22 김영철, 앞의 책, p.50.
23 김학동, 앞의 책, p.29.

체에 대한 우리의 경험을 드러내는 데만 국한 된 것이 아니라, 그 보다
는 오히려 그 대상에 대한 두려움을 몰아내고 그것에 맞서는 의지로서
빛이나 생명을 강렬하게 원하는 것과 상통하는 것이다. 특히 「초혼」에
서는 이 점이 잘 드러나고 있으며, 앞서 「진달래꽃」에서도 이러한 역설
적인 강조가 잘 나타나고 있다. 물론 김소월의 이러한 님에 관련된 시
편들이 단순한 님을 의미할 수도 있지만, 개인적인 님의 차원을 넘어
서 민족적, 국가적 차원의 님으로 해석한다고 해도 무방하리라 본다.
그것은 그가 살았던 시절이 조국이 부재했던 식민지 상황이고 그가 보
편적인 님을 노래하면서 항상 부재 상태로 남겨두고 있는 것을 보아도
그렇다. "상실의 시대에 그가 끊임없이 님의 상실이나 고향의 상실을
노래하는 것은 역설적으로 님이나 고향의 존재 회복에 참다운 가치를
두고 있기 때문이다. 어쩌면 소월의 님이나 고향은 그러한 회복을 위
해 시인에 의해 시적 장치로 설정된 하나의 상징일 수 있을 것이다. 다
시 말하면 그의 비극적 세계관은 자아와 세계로부터의 철저한 단절에
서 비롯되는 것이므로 작품 속에 님의 부재와 고향의 상실을 기정 사
실화하고 오히려 이의 극복을 위해 상실감을 치유하고자"[24] 했다고 볼
수 있다.

레오파르디의 경우에도, 시 「마을의 토요일(Il Sabato del Villaggio)」에
서는 개인적 차원의 염세사상이 보편적인 것으로 확대된다.

(…)

Questo di sette è il più gradito giorno,

Pien di speme e di gioia :

Diman tristezza e noia

Recheran l'ore, ed al travaglio usato

Ciascuno in suo pensier farà ritorno.[25] (…)

---

24 조용훈, 「'상실'의 모티프와 비극적 세계관」, 위의 책, p.109.
25 자코모 레오파르디, 앞의 책, p.142.

토요일은 희망과 기쁨으로 가득찬,

일주일 중에 가장 축복받은 날.

내일은 슬픔과 권태가 찾아오리니

모두 자신의 생각에 잠겨

일상의 괴로움으로 돌아가야 하리. (…)

−「마을의 토요일」 39행~43행

레오파르디는 자신처럼 모든 사람이 괴로워하고 있음을 이야기한다. 자신의 고뇌에서 다른 사람들에게로 눈을 돌렸을 때 다른 사람들의 쾌락 속에서 또 다른 고통을 발견할 수 있었다. 그리하여 모든 쾌락이란 다 쓸데없는 환상에 불과하며, 즐거움이라는 감정은 모두 다 희망이 있다고 느낄 때만 존재하는 것으로서, 붙잡았다고 생각하자마자 사라져버리는 존재로 인간에게 남겨주는 것은 실망과 비탄뿐이라고 생각하였다. 다분히 사변적이고 철학적인 염세주의로 나아가면서 레오파르디는 모든 인간에 대한 애정과 연민의 정을 쏟아낸다. 이 점은 레오파르디의 보편적 염세주의에서 두드러지는 특징이다. 이렇게 보면, 김소월이 노래했던 우리 민족의 보편적인 정서 속의 '한의 미학'은 레오파르디의 시 속에서 읽을 수 있는 철학적인 염세주의와는 그 궤를 달리한다고 볼 수 있다. 아마도 이것은 우리 한민족과 이탈리아 민족의 정서가 그 만큼 다르다고 말 할 수 있을 것이다. 그러나 소월 시의 보편적인 정서로 나타나는 비관적 낭만성이나, 레오파르디의 보편적 염세주의는 대동소이한 시적 상상력으로 이해될 수 있다.

시 「아시아에서 방랑하는 어느 목동의 야상곡 (Canto notturno di un pastore errante dell'Asia)」(1829~1830)에서 레오파르디의 염세주의는 더욱 깊어진다.

(…)

Nasce l'uomo a fatica,

Ed è rischio di morte il nascimento

Prova pena e tormento

Per prima cosa; [26](···)

(···)

인간이란 고달픔으로 태어나고

태어남은 죽음의 모험이니,

맨 처음 맛보는 게

곧 고통과 번민이구나. (···)

ㅡ「아시아에서 방랑하는 어느 목동의 야상곡」 3연 앞부분

레오파르디는 인생에 대한 부정적 시각을 극단화시킨다. 시인은 몇 년 뒤에 창작된 「금작아 불모지에 피어난 꽃이여(La ginestra o il fiore del deserto)」(1836)에서, 물질세계의 창조와 파괴라는 영원한 순회의 고리를 만들어내는 자연이 잔인한 모체이자 적이며 빈곤과 불행의 근원이라고 하였다. 또한 자연에게 있어서 인간이란 존재가 한낱 금작아 개미와 다를 바 없는, 아니 어찌 보면 그만도 못한 존재로 밖에 인식되지 않는 것처럼 보고 있다. 그러나 레오파르디는 자연이 세상을 지배하는 신비감과 적대감을 가졌을 뿐 아니라 동시에 관조와 동경의 대상으로도 간주된다고 보고 있다. 레오파르디의 염세적 회의론은 낭만주의적이고 비관적인 색채를 드러내고 있으며, 동시에 존재론적 회의론에까지 이르는 다분히 철학적인 성격을 띠고 있다.

그러므로 불모지에 비극적으로 존재하는 금작아라는 꽃이 가지는 의미는 비관주의적인 가련함과 불쌍함만은 아닐 것이다. 비참한 상황에 내던져진 존재이지만 그 상황을 견디어내고 꿋꿋이 바라볼 줄 아는 당당함과 긍정적인 삶의 의지가 엿보인다. 이는 잔인한 존재를 부각시키는 자체가 그 반대적인 의미, 즉 잔인함에 대항하라는 메시지로 되울려올 수 있는 것이다. 요컨대 레오파르디의 비관적 염세주

---

26 위의 책. p.135.

의는 단순히 낭만적인 의미로만 받아들일 것이 아니라, 지배자, 압제자에 대한 저항감을 나타내는 반항의 염세주의라고 할 수 있는 것이다. 이는 김소월의 시가 가슴에 맺힌 민족적인 한을 노래하면서 그 한이 단순한 사랑타령이 아니고 한의 대상인 식민 압제자에 대한 저항감을 고취시키는 시였다는 점과 비교될 수 있다. 레오파르디의 시 「금작아 불모지에 피어난 꽃이여」는 가녀린 꽃을 통해서 비참하고 고통스러운 인간의 삶을 드러내고 무자비한 자연과 이 세상에 저항하며 싸우는 무모함을 노래하면서 비관적 염세주의가 최고조에 다다르나, 역설적으로 그 모든 파괴적인 절망과 죽음 앞에서 꿋꿋하며 말없이 견디어나가는 금작아라는 꽃의 힘을, 인간의 힘을 드러내고 있다.

> (…)
>
> E tu, lenta ginestra,
>
> Che di selve odorate
>
> Queste campagne dispogliate adorni, (…)
>
> Ma più saggia, ma tanto
>
> Meno inferma dell'uom, quanto le frali
>
> Tue stirpi non credesti
>
> O dal fato o da te fatte immortali.[27]
>
> 그대, 가녀린 금작아여,
>
> 이 헐벗은 들판을
>
> 향기로 수놓았구나, (…)
>
> 그러나 그댄 인간보다 현명하고
>
> 당당하구나, 그대의 연약한
>
> 종족들이 운명과 그대의 공적으로
>
> 불멸의 존재가 되리라 결코 믿지 않기에.
>
> ― 「금작아 불모지에 피어난 꽃이여」 마지막 연 부분

---

27 위의 책. p.186.

앞서 언급 한 바 있는 소월의 「진달래꽃」에서도 자신에게 닥친 고통과 슬픔, 잔인한 사랑의 배반이나 상처라는 너무도 괴로운 일 앞에 오히려 당당할 수 있는 내적인 의지, 꿋꿋한 의지가 엿보인다. 황량한 사막 같은 베수비오 화산 기슭에 피어난 금작아가 자신의 향기로 황량함과 쓸쓸함을 잊게 해주듯이, 이별의 통한이 서려있는 님 가시는 길에 화사한 색상의 진달래꽃이 그 처량함을 잊게 해준다. 망각 속에서 새로이 일어설 수 있는 힘과 희망이 솟아나는 것이다. 진달래꽃을 밟고 가는 존재는 인간적인 님이 아니라, 조국일 수 있다. 일제 강점기를 살아가는 시인 소월의 마음 속에는 님을 보내야 하는 슬픔과 더불어 결코 슬퍼하지만은 아니할 것이라는 당당함과 꿋꿋함이 있다. 레오파르디의 시에서 볼 수 있는 무자비한 자연 앞에 애처로운 모습으로 있는 듯한 금작아가 너무도 꿋꿋한 의지와 저항의 의지를 드러내는 것과 일맥상통한다.

또한 레오파르디의 자연과의 존재론적 인식은 소월 시의 본질이 자연과 인간과의 거리를 통해 존재론적 의미를 형상화하는 데 있음을 상기시킨다. 소월 시가 단순한 서정시가 아니라 존재론적 사유를 내포한 형이상학적 시라는 사실은 그의 시 「산유화」에 잘 나타나 있다.

또 소월 시는 인간의 기본 정서인 희로애락의 표출에 충실하나 특히 그 중에서도 슬픔과 외로움, 애달픔과 서러움의 감정 표현이 두드러진다. 그리고 이러한 감정들은 단선적인 것이 아니라 복합적인 양상을 띠고 나타난다. 이러한 양상은 「진달래꽃」에서도 잘 나타나고 있는데 시적 자아의 상반된 심리적 갈등과 태도로 일관되어 있다. 이러한 풀길 없는 가슴에 맺힌 감정은 또 「먼후일」과 「초혼」에서도 잘 드러나고 있다. 우리가 잘 알고 있는 대로 소월 시에 나타나 있는 비관적 정서, 한의 정서는 우리의 고유의 민족 정서를 일깨운다. 이러한 민족 정서는 우리의 민족의식과도 연관성이 있다. 그래서 그가 민족의식을 직접적으로 고취하지 않았다 하더라도 그의 시는 민족적, 애족적인 시인 것이다[28]. 소월의 문학이 자기 위안의 문학이고, 자기 구원의 문학이긴 했으나 자연인이 아닌 한 시대인으로서, 민족 구성원의 일원으로서 의식의 지평이 확대되면서 민족 위안의 문학이자, 민족 구원의 문학으로 변천되어 갔던 것이다. 지극히 개인적인 문학이면서 민중적인 문학, 자기 구원의 문학이면서 민족 구원의 문학으로 승화되는 곳에 소월 문학이 위치한다. 그러므로 단순히 비관주의적인 정서가 서린 한의 문학으로만 규정지을 수 없을 것이다. 이는 레오파르디의 회의주의적 염세주의가 단순히 개인적인 염세주의가 아니고, 역사적인 염세주의를 통해서 더욱 확대된 보편적 염세주의이며, 게다가 단순히 염세적인 시인으로만 끝나는 것이 아니고 철학적 깊이를 논하게 하는 사변적인 모습도 보여주고 있음을 주시할 수 있다. 그러므로, 김소월이나 레오파르디 모두 각기 민족적인 정서를 시작품들 안에 반영하며, 민족적인, 애국적인 목소리도 함께 느낄 수 있게 하는 시인들임을 간과해서는 안 되는 것이다.

4. 맺음말

한국 낭만주의를 대표한다고 할 수 있는 20세기 초, 소월 김정식과 19세기 이탈리아의 낭만주의를 대표하는 자코모 레오파르디의 시 세계를 낭만주의라는 공통변수를 통해서 비교 고찰해보았다. 그리하여, 이 두 시인의 삶의 궤적과 낭만적 정서를 잘 나타내는 몇 편의 시작품들을 살펴보는 과정에서 이들의 공통변수인 비관적 염세주의를

---

28 본 글에서 직접적으로 다루고 있지 않지만 김소월이 적극적이고 직접적으로 민족의식을 표출한 시들은 비관주의적인 정서가 전혀 보이지 않고 오히려 지극히 남성적이고 저항적인 선이 뚜렷하고 강하다. 일제에 전답과 곡식을 수탈당한 식민지 농민의 설움을 드러내는 「바라건대는 우리에게 우리의 보섭대일 땅이 있었더면」, 조국을 빼앗긴 지식인의 한을 느낄 수 있는 「봄」, 그리고 민족혼에 대한 신뢰와 배일 감정을 쉽게 간파할 수 있는 「무제」 등이 그러한 시이다. 그러나 본 글에서 다루고 있는 비관주의적인 염세주의와는 별개의 정서이므로 구체적으로 다루지는 않는다.

끌어낼 수 있었다. 이렇게 시대가 다를 뿐 아니라, 구체적인 영향 관계를 따질 수 없는 소월과 레오파르디의 시 작품들을 비관주의적 서정성을 중심으로 살펴볼 수 있는 것은, 다분히 수용 관계를 지양하고 대등한 관계에서 상대국의 문화 및 문학을 비교연구하려는 최근의 비교문학 풍토에 힘입은 것이다.

그런데, 우리가 일반적으로 알고 있는 소월 시의 재확인 작업을 통해서 김소월이 단순히 사랑 타령이나 한을 노래한 시인이 아님을 알게 되었다. 그가 노래하는 님이 표면적으로는 이성과의 사랑의 대상인 님인 듯 보이지만, 실상은 일제 강점기라는 상실의 시대를 살았던 지식인으로서 무시할 수 없었던 조국의 부재를 님의 부재로 보았으며, 이를 한스럽게 노래한 시들 중에서 대표적인 작품들로 「진달래꽃」, 「산유화」, 「못잊어」, 「먼 후일」, 「초혼」 등을 들 수 있다. 이와 더불어 우리나라에 별로 알려져 있지 않은 이탈리아의 19세기를 대표하는 시인 자코모 레오파르디의 낭만적 염세주의를 잘 드러내는 시작품들 중에서 대표적으로 「무한」, 「외로운 참새」, 「실비아에게」, 「그 자신에게」, 「마을의 토요일」, 「아시아에서 방랑하는 어느 목동의 야상곡」, 「금작아 불모지에 피어난 꽃이여」 등의 시편들을 비교하면서 살펴보았다. 이미 앞서 본인의 졸고 「레오파르디 초기시에 나타난 애국계몽성연구」, 그리고 「레오파르디의 사변적 시 소고」에서 레오파르디의 비관주의적 서정시인 이외의 다른 모습들을 살펴본 바 있다. 레오파르디 역시 낭만적 동경이나 열정, 비관적 시편들을 아름답게, 이탈리아의 정형 율격에 맞추어 노래한 시인이면서, 동시에 민족적, 애국적 열정과 더불어 이탈리아 민족의 역사적인 슬픔, 상실의 슬픔을 노래한 시인이라는 사실이다.

결론적으로 김소월이나 레오파르디 모두 정형 율격으로 시를 썼던 시인들로서 낭만적 서정성이 돋보이는 시인들이지만, 우리가 흔히 아는 비관주의적 정서로 일관된 시인들은 아님을 알 수 있었다. 물론

이 두 시인들의 비관적 낭만주의를 대표하는 몇 편의 시들을 통해서
이와 같은 사실을 확인할 수 있었다는 점은 이들의 시 세계가 단순히
어느 한 흐름을 추구한 것이 아님을 말해주는 것이다. 사실, 시인은 어
느 특정 흐름만을 좇을 수는 없는 것이다. 왜냐하면, 시가 본래 자신의
삶과의 투쟁의 역사, 또는 자아와 타자와의 갈등을 끊임없이 표출해
내는 것이기에 이러한 비교연구가 가능한 것이 아니겠는가. 두 시인
에 관한 일부 특정의 편견에서 벗어날 수 있었다는 점이 이 졸고의 의
미라면 의미일 수 있겠다. 그러나 아직은 시작 단계 수준에 불과하며,
보다 많은 작품들을 다루어 앞으로 더 깊이 있게 연구되어져야 할 필
요가 있다고 본다.

참고문헌

1. 기본자료

김소월,『김소월 전집』, 김용직 편저, 서울대학교출판부, 서울, 1996.
______,『원본 김소월 전집』, 오하근편, 집문당, 서울, 1995.
______,『김소월』, 오세영편, 문학세계사, 서울, 1993.
Giacomo Leopardi, Canti, Rizzoli, Milano, 1997.

2. 단행본

김영철,『김소월』, 건국대학교 출판부, 서울, 1994.
김장호,『한국시의 비교문학』, 태학사, 서울, 1994.
김학동 편,『김소월』, 서강대학교 출판부, 서울, 1995.
김효신,『이탈리아 문학사』, 학사원, 대구, 1997.
김효중,『한국 현대시의 비교문학적 연구』, 푸른사상, 서울, 2000.
송희복,『김소월 연구』, 태학사, 서울, 1994.
오세영,『한국낭만주의시연구』, 일지사, 서울, 1980.
윤석산,『소월시 연구, 태학사』, 서울, 1992.
조동일,『한국문학과 세계문학』, 지식산업사, 서울, 1992.
Gian Carlo D'Adamo, Giacomo Leopardi, Le Monnier, Firenze, 1990.
Adriano Bon, Invito alla lettura di Leopardi, Mursia, Milano, 1993.
Ettore Mazzali, Leopardi, Nuova Accademia, Milano, 1963.
Carlo Ferrucci, Leopardi e il Pensiero moderno, Feltrinelli, Milano, 1989.
Emilio Peruzzi, Studi Leopardiani, Leo S. Olschki editore, Firenze, 1979.
Laura Ruschi, Anna Maria Raimondi, Temi per le scuole superiori, Bietti, Roma, 1980.
A. Menetti, Foscolo, Leopardi, Manzoni, Edizioni Bignami, Sesto S. Giovanni, 1995.
Charles Bernheimer 외 17인, Comparative Literature in the age of Multiculturalism,
        the Johns Hopkins University Press, Baltimore, 1995.
Claudio Guillén, The Challenge of Comparative Literature, translated by Cola

Franzen, Harvard University Press, 1993.

3. 논문

김효신, 「레오파르디 초기시에 나타난 애국계몽성연구」, 『이어이문학』 제5집, 한국
　　　이이이문학회, 서울, 1999.
＿＿＿, 「레오파르디의 사변적 시 소고」, 『이어이문학』 제6집, 한국이어이문학회,
　　　서울, 2000.
윤경숙, 『레오파르디의 시적 서정성 - 목가시를 중심으로 -』, 한국외국어대학교 석
　　　사학위 논문, 1983.
이승수, 『레오파르디의 비관주의』, 한국외국어대학교 석사학위 논문, 1993.
한형곤, 「이탈리아 로맨티스즘과 레오파르디의 시세계」, 『외국문학연구』 제3호, 한
　　　국외국어대학교 외국학종합연구센터 외국문학연구소, 1997.

제2장

시 번역 작업에 관한 일고

1. 머리말

"번역은 반역이다(Traduttore, traditore)"라는 이탈리아의 격언대로라면, 번역이 설 자리는 없어진다. 그러나, "번역은 작가의 의도를 헤아리는 작업"이라고도 하고, "번역이 자식이라면 원문은 부모이다. 원어와 역어 사이에 시간적, 문화적 차이가 나는 것은 부모와 자식의 세대 차이와 비슷"[1]하다는 왈드롭(Waldrop)의 말에 번역의 설 자리는 생겨나고, 그 명분도 얻게 된다. 이러한 명분 있는 의미부여의 차원에서 번역을 행복한 직업이라고 추켜세우던 안정효의 찬사가 있는가 하면 이와 달리 '피를 말리는 작업'이라는 표현도 있다. 나로서는 후자가 더 피부에 와 닿는 것으로 본다. 이는 둘 다 번역가로서 최선을 다하는 모습을 지칭할 수 있는 것들이다. 행복한 직업으로 정착되기 위해서는 필연적으로 '피를 말리는 작업'이 수반되어야 하기 때문이다. 그리고 이러한 과정을 거친 번역물은 보는 이로 하여금 '행복'을 느낄 수

---

1 김효중,『번역학』, 민음사, 서울, 1998, p.18, 재인용.

있게도 할 것이다. 흔히들, 번역은 '문화와 문화를 이어주는 가교'라고 한다. 그 가교역할을 수행할 번역가가 되기 위해서는 어학, 문화적 기반, 문장력 등이 요구되며, 더 나아가 단순한 기술적 문장력이 아닌, 문학성을 드러내야 하는 경우도 있다. 소설도 그러하지만, '피를 말리도록' 치열하게 작업해야 하는 문학 장르가 시 분야가 아닌가 생각된다. 안정효는 문체의 번역이 시에서 보다 산문에서, 즉 소설에서 더 어렵고 힘들다고 하였으나, 시 번역의 이력이 워낙 미천한 때문인지는 몰라도 개인적인 견해로는 시야말로 문체를 옮겨놓기가 어렵고 힘든 정도가 아니고, 사실상 불가능할 만큼 힘들다고 본다. 그렇지만, 불가능하다고 해서 번역을 하지 않고 방치할 수만은 없기에, 번역되도록 그리고 이해되도록 옮겨놓는 작업에 대해서 서로 머리를 맞대고 토론하는 자리가 필요한 것이 아니겠는가?

우선, 일반적인 시 번역 상의 특수성과 제반 문제점들을 정리하고, 이탈리아 시 번역의 난제들, 예시들을 들어볼까 한다.

2. 산문 번역과 다른 시 번역의 특성

문학의 여러 장르 중에서, 유독 시라는 장르는 번역의 어려움을 가장 잘 나타내고 있다고 볼 수 있다. 거의 모든 번역가와 이론가들은 심지어 시의 번역을 "번역 불가능의 한계"[2]에 위치시키고 있다. 시가 그처럼 번역 불가능한 것으로 여겨지는 이면에는 시의 본질과 가치에 대한 성찰이 자리 잡고 있다고 볼 수 있다. 다시 말해서 "시란 소리와 의미 사이에 무한한 관계를 설정하고 있는 것이기 때문에 단순히 의미의 보유체만으로 환원시킬 수 없다는 것과 바로 그러한 무한한 관계를 생성시킬 수 있는 특성 자체가 시의 가치를 이룬다는 것"[3]이다.

2　베르망에 의하면 "단테로부터 뒤벨레와 몽테뉴, 볼테르와 디드로로부터 릴케, 야콥슨 또는 방브니스트에 이르기까지의 전통적인 견해는 시를 번역 불가능한 것으로 확언"하고 있다고 함. 재인용, 김윤진, 『불문학텍스트의 한국어번역 연구』 서울대학교출판부, 2000, p.160.

일상에서 우리가 사용하는 문장이 하나의 일관된 의미를 형성하기 위해 각각의 단어들이 개념적 의미에 따라 전체적인 의미를 염두에 두고 미리 결합되는 것이라면, 그 때의 단어들은 개념적 등가성을 지닌 여러 가능성 중 선택 되는 것이라 할 수 있다. 그러나 시어에서는 그러한 의미적 일관성이 반드시 추구되어야 할 이유가 없기 때문에 시어들은 개념적 등가성의 한계 내에 자유로운 선택의 가능성을 주지 않는다. 따라서 시란 의미를 포착하려는 모든 시도에서 벗어나며, 우리가 한 편의 시를 읽고 그 시의 의미를 논한다는 것은 모든 가능성 중의 하나, 극히 단편적인 부분만을 이야기하는 것과 다름없다. 번역이 서로 다른 물리적 특성을 지닌 언어의 상이함을 넘어 어떤 동질성을 추구하는 것이라면, 소리, 리듬, 형태의 물리적 외부적 특성과 의미의 결합이 서로 떼어놓을 수 없을 정도로 밀접한 시를 번역한다는 것은 사실상 불가능한 것으로 보인다. 그런데 그럼에도 불구하고 시들은 번역되며, 그것이 비록 많은 것을 잃는다 하더라도 우리는 번역된 시를 통해 시인의 입김을 느낀다. 그것은 원시를 관통하고 있는 어떤 통일성 - 형태적 특성에서 얻어지는 모든 시적 효과를 상실하고라도 - 이 언어의 형태를 바꿈에도 불구하고 살아남아 자기 동일성을 확보하기 때문이다.

데데시우스(K. Dedecius)는 시 창작과 시 번역의 관계를 사고와 반영의 관계로 보았다. 그에 의하면 시는 영감에 의존하나 번역은 그렇지 않다. 데데시우스가 주장한 번역방법의 핵심적인 내용 요약을 참고해 보면 다음과 같다.[4]

① 번역은 원문의 내용 전체를 그대로 재현해야 한다.
② 번역의 형식과 기법은 원문에서와 같은 성격을 지녀야 한다.

---

3 위의 책, p.161.
4 김효중, 앞의 책, p.118 참고.

③ 번역작업 과정에서도 원문이 창작될 때에 자유로운 것처럼 자유
  가 주어져야 한다.

데데시우스의 방법은 시 번역과 시를 영감이라는 요소만을 빼고는
동일선 상에서 이해하고 있다. 내용뿐만 아니라, 형식과 기법 까지도
같은 성격을 지녀야 한다고 했으며, 시 번역자의 창조적 상상력을 요
구하고 있다. 원시의 저자가 가지고 있던 영감에 대신해서 번역은 '외
국적 이성(foreign logos)'[5]이 작용한다. 보통 시 번역이 완성되었을 경우,
원시가 읽혀지는 것 같이 번역시가 읽혀져야 한다는 것은 당연한 일
이다. 시는 그 자체의 의미로써 현실을 승화시키기 때문에 시 창작은
현실 모방 그 이상의 것이다. 시는 현실을 해석하고 변화시킨다. 시 창
작과 관련시켜 보면 번역도 역시 같은 행위라고 할 수 있다. 그리고 번
역 또한 필연적인 변화를 내포하고 있으므로 시 창작이나 번역은 그
과정에 있어서 공통점을 지니고 있지만 동기가 다르기 때문에 그 관
계는 매우 복잡하다. 시인은 현실에 기초를 두고 자기가 원하는 것은
무엇이나 택할 수 있다. 번역가 역시 시인과 같은 방법으로 작업을 하
는데 자기가 원하는 바를 다할 수 있는 것은 아니다. 번역이라고 해서
시 작품을 단순히 모방하는 것은 아니다. 그 대신 시를 번역하는 과정
에서 시 작품을 형성하는 근본적인 원리를 파악하려고 애쓴다. 따라
서 시 번역에서 직역은 큰 도움이 되지 않는다. 텍스트 전체의 의미와
기능에 따라 문제가 제시되어야 하고 문장 형식이나 어휘는 총체적
인 범주 안에서 정확하게 선택되어야 한다. 불확실하고 개방되어 있
으면서도 다양성을 지니고 있는 원문의 의미체험을 번역 독자에게
그대로 겪게 해주는 것이 번역가의 임무라고 할 수 있다. 따라서 단순
한 일반 독자와 번역 독자는 이해 면에서 구별된다.[6]

---

5 위의 책, 재인용.
6 위의 책, pp.118~119.

보그랑드(R.de Beaugrande)는 시 번역 작업을 "내적 규칙을 가진 개방된 것"으로 파악했고, "번역의 단위는 단어일 수 없고 전달되는 텍스트여야 한다"는 시 번역상의 규범으로 참고할 만하다. 보그랑드의 '주제적 응집력'은 시 번역에서 중시되는 원칙으로 간주된다. 텍스트를 원본대로 재현하는 번역 방법은 번역가가 텍스트에 표현되지 않은 저자의 의도를 파악하고, 그것을 최적의 역어형식으로 재현하는 과정인데 문학 텍스트의 경우 더욱 그렇다. 문학 번역은 텍스트의 구조가 아니라 텍스트 전체에 대해서 이해된 의미 이상의 것을 대상으로 한다. 시 번역의 특수성은 형식과 내용의 전체적인 조화에 놓여 있다. 다시 말하면 언어형식은 의미영역처럼 텍스트 의미구성에 밀접한 관계가 있다. 역어의 의미구조와 언어형식이 원어의미나 형식과 대응관계에 있지 않은 점은 번역의 가장 큰 한계점인데 그럼에도 불구하고 번역가는 구속과 자유의 조화를 이루어야 하는 것이다. 시를 번역하는 사람에게 필요한 것은 창조적 직관, 창작적 언어유희와 텍스트에 대한 완전한 이해이다.[7]

원시를 우리말로 번역하는 경우 그 방법적으로 볼 때, 크게 다음의 세 가지 경우로 정리될 수 있다.

① 시를 산문으로 번역하는 경우 - 비예술적 번역으로 미적 의도와 상관없이 독자로 하여금 원시에 대한 일반적인 사고를 갖게 하며, 번역시 원문의 의미 손상, 문장형식 등을 손상시킬 위험성을 내포한다.

② 시 번역에 풀어쓰기와 분석을 가미한 해석번역의 경우 - 학술적 번역으로 원시의 많은 부분을 훼손할 수 있으나 나름대로 원시가 자신의 정체성을 확인할 수 있는 존재 양태가 될 수 있다.

③ 원시의 구조를 보존하면서 모든 것을 재창조하는 번역의 경우 -

---

7 위의 책, p.120.

텍스트는 그것을 해석하고 재형성하는 개인의 기질과 감수성을 통해 읽혀지며, 미적 즐거움과 내적 정연성을 지니게 된다.

시 번역가는 물론 원어에 능통해야 하고 감수성이 있어야 하며, 원어의 시적 전통까지 파악하고 있어야 한다. 시인의 문화적, 정치적 성향 및 마음을 이해하고, 한 마음이 된 듯한 상황에서 원시의 형식을 깊이 관찰하고 간텍스트성 속에 담긴 정신을 명확히 이해해야 비로소 완벽한 번역이 나올 수 있다. 위에 방법론적으로 제시된 세 경우 다, 이러한 완벽한 작업으로 나아가기 위한 방법론일 것이다. 그러나 ① 시를 산문으로 번역하는 경우는 아예 형식 자체를 역자가 파기한 경우일 수도 있는데, 이는 시를 하나의 이야기가 있는 구조물로 보아서 그 내용만을 전달하게 된다. 흔히 이런 경우에는 번역 작업이 수월해질 수 있으며, 시인의 성향 및 정신을 독자들에게 전달하는 것이 훨씬 명확할 수 있다. 그렇지만, 요즘은 산문시도 종종 있기 때문에 애초부터 원시가 산문 형식의 시였다면, 산문 번역이 굳이 문제를 일으키지는 않는다. ② 시 번역에 풀어쓰기와 분석을 가미한 해석번역의 경우 시 내용에 충직하려는 역자의 태도를 읽을 수 있는데, 이 나름대로 문화가 다른 언어적 배경을 수용하고 문화와 문화를 이어주는 가교 역할은 충실히 하는 셈이다. 그런데 사실 산문시로 되어있지 않은 우리가 보통 통념적으로 받아들이는 시는 번역된 시 역시도 시 여야 한다는 입장이다. 번역을 생동하는 하나의 작품으로 만들기 위하여 번역가는 그 자신의 고유한 독창성을 유지할 권리가 있으며, 좋은 시로 번역할 수 있다면 시 번역 방법은 무엇이든 상관이 없을 것이다. 물론 우선적으로 원문을 중시하고 원문에 근거해야 하며, 원문과 역자가 타협을 해야 할 것이다. 그 방법적으로 어떠하든 간에 새로운 번역시는 원문시가 없다면 존재의 의미가 없으며, 번역시의 모체는 원문시 이기 때문이다. 이는 번역가가 번역시 역시 시가 되기를 바라는지, 아니면 시인이 "진정으로 작품에서 쓰려고 한 것이 무엇인가를 정확하게 재현하고 싶은가에 따라"[8] 번역 방법이 달라질 수 있다. 그런데 이 모두를 번역시에 담으려는 방법론적 태도가 바로 ③원시의 구조를 보존하면서 모든 것을 재창조하는 번역의 경우이다. 이 방법이 가장 바람직하며 진정한 시 번역이라고 할 것이다. 이 경우, 원시가 산문시가 아닌 경우라면, 번역시 역시도 시여야 한다는 것이다. 그래서 반웰(K. Barnwell)은 번역가의 임무는 "사실적인 정보뿐만 아니라 원전과 비슷한 감흥을 느낄 수 있게 번역하는 것"이라고 하였고, "가장 성공적인 시 번역가는 흔희 두 개의 언어와 문화에 익숙하고 무엇보다도 역어로 시를 쓰는 훌륭한 시인인 경우"[9]라고 하였다.

③의 경우, 블라이(R.Bly)의 시 번역 방법을 참고로 할 수 있다. 블라이는 독일시를 영어로 번역하면서 아래와 같은 번역 과정의 단계를 제시하였다.[10]

① 뉘앙스에 신경을 쓰지 않고 직역한다.
② 의미를 되새겨보고 만족할 수 없을 때는 첫 번째 단계로 되돌아가고 만족할 경우에는 다음 단계로 나아간다.
③ 다시 직역으로 되돌아가 의미 전달이 어려우면 자연스러운 영어로 번역할 방법을 찾는다.
④ 시어를 미국 혹은 영국에서 쓰이는 구어로 옮긴다.
⑤ 번역의 어조를 살피고 원문과 대등한가 알아본다.
⑥ 번역시를 낭송하고 경청한다.
⑦ 번역된 언어를 독자들에게 읽혀 리듬, 이미지, 문체 등에서 오류가 있는가 점검한다.
⑧ 완성하는 단계이다.

---

8 위의 책, p.124.
9 위의 책, p.122.
10 위의 책, p.126.

블라이가 제시한 여덟 가지 단계는 다 납득할 만한 것들이다. 그 순서는 언제나 일정하게 직선적일 필요는 없고, 순서가 뒤바뀌거나 동시에 두 단계 이상이 함께 할 수 있다. 여기서 블라이는 특히, 좀더 바람직스러운 번역이 되게 하려면 번역된 초고를 영어를 모국어로 하는 독자와 더불어 영어를 말하고 쓰는 외국어 독자에게도 읽혀서 그 반응을 듣고 그것을 번역에 반영시켜 신중히 다듬었을 때 비교적 무난한 번역본이 나올 것이라고 했다. 개인적으로도 블라이에 이 말에 전적으로 동감하며, 번역시의 점검이 언제나 필요한 작업임을 느낀다. 그래서 이러한 점검 작업의 일환으로 '시 콜로키움'을 계속하고 있는지 모른다. 가장 훌륭하게 번역된 것이라고 자타가 공인하더라도 번역가는 자기가 번역한 것을 미완성이라고 생각하는 태도로 늘 다시 세밀히 검토해야 한다. 또 번역가가 아무리 정성을 다한 완벽한 번역이라고 해도 오역은 나오기 마련이다. 따라서 번역에서 저지르기 쉬운 실수를 가급적 최소화하는 길, 그것은 어쩌면 다른 시각에서 객관적으로 점검하는 작업이라는 과정이 늘 필요한 것이라고 본다. 또한 최적의 번역을 하기 위해서는 시인과 원어민이 공동으로 번역에 참여한다면, 시인 아닌 일반 사람이 번역에 임한 것보다 훨씬 좋은 결과를 기대할 수 있다.

바로 시 번역이 산문 번역과 다른 점이라면 낭송을 할 수 있는 시의 경우 - 형식주의 시, 시각시의 경우는 예외일 수 있음 - 시 번역은 시인의 시 정신뿐 아니라, 음악적인 특성까지 고려해야 한다는 것이다. 또한 형식주의 시나 시각 시, 그리고 산문시의 경우에도 산문과는 다른 시인의 의도가 들어간 이미지, 시각적인 효과, 그리고 단어 사용이나 빈도수에서 빚어지는 시적 유희, 음운효과를 살려야 한다는 점 때문에 산문 번역과는 차원을 달리한다. 이러한 번역 작업의 구체적인 예를 다음 장에서 이탈리아시 번역들을 중심으로 살펴보고자 한다.

3. 이탈리아 시 번역의 제반 문제들

이탈리아 시 번역의 문제들 역시 일반 외국어 시를 우리말로 번역하는 경우 생기는 문제들과 별반 다를 바 없다. 별도로 정리를 해둔다면 다음과 같이 나열해 볼 수 있다.

(1) 운율을 살릴 수 없는 번역
(2) 번역 문체의 부자연스러운 번역
(3) 지나친 의역과 과장된 수식의 번역
(4) 문화의 차이에서 파생된 오해
(5) 텍스트의 오역 문제

위에서 언급한 다섯 가지 문제들은 시 번역에서 이미 다룬 내용들이다. 서양 정형시를 살릴 수 없는 번역은 이탈리아 정형시들에도 그대로 적용된다. 운율을 살리는 것은 실제로 불가능하다. 부자연스러운 번역은 수도 없이 찾아볼 수 있는 항목이다. 우리말답지 않은 번역 문투의 번역들, 시답지 않은 번역들, 혹은 오히려 시답게 고치려다 원문의 의도를 벗어나는 시 번역들, 이탈리아 문화와 한국문화의 이질감으로 인해 우리말로 옮겼을 때 뜻이 와전될 수 있거나, 오해를 살 수 있는 번역, 아니면 아예 텍스트 자체를 잘 못 이해하여 오역하게 된 번역물 등 이탈리아 시 번역물에서도 다양한 오류를 찾을 수 있다. 이 자리에서는 위의 항목별 나열은 지양하고, 피상적이지만 전체적인 점검 차원에서 대표적인 몇몇 작품들을 살펴볼까 한다.

이탈리아시에 관해서 번역물을 찾아보면, 산문이나 소설에 비해서 번역 결과물이 현저하게 미흡하다. 손에 꼽을 만한 시집이라고 해봐야 이탈리아 문화원에서 번역 소개된 시집들[11]을 빼고 나면, 사실상

---

11 이탈리아 현대시인들 — 파솔리니(P.P.Pasolini), 몬탈레(E.Montale), 콰시모도(S.Quasimodo), 마라이니(D.Maraini), 로씨(T.Rossi) 등 — 을 간단하게 소개하는 식의 팜플렛 수준의 시집들로 간주

네 명의 이탈리아 시인들의 작품이 번역되었다고 볼 수 있다. 적어도 시선집의 성격으로 간행된 단행본 시집들로는 1959년도에 소개된 살바토레 콰시모도(Salvatore Quasimodo)의 시집 제1권『황혼이 깃들고』(윤병희역)과 1960년에 소개된 콰시모도의 시집 제2권『인생은 꿈이 아니다』(윤병희역), 1974년『몬탈레시집』(이종욱역), 1975년『몬탈레선집』(한형곤역), 2003년『오징어뼈』(한형곤역), 2004년 페트라르카(Petrarca)의『칸초니에레』(김효신외역), 2005년『칸초니에레』(이상엽역)가 있을 뿐이다. 단테(Dante)의 대서사시『신곡(La Divina Commedia)』의 번역본을 살펴본다면 상당수 되는데 연도별로 일단 나열해보면 다음과 같다. 1970년 단테의『신곡』(임명방역), 1972년『신곡』1,2편(류영역), 1973년『신곡』(허인역), 1973년『신곡』(박종화역), 1974년『신곡』(하병호역), 1976년『신곡』(문병선역), 1978년『신곡』(한형곤역), 1979년『신곡』(최민순역), 1982년『신곡』(석범진역),『신곡』(정인섭역),『신곡』(문병선역), 1984년『신곡』(안현식역),『신곡』(한형곤역), 1987년『신곡』(최민순역), 1991년『신곡』(김의경역), 1998년『신곡』(유한준역), 1999년『신곡』(김문해역), 2000년『신곡』(신승희역), 2000년『신곡』(정노영역), 2003년『단테지옥』,『단테연옥』,『단테천국』(최승편역), 2004년『단테의 신곡 : 영혼의 구원을 노래한 불멸의 고전』(양억관역), 2005년『단테의 신곡 : 영혼의 구원을 노래한 대서사시』(장미옥편역) 등이다. 그리고 단테의 영원한 여인인 베아트리체에 대한 지고한 사랑을 노래한 소품 시집인『신생(La Vita Nova)』도 번역본이 있었는데, 1972년『신생』(류영역), 1973년『신생』(허인역), 2005년『새로운 인생』(박우수역)이 그것이다.

적어도 1950년 이전에 한국에서 비록 중역이나 축역으로라도 소개된

할 수 있으며, 번역시집으로서 완성도가 떨어지는 책자들이라고 평가되기에 연구대상에서 제외시킨다.

적이 있는 이탈리아 시인들의 시들을 다 합쳐도 10편이 되지 못한다. 시 소설 등을 통 털어서 이탈리아 문학이 번역을 통하여 우리나라에 소개되기는 1910년대에 비롯된 일이고, 1920년대에 이르러 그 폭이 넓어졌지만, 그 선정 리스트에 등장하는 작가들은 단눈치오(D'Annunzio), 피란델로(Pirandello), 보카치오(Boccaccio), 에드몬도 데 아미치스(Edmondo De Amicis) 등인데, 시 단편으로 소개된 것은 1920년대 유일하게 이태리 소가 한 편이 있을 뿐이다. 1930년대에는 단테, 레오파르디(Leopardi), 루차노 폴고레(Luciano Folgore)[12] 등의 시편들이 소개되었고, 특히 단테의『신곡』은 산문으로 "성문학순례"의 특집으로 소개되고 있었다. 1950년대에는 단행본은 한 편이지만, 단편시들로 혹은 여러 편 묶음으로 소개된 것은 그 이전보다 훨씬 늘어나서, 이탈리아 최초의 노벨문학상 수상 시인인 조수에 카르둣치(Giosue Carducci)의 시들이 소개되고, 세계문학전집 속, 이탈리아 편에 6편의 시들이 소개되고 있다. 뿐만 아니라, 조반니 파스콜리(Giovanni Pascoli), 가브리엘레 단눈치오 등의 시들도 여러 편 소개되고 있다.

미흡한 중에도 가장 활발하게 번역되고, 중역되며, 또 출판되는 가장 대표적인 작품이 단테의『신곡』이다. 지금도 단테의 불후의 명작은 대다수 출판사들의 난립한 번역작들로 혼란을 가중시키고 있다. 단테의『신곡』번역의 대표적인 역작들은 아무래도 한형곤역과 최민순역이다. 이 두 번역 작품의 서두부분을 원문과 함께 살펴보도록 하자.

Nel mezzo del cammin di nostra vita

mi ritrovai per una selva oscura,

ché la diritta via era smarrita.

---

12 1888년 로마에서 출생하여, 1966년에 사망하였다. 미래주의 시를 추종했던 이탈리아 시인.

Ahi quanto a dir qual era è cosa dura

esta selva selvaggia e aspra e forte

che nel pensier rinova la paura!

Tant'è amara che poco è più morte;

ma per trattar del ben ch'i' vi trovai,

dirò de l'altre cose ch'i' v'ho scorte.

Io non so ben ridir com 'i' v'intrai,

tant'era pien di sonno a quel punto

che la verace via abbandonai.

A(한형곤역)

우리네 인생길 반 고비에

올바른 길을 잃고서, 나는

어두운 숲 속에 처해 있었다.

아, 거칠고 사납던 이 숲이

어떠했노라 말하기 너무 힘겨워

생각만 하여도 몸서리쳐진다!

죽음 못지않게 쓰거웠기에

나 거기서 깨달은 선(善)을 다루기 위해

게서 본 다른 것들에 대해 말하련다.

나 어찌 거기 들어섰는지 다시 말할 수 없지만

올바른 길 버릴 바로 그 때

무던히도 잠에 취했던 탓이다. [13]

---

13 단테, 『신곡』 I, 한형곤역, 삼성출판사, 서울, 1976, p.18.

B(최민순역)

한뉘 나그네길 반 고비에
올바른 길 잃고 헤매던 나
컴컴한 숲속에 서 있었노라.
아으, 호젓이 덧거칠고 억센 이 수풀
그 생각조차 새삼 몸서리쳐지거든
아으, 이를 들어 말함이 얼마나 대견한고!

죽음보다 못지않게 쓰거운 일이 있어도
내 거기에서 얻어 본 행복을 아뢰려노니,
게서 익히 보아 둔 또 다른 것들도 나는 얘기하리라.

어찌하여 그리로 들었는지 내 좋이 말할 길 없으되,
참다운 길을 내던져 버린 바로 그즈음
그토록 잠은 깊었던 탓이어라.[14]

단테 알리기에리의 100곡에 이르는 『신곡』의 서두 4연 정도만 살펴본 것이지만, A나 B 두 번역 작업은 나름대로 단순히 번역만 한 것이 아니고, 시적인 맛을 살리려고 노력한 흔적이 역력히 보인다. 적어도 원문을 모르는 한국인 일반 독자들이 읽었을 때 비록 단테의 원시의 운율은 다 무시되었고, 살리는 것이 불가능하지만, 역자 나름대로 살린 시적인 감흥을 어느 정도 느낄 수 있다. 그것이 비록 완벽하지는 않더라도 말이다. 그런데 A 능력의 번역자와 B 능력의 번역자 시인이 함께 작업을 한다면, 실질적으로 불가능한 일이지만, 보다 완벽한 이상적인 번역 텍스트가 나오지 않을까 생각한다. 이러한 이상적인 번역 작업이 이루어질 수만 있다면, 이는 바로 앞서 시의 번역 방법 세 가지

---

14 단테, 『신곡』 I, 최민순역, 을유문화사, 서울, 1987, p.3.

경우에서 가장 바람직하며 진정한 번역 작업이었던 ③의 경우, 즉 원시의 구조를 보존하면서 모든 것을 재창조하는 번역의 경우, 가장 성공적인 시 번역이 이에 해당된다.

2004년, 2005년 서너 달을 간격으로 한국에 소개된 프란체스코 페트라르카의 『칸초니에레(Canzoniere)』 일부의 번역시들 중, 예를 들어 한 편을 비교해보자.

40.

S'Amore o Morte non dà qualche stroppio
a la tela novella ch'ora ordisco,
et s'io mi svolvo dal tenace visco,
mentre che l'un coll'altro vero accoppio,

i' farò forse un mio lavor sì doppio
tra lo stil de' moderni e'l sermon prisco,
che, paventosamente a dirlo ardisco,
infin a Roma n'udirai lo scoppio.

Ma però che mi mancha a fornir l'opra
alquanto de le fila benedette
ch'avanzaro a quel mio dilecto padre,

perché tien' verso me le man' sí strette,
contra tua usanza? I' prego che tu l'opra,
et vedrai rïuscir cose leggiadre.

A (김효신 외역)

만약 사랑과 죽음이 어떠한 걸림돌도 되지 않는다면
내가 지금 짜고 있는 새 직물에,
만약 강한 구속에서 벗어나,
다른 참사람과도 함께할 수 있다면,
아마도 나의 작업은
근대의 문체와 고대의 언어 모두를 아울러,
내 감히 말하건대,
로마에서도 그 성공의 굉음을 듣게 되리라.

그러나 나는 작업을 마무리할 수 없나니
내 존경하는 아버지에게는 넘쳐 났던
복된 실들이 내겐 없기에,

왜 나에게는 두 손을 움켜쥐고 있는가,
그것은 당신다운 모습이 아닌 것을? 청컨대 제발 그 손들을 풀어주오,
그러면 우아한 것들이 다시 터져 나옴을 그대 보게 되리니.[15]

B (이상엽역)

만일 사랑이나 죽음이 내가 지금 짜고 있는
새 직물에 어떤 방해도 가하지 않는다면,
또 내가 그 집요한 연결 끈으로부터 자유로워진다면,
하나를 진실된 다른 하나와 연결시키는 동안에,

나는 오늘날의 스타일과 옛 말씀 사이에서
매우 양면적인 내 작업을 아마도 해내리,

---

15 김효신 외, 『칸초니에레』, 민음사, 서울, 2004, pp.121~122.

이에 대해 내가 감히 이야기하는 것은 두려우니,
결국 자네는 로마에서 그에 대한 소리를 들으리.
하지만 나에게 부족한 것이 있다네,
그분, 나의 사랑하는 아버지께서 쌓아 놓으신
성스러운 실들로 내 작품을 끝냄에 있어,
왜 자네는 나를 향해 그토록 꽉 쥔 두 손을 내밀었는가
평소와 달리? 나 자네에게 청하니 그 두 손을 펴게나,
그러면 자네는 고귀한 것들이 흘러나옴을 볼 것이네.[16]

A나 B나 페트라르카의 원시 형식 소네트를 그저 행수만 14행으로 맞추어 놓은 정도로 만족해야 하는 수준이다. 11음절이라는 음절수를 맞추는 것도 불가능하고, 더군다나 원시에서 드러나는 운율－교차운(rima incrociata)－은 A의 경우, 1연의 "~면"을 1행과 4행으로 몰아서 흉내 내려고 애쓴 흔적이 있으나, 별 효과를 거두고 있지 못하다. B의 경우도 1연의 경우 "~면"을 2행과 3행으로 몰아서 비슷하게 하려는 의도가 있었을 것으로 추정되나, 결과는 마찬가지다. 같은 시를 번역해도 번역하는 사람에 따라서 천차만별의 번역이 나올 것이고, 그것이 오역이 아니라면 번역의 가능성은 열려 있는 것이다. 문제는 번역된 시가 적어도 원문의 시를 전혀 모르는 사람이 읽었을 때 하나의 시로 느껴져야 하는데, 과연 얼마나 시적인지에 대해서는 의문이다. 우리 말을 모국어로 하는 객관적인 독자들에게 읽혀서 즐거움을 주고, 무난하게 읽힐 수 있는가? 아마도 번역은 완성될 수 없는 것은 아닐까? 시인의 정신이나, 시의 내용을 옮겨 놓는 것에 만족해야 하는 것인가?

사실, 어법이 유사한 언어들끼리도 운율을 살리는 번역은 고도의 기술과 시간을 필요로 한다. 사실상 운을 자연스럽게 번역하는 것은 거의 불가능하기 때문에, 오늘날 어법이 유사한 언어들끼리도 운이 있는 역시가 거의 없는 실정인 것도 사실이다. 앞서 이야기했듯이, 번

---

16 이상엽, 『칸초니에레』, 나남출판사, 서울, 2005, pp.76~77.

역시도 번역의 느낌을 주지 않는 자연스러움을 발산할 수 있다면, 그래서 객관적인 독자들이 번역 언어권에서 태어난 시로 여길 수만 있다면 가장 바람직할 것이다.

어법의 유사성이 적은 한국어역의 경우에 해당되는 위의 두 번역시들을 보면 음운 효과를 살리려는 시도를 보여주지 않았고, 사실 보여주는 것이 거의 불가능해 보인다. 따라서 한국어역은 원시의 의미 내용을 아무리 잘 옮겼다 해도 결국 페트라르카의 소네트라는 정형시의 가장 중요한 본질을 표현할 수 없다. 내용을 옮겨놓는 작업일 뿐이다. 이 경우에 번역이 원시와 동일한 음운 효과를 낼 수 없다면 다른 방식으로 대체하여 음운효과를 낼 수 있으며, 이 문제야말로 번역가 자신이 주도권을 가지고 결정을 해야 하는 것이다. 이러한 번역 방법이야말로 번역의 독창성을 가장 뚜렷이 보여주는 것이다. 그런데 실질적으로 대체 음운 효과를 낸 것이 위의 두 번역시들의 아주 작은 노력들이 군데군데 보여 지는 것 정도일 뿐, 실제 큰 효과는 없다. 그러므로 "원시의 구조를 보존하면서 모든 것을 재창조하는 번역의 경우"가 가장 이상적이고 바람직한 진정한 번역시가 된다고는 이론적으로 말하지만, 그리고 통념적으로 번역된 시도 시여야 한다는 입장이지만 말처럼 쉽지가 않은 것이 현실작업임을 뼈저리게 느낀다. 그래도 아주 조금이라도 번역된 우리말이 시에 다가가기 위해서 끊임없이 번역가는 다듬고 또 다듬어야 하며, 언제나 자신의 번역이 미흡함을 느껴야 하지 않을까 생각해본다.

시 번역에 있어서 직역한 작품과 의역한 작품의 묘미를 가늠하는 예로, 살바토레 콰시모도의 시『Ed è subito sera』를 번역한 두 편의 번역시들에 대해서 살펴보자.

Ed è subito sera

Ognuno sta solo sul cuor della terra
trafitto da un raggio di sole
ed è subito sera.

A. 황혼이 깃들고

누구나 지축위에 홀로 서 있나니
햇살 한줄기 뻗쳤는가 하면
어느덧 황혼이 깃든다. [17]

B. 그리고 이내 저녁이다

누구나 대지의 중심 위에 홀로 있어
한 줄기 태양을 쪼인다.
그리고 이내 저녁이다.[18]

　3행으로 되어 있는 짧은 시라서 번역이 상당히 용이하리라 예상하기 쉽다. 그러나 위에서 보다시피 짧은 시일수록 사실은 번역하기가 더 어려울 수 있다. A의 경우와 B의 경우를 비교해보면, 거의 40년의 세월의 격차가 있어서, 용어가 조금 다르다 볼 수 있지만, 세월의 격차라는 표현보다 세월과 상관없는 시적 미감의 차이를 느낀다고 하는 것이 더 나을 것이다. A의 경우, sera를 '황혼'으로 옮긴 것을 주목할 필요가 있다. 이를 오역으로 볼 것인지 아니면, 의역으로 볼 것인지 논란의 여지가 있겠지만, 오역, 의역에 상관없이 어찌된 영문인지, 여기서는 시가 전달하고자 하는 내용에서 벗어나지도 않으면서, 시적인 이

17 살바토레 콰시모도, 『황혼이 깃들고』, 윤병희역, 서울, 남훈사, 1959. p.126.
18 박상진, 『이탈리아 문학사』, 부산, 부산외대출판부, 1997, p.353.

미지와 콰시모도가 드러내려는 시적 상상력을 더욱 풍부히 드러내고 있으므로 오히려 시 번역 작업에서는, 특히 어휘 선정에서 바람직한 것으로 본다. B의 경우 어휘 선정에서 다분히 산문 번역투의 직역이지만, 의미의 투명성면에서는 제 가치를 한다고 볼 수 있다. 대부분의 경우, 직역이 시 번역 작업에서는 큰 도움이 되지 않지만, 언제나 의역만을 해야 한다는 것은 아니다. 때로는 직역을 해야 하는 경우도 있는 것이 사실이다.

시를 완벽하게 재현해내는 것은 불가능하다지만, 우리는 끊임없이 시를 음미하고, 시를 번역하고자 할 것이다. 이 논문에서 인용한 시들이 단행본으로 출간된 책들만을 중심으로 살펴본 것이어서 실제로 더 많은 작업량이 산재해 있는 단편 논문들이나 학위 논문들은 살펴보지 않았다. 왜냐하면 앞에 인용된 시들이 대표성을 띨 수 있다고 보았기 때문이다. 개인적으로 시 번역 작업이 많지는 않지만, 번역하기가 어려웠던 시인들이 누구였던가를 한 번 생각해본다. 특히 연구 논문 속에 인용되는 시 작품들의 번역을 하다가 유난히 우리말로 옮기기가 힘들었던 시는 에도아르도 상귀네티(Edoardo Sanguinetti)의 네오아방가르드 시이다. 아마도 실험성이 짙고, 우리말 어휘 선정이 유난히 비시적으로 느껴졌던 이유 때문일 것이다. 그 일부를 여기에 옮겨본다.

Laborintus 1

composte terre in strutturali complessioni sono Palus Putredinis

riposa tenue Ellie e tu mio corpo tu infatti tenue Ellie eri il mio corpo

immaginoso quasi conclusione di una estatica dialettica spirituale

noi che riceviamo la qualità dai tempi

      tu e tu mio spazioso corpo

di flogisto che ti alzi e ti materializzi nell'idea del nuoto sistematica costruzione in ferro filamentoso lamentoso

lacuna lievitata in compagnia di una tenace tematica

composta terra delle distensioni dialogiche insistenze intemperanti

le condizioni esterne è evidente esistono realmente queste condizioni

esistevano prima di noi ed esisteranno dopo di noi qui è il dibattimento

liberazioni frequenza e forza e agitazione potenziata e altro

aliquot lineae desiderantur

(…)

라보린투스 1

구조물의 겉모양새 이룬 땅이라 부패의 늪지

연약한 엘리에 숨돌리고 그대 나의 몸뚱이 그대 정말 연약한 엘리에

내 몸뚱아리였네

상상력으로 가득찬 몸뚱이 거의 무아의 경지에 빠진 영적 변증법의

결론들

시대의 특성을 수용하는 우리들

             그대 그리고 그대 나의 여유로운 몸뚱이

연소된 채 몸을 일으키는 그대 그리고 허우적거릴 생각에 물질화되고

체계 잡힌 섬유질의 슬픈 철로 된 건조물도

끈질긴 주제를 담은 모티브와 더불어 발효된 결함도

대화의 긴장 완화도 이루어진 대지라 참을 수 없는 주장들

명백한 외부 조건들 정말로 존재하지 이러한 조건들

우리 이전에 존재했었고 우리 이후에 존재할 것이네 여기 있다 논쟁이

해방이 빈발하고 힘 그리고 강력해진 동요 그리고 다른 것

몇몇 목표 그리워진다.

(…)[19]

---

19 김효신, 「에도아르도 상귀네티의 네오아방가르드 시 연구」, 『이어이문학』, 제4집, 한국이어어
   문학회, 1998, pp.79~80.

과연 이것이 시인가라는 논란이 있을 것이고, 이런 논란이 있는 실험시를 번역하는 것은 또 다른 논란을 불러일으킬 수 있다. 이런 경우, 의미를 옮기는 것에 그치겠지만, 옮기는 작업은 무슨 의미인가? 어휘들 선정도 문제가 되고, 바람직하지 않은 직역도 눈에 거슬린다. 그런데 여기서의 직역 번역은 의도적인 것이다. 상귀네티 스스로 선택한 거친 어휘들을 우리말로도 살리려고 하는 반시적 의도이다. 이에 대해서도 또 다른 수정이 가해질 수 있다고 본다면, 그것은 오히려 반시적 의도를 더 살려서 어휘들을 더 실험적이고 더 생경하게 선택해야 한다는 것이다. 더 낳은 시 번역을 위한 토론은 여기서도 가능할 것이다.

위의 시와 대조적일 수 있는 서정적인 시 한 편의 번역을 살펴보자.

La madre

E il cuore quando d'un ultimo battito

Avrà fatto cadere il muro d'ombra,

Per condurmi, Madre, sino al Signore,

Come una volta mi darai la mano.

In ginicchio, decisa,

Sarai una statua davanti all'Eterno,

Come già ti vedeva

Quando eri ancora in vita.

Alzerai tremante le vecchie braccia.

Come quando spirasti

Dicendo : Mio Dio, eccomi.

E solo quando m'avrà perdonato,

Ti verrà desiderio di guardarmi.

Ricorderai d'avermi atteso tanto,

E avrai negli occhi un rapido sospiro.

어머니

마지막 고동에 심장은

암영의 벽을 사그러트리고,

어머닌, 주님께 절 이끄시고자,

여느 때처럼 당신의 손을 내미시는데.

단호한 결심에 무릎 꿇어,

이미 살아생전의

익숙한 모습 그대로

하나의 조각되어 영원 앞에 선 어머니.

"내 주여, 제가 여기 왔나이다."

마지막 숨에 하시던 그 말씀대로

주름진 팔 떨며 주님께 바치네.

절 용서하시게 될 때 비로소,

절 바라볼 열망이 어머니께 생겨나시리다.

절 너무나 기다려 왔었음을 기억하며,

어머니 눈에 재빨리 흘러가는 탄식이야.[20]

오래전에 번역했던 시라서 고쳐야 할 곳, 어색한 부분, 좀더 시다운 의역을 했으면 하는 부분들이 눈에 띄는데도 불구하고, 자연스레 흐

---

20 김효신, 「웅가렛티 시의 종교적 모티프 연구」, 『가톨릭교육연구』 제4집, 가톨릭교육연구소, 1989, pp.68~69.

르는 시적 정서를 통해서 나름대로 원시의 정체성을 확인할 수 있다. 서정적인 시를 우리말로도 서정적으로 옮기는 것이 실험시를 실험시로 옮기는 것보다 훨씬 창조적 상상력을 발휘하기가 쉽고, 번역가로 하여금 언어적 만족감을 주는 것을 볼 수 있다. 아마도 대부분의 시 번역들이 서정적인 시 번역 일 것이다. 그리고 부족하지만, 원시의 시적 정서의 훼손을 감수하고라도 시를 번역하는 것은 나름대로 의의 있는 일일 것이다. 그러나 또한 중요한 것은 본인도 수많은 번역시들을 갈고 닦고 보다 더 시다운 번역시가 되도록 노력을 해야 했는데, 그 노력에 게을렀다는 것이다. 진정한 번역시를 잉태하기 위해서는 수없이 고치고 다듬는 태도가 필히 요구되며, 우리말 공부를 끊임없이 더 해야 할 것이다.

4. 맺음말

이탈리아 시문학 번역사는 길게 봐야 80년이고, 짧게 보자면 50년이 채 안된다. 역사도 짧지만, 무엇보다도 번역 작품이 너무나 한정되어 있었고, 그나마도 단행본으로 나온 책자들은 손으로 헤아릴 정도뿐이다. 이는 이탈리아 시문학에 대해서 이탈리아 시문학 관련자들이 모두 반성해야 할 것이다. 또한 반성도 반성이려니와, 한국에서의 문학이나 문화에 대한 편협함, 편식 습성에 대해서도 우리 모두가 다시 생각해봐야 하는 문제이다.

비록, 이탈리아 시문학 번역 작업이 지극히 미진하지만, 그 몇 편 안되는 작품들 모두를 비교하고 나열하여, 비교문체론으로까지 발전해야 하겠지만, 여러 가지 제약으로 개괄적인 시 번역론과 극히 일부의 작품들을 피상적으로 살펴본 것으로 그치게 되어 무척 아쉽다. 시 번역상의 오역문제만도 따로 항목을 만들어 정리를 한다면 그도 꽤나 연구해볼 만 할 것이다. 오역이 많아서 겁을 낼 필요는 없을 것이다.

제아무리 뛰어난 번역자도 오역은 있는 것이라고 생각한다. 그러나 적어도 그를 최소로 줄이는 방법 중에 하나가 콜로키움 형태의 시 번역 작업이라고 본다. 나 홀로 작업보다는 보다 체계적인 협력과 조언이 이탈리아 문학을 사랑하는 이들에게 더욱더 요청되는 바라고 생각한다. 이 논문 중에서 개인적인 편견을 드러내는 부분도 있었을 것이고, 그로 인해 누군가 시 번역을 하고자 하는 사람의 번역 의욕을 고취시키지 못하고 오히려 반대의 효과를 주었다면, 그것은 본인이 의도한 바와는 정반대의 경우가 될 것이다. 본인으로서는 멋진 번역, 정말 시다운 번역이 가장 이상적이겠지만 그런 경지에 도달하지 않았다 해도, 무한한 시도와 도전이 필요하며 이탈리아 시문학의 소개와 번역 작업이 끊임없이 이루어지기를 간절히 바랄뿐이다. 이 보잘 것 없는 작은 논문을 시작으로 보다 한 단계 향상된 이탈리아 시문학 번역활동 작업에 대한 공감대 형성을 이룩하여 이제와는 비교도 안될 만큼 활발한 시 번역 작업이 이루어질 수 있기를 아울러 바란다.

참고문헌

1. 단행본

강정인 외,『인문학 활성화를 위한 번역정책 연구』, 서울, 인문사회연구회 한국교육
　　　개발원, 2002.
김병철,『한국 현대 번역문학사 연구 상, 하』, 서울, 을유문화사, 1998.
　　　　,『한국 근대 서양문학 이입사 연구 상, 하』, 서울, 을유문화사, 1989.
김윤진,『불문학텍스트의 한국어번역 연구』, 서울, 서울대학교출판부, 2000.
김종길 외,『한국문학의 외국어번역 - 현황과 전망』, 서울, 민음사, 1997.
김효중,『번역학』, 대우학술총서 103, 서울, 민음사, 1998.
박상진,『이탈리아 문학사』, 부산, 부산외대출판부, 1997.
안정효,『안정효의 영어 길들이기 : 번역편』, 서울, 현암사, 2000.
이기문,『번역의 길잡이』, 서울, 백산, 2001.
이석규 외,『우리말답게 번역하기』, 서울, 역락, 2002.
이종인,『전문번역가로 가는 길』, 서울, 을파소, 1998.
인문과학연구소,『번역의 이론과 실제』, 춘천, 강원대학교 출판부, 2003.

단테 알리기에리,『신곡』, 최민순 옮김, 서울, 을유문화사, 1987.
　　　　　　　　,『신곡』, 한형곤 역, 서울, 삼성출판사, 1976.
로저 T. 벨,『번역과 번역하기 : 이론과 실제』, 박경자, 장영준 옮김, 서울, 고려대학
　　　교출판부, 2000.
마리안느 르드레르,『번역의 오늘』, 전성기 옮김, 서울, 고려대학교출판부, 2001.
볼프람 빌스,『번역 교육 입문』, 이기식, 김갑년 옮김, 서울, 고려대학교 출판부,
　　　2002.
살바토레 콰시모도,『황혼이 깃들고』, 윤병희 역, 서울, 남훈사, 1959.
프란체스코 페트라르카,『칸초니에레』, 김효신 외역, 서울, 민음사, 2004.
　　　　　　　　　　　,『칸초니에레』, 이상엽 역, 서울, 나남, 2005.

2. 논문

김효신, 「웅가렛티 시의 종교적 모티프 연구」, 『가톨릭교육연구』 제4집, 가톨릭교
　　　육연구소, 1989.
______, 「에도아르도 상귀네티의 네오아방가르드 시 연구」, 『이어이문학』, 제4집,
　　　한국이어어문학회, 1998.

제3장

파솔리니 시에 나타난 그리스도와 종교

1. 머리말

　피에르 파올로 파솔리니(Pier Paolo Pasolini)의 영화감독으로서의 작품 행적 중에서『마태오 복음(Il Vangelo secondo Matteo)』(1962)이라는 작품이 있다. 이 작품에서 파솔리니 감독은 성서에 기반을 두고 복음을 충실히 담아내면서도 다큐멘터리 형식으로 민중을 부각시키고 있다. 파솔리니는 다분히 유물론적 관점으로 예수 그리스도를 묘사하고 있고, 특히 예수 그리스도의 인간성을 다시 말해서 인간들 사이에서 인간들과 어울리며 살아가는 예수의 인간 됨됨이를 부각시키고 있다. 파솔리니는 '견진 성사도 받지 않은' 자신의 무신론을 강조하면서, 이 영화가 일반적으로 알고 있는 종교 영화도 아니고, 이념 영화도 아니라고 한다. 스스로를 무신론자로 자청하는 까닭에, 예수 그리스도가 하느님의 아들임을 믿지는 않지만, 그리스도가 인간 이상의 신적인 존재, 거룩한 존재, 믿는다고 하고 있다. 즉, 그리스도는 인류의 보편적인 선을 넘어가는 존재임을 믿는다는 것이다. 파솔리니 자신은 이 영화를 영상미학으로 간주하기보다, 복음서에 내재된 '시적 감각'을 불러일으키는 것으로 보고 있는데, 그 이유로 그리스도를 향한 감독 자신의 비합리적인 감정을 표현하는 수단으로 비합리적 문학 장르인 시보다 더 적절한 장르는 없다는 것이다. 그래서 영화『마태오 복음』은 '파솔리니의 시적 이야기(Il racconto poetico di Pasolini)' 라는 부제 아닌 부제가 늘 따라 다니는 것이다. 이 영화가 1964년 이탈리아에 상영되었을 때, 가톨릭계의 비평은 호의적이었을 뿐 아니라, 찬사를 아끼지 않는 분위기였고, 반면 이탈리아 좌익의 반응은 냉랭하고, 논박의 연속이었다. 다분히 이율배반적인 요소가 이 영화 안에서 읽혀지는 것은 마르크스주의자로 통칭되는 파솔리니 감독의 작품 세계에 대한 또 다른 호기심을 자극하고도 남는다.

  이 영화를 보면서 파솔리니의 시에 나타난 그리스도의 이미지와 그의 종교에 대한 태도를 간략하게나마 정리해보고 싶다는 생각이 들어 이렇게 파솔리니의 시에 나타난 그리스도와 종교의 테마를 선정하였다. 아마도 파솔리니의 1942년에 간행된 처녀시집『카사르사의 시(Poesie a Casarsa)』에서부터 복음서의 영향을 읽을 수 있겠지만, 그의 종교적인 태도를 본격적으로 드러내기 시작한 그 이후의 시집들을 선택하여 이 테마를 전개하고자 한다. 그래서 과도기적 성격을 나타내는 시집『가톨릭교회의 밤 꾀꼬리 (L'usignolo della chiesa cattolica)』(1958)에 실려 있는 여러 편의 시들과 시집『내 시대의 종교(La religione del mio tempo)』(1961)의 타이틀과 동명의 시「내시대의 종교」를 중심으로 파솔리니의 그리스도의 이미지와 종교성에 대한 논의를 하고자 한다. 먼저 그리스도의 이미지들과 그리스도와 관련된 인물, 사건들에 대한 시적 표현 등을 알아보고, 파솔리니의 종교에 대한 태도, 종교성에 대한 논의를 정리하고자 한다.

2. 파솔리니의 시와 그리스도

시집『가톨릭교회의 밤 꾀꼬리』는 출판 년대가 1958년이라 1957년에 출간된 시집『그람쉬의 유해(Le Ceneri di Gramsci)』보다 뒤에 창작된 것이라 오해할 수 있는데, 사실상은 시집『가톨릭교회의 밤 꾀꼬리』가 비록 출판 상의 마찰과 초고상의 여러 복잡한 이유로 1958년에 출판되긴 했어도, 작품 창작 년대가 1943년에서 1949년까지 이기 때문에, 1951년에서 1956년까지 씌어진 시들로 이루어진 시집『그람쉬의 유해』보다 앞선 시들로 구성되어 있다. 시집『가톨릭교회의 밤 꾀꼬리』에서는 초기 그리스도교, 잠재적인 종교성, 시인이 여러 차례 하느님을 불렀던 흔적들이 응고되어 있다. 이 흔적들은 삶의 불행, 불가항력의 죽음, 내면적인 고뇌 등의 상징적인 존재들에 긴밀하게 연결되어 있어서 시적 마그마를 형성하고 있다.

시집『가톨릭교회의 밤꾀꼬리』에서 그리스도의 모습이 두드러지는 시들은「수난(La passione)」,「추모시(In memoriam)」,「어느 그리스도(Un Cristo)」,「십자가에 못 박히심(La Crocifissione)」,「하느님께 드리는 마드리갈 (Madrigali a Dio)」 등이다. 이 밖에도 그리스도와 관련된 사건들이나 그리스도나 하느님에 대한 시인 파솔리니의 태도 등을 엿볼 수 있는 작품들로는,「교회(La Chiesa)」,「미사(La Messa)」,「수태고지(L'annunciazione)」,「야상곡 (Notturno)」,「불순한 천사(L'angelo impuro)」,「밤의 찬가(Himnus ad nocturnum)」 등이 있다.

우선 그리스도의 모습을 두드러지게 묘사하고 있는 작품들 중에서「수난」을 살펴보자.「수난」은 전부 6장으로 이루어진 시로 여기 그 일부를 옮겨본다.

    I.
그리스도는 몸에서
죽음의 향기가

발산됨을 느낀다.
아아 몸서리치도록
울고 싶으리라!
마리아여, 마리아여,
불멸의 새벽이여,
얼마나 고통스러운가…
나는 어린 아이였고
오늘 죽는다.

Ⅱ.
그리스도여, 그대의 젊은
몸은
십자가에 매달렸다네
두 명의 이방인들에 의해서.
(…)
아아 몸서리칠 일이로다
뜨거운 피로써
새벽의 색깔인
그대들의 육체를 더럽힘은!
그대들은 어린 아이들이었고,
나를 죽이고자
아아 얼마나 많은
즐거운 유희와
순진무구의 날들이 필요했겠는가.

Ⅲ.
당신 고통의
이슬 맺힌 숨김없는
평화의 그리스도는

당신의 피였다오.
잠자코 있는 시인이여,
상처받은 형제여,
당신은 우리를 보고 있었다오
인간의 몸으로
영원의 보금자리에 있는
빛나는 몸을!
이윽고 우리는 죽은 목숨들.
그리고 무엇에 그 주먹들과
검은 못들이 빛났겠는가,
만약 당신의 용서가
연민의 영원한
날로부터 우리를
바라보지 않았다면?

IV
상처투성이 그리스도,
보랏빛 피,
그리스도인들의 맑은
눈의 자비심이여!
멀리 있는 산 위에
피어오르는 꽃이여,
어떻게 우리가 그대를 위해서
울 수 있습니까, 오 그리스도여?
하늘은 하나의 호수
말없는 골고다 언덕
주변에서 노호하는구나.
오 십자가에 달리신 예수님,
우리 여기 머물며

당신을 묵상하게 하소서.

V
그리스도여, 그대의 가난한
흩어진 자식들에게
(…)
당신은 이 종말을 맞은
성상(聖像)을 남겨놓으시네.
아름다운 아이,
가냘픈 육신,
빛나는 곱슬머리…
(…)
무관심의 구름 속에서
길을 잃은 이들을
당신 안으로 우리를 부르고
당신에 대해서 우리에게 알려 주는구나
이 당신의 몸이.

VI
그리스도는 당신의 몸 안으로
무너져 내린다.
(…)
어느 물가에
피투성이
작은 새 한 마리.
(…)
우울한 어둠 속에서.
아아 우리는 인간들이라
잊어버립시다.

그리스도의 뒤로
죽은 산들 위에서
하늘이 도망간다,
눈 먼 강이란다.

- 「수난」 일부

파솔리니의 특이한 그리스도의 모습은 여성스러운 특징들을 보이는 연약한 소년의 모습과 동일시[1]되고 있다. 그리스도의 이러한 유약한 모습들 - 대표적으로 "아름다운 아이,/ 가냘픈 육신,/ 빛나는 곱슬머리…" - 로 표현함은 내면적으로 감동을 받은 것이라기보다는 영상적으로 극적인 풍경("하늘은 호수이다/ 말없는 골도다 언덕/ 주변에서 노호하는 구나")과의 대조적인 미를 드러내려는 의도로 이해된다. 어린 아이의 순진무구함과 어른들의 위선적이고 부패한 세계를 대립시키는 의도로도 이해된다. 특히 그리스도의 마지막 모습을 "어느 물가에/ 피투성이 / 작은 새 한 마리(un uccelletto/ insanguinato/ su una proda)" 로 묘사함은 그 유약함과 처량함의 극치를 이루고 있다고 본다. 피투성이로 만든 장본인들은 어디에 갔는가를 질타하는 시구이다. 그리고 수난이 더욱더 수난으로 부각됨은 마지막 연의 우리들은 인간들이라서 잊어버릴 수 있다는 그리고 2000년 전에 있었던 어느 그리스도의 죽음에 대해서 하늘이 도망가고, 강이 눈멀었다면 그러한 오늘날의 현실이 더욱더 고통스러운 일임을 드러내고 있다. 그래서 파솔리니는 시 「어느 그리스도」에서 다음과 같이 읊조리고 있다.

(…) 이러한 유희는 내게 습관적인 것이 되었네 :
나는 그 기쁨을 양심의 가책과는 바꾸지 않는다네!

그럼에도 내가 장애요인들, 제 욕심 채우는 인간들을 느끼긴 하네

---

1 Vincenzo Mannino, Invito alla lettura di Pasolini, Milano, Mursia, 1977, p.63.

그들이 나를 옥죄는 사실을… 그리고 그분은? 그분의 구원은
성스럽지 않다네, 아니고 말구 : 그것은 순전히 유희일 뿐이야
나의 유희 안에서 내가 발견한 것이네, 마치 불 속에 있는
불처럼, 논의 안에 있는 논의처럼.
그분의 계획은 완벽하다네, 전혀 부담이 없으니까.

나는 그분을 생각하지 않을 뿐 아니라 당연히 그분의 존재조차
희구하지 않는다네! (…)

─「어느 그리스도」 일부2

파솔리니에게 그리스도는 더 이상 신적인 전지전능한 존재가 아니
다. 시인의 부드럽지만 예리한 감수성 안에서 그리스도는 물가에 피
투성이로 쓰러져 죽어있는 작은 새 이상의 의미가 주어지지 않는 것
이다. 더 이상 시인이 살고 있는 시대를 움직일 수 있으리라 기대할 수
있는 그런 존재가 아닌 것이다. 그리스도의 영역이 자신의 영역 안으
로 들어와 있다는 논리로 끌어가면서 그야말로 신성모독의 차원에까
지 다다르고 있는 시「하느님께 드리는 마드리갈」을 상기시킨다. 여
기 이 시 전문을 소개해 본다.

Ⅰ.
하느님, 나를 변화시켜주소서! 죽으려는 자의
광기를 변화시켜주소서… 허나 주님 당신은 입을 다물고 계시나이다
잃어버린 어린 양이 지나간 발자국 위에서,
향수를 적나라하게 드러내는
아름다운, 죽어가는 사람 위에서.
그리고 이제는 소심한 내 반역에 대한 내 모욕들이
더 이상 뻔뻔하지 않나이다.

---

2 Pier Paolo Pasolini, 앞의 책, p.68.

거기 주님 당신이 입을 다물고 계신 곳
이제 더는 경멸과 멸시의 감정 없이 나의 마음이 입을 다물고 있나
이다,
무능한 관람객이자,
묵인하는 보호자시여.
비열함엔 척도가 없나이다.

Ⅱ.
나의 기나긴 휴가는 너무도 즐겁고
나의 고갈되어버린 자유는
경멸 속에서 방종이
되어, 내 꿈의 부동의 삶이 되나이다.
어리석은 하느님, 인정 하십시오
나의 부정직함을
그리고 만약, 정직하다며, 주님 제가 언제나 당신을 저의 모든
행위 속에서 모욕한다고 하면, 당신께서 저의 파렴치함을 꾸짖으소서.
(주님 당신은 당신을 모욕하도록 내버려두시나이다… 당신은 모욕
이나이다!
당신은 저를 벌 하실 수도
하물며 협박할 수도 없나이다.
당신께 기도하지 않는 자는 어른이 아니나이다.)

Ⅲ.
소심한 어린아이를 되돌려 보내기도 하고, 길을 잃게 하나이다
기쁨의 자제할 수 없는 예술로
희열 아니면 권태로,
그리고 아버지는 그 꽃과 함께라면 무력하나이다.
파란 색이 파랗다 해서 잘못은 아니나이다, 또
그를 벌한들 무슨 소용이 있나이까? 심장이 없나이다.

그러니, 오 아버지,
저를 죽여주소서. 오 솔직함을 읽으며
아직도 당신을 비웃기를
원하시나요? (정말로 한 어린 아이입니다
당신에게 이 도전장을 던지는 이가.)

IV.
세상에 비밀이 그 마음이고 그 마음에는 그 세상이
비밀이기에, 소심한 열정과 거만한 오르가즘을
열망해오던 터에,
실수로 얼룩진 나의 삶은 하나의 소설이었나이다…
잃어버린 하나의 소설
알지 못하는 사랑으로 죽어가는 사람의
행복한 환상들 사이로.
이제 이 마지막 페이지의
말없는 백색광, 각성의
선물, 하나의 유일한
말, 하나의 유일한
말을 미친 듯 반복하나이다.

V.
그 울음이 더 이상 사랑으로 인하지 않았을 때부터
나는 당신의 번개를 보았나이다 나의 눈물 속에서,
당신이 아니고, 당신의 번개였고, 당신의 성 천사들이
아니고, 당신의 마음 없는 천사들이었나이다.
허나 비올라는 노래를 불렀고, 이제는 더 이상 가만히
있을 줄을 모르나이다. 노래하고, 당신을 모욕하고…
당신은 노래를 원하지 않나이다, 오직 충직함을 원하나이다!
당신은 금식을 강요 하나이다, 그리고 나는 그것을 두려워하나이다,

당신은 망각을 강요 하고 나는 기억들로 떨 수밖에
없나이다. 여기 왜 내 안에 있는 당신의 그 빛이
나를 당신에게 이끌지 않는 지 그 이유가 있나이다.

-「하느님께 드리는 마드리갈」 전문[3]

그리스도를 모욕하는 음조로 일관되는 이 시에서 시인은 사회와 시대에 순응하지 않음을 암시한다. 그것은 신에 대한 반항으로 나타나지만, 어찌 보면 신을 추종하는 세력들에 대한 반항이라고 볼 수 있다. 그래서 시인은 진정 마음으로 신을 거부하고 있는가에 대한 답을 조금은 유보할 수 있게 하는 것이 위 시의 마지막 연이다. 모든 것을 부인하고 있지만, 진정으로 그리스도의 사랑을 마음에서 원하고 있음을, 진정한 성 천사들이 있기를 바라는 마음을 읽을 수 있음을, 또 그리스도의 빛이 시인 자신을 이끌기를 바라는 마음이 깔려 있음을 역설적으로 느끼게 해주기 때문이다. 이런 파솔리니의 마음을 읽을 수 있게 해주는 시가 「추모시」이다.

당신은 나처럼
그랬었죠.
깔끔한 옷들과 새로 산 신발들.
오 아름다운 주님의 날들이여!
당신의 어머니는 천 번씩이나 얼굴을 바꾸었지요
어린 아이이고 젊은 청춘인
당신과 함께는.
이제
당신은 알지요
그 전율하는 순간을,

---

3 위의 책, pp.101~105.

그 마지막 호흡을.
아마도
당신은 다른 이들의 눈으로 보았지요.
이 옷들과 이 속옷을,
자신의 허물 위에서 떨고 있는
불쌍한 영혼을
아직도 웃음에
휘어있는 입술들을 보이는
그 살아 있는 젊은이의.
그러나 나는
그 유희의 숙련가,
꽃들로 당신을 덮을 수 있는지 모르지만…
우습군요!
정말 농담이군요!
당신은 혼백인가요?
당신에 관한 건 내게 아무것도 없어요
고통의 모습인 당신.
당신은 웃고 있어요,
웃고 있어요,
나의 기억 안에서.
나 찾으리라,
물 속에서 또 돌들 사이에서
당신의 죽은 얼굴을.
그러나 나는 믿어요
그것을 찾을 수 없음을.
당신은 종 울리는 소리를
듣지 않지요,
당신의 목소리는 반가운 친구의 그것이지만
알지는 못해요

침묵이 당신을 원하고 있음을.

—「추모시」 전문4

이 시는 다분히 그리스도를 추모하는 서정적, 애상적 분위기를 갖고 있다. 그러나 2연에서는 갑자기 이 분위기를 의도적으로 깨뜨려버리려는 시인 특유의 거만한 태도와 어휘들 (esperto di gioco, ridicolo, uno scherzo)이 살아나고 있다. 그러나 이내 고통스러운 그리스도의 모습들에 억눌려 있는 시인에게 웃는 그리스도의 모습이 기억 속에 남아 있다고 고백한다. 또한 시인에게는 그리스도의 목소리가 반가운 친구의 소리와 동일시되고 있음에 주목할 필요가 있다. 이미 신성모독에 까지 이르렀다고 앞에서 이야기한 바 있지만, 파솔리니 자신은 그리스도에 대한 순수한 열망을 감추지 못하는 것이다. 이러한 반가운 친구의 모습이 훗날 영화 속에서 이념적 친구 같고, 영혼의 구원자 같은 모습의 예수 그리스도가 나타나지 않았을까 라고 생각해본다. 그래서 더욱 민중 앞에 발가벗은 채로 극형에 처해졌던 그리스도의 모습에서 파솔리니는 박해 받는 자신의 모습을 예상하고 위로로 삼고자 하는 것이다. 극형에 처해진 그리스도의 모습을 잘 묘사해주고 있는 시「십자가에 못 박히심」을 살펴보자.

모든 상처가 햇살 아래 드러나 있고
그분은 모두의 눈 아래서
죽음을 맞는다. 어머니마저도
가슴, 배, 무릎 아래로,
그의 몸이 고통 받는 모습을 바라보고 있다.
해 뜰 때와 해 질 녘에 그의
벌린 양팔 위로 빛이 비추이네 그리고 4월은
그 자신이 자신을 태우는 시선들에게로

---

4 위의 책, pp.13~14.

죽음을 보여주는 모습을 동정하고 있다.

왜 그리스도는 십자가에 매달린 채 드러내졌을까?
오오 젊은이의 발가벗은 몸에
심장 쇼크여… 잔인한
모욕이 노골적인 수치심에 꽂힌다…
태양과 뭇 시선들! 극한 상황의
목소리는 하느님께 용서를 청하였다
아무 소리 없는 하늘에서
그의 맑은 지쳐버린 두 눈 사이로,
붉은 수치심에
흐느끼면서 죽음, 성 그리고 죄인의 칼.

자신을 드러낼 필요가 있나 (이는
못 박힌 불쌍한 그리스도를 가리키는가?),
마음이 그리 맑으니 다 받아들일 밖에
모든 조롱, 모든 죄
있는 그대로의 모든 고통을….
(이는 십자가에 매달린 자를 말함인가?
매일매일 받은 선물을 희생하는 것
매일매일 용서를 단념하는 것
지옥의 심연 위로 가식 없이 몸을 내미는 것).
우리는 십자가 위에 바쳐진 채 있으리라,
죄인의 칼에, 잔인한 기쁨에
맑은 두 눈 사이로,
가슴에서부터 무릎에 이르기까지
핏방울들을 풍자적으로 발견하고,
신화, 조롱거리, 그의
불꽃에 그을은 마음의 유희 안에서

지성과 열정에 떨며,

그 스캔들을 증명하려 한다.

－「십자가에 못 박히심」 전문[5]

파솔리니는 십자가형에 처해진 그리스도를 신성시하거나 미화시키지 않는다. 극도의 수치심과 조롱거리가 되었던 그대로의 현실을 미사여구 없이 담아내려고 한다. 자기 자신을 온전히 드러내며 민중 앞에선 그리스도에게서, 그것도 극도의 수치심을 받아들이며 묵묵히 자신의 길을 걸어가는 '불쌍한' 그리스도에게서, 처절하게 자신의 뜻을 관철시키는 민중 운동의 기수, 중재자의 모습을 읽는다. 또한 파솔리니 자신이 일으키는 물의에 대해서도 용기를 주는 마음의 지주처럼 그리스도가 묘사되고 있다. 이미 예전에 물의를 일으킨 그리스도이기에 물의를 일으키는 시인 자신의 태도 역시 스승 그리스도를 닮고자 하는 것이다. 여기서의 물의는 사실상 사회적인 이탈만을 의미하는 것은 아닐 것이다. 그리스도가 십자가에 못 박히신 사건은 역사적 물의를 일으켰고, 그래서 2000년이 지난 오늘날에도 그 물의는 계속 하나의 물의로 자리를 굳히고 있는 것이다. '불쌍한' 스승, 마음의 위로자로 파솔리니에게 다가가는 그리스도의 모습은 점차 1962년 자신이 감독할 영화에서 영혼의 구원자로 까지 발전하게 된다.

3. 파솔리니의 종교성

일반적으로 파솔리니의 가톨리시즘에 대한 태도가 초기의 순수한 열정에서 점차 극단의 대립의 국면으로까지 발전하게 된 것에 대해서 파솔리니의 마르크시즘 추종이 그 첫째 이유라고 한다. 이런 파솔리니의 가톨리시즘에 대한 태도, 그의 종교성에 대해서 몇몇 시 작품

---

5 위의 책, pp.85~86.

들을 중심으로 정리해보고자 한다.

파솔리니는 자신의 "삶의 궁극적인 이유들을 연구하고 자신의 감정이나 생각들을 끝까지 쫓아가보기를 원했고, 모든 도덕과 관습의 베일 뒤에 숨겨진 자신의 존재를 연구하기 원했다. 그는 의식, 즉 지적 능력의 발전을 추적하고, 자연의 세계와의 신비적인 일치에 대한 동경을 추적하고자 했다. 죄악이란 이 같은 사회화 과정 속에서, 즉 천국(행복한 놀이)에서 사회 속으로 옮겨가는 최종 과정 속에서 단지 하나의 동기일 뿐"[6]이다. 파솔리니는 언제나 죄책감과 양심의 가책을 노래하면서, 강한 참회의 욕구를 드러내기도 한다. 시「교회」에서 이러한 참회의 욕구를 파솔리니는 데카당한 감수성과 더불어 논리적인 논조로 읊조리고 있다. 그 일부를 살펴보자.

Ⅰ.
로사리오 기도를 하는 사람들, 5월이 지났다네… 그는 홀로 남아 성수대에 기대어서 그 불쌍한 소년을 위해서 연도를 바치고 있다. 이제는 그 장미꽃들도 멀리 있고, 잃어버린 장미꽃 안에 향기 구름들이 어리네.
(아아 이것이 그가 애통해 하며 슬퍼할 젊은이의 몸을 금빛으로 물들일 그 빛인가? 장미꽃들로 이루어진 이 가슴이 슬퍼 통곡할 것이라는 사실을 결코 잊지 마시오.)
어린 아이들 머리들 황금은, 어둠 속에 있다네·그것은 아버지들에 의해서 잊혀진 나날들을 기억하는 황금이라네.
금발의 그들 역시, 그들 머리의 황금과 더불어, 저녁을 비추었다네…
주님, 축제들이 날아가 버리는 저녁이옵니다.
(이윽고 새벽이 옵니다 : 고요한 대지, 한 어린아이가 그대의 심장을 뜯어서 한 다발의 오랑캐꽃을 만드옵니다.)

---

6 오토 슈바이처,『파솔리니』, 안미현 옮김, 서울, 한길사, 2000, p.50.

Ⅱ.

(…)그는 육체적으로 혈기왕성한 젊은이요, 찬가로 가득한 존재, 그리고 풀밭 위에 싱그러운 화단이 되었다오·성당의 발코니에서 그대는 가여운 작은 새처럼 작은 소리로 흥얼거리면서 평화를 천상의 것으로 만든다오·모든 것이 떨리고 있고, 겸손함으로 가득 차서, 작은 목소리는 생명력으로 즐겁게도 초원을 따라 퍼져 간다네.

Ⅲ.

(…)그리고 그들에 대해서 그는 사랑의 눈물을 흘린다네.

Ⅶ.

어느 세상의 모습은 그와 함께 죽지 않을 것이네 : 이 세상의 모습은 동정심에 가득 차 사람들에게 웃음을 보낸다네.
((…) 그리고 세상의 모습은 그리스도께서 그 젊은이가 죄 짓게 하기를 원한다네.)
이 세상의 모습은 향기에 대해서 알고 그 젊은이의 마음을 얼어붙게도 한다네. 그러나 이 세상의 모습을 사랑해야만 한다네…
(원하지 않는 것이 바로 행복이네! 아마도 이 세상의 모습은 들판에서 일하려는 젊은이의 육체, 달콤한 축제를 찾아가는 젊은이의 육체를 지니고 있는 것일까?) (…)

Ⅷ.

상처받은 교회는 자신의 손으로 상처들을 열어보았고, 피바다[7]가 자신의 발아래 떨어졌네. 그리고 교회는 죽기 전에 그 바다를 하나의 거울로 만들어 버렸고, 어느 섬광은 교회의 모습을 그 피 안에 비추었네. 우리가 기원하는 것은 오로지 그 피 안에 비춰졌던 그 모습뿐이네! 혹시 그리스도 자신이 노래하는 것은 아닌지, 그리고 이에 사람들이 뜨거운 암영으로부터 노래 부르며 응답하는 것은 아닌지? 그

---

7 본문에서는 un lago di sangue(피의 호수)로 되어 있으나, 우리말 어법상 피바다로 번역함.

러다 나중에, 사람들이 교회에 어깨를 돌리면서, 집으로 가버리네.
그리스도에 관한 것은 단지 숨결만 남았네.
아아 불경스러운 말과 이단들, 그리스도에 관한 유일한 아름다운 기
억은…
사후 회고록의 술렁거림과 더불어 우리의 태연자약함은 죽음으로
끊어졌으나, 그 증거로 남은 것이 적그리스도의 웃음이네. 그러나 그
적그리스도가 우리를 죽게 하거나, 우리의 동료들로 하여금 고통 속
에 절규하게 하거나, 곡식을 불태우게 하네… 그도 아니면 아무것도
아닌 하찮은 존재다. 적그리스도의 웃음은, 이 거짓된 용서로, 모든
이름들 위에 떨어진 수 세기의 먼지이네.
우리를 하늘로부터 분리시키는 것은 죄가 아니라, 바로 그 먼지라네.
그리스도를 믿는 이들이여, 여러분은 그 이름들 위에 떨어져 있는
그 먼지를 피로써 닦아내도록 하시오. 어느 밤 꾀꼬리는 노래 부르
다, 죽고 싶어 하네·여러분들 그의 피를 받으시오…

–「교회」일부[8]

위의 산문시는 전부 8장으로 이루어진 장시「교회」의 일부이다. 밤
꾀꼬리가 노래하는 가톨릭교회는 사회적 삶에 기본 리듬을 부여하는
농부들의 겸손한 교회이다. 제1장에서 시작되는 이러한 겸손한 교회
의 모습이 제8장에 와서는 상처받은 교회로, 버림받는 교회로 묘사되
고, 적그리스도의 존재를 부각시키며, 밤 꾀꼬리의 희생을 계기로 새
로이 태어나기를 바란다. 파솔리니는 어린 시절 이 교회 안에서 모두
들 영원히 살리라 믿었었다. 그러나 교회에 닥쳐온 변화의 바람은 가
혹하고, 이전의 농부들의 겸손한 교회가 아니라, 공허한 교회로 전락
해 버린 것을 한탄한다. 그리고 제7장에서 파솔리니는 "그리스도께서
그 젊은이가 죄 짓게 하기를 원한다"[9]라는 역설적인 표현을 통해서

---

8 Pier Paolo Pasolini, 앞의 책, pp.23~30.
9 위의 책, p.29.

죄악이 너무도 당연시됨을, 피할 수 없음을 드러내고 있다. 시「교회」는 교회 자체의 순수한 사춘기 시절과 고통스러운 성숙기 사이에 내면적인 분열, 갈등이 어떻게 동요하는 가를 이미 보여줄 수 있었다, 이는 "앞으로 점점 순결한-타락한 관능성 그리고 죄에 대한 양심의 가책 사이의, 순수한-부패한 본능과 종교적 자제 사이의 본능의 '열정'과 '확고부동함', '종교', 그리고 가톨릭교회의 '종교' 사이의 갈등 속으로 깊이 빠져들어 갈 것"[10]이다.

시집『가톨릭교회의 밤 꾀꼬리』의 <장미의 눈물(Il pianto della rosa)>이라는 소제목 파트에는, 두 편의 하위부제들 <처녀성(La verginità)>과 <불신의 기도문(Il non credo)>이 있고, 각각 시 7편[11]과 시 9편[12]이 실려 있다. 여기에 실린 15편의 시들이 특히 파솔리니의 시적 논의의 변화와 시집의 주요 핵심을 이루고 있다. <불신의 기도문> 하위 부제 편에 속해 있는 시들은 청춘의 매력이나 꿈의 희미한 존재들이 위기로 변화됨을 증명한다. <불신의 기도문> 라는 부제 자체가 나타내는 바대로 종교에 대한 불신을 아주 잘 나타낸다. 그러한 시들의 대표적인 예들로는 「야상곡」, 「불순한 천사」, 「밤의 찬가」 등이 있다.

(…)그러나 그대들과 함께면 멀기만 하구나
(아니야, 울지 않으리, 웃지 않으리)
이 하늘에서는 하느님이
나도 모르는 사랑하지도 않는(하느님이).

―「야상곡」 일부[13]

---

10 Luigi Martellini, Pier Paolo Pasolini, Firenze, Le Monnier, 1984, pp.40~41.

11 「악마의 설교(Sermone del diavolo)」, 「불법행위(L'illecito)」, 「고독(Solitudine)」, 「부채(Il ventaglio)」, 「갑자기(Improvviso)」, 「수선화와 장미(Il Narciso e la rosa)」, 「기원(Supplica)」 등의 7편.

12 「신선한 시선(Il fresco sguardo)」, 「육체와 하늘(Carne e cielo)」, 「야상곡(Notturno)」, 「샘(La sorgente)」, 「Gestimmtseit」, 「불경(Bestemmia)」, 「불순한 천사(L'angelo impuro)」, 「밤의 찬가(Himnus ad nocturnum)」, 「영광(Splendore)」 등의 9편.

13 Pier Paolo Pasolini, 앞의 책, p.56.

(…)내가 사랑하는 불순한 천사여.(…)
그러나 나는 놀라게 할 줄을 모르고,
나 자신을 단념할 줄을 모르네…
생명을 주시지 않는 하느님께
죽지 않게 해달라고 부탁한다네.

-「불순한 천사」일부14

나에게는 죽은 자의 평정이 있다네 · (…)
오 미워하는 부동의 하느님
나의 삶에서 생명력을
아직도 발산시키시는 분
그 방법은 더 이상 내게 중요하지 않아요.

-「밤의 찬가」일부15

<불신의 기도문> 하위 부제편 시들이 있기 전에 시인 자신이 첨가한 파스칼(Pascal)의 글"O joie, joie, joie…" 에 써 있는 그대로 기쁨이 있는 곳에서 파솔리니는 이 부분을 마무리 한다 :

오, 기쁨, 기쁨, 기쁨이여…
우리를 위해 마련된
이 어리석은 밤에도
여전히 기쁨이 있었을까?

-「영광」전문 16

시집 『가톨릭교회의 밤 꾀꼬리』의 <언어(Lingua)>17 편이나 <바오

---

14 위의 책, p.60.
15 위의 책, p.61.
16 위의 책, p.62.
17 「언어(Lingua)」, 「어느 그리스도(Un Cristo)」, 「천사들의 노래(Il canto degli angeli)」, 「사막 (Deserto)」, 「신의 분노(Dies irae)」 등의 5편.

로와 바룩(Paolo e Baruch)> 편에서는 종교적인 그리고 실존적인 드라마가 강조되고, 시인의 의식은 심리적, 도덕적 문제의식을 갖고 연구하는 음조를 띄고 있다. 특히 <언어> 편은 바르베리 스콰롯티(Barberi Squarotti)가 "시론 선언(dichiarazione di poetica)"이라고 명명한 바 있던 것이다. <언어> 편에서 즉, 파솔리니는 이미지과 상징, 시 소재들과 신화를 혼합하면서 시 창작을 실현할 줄 알았다. 그러나 "또한 복합적인 시 창작 동기들의 도가니이기도 한데, 여기에는 이념적인 논의 안에서 파솔리니의 모든 시 창작 체험 상에서 주요한 테마들인 의식 괴롭히기, 죄, 양심의 가책, 확고부동한 자세, 열정, 감성 그리고 이성의 투쟁 등이 파솔리니의 본격적인 완벽한 첫 시도로 드러나고 있는 것"[18]이다. 여기서, 시 「언어」의 일부를 살펴보자.

> (…)아니오, 나는 어머니가 없소, 나는 성(性)이 없소,
> 나는 아버지를 침묵으로써 죽였다오,
> 나는 물과 쓴 나물에 대한 나의 광기를 사랑하오,
> 나는 나의 어린 시절의 노란 얼굴을 사랑하오,
> 척하는 순진함을 그리고 이단이라는 이름 안에
> 숨겨 놓은 그 신경질을 혹은 내 은어의 분열을, 사랑하오 나의 잘못을
> (…) 그리고 그대는 거부 한다오
> 내가 그대를 사랑하는 이유를, 그대가 나를 변화시키지 않는 이유를.
> ─「언어」일부[19]

파솔리니의 종교에 대한 태도, 가톨리시즘에 대한 태도는 파솔리니의 "물과 쓴 나물에 대한 나의 광기"를 통해서 정리할 수 있다. 그것은 구약의 하느님과 함께 하는 유대 민족들이 갖고 있던 뜨거운 신앙적 정열을 사랑한다는 것이다. 그가 바라는 종교는 초기 그리스도교

---

18 Luigi Martellini, 앞의 책, pp.42~43.
19 Pier Paolo Pasolini, 앞의 책, p.67.

사이에 뜨거운 마음으로 자리 잡았던 그 신앙, 그 종교를 갈망하고 있으면서, 겉으로는 종교적이지 않다느니, 하느님을 믿지 않는다느니 하는 반어법을 사용하였다. 비록, 외부적으로는 순수한 종교성이 역사적 이념적 정치적 중요성에 자리를 내어주는 것처럼 보이지만, 실질적으로는 파솔리니 자신의 표현대로 "악의에 찬, 타는 듯하고 파악할 수 없는 종교적인 요소들은 여전히 그대로 남아 있음"을 고백하는 것이다.

4. 맺음말

결론에 대신하여 영화『마태오 복음』과 거의 때를 같이하는 시「내 시대의 종교」(1957-1959)의 일부를 살펴보며 시집『가톨릭교회의 밤 꾀꼬리』이후 10여년이 지난 후의 파솔리니의 종교에 대한 태도와 그의 종교성을 정리해보도록 하자.

> I.
> (…)
> 저기 저 아래, 청춘의 새벽에서….
> (…) 삶은
> 마치 전혀 없었던 것처럼 느껴진다네.
> 태양, 하늘의 색, 적대적인
>
> 달콤함은, 다시 살아난 구름에
> 어두워진 공기를, 사물들에 다시 주는데,
> 모든 일은 지금 내 존재의 어느 과거에
>
> 일어난 대로다. 볼로냐의
> 아니 카사르사의 신비로운 아침,

장미꽃처럼 향기롭고 완벽한데,
소년의 낙담한 두 눈에,
모습을 드러낸 빛 안에서 여기 다시 일어난다네,
길을 잃어버리는 기술밖에는

모르는, 어두운 아라스천을 걸친 맑은 그이기에.
그리고 나는 죄를 진 적 없다네. 나는
어느 옛 성인처럼 순수하다네, 허나

나는 죄를 짓지 조차 못 했다네. 섹스라는
절망적인 선물이, 모두 연기(煙氣)되어
가버렸으니까. 그래서 나는 미친 사람처럼
선하다네. 과거는
내가 운명처럼 갖고 있던 것,
실의에 빠진 빈껍데기에 불과하다네…
그리고 위로를 주고 있는 것.
(…)
나는 마치 어린 아이 같다네

그래서 가진 적 없는 것뿐만 아니라,
가지지 못할 것이라는 사실 때문에 슬퍼하지 않는다네…
그리고 그 울음 안에서 세상은 다른 것이 아니라,

바로 향기라네. 오랑캐꽃, 초원, 나의 어머니가
알고 있는, 그 때의 봄날에…
향기는 떨리며, 여기 초목이

달콤한 곳에서는, 표현의
소재, 음조가 된다네… 그 잘 알려진

어리석고 참된 언어의 음성

나 태어나면서 가졌던 그리고 삶을 통해 불변하는 것.

II.
(…)
나는 소리를 지르고 싶었지만, 그래도 나는 아무 말 하지 않았다네.
나의 종교는 하나의 향기였으니까.
그리고 이제는 여기, 똑같이 그리고 무명인채로,

그 향기가 있다네, 세상에서, 축축하고
밝은·(…)

(…) 그리고 그 절망의
바다에서, 그의 광기어린 육체들의
꿈은, 어리석으리만치 착한 것으로써
지불해야만 한다고 믿었다네…

그래서, 만약 이틀 열병을 앓는 것으로
족하다면, 인생이 상실된 것처럼
보이기 위해 그리고 세상 전체가 돌아오게

하기 위해(그 세상은 나를 오로지
탄식에만 빠지게 한다네) 세상에게 나는,
9월의 커다란 말없는 태양 안에서,

죽으면서, 안녕이라고 밖에 말 할 수 없을 것 같다네….
(…)

Ⅲ.

(…)

모든 것은 비속한 군중을 파괴하고 있다네

투쟁의 경건한 점유자들이여
이 개들의 심장, 이 신성 모독자들의 눈,
어느 부패한 예수의 이 비열한 제자들

바티칸의 응접실들 안에, 소 예배당들 안에,
수도자들의 면회대합실들 안에서, 설교대들 안에서.
신자들 민중 안에서도 강한 사람들.

어떻게 그 마음의 순전히 내면적인
격정들에서 멀리, 그리고
(…)
어머니의 푸리울리 경치에서 멀리
다다랐는지, 가톨릭교회의

부드러우면서도 열정적인 밤 꾀꼬리여!
그의 신성모독, 그러나 종교적인 사랑은
하나의 기억, 수사학 기술에 불과할 뿐 이라네.

(…)

그리고 우리 존재의 시대는 죽었다네,
자존심을 꺽고 낮추어야 하는 세상에서

그것은 도덕적 빛이고 저항이었는데.

－「내 시대의 종교」 일부[20]

---

20 Pier Paolo Pasolini, Le Poesie, Milano, Garzanti, 1976, pp.213~240.

시집『가톨릭교회의 밤 꾀꼬리』에서 시인이 고뇌하고 토로하던 것들이, 노골적으로 종교를 시의 제목으로 드러내고 있는 시작품「내 시대의 종교」안에서 반성되고 정리되고 있다. 모두 6장으로 이루어진 장시인「내 시대의 종교」는 1960년대 정치상황을 미리 예고하고, 과거를 반성 하고 있는 작품이다. 1956년 소련의 헝가리 침공 이후의 정치 상황과 분위기에 슬퍼하고 분개하던 파솔리니의 심정이 절절이 잘 나타나 있다. 스탈린 체제의 비극을 목격한 이후, 더욱더 이상주의적 마르크시즘에 대한 갈증과 진정한 민중문화에 대한 옹호 사상이 그의 작품 안에서 드러나고 있다. 시「내 시대의 종교」에서는 파솔리니의 초기 시절부터의 종교와 이념에 대한 모든 기억들, 혼란과 갈등, 비난과 반성이 하나의 파노라마 엮듯이 지나가고 있다. 그리고 시인은 "죄를 진 적 없다네. 나는 / 어느 옛 성인처럼 순수하다네, 허나 // 나는 죄를 짓지 조차 못 했다네. 섹스라는 / 절망적인 선물이, 모두 연기(煙氣)되어 / 가버렸으니까. 그래서 나는 미친 사람처럼 // 선하다네. 과거는 / 내가 운명처럼 갖고 있던 것, / 실의에 빠진 빈껍데기에 불과하다네… //" 라고 말하면서 죄에 대한 강박관념을 떨쳐버리지 못하고 끊임없이 죄책감을 토로하고 있다.

죄책감을 느끼는 시인에게 늘 위로를 주는 낯익은 친구와 같은 음성의 그리스도에서 영혼의 구원자로서의 모습에 이르기까지 그리스도의 모습은 파솔리니에게는 끝없이 새로이 형성되면서 스승 같은 모습으로 때로는 신성모독의 대상으로 묘사되었다. 종교적인 불확신은 교회에 맞서는 모습으로, 교회를 지탄하는 모습으로 비난의 대상이 되게도 했고, 사회적인 물의의 주인공이 되게도 했다. 그에게 마르크스 사상이 하나의 종교로 자리를 잡고 있으며, 더 이상 그 사실이 갈등의 원인을 제공하지 않는 상황이다. 이미 그 갈등은 시집『그람쉬의 유해』에서 다루어졌던 것이고, 이제 시집『내 시대의 종교』에서는 시인 자신이 '시대의 종교'로 선언할 것이 따로 있는 것이다. 그래서 시인 자신도 시인 시대의 종교가 마르크스 사상 그대로인 '민중 신화의 이념화' 그 자체라고 강조하고 있다.

그렇다면 파솔리니가 1960년대의 어수선한 정치상황 속에서 좌익의 지탄을 감수하면서 만든 영화『마태오 복음』에서 드러나는 진정한 민중의 동반자로서의 예수 그리스도를 어떻게 이해해야 하겠는가? 스스로 가톨릭 신자가 아니기에 "내면적인 저항 없이", '자유롭게' 교리에 얽매이지 않고, 복음서를 충실히 그리고 정직하게 담아낼 수 있었다고 한다. 어렸을 적부터 좀더 진지하게는 1940년대 등단하던 시기부터 생각했던, 자신의 이상적인 예수 그리스도 상을, 가감없이 영화 작품에 담아낼 수 있었던 그 저력은 무엇인가? 그냥 단순히 파솔리니 어머니의 신앙, 모태신앙으로만 설명할 수 있겠는가? 시인 파솔리니는 초기 그리스도교도들의 신앙적 열정, 아니 오히려 더 나아가서 예수 그리스도와 동행했던 사도들의 행적과 그 삶을 그리워하고 갈망하고 있는 것은 아니겠는가? 그에게 과연 종교적인 면이 없다고 할 수 있겠는가? 또 그를 가리켜 하느님을 믿지 않는 이교도라고 할 수 있겠는가? 그가 아무리 시작품 안에서 악마임을 자처하고, 그리스도와 맞서는 동등한 자격의 동등한 능력의 소유자라고 기고만장해도, 그에게 과연 신성모독의 죄를 씌울 수 있을까? 만약 그렇다면, 1964년에 영화『마태오 복음』이 가톨릭 국제 영화제의 그랑프리를 받은 사실을 무엇으로 설명할 수 있겠는가? 단순히 종교적인 정서의 보편성 때문이라고 할 수 있겠는가?

영화『마태오 복음』에 대한 파솔리니의 착상은 독단주의, 이념이나 신화를 논쟁화 시키려는 의도에서 출발한 것이 아니고 오히려 시인이 늘 갖고 있던 근본적인 테마들중의 하나인 죽음에 대한 생각에서 출발한 것이다. 그리하여 죽음을 헤쳐나가 부활한 그리스도가 왜 영화에서 영혼의 구원자로까지 묘사되고 있는지를 이해할 수 있는 것이 아닐까? 다분히 유물론적인 관점에서 다루고 있지만, 그 스스로 혼란에 빠지고 마는 것은 그가 완벽한 마르크스주의자가 아니라는 것을 증명하는 것이 아니겠는가? 파솔리니는 그래서 "비합리주의라는 엄청난 물결 앞에서 두려움을 고백해야 한다. 그것은 비록 '유미주의'에 빠져들 위험을 간직하고 있다 하더라도 순수한 시적 작품이어야 한다"[21]는 말을 하고 있으며, "마태오 복음의 예수를 그렇게 깊이 사랑하는" 자신의 시적 모험에 대해서도 스스로 인정하고 있는 것이다. 그래서 시「하느님께 드리는 마드리갈」에서처럼 강력한 부정으로 일관하는 가운데, 오히려 파솔리니에게 있어서의 그리스도와 종교의 의미는 그와 따로 떼어놓을 수 없는, 그의 문학 세계에 깊이 뿌리박혀 있는 주요 모티브가 된다.

---

21 오토 슈바이처, 앞의 책, p.131.

Pier Paolo Pasolini, L'usignolo della Chiesa Cattolica, Torino, Einaudi, 1976.

_______________, Le Poesie, Milano, Garzanti, 1976.

_______________, Passione e Ideologia, Milano, Garzanti, 1994.

_______________, Empirismo Eretico, Milano, Garzanti, 1991.

_______________, Scritti Corsari, Milano, Garzanti, 1993.

_______________, Quaderni di Filmcritica, con Pier Paolo Pasolini, Roma, Bulzoni editore, 1977.

Luigi Martellini, Pier Paolo Pasolini, Firenze, Le Monnier, 1984.

Vincenzo Mannino, Invito alla lettura di Pasolini, Milano, Mursia, 1977.

Rinaldo Rinaldi, Pier Paolo Pasolini, Milano, Mursia, 1982.

Assiciazione "Fondo Pier Paolo Pasolini", Pier Paolo Pasolini, un poeta d'opposizione, Milano, Skira, 1995.

Patrick Rumble, Bart Testa, Pier Paolo Pasolini, Toronto, University of Toronto Press, 1994.

Raffaele Cavalluzzi, Il Limite Oscuro, Fasano di Puglia, Schena, 1994.

Pasquale Voza, Tra Continuità e Diversità : Pasolini e La Critica, Napoli, Liguori Editore, 2000.

Edi Liccioli, La scena della parola, Firenze, Le Lettere, 1997.

Giacinto Spagnoletti, L'impura giovinezza di Pasolini, Caltanissetta-Roma, Salvatore Sciascia Editore, 1998.

Dario Bellezza, Il poeta assassinato, Venezia, Gli specchi Marsilio, 1996.

Gianni Biondillo, Pasolini Il corpo della città, Milano, Edizioni Unicopli, 2001.

Sam Rohdie, The Passion of Pier Paolo Pasolini, Bloomingon and Indianapolis, Indiana University Press, 1995.

Claudio Marazzini, Il Linguaggio poetico di Pier Paolo Pasolini, Modena, Mucchi Editore, 1998.

Jean-Michel Gardair, Narciso e il suo doppio, Roma, Bulzoni Editore, 1996.

오토 슈바이처, 『파솔리니』, 안미현 옮김, 서울, 한길사, 2000.

이승수, 「파솔리니의 문학과 영화 이론」, 한국이어이문학회, 서울, 이어이문학 제11
    집, 2002.
김효신, 「파솔리니의 시 그람쉬의 유해 Le ceneri di Gramsci 소고」, 한국이어이문학
    회, 서울, 이어이문학 제8집, 2001.

【찾아보기】

[ㄱ]

가다머(H.G.Gadamer) 358, 359

가리발디(Garibaldi) 188

가부장적 특성 238, 239

가브리엘레 단눈치오(Gabriele
  D'Annunzio) 37, 77, 493

가스페리 127

가치관 42, 45, 122, 352

가톨리시즘 315, 316, 317, 318,
  325, 332, 333, 523, 529

가톨릭 315, 316, 317, 318, 319,
  320, 322, 323, 324, 325, 328,
  330, 331, 333, 510, 535

가톨릭 의식 317

가톨릭교회 38, 320, 323, 526,
  527, 533

가톨릭문학 316

가톨릭시 317, 319, 325, 328,
  332, 333

가톨릭주의 315

가톨릭교회의 밤 꾀꼬리 510,
  511, 527, 528, 530, 534

가톨릭청년 319, 320, 326, 327,
  328

가학적 공격성 134

간디 84, 147, 159, 168, 174, 178,
  179, 180, 185, 187, 193, 209,
  258

갈릴레오 갈릴레이 138, 194,
  195, 204, 212, 232, 233, 244,
  247, 250, 251

감각 248, 298, 325, 328, 331,
  332, 345, 348, 352, 381

감상주의 324

감성 103, 317, 345, 346, 394,
  529

강력한 이탈리아 66, 194, 255,
  258, 259

개념적 등가성 485

개량주의자 33

개벽 140, 143, 147, 156, 253,
  451, 452

개신교 315, 316, 323, 330

개인주의 171, 173, 214, 432

개조주의자 153

건설기의 조선문학 253

검은 셔츠 부대 75

경성제국대학 285, 338

경향시 393

179, 182, 189, 230, 235, 257
로만 잉가르덴(Roman Ingarden)
    359, 363
로사리오 524
로오라 페르미(Laura Fermi) 83
루차노 폴고레(Luciano Folgore)
    493
르 봉(G.Le Bon) 140, 141, 142,
    143, 144, 146, 147, 148, 149,
    151, 156, 161, 162, 212, 257,
    259
르네상스 68, 77, 139, 141, 163,
    182, 194, 227, 251
리규춘 434, 442
리극 434, 441, 442
리명균 434, 435, 436, 437, 442,
    443
리소르지멘토(Risorgimento) 448,
    463
리얼리즘 291, 293, 312, 394
림병순 434, 440, 442

[ㅁ]

마돈나 298, 299, 305
마드리갈 511, 516, 519, 536
마루야마 마사오 33, 34, 35, 50
마르크스 142
마르크스 사상 534, 535
마르크스-레닌주의 30, 31
마르크스·레닌의 사상 60
마르크스주의 40, 41, 55, 56, 57,
    58, 59, 60, 244, 245, 246, 311,
    358, 361
마르크스주의자 510, 536
마르크시즘 114, 115, 121, 165,
    285, 523, 534
마리네티(F. T. Marinetti) 38, 96,
    97, 196
마리오 카를리(Mario Carli) 49,
    126
마치니(Mazzini) 188
마크 네오클레우스 24
마태오 릿치 315
마태오 복음(Il Vangelo secondo
    Matteo) 509, 510, 530, 535
만선일보 25, 124
만주사변 48, 54, 55, 65, 76, 82,
    91, 92, 101, 137
만주침략 63
매슈 아놀드 241
매일신보 25, 124, 125, 139, 194,
    212, 217, 221, 224
매튜 아놀드(Matthew Arnold)
    286, 290
맥도날드 83, 93
메이지 유신 50, 63
메커니즘 361